Elke

Amrum, 1932. Der junge Skem Rossmonith liebt das Watt. Als sein Vater stirbt, muss er hart arbeiten, um sich und seine Mutter zu ernähren. Dabei macht er im Watt eine Entdeckung, die sein Leben verändert.
Berlin, heute. Kunststudentin Valerie fällt aus allen Wolken, als sie erfährt, dass der Mann, den sie bisher für ihren Vater hielt, das gar nicht ist. Auf der Suche nach ihren Wurzeln begibt sie sich nach Amrum.
Dort trifft sie den alten Skem, der ein Geheimnis hütet. Kann Valerie ihm helfen, dieses zu lüften und sich mit der Vergangenheit zu versöhnen? Und kann sie ihren wahren Vater finden?
Unerwartet bekommt sie Hilfe … und trifft jemanden, der ihr Herz erobert. Dabei hatte sie sich doch geschworen, sich nie mehr zu verlieben!

Patricia Koelle ist eine Berliner Autorin mit Leidenschaft fürs Meer – und fürs Schreiben, in dem sie ihr immerwährendes Staunen über das Leben, die Menschen und unseren sagenhaften, unwahrscheinlichen Planeten zum Ausdruck bringt. Bei FISCHER Taschenbuch lieferbar ist die Ostsee-Trilogie mit den Bänden ›Das Meer in deinem Namen‹, ›Das Licht in deiner Stimme‹ und ›Der Horizont in deinen Augen‹, außerdem der alleinstehende Roman ›Die eine, große Geschichte‹. ›Wenn die Wellen leuchten‹, ›Wo die Dünen schimmern‹ und ›Was die Gezeiten flüstern‹ sind die drei Bände ihrer Nordsee-Trilogie, die auf Amrum spielt. ›Ein Engel vor dem Fenster‹ ist eine Sammlung von Wintergeschichten, ›Der Himmel zu unseren Füßen‹ ein Weihnachtsroman.

Weitere Informationen finden Sie auf www.fischerverlage.de

Patricia Koelle

Was die Gezeiten flüstern

Roman

FISCHER Taschenbuch

Originalausgabe

Erschienen bei FISCHER Taschenbuch
Frankfurt am Main, Mai 2019

Satz: Fotosatz Amann, Memmingen
Druck und Bindung: GGP Media GmbH, Pößneck
Printed in Germany
ISBN 978-3-596-29762-7

Für alle, die immer wieder neu zu träumen beginnen.

Und für alle, auf die noch Träume warten.

Valerie

Berlin

2009

1

Tagfarben

Das Geräusch zerriss die Stille am Ufer und weckte sofort ihre alten Instinkte. Sie hätte es überall erkannt.

Valerie hatte am Kanal gesessen und den Enten zugesehen, die sich von Frühlingsgefühlen umgetrieben auf dem Wasser jagten. Als das verstohlene metallische Klappern an ihre Ohren drang, stand sie auf und spähte den Abhang hinauf. Im Schatten unter dem Brückenpfeiler entdeckte sie ein Mädchen. Ungefähr dreizehn, dünn und mit einem unordentlichen dunklen Zopf. Es war genau, wie Valerie es geahnt hatte. Die Kleine hatte gerade eine Spraydose aus ihrer Schultasche geholt, sah noch einmal nach rechts und links und begann dann auf den Backsteinen eine wilde, trotzige Kritzelei. Valerie sah einen Moment zu, dann blickte sie auf die Uhr. Kopfschüttelnd stieg sie die Böschung hinauf. Das Mädchen war so in sein Werk vertieft, dass es vor Schreck die Dose fallen ließ, als es Valerie schließlich bemerkte. Erst wollte es die Flucht ergreifen, dann fiel ihm die Schultasche ein. Halb trotzig, halb schuldbewusst blieb es stehen. Valerie bückte sich nach der Dose. »Darf ich auch mal?«

Das Mädchen starrte sie nur verblüfft an. Valerie hatte sich längst geschworen, dies nicht mehr zu tun, aber es gab Verführungen, denen man nicht widerstehen konnte. Die Farbdose fühlte sich so vertraut in ihrer Hand an. Schon war der ungebrochene Drang, ihre Stadt bunter zu machen, wieder da. »Du machst es noch nicht ganz richtig«, sagte Valerie. »Erst musst du die Dose gründlich schütteln. Nicht nur so halbherzig.« Sie wies auf die matte Kritzelei. »Sonst ist deine Farbe viel zu wässerig. Ist doch schade drum. Eine Farbe muss leuchten. Siehst du, so! Ganz locker aus der Armbewegung heraus, aber kräftig. Das ist auch ein bisschen feierlich, wie eine Beschwörung. Gute Graffiti verlangen nach einer Zeremonie.« Wahrscheinlich interessierte das die Kleine überhaupt nicht, aber Valerie konnte nicht anders. Das Klappern der Mischkugel in der Spraydose war Musik in ihren Ohren. Als sie in dem Alter des Mädchens gewesen war, hatte ihr dieses Geräusch das Gefühl gegeben, mit der Kugel die ganze Welt bewegen zu können. Sprayen hatte Leben in ihre Tage gebracht und das Gefühl, etwas verändern zu können. Die Macht über das Aussehen von Oberflächen, wenigstens an den grauen Stellen der Stadt. Man fühlte sich so hilflos mit dreizehn. Da war diese kleine Macht aus den Farbdosen wie ein Rausch gewesen. Die Möglichkeit, eine Spur zu hinterlassen, wenn man an einem bestimmten Ort gewesen war. Ein Zeichen, dass man existierte und nicht völlig bedeutungslos war in diesem Gewirr von Menschen, Motoren und Mietshäusern.

»Außerdem macht man es nicht auf der Brücke, denn das ist Sachbeschädigung, sondern zum Beispiel hier«, fuhr Valerie fort und ging einige Schritte nach rechts, wo jemand Möbel an einem Bauzaun abgeladen hatte, darunter eine alte Matratze, in der sich Mäuse häuslich niedergelassen hatten. Hier war nichts mehr kaputtzumachen. Die Matratze lehnte aufrecht an den Brettern und gab eine prima Fläche für ein Bild ab. Valerie betrachtete die Dose in ihrer Hand. »*Cadillac Pink*«, las sie. »Nicht unbedingt meine Farbwahl, aber warum nicht.«

»Es war die billigste Farbe«, verteidigte sich das Mädchen, das ihr zögernd gefolgt war.

»Verstehe. Nun, es gibt keine Farbe, in der nicht eine Idee steckt. Gib ihr Raum! Du musst deine Hand mit Schwung bewegen, mit Mut, der aus dir herauskommt.« Sie zeichnete einen Flamingo auf die Matratze, während sie sprach, und dann noch einen. Die beiden Vögel sahen sich gegenseitig mit einem Lächeln im Winkel ihres Schnabels an. Ach, wie gut es sich anfühlte, mal wieder den alten Unfug zu machen! Valerie beobachtete aus dem Augenwinkel, wie das Mädchen sie erst verblüfft, dann mit zunehmender Bewunderung betrachtete. Verstohlen musterte die Kleine die zarte grüne Ranke entlang Valeries linker Ohrmuschel. Es war das einzige Tattoo, das sie jemals gewollt hatte, anders als die meisten ihrer Freunde, bei denen ständig eines dazukam. Es stand für Hoffnung und dafür, dass man immer wachsen konnte. Offen sein für den Himmel, egal, was kam. »Hast du noch eine andere Can?«

»Eine was?«

»Eine andere Farbdose.«

Ohne Valerie aus den Augen zu lassen, bückte sich das Mädchen und fischte eine weitere Dose aus ihrer Schultasche. »*Manilagrün*«, las Valerie. Sie schenkte den beiden Flamingos einen kleinen Wald aus Glücksklee und zwei Frösche als Zuschauer.

»Warum Klee? Warum nicht Palmen?«, wollte das Mädchen wissen.

»Wie heißt du eigentlich?«

»Tine.«

»Palmen hätte ich langweilig gefunden, Tine. Bei Flamingos denkt jeder an Palmen. Graffiti sollen überraschen. Und ausdrücken, was du denkst. Wenn ich Flamingos sehe, fühle ich mich ein bisschen glücklich, weil es so verrückte Vögel sind. Sieh sie dir an. Rosa! Der lange Hals, der komische Schnabel. Sie sind einfach wunderbar seltsam. Deswegen passt für mich der Klee dazu. Aber das kann jeder selbst entscheiden, der eine Farbdose in der Hand hat. Du hast die Macht über dein Werk. *Du* bist die Künstlerin. Nur denke um Himmels willen daran, deine Dosen richtig zu schütteln! Das bist du der Farbe schuldig. Und deiner Künstlerehre. Aber jetzt sollten wir uns schleunigst vom Acker machen. In ein paar Minuten kommen hier Leute vorbei. Die Schicht ist zu Ende, da vorne in der Fabrik.« Sie konnte nicht anders und signierte die Flamingos mit ihrem alten, geübten Schriftzug, bevor sie Tine die Dose zurückgab.

»Woher kannst du das?« Tine war im Begriff, die Dose in ihre Schultasche zu packen, als sie den Namen las, der da unter den Kleeblättern stand. »Rimo? Bist du etwa *die* Rimo?«

»Rimo war ich, als ich kaum älter war als du und in der Szene aktiv. Du musst dein Revier kennen, wenn du gut sein willst. Also, los jetzt, weg hier! Du bist zu jung, um dir unnötig Schwierigkeiten zu machen.«

Tine rührte sich nicht. Sie drückte Valerie die Dose wieder in die Hand und streckte ihr die Schultasche hin. »Gibst du mir da drauf ein Autogramm?« Valerie, deren feine Ohren Schritte wahrgenommen hatten, schimpfte unterdrückt vor sich hin, packte Tine am Arm und zog sie unsanft in die Büsche hinter die Reste eines Bauzauns. »Schhhh!«, zischte sie. »Duck dich!« Durch eine Lücke im Holz sahen sie zwei Männer heranschlendern, die stehen blieben.

»Da hat schon wieder ein Idiot Müll abgeladen«, schimpfte

der eine. »Wart mal, ich ruf die Polizei. Oder das Ordnungsamt.« »Blödsinn, Franz. Mach dir nich so wichtig.«

»Aber die haben sogar auf die Brücke geschmiert!«

»Mensch, Franz. Die ham doch längst die Fliege gemacht. Außerdem sind die rosa Vögel echt schnieke. Muss ick an Malle denken bei. Saach ma, wat soll ick denn nu mit meene Berta machen? Meinste, det lohnt sich, die alte Karre noch ma flottzumachen?«

»Auf Malle leben keine Flamingos, Olli«, sagte sein Kollege, der sich offenkundig nicht allzu sehr für Berta und ihr Schicksal interessierte. Die Gefahr war vorüber. Sie würden die Polizei nicht rufen.

Valerie liebte dieses Wetter. Der Wind roch nach Aufbruch und Wachstum. Ein sanfter Aprilregen fiel in ihren Kragen und in die aufkommende Dämmerung. Als die Männer um die Ecke verschwunden waren, stand sie auf. Sie fühlte sich einen Augenblick lang selbst wieder jünger. Tine folgte ihrem Beispiel. »Danke. Aber jetzt bin ich schmutzig«, sagte sie und betrachtete finster die schlammigen Knie ihrer Jeans.

»Du wirst es überleben«, sagte Valerie amüsiert.

»Gibst du mir jetzt ein Autogramm? Das glaubt mir sonst kein Mensch.«

»Du bist wirklich neu in der Szene, oder? Das heißt nicht Autogramm. Das heißt *Tag*.«

»Das lern ich noch. Die andern quatschen alle so komisch, aber ich kapier das schon noch.«

»Das sind englische Begriffe. Die versteht man in der Szene auf der ganzen Welt. Mein Tag auf deiner Tasche bringt dir gar nichts. Ich bin längst ausgestiegen. Aber einen Rat gebe ich dir, davon hast du mehr.« Valerie sah Tine in die Augen. »Den willst du aber nicht hören, stimmt's?«

Tine schob die Unterlippe vor und klemmte sich die Tasche unter den Arm. »Doch«, sagte sie schließlich.

»Du brauchst keine Autogramme von anderen. Arbeite selbst daran, gute, phantasievolle Sachen zu machen statt wütendes Gekritzel ohne Sinn. Das nennt man übrigens Bombing, wenn es dir nur um viele, schlechte Bilder geht. Dafür bekommst du keine Anerkennung, und es macht auch nicht zufrieden. Bemühe dich, Pieces zu schaffen oder, besser noch, Masterpieces. Bilder von Qualität. Entwickle einen guten Swing, also einen Schwung in deinen Bildern, und deinen persönlichen Style. Dann wird man dich in der Szene bald kennen. Du kannst dir einen eigenen Namen machen, auf den du stolz sein kannst, wenn du ihn unter deine Graffiti setzt. Das heißt, du signierst natürlich nicht mit deinem richtigen Namen, sondern mit deinem Tag, also deinem Künstlernamen. Denk dir einen guten aus.« Tine sah zweifelnd zu ihr auf. Valerie klopfte ihr auf die Schulter. »Das schaffst du. Aber bring dich nicht in Gefahr dabei. Ich hatte Freunde, die das Sprayen ihr Leben gekostet hat. S-Bahn-Gleise und Hochhäuser sind kein Beweis von Mut, sondern von Dummheit! Für Ärger mit der Polizei gilt das Gleiche. Verstanden?« Tine nickte stumm. »Ich werd an dich denken, wenn ich gute Graffiti in einem neuen Style sehe. Tschüs, Tine!«

Es war beinahe gruselig gewesen, dachte Valerie auf dem Heimweg. Das Mädchen hatte sie so sehr an ihre Vergangenheit erinnert, dass es war, als wäre sie sich selbst begegnet. Nur allzu gut wusste sie noch, wie es war, dreizehn zu sein und sich wie ein

Nichts zu fühlen. Sie war in Tines Alter gewesen, als der Name entstanden war, unter dem man sie in entsprechenden Kreisen seither kannte. Damals hatte niemand sie gewarnt. Eine Streife hatte sie beim Sprayen erwischt und mit auf die Wache genommen.

»Wie heißt du? Wie alt bist du?« Die Frau hinter dem Tresen trug nicht mal eine Uniform, aber ihre Stimme war streng und viel zu laut in ihren empfindlichen Ohren. Eingeschüchtert hatte Valerie auf den gebohnerten Fußboden gestarrt, in dem sich das kalte Licht der Neonröhren spiegelte. Sie hatte nicht gewagt, den Kopf zu heben, als sie leise ihren Namen sagte.

»Wie bitte? Rimo? Ist das dein Vor- oder dein Nachname?« Die Frau mit dem Notizblock hatte nur die letzte Silbe ihres Vornamens und die erste ihres Nachnamens verstanden. »Valerie Mohagen«, sagte sie jetzt deutlicher.

»Aha.« Die Frau schrieb etwas auf. »Alter?«

»Dreizehn.«

»So. Dann gib mir mal die Telefonnummer deiner Mutter. Hallo! Hörst du mir überhaupt zu? Du sollst mir die Telefonnummer von deiner Mutter geben.« Sie hatte nicht zugehört. Sie war damit beschäftigt, über diesen neuen Namen nachzudenken. *Rimo*. Vor Freude darüber vergaß sie ihre Angst. Der Klang gefiel ihr. Sie fühlte sich wie eine Rimo. Sie stellte sich vor, in welchen Farben man den Namen zeichnen könnte und mit welchem Schwung. Aber jetzt musste sie erst einmal diese Frau loswerden, bevor sie es ausprobieren konnte.

»Meine Mutter ist tot.«

»Oh.« Die strenge Stimme wurde eine Spur freundlicher. »Dann muss ich mit deinem Vater sprechen.«

Sie nannte die Nummer. Die Frau wies ihr einen Platz auf einer Holzbank im Flur zu. Nach einer Weile kam sie und setzte sich neben Valerie. »Er kommt und holt dich ab«, sagte sie und reichte Valerie ein Bonbon. Anscheinend hatte sie beschlossen, nett zu sein. Vielleicht war es doch kein so schlimmes Verbrechen gewesen, die lila Schildkröte auf die Mülltonne zu sprühen.

»Ist deine Mutter schon lange tot?«, fragte die Frau.

»Schon ewig«, murmelt Valerie um das Bonbon in ihrem Mund herum. Es schmeckte nach Brombeeren. Ein bisschen wie die Marmelade, die ihre Mutter früher gekocht hatte.

»Kannst du dich noch an sie erinnern?«

»'n bisschen. Ja.«

»Woran ist sie denn gestorben?«

Warum dachten Erwachsene eigentlich immer, man fände es nett, wenn sie so neugierig waren? Valerie trommelte mit den Hacken ihrer lilabekleckten Turnschuhe gegen die Bank. Aber es war wohl besser, höflich zu sein. Am Ende sperrten sie sie doch noch in eine Zelle. Dabei hätte sie am liebsten ihren neuen Namen in die Holzbank gekratzt, nur um ihn geschrieben zu sehen. »Eine Zecke hat sie gebissen. Dann ist sie krank geworden.«

»Das tut mir leid.« Im Zimmer rief jemand. Die Frau stand auf. Endlich. »Bleib hier brav sitzen«, sagte sie, als wäre Valerie ein Hund. Valerie riss einen Zettel von einem Brett ab, das im Flur hing, und malte darauf mit einem Bleistiftstummel aus ihrer Tasche ihren neuen Namen in immer neuen Formen, bis ihr Vater kam. Wenn sie erst Farbe in der Hand hatte, würde sie dafür ein sanftes, aber leuchtendes Blau benutzen, mit einem Rand aus Apricot. Sie mochte diese beiden Farbtöne. Wie der Himmel am

Abend eines klaren Tages, kurz nachdem die Sonne untergegangen war. Der Name »Rimo« hatte noch einen anderen Vorteil. Wenn sie damit ihre Bilder signierte, würde niemand wissen, dass sie ein Mädchen war. Es gab nur wenige Mädchen unter den Sprayern, und sie bekamen selten Anerkennung.

In den Jahren danach machte sie diesen Namen in der Szene bekannt.

Das war jetzt lange her. Nur für diesen Augenblick gerade eben, mit der Dose in der Hand, war sie wieder die Rimo von damals gewesen, die bunte, stumme Botschaften in den grauen Tagen der Stadt hinterließ und damit ihre Unsicherheit, Unruhe und Einsamkeit bekämpfte. Die sich einen Platz in der Welt sprayen wollte. Jetzt studierte sie Germanistik und Kunstgeschichte und wunderte sich noch immer darüber. Es fühlte sich fremd an. Sie vermisste das geliebte Geräusch der Mischkugel, mit der man die Ordnung durcheinanderbringen konnte. Aber irgendwann war sie eben zu vernünftig und erwachsen dafür geworden. Valerie seufzte.

Eigentlich hätte sie heute für eine Klausur lernen müssen. Der nasse Apriltag jedoch roch zu gut nach Frühling. Sie hatte einfach nicht stillsitzen können, bis sie am Wasser war. Wasser beruhigte sie stets. Inzwischen war es zu dunkel für Wasserträumereien, obwohl hinter den Silhouetten der Hochhäuser noch eine Ahnung von Orange am Rand des Tages lag. Zeit, nach Hause zu gehen. Sie hatte eingekauft und wollte für ihren Vater kochen. Seit sie in ihre eigene Einzimmerwohnung gezogen war, machte sie sich ein wenig Sorgen, ob er sich gesund genug ernährte. Auch wenn die Wohnung im selben Haus war, nur viele Stockwerke höher, lebte nun doch jeder sein eigenes Leben. Sie gab sich Mühe, wenigstens einmal die Woche mit ihm zu essen, damit er überhaupt ein paar Vitamine zu sich nahm.

Ein Umweg musste aber noch sein.

Das Lied der Amseln behauptete sich frühlingshaft neben dem Verkehrslärm. Sven stand mit seinem Instrument wie immer um diese Zeit in der Unterführung zum U-Bahnhof. In der Radkappe, die er für die Münzen der Vorübergehenden hingestellt hatte, lag nur eine Handvoll Cent. Seine Augen leuchteten auf, als er Valerie sah, aber er hörte nicht auf zu spielen, bis das Stück zu Ende war. Dann schloss er sie in die Arme und küsste sie lange. Sie lehnte sich in seine Umarmung und in das vertraute Gefühl, angekommen zu sein. Seit sie zusammen waren, war es nicht mehr so wichtig gewesen, Spuren in der Stadt zu hinterlassen und ihren Namen in staubige Ecken zu kritzeln, um zu wissen, dass sie am Leben war. Bei Sven fühlte sie sich geborgen. Er roch nach Stadt, nach Teer und Motoröl und Rauch und dem Frittenfett von der Currybude oben auf der Straße. Sven eben.

»Wie war es heute in der Uni?«, fragte er.

»Weiß nicht. Ich war nicht dort.« Kritisch musterte sie sein Instrument. »Du, hier ist Farbe abgegangen. Da muss ich nachlackieren.« Das Instrument hatte er selbst gebaut, aus alten Rohren, durch die er blies wie in ein Didgeridoo der australischen Aborigines. Auch eine kleine Trommel war daran und eine Triangel und einige Saiten aus Draht. Er baute es ständig um. Kein Instrument in der Stadt klang wie dieses, das er »die Stadtröhre« nannte.

»Du, Rimo, ich hab da vielleicht was für dich. Wenn das mit der Uni doch nichts für dich ist. Ein Kumpel von mir, der hat einen Shop für Webdesign aufgemacht. Der braucht noch Hilfe.« Sven nannte sie immer noch Rimo. Sie hatten sich in der Sprayerszene kennengelernt. Es fühlte sich gut an. Bei ihm konnte sie alles sein, was sie war, auch das trotzige, verlorene Mädchen von damals.

»Damit kenne ich mich nicht aus.« Trotzdem horchte sie auf. Sven kannte sie zu gut. Wenn er das sagte, hatte er einen Grund dafür. »Das würdest du fix lernen. Er braucht wen, der sich mit Farben auskennt und mit witziger Gestaltung. Hip, cool und jung. Wie du.« Er lächelte sie voller Liebe an, dass sie sich wieder an ihn schmiegte. Mit fünfundzwanzig würden sie heiraten, hatten sie einmal ausgemacht. Nur so, um irgendwo in die Zukunft eine Markierung zu setzen.

»Kannst du mir ja mal zeigen, den Laden. Aber jetzt gehe ich nach Hause. Heute esse ich mit meinem Vater. Morgen kommst du zu mir, ja? Machst du noch lange?«

»Bisschen noch. Geht klar mit morgen. Tschüs, Süße.« Er blies wieder in das Mundstück. Ein kleiner Junge blieb bewundernd stehen.

Die etwas heiseren, leicht melancholischen Töne hallten im U-Bahn-Tunnel wider und folgten Valerie die Treppe hinauf noch ein Stück die Straße entlang. Sie dachte an Svens Vorschlag. In ihrem Magen kribbelte unterdrückte Aufregung. Der Uni entkommen! Etwas Neues machen. Aber sollte sie wirklich das Studium abbrechen? Nachdem sie es sich so hart erkämpft hatte?

Sie war zufrieden mit ihrem Tag, als sie die Haustür aufschloss. Statt Theorie, Grammatik und klassischer Dichtung endlich wieder einmal Farbgeruch und ein paar knallrosa Flamingos mitten im Gesicht des grauen Alltags. Im Treppenhaus roch es nach Kohl und Katzen. Valerie drückte auf den Lichtschalter an der Wand mit den zweiundzwanzig Briefkästen, aber nichts passierte. Egal, die Treppe hätte sie auch blind laufen können. Im ersten Stock sprang die trübe Birne plötzlich doch an. Gerade rechtzeitig, sonst wäre sie über ihren Vater gefallen, der auf dem zweiten Treppenabsatz saß, einen Brief in der Hand. »Pani? Was ist denn? Warum sitzt du hier?« Sie hockte sich neben ihn und beugte sich vor, um sein Gesicht sehen zu können. Er starrte nur auf das Kuvert. »Ich weiß nicht. Ich meine, ich warte auf dich. Es ist was passiert. Oder nein, doch nicht. Nicht jetzt.« Er hatte ihr einmal erzählt, wie es dazu kam, dass sie ihn Pani nannte. Er hieß eigentlich Kuno. Valeries Mutter hatte ihn »Kuni« gerufen. Ihrer kleinen Tochter hatte sie dagegen vorgesprochen: »Sag Papa. P-a-p-a!« Die kleine Valerie hatte schließlich »Pa-Ni« herausgebracht. Und das war hängengeblieben.

Pani neigte aber nicht dazu, konfus zu reden. Valerie war beunruhigt. »Was ist das für ein Brief? Soll ich den lesen?«

Aber er hielt ihn fest umklammert mit der Hand, an der ein Ringfinger fehlte. Seit damals. »Valerie, es sieht aus, als ob meine Angelika … deine Mutter …« Er holte tief Luft, versuchte es noch einmal. »Anscheinend hat sie noch gelebt. Hier steht, sie wäre erst im Sommer 2008 gestorben!« Jetzt hob er den Kopf, und sie sah Ungläubigkeit, Trauer und Verzweiflung in seinen Augen. Und noch etwas anderes. Was war das? »Valerie, das ist nicht einmal ein Jahr her!«

Sie versuchte vergeblich zu verstehen, was er meinte. In ihrem Kopf war nur Nebel. »Mama ist gestorben, als ich sechs war. Im Krankenhaus Moabit. Kinder durften nicht auf die Station, deshalb hast du mir das Haus von außen gezeigt. Damals war es schmutzig. Jemand hatte Blumen und Katzen auf die Wand gemalt. Das war vor sechzehn Jahren. Inzwischen haben sie es neu verputzt.«

Wortlos schüttelte er den Kopf, als könnte er nicht mehr damit aufhören. Im Treppenhaus ging das Licht aus.

2

Was in der Tiefe lebt

Valerie wickelte sich enger in die alte Decke und drückte sich an den Schornstein. Er bot Windschutz und auch ein wenig Wärme, die aus dem Inneren des Hauses heraufstieg und durch die brüchigen Backsteine sickerte. Sie war tröstlich, fühlte sich an wie eine Ahnung der gesammelten Menschlichkeit all jener, die dort unten in den verschiedenen Wohnungen ihr buntes, zerrissenes, merkwürdiges Leben lebten. Valerie war in diesem Haus aufgewachsen und kannte doch nicht einmal alle, die darin wohnten. Sie kamen aus aller Herren Länder. Die Gesichter wechselten ständig. Und doch verband sie alle, dass sie an genau dieser Stelle auf der Welt und in diesen Tagen versuchten, mit sich selbst und miteinander zurechtzukommen und in dieser wirren, lebendigen Stadt Spuren von Glück zu finden. Manchmal auch nur die nächste Mahlzeit.

Hier oben war einer von Valeries Lieblingsplätzen. Noch lieber saß sie auf einer Brücke über der Spree und blickte hinunter in das dunkle Wasser, aber jetzt, mitten in der Nacht, hatte sie sich lieber hier herauf geflüchtet. An Schlaf war nicht zu denken.

Aus Pani war gestern Abend nichts mehr herauszubekommen gewesen. Sie hatte ihn schließlich in die Wohnung geleitet, vorsichtig wie einen Kranken. Sie hatte ihm einen Tee gemacht und Abendessen gekocht und viel zu viel Muskat in das Kartoffelpüree gemahlen, weil sie sich nicht konzentrieren konnte. Aber das war nicht der Grund, warum Pani fast nichts aß. Den Brief hatte er in sein Schlafzimmer mit der leeren Doppelbetthälfte getragen.

»Morgen, Valerie. Morgen erkläre ich dir, was ich weiß. Ich muss es selbst erst begreifen«, sagte er schließlich und schob seinen Teller fort. »Ich bin furchtbar müde. Gute Nacht.« Die Worte klangen verlegen und leer. Sie wussten beide, dass es keine gute Nacht werden konnte. Langsam und gebeugt war er aus dem Zimmer gegangen, als hätte der Briefumschlag alle Jahre seines Lebens enthalten, die plötzlich auf seinen Schultern lagen.

Mit Sicherheit konnte er ebenso wenig schlafen wie sie. Aber Valerie hatte früh gelernt, dass man den Menschen ihre Geheimnisse nur entlocken konnte, wenn man ihnen die Zeit gab, sie von selbst preiszugeben. Auf den Berliner Straßen schleppte jeder Geheimnisse mit sich herum und wusste sie mit einer scharfen Zunge, Berliner Witz und Galgenhumor ausgezeichnet zu übertünchen. So wie Valerie es durch ihre Farben auf hässlichen Wänden versucht hatte.

Hier auf dem Dach hatte sie ihr erstes Graffiti gemalt. Mit bunter Kreide. Für alles andere war sie noch viel zu klein gewesen, aber Kreide hatte sie immer in der Tasche, beinahe seit sie laufen konnte.

Sie erinnerte sich an den ersten Tag, als Pani sie mit auf das Dach genommen hatte. Er tat dies nur, weil es seine Arbeit war und er an diesem Morgen auf sie aufpassen musste. »Du bleibst in meiner Nähe!«, befahl er ihr mit seiner strengsten Stimme.

Sie sah an seinen zusammengekniffenen Augen, wie ernst er es meinte. »Siehst du diesen dunklen Strich aus Teer, zwischen diesen beiden Bahnen Dachpappe? Wenn du auch nur mit dem großen Zeh darübertrittst, sperre ich dich unten ein, und du wirst mich nie wieder bei der Arbeit begleiten.« Sie begriff, dass er sich Sorgen um sie machte, und hielt sich darum diesmal an seine Anweisung. Nicht weil ihr die Abgründe um sie herum Angst machten, sondern weil sie unbedingt wieder mit herauf-wollte. Sie fühlte sich vom ersten Augenblick an wohl auf dem Dach. Es war leiser als unten auf den Straßen. Staunend erkannte sie von oben ihr Revier wieder, das aus dieser neuen Perspektive erst fremd und dann vertraut erschien. Irgendwie verzaubert. Sie wusste, wie es sich anhörte, wenn man in der Sommerhitze unter den Linden stand und die Blätter raschelten. Aber sie hatte nicht gewusst, wie es von oben aussah, wenn die Sonne darauf funkelte und aus einem einzigen Grünton so viele machte, dass man sie nicht zählen konnte. Das Gurren der Tauben war hier lauter und die Möwen, die unter den Wolken segelten, weil der Wind sie von der Spree herübergelockt hatte, viel näher.

Pani arbeitete hier oben, weil er Rolltreppen und Aufzüge wartete und reparierte. Damit die Leute nicht darin stecken blieben oder wenigstens rasch befreit wurden, wenn sie doch hängen geblieben waren.

Nur wenn sie selbst im Leben steckenblieben, Pani und sie, dann konnte er nicht immer helfen, dachte Valerie. Dann hatte sie sich selbst wieder befreien müssen. Über die Jahre war das immer wieder vorgekommen. Aber noch nie hatte sie sich so hilflos und erstarrt gefühlt wie heute.

Damals hatte ihr der Vater erklärt, was er tat. »Ich mag meine Arbeit«, sagte er. »Ich bin immer zwischen Himmel und Erde unterwegs, jeden Tag.«

»Ich will aber nicht, dass du in den Himmel kommst wie Mama«, sagte Valerie.

»Keine Sorge! Immer, wenn ich dem Himmel näher komme, muss ich wieder runter«, hatte Pani gesagt. »Die Aufzüge und Rolltreppen fahren ja nur so weit, wie das Haus hoch ist, allerhöchstens bis aufs Dach.« Auch um seiner kleinen Tochter zu beweisen, dass der Aufzug nicht weiter durch das Dach hindurchfuhr, wie sie zuvor immer geglaubt hatte, hatte er sie mit hinauf genommen. Während er an einer Luke herumschraubte, die irgendetwas mit dem Aufzugsschacht zu tun hatte, malte Valerie eine Blume an den Schornstein. Mit grüner und roter Kreide. Vielleicht würde ihre Mama die von oben bemerken. Hier sah man sie von oben bestimmt viel besser als unten in den Wirren der Straßenschluchten.

Da sie die Blume auf der wetterabgewandten Seite gezeichnet hatte, waren noch Jahre später Spuren davon zu sehen, ehe der Regen auch den Rest abwusch. Ebenso wie die Blume fühlte sich Valerie fortan auf den Dächern der Stadt zu Hause. Pani ahnte zum Glück nicht einmal von der Hälfte der luftigen Orte etwas, an denen sie sich heimlich herumtrieb, später oft mit den falschen Leuten, die sich über jede Teerlinie in der Dachpappe hinauswagten. Sie waren damals keine Kinder mehr und auch noch keine Erwachsenen, und ihr eigenes Leben war ihnen nicht viel wert, so dachten sie jedenfalls. Das Ansehen unter den Kumpels galt ihnen mehr.

Aber Valerie war nie hinuntergestürzt, und darum fürchtete sie sich hier oben nicht. Von diesem Dach kannte sie jede Handbreit, auch im Dunkeln. Außerdem war es nie ganz finster über der Stadt, die keine Nacht kannte.

Der Regen von heute Nachmittag hatte auf der Dachpappe eine breite Pfütze hinterlassen, in der sich ein dünner Mond spiegelte, zusammen mit den Lichtern der Hochhäuser rundherum. Rot-, Grün- und Gelbtöne zitterten im Wind auf der Wasseroberfläche. Valerie beobachtete sie eine ganze Weile und dachte an gar nichts. Ins Wasser zu blicken half ihr immer. Nach einer Weile fühlte sie sich leichter. Man konnte nicht innerlich erstarrt bleiben, wenn man lange genug in dieses bewegte Bild sah. Selbst in der größten Verzweiflung oder dem, was sie dafür hielt, war dies immer ihre Rettung gewesen.

Das hatte sie ihrer Mutter zu verdanken und der einzigen Reise, die sie jemals mit ihr gemacht hatte.

»Ach, Mama«, sagte sie zu den schweigenden Wolken, die mondsilbern über ihr entlangsegelten, »wenn du gar nicht im sogenannten Himmel warst, konntest du meine Blume auch nicht sehen. Was ist nur geschehen? Was ist dein Geheimnis?« Sie sagte es laut, denn hier oben hörte sie niemand, und es war eine alte Gewohnheit von ihr. Sie glaubte schon lange nicht mehr daran, dass Tote in den Himmel kamen. Trotzdem war ihre Mutter immer eine feste Größe in ihren Gedanken gewesen. Angelika Mohagen hatte gelebt, und dann war sie gestorben, aber die Erinnerung an sie blieb lebendig. Und manchmal, wenn Valerie danach war, hatte sie sich hier oben mit ihrer Mutter unterhalten, weil es gelegentlich half, die Dinge auszusprechen. Solange man sich an jemanden erinnerte, war er auch noch irgendwie da, das hatte sie von Pani gelernt und auch von ihrem alten Freund Josef.

Aber jetzt war alles anders. Wenn ihre Mutter bis vor kurzem noch gelebt hatte, wo war sie denn die ganze Zeit geblieben? Das fühlte sich entsetzlich falsch an! Dann hätte sie doch hier sein müssen. Bei Pani und bei ihrer Tochter.

Valerie fühlte sich betrogen. Da hatte sie all die Jahre hier oben mit ihrer Mutter gesprochen, und ihre Mutter war gar nicht da gewesen, sondern hatte sich irgendwo herumgetrieben! Warum? Oder hatte sie wie im Film ihr Gedächtnis verloren? Sie glaubte nicht an solche Filme.

Es gab keine Antworten. Valerie musste darauf warten, dass der Morgen hinter den Fabrikschornsteinen über den Himmel schlich und Pani endlich mit ihr sprechen würde. Valerie blies in ihre Hände, um sie aufzuwärmen, und versuchte ein Bild ihrer Mutter heraufzubeschwören. Ihre Erinnerungen zumindest waren nicht falsch. Die waren unverrückbar und wirklich. Damals war alles in Ordnung gewesen, jedenfalls hatte sie das geglaubt. In jenem Sommer, als ihre Mutter sie mit an die Nordsee nahm und Valerie begann, das Wasser zu lieben.

Pani kam nicht mit. Er musste arbeiten.

Die Oma hatte sie eingeladen. Es war das erste und einzige Mal, dass Valerie ihre Oma traf, die ganz woanders wohnte und sich nie besonders für ihre Familie interessiert hatte. Dieses eine Mal wollte Oma offenbar nicht alleine Urlaub an der Nordsee machen, oder vielleicht hatte sie geahnt, dass es ihr letzter Sommer sein würde. Einen Opa hatte es nie gegeben, nicht für Valerie. Daran war etwas schuld, das sie Krieg nannten.

Die Oma war in Valeries Erinnerung eine große, hagere Gestalt ohne Gesicht, ein Schatten nur. Die wenigen Worte, die sie für Valerie hatte, waren spitz und lästig wie Mücken, die einem abends um die Ohren summten. »Sitz gerade, Kind.« »Die linke Hand gehört auf den Tisch!« »Schling nicht wie eine Wilde.« »Kannst du nicht lernen, dir die Haare ordentlich zusammenzubinden?« Irgendwann hatte Valerie heimlich die Schere geklaut und sich die Haare abgeschnitten. Das war der Oma dann auch nicht recht, aber ihre Mutter hatte nur gelacht. Valerie fand das Gefühl herrlich, wie der Wind durch die kurzen Stoppeln fuhr und sie lustig hochstehen ließ. Sie fühlte sich frei, frei von der Oma, frei von dem Gewicht und dem ewigen Bürsten, um die Knoten herauszubekommen.

Doch es war nicht nur wegen der kurzen Haare, dass sie sich so frei fühlte und leicht und ein bisschen wie ein Schmetterling, der über Wiesen flatterte. Es war vor allem dieser viele weite Raum um sie her. Dass man rennen konnte, ohne irgendwo gegen eine Mauer zu stoßen oder an eine Straße zu kommen, über die Lastwagen donnerten. Das endlose leuchtende Grün der Salzwiesen, der lange Weg oben auf dem Deich mit Schafen wie flauschige Punkte rechts und links, der Sand, der an den Füßen so weich und warm war.

»Zieh die Schuhe aus!«, ermunterte sie ihre Mutter, als sie zum ersten Mal zum Strand hinuntergingen, und tat es selbst. Verwundert sah Valerie ihr zu. Sie kannte Sand aus den dreckigen Kisten auf dem Spielplatz. Aber sie war noch nie barfuß gelaufen. Daran war in der Stadt nicht zu denken. Da gab es überall Glasscherben, Kaugummis, Zigarettenstummel, Hundehaufen und Schlimmeres. Aber wie herrlich war es hier, auf einmal auch an den Füßen zu spüren, was sie sonst nur sehen konnte!

So viel Platz zum Herumtoben und Denken und Atmen hatte Valerie noch nie erlebt. Es erschien ihr wie eine Welt aus einem Buch, eine Zauberwelt, ein Traum, der nicht wirklich sein konnte. Nur wenn ein Krebs sie in den großen Zeh zwickte oder sie sich an einer Muschelschale schnitt, fühlte sie, dass alles wirklich und diese fremde, unglaubliche Welt nicht nur ein Streich ihrer Phantasie war.

Das Schönste, von dem sie sich am allermeisten verzaubert fühlte, war das Wasser. Es war nicht dunkel wie das in der Spree oder im Teltowkanal, wenn man von der Brücke blickte. Es war flach und hell und glitzerte. Hier gab es nicht nur Tag und Nacht, hier gab es auch Ebbe und Flut. Wenn Flut herrschte, rauschten hohe Wellen und erzählten Geschichten. Wenn Ebbe war, reichte dasselbe Wasser Valerie nur bis zu den Knöcheln. Dann war es warm und sanft und glasklar, wenn sie darin herumwatete und auf dem Sandboden das Funkeln der Lichter tanzen sah, die die Sonne hineinstreute. Valerie entdeckte winzige Seesterne, huschende durchsichtige Garnelen, kleine Quallen wie aus Glas und seltsame Blumen, die lebendig schienen. Sie hatten einen Fuß und konnten sich fortbewegen! Das konnte doch nicht sein? »Was ist das, Mama?«

»Das sind Seeanemonen. Es sind Tiere, auch wenn sie wie Blumen aussehen und heißen. Man sagt auch Blumentiere.«

Blumentiere! Sie konnte nur in ein Märchen geraten sein.

Glück und Wasser waren für sie fortan eins.

Ihre Mutter hatte hier mehr Zeit für sie als sonst und las ihr, wenn sie im Strandkorb saßen, aus den Büchern vor, die sie im

Hotel gefunden hatten. Da kamen Seeungeheuer vor, die Matrosen zu Tode erschreckten. Riesenkraken, die ganze Schiffe in die Tiefe zogen, Haifische, die Schiffbrüchige verspeisten, und Mördermuscheln, die Taucher einklemmten, bis diese ertranken.

»Aber Mama, warum ist in den Geschichten alles böse, was in dem schönen Meer lebt?«

»Sicher, weil die Geschichten sonst nicht spannend wären. Außerdem, was ist mit den Meerjungfrauen? Die sind doch nett.«

Aber mit den Meerjungfrauen, die sich im Mondlicht die Haare kämmten, sehnsüchtige Liebeslieder sangen und davon träumten, laufen zu können, weil sie an Land irgendeinen Prinzen küssen wollten, konnte Valerie nichts anfangen. »Mama, die nützen doch keinem was. Und das mit den langen Haaren glaub ich nicht. Wenn man an Land schon immer Knoten drin hat, dann ist das im Wasser viel schlimmer. Da wären auch immer Algen und so 'n Zeug drin.«

»Es sind ja bloß Geschichten.« Ihre Mutter verstand das Problem nicht, aber Valerie war es ernst. Sie grollte diesen Geschichten, die das Meer beleidigten und nichts Gutes darin fanden.

Einmal gingen sie ins Kino und sahen sich »Die unendliche Geschichte« an. Valerie verstand nicht alles, aber der fliegende Glücksdrache gefiel ihr. »Siehst du, das war ein guter Drache, der den Menschen hilft. So wie Engel. Warum gibt es dann so was nicht im Wasser?«

»Keine Ahnung, Kind. Das musst du dir eben einfach selber vorstellen.«

Genau das tat sie, als die Stadt sie wieder in Empfang nahm und umschloss, als wäre sie nie weg gewesen. Manchmal zog sie heimlich die Schuhe aus, oben auf dem Dach oder im Park auf dem Rasen, aber als sie in eine Rasierklinge trat, gab sie es wieder auf. Dafür saß sie oft auf der Brücke, baumelte mit den Beinen und starrte in die dunkle Spree, bis sie meinte, unter der Oberfläche hätte sich etwas bewegt. Bestimmt würde ihr Wasserglücksdrache irgendwann auftauchen. Wie er genau aussah, wusste sie nicht. An der See war es nicht so laut gewesen. Hier, in der vertrauten, lärmenden, ewigen Melodie der Stadt, die wieder über ihr zusammenschlug wie eine andere Art von Flut, fiel es ihr schwerer, sich Dinge auszudenken.

Für Valerie stand fest, dass sie im nächsten Sommer wieder an diese Nordsee wollte. Und sie mochte nie wieder lange Haare haben.

Doch im Winter starb die Oma und im Frühjahr Valeries Mutter, und es gab nie wieder einen Sommer an der See. Valerie wagte nicht, danach zu fragen. Pani hatte andere Sorgen, es war kein Geld da, und außerdem konnte sie sich das Meer ohne ihre Mutter nicht vorstellen.

Bald war sie sich nicht mehr sicher, ob der weiche Sand und das glasklare Wasser mit den Blumentieren nicht auch nur eine Geschichte gewesen waren, ein Film im Kino, den sie noch nicht ganz verstanden hatte.

Und jetzt, so viele Jahre später, nachts hier oben auf dem Dach, ging es ihr genauso. Pani hatte ihr stets gesagt, ihre Mutter wäre tot. Offenbar hatte er es selbst angenommen, denn der Schock und Unglaube in seinem Gesicht gestern waren unzweifelhaft echt gewesen.

Was nur hatte sie diesmal nicht verstanden?

Skem

Amrum

1927

3

Skems Skepsis

»Aber Vater, warum musst du wieder auf ein Schiff?« Zweifelnd blickte Skem auf die aufgewühlte See und klammerte sich fest an die große, raue Hand seines Vaters. Es war Frühling, aber mit dem Frühling kamen auch Stürme. Heute wirbelten sogar noch einmal Schneeflocken über die Gischt, die Dünen und in den Kragen von Skems dickem, grobgestricktem Pullover. Sie blieben auch in Vaters Bart und seinen Augenbrauen hängen. Skem traute dem Frühling nicht, dem Sturm nicht und den Wellen auch nicht. Hatte er doch schon so oft gehört, dass Schiffe, wenn sie einmal so erschreckend klein hinter dem Horizont verschwunden waren, nie mehr wiederkehrten. Er hatte Frauen um ihre Männer oder Söhne weinen sehen und Kinder um ihre Väter. Er wusste, wie gefährlich es war, zur See zu fahren, und er wusste, dass auch vor Amrum schon Schiffe gestrandet waren. Da hatte der Leuchtturm nichts genützt, der hinter ihnen wie ein Schatten im Schneegestöber stand.

»Ich bin doch jedes Mal heil heimgekommen«, sagte Vater mit seiner beruhigend tiefen Stimme und hielt Skems Hand noch fester. »Und du weißt, dass ich den Lohn für uns verdienen muss.«

»Aber du könntest im Hotel arbeiten wie Großvater und Tante Beeke.«

Unwillkürlich blickte sein Vater nach Norden, wo in der Ferne hinter den Dünen der Schornstein von *Alriks Kwaas* zu sehen war. Skems Großvater Alrik hatte das Hotel gegen den Willen seines eigenen Vaters, des alten Garrelf Rossmonith, gebaut. Die Seefahrt war eine Familientradition der Rossmoniths, doch Alrik war aus der Art geschlagen. Er fürchtete sich vor dem Meer. Dass jetzt immer mehr Feriengäste zur Erholung nach Amrum reisten, kam ihm gerade recht. Zum Erstaunen der Familie bescherte ihm der Betrieb ein gutes Auskommen. »Das Hotel ist wie ein Schiff an Land. Es trägt meine Familie durch das Leben«, pflegte er zu sagen. »Und wenn ein Sturm kommt, so hat es nicht mehr zu verlieren als ein Stück seines Daches.«

»Weißt du, Sohn, ich schlage nun einmal mehr meinem Großvater nach und allen, die davor waren«, sagte Skems Vater. »Du weißt, ich vertrage mich nicht so gut mit meinem Vater, und ich wüsste auch nicht, was es für mich im Hotel zu schaffen gäbe. Kannst du dir vorstellen, dass ich mit der Köchin in der Suppe rühre oder gar die Nachttöpfe der Gäste leere?«

Nein, das konnte Skem sich nicht vorstellen. Vielleicht befürchtete sein Vater ja auch, dass Urgroßvater Garrelf ihn einen Feigling schimpfen würde, wenn er nicht aufs Meer fuhr. Skem hatte einmal gehört, wie Garrelf über Großvater Alrik gewettert hatte, den er einen Hasenfuß nannte, und das, obwohl er im Krieg gekämpft und einen Orden bekommen hatte. Aber alles, was an Land geschah, bedeutete Urgroßvater Garrelf nichts. »Wir Rossmoniths sind Seeleute, merk dir das, Junge«, erklärte er oft und schlug dabei Skem auf die schmale Schulter, dass er Mühe hatte, aufrecht stehen zu bleiben.

»Komm, Sohn, lass uns ein Stück am Strand entlangwandern.

Vielleicht finden wir noch ein wenig Brennholz oder angeschwemmtes Gut.«

Die Erwähnung des angeschwemmten Guts beruhigte Skem nicht gerade. Ja, es half, wenn Dinge angeschwemmt wurden, die man noch gebrauchen konnte. Einmal war es ein Fass Schmalz gewesen und ein andermal ein Ballen Tuch, der nach dem Waschen und Trocknen noch verwendbar gewesen war. Eigentlich musste man solche Funde dem Strandvogt melden, doch damit nahm man es nicht immer so genau. Das Schmalz hatte wunderbar geschmeckt. Nur wenn Dinge angeschwemmt wurden, bedeutete dies, dass irgendwo ein Schiff untergegangen war.

Auch seinem Vater war aufgefallen, dass seine Bemerkung unglücklich gewesen war. Er hockte sich vor Skem hin und sah ihn ernst an. »Junge, habe ich dir nicht oft genug vom Töveree erzählt?«

»Doch, Vater. Es ist eine schöne Geschichte. Aber ich bin kein Kind mehr, das an Seemannsgarn glaubt.«

Sven Rossmonith öffnete den Mund, wohl um zu entgegnen, dass sein Sohn sehr wohl noch ein Kind sei, doch dann schloss er ihn wieder. »Ich weiß, mein Sohn. Es ist nicht leicht für dich, die Verantwortung für Mutter zu übernehmen, wenn ich so lange Zeit fort bin«, sagte er schließlich.

Skem war alt genug, um zu wissen, dass seine Mutter nicht wie manche anderen Mütter war, die tagaus, tagein resolut ihrer Arbeit nachgingen, egal, wie hart die Zeiten waren. Greetje Rossmonith war kränklich und ängstlich, und wenn ihr Mann nicht auf der Insel war, verließ sie sich auf Skem, als sei er schon ein Mann.

Manches Mal, wenn der Vater zu lange fort war, kam nicht genug Essen auf den Tisch, egal, wie viele Kaninchen Skem fing und Möweneier er sammelte. So hatte er früh aufgehört, an Märchen zu glauben. Das mit dem *Tischlein, deck dich* war nur eine dumme Geschichte. Es funktionierte nicht. Auch die Geschichte vom Töveree erschien ihm lächerlich, obwohl das die einzige war, welche ihm auch sein Vater erzählte, nicht nur Greetje, die gern aus alten Büchern vorlas. Gewiss diente sie nur dazu, kleine Kinder zu beruhigen.

Ein Fisch, so groß wie ein kleiner Wal, mit einem flachen Körper, einem spitzen Kiefer und obendrein noch Schwingen wie ein Rochen? Ein Fisch, der auf diesen gewaltigen flügelartigen Flossen angeblich aus dem Wasser steigen und ein Stück segeln konnte und auf dessen Haut große kreisförmige Schuppen ein bläuliches Licht von sich gaben? Das konnte ihm niemand weismachen. Immer wieder, so erzählte man sich, hätte dieses zauberhafte Wesen Schiffe, die in Stürmen in Not geraten waren, in sichere Gewässer geleitet. Vorwiegend im Winter glaubte man, diesen sagenhaften Fisch gesehen zu haben, je kälter es war und je größer die Not, desto häufiger.

Es war eine schöne Geschichte, aber sie überzeugte Skem nicht im Geringsten davon, dass dieses angebliche Wundertier seinem Vater in gefährlichen Gewässern zu Hilfe kommen würde, wäre es einmal notwendig.

Sein Vater legte ihm die Hände auf die Schultern. »Ich verrate dir ein Geheimnis, Sohn. Aber erzähle es nicht deiner Mutter. Es ist deinem Urgroßvater peinlich, es zuzugeben. Du weißt, er ist ein Mann, der sich gerne an die Fakten hält. Doch wenn du ihn danach fragst, wird er es dir bestätigen. Als dein Urgroßvater noch zur See gefahren ist, hat er den Töveree einmal höchstpersönlich gesehen. Zuvor glaubte er ebenso wenig an seine Existenz wie du jetzt.«

Skem machte große Augen. »Urgroßvater Garrelf hat den Töveree gesehen? Wirklich?«

»Mein Wort darauf.«

Skem zweifelte nicht am Wort seines Vaters, und doch wollte er dies von Urgroßvater Garrelf selbst hören. Bei nächster Gelegenheit würde er ihn danach fragen.

»Still, mein Junge! Nicht so laut!« Garrelf saß auf einem Fass im Hafen und pulte Krabben. Sein Alter und die Gicht waren daran schuld, dass er nicht mehr zur See fahren konnte, aber Krabben pulen konnte er noch. Die Großstädter, die neuerdings in Scharen hier einfielen wie die Zugvögel, um sich von dem Dreck und Lärm zu erholen, den sie selbst verursachten, waren ganz verrückt nach den Krabben und zahlten gutes Geld dafür. Außerdem konnte er dabei den Hafen im Auge behalten, wo er sich am wohlsten fühlte. Geniert sah er sich um. »Wenn dich jemand hört! Willst du, dass sie den Respekt vor mir verlieren? Schlimm genug, dass ich die Schiffsjungen nicht mehr herumjagen kann.« Er zwinkerte Skem zu.

»Aber ist es die Wahrheit, Urgroßvater?«, beharrte Skem mit gedämpfterer Stimme, obwohl er sich nicht vorstellen konnte, dass jemals einer den Respekt vor Garrelf Rossmonith verlieren könnte.

»Hilf mir mit den Krabben.« Garrelf schob ihm eine Schale hinüber. Er hielt nichts davon, wenn jemand untätig herumsaß. »Natürlich ist es wahr! Ich habe es damals in meinem Logbuch notiert, wie es sich für alle Wahrheiten gehört, ordentlich zwischen die Eintragungen über Seemeilen und Wassertiefe und Windstärken. Aber das heißt noch lange nicht, dass ich es herumposaunen und mich lächerlich machen muss! Vor jenem Tage habe ich ebenso wenig an das Tier geglaubt wie du jetzt, und den meisten anderen Seeleuten geht es ebenso, ganz gleich, wie viel Seemannsgarn sie erzählen.«

»Wann war das, Urgroßvater?« Skem widmete sich eifrig den Krabben, um seinen guten Willen zu zeigen.

»Das war im Jahre 1879. Ich weiß es noch wie gestern.« Garrelf blickte in die Ferne und ließ die Hände ruhen, ein sicheres Zeichen, wie sehr ihn das Thema bewegte. »Es war ein harter Winter, und wir kamen von einer beschwerlichen Fahrt aus dem Norden zurück. Wir waren alle erschöpft und hungrig, da die Vorräte zur Neige gingen. Es herrschte keine unmittelbare Gefahr in jener Nacht, aber ich weiß, dass mich eine ungewohnte Schwermut und Kraftlosigkeit gepackt hatte. Es war noch vor Mitternacht, und mir war, als würde die Sonne womöglich nie wieder aufgehen. Ein eisiger Wind pfiff durch meine Kleidung, und die Gischt durchnässte mich. Ich fror bis auf die Knochen. Fragen quälten mich. Würde die karge Fracht, die wir geladen hatten, am Ende ausreichen, um den Männern ihren wohlverdienten Lohn auszuzahlen? Würden wir überhaupt noch den Heimathafen erreichen? Hatte sich diese ganze Plage gelohnt? War es nicht ein Jammer, dass die Zeiten des Walfangs vorbei waren, als man noch sein Glück machen konnte? Ich dachte an jene Seeleute, die einst als reiche Männer zurückgekehrt waren, da der Tran damals noch ein Vermögen wert war, und deren Geschichten man noch heute auf den Grabsteinen eingemeißelt sieht. Tja, an diesem Abend war ich voller Selbstmitleid, sosehr ich mich schäme, es zuzugeben.« Garrelf hob einen mahnenden Finger. »Schreibe dir das hinter die Ohren, Junge, Selbstmitleid ist nichts für Männer! Es führt nur ins Verderben und ist ein Zeichen von unverzeihlicher Schwäche. Ich weiß nicht, welcher Teufel mich an jenem Abend ritt, dass ich mich solchen Gedanken hingab. Doch gerade als die Nacht am tiefsten und der Wind am schärfsten war, gewahrte ich kurz vor Sylt in der Ferne ein seltsames blaues Schimmern unter der Oberfläche und dann etwas, das sich zunächst wie ein Buckel aus dem Wasser erhob.«

Skem vergaß, weiter die Krabben zu pulen. »Urgroßvater, war das wirklich der Töveree?«

»Ich wüsste nicht, was es sonst gewesen sein sollte. Die Beschreibung passte haargenau. Groß wie ein kleiner Wal erhob er sich über das Wasser, schnellte hoch wie ein Delphin und segelte auf seinen Flossen ein kurzes Stück, bevor er wieder eintauchte. Das blaue Leuchten wurde immer heller, so hell, dass es sich auf den Eisschollen spiegelte und auch das Wasser noch erleuchtete, als er bereits wieder untergetaucht war. Ich muss sagen, bis auf die Nordlichter habe ich niemals einen schöneren und großartigeren Anblick erlebt. Daran muss es wohl gelegen haben, dass meine Mutlosigkeit von einem Augenblick auf den anderen verflogen ist. Es schien mir sogar, als hätten sich der Wind gelegt und die Wellen geglättet, obgleich das gewiss nur Einbildung war. Und dennoch, obwohl es ein unvergessliches Erlebnis war, habe ich mir am nächsten Morgen den Kopf zerbrochen, ob ich nicht am Vorabend zu viel Grog getrunken hatte. Nur war das nicht möglich.«

»Warum nicht, Urgroßvater?«

»Weil die Vorräte an Rum längst aufgebraucht waren. Kein

Tropfen mehr an Bord. Also trug ich das Vorkommnis pflichtgemäß ins Logbuch ein. Trotzdem quälten mich Zweifel, bis mir Jahre später in der Dachkammer die Aufzeichnungen meines Ururgroßvaters Brin Rossmonith untergekommen sind. Sie waren stark vergilbt, die Seiten brüchig und die Tinte verblichen, und doch konnte ich einiges entziffern. Laut seiner Eintragungen war er 1748 als Steuermann mit dem Frachter *Thalea* unterwegs gewesen, als das Schiff in einem Sturm bei Nacht und Nebel zwischen die Inseln getrieben wurde und drohte, auf Grund zu laufen. Brin war überzeugt, sie wären verloren gewesen, wäre nicht in der größten Not ein wundersamer Fisch, groß wie ein kleiner Wal, aufgetaucht und hätte den Wind zum Abflauen gebracht, die Wellen beruhigt und das Meer so tief erleuchtet, dass man den Grund sehen und um die Untiefen herum in sichere Gewässer steuern konnte.« Garrelf räusperte sich. »Du ahnst nicht, wie erleichtert ich war, das zu lesen! Hätte ich nicht meine eigene Begegnung mit dem Töveree gehabt, so hätte ich nun meinen Ururgroßvater für jemanden gehalten, der selbst gerne zu viel Seemannsgarn erzählt hat und mit seinen Abenteuern prahlte. So aber – nun ja. Ich weiß seitdem, was ich gesehen habe. Ob du deinen Vorvätern glaubst, bleibt dir überlassen. Es zeugt durchaus von deinem gesunden Menschenverstand, dass du an den Dingen zweifelst, die man dir weismachen will. Und nun lauf nach Hause, deine Mutter wird dich schon vermissen.« Er schlug eine Handvoll Krabben in einem Papier ein. »Bring ihr dies, sie wird es brauchen können.«

Von jenem Tag an trieb sich Skem oft heimlich nachts am Strand herum. Sein Vater war fort, und seine Mutter legte sich stets früh ins Bett und bemerkte nicht, wenn er sich aus dem Haus schlich. Er hatte die Hoffnung, selbst einmal den Töveree zu Gesicht zu bekommen. Wenn es seinen Vorvätern gelungen war, warum sollte ihm das nicht auch vergönnt sein? Vielleicht hatten die Rossmoniths eine besondere Gabe, das Wunderwesen aufzuspüren, oder hegte der Töveree etwa eine Vorliebe für seine Familie?

Womöglich musste man aber erst erwachsen und in Not sein, damit der Fisch sich zeigte, wer wusste das schon.

Wenn er ihn doch nur einmal wenigstens von weitem sehen würde, zumindest das blaue Licht, dann würde er sich nicht so verzweifelt um seinen Vater sorgen! Wenn Skem wüsste, dass es dieses Tier wirklich gäbe, dann würde er darauf vertrauen, dass es den Vater beschützen würde. So wie es Brin Rossmonith gerettet und Garrelf wieder Mut geschenkt hatte. Ein Wesen, das den Wind zum Schweigen bringen und die Wellen beruhigen konnte, würde nicht zulassen, dass Skems Vater ertrank.

Aber die Nächte waren dunkel, oft tobte der Wind und tosten die Wellen, und die einzige Helligkeit kam vom Mond und dem unermüdlichen Lichtfinger des Leuchtturms, der sich durch die Finsternis über das Wasser tastete.

Und doch hatte der Töveree, ohne jemals aufzutauchen, etwas für Skem getan. Denn ohne die Hoffnung auf eine Begegnung mit ihm hätte sich Skem nicht nachts draußen herumgetrieben und auch nicht bei Sonnenuntergang und Sonnenaufgang. Nun aber, da er es tat, begann er, das Meer zu lieben, wenn er in dieser Einsamkeit allein mit ihm war. Er lernte die Vögel kennen, wenn sie abends ihren Schlafplatz suchten und sich morgens in der aufgehenden Sonne wach plusterten; er wurde sich der Sterne bewusst und schloss Freundschaft mit ihnen; und er entdeckte, wie viele Gesichter der Mond hatte und auf wie unterschiedlichen Bahnen er unterwegs war. Skem lernte, sich den Seehunden zu nähern, ohne sie zu erschrecken, und glaubte zu verstehen, was die Möwen ihm zuriefen. Weit wagte er sich auf den Kniepsand hinaus und entdeckte, welche Wege durch das Watt bei Ebbe sicher waren. Manchmal war ihm dabei, als gäbe es schon so viele Wunder in dieser geheimnisvollen Weite zwischen Himmel und Erde, dass ein Töveree gar nicht gebraucht würde.

Nur um seines Vaters willen sehnte er sich nach Gewissheit.

Im Herbst kam der Frost früh. Meistens hätte man den Töveree im Winter gesehen, hatte Garrelf gesagt. Skem wanderte noch eifriger am Strand auf und ab, egal, wie sehr es ihn an den Füßen und den Ohren fror.

Doch niemals sah er blaues Licht.

Einmal aber, als er ganz weit draußen auf dem Kniepsand am Meer stand, näherte sich unter der Wasseroberfläche gemächlich ein riesiger dunkler Schatten. Skem hielt den Atem an. Es war ein windstiller Abend, die Dämmerung lag wie Glas in der Luft, und es gab kaum Wellen. Der Schatten war deutlich zu sehen, jedoch anders als seinen Vorvätern wurde es Skem bei diesem Anblick nicht leichter ums Herz. Im Gegenteil, eine kalte Beklommenheit bemächtigte sich seiner. Er wagte nicht, sich zu rühren. Bildete er es sich ein, oder verhielt die dunkle Form einen Augenblick direkt vor Skem, bevor sie weiterzog? Er atmete erst auf, als die eigenartige Silhouette in der Ferne mit der Dunkelheit der See verschmolz. Seine Beklommenheit aber blieb. War seine Angst so groß geworden, dass sie sich in ein sichtbares Wesen zu verwandeln vermochte?

Wenn es aber der Töveree gewesen war, so hatte er für Skem nicht geleuchtet.

Valerie

Berlin

2009

4

Frühstück mit Fragen

In einem Schleier aus feurigem Dunst stieg die Sonne hinter der Fabrik empor. Der Wasserdampf aus den Schornsteinen trieb in bizarren Wolken in die Höhe, als wären es die Gedanken der Menschen aus der Nacht, erst dunkel, dann silbergrau. Schließlich wehten sie pfirsichfarben Richtung Norden. Aus den Straßenschluchten hallte das Erwachen der Stadt gedämpft zu Valerie hinauf. Das Rattern der S-Bahn, das Rauschen der Busse durch die Pfützen des letzten Abends, das brüchige Singen der Betrunkenen, die aus den Kneipen nach Hause wankten. Eiliges Klappern von Stöckelschuhen auf dem Weg zur Arbeit. Ungeduldiges Hupen an der Ampel. Es war Zeit für den Tag und Zeit für Antworten. Valerie rappelte sich auf, legte ihre Decke zusammen und führte ein paar flüchtige Dehnübungen aus, um ihre vor Kälte steif gewordenen Glieder zu wecken.

Ohne etwas Tröstendes wollte sie nicht bei ihrem Vater auftauchen, der bestimmt schlecht geschlafen hatte, wenn überhaupt. Dies war eindeutig ein Fall für frische Brötchen. Valerie verspürte zwar keinen Appetit, aber erfahrungsgemäß änderte sich das, sobald sie die Bäckerei betrat und von dem warmen Duft nach frisch Gebackenem umfangen wurde.

»Morgen, Hotte.«

»Morjen, Rimo. Wat kann ick für dir tun?«

Sie hatte früher manchmal bei ihm ausgeholfen und sich ein paar Mark verdient.

»Zwei Aufwachbrötchen, zwei Schusterjungen und zwei Schokocroissants, bitte.«

»Die Croissants inne Extratüte, Kleene, wie imma?«

»Ja, danke, Hotte. Und zwei Kaffee zum Mitnehmen. Schönen Tag noch.«

»Dir ooch, Kleene, und bleib sauber.«

»Klaro, Hotte.« Fast sehnte sie sich nach den Tagen, als diese Mahnung durchaus angebracht gewesen war. Manches Mal hatte sie die Farbdosen wieder eingepackt, anstatt an einer riskanten Stelle zu sprayen, nur weil sie Hotte nicht enttäuschen wollte. Er hatte ihr den Job nicht gegeben, weil sie sich so geschickt in der Backstube anstellte, sondern um sie von der Straße zu holen. Und um ihrem Vater einen Gefallen zu tun.

Die Aufwachbrötchen, Hottes Spezialität, die er selbst erfunden hatte, dufteten jedenfalls tröstlich nach Geborgenheit. Sie hießen so, weil sie tatsächlich irgendwie munter machten.

Die Brötchentüten in der Hand, lief sie einen Umweg durch den kleinen Park, von dem niemand mehr wusste, wie er hieß. Es gab einen Findling in der Mitte, der ein Denkmal für irgendjemanden war, aber die metallenen Buchstaben hatte schon lange jemand vom Stein geklaut. Oder sie waren einfach abgefallen und mit dem Herbstlaub unbemerkt von einem der Wagen der Straßenreinigung verschlungen worden. *Zu Ehren Herrn …, der…«* stand noch daran, mit ein paar Taubenklecksen davor und dahinter. Valerie stellte sich gern vor, das Denkmal gälte Josef.

Herrn Josef, der keinen Nachnamen und keine feste Adresse

besaß, aber Sommer wie Winter in diesem Park nächtigte, sich selbst und das Leben niemals aufgab und immer ein offenes Ohr für Straßenkinder hatte.

Zu Ehren Herrn Josefs, der im Winter, wenn alles zugefroren ist, für die Vögel über seinem Campingkocher warmes Wasser macht, damit sie bei strengem Frost nicht verdursten.

Zu Ehren Herrn Josefs, der das Unkraut aus den Blumenrabatten rupft. Der die Stiefmütterchen rettet, die er selbst zur Freude der alten Leute dort ausgesät hat, von den wenigen Cent, die man ihm schenkt.

Zu Ehren Herrn Josefs, der auf einer Parkbank schläft, nachdem er geduldig jeden Abend die Kaugummis herunterpult, die man tagsüber draufgeklebt hat.

Josef war schon wach, hatte den Schlafsack ordentlich zusammengelegt und rieb sich gerade die kältesteifen Hände. Sein warmes Lächeln breitete sich aus, als er Valerie sah. »Hallo, meine Sonne! Was für ein schöner Anfang eines Tages.« Er rückte auf der Bank beiseite. Valerie reichte ihm eine dampfende Tasse und die Tüte mit den Croissants. Als sie sein Gesicht sah, wie er den ersten Schluck und den ersten Bissen genoss und dann bedächtig jeden darauffolgenden, wurde es ruhiger in ihr. Josef lebte immer ganz im Hier und Jetzt, betrachtete alles, was der Augenblick ihm bot, als etwas Kostbares.

In einträchtigem Schweigen sahen sie zu, wie der Teich, den man im Kiez nach den Kröten, die darin ablaichten, Paddenpfuhl nannte, das silberblaue Licht des Morgens einfing und immer heller wurde.

»Es riecht nach Frühling«, sagte Josef zufrieden. »Wieder einen Winter überlebt.«

»Josef, ich wünschte wirklich, du würdest in der kalten Zeit bei mir wohnen.«

»Danke, Kleene, meine Sonne, aber ich habe es dir oft genug erklärt. Ich habe diese Art Freiheit nicht gesucht, aber nachdem sie mich gefunden hat, sind wir gute Freunde geworden. Mit siebzig mag ich mich nicht mehr umgewöhnen. Wenn es nicht mehr anders geht, sehen wir weiter.«

»Lass ihn, Rimo«, hatte auch Sven gesagt, als sie mit ihm darüber sprach. »Josef braucht das so. Genau wie ich.«

Ja, Sven benötigte auch seine Freiheit. Er reagierte komisch, wann immer er sich eingeengt fühlte oder jemand ihn auf etwas festnageln wollte. Anders als Josef war er gelegentlich seltsam gelaunt. Manchmal balancierte er wagemutig auf Dächern und jubelte, scheinbar ohne Anlass, oder sprang ein Stück auf Lastwagen oder die Bahn auf, bis Valerie es mit der Angst bekam. Zu anderen Zeiten war es, als ob eine unsichtbare Wolke um ihn hing. Er starrte lange ins Nichts, sagte kaum ein Wort. Aber Valerie gelang es dann immer, ihn aufzuheitern.

»Josef, was macht man, wenn auf einmal alles anders ist?«

Josef hob eine Augenbraue. »Du sprichst jetzt nicht von Freiheit oder Frühling, nicht?«

Valerie knüllte die leere Brötchentüte zusammen. »Nö.«

Josef wartete. Als nichts mehr kam, deutete er auf die zweite, noch pralle Brötchentüte. »Hast du die nur zum Vergnügen gekauft oder wolltest du mit jemand Bestimmtem frühstücken?«

»Schon. Mit Pani.«

»Und wie lange soll der hungern?«

»Es ist kompliziert.«

»Seit wann ist dein Vater kompliziert? Darüber hast du dich noch nie beschwert. Ganz im Gegenteil.«

»Eben. Deshalb weiß ich jetzt nicht, was ich machen soll.«

»Dann frage ihn. Alles, was dich durcheinanderbringt, verdient deine Neugier«, sagte Josef und lehnte sich behaglich zurück. »Also auf in den Tag, und stelle dich dem Rätsel, was immer es ist.«

Fragen. Ja. Aber sie wusste ja nicht einmal, was genau für eine Frage sie Pani stellen sollte.

»Wann genau, glaubst du, sind die Schnipsel klein genug?«, erkundigte sich Josef.

»Wie?« Erstaunt bemerkte Valerie, dass sie die leere Tüte wieder glattgestrichen hatte und dabei war, sie in Fetzen zu zerreißen. »Oh.« Zerknirscht klaubte sie alles wieder von der feuchten Frühlingserde und warf es in den Papierkorb neben der Bank. »Also gut, dann gehe ich jetzt besser.«

»Du schaffst das schon, Kleene, meine Sonne. Wenn du später drüber reden willst, du weißt, wo ich bin.«

»Ich wünsch dir einen schönen Tag, Josef.«

»Den werde ich haben. Du weißt doch, es gibt keinen Tag ohne Schön darin.«

Es war, wie Valerie angenommen hatte. Als sie Panis Wohnungstür aufschloss und sich leise hineinließ, stand er zwar in der Küche und kratzte die Reste aus der Kaffeedose, aber er war noch im Schlafanzug und sah aus, als hätte er sich die ganze Nacht von einer Seite auf die andere gewälzt.

Valerie wedelte mit der Tüte. »Ich habe Brötchen mitgebracht«, erklärte sie das Offensichtliche, nur um etwas zu sagen.

»Das ist nett von dir.« Er klang erleichtert. Sicher hatte er befürchtet, sie grolle ihm. Halb wünschte sie sich, es wäre so. Ärgerlich sein, auf sich, auf andere, auf Pani, auf die Welt war ein Gefühl, das sie aus ihrer Jugendzeit ausreichend kannte. Es war ein klares Gefühl, das gut einzuordnen war. Viel schwerer auszuhalten war diese Verwirrung.

Sanft nahm sie ihm die Kaffeedose aus der Hand. »Pani, geh und zieh dich an, mach dich frisch.«

»Ist gut.« Ihr Vater schlurfte ins Bad. Er sah so zerbrechlich aus. Genauso, wie sie sich selbst fühlte. Eine Welle von Zärtlichkeit stieg in ihr auf. Pani, der immer für sie da gewesen war, obwohl er es gar nicht hätte sein müssen. Bis auf jenen einen Tag, den er bis heute bereute. Valerie schüttelte den Kopf, wie um sich von jener Erinnerung zu befreien. Gerade jetzt konnte sie die nicht gebrauchen. Sie mussten zusammenhalten. Außerdem, was stellte sie sich eigentlich so an? Sie war es doch gewohnt, plötzlich erschreckende Geheimnisse vor die Füße geworfen zu bekommen.

Trotzdem war sie froh über den kleinen Aufschub, den ihr das Frühstückmachen gewährte. Pani im Badezimmer ging es wahrscheinlich ähnlich, denn er putzte sich die Zähne so gründlich, als müsste ihre Sauberkeit den Rest seines Lebens anhalten. Das Geräusch wollte und wollte nicht enden, obwohl Valerie längst am fertig gedeckten Tisch saß. Ihr fiel ein, wie sicher sie sich als Kind gefühlt hatte, wenn sie aufwachte und hörte, wie Pani sich im Bad die Zähne putzte. Es bedeutete, dass alles war wie immer. Jetzt aber klang es anders, dieses Geräusch, aufgeschreckt, als wüsste es nicht, wohin es sollte und was passieren würde, wenn es aufhörte.

Außer der Müdigkeit um die Augen herum sah Pani sehr viel besser aus, als er sich schließlich zu ihr setzte. Resigniert, traurig und gleichzeitig beinahe ein wenig befreit.

Valerie wartete, bis er schweigend eine Tasse Kaffee getrunken und ein halbes Brötchen gegessen hatte. Sie zwang sich selbst auch dazu, aber obwohl das Brötchen frisch und so lecker wie immer war, kaute und kaute sie und bekam es kaum herunter. Entnervt schob sie den Teller fort. Pani nahm es als Zeichen, lehnte sich zurück und atmete tief durch.

»Valerie, ich habe dich nicht belogen. Nicht wissentlich. Ich habe damals lediglich die Wahrheit vorweggenommen oder das, was ich dafür hielt.«

Ein andermal hätte sie vielleicht über seine akkurate Ausdrucksweise gelächelt. Pani hatte sein Leben lang bereut, dass er keinen anständigen Schulabschluss hatte. Er war gerne Handwerker, aber in seiner Freizeit las er philosophische Bücher und die Klassiker der Literatur. Er hatte stets peinlich genau darauf geachtet, dass Valerie Hochdeutsch sprach und nicht berlinerte. »Ich kann dir keine Villa mit Garten bieten, aber wenn du schon hier aufwächst, dann sollst du wenigstens ein Deutsch sprechen, das dir alle Türen offenhält«, hatte er ihr erklärt. Manches Mal war sie von ihren Leuten dafür ausgelacht worden, wie sie sich ausdrückte, aber sie wollte Pani nicht enttäuschen und hielt sich daran. Er verlangte sonst wenig von ihr. Und wenn es wirklich einmal nötig war, dann konnte sie so gründlich und vulgär berlinern, wie es nur sein musste, um sich auf der Straße durchzusetzen.

»Und jetzt hast du erfahren, dass es doch nicht die Wahrheit war?«

»Damals anscheinend nicht. Aber was ist schon Wahrheit? Es gibt niemals nur eine. Die Wahrheit deiner Mutter habe ich nie verstanden, sosehr ich Ange geliebt habe. Glaubst du, man kann überhaupt jemals die Wahrheit eines anderen verstehen?«

Ich glaube, Josef kann es, dachte Valerie. »Um sie zu verstehen, müsste ich erst einmal davon erfahren«, sagte sie laut. »Jetzt bitte keine philosophische Diskussion, Pani! Erzähl mir einfach, was du weißt. Oder willst du mir lieber diesen Brief zeigen?«

Er schüttelte den Kopf. »Noch nicht. Erst muss ich dir sagen, wie es überhaupt dazu kommen konnte.«

Valerie schenkte ihm Kaffee nach. Er legte seine Hände um die warme Tasse, wie um Trost und Mut darin zu finden. »Kannst du dich erinnern, dass deine Mutter manchmal traurig war?«

Traurig? Überrascht dachte Valerie an ihre frühe Kindheit zurück. Wie sie ihrer Mutter helfen durfte, Gelee und Marmelade einzukochen. Wie sie zusammen Pralinen gemacht hatten. Ihre Mutter, wenn sie Geschichten vorlas und dabei die Stimme den Figuren anpasste, bis sie beide lachen mussten. Und der Sommer an der See, als sie gemeinsam Sandburgen gebaut hatten.

»Nein.«

Ein zärtliches Lächeln flog über Panis Gesicht. »Sie wollte nie, dass du es bemerkst. Und wenn sie mit dir zusammen war, ging es ihr sowieso am besten. Du warst ihr Sonnenschein.«

»Pani, was meinst du? Warum war sie traurig?«

Er schüttelte den Kopf. »Niemand wusste es. Am wenigsten sie selbst. Es war schon in ihrer Jugendzeit so. Das hat sie mir jedenfalls erzählt. Dann war es eine Zeitlang fort und kehrte erst wieder, als du ungefähr vier Jahre alt warst. Als ich sie schließlich überreden konnte, zum Arzt zu gehen, gab es viele Untersuchungen. Sie diagnostizierten etwas, dass sie endogene Depression nannten. Organisch bedingt. Sie gaben ihr Medikamente, und es half eine Zeitlang, aber sie war unglücklich darüber. ›Die Pillen machen so müde‹, sagte sie, und ›ich komme mir so fremd vor.‹«

Pani drehte die Tasse auf der Untertasse hin und her und hob schließlich den Blick. Valerie sah den Schmerz in seinen Augen. »Ich habe alles versucht, um ihr zu helfen. Es war so schwer zu verstehen. Wir waren doch glücklich. Ich habe sie geliebt und sie mich auch, da bin ich mir sicher. Unsere kleine Familie war alles, was sie sich wünschte. Sie hat es selbst nicht verstanden und sich große Vorwürfe gemacht, weil eigentlich alles gut war. Und doch war es für sie eben nicht gut. Ich habe mich furchtbar hilflos gefühlt. Kennst du diese Art von Traum, wenn man zusieht, wie jemand ertrinkt, und man möchte hingehen und ihn retten, aber man kann sich nicht bewegen?«

Valerie nickte. Ja, das kannte sie nur allzu gut.

»So war es für mich. Aber nicht immer. Es gab auch viele gute Tage, Wochen, manchmal sogar Monate. Jedes Mal, wenn ich hoffte, jetzt hätte sie sich gefangen, fing es wieder an. Nach dem Sommer an der See ging es ihr lange gut. Dann kamen die Depressionen wieder. Sie machte lange, einsame Spaziergänge. Dann fing sie an, Zug zu fahren, immer weiter. Einmal bis nach Bayern, angeblich, um eine Freundin zu besuchen. Ich weiß nicht, ob diese Freundin existierte. Ange erzählte nur, die Ruhe zwischen den Wiesen dort hätte ihr gutgetan. Dabei muss sie irgendwann den Zeckenbiss bekommen und sich infiziert haben. Hier in Berlin war der Erreger gar nicht verbreitet.«

»Sie hatte also wirklich diese Hirnhautentzündung?«

»Ja. Das war die Wahrheit. Ich kann dir den Bericht des Krankenhauses zeigen.«

»Nein, nein«, sagte Valerie hastig. »Ich glaube dir.«

»Zuerst dachten wir, es wäre nur eine Grippe. Aber die furchtbaren Kopfschmerzen wurden immer schlimmer, und dann kamen Lähmungserscheinungen im Bein hinzu. Da habe ich sie ins Krankenhaus gebracht. Der Verlauf war heftig, und die Ärzte dachten, sie könnten ihr nicht mehr helfen. Aber sie überlebte die kritische Nacht, und ganz langsam ging es ihr besser.« Pani stürzte den letzten Schluck kalten Kaffee hinunter und verschluckte sich. Valerie wartete geduldig, bis er fertiggehustet hatte.

»Was war dann, Pani?«, fragte sie schließlich sanft, als er aufhörte zu reden und in seinem Stuhl immer kleiner zu werden schien. »Sie ist nicht gestorben?«

»Eines Tages kam ich zu ihr, voller Hoffnung, sie bald nach Hause mitnehmen zu können. Aber ihr Zimmer war leer. Die Schwester sagte, ich solle beim Arzt klopfen. Der Arzt erklärte mir, dass Ange mitten in der Nacht verschwunden war. Sie hatte einen Brief hinterlassen. Für mich. Er bat mich, ihn gleich zu öffnen, falls er einen Hinweis enthalte, wo sie sein könnte. Es war zu früh für sie, das Krankenhaus zu verlassen, außerdem hätte sie dringend noch Medikamente benötigt. Natürlich kannte er ihre Krankenakte und wusste von ihren Depressionen. Es war schrecklich, dort in diesem kahlen Zimmer diesen Brief zu lesen, unter den Augen eines Fremden.« Pani hob hilflos die Arme. »Was wusste er schon von uns? Ich saß da und musste lesen, dass Ange unser Leben einfach wegwarf. Dass meine Liebe nicht genügte, sie zu halten. Sie schrieb, es würde uns ohne sie besser gehen und sie würde es nicht mehr aushalten. Sie sei nicht für das Leben gemacht. Sie würde irgendwo hingehen, ins Ausland, wo es warm sei, und sich dort das Leben nehmen, und ich solle bitte glücklich werden mit jemand anderem. *Ich weiß, dass Valerie bei dir wunderbar aufgehoben ist. Es ist besser, wenn ich sie nicht enttäusche. Ich will nicht, dass diese Wolke, die über mir schwebt, sich auch auf sie ausbreitet. So kann sie unbelastet aufwachsen, und du wirst jemanden finden, mit dem du wieder öfter lachen kannst.* Das schrieb sie.« Pani stand auf und lief um den Küchentisch. »Dabei haben wir so oft zusammen gelacht! So viel. Auch darum haben wir uns doch überhaupt erst verliebt. Es war, als hätte sie das alles vergessen.«

»Ich weiß noch, wie ihr Lachen klang«, sagte Valerie. »Ich habe es oft gehört.«

»Siehst du.«

»Und dann? Habt ihr sie gefunden?«

»Nein. Ich habe sie gesucht wie verrückt. Die Polizei hat sie gesucht. Ich habe eine Annonce geschaltet. Plakate geklebt. Nichts. Dann gab es Hinweise, dass sie nach Italien ausgereist sei. Per Anhalter. Dort verlor sich ihre Spur. Ein paar Wochen später fand die Polizei heraus, dass jemand an der italienischen Küste ein Boot gestohlen hatte, eine Frau aus Deutschland stand im Verdacht. In der Nähe von Pompeji. Das Boot wurde später an einer Küste angetrieben. Gekentert. Von der Frau fehlte jede Spur.« Pani legte von hinten eine Hand auf ihre Schulter, drückte verkrampft zu. »Valerie, ich war mir sicher, dass es sich um Ange handelte und dass sie irgendwo am Grunde des Tyrrhenischen Meeres lag. Dass sie eine Überdosis ihrer Tabletten geschluckt und sich über Bord geworfen hatte. Es sah ihr so ähnlich, einen symbolischen Ort wie das untergegangene Pompeji zu wählen. Du weißt ja, dass sie das Meer liebte. Und sie hatte einige Male von einem Kindheitsurlaub in Italien erzählt.« Pani setzte sich wieder und vergrub das Gesicht in den Händen. »Schon als ich den Brief gelesen hatte, war ich überzeugt, dass sie wahr machen würde, was sie schrieb. Und dass ich sie nie wiedersehen würde. Sie setzte immer um, was sie sich vornahm.«

»Und darum hast du mir erzählt, sie sei im Krankenhaus gestorben.«

»Was sollte ich denn sonst tun? Ich wusste, dass sie nie wiederkommen würde. Du warst sechs Jahre alt. Wie hätte ich dir das anders erklären sollen?«

»Keine Ahnung.« Die Gedanken schossen in Valeries Hirn hin und her wie Vögel hinter Gitterstäben. Gleichzeitig fühlte sie sich leer. »Ich glaube, ich hätte es genauso gemacht wie du. Aber du hättest es mir später sagen können.«

»Ja. Aber da war ich überzeugt, dass sie wirklich tot war. Was hätte das noch geändert? Und es tat zu weh, davon zu sprechen. Wahrscheinlich habe ich einfach den richtigen Zeitpunkt versäumt. Es tut mir leid.«

Sie schwiegen eine Weile. »Aber sie war nicht tot«, sagte Valerie schließlich leise. »Pani, was steht in dem Brief? Woher kommt er? Ist er überhaupt echt, oder erlaubt sich jemand einen bösen Scherz?«

Er zögerte. Schließlich stand er auf, ging zum Schrank und zog den Brief aus einem Buch, in das er ihn gelegt hatte. Das Lieblingskochbuch ihrer Mutter. »Ich weiß es nicht«, sagte er und reichte ihr das Kuvert. »Warum sollte jemand das tun?« Seine Hand war eiskalt, als er ihre berührte. Wortlos stand Valerie auf und nahm Pani in den Arm. Sie wusste nicht, wie lange sie einander festgehalten hatten, als er sagte: »Ich lege mich noch ein wenig hin.« Sie lauschte auf seine Schritte und das vertraute Klicken der Schlafzimmertür. Selbst das klang heute unsicher. Dann goss sie sich ein Glas Wasser ein und setzte sich wieder. Der Brief war leicht, so leicht in ihrer Hand. Sie konnte kaum glauben, dass er einen Inhalt haben sollte, der in ihrem und Panis Leben so schwer wog.

»Alles, was dich durcheinanderbringt, verdient deine Neugier!«, hatte Josef gesagt.

Valerie setzte sich gerade, zog zwei Blätter Papier aus dem Umschlag und faltete sie auf.

Skem

Amrum

1930

5

Skem und Marta

Nanu? Robben um diese Zeit und an diesem Strand? Skem wunderte sich über die drei dunklen Umrisse, die am Flutsaum ruhten. Die Morgendämmerung kroch gerade erst über den Horizont, perlgrau und neblig. Der Herbststurm war schon gestern Abend abgeflaut. Jetzt war es überraschend mild.

Skem hatte die Nacht in seinem Versteck zwischen den wilden Heckenrosen verbracht, die in einer geschützten Dünenkuhle wuchsen. Zwischen den hohen, von einer Kletterpflanze überwucherten Rosenbüschen hatte sich eine Höhle gebildet, die er mit Ästen verstärkt hatte und wo er in einer Kiste schon lange eine Decke und Zwieback verwahrte.

Er hatte gestern Abend bei den Rettungsarbeiten helfen wollen, aber die Männer hatten ihn verscheucht. »Du hast hier nichts zu suchen. Diese Arbeit kannst du machen, wenn du groß bist. Das ist nichts für Zehnjährige. Stehst nur im Weg. Scher dich nach Haus ins Bett, wo du hingehörst. Wir können nicht auch noch auf Rotzbengel aufpassen!«, hatte der Strandvogt ihn angeherrscht.

Skems Vater war wieder einmal auf großer Fahrt. Skem war nach Hause gegangen, hatte nach seiner Mutter gesehen, die schon schlief, und war dann in die Dünen gewandert, um das Treiben der Männer bei der Rettungsaktion wenigstens von

Ferne zu betrachten. Doch es war zu dunkel. Außer ein paar unruhig umherwandernden Laternenlichtern konnte er nichts erkennen. Nicht einmal den schiefen Umriss des Wracks draußen vor dem Kniepsand. Schließlich war er in seinem Versteck eingenickt, bis die Kälte und die ersten Rufe der Möwen ihn weckten. Er kaute einen Zwieback, verstaute alles wieder in der Kiste und machte sich auf den Weg zum Strand, um den neuen Tag zu betrachten. Er liebte jeden Sonnenaufgang, selbst wenn von der Sonne nichts zu sehen war außer den Grau- und Silbertönen hinter den Wolken und auf dem Wasser. Mit Robben hatte er nicht gerechnet. Ob eine von ihnen verletzt war?

Langsam und behutsam schlich er sich näher, um die Tiere nicht zu erschrecken. Sie rührten sich nicht. Ob der Sturm sie getötet und hier an den Strand geworfen hatte?

Und dann sah er es. Es waren keine Robben.

Es waren Seeleute.

Sie lagen dort, wie das Meer sie angetrieben hatte, zum Teil von Tang bedeckt, die Gesichter tief im Sand, schon unterspült von den Wellen. Skem blieb stehen. Er wusste instinktiv, dass hier jede Hilfe zu spät kam. Die Rettungsaktion von gestern Abend war offenbar nicht ganz erfolgreich gewesen. Skem stand da wie erstarrt und fühlte sich seltsam zweigeteilt. Er war hier aufgewachsen. Er wusste, dass so etwas immer wieder geschah. Die Nordsee holte sich ihre Opfer, wann es ihr passte. Er würde jetzt gehen müssen und die Männer benachrichtigen, und sie würden sich darum kümmern, wie schon oft. Es war eine Sache, die getan werden musste.

Aber die andere Hälfte von Skem dachte sofort an die Kinder, die diese Männer vielleicht hatten, und daran, dass es sein eigener Vater sein könnte, der an irgendeinem Strand angespült wurde. Etwas in ihm schrie auf, warum der Töveree diesen Männern nicht geholfen hatte? Warum hatte er gestern Abend diesem Schiff nicht geleuchtet? Es war fast Winter, kalt genug für den Töveree, und die Not war groß gewesen. Wo war er geblieben? Urgroßvater Garrelf hatte ihn gesehen, und jener Brin Rossmonith auch. Es gab ihn. Wo also war er?

Skem kehrte um und rannte nach Hause. Der Weg erschien ihm länger als sonst. Zum ersten Mal fühlte er sich einsam, hier draußen in der grauen Dämmerung. Wahrscheinlich lag es an dem Wissen um die Gegenwart der Toten, die diesen neuen Tag nie sehen würden. Um sich abzulenken, dachte er an Marta.

Seit der junge Drees ihm von Marta Gössling erzählt hatte, hatte sie sich nicht mehr aus seinen Gedanken verdrängen lassen. Sie war zu seiner heimlichen, wenn auch unsichtbaren Freundin geworden. Seiner einzigen Freundin. Skem war unter den Gleichaltrigen als Sonderling verschrien. Man lachte ihn aus oder redete gar nicht mit ihm, vielleicht weil er seinem Alter voraus war, weil er zu Hause die Verantwortung übernehmen musste oder weil er so gern allein am Strand war und man ihn dabei erwischt hatte, wie er mit den Möwen sprach.

Marta aber war anders, auch wenn sie nur noch in seinem Kopf lebte. Sie war immer für ihn da und verstand ihn. Sie hatte einst das Meer und die Weite des Kniepsands und all die unzähligen merkwürdigen Lebewesen dort ebenso sehr geliebt wie er selbst. Das hatte er in dem Moment gewusst, als Drees sie zum ersten Mal erwähnt hatte. Drees war immer nett zu Skem, vielleicht weil er selbst gern am Strand war. Er hatte dort gerade eine

Art Kiosk eröffnet, zusammen mit seiner Frau Lentje. Sie verkauften Bonbons und Kuchen und manchmal sogar Kakao. Eine Leckerei, die Skem bis dahin nicht gekannt hatte.

Allzu viele Kunden gab es noch nicht, aber sie wurden immer zahlreicher, als mehr Fremde aus der Stadt kamen, um sich auf der Insel zu erholen. »Und wenn niemand hier ist, mache ich mir so meine Gedanken«, hatte Drees zu Skem gesagt, als sie einträchtig zusammen mit dem Rücken an der Kioskwand saßen, Kakao schlürften und auf das Meer blickten. Drees behandelte Skem wie einen Erwachsenen und nicht so, als wäre Kindsein gleichbedeutend mit dumm sein. »Ich stelle mir vor, wie es lange vor unserer Zeit hier war, bevor das sagenhafte Rungholt und andere Orte von der großen Flut verschlungen wurden. Ich sehe vor mir, wie die Feuer der Salzsieder hier brannten und die Hütten aus Torf gebaut wurden. Manchmal denke ich, ich könnte die Feuer noch riechen, deren Rauch hier vorbeigezogen sein muss.« Drees nahm einen tiefen Schluck und sah in die Ferne. »Meine Frau, Lentje, hatte Vorfahren in einer Siedlung namens Greenjölk.«

»Was bedeutet das?«

»Es bedeutet ›kleines grünes Schiff‹. Der Boden soll dort ungewöhnlich fruchtbar gewesen sein. Zumindest teilweise. Willst du die Geschichte hören, die man sich erzählt?«

»Ist sie wahr?«, fragte Skem, der an den Töveree dachte. Er war sich immer noch nicht sicher, was den Wunderfisch anging. Wenn er doch nur endlich erfahren würde, ob es ihn gab oder nicht! Zwar vertraute er Garrelf, aber letzte Zweifel blieben.

»Wer weiß? Es ist sehr lange her. Dass es Marta gab, ist ziemlich sicher. Es existierten einmal Aufzeichnungen darüber, die bei einem Brand verlorengingen.«

»Wer war Marta?« Irgendetwas an dem Namen ließ Skem aufhorchen. Es war, als gehöre zu dem schlichten kleinen Wort ein stilles Echo ganz tief in ihm drin.

»Martas Vater Willem Gössling war damals der Gärtner, der sich um den Friedhof kümmerte und auch um den Garten des Klosters, das es dort gab. Man sagte, die Mönche waren neidisch auf die ungewöhnlich großen Blüten seiner Pflanzen auf dem Friedhof und baten ihn um Hilfe im Klostergarten. Sie sollen ihm wegen seiner Überlegenheit dennoch gegrollt haben, denn er kannte sich auch mit Kräutern aus und galt als Heiler. Er verriet jedoch seine geheimen Rezepte nie, auch nicht den Mönchen. Kaufleute sollen von weit her gekommen sein, um sich seiner Heilmittel zu bedienen und auch, um die großen Blüten zu erwerben, als Brautgeschenk zum Beispiel. Einer davon soll Willem zum Dank eine kostbare Schaufel geschenkt haben, mit der man Schätze heben könne, die mit keinem anderen Werkzeug zu finden wären.«

»Gibt es die Schaufel wirklich? Hat deine Frau die geerbt?« Skem hätte dieses geheimnisvolle Ding gern gesehen, wenn er schon den Töveree nicht zu Gesicht bekam.

»Nein. Sicher ist das nur eine schöne Verzierung der Geschichte. Du weißt ja, jeder, der Seemannsgarn erzählt, erfindet etwas hinzu. Aber Willem hatte eine Tochter, und die gab es wohl wirklich.«

»Marta?«

»Ja. Sie trieb sich am liebsten allein am Meer herum und sprach angeblich mit den Möwen und anderem Getier. Aber sie half auch ihrem Vater beim Gärtnern und lernte von ihm die Heilkunde. Manchmal flüsterte man sich zu, dass Marta eine Hexe sei und es auch bei Willem nicht mit rechten Dingen zuginge. Jedoch heilten die beiden so manche Wunde und Krankheit, und darum wagte man es nicht, offen gegen sie vorzugehen. Jedenfalls ist nichts dergleichen bekannt. Immerhin sorgte das Gerücht wohl dafür, dass man sich noch lange von Willem und Marta erzählte.«

»Was wurde aus Marta?« Skem schmeckte mit Genuss dem letzten Schluck Kakao nach. Wie Drees blickte er in die Ferne und sah dort nicht nur das Meer. Er sah ein Mädchen mit wehenden Haaren, das über den Strand lief und mit den Möwen sprach, eine Blüte in der Hand.

Drees zuckte mit den Schultern. »Ich weiß aus den Aufzeichnungen nur, dass sie eine Tochter bekam, von der meine Lentje abstammt. Es gab keinen Eintrag über Martas Tod. Mag wohl sein, dass sie in der großen Flut umkam, als Greenjölk versank.«

Das war traurig, aber vielleicht bedeutete es auch, dass Martas Geist immer noch dort draußen war, im Meer und auf dem Kniepsand. Und dass Skem darum das Gefühl hatte, sie wäre noch lebendig und ganz in seiner Nähe, auch wenn er sie nicht wirklich sehen konnte.

Drees rappelte sich auf. »Ich muss zurück an die Arbeit. Da kommt ein Kunde.«

»Drees«, fragte Skem, als er seine leere Tasse auf den Tresen stellte, »hast du schon einmal den Töveree gesehen?«

»Den Töveree? Nein. Ich kenne niemanden, der ihn je gesehen hat.« Drees goss Wasser aus einem Krug über die Tassen. »Aber das muss nichts heißen. In der alten Zeit soll man ihn öfter erblickt haben als heutzutage. Vielleicht hat Marta ihn gesehen, wer weiß?«

Jetzt, in der Einsamkeit des grauen und traurigen Morgens, stellte Skem sich vor, Marta liefe neben ihm. »Ich lege eine besonders schöne Blume auf die Gräber der Seeleute, um ihnen Trost zu spenden«, würde sie Skem zuflüstern. »Und mein Vater wird sie bepflanzen. Sie werden schöner sein als der Garten der Mönche.«

Wenn der Sand nicht so weich wäre, könnte er ihre Schritte neben seinen hören.

»Geh voraus, und zeige uns, wo sie liegen«, sagte der Strandvogt müde, als Skem ihn im Hafen bei einigen anderen Männern aufspürte und ihm Bericht erstattete. »Ich habe bereits mit so etwas gerechnet.«

Skem hörte die Stimmen der Männer hinter sich, als er vorausging. Der Strandvogt erklärte jenen, die gestern Abend nicht vor Ort gewesen waren, was sich zugetragen hatte.

»Es sieht aus, als wäre die Bark *Solveig* draußen vor dem Kniep vor Anker gegangen. Als der Sturm abends zunahm, ist die Ankerkette gebrochen. Das Schiff trieb auf eine Sandbank und brach langsam auseinander. Die Besatzung stieg wohl in ein Rettungsboot, wir sahen Lichter um den Kniep wandern. Wir fuhren ihnen entgegen, aber die Lichter verschwanden, und wir mussten abbrechen, der Seegang war zu stark. Heute früh fanden wir das Boot, Seesäcke und angeschwemmtes Holz, wohl Teil der Ladung.«

»Wenn das Boot unversehrt angetrieben wurde, warum sind die Männer dann ertrunken?«

»Wir nehmen an, sie sind auf dem Kniepsand ausgestiegen, weil sie glaubten, sie wären bereits auf festem Land. Das ist ja schon zuvor geschehen. Sie liefen auf den Leuchtturm zu und gerieten in einen tiefen Priel. Ihr wisst, wie die Strömung dort ist und wie schwer das Schwimmen in dieser Kälte. Wenn sie überhaupt schwimmen konnten.«

»Da!« Skem zeigte. »Da sind sie.«

»Gut, Junge. Nun geh.«

Schnell machte Skem, dass er fortkam. Er mochte nicht zusehen, wenn sie die Männer aufluden wie nasse Säcke.

Wenigstens wusste man, wie das Schiff hieß. Man würde ihre Namen herausfinden, und sie konnten auf dem Friedhof St. Clemens begraben oder zu ihren Familien gebracht werden. Sie würden einen Grabstein bekommen und mussten nicht auf dem Heimatlosenfriedhof liegen.

Sein Schuh stieß gegen etwas Rundes, das klirrend fortrollte. Er folgte dem Ding und hob es auf.

Eine Flasche! Eine braune Flasche, mit einem Korken verschlossen, aber sie hatte einen Sprung. Skem hielt sie gegen das heller werdende Morgenlicht.

Es war ein Zettel darin! Sein Herz klopfte. Er bemühte sich, den Korken herauszuziehen, doch dabei zerbrach die Flasche vollends. Die gläsernen Hälften fielen auseinander und eine Rolle Papier in Skems Hand. Rasch steckte er sie ein, ehe der Wind sie fortreißen konnte.

Zu Hause in der Stube versuchte er, die ungelenke Schrift zu entziffern. Der Bogen Papier sah neu aus, bestimmt war die Flasche nicht lange im Wasser gewesen. Eine Ecke war nass geworden, als Feuchtigkeit durch den Riss eingedrungen war.

29. November Anno 1930. Gott allein weiß, ob wir diese Nacht überleben! Selbst wenn es die letzte Tat meines Lebens ist, ich will berichten, was geschehen ist. Als der Sturm die Solveig beutelte, sahen wir einen riesigen Fisch auftauchen, groß wie ein kleiner Wal und mit Flossen wie Schwingen. Wäre ich allein gewesen, hätte ich ihn für ein Trugbild gehalten, aus meiner Todesangst geboren. Doch auch die anderen, die sich neben mir an die Reling klammerten, sahen ihn. Er warf uns aus einem großen, dunkelblauen Auge einen Blick zu. Seine Haut begann zu leuchten, so dass das Wasser erhellt wurde. So hell, dass man die Untiefen ahnen konnte und der Steuermann das Ruder herumreißen und den Kurs korrigieren wollte! Mir war, als ob in diesem Augenblick der Sturm nachließ und die Wellen sich beruhigten. Doch da wurde einer von uns, Heine Lührsen, von Irrsinn gepackt. »Zum Teufel, ein Seeungeheuer!«, schrie er, hob ein Fass auf, das sich aus den Tauen gelöst hatte und über das Deck rollte, und warf es nach dem Thier! Dieses tauchte sofort ab. Als wäre das Meer erzürnt, schlugen die Wellen höher als zuvor, und der Sturm peitschte noch übler. Der Kapitän befahl, vor Anker zu gehen, bis der Sturm vorüber ist, doch ich habe ein finsteres Gefühl. Ich schreibe dies, weil ich will, dass man erfährt, was Heine Lührsen getan hat. Sollte es uns ins Verderben reißen, ist es seine Schuld. Ich bin sicher, er hat zuvor vom Rum gestohlen, sonst hätte er sehen müssen, dass es sich bei diesem Tier niemals um ein teuflisches Ungeheuer handelte, sondern womöglich von Gott gesandt war, um uns zu retten. Als Zeuge unterzeichne ich mit meinem Namen und schwöre, dass es die Wahrheit ist, was ich hier berichte.

Der Name war vom Seewasser gelöscht.

Valerie

Berlin

2009

6

Schlüsselfragen

Es dauerte eine Weile, bevor Valerie die Schrift entziffern konnte. Sie sah aus, als hätte jemand sie bemüht ordentlich geschrieben und dabei genau das Gegenteil erreicht.

Sehr geehrter Herr Mohagen,

ich habe monatelang überlegt, ob ich Ihnen schreiben soll. Meine Erfahrung hat mich gelehrt, dass das eigene Handeln die Leben anderer Menschen meist weit mehr beeinflusst, als man auch nur ahnt. Dies gilt leider auch, oder gerade dann, wenn man nichts tut. Also bleibt nur, nach reiflicher Überlegung dem eigenen Instinkt zu folgen und dann das Beste zu hoffen.

Ich führe eine kleine, einfache Pension in der Lüneburger Heide, nahe Wilsede.

Bei uns hat seit vielen Jahren eine Frau namens Alessa Mancini gewohnt. Sie war mir eine große Hilfe.

Alessa ist in diesem Herbst unerwartet an einem Schlaganfall verstorben. Der Arzt meinte, es könne an Medikamenten gelegen haben, die sie lange Zeit genommen hätte. Sie hat keinerlei Testament hinterlassen oder Vorkehrungen getroffen, ob im Falle ihres Todes jemand benachrichtigt werden soll. Nun, sie hatte ja auch nichts zu hinterlassen, und sie sagte stets, sie habe keine Familie.

Unter den wenigen persönlichen Dingen in ihrem Besitz fand ich den alten Lederrucksack, mit dem sie hier ankam und den sie auf ihren Wanderungen stets benutzt hat. Ich wollte das gute Stück säubern, da es meiner Tochter gefällt, die alte Dinge mag und die eine enge Freundschaft mit Alessa verband. Dabei stieß ich in einer verborgenen Innentasche auf eine Vermisstenanzeige, ausgeschnitten aus einer sechzehn Jahre alten Zeitung.

Darin fand ich Ihre Adresse und Ihre bewegenden Worte, lieber Herr Mohagen.

Das Foto der Frau, die Sie damals auch um Ihrer kleinen Tochter willen so verzweifelt suchten, sah Alessa auf den ersten Blick nicht ähnlich. Die Frisur war anders, die Haarfarbe auch, das Make-up und selbst die Kopfhaltung unterschieden sich völlig von der Frau, die ich kannte. Und doch – ich habe eine gute Menschenkenntnis und einen Blick für Gesichter. Ich war mir sofort sicher! Vielleicht war es der Ausdruck in den Augen, und das halbe, melancholische Lächeln, das so unerwartet aufblühen konnte. Und dann, beim näheren Hinsehen, die Form der Nase natürlich, das Kinn, die Finger der Hand, auf die sie den Kopf stützte.

Ja, Herr Mohagen, ich habe keine Zweifel, dass Alessa Mancini und Ihre Angelika Mohagen ein und dieselbe Person waren. Wenn Sie Gewissheit wollen, gibt es eine Haarbürste von ihr, so dass ein Gentest ohne weiteres möglich wäre.

Lassen Sie mich wissen, wenn Sie weitere Informationen wünschen. Ich berichte Ihnen gerne, wie Alessa zu uns kam und wie es ihr erging. Eigentlich wollte ich dies nachfolgend tun, doch das Schreiben fällt mir schwer. Ich bin mir auch nicht sicher, ob Sie nach all der Zeit überhaupt noch Interesse haben oder ob es Sie zu sehr schmerzt. Vielleicht schenken Sie mir auch gar keinen Glauben?

Ein persönliches Gespräch wäre gewiss am besten. Sie und Ihre Tochter sind hier jederzeit willkommen. Wer auch immer von Ihnen beiden

Fragen hat … oder sich auch nur einige Tage auf unserem schönen Fleckchen Erde erholen möchte: Sie dürfen hier gern unentgeltlich wohnen, vor allem nach der vielen engagierten und phantasievollen Arbeit, die Alessa hier für uns geleistet hat. Ohne sie hätten wir das Haus nicht halten können. Außerdem habe ich etwas für Sie aufgehoben, das ihr gehört hat.

Herzlichst,
Hanna Joneleit
Haus Heidelerche, Wilsede

Valerie legte die Seiten sorgfältig wieder zusammen und steckte sie zurück in den Umschlag. Am liebsten hätte sie das Gelesene auch wieder aus ihrem Gehirn genommen und mit hineingelegt.

Sie wusste nicht, was sie damit anfangen sollte. Konnte das wahr sein? Und wenn ja, war es gut oder schlecht?

Angelika Mohagen
Alessa Mancini

Zumindest die Anfangsbuchstaben stimmten. Aber warum hätte ihre Mutter diese beibehalten sollen, wenn sie ihren Namen geändert hatte und verschwinden wollte?

Bedeutete es, dass sie doch ein wenig an ihrem alten Leben und damit an ihrer Familie gehangen hatte?

Oder war es ein dummer Zufall, und diese Frau Hanna Joneleit, die offensichtlich schon älter war, hatte sich einfach nur geirrt?

Kein Wunder, dass Pani durcheinander war! Valerie stand auf und lauschte an der Schlafzimmertür. Pani schnarchte. Gut, dass er endlich schlafen konnte. Leise schlich sie sich aus der Wohnung.

Sven, können wir uns sehen? Ich brauche dich, tippte sie in ihr Handy. Sie war gerade erst unten auf der Straße, als die Antwort kam.

Ich komme zur Schlüsselbrücke!

Die Schlüsselbrücke hieß eigentlich anders, nach irgendeinem Politiker. Es war Sven, der sie vor einigen Jahren zur inoffiziell sogenannten Schlüsselbrücke gemacht hatte. »Dieser Brauch, dass Verliebte ein Vorhängeschloss an das Geländer schließen und den Schlüssel ins Wasser werfen, ist doof«, hatte er eines Tages zu Valerie gesagt. »Eine Liebe soll doch keine Fessel sein! Eine Liebe, zu der die Beteiligten keinen Schlüssel haben, ist nichts wert. Zumindest funktioniert sie nicht auf Dauer. Das ist doch gerade die Kunst daran, den Schlüssel dazu zu finden und ihn auch nicht zu verlieren.«

Valerie hatten seine Worte so eingeleuchtet, dass sie eine Kurzfassung davon in der Nacht heimlich an den Sockel des schmiedeeisernen Geländers gesprüht hatte.

Liebe geht nur, wenn du den Schlüssel dazu hast.

In Blau und Grün, den Farben von Himmel und Hoffnung, von Boden unter den Füßen. Ihre Lieblingsfarben. Als Sven das am nächsten Morgen entdeckte, nahm er Valerie in den Arm und küsste sie lange, dann zog er verschmitzt lächelnd ein Vorhängeschloss mit drei Schlüsseln aus seiner Hosentasche. Zusammen schlossen sie das Schloss zu und warfen es ins Wasser. »Weil sich Liebe immer im Fluss befinden muss. Sie muss sich verändern dürfen, in Bewegung sein. Sonst lebt sie nicht«, sagte

Sven. An zwei der Schlüssel knüpfte er jeweils ein Band und hängte den einen sich, den anderen Valerie um den Hals. »So ist es richtig«, fand er. Den dritten Schlüssel hängte er an das Geländer. »Damit wir immer eine Reserve haben, für den Notfall. Und als Zeichen.«

Seine Worte, die so hell auf dem Sockel leuchteten, hatten anscheinend nicht nur Valerie gefallen. Denn von da an tauchten kaum noch Vorhängeschlösser an dem Brückengeländer auf, sondern stattdessen nur noch Schlüssel. Das sah auch viel schöner aus, fand Valerie. Und das Geländer musste nicht mehr regelmäßig erneuert werden, wenn es zusammenzubrechen drohte, weil die gesammelte Liebe so schwer wog.

Jetzt saß Valerie hier und blickte ins Wasser, baumelte mit den Beinen in dem kühlen Frühlingsmorgen und fühlte sich schon nicht mehr ganz so verloren. Der Schlüssel schaukelte mit vielen anderen sanft im Morgenwind, und Sven würde gleich hier sein.

Als er kam, setzte er sich wortlos neben sie und legte ihr den Arm um die Schultern. Eine Weile schwiegen sie zusammen, bis Valerie das Gefühl hatte, dass der Himmel wieder da war, wo er hingehörte, und der Boden auch, und dann erzählte sie ihm alles.

»Wenn sie das wirklich ist, ich meine war, wie konnte sie das tun? Einfach weggehen und uns denken lassen, sie wäre tot?«, fragte sie am Ende. Es tat schon gut, die Frage endlich auszusprechen. Das ging aber nur mit Svens solider, vertrauter Wärme an ihrer Seite.

»Vielleicht hat deine Mutter den richtigen Schlüssel einfach nie gefunden«, sagte Sven schließlich.

»Und das fällt ihr sechs Jahre nachdem sie mich zur Welt gebracht hat ein?«

»Vielleicht hat sie es ganz lange versucht. Möglicherweise wollte sie nicht aufgeben, weil es ihr wichtig war. Sehr wichtig.«

»Und warum hat sie dann doch aufgegeben?« Valerie kuschelte sich noch ein wenig enger an Sven. Ihr fröstelte, obwohl die Sonne immer höher stieg.

»Denk an ihre Krankheit. Endogene Depression, das hat biologische Gründe. Es hat was mit genetischer Veranlagung und chemischen Botenstoffen im Gehirn zu tun. Es gibt viele, die das irgendwann einfach nicht mehr aushalten und sich nur noch nach dem Tod sehnen.«

Überrascht sah sie ihn an. »Woher weißt *du* denn das?«

»Hab ich mal gelesen«, sagte er nach einer kleinen Pause.

Eine plötzliche Beklommenheit überkam sie. War es das etwa? Diese Wolke, die ihn manchmal umgab – die Schwermut, die Melancholie, von der er behauptete, Valeries Gegenwart würde sie stets sofort vertreiben? Litt er etwa auch an so etwas wie Depressionen?

»Sven…«

»Ja?«

»Ach, nichts.«

»Wegen nichts guckst du nicht so.«

»Du hast mir doch versprochen, dass du nicht mehr an Brücken sprühst oder auf der S-Bahn, wo es gefährlich ist, oder?«

Er nickte. »Ja-a, sicher hab ich das.«

Valerie lehnte sich wieder an seine Schulter und strich mit dem Finger an den Schlüsseln entlang, die am Geländer baumelten. Es klang wie ein leises Glockenspiel. Sie liebte dieses Geräusch. Die Symbole für so viele Lieben, die zusammen Musik machten.

»Weißt du«, sagte Sven, »wenn es ihr wirklich so schlechtgegangen ist wie manchen Betroffenen, dann wäre es wie ein kleiner Sieg, dass sie sich doch nicht das Leben genommen hat, sondern es irgendwie bis zu diesem Herzinfarkt geschafft hat.«

»Hmmm.« So hatte sie es noch nicht gesehen. »Aber dann hätte sie doch in dem Moment, als sie sich entschlossen hat, sich doch nicht umzubringen, zu uns zurückkehren können!«

»Sie wird ihre Gründe gehabt haben.«

Aber Valerie fiel es schwer, so viel Verständnis zu zeigen wie Sven. Sie war zu wütend auf ihre Mutter, zu wütend auf das, was sie Pani angetan hatte und auch ihr selbst. Sie hätten doch zusammenhalten müssen, als Familie! Wenn jemand krank war, half man ihm. Das war doch eigentlich ganz einfach. »Josef sagt immer, man kann nichts dafür, was einem geschieht, aber man kann entscheiden, was man daraus macht.«

»Ja und nein. Es sind eben nicht alle gleich stark. Und manche haben zu viel Pech im Leben. Vielleicht hat diese Hirnhautentzündung deine Mutter so sehr geschwächt, dass sie ihrer Krankheit nichts mehr entgegensetzen konnte.«

»Aber sie hatte doch uns! Das ist nicht nichts.«

»Und wenn sie euch schützen wollte?«

»Quatsch, wovor denn? Wir hatten sie doch lieb.«

Sven spielte mit ihren Haaren. »Weißt du, wenn ich an deiner Stelle wäre, würde ich in die Heide fahren und herausfinden, was es herauszufinden gibt. Sonst wirst du immer herumgrübeln.«

»Es war ihre Entscheidung zu gehen. Sie hat uns nicht gefragt.

Ich glaube, dann muss ich die Gründe jetzt auch nicht mehr wissen. Wir sind auch ohne sie klargekommen!« Valerie stand auf und bürstete ihre Hose ab. Sie ärgerte sich über sich selbst. Sie war beinahe enttäuscht von Sven, dass er ihre Wut auf ihre Mutter nicht teilte. Er musste doch auf ihrer Seite sein! Aber sie wusste auch, dass sie ihn ja genau deshalb liebte. Weil er so war. So fair. Immer beide Seiten sah.

Sven stand auch auf und nahm sie ganz fest in den Arm. Sie legte ihren Kopf gegen seine Stirn. »Danke, dass du immer für mich da bist, Svenni.«

»Wollen wir zu Schwupps gehen?«, fragte Sven. »Ich wette, du hast Kohldampf.«

Wie gut er sie kannte. Immer wenn sie innerlich aufgewühlt war, bekam Valerie einen Riesenhunger. Egal, wie viel sie vorher gefrühstückt hatte. »Au ja.«

»Dann komm.« Er nahm sie bei der Hand, und sie rannten die Brücke hinunter wie Kinder. Valerie atmete tief durch. Sie fühlte sich leichter, auch wenn sich nichts geändert hatte.

Schwupps hieß natürlich nicht wirklich so, aber jedes Mal, wenn er eine fertige Currywurst vor den Kunden auf die Theke stellte, lächelte er und sagte »Schwupps, da isse schon!«

»Ey, ihr swei Schlawiner, was macht die Kunst? Wurscht wie immer mit extra scharfen Swiebeln, wa?« Dem Lächeln von Schwupps fehlten vorne drei Zähne, aber es war nicht weniger herzlich deswegen. Es rückte den Tag wieder ein wenig gerader.

Die würzige Wärme des heißen Currys breitete sich angenehm in Valeries Magen aus und machte ihr genug Mut, hinaufzugehen und Pani gegenüberzutreten. Sie hatte keine Ahnung, wie sie ihm helfen sollte, denn sie wusste ja nicht einmal, wie sie sich selbst helfen sollte. Aber reden mussten sie.

Pani nahm ihr die Entscheidung ab. Als sie die Haustür aufschloss, kam er ihr mit einem Briefumschlag entgegen. »Würdest du den zum Briefkasten bringen?« Er sah immer noch müde aus, aber gefasst. »Ich habe dieser Frau Joneleit geschrieben und Geld und ein Haar von dir beigelegt. Ich habe sie gebeten, den Gentest machen zu lassen. Ich fühle mich nicht in der Lage dazu. Und warum soll sie erst etwas hierherschicken, wenn es doch alles nur falscher Alarm ist? Aber wir brauchen Gewissheit. Ich jedenfalls. Ich hoffe, es ist dir recht.« Fragend sah er sie an. Es tat ihr in der Seele weh, ihn so verunsichert zu sehen. Kurzerhand nahm sie ihn fest in die Arme. Die Kraft wenigstens, die Sven ihr vorhin geschenkt hatte, konnte sie an ihn weitergeben. »Ja, Pani. Wenn du das möchtest, ist es gut so. Ich habe dir eine Bulette von Schwupps mitgebracht. Die magst du doch so.«

»Danke. Aber ich kann jetzt nichts essen.«

»Ich leg sie dir in den Kühlschrank. Mach sie dir nachher einfach warm. Es hilft.«

»Weißt du, es kann sein, dass es mein Rucksack ist. Als ich Ange damals Kleidung in die Klinik gebracht habe, habe ich alles da hineingestopft. Nachher war er weg, mit den Sachen. Das muss aber nichts heißen. Wir hatten damals alle Lederrucksäcke. Ich brauche Gewissheit«, wiederholte er.

Sie war ihm dankbar. So konnte sie erst mal alles von sich schieben und abwarten. Und sich wieder sortieren.

Sie verspürte das dringende Bedürfnis, diejenigen ihrer alten Farbdosen herauszusuchen, die vielleicht noch funktionierten, und irgendwo in der Stadt eine graue Wand zu suchen, auf der sie ihren wirren Gefühlen wenigstens Umrisse geben konnte. In lauten, knalligen Farben.

7

Spuren

Oben in ihrer winzigen Wohnung sah sie sich in der Küche um. Zwei Drittel davon hatte sie zu einer Arbeitsecke umgebaut. Da sie die Miete von irgendetwas bezahlen musste, hatte sie irgendwann angefangen, auf dem Sperrmüll alte Holzmöbel zu sammeln. Gartenstühle, Tische, Hocker, Regale, Schränkchen. Erstaunlich, was die Leute so wegwarfen! Oft sah es auch wirklich sehr hässlich aus. Valerie schliff die Möbel ab und verpasste ihnen einen wilden neuen Anstrich. Oft unsymmetrisch, in leuchtenden Farben, manchmal auch in Pastell. Häufig malte sie auch Bilder darauf, Graffiti, wie sie sie an die Wände sprühen würde, wenn sie noch ein Teenager wäre. Tropische Landschaften, Fahrräder, Skateboards oder Surfbretter. Manchmal eine Skyline. Was ihr eben gerade in den Sinn kam und zu den jeweiligen Möbeln passte. Die fertigen Stücke transportierte sie mit einem alten, ebenfalls buntgestrichenen Leiterwagen auf den Flohmarkt um die Ecke und verkaufte sie dort überraschend gut. Im Kiez war dieser Stil angesagt. In Wannsee oder Zehlendorf wäre sie die Sachen nicht losgeworden, aber hier passte es.

»Damit könntest du dich glatt selbstständig machen«, hatte Sven gesagt.

»Nee, bloß nicht!«, hatte Valerie entsetzt abgewehrt. »Der ganze Papierkram! Umsatzsteuer, Steuererklärung, Buchführung. Nix für mich.« Außerdem war dies nichts, das sie den ganzen Tag machen wollte. Sie wollte es nur dann tun, wenn sie Lust dazu und eine gute Idee hatte. Die paar hundert Euro für die Miete bekam sie damit zusammen. Das reichte ihr.

Zu Hause hatte sie jede Wand in einer anderen Farbe gestrichen. Vorher war die Wohnung mächtig heruntergekommen gewesen. An den Türen hatte Valerie sich besonders ausgetobt.

Heute aber stand ihr nicht der Sinn nach sorgfältiger Arbeit. Außerdem hielt sie es hier drinnen nicht aus. Sie musste raus an die Luft. Stirnrunzelnd betrachtete sie ihre Materialien. Sie rollte einige Bögen grobes Papier zusammen, steckte es in ihren Rucksack und fügte ein Nudelholz hinzu. Ein Tuschkasten und eine Packung Filzstifte folgten.

Vorhin hatte sie gesehen, dass noch immer Pfützen auf den Wegen standen und die Stadt voller schlammiger Fußabdrücke war. Valerie suchte sich eine Seitenstraße, auf der morgens viele Menschen zur Arbeit gelaufen waren oder zur Schule. Jetzt war es ruhig. Sie lief eine Weile hin und her, bevor sie eine Steinplatte fand, auf der die Schuhabdrücke deutlich waren. Sicher war es ein Vater gewesen, der sein Kind an der Hand zur Kita gebracht hatte. Große und kleine Füße waren zu sehen, die einen Rhythmus teilten. Sorgfältig legte Valerie ein Blatt Papier darauf, strich es glatt und walzte mit dem Nudelholz darüber. Als sie das Papier wieder abzog, betrachtete sie zufrieden die Abdrücke, die nun darauf verewigt waren, zusammen mit denen einiger kleiner Steine, Zweige, Blätter und einem Bonbonpapier.

Sie wiederholte dies an anderen Stellen. Die fertigen Papiere klemmte sie in einem Halter ein, den sie sich aus Wäscheklammern gebastelt hatte, so dass sie sich nicht gegenseitig verschmierten, sondern in ordentlichen Abständen zueinander hingen.

Als sie genug hatte, ging sie damit zu Schwupps, der das schon kannte.

»Na, warste wieder kreativ?« Er war dabei, die Theke zu wischen.

»Ja. Darf ich?«

»Na klar, Kleene.«

Sie ging hinter seine Bude. Die Rückwand bildete eine große, schräge Fläche, auf die die Sonne knallte. Hier heftete Valerie mit Tesafilm ihre Blätter an. In einer Viertelstunde würden sie trocken sein.

»Willste ’n Kaffee?«

Valerie lehnte sich auf die Theke. »Lieber ’ne Brühe.« Niemand wusste, was Schwupps alles in seine Brühe tat, auf jeden Fall eine Menge Kräuter und exotische Gewürze. Man musste es mögen, aber wenn man sich darauf einließ, wärmte sie nicht nur den Körper durch, sondern auch die Seele.

»Klar, Kleene. Jeht uffs Haus. Die Jeschäfte waren schon jut heute Morgen.«

»Danke, Schwupps.« Sie wärmte ihre Hände dankbar an dem dickwandigen Glas. Sie hatte so lange auf dem Boden gekniet, und in den Steinen saß noch die Erinnerung an die Kälte des langen Winters.

Mit den getrockneten Blättern verzog sie sich an ihren Lieblingsplatz in einem Park. Wenn sie malte, wollte sie allein sein. In einer zugewucherten Ecke zwischen Brennnesseln stand ein alter Pavillon, von dessen Dach nur noch die Reste einer Konstruktion übrig waren. Es gab eine Steinbank darin, auf der man gut sitzen konnte, und einen ebensolchen Tisch, der noch halbwegs eben war. Nachmittags spielten hier oft Kinder, aber während der Schulzeit war alles ruhig.

Valerie füllte die leeren Rillen der Schuhsohlenabdrücke mit Farben und ergänzte die freien Flächen außenherum mit Ornamenten. Sie stellte sich die Farben vor, die zu diesen Menschen gepasst haben könnten, zu den Gedanken, die ihnen auf dem Weg zur Arbeit oder zur Kita durch den Kopf gingen. Die kleinen Steine und Blätterabdrücke wurden mit einbezogen, wurden zu Blumen, Wegen und abstrakten Formen.

Aus dem Abdruck des Bonbonpapiers entstand ein Schmetterling, der einen leichten Kontrast zu den schweren Schuhabdrücken schaffte.

Valerie war schon immer von den Spuren der Menschen fasziniert gewesen. Manchmal, dort, wo die Wege nicht zugepflastert waren, sondern zum Beispiel im Grunewald, goss sie die Abdrücke im Schlamm mit Gips aus, klebte sie später auf eine Holzplatte und schuf dreidimensionale Collagen damit. Dann fügte sie Steine hinzu oder Stücke von alten Eisenbahngleisen, leere Pappbecher oder andere Dinge, die ihr interessant schienen. Ein stummes Echo des Lebens in ihrer Stadt, das sie so mit ihren Bildern einfing. Auch davon verkaufte sie gelegentlich eines auf dem Flohmarkt. In Studenten-WGs waren sie recht beliebt, und auch in dem einen oder anderen Szenecafé hing eines davon. Aber sie machte es nicht des Verdienstes wegen. Das war etwas, das sie für sich tat. Es schenkte ihr einen Moment Ruhe, weil es ein Abbild der Geräusche war, die ihr manchmal zu viel wurden.

Seit sie klein war, hatte sie ein besonders empfindliches Gehör.

Wenn sie auf einem Hausdach stand, konnte sie manches Mal Worte verstehen, die unten auf der Straße gesprochen wurden. Jeder Tag war für sie ein großartiges, oft auch zu überwältigendes Musikstück aus Stadtlärm. Jedes Bremsenquietschen, jedes Türenschlagen, jedes S-Bahn-Rattern oder Schiffstuten vom Kanal her bohrte sich in ihre Aufmerksamkeit und fügte sich zu einem rauschenden, klingenden Ganzen, von dem sie sich gelegentlich überrollt fühlte, obwohl sie es gleichzeitig liebte. Die Stadt war wie ein Organismus, der seine Launen wechselte, je nach Jahreszeit, Wetter und politischer Lage. Es half ihr, wenigstens die Fußabdrücke und andere Spuren einzelner Menschen herauszufischen, damit das große anonyme Ganze nicht zu gewaltig wurde und alle ihre eigenen Gedanken in seinem hungrigen Inneren verschlang.

Heute aber malte sie nicht gegen den Lärm der Stadt an, sondern gegen das Getöse ihrer eigenen Gefühle. Nachdem sie mit den zarteren Wasserfarben fertig war, ergänzte sie das Bild mit klaren, grellen Strichen der Filzstifte. Strich für Strich und Farbe für Farbe sortierten sich ihre wild durcheinander verlaufenden Grübeleien ein wenig. Sie spürte wieder die Sonne auf ihrem Scheitel und ihren Ohren, hörte das Zwiegespräch der Amseln in den Jasminbüschen, bemerkte das Licht in den Osterglocken auf der Wiese und den Duft der Hyazinthen in einem zersprungenen Kübel.

Ein Hund schob sich durch die Brennnesseln und schnupperte an Valeries Fuß. Eine Frau folgte ihm. »Komm, Caesar! Lass das Mädel in Ruhe. Oh!« Sie sah Valerie über die Schulter. »Schön bunt. Mal was anderes.«

»Danke.«

»Ich finde es erfreulich, wenn junge Leute schöpferisch tätig sind. So viele richten nur Schaden an. Oder trödeln sinnlos herum. Schönen Tag noch. Komm, Caesar.«

»Ihnen auch.«

Caesar hob das Bein am Pavillon und folgte widerstrebend seiner Besitzerin. Die Ruhe kehrte zurück.

Wenn es zu nass war für Abdrücke auf Papier, fotografierte Valerie auch gelegentlich. Nicht nur Fußabdrücke. Auch Hundespuren, Autoreifen, Tauben. Dann war es das Licht, was sie faszinierte. Bei Regen glänzten die Spuren oder füllten sich mit Wasser. Aus einem einzigen Fußabdruck konnte eine Seenlandschaft werden, in der sich der Himmel spiegelte und aus der man einen Miniaturgarten machen konnte, den es ohne diesen Fuß, ohne diesen Schritt nie gegeben hätte. Manchmal füllte sie einen solchen Abdruck, der sich tief in den Schlamm gegraben hatte, mit Steinen, Blüten, Ästen oder anderem und fotografierte ihn dann.

Warum nur hatte sie sich darauf eingelassen, Kunstgeschichte zu studieren? Sie hatte gedacht, es hätte etwas mehr mit Praxis zu tun. Natürlich war es interessant zu hören, was andere Künstler geschaffen hatten, von ihren Phasen und ihren Arbeitsweisen. Sie mochte die Impressionisten, und sie mochte Franz Marc und Miró und Kandinsky und viele andere. Doch es war ihr alles viel zu viel Theorie. Ihr einziger Versuch, einem der Dozenten eine ihrer Collagen zu zeigen, war abgewehrt worden. »Wissen Sie, jeder hält sich für einen Künstler. Haben Sie Ihr Referat schon fertig?«

Valerie wollte keine Künstlerin werden. Sie wollte nur das

umsetzen, was aus ihr herauswollte. Sie hatte gehofft, etwas darüber zu lernen. Gerade heute aber erschien ihr der Gedanke, an diesem schönen Frühlingstag wieder in der Uni zu hocken und sich Vorträge anzuhören, unerträglich.

Sollte sie sich vielleicht doch einmal den Laden ansehen, von dem Sven erzählt hatte?

Es war, als hätte dieses neue Wissen um ihre Mutter auch alles andere in ihrem Leben durcheinandergebracht! Wie bei diesem Spiel, das sie als Kind gern mit ihrem Vater gespielt hatte. Jenga. Wer zuerst das falsche Klötzchen aus einem Holzturm zog, verlor.

Irgendwie war ja jedes Leben aus solchen Klötzchen aufgebaut, aus vielen Einzelteilen. Ihres war nie besonders stabil gewesen. Sie hatte gehofft, dass sich dies inzwischen geändert hatte. Dieser verflixte Brief aus der Lüneburger Heide jedoch hatte mehr als eine Schwachstelle zutage gefördert.

Doch sie wusste, wenn sie jetzt das Studium schmiss, würde sie es nie wiederaufnehmen. Wozu hatte sie dann so mühsam in der Abendschule ihr Abitur nachgeholt?

»Wissen ist nie umsonst«, würde Josef sagen.

Damals, als sie die Schule abgebrochen hatte, war ihr alles egal gewesen. Das ging jetzt nicht mehr. Dafür war sie zu alt. Nichts war egal. Aber alles war schwierig.

Es hatte schon einmal einen solchen Tag gegeben, der alles verändert hatte. Pani gab zwar sein Bestes, ihn ungeschehen zu machen, und Valerie hatte mitgespielt, auch weil ihr nichts anderes übrigblieb. Aber es hatte Jahre gedauert, bis sie wieder festen Boden unter den Füßen bekam, und sie wussten es beide. Pani hatte sich das nie verziehen. Kein Wunder, dass ihm die Nachrichten aus der Heide so zusetzten und sofort wieder Schuldgefühle in ihm auslösten. Dabei konnte er diesmal nichts dafür. Und im Grunde auch damals nicht. Er hatte nur die Wahrheit gesagt.

Dieser Tag war in ihr immer noch so glasklar und gestochen scharf wie damals. Es war ein paar Jahre nachdem sie auf der Polizeistation zu Rimo geworden war. Das mit den Graffiti hatte sie damals ja nur aus dem Bedürfnis angefangen, in der grauen Stadt ihre Persönlichkeit zu finden, für ihre Ideen einen Ausdruck zu entdecken, ein Ventil für Neugier und Lebendigkeit und Kreativität. Sie hatte sich einen Namen in der Szene gemacht und Anschluss gefunden. Ja, es war illegal, was sie taten, und nicht alle Graffiti waren schön. Aber es war bestimmt besser als das, was andere Straßengangs anrichteten, die mutwillig Fenster einwarfen, Treppengeländer oder Bänke aus den Verankerungen rissen oder mit Ladendiebstählen prahlten.

Aber sie waren vierzehn, fünfzehn oder sechzehn, und sie wollten sich beweisen. Es kam zu Mutproben, jeder wollte den anderen übertrumpfen. Zwei- oder dreimal wurde auch Valerie erwischt. Es kam zu Verwarnungen und kleinen Geldstrafen, und einmal wurde sie dazu verdonnert, mehrere Wochen Müll im Park zu beseitigen. Beim ersten Mal hatte Pani noch gelacht, beim zweiten runzelte er die Stirn und sah enttäuscht aus. »Bitte, Valerie, sei vernünftig. Das bringt doch nichts. Du verdirbst dir deine Zukunft.«

Valerie hatte trotzig mit den Schultern gezuckt. »Wir machen doch nichts kaputt. Meine Schulnoten sind gut, das weißt du doch.«

»Ja. Da bin ich auch sehr stolz auf dich. Trotzdem, mein Mädchen, ich bitte dich! Gerade, weil du intelligent bist. Das ist der falsche Weg. Was kann ich tun? Brauchst du mehr Papier? Andere Farben?«

Doch Valerie schüttelte nur den Kopf. Sie konnte es ihm nicht erklären. Papier war ihr zu klein, und außerdem ging es nicht darum. Es ging ja gerade um die Aufregung, geschickt genug zu sein, um eben nicht erwischt zu werden. Die eigenen Werke dort zu hinterlassen, wo es eigentlich keiner wollte. Zu beweisen, dass sie etwas zu sagen oder vielmehr zu zeigen hatten in dieser Riesenansammlung von Menschen in den anonymen Mietshäusern. Bunte, freche Zeichen zu setzen. So wie es der Löwenzahn tat, der sein Knallgelb aufrecht in die Risse im Asphalt stellte und sie mit seinen Wurzeln größer hebelte, egal, wie viele Füße über ihn hinwegtrampelten, wie viele Hunde das Bein daran hoben oder wie viele Fahrräder darüber hinwegzischten. Der Löwenzahn blühte und wurde zu Pusteblumen. Der Wind trug die Samen in neue Risse, die durch die Stadt gingen, wo auch sie unbeirrt Wurzeln schlugen und ihre knallgelbe Farbe allen ins Gesicht lachte.

Genau so meinten sie es auch, die Graffitisprayer! Nicht alle waren begabt, und manche schossen über das Ziel hinaus und beschädigten Dinge, von denen sie hätten die Finger lassen sollen. Es war schwer, die Grenzen zu erkennen, besonders wenn man übermütig war und angeben wollte.

Und so kam es noch einmal vor, und noch einmal, und jedes Mal wurde die Enttäuschung in Panis Gesicht größer, und Valerie versprach immer wieder, nichts Verbotenes mehr zu tun.

Doch wenn sie eine gute Idee hatte, vergaß sie alles andere.

Sie hätte den Stromkasten nicht mit Affen verzieren sollen.

Schon gar nicht, wenn der größte Affe eines der Kleider trug, die die unfreundliche Boutiquebesitzerin von gegenüber verkaufte. Und ihre Frisur. Valerie hatte gedacht, die Dame hätte längst Feierabend. Sie hatte nicht damit gerechnet, dass auch arrogante, kinderhassende Schickimicki-Boutiquebesitzerinnen manchmal nach Feierabend noch an ihrem Schreibtisch sitzen und die Buchhaltung machen.

Die Frau rief die Polizei. Und die Polizei mochte es nicht, wenn Kinder an Stromkästen herumschmierten. Es war zu gefährlich. Obendrein war Valerie im letzten Jahr aufgeschossen und wirkte nicht mehr kindlich. Nicht nur das, die Polizei hatte langsam die Nase voll von ihr.

Die Streife brachte sie persönlich nach Hause und klingelte.

»Meinst du, du bist nicht langsam alt genug, um an deinen Schlüssel zu denken?«, begann ihr Vater, als er öffnete. Dann sah er die beiden Polizisten. »Oh.«

»Herr Mohagen, wir müssen uns leider wieder einmal mit ihrer Tochter befassen. Es handelt sich erneut um mutwillige Sachbeschädigung.«

Pani stand schweigend in der Tür und antwortete nicht.

»Herr Mohagen? Können wir hereinkommen und die Konsequenzen besprechen?«

»Sie ist nicht meine Tochter«, sagte Pani laut und deutlich.

Die Polizisten waren verwirrt. »Sie sind doch Herr Mohagen?«

»Ja. Aber dieses Mädchen ist nicht meine Tochter. Höchstens auf dem Papier. Aber ich bin nicht ihr Vater.« Pani schloss die Tür.

Die Polizistin sah ihren Kollegen an und dann Valerie, in deren Gesicht wohl nicht nur dieselbe Verwirrung, sondern auch Entsetzen gestanden haben musste. Der Kollege blickte auch ratlos. Valerie sah sein Gesicht heute noch vor sich. Schließlich zuckte die Polizistin mit den Schultern. »Am besten klärst du das erst mal mit deinem … mit deinem Erziehungsberechtigten«, sagte sie zu Valerie. »Wir haben nicht ewig Zeit für Kindereien. Der nächste Einsatz ruft.«

Valerie hörte ihre Schritte die Treppe hinunter leiser werden.

Lange stand sie vor der Tür. Sie hatte ihren Schlüssel nicht vergessen, und schließlich schloss sie auf.

»Pani?«

Er saß am Küchentisch, das Gesicht in den Händen vergraben.

»Pani? Die Polizei ist weg, Pani. Es tut mir leid! Ich mache es nie wieder. Bitte, Pani!«

Ihr war schlecht. Sie wollte nur, dass er sie endlich ansah. Sie in den Arm nahm, wie immer. Ihr Pani, der beste Vater der Welt.

Schließlich sah er auf, und sie sah, dass ihm Tränen über das Gesicht liefen. »*Mir* tut es leid, Valerie. Es tut mir so leid.«

Da sah sie es in seinen Augen. Was sie für eine aus Wut geborene Erziehungsmaßnahme gehalten hatte, war kein spontaner Ausbruch gewesen.

Es war die Wahrheit.

Schwupps' wärmende Trostbrühe

1 Suppenhuhn
1 Zwiebel, groß
2 EL Meersalz
1 EL Pfefferkörner (zerstoßen)
3 Gewürznelken
2 Lorbeerblätter
1 Bund Suppengrün
2 Zweige Liebstöckel
3 Zweige Petersilie

Huhn gründlich abbrausen und in einen großen Topf mit 3 l kaltem Wasser geben. Aufkochen lassen, Hitze reduzieren und 2 Stunden köcheln lassen, Schaum immer mal wieder abschöpfen.
Zwiebel samt Schale halbieren, in einer Pfanne dunkel anrösten. Nach etwa 60 Minuten Kochzeit Zwiebelhälften und Gewürze in die Brühe geben. Nach weiteren 30 Minuten Gemüse und Kräuter hinzugeben.
Am Ende der Kochzeit Gemüse und Huhn herausnehmen, in mundgerechte Stücke zerteilen und zurück in die Suppe geben. Trostbrühe mit frisch gehackter Petersilie sofort servieren.

Skem

Amrum

1932

8

Licht und Dunkelheit

Skem merkte, wie seine Knie nachgaben. Erst wurde ihm am ganzen Körper heiß, dann kalt, dann spürte er gar nichts mehr. Er fühlte sich jetzt so leicht wie der Nebel, der am Horizont und über dem Wasser lag wie ein Schleier. Von Kopf bis Fuß voller Energie, als könnte er sich jeden Augenblick vom Erdboden lösen und in die Höhe steigen wie eine Feder über sonnenheißem Sand. Dann würde er auch besser sehen können, was er zu sehen glaubte.

Doch er sah es wirklich! Es war keine Einbildung. Es war genau das, worauf er seit so vielen Jahren wartete.

Unzählige Nächte hatte er sich hier draußen herumgetrieben. Bis auf jenen geheimnisvollen unheimlichen Schatten damals draußen am Kniepsand hatte er jedoch nie etwas Ähnliches erblickt. Es war ihm immer schwerer gefallen, an den Töveree zu glauben. Aber an irgendetwas musste er glauben, auch oder gerade weil er nur ein Junge war und kaum beeinflussen konnte, was um ihn herum geschah. Sein Vater fuhr zur See, wenn er es für richtig und nötig hielt, seine Mutter legte sich ins Bett, wenn sie es für richtig und nötig hielt. Der Rest der Erwachsenen war auch nicht der Meinung, dass ein Junge irgendetwas zu sagen hatte.

Wenn er fror oder Hunger litt, konnte Skem seine Sorgen nur vergessen, indem er daran dachte, dass er eines Tages vielleicht den Wunderfisch sehen würde. Wie Garrelf. Wie jener Brin. Skem war ein Rossmonith wie sie. Warum also nicht?

Diese Herbstnacht war wie andere Herbstnächte, dunkel und kalt, vielleicht noch ein wenig kälter als gewöhnlich um diese Jahreszeit. Gut, dass er noch den dicken Pullover unter seiner Jacke trug. Trotz der Mottenlöcher hielt der noch anständig warm. Ganz oben über den Wolken hörte Skem eine verspätete Gänseschar schnattern, die eilig auf dem Weg nach Süden war.

Am Rande des Watts hatte der Frost Raureif auf die Schlammtürmchen der Wattwürmer gezaubert. Es war kaum hell genug, das zu sehen, doch Skem hörte es unter seinen Füßen knirschen. Er hockte sich hin und berührte die zarten Kristalle mit einem Finger. Es beglückte ihn jedes Jahr aufs Neue, wenn die Minustemperaturen ganz neue Landschaften in den Sand zeichneten.

Als er aufblickte, sah er es.

Er sprang auf und ging ein paar Schritte ins Wasser hinein. Seine Stiefel liefen sofort voll, aber das interessierte ihn nicht. Er fuhr sich über die Augen. Vielleicht hatte die Gischt Salz hineingespritzt?

Nein! Er irrte sich nicht! Da hinten, etwa hundertfünfzig, vielleicht zweihundert Meter von ihm entfernt, schimmerte das Meer hellblau. Skem sah zum Himmel. Da war kein Mond. Der Nebel verfälschte manchmal das Mondlicht, aber ein solches Blau wäre es auch davon nicht geworden.

Skem watete noch tiefer ins Wasser. Etwas zog ihn zu der Stelle hin, als wäre er in ein unsichtbares Fischernetz geraten. Das Leuchten wurde heller, die Farbe stärker. So ein glühendes Blau hatte Skem noch nie gesehen.

Das konnte nur der Töveree sein!

Es war ein länglicher Fleck, groß wie ein kleiner Wal, und er zog von Norden nach Süden dicht unter der Oberfläche entlang. Skem kniff die Augen zusammen, doch einen Fisch sah er nicht. Nicht einmal eine Rückenflosse. Oder war es doch ein Umriss?

Dennoch war er sich sicher. Denn es war nicht nur das Licht, das Schimmern in dem weiten, nächtlichen, kalten Dunkel. Es war das nie gekannte Gefühl, das ihn durchflutete. So als wären alle Sorgen auf einmal ganz winzig. Unwichtig. Einfach nicht mehr von Bedeutung. Das Knurren in seinem Magen nicht, die Kälte nicht, die Tatsache, dass er sich oft so einsam fühlte, nicht und dass er seinen Vater so lange nicht gesehen hatte. Die Sorge, dass er seiner Mutter helfen müsste und nicht wusste, wie, und es kaum fertigbrachte, wenigstens genug Fische zu angeln. Stattdessen spürte er bei diesem Anblick auf einmal die Gewissheit, dass das Leben stets auch ein Wunder war. Dass er nicht verrückt war, weil er schon immer all die Wesen, die ihm begegneten, ob es die Zugvögel waren, die Seesterne oder die Wattwürmer, als etwas Großartiges betrachtet hatte, viel zu wunderbar, um wahr zu sein. Dass man sich leicht und glücklich fühlen konnte, ganz gleich, wie schwer manche Dinge waren. Dass auch so ein kleiner Mensch wie er sich so weit fühlen konnte wie das Meer und so hoch wie der Himmel.

In dem Augenblick, da er das blaue Leuchten sah und die Nähe von etwas spürte, für das es keine Worte gab, wusste er, dass er es niemals vergessen würde. Schließlich verschwand das Licht langsam hinter dem Kniepsand.

Es war wieder alles dunkel, doch in Skem blieb für immer eine Spur von Licht.

Noch lange blieb er stehen, dann lief er langsam zurück. Aus der offenen Tür der Wirtschaft fiel Licht. Ein paar Männer standen davor und rauchten Pfeife. »Was machst du denn noch in der Dunkelheit unterwegs, Junge?«, fragte einer. »He, du tropfst! Was hast du getrieben?« Er zog Skem in die Stube, wo es warm und laut war. »Lass den Jungen mal am Grog nippen, Matze«, befahl er dem Wirt. »Der holt sich ja den Tod.«

Man drängte ihm einen Becher auf, und Skem, der nun die Kälte zu spüren begann, die aus seinen nassen Stiefeln emporkroch, nahm einen Schluck und hustete. Jemand klopfte ihm auf den Rücken. »Der zweite Schluck schmeckt besser«, ermutigte ihn jemand.

»Mensch, Jan. Kannst den Dreikäsehoch doch nicht mit Grog abfüllen«, meinte ein anderer.

»Ach was. Muss doch oft genug seinen Mann stehen, der Knirps. Da verträgt er auch mal 'nen kräftigen Schluck Grog.«

»Erzähl, Junge. Was hast du da draußen gemacht? Du siehst aus, als hättest du einen Geist gesehen. Den Klabautermann, was?« Alle lachten. Skem nahm noch einen Schluck. Ermutigt durch das Feuer, mit dem der Rum seinen Magen erfüllte, fand er seine Stimme wieder. »Ich hab den Töveree gesehen!« Seine helle Stimme drang durch das Lärmen in der Kneipe. Auf einmal war es totenstill.

»Na, was haste denn gesehen, Bengel?« fragte Jan. »Erzähl doch mal genau.«

»Wie sah er denn aus?«, wollte ein anderer wissen. »Hat er wirklich einen spitzen Kiefer wie ein Rochen und Flossen, auf denen er fliegen kann?«

»Ich weiß nicht«, musste Skem zugeben. »Aber ich habe ein

Schimmern gesehen, ein blaues Schimmern, wie es nur vom Töveree kommen kann!«

Noch einen Moment herrschte Stille, dann brach lautes Gelächter los. »Ich hab dir doch gesagt, du hättest dem Kleinen keinen Grog geben sollen!«

»Jan, bring den Bengel nach Hause, nicht dass er noch einen Piraten trifft und entführt wird.« Erneutes Gelächter.

Das war der Tag, an dem Skem seinen Namen bekam. Denn er hatte nicht immer so geheißen. Getauft worden war er anders. Skem, das bedeutete in der alten friesischen Sprache der Insel Schimmer. Wie er wirklich hieß, wusste bald niemand mehr, selbst er vergaß es beinahe. Der Name Skem brandmarkte ihn für immer als einen Außenseiter und einen Spinner. Andererseits hatten hier alle einen Spitznamen.

Er selbst wusste, dass er sich nicht geirrt hatte. Was machte es schon, dass ihm niemand glaubte, außer Garrelf, der schweigend zuhörte, nickte und ihm übers Haar fuhr.

Er trug den Namen Skem schließlich mit Stolz, denn ihn selbst erinnerte dieser für immer an das, was er an jenem Abend gesehen und vor allem gefühlt hatte.

Diese Erinnerung würde er noch oft brauchen.

Ihm fiel die Flaschenpost ein, die er im Jahr des Schiffsunglücks gefunden hatte. Der Brief, der davon erzählte, dass einer der Matrosen aus Angst ein Fass nach den Töveree geworfen hatte. Skem hatte den Brief damals in kleine Schnipsel zerrissen und ins Meer geworfen. Er fand, da der Schuldige gestorben war und alle anderen auch, brauchte dessen Familie nichts von dieser Tat zu erfahren. Immerhin war sie aus Angst geboren und sicher nicht aus Niedertracht.

Die Idee mit der Flaschenpost jedoch half ihm jetzt. Denn irgendjemandem musste er mitteilen, was in jener Flaschenpost gestanden und was Garrelf ihm einst anvertraut hatte. Auch was er selbst gesehen und gefühlt hatte. Wenn ihm jetzt niemand zuhören wollte, warum nicht irgendjemand in der fernen Zukunft, der seine Flaschenpost fand?

Schreiben fiel ihm nicht leicht. Mühsam malte er Satz für Satz. Im Vorratsschrank seiner Mutter fand er eine leere Flasche und einen Korken, doch als er seine Mitteilung sorgfältig zusammengerollt und die Flasche fest verschlossen hatte, wagte er es nicht, sie ins Meer zu werfen. Die Flut würde sie wieder anspülen, auf dem Kniepsand oder auf der Nachbarinsel Föhr. Wieder würden ihn alle auslachen!

Stattdessen folgte er einem Pfad tief in die Dünentäler, wo er drei Nächte lang ein Loch grub. Dort versenkte er die Flasche. Die Dünen brauchten lange, bis sie wanderten. Eines Tages würde der Wind die Flasche freilegen. Dann, wenn Skem schon ein alter Mann war oder längst nicht mehr da. Sollte man den Töveree bis dahin niemals wieder gesichtet haben, dann würde zumindest jemand eines Tages auf diese Weise erfahren, dass es ihn gegeben hatte.

Drei Blätter Papier waren es geworden. Er hatte noch nie etwas so Langes geschrieben, und als er fertig war, schwor er sich, es auch nie wieder zu tun. Es war eine Arbeit, die ihm nicht lag, aber es füllte ihn mit Zufriedenheit, dass er es getan hatte. Der Töveree hatte sich ihm gezeigt, ihm, Skem Rossmonith, und er wollte den Glücksfisch nicht enttäuschen. Skem war Zeuge von etwas Großem geworden, so klein er auch war. Es war seine Pflicht, das festzuhalten, so wie Garrelf und die anderen Kapitäne alles Wichtige in ihren Logbüchern aufschrieben.

Die Wochen vergingen. Die See blieb dunkel. Nicht die Spur eines Schimmerns war zu entdecken. Doch das machte nichts. Skems Erlebnis blieb ein Schatz in seinem Inneren, der ihn wärmte. Er erwartete nicht, dass man so ein Wunder oft sehen durfte.

Doch dann geschah das, wovor er sich gefürchtet hatte, seit er denken konnte. Seine Mutter ruhte sich in der Stube aus, während Skem in der Küche das Abendbrotgeschirr spülte. In dem Augenblick, da jemand laut an der Tür hämmerte, wusste er es.

Nur jetzt den Teller nicht fallen lassen, dachte er und polierte ihn unnötig, bevor er ihn sehr sorgfältig abstellte. Nur keine Scherben jetzt. Wenigstens nicht in der Küche. Er hörte, wie die Mutter öffnete, und er hörte die Stimme des Nachbarn, der vom Hafen gekommen war, um die Nachricht zu überbringen. Seltsam klangen die Worte, als würden sie unter Wasser gesprochen, ganz langsam nur drangen sie in Skems Hirn.

Er trat ins Wohnzimmer und sah, wie der Nachbar seine Mutter zum durchgesessenen Sofa führte. Er blickte auf, als er Skem sah. »Hol ihr ein Glas Wasser, Junge.«

Skem gehorchte. Die Hand seiner Mutter zitterte, als sie in kleinen Schlucken trank, während der Nachbar erzählte, was Skem schon ahnte: das marode Schiff, auf dem sein Vater angeheuert hatte, weil es keine andere Arbeit gab, war auf dem Rückweg vor der dänischen Küste gesunken. Niemand hatte überlebt. Es waren noch zwei andere Männer von der Insel betroffen.

Skem wusste nicht mehr, wann der Nachbar gegangen war. Er hüllte seine Mutter in eine Decke und nahm sie in den Arm. Skem weinte, und auch seiner Mutter liefen unaufhörlich die Tränen über die Wangen, während sie vor- und zurückschaukelte und nur sagte: »Was soll jetzt werden. Was soll jetzt aus uns werden? Es ist kein Geld da, und der Winter steht vor der Tür. Niemand wird sich um uns scheren. Was soll nur werden?«

Skem wusste es auch nicht. Er wusste nur, dass ihn der Töveree am Ende doch enttäuscht hatte. Jetzt, ausgerechnet jetzt, da er so fest an ihn geglaubt hatte. Schlimmer noch, er wusste doch nun, dass es ihn gab. Und dennoch hatte der Zauberfisch seinem Vater nicht geholfen!

Oder war das Schimmern am Ende von etwas ganz anderem gekommen, und es hatte den Töveree doch nie gegeben?

Was spielte das jetzt noch für eine Rolle! Die Zeit der Wunder und der Hoffnung war vorbei.

Skem brachte seine Mutter schließlich zu Bett, doch er fand selbst keine Ruhe.

Ja, was sollte nun werden? Während er sich hin und her warf, stieg Wut in ihm auf. Wenn es jemand verdient gehabt hätte, dass ihm ein Wunder half, so war es sein Vater gewesen.

Schließlich stand er auf, zog sich an und ging wie so oft hinaus, wo ihm die Nacht und der Strand mehr Geborgenheit gaben als die harte Matratze in der kalten Dachkammer. Es war wieder milder geworden, kein Eis säumte das Meer, ein Dreiviertelmond schien zwischen zerrissenen Wolken, und es war Flut.

Kurzentschlossen ruderte Skem in seinem Boot, das er einmal am Strand gefunden und repariert hatte und das sein ganzer Stolz war, ein Stück hinaus. Er klammerte sich an den Rhythmus des Ruderschlags. Vor und zurück, vor und zurück. Die Bewegung löste ein wenig die Erstarrung in ihm, die sich so kalt anfühlte, kälter als die Winternacht um ihn. Da kamen ihm wieder die Tränen. Wut und Verzweiflung wurden immer größer, bis sie aus ihm herausmussten. Er stand in dem Boot auf und schüttelte die Faust gegen den Horizont und das schweigende Meer.

»Töveree, wenn du da draußen bist, höre mich!«, rief er. »Zum Teufel sollst du dich scheren! Du hast meinen Vater verraten. Hast ihn da draußen einfach sterben lassen. Andere hast du gerettet und ihn nicht, obwohl ich weiß, dass es dich gibt! Dir soll auch niemand helfen, wenn du es einmal brauchst! Und wenn sie sich wieder über dich lustig machen und sagen, du wärest nur eine Legende, werde ich ihnen nicht mehr widersprechen. Wozu soll ich dich noch verteidigen? Hörst du mich?«

Nichts geschah. Kein Leuchten war irgendwo zu sehen. Keine Rückenflosse tauchte auf, keine Silhouette unter der Oberfläche.

Skem fühlte sich leer. Erschöpft ruderte er heim, ein wenig beschämt über seinen kindlichen Ausbruch.

In der folgenden Zeit fand er oft keinen Schlaf. Er machte es sich zur Gewohnheit hinauszurudern. Das Rudern machte ihn so müde, dass er danach, irgendwann gegen Morgen, einschlafen konnte.

Kein Wind wehte, als er eines Nachts wieder hinausfuhr, und das Meer lag glatt. Er fuhr weiter als sonst, vielleicht konnte er weiter draußen die Leine auswerfen und einen Fisch für den nächsten Tag fangen. In der letzten Zeit hatte er wenig Anglerglück gehabt. Sein Vater hätte gewollt, dass er für seine Mutter sorgte. Er hatte sich immer darauf verlassen, und jetzt war Skem fast erwachsen. Mit zwölf Jahren musste er fähig sein, sich um seine Mutter zu kümmern! Er wollte zu einem Fleck rudern, wo er oft Beute gemacht hatte, doch eine merkwürdige Strömung kam auf und trieb ihn nach Westen ab. Skem nahm die Ruder wieder auf, anstatt die Leine ins Wasser zu lassen. Nun legte er seinen ganzen Ärger in die Schläge, bis er aus dem Augenwinkel etwas erblickte. Er ließ die Ruder sinken und kniff die Augen zusammen.

Das blaue Schimmern war wieder da! Doch es war anders. Dunkler. Matter. Täuschte er sich? Nein. Er wehrte sich nicht mehr gegen die Strömung, ließ sich näher an den hellen Fleck herantragen. Anders als neulich, bewegte er sich nicht. Jetzt war Skem direkt darüber. Träumte er? Dafür waren seine Finger zu kalt geworden. Und die Trauer in ihm zu groß. Doch war es seltsam unwirklich, auf diesem matten blauen Leuchten zu treiben. Skem beugte sich über den Rand des Bootes und blickte in die Tiefe. Entsetzt klammerte er sich an das Holz. Vor Schreck wurde ihm schwindelig.

Das konnte nicht wahr sein. Das durfte nicht wahr sein!

Valerie

Berlin

2009

9

Umbrüche

Pani stieg nicht oft in Valeries Wohnung hinauf. Sie war ihm zu eng, er stieß ständig irgendwo an. Doch an diesem Morgen klingelte er bei ihr. Seine Stimme klang heiser. »Diese Frau Joneleit hat wieder geschrieben. Der Test ist positiv.«

Valerie wischte sich den Schlaf aus den Augen und versuchte zu begreifen. »Alessa Mancini ist also … war also…«

»Deine Mutter. Ja.« Pani trat von einem Fuß auf den anderen. »Valerie, wollen wir nachher mal wieder zum See fahren? Rudern? Das haben wir so lange nicht gemacht.«

»Musst du nicht arbeiten?« Dann fiel ihr ein, dass Samstag war.

»Ich habe tatsächlich einen Noteinsatz. Darum bin ich so früh auf. Können wir uns mittags treffen?«

Zusammen rudern. Das hatten sie seit ihrem achtzehnten Geburtstag nicht mehr gemacht. Und auch davor immer nur zu besonderen Anlässen.

Valerie frühstückte. Das Brötchen schmeckte nach Sägemehl, entweder weil es von gestern war oder weil ihr die Nachricht den Appetit genommen hatte. Sie spülte es mit Kaffee hinunter und ging in den Keller. Dort schaltete sie die trübe Birne ein, stieg über ein paar alte Autoreifen und betrachtete das Regal mit den Gläsern.

Als Valerie noch klein war und an nichts in ihrer Welt zweifelte, hatte sich ihre Mutter oft um den Schrebergarten einer alten Dame gekümmert. Valerie durfte auf dem Gras spielen, mit Schnecken, Steinen, Blüten und was ihr sonst noch so begegnete. Ihre Mutter hatte der alten Dame bei der Ernte geholfen, und sie hatten alle drei viel zusammen gelacht. Es gab Äpfel und Birnen zu pflücken, Johannisbeeren und Quitten.

Zu Hause in der Küche durfte Valerie beim Einkochen helfen. Wie durch Zauberhand und mit einer Menge Duft wurde aus den vielen Früchten leckere Marmelade, Gelee und Kompott. Die Hälfte bekam die alte Dame, und die andere Hälfte durften sie behalten. Die wanderte in den Keller. Im Winter schmeckte dann jedes Frühstück nach Sommer und Duft und Sonne und Lachen. Tiefrot oder goldgelb schimmerten die Farben in den Gläsern, jedes Mal, wenn man im Keller das Licht einschaltete und eines davon heraufholte. Für Valerie war es wie Magie.

Ihre Mutter hörte damals gerne Roger Whittaker und ganz besonders ein Lied »If I could save time in a bottle«. *Wenn ich die Zeit in einer Flasche aufbewahren könnte.*

Ihre Mutter konnte es, dachte Valerie. Noch Jahre nach ihrem Tod hatte der Inhalt der Gläser nach dem geschmeckt, was einmal gewesen war. Valerie hätte am liebsten alles aufgehoben, zugeschraubt im Keller, und ab und zu mit der Lampe angeleuchtet. Aber Pani erklärte ihr, dass die Sachen verderben würden und ihre Mutter das schade fände. Also aßen sie weiterhin zum Frühstück von der Marmelade und den Gelees, Jahr für Jahr, und schwiegen immer dabei. Dann war es, als wäre ihre Mutter auch in der Küche. Wenn ein Glas leer war, wusch Valerie es sorgfältig aus. Dann füllte sie Dinge hinein. Sand, Papierschiffchen, getrocknete Blüten, bunte Steine, Samenkapseln. Und oft ein kleines gemaltes Bild, das den Hintergrund für die Miniaturlandschaft ergab. So erschien in jedem Glas eine Landschaft, wie ein Stück aus einer Geschichte oder einem Traum oder einer Erinnerung. Am Anfang waren es kindliche Sammelsurien, später wurden die Ergebnisse immer künstlerischer.

So bewahrte sie doch manches nicht in Flaschen, aber in Gläsern auf. Die wenige Zeit, die sie mit ihrer Mutter gehabt hatte, blieb auch ohne die Marmelade darin lebendig. Einige der schönsten Gläser standen oben in der Wohnung. Den Rest hatte sie unten gelassen, einfach weil die Erinnerungen hierhin gehörten. Lange stand sie da und betrachtete die Gläser, glaubte den Duft wieder zu riechen und das Lachen ihrer Mutter zu hören.

Am Nachmittag war der Himmel von einem sanften Grau. Nur manchmal schimmerte die Sonne milchig hindurch. Trotzdem war es mild und windstill. Pani ruderte schweigend, bis sie auf der Mitte der Krummen Lanke angekommen waren. Dann ließ er die Ruder sinken.

»Ich habe es nicht geglaubt«, sagte er schließlich. »Jetzt muss ich es glauben.«

»Hat diese Frau Joneleit noch etwas dazugeschrieben?«

»Nein. Sie hat nur wiederholt, dass wir jederzeit willkommen sind und sie uns gern alle Fragen beantwortet, soweit sie in der Lage dazu ist. Valerie ...« Er schwieg, suchte nach Worten.

»Ja, Pani?«

»Kannst du mir verzeihen? Dass ich dich belogen habe?« Seine Hände zitterten, fast hätte er das Ruder verloren.

Dasselbe hatte er sie damals gefragt, kurz nach jenem unseligen Tag, als sie erfahren hatte, dass sie nicht seine Tochter war. Auch auf der Krummen Lanke in einem Ruderboot wie diesem.

»Ja, Pani, natürlich. Du bist doch mein Papa«, hatte sie damals hastig gesagt. Sie wollte nur, dass alles wieder wurde wie vorher.

Aber es war natürlich nichts wie vorher, damals nicht und heute auch nicht. Kein Wunder, dass er jetzt noch nervöser schien als damals.

An jenem Tag vor Jahren war sie aus der Wohnung gestürmt und tagelang nicht wiedergekommen. Sie schlief auf einem Spielplatz, in dem Häuschen oben auf der Rutsche.

Als sie am ersten Morgen herauskroch und verheult und verfroren in die Dämmerung blinzelte, war ihr Sven über den Weg gelaufen. Er hatte sich um sie gekümmert. Sie war so glücklich, ihn auf diese Weise kennengelernt zu haben, dass sie fand, Panis Ausbruch hatte doch etwas Gutes gehabt. Sven hörte ihr zu, gab ihr zu essen und ein Dach über dem Kopf und überredete sie schließlich, wieder nach Hause zu gehen. Er begleitete sie.

»Ich bringe Ihre Tochter nach Hause, Herr Mohagen«, hatte er gesagt und Pani eindringlich in die Augen gesehen. Pani war nicht nur Valerie, sondern auch ihm um den Hals gefallen. »Danke«, brachte er heraus. Hastig gab er der Polizei Bescheid, dass sie nicht mehr zu suchen brauchten. Dann verfrachtete er Valerie in die S-Bahn. Sie fuhren zur Krummen Lanke und mieteten ein Ruderboot. Wahrscheinlich dachte er, dass sie mitten auf dem See nicht wieder weglaufen konnte. Draußen auf dem Wasser, mitten in der Stille des Sommertags, erklärte er ihr, wie es gewesen war. Käfer huschten über die Wasseroberfläche,

Fische sprangen, und Blesshühner kreisten um das Boot. Valerie erschien die Welt seltsam klar und durchsichtig, wie eine der Szenen aus einem ihrer Marmeladengläser. Das Kielwasser der Enten zeichnete silberne Pfeile auf den See. Man weiß nur nicht, wo sie hinzeigen, dachte Valerie.

»Ich wollte es dir nie sagen. Es hat gar keine Bedeutung. Für mich warst und bist du immer meine Tochter! Aber ich habe mich plötzlich so hilflos gefühlt, als du da schon wieder mit der Polizei vor mir standest. Die Angst, dass ich dich nicht davor bewahren kann, auf die schiefe Bahn zu geraten, egal, wie viel Liebe ich dir gebe! Dass ich versage. Da ist es aus mir herausgebrochen. Es tut mir furchtbar leid, Valerie. Ich bereue es bitter.«

»Schon gut, Pani! Aber jetzt erkläre es mir doch.«

Pani hatte in die dunkelgrünen Tiefen des Sees gestarrt, als ob er dort zwischen den Plötzen die richtigen Worte finden könnte. »Deine Mutter war schwanger, als ich sie kennenlernte«, sagte er schließlich. »Sie hat es mir gleich am zweiten Tag gesagt. Es war mir egal. Ich habe mich sofort in sie verliebt. Und sie war so allein. Als wir eine Weile später sicher waren, dass wir zusammenbleiben wollten, war für mich selbstverständlich, dass du meine Tochter sein würdest. Ich habe gefühlt, wie du in ihrem Bauch gestrampelt hast. Ich habe alles miterlebt. Was spielt es da für eine Rolle, dass deine Gene nicht von mir sind? Für mich hat es nie einen Unterschied gemacht. Nie! Bitte glaub mir das.«

»Das tu ich doch, Pani. Ich hab immer gespürt, dass du mich liebhast. Du hast mich so oft auf dem Schoß gehabt und mir vorgelesen und all das. Aber wer …«

»Sie wusste selbst nicht, wer dein biologischer Vater ist. Das heißt, sie wusste es natürlich, aber sie kannte seinen Namen nicht.

Seine Freunde nannten ihn Dino. Sie hatten sich auf einer Party kennengelernt. Sie hatten beide etwas getrunken. Es war eine warme Sommernacht, sie fuhren die Havelchaussee entlang, und dann verbrachten sie die Nacht spontan irgendwo am Ufer. Morgens hat sich Ange davongeschlichen. Mit einem Kater und beschämt, weil so eine schnelle Affäre sonst nicht ihre Art war. Das war alles. Dass sie schwanger war, hat sie erst sehr spät gemerkt.«

»Und dann habt ihr euch verliebt.«

»Ja. Sie war von Anfang an ehrlich zu mir. Und du warst von Anfang an meine Tochter für mich.«

Sie kletterte zu ihm hinüber, wobei das Boot gefährlich schaukelte, und kuschelte sich in seine Arme, obwohl sie dafür eigentlich längst zu groß war. »Dann ist ja alles gut, oder, Pani?«

Er hielt sie ganz fest. »Ja! Wir zwei haben es bis hierher geschafft, und wir werden es auch weiter schaffen.«

Aber es war nicht alles gut. Valerie zweifelte nicht an Panis Liebe. Doch es dauerte lange, ehe sie verdauen konnte, dass sie nur das Ergebnis einer beschwipsten Partynacht war. Sie wurde in der Schule immer schlechter und hing unlustig herum, weil sie es nicht wagte, noch einmal verbotene Graffiti zu sprühen.

»Denkst du manchmal darüber nach, wer dein richtiger Vater ist?«, fragte Sven einmal.

»Nein. Pani ist mein Vater! Er ist total richtig. Ich brauch keinen anderen. Was interessiert mich der?« Es stimmte. Der Unbekannte interessierte sie tatsächlich nicht. Sie war viel zu froh darüber, dass Pani immer noch bereit war, ihr Vater zu sein. Sie wollte ihn nie wieder enttäuschen, damit er sie nicht doch noch verleugnete.

Pani seinerseits hatte zu viel Angst, noch einmal die Kontrolle zu verlieren und einen so schweren Fehler zu begehen. Er wurde unsicher und verlor seine natürliche Autorität.

Um Valerie zu beschäftigen, schenkte er ihr eine Kamera, und eine Zeitlang half das. Sie zog durch die Stadt und fotografierte, was ihr vor die Linse kam. Sie hatte noch immer das Bedürfnis, diesen faszinierenden, wirren Organismus, der ihre Stadt und ihr Leben war, zu sortieren, indem sie ihn in Bildern erfasste. Aber er war zu groß für sie. Sie fühlte sich klein und verloren und wusste nicht, wohin mit sich.

Nur wenn sie mit Sven zusammen war, war sie glücklich. Sie sammelte die Münzen ein, wenn er auf der Straße Musik machte, half ihm dabei, seine Instrumente zu basteln, bemalte sie. Mit Sven konnte sie über alles reden. Gerade weil er selbst manchmal so ernst und in Gedanken versunken war, war er ein guter Zuhörer.

Mit Ach und Krach schaffte sie die mittlere Reife und weigerte sich, auch nur einen Tag länger in die Schule zu gehen. Pani wagte nicht, ihr zu widersprechen. Ihn hatte der Mut verlassen. Was nützte es, Valerie zu etwas zu zwingen, von dem sie nicht überzeugt war? Eine Weile trieb sie sich nur noch auf der Straße herum, und er machte sich große Sorgen um sie.

Es war Sven, der sich Valerie schließlich vorknöpfte. »Hör mal, es ist nicht gut, was du tust«, sagte er. Sie hatten sich einen Besuch im Strandbad Wannsee gegönnt, Valerie hatte den Kopf in seinen Schoß gelegt und blickte in den Sommerhimmel. »Ich meine, dass du *nichts* tust.«

»Du tust doch auch nichts! Außer ein bisschen Musik machen. Und Graffiti.« Anders als sie hatte Sven das Sprayen nie aufgegeben. Seltsamerweise wurde er nie dabei erwischt. Er war zu geschickt. Außerdem waren seine Graffiti so gut, dass sie niemanden wirklich störten.

»Ja. Aber zu mir passt es. Du bist anders. Du brauchst Sicherheit und ein Ziel.«

Sie setzte sich auf und warf Kieselsteinchen in den See. »Kann sein«, antwortete sie mürrisch. Sie wusste, dass er recht hatte. »Aber ich habe keine Ahnung, was ich tun soll.«

Es war auch wieder Sven, der das Schild im Fenster eines kleinen Ladens für Malereibedarf entdeckte. Der sie dorthin schleppte, Valerie mit dem Inhaber ins Gespräch brachte und sich dafür einsetzte, dass sie bei ihm eine Lehre machen konnte.

Tatsächlich machte ihr die Arbeit mehr Spaß, als sie gedacht hatte. Außerdem bekam sie oft Farbreste geschenkt, mit denen sie sich wenn auch nicht mehr an Wänden, so doch auf Papier austoben konnte. Am liebsten auf den Tapetenresten, die sie ebenfalls mitnehmen durfte.

Und dennoch füllte sie diese Tätigkeit nicht aus. Es war Josef, der sie deswegen zur Rede stellte. Auf dem Weg zur Arbeit kürzte sie durch den Park ab, in dem Josef sich meistens aufhielt. Als sie ihn das erste Mal dort auf der Bank vor sich hin dösen sah, gab sie ihm ein Brötchen ab, und seitdem war es zur lieben Gewohnheit geworden, dass sie zusammen etwas frühstückten, den Morgen betrachteten und über dies und das sinnierten.

»Was macht dich so unzufrieden?«, erkundigte sich Josef einmal.

»Wieso?«

»Ich sehe das deutlich an den Wolken hinter deiner Stirn.« Er tippte ihr sanft darauf.

»Ach, Josef. Ich weiß es nicht.« Sie biss in ihr Brötchen. »Vielleicht bin ich einfach ein unzufriedener Mensch«, sagte sie dann mit vollem Mund.

»Blödsinn.« Josef redete nie um die Dinge herum. »Du bist unterfordert.«

»Die Arbeit macht mir Spaß.«

»Schon. Das glaube ich dir. Aber es genügt dir nicht. All die grauen Zellen in deinem schlauen Köpfchen wollen Gymnastik machen, und du lässt sie einfach nur herumliegen.«

Valerie steckte den Rest ihres Brötchens in die Tasche. Sie hatte den Appetit verloren. »Willst du mir etwa sagen, ich soll die Lehre schmeißen?«

»Auf gar keinen Fall. Was man anfängt, sollte man auch zu Ende bringen. Aber du könntest in die Abendschule gehen und dein Abi nachmachen.«

Sie starrte ihn entgeistert an. »Ist das dein Ernst? Wozu?«

Er lehnte sich gemütlich zurück. »Damit deine grauen Zellen genug Kniebeugen machen können. Das bist du ihnen schuldig.« Auf einmal beugte er sich wieder vor und sah sie eindringlich an. »Valerie, es wäre ein Stück Freiheit. Du kannst dann immer noch entscheiden, ob du etwas damit anfangen willst oder nicht. Aber du würdest wissen, dass du es kannst! Du kannst studieren oder es lassen, aber du hast dann alle Möglichkeiten. Und musst dir später keine Vorwürfe machen. Aber das Allerwichtigste ist, dass es dich zufrieden machen könnte. Jetzt. Warum probierst du es nicht aus? Du hast nichts zu verlieren.«

Valerie sagte nichts. Josef sprach sie auch nie wieder darauf an. Das war eine seiner guten Seiten. Wenn er gesagt hatte, was er zu sagen hatte, überließ er seinen Mitmenschen, was sie daraus machten. Er war niemals beleidigt, wenn man seine Ratschläge nicht annahm.

Valerie schob seinen Vorschlag zunächst weit von sich. Doch als es Winter wurde, begann sich zu ihrem Ärger in ihr die Vorstellung festzusetzen, dass in ihrem Kopf etwas ungenutzt verdarb wie die Abfälle im Rinnstein. Das machte ihr Angst.

Und dann meldete sich Valerie bei der Abendschule an. Sven fand es gut. Pani lächelte zum ersten Mal seit langer Zeit wieder. Und zu Valeries großer Überraschung machte es ihr sogar Freude. Sie entdeckte etwas ganz Neues in sich: Ehrgeiz. Sie genoss das Gefühl, dass es vorwärtsging mit ihrem Leben, egal wohin. Die Lähmung in ihr verschwand.

Am Ende hatte sie eine fertige Lehre *und* das Abitur. Und da der Malerladen pleiteging, erschien es ihr nur konsequent, sich an der Uni einzuschreiben.

Doch in letzter Zeit hatte dieses gefürchtete Gefühl der inneren Lähmung und Unzufriedenheit wieder überhandgenommen.

Hatte sie diese Neigung etwa von ihrer Mutter geerbt?

»Gib mir mal die Ruder, Pani«, sagte sie jetzt hastig. Sie legte ihre Angst und all ihre Kraft in die Schläge.

»Valerie. Kannst du mir verzeihen?«, wiederholte ihr Vater. »Dass ich dich belogen habe?«

»Du hast mich nicht belogen. Du hast mir nur nicht die Wahrheit gesagt. Was hättest du auch anderes tun sollen? Wahrscheinlich hätte ich es genauso gemacht. Vielleicht hätten wir später einmal darüber reden sollen.«

»Ja. Ich weiß. Aber ich habe eben nie den richtigen Zeitpunkt gefunden. Ich hatte Angst, dich noch mehr aus dem Gleichgewicht zu bringen. Außerdem dachte ich doch, dass sie wirklich tot ist!«

»Und jetzt? Wirst du zu dieser Frau Joneleit fahren?«

Ihr Vater sah so unglücklich aus, dass sie die Ruder ins Boot legte, sich neben ihn setzte und ihn in den Arm nahm. »Natürlich verzeihe ich dir, Pani! Alles o.k.«

»Danke, Valerie. Ich bin so froh, dass ich dich habe!« Er schwieg einen Augenblick.

»Und du? Kannst du Mama verzeihen?«, fragte sie.

»Sei mir nicht böse, aber ich habe beschlossen, nicht zu Frau Joneleit zu fahren. Ange hat damals entschieden, nicht zu mir zurückzukommen. Zu uns. Ich konnte ihr wohl nicht geben, was sie gebraucht hat. Jetzt kann ich daran auch nichts mehr ändern. Ich habe all meine Kraft damals verbraucht, Valerie. Ich kann nicht mehr. Sie ist tot, also was soll das noch? Ich habe damals gegrübelt und gegrübelt. Damit möchte ich nicht noch einmal anfangen. Ich kann es einfach nicht!«

Valerie hielt ihn fest. »Ist gut, Pani. Ist gut. Ich verstehe dich. Das musst du doch auch nicht.« Es tat ihr weh, ihn so verzweifelt zu sehen. Ob ihre Mutter jemals darüber nachgedacht hatte, was sie anrichtete?

»Pani, was ist eigentlich mit Monika?«, fragte sie nach einer Weile. »Sie mag dich so gern.« Monika wohnte ein paar Häuser weiter und führte eine Kaffeestube. Seit Jahren bemühte sie sich um Pani, ihre Zuneigung war echt und ehrlich. »Willst du ihr nicht eine Chance geben?«

Pani betrachtete seine Hand, an der der halbe Ringfinger fehlte. Es war in der Zeit kurz nach dem angeblichen Tod seiner Frau passiert, als er bei der Arbeit nicht aufgepasst und sich den

Finger in einer Rolltreppe eingeklemmt hatte. Er hatte es damals als ein Zeichen betrachtet, dass es der Finger mit dem Ehering gewesen war. Mit Ange hatte er ein Stück von sich selbst verloren. Der Unfall mit dem Finger war nur ein äußeres Zeichen von dem, was längst geschehen war.

»Ich werde mich nie wirklich auf Monika einlassen können«, sagte er leise. »Ich glaube, ich habe mit deiner Mutter nie abschließen können, weil wir sie nie begraben haben.«

»Aber jetzt. Jetzt könntest du es doch versuchen. Nun weißt du ganz sicher, dass sie tot ist. Versuch es doch, Pani. Du hast auch ein Leben verdient.«

»Was ist mit dir? Möchtest du zu Frau Joneleit in die Heide fahren?«

Darüber hatte sie viel nachgedacht.

Wer war ihre Mutter wirklich gewesen? Wie war sie, die Frau, deren Lachen Valerie noch im Ohr hatte und die mit ihr die Farben des Sommers in Marmeladengläsern eingefangen hatte?

Die schönen Erinnerungen erschienen ihr auf einmal so vergänglich wie der ursprüngliche Inhalt jener Gläser. Würden sie gültig bleiben, wenn Valerie nun noch mehr neue Dinge erfuhr?

»Nein. Nein, das werde ich nicht.« Sie holte tief Luft. »Aber Pani, ich muss etwas ändern. Ich werde mit dem Studium aufhören und einen kreativen Job annehmen.«

Er sah fast erleichtert aus. »Wenn es das ist, was dir guttut, natürlich. Ich will doch nur, dass du glücklich bist!« Er sah sie flehentlich an, und sie wusste, dass der Gedanke, ob sie die Schwermut ihrer Mutter geerbt haben könnte, auch ihm gekommen war.

»Das werde ich. Ich finde einen Weg. Versprochen.« Sie lächelte ihn an. »Ohne Sachbeschädigung und ohne Polizei.«

Als sie zurück zum Steg ruderte, blickte sie auf das schäumende Kielwasser in Panis Rücken. Sie versuchte sich vorzustellen, wie es wohl aussehen würde, wenn dort jetzt das Phantasiewesen ihrer Kindheit auftauchen und ihr Mut machen würde. Sie war damals so überzeugt davon gewesen, dass es im Wasser eines geben musste. Ein Wesen aus der Tiefe, geboren aus dem Licht, das auf der Oberfläche glitzerte. Ein Wesen, das ihr Mut machte, weil es bewies, dass es den Zauber im Leben wirklich gab. Der, den sie manchmal spürte, aber nicht zu greifen wusste.

10

In Afrika gibt es Wüsten

Nun, da sie sich einmal entschlossen hatte, fühlte sie sich leichter. Sie exmatrikulierte sich an der Uni und fuhr danach zum Breitscheidplatz. Dort saß sie eine Weile auf dem Rand des Wasserklopses. So nannten die Berliner zärtlich den Weltkugelbrunnen. Das große bronzene Krokodil, das sich dort sonnte, war ihr schon lange eine Art Glücksbringer geworden. Es kam ihrer Vorstellung von einem gutmütigen Wasserungeheuer am nächsten. Sie saß gern hier, spürte die Wärme des Steins unter sich, sah und hörte das Wasser plätschern und beobachtete den Strom der Leute, die vorbeiflanierten. Das Krokodil sagte nichts zu ihrem Entschluss, sondern blickte stumm in den Frühlingsnachmittag. Als es ganz ruhig in ihr geworden war, machte sie sich auf, um sich mit Sven zu treffen. Er war sofort bereit, ihr den Laden zu zeigen, von dem er neulich erzählt hatte.

»Aber nur, wenn du Zeit hast.«

»Klar. Ich hab es dir doch angeboten.«

»Ich meine ja nur. Weil ich schon wieder was geschmissen habe.« Sie sah auf ihre Füße.

Er legte zärtlich einen Finger unter ihr Kinn, bis sie ihm in die Augen sah.

»Ich habe nie gesagt, dass du studieren sollst. Ich möchte nur, dass du glücklich bist.«

Dankbar lehnte sie sich an ihn. Egal, was sie tat, er war ihr nie böse. Immer unterstützte er sie. Damals, als sie sich das erste Mal begegnet waren, hatte er sie beruhigt, ihr etwas zu essen besorgt, ihr Mut gemacht, sie schließlich nach Hause gebracht, als sie bereit dafür war. Ihr später die Lehrstelle besorgt. Er war immer für sie da gewesen. Nun tat er es schon wieder. Was sie auch anstellte, er ließ sie nie im Stich.

Sie wollte ihn nicht enttäuschen, so wie ihre Mutter Pani enttäuscht hatte, der auch immer für sie da gewesen war.

Der kleine Webdesignladen gefiel ihr auf Anhieb, und Jörn, dem er gehörte, ebenfalls.

»Ich weiß aber nicht, ob ich am Computer gut genug bin«, sagte sie.

Jörn strahlte sie nur an. »Teste es einfach. Eine Woche auf Probe, und dann können wir beide sagen, wie zufrieden wir sind. Ohne Stress, ganz locker. Sieh mal, da ist ein freier Schreibtisch. Das Programm ist offen. Setz dich hin, entwirf eine Website für ein fiktives Unternehmen, und dann reden wir drüber.«

Dass etwas so einfach sein konnte, tat ihr nach dem verkorksten Studium gut. Mit Freude machte sie sich an die Arbeit. Hier konnte sie sich austoben, mit Farben und Schriften und Hintergründen. Schön schlicht, aber ausdrucksvoll. Sie musste keine Norm erfüllen, außer dass es gut sein sollte. Nach kurzer Zeit vergaß sie alles um sich herum.

Bald war sie sich sicher, dass sie bleiben wollte, und Jörn war es auch. Wenige Wochen später hatte sie nicht nur mehrere Webseiten für zufriedene Kunden fertiggestellt, sondern auch den Laden auf originelle und einprägsame Weise neu gestrichen, so dass er jung, voller Energie und attraktiv wirkte.

Valerie fühlte sich wesentlich besser, und auch Pani wirkte fröhlicher. Er war sogar zweimal mit Monika ausgegangen. Valerie war bereit für den Sommer, denn der schien nicht nur in der Stadt, sondern auch in ihrem Leben Fuß zu fassen. Abends saß sie mit Sven auf der Schlüsselbrücke, baumelte mit den Beinen über dem Wasser und atmete tief den Duft der Apfelblüten in den Schrebergärten ein. Oder sie lauschte, wenn Sven an einer Straßenecke oder im U-Bahnhof Musik machte, entweder allein oder mit seinen beiden Freunden Arne und Cem, die Saxophon und Gitarre spielten. Die melancholischen Töne machten den Stadtlärm weicher und weckten Ideen in Valerie. Sie fühlte sich ganz und gar lebendig. Josef betrachtete sie zufrieden, wenn sie ihm seine Brötchen brachte. »Du bist auf einem guten Weg, Mädchen«, sagte er. »Ich sehe Licht in deinen Augen.«

»Ja. Das Leben ist schön, Josef«, sagte sie und gab ihm spontan einen Kuss auf die Stirn.

Genau darin hatte das Problem gelegen. An der Uni war sie nicht lebendig gewesen. Die ganze Theorie dort hatte bewirkt, dass sie sich erstickt und farblos fühlte. Die Farben in ihr waren verblasst in den Hörsälen hinter den grauen Betonwänden. Jetzt war es umgekehrt. Sie fühlte sich bunt. Die Geräusche der Stadt flüsterten ihr Geheimnisse zu, die wie ein Reichtum waren, aus dem sie ihre Inspiration schöpfte.

Sie führte schon lange ein Tagebuch, das sie *Rimolog* nannte. Über die Jahre erkannte sie immer an der Farbigkeit der Seiten, wie ihr Leben gerade lief. Die Blätter waren nicht nur mit Schrift gefüllt. Sie malte auch Sprüche, Zitate, Gesichter oder Begebenheiten dazwischen, klebte Fetzen Papier von der Straße oder gepresste Blumen oder Zeitungsartikel ein. Zeichnungen und

Dekorationen schmückten die Seitenränder oder unterbrachen die Absätze. Am Ende jedes Tages klebte sie ein buntes Washi-Tape darunter in der Farbe oder dem Muster, das für sie das Fazit des Tages war. Das Gefühl ausdrückte, das er hinterließ.

So vielseitig und bunt wie in dieser Zeit waren ihre *Rimologs* lange nicht gewesen. Für sie war es ein Indikator für ihre Lebensqualität, so wie im Chemieunterricht das Lackmuspapier Auskunft über die Wasserqualität gab.

An diesem Abend hatte sie gerade ein Tape mit Sonnenblumen als fröhlichen Schlussstrich unter ihren Tag geklebt. Sie saß auf einer Bank im Park. In den letzten tiefen Abendsonnenstrahlen tanzten Mücken wie kleine Funken, und aus irgendeinem Fenster drang Radiomusik, die sie leise mitsummte. In einer halben Stunde war sie mit Sven, Cem und Arne verabredet. Sie wollten hier im Park grillen, zum ersten Mal in diesem Jahr.

Ein Schatten fiel auf sie. Sie blickte auf. »Cem! Ich hab dich gar nicht kommen sehen.« Er stand mit seltsam hängenden Armen vor ihr. Sie blinzelte gegen die Sonne zu ihm hoch und legte die Hand über die Augen, um mehr als nur seine Silhouette erkennen zu können.

Ein solches Entsetzen hatte sie noch nie im Gesicht eines Menschen gesehen.

Valerie ließ das Sonnenblumentape in den Staub fallen und sprang auf. »Cem! Cem? Was ist? Ist etwas?« Bereits ehe er antwortete, spürte sie eine Art Urknall in ihrem Magen, der sie erst in ihren Grundfesten erschütterte und dann mit einer lähmenden Kälte erfüllte, die sich von innen nach außen ausbreitete. Sie fühlte, wie sich die Härchen auf ihrer Haut aufrichteten.

»Komm mit!«, sagte Cem heiser. »Es gab einen Unfall. Sven ist in der Klinik. Er wird gerade operiert.«

Es dauerte einen Augenblick, bis sie ihre Stimme dazu brachte, ihr zu gehorchen. »Was ist passiert?«

»Komm!«, wiederholte er nur.

Valerie wusste nicht, wie oft sie inzwischen auf diese Uhr gesehen hatte. Es war eine Uhr, die wohl ursprünglich auf der Kinderstation gehangen hatte, denn sie trug einen Smiley in der Mitte. Sie hing an einer Wand zwischen zwei Bildern von Antilopen und Löwen in Afrika. Der Zeiger wanderte immer um den Smiley herum, erst der große, dann kroch auch der Stundenzeiger immer weiter. Cem hockte zusammengesunken auf einem der Plastikstühle, aber Valerie lief pausenlos auf und ab. Sie konnte nicht sitzen. Wenn sie sich hinsetzte, drehte sich alles, und sie wusste nicht mehr, wo oben und unten war. Und nur solange sie in Bewegung blieb, konnte sie atmen. Jedes Mal, wenn sie an der Uhr vorbeiging, war der Minutenzeiger wenigstens ein kleines Stück weitergewandert, aber nach einer Weile stand er wieder da, wo er angefangen hatte. Valerie hatte nie darauf geachtet, was Zeit eigentlich für eine seltsame Sache war. Sie wusste, dass sie diese Uhr ihr Leben lang nicht mehr vergessen würde, und sie wusste auch, dass sie niemals nach Afrika reisen würde, wo es Antilopen gab. Im Vordergrund der Bilder war Steppe zu sehen und dahinter Wüste. Wüste, dachte sie erschöpft. In Afrika gibt es viel Wüste. Die ist heiß und leer und einsam, genau wie ich mich gerade fühle. Ich möchte niemals die Wüste sehen.

Schwestern eilten hin und her, aber sie warfen Valerie nicht einmal einen Blick zu. »Die Operation läuft noch« war alles, was sie auf ihr verzweifeltes Drängen hin als Auskunft erhielt. Irgendwann raffte Cem sich auf und holte Kaffee. Bisher hatte er ständig nur herausgebracht, dass Sven einen Unfall gehabt hatte. Er war so verstört, dass Valerie ihn in Ruhe ließ. Wie es passiert war, war nicht wichtig, nicht jetzt. Wichtig war, dass sie Sven bald wieder in die Augen sehen konnte, ihn berühren, seine Wärme spüren, ihn anlächeln und trösten. Wichtig war, dass er wieder gesund wurde.

»Hast du Sascha Bescheid gesagt?«, fragte Valerie, als ihr einfiel, dass Svens älterer Bruder eigentlich auch hier sitzen sollte. Er lebte ebenfalls in Berlin. Svens Eltern wohnten in der Eifel und würden nicht so schnell hier sein können. Außerdem redeten sie nicht mehr mit ihrem Sohn.

»Ja. Er ist auf dem Weg hierher.« Cem sah sie an, dann vergrub er das Gesicht in den Händen und stöhnte. Er murmelte etwas.

»Cem, wenn ich dich verstehen soll, und das würde ich gern, musst du mich schon ansehen.« Beherrsch dich, Valerie, dachte sie. Es bringt nichts, deine Angst jetzt an Cem auszulassen. Aber auf einmal erschien es ihr jetzt doch unerlässlich, zu wissen, was geschehen war.

Vor allem, um nicht die Frage stellen zu müssen, auf die sie die Antwort nicht wissen wollte.

Wie schlimm ist es?

Cem würde ihr das ohnehin nicht beantworten können. Er war kein Arzt.

Cem murmelte ein Wort, das ihr noch mehr Entsetzen einjagte, als ohnehin in ihren Nerven brannte.

»S-Bahn-Surfen? Hast du *S-Bahn-Surfen* gesagt?«

Cem nickte stumm, dann hob er die Hände. »Es tut mir so leid, Valerie. Ich konnte ihn nicht davon abhalten. Du weißt doch, wie er sein kann.«

»Du warst dabei?«

»Wir sind ganz normal S-Bahn gefahren. Nach Wannsee. Er wollte auf die Fähre. Wannsee, Kladow, Wannsee. Er fährt dort gern hin und her, wenn es ihm nicht so gutgeht. Beruhigt ihn. Weißt du doch.«

Jetzt setzte sie sich neben ihn. »Nein. Wusste ich nicht. Wieso ging es ihm nicht gut?«

»Er war mal wieder … niedergeschlagen.«

»Was war denn los? Er war doch wie immer. Wir haben uns gestern noch gesehen.« Sie konnte sich nicht daran erinnern, dass Sven am Tag zuvor niedergeschlagen gewesen wäre. Eigentlich hatte sie die dunklen Wolken um seine Stirn schon länger nicht mehr wahrgenommen. Sie hatte gedacht, es ginge ihm gut. Hatte sie nicht gut genug auf ihn geachtet? Hätte sie mehr mit ihm reden müssen, gerade seit dem Gespräch mit ihm neulich über ihre Mutter?

»Er wollte dich nie damit belasten. Es war ja seit längerer Zeit im Prinzip alles in Ordnung. Es ist nur, als Sven in die Pubertät kam, lange bevor ihr euch kanntet, hatte er so eine Art depressiven Schub. Er musste eine Weile in die Klinik, bekam Medikamente. Gesprächstherapie und alles, was so dazugehört. Sie nannten es eine Entwicklungsstörung. Danach schien alles gut. Dann lernte er dich kennen, und seitdem war er sowieso richtig gut drauf.« Cem bückte sich und fummelte unnötig an seinen Schnürsenkeln herum. »Nur ganz selten gab es Tage, die er als Aschetage bezeichnete. Wo ihm alles grau erschien.«

»Ich weiß. Dass er manchmal traurig war. Nicht, dass er einen Namen dafür hatte«, sagte Valerie leise. »Aber ich wusste nicht, dass es so schlimm war. Und ich dachte, es hätte sich gelegt. Warum hat er es mir nicht gesagt?«

Cem blickte zu Boden. »An Aschetagen brauchte er einen Kick. Adrenalin. Graffiti sprühen an möglichst gefährlichen Stellen. Oder eben S-Bahn-Surfen. Er konnte sonst nicht atmen, sagte er. Deswegen Asche. Solche Tage erstickten ihn.«

Valerie saß da wie betäubt. Was hatten sie für eine Beziehung, wenn ihr Sven so etwas nicht sagen konnte? Traute er ihr nicht zu, ihn zu verstehen, nur weil er ein paar Jahre älter war als sie? Jetzt konnte sie verstehen, warum er so viel Verständnis für ihre Mutter gehabt hatte. Valerie hatte sich noch darüber geärgert, dass er ihre Mutter so in Schutz nahm. Spätestens da hätte er ihr das alles erzählen sollen!

Und sie hätte hellhörig werden müssen. Aber sie war nur mit sich selbst beschäftigt gewesen.

»Er wollte für dich stark sein«, sagte Cem, als könnte er ihre Gedanken lesen.

»Das war er immer. Er hat mich so oft gerettet. Hat mir andauernd geholfen. Einmal habe ich das mit dem S-Bahn-Surfen mitbekommen, da waren wir noch ziemlich neu zusammen, und er wollte angeben. Dachte ich. Ich fand das furchtbar blöd. Er hat mir fest versprochen, das nie wieder zu tun. Er hat es *versprochen!*« Jetzt kamen ihr die Tränen. Cem wollte sie tröstend in den Arm nehmen, aber sie wehrte ihn ab. »Warum hast du das nicht verhindert? Hast du etwa mitgemacht?«

Er schüttelte heftig den Kopf. »Nein! Ich war drin. In der Bahn, meine ich. Plötzlich springt er am Bahnhof raus, schwenkt eine Farbdose. ›Jetzt schreibe ich was aufs Dach‹, sagt er und klettert auf den Wagen. Und dann fuhr der Zug auch schon los. Was hätte ich denn machen sollen, Valerie?« Er sah sie flehentlich an.

»Und dann?«, fragte Valerie tonlos.

Er schwieg und biss sich auf die Lippen.

»Cem!«

11

Die Bruchkante des Glücks

»Wir fuhren unter einer Brücke hindurch. Sven hätte wissen müssen, dass die genau an der Stelle ist! Er kennt doch die Strecken auswendig, alle. Aber ich hatte es vor Schreck auch vergessen. Wenn ich rechtzeitig die Notbremse gezogen hätte, vielleicht …« Cem fuhr sich wild mit den Händen durch die Haare. »Auf einmal bremste der Zug. Es quietschte furchtbar, ich hör das immer noch. Wer sich nicht festgehalten hatte, flog durch den Wagen. Ich konnte mich nicht rühren. In dem Moment wusste ich, was passiert war. Wir hielten mitten auf der Strecke. Die Türen ließen sich nicht öffnen. Es kam eine Durchsage, wir sollten Ruhe bewahren, es gäbe eine Störung. Schließlich kamen Polizisten und Leute von der Bahn mit so einer Warnweste an. Wir sollten über den Führerstand aussteigen und wurden über die Böschung auf die Straße geführt. Es kam ein Bus, so einer für den Schienenersatzverkehr. Ich bin natürlich nicht eingestiegen. Ich bin zurückgelaufen. Ich hörte eine Sirene vom Rettungswagen, der wegfuhr. Alles war abgesperrt. Polizei stand rum und schrieb Sachen auf. Svens Pullover lag da auf dem Boden. Er war aufgeschnitten. Sie wollten mich nicht durchlassen. Ich hab der Polizei gesagt, dass ich Sven kenne und wissen wollte, wo er ist. Sie haben mich gefragt, was ich weiß. Wer er ist und so. Ich musste alles angeben, dabei wollte ich doch nur zu Sven. Die wollten mir sogar seelsorgerische Betreuung aufdrängen, aber schließlich haben sie mir die Nummer vom Rettungsdienst gegeben, und ich hab da angerufen. Erst wollten die mir da keine Auskunft geben. Ich hab behauptet, ich bin der Bruder, dann haben sie mir endlich gesagt, in welchem Krankenhaus er ist. Dort hab ich erfahren, dass er gerade notoperiert wird.«

Valerie hatte ihre Finger in seinen Arm gekrallt, ohne es zu merken. Sie sah alles vor sich. Jetzt ließ sie ihn hastig los. Sie konnte es nicht ertragen, Cem zu berühren. Warum hatte er die verdammte Notbremse nicht gezogen? »Glaubst du, er schafft es?«

»Ich weiß es doch auch nicht. Aber Valerie, wenn sie nichts für ihn tun können, dann würden sie ihn nicht immer noch operieren.«

Valerie versuchte durchzuatmen. Das stimmte wohl.

Die Uhr drehte sich weiter und hörte nicht auf, spöttisch zu lächeln. Valerie hielt den Anblick nicht mehr aus. Stattdessen starrte sie wieder auf die Antilopen, bis sie das Gefühl hatte, diese fingen an, sich zu bewegen und aus dem Bild zu laufen.

Irgendwann kam Sascha, gab Cem und Valerie ernst die Hand und setzte sich schweigend zu ihnen. Er sah kreidebleich aus, aber gefasst. Als hätte er schon immer gewusst, dass einmal so etwas passieren würde.

Endlich kam ein Arzt und blickte von einem zum anderen. »Wer ist Angehöriger von Sven Bronner?«

»Ich bin sein Bruder«, sagte Sascha.

»Ich bin seine Verlobte«, sagte Valerie gleichzeitig.

»Kommen Sie bitte mit in mein Büro«, sagte der Arzt zu Sascha.

»Können wir Sven sehen?«, rief Valerie ihm hinterher.

»Heute nicht mehr. Kommen Sie morgen wieder.«

Valerie setzte sich wieder. Morgen. Sie wusste nicht, ob diese Uhr es jemals schaffen würde, den Morgen herbeizudrehen.

Wenigstens würde Sascha ihr nachher erzählen können, wie es um Sven stand.

Als er wieder zu ihnen zurückkehrte, sah er noch bleicher aus als zuvor. »Lasst uns hinausgehen«, sagte er. »Ich brauche frische Luft.«

Draußen im spärlichen Licht der Gaslaternen war sein Gesicht nur schlecht zu erkennen.

»Jetzt sag schon«, bat Valerie. »Ich habe ein Recht auf die Wahrheit.«

Sascha seufzte. »Sven hat schwere Kopfverletzungen, eine gequetschte Brust mit inneren Verletzungen, Lunge und so, und ob sie seinen Arm retten können, wissen sie nicht. Sie haben alles versucht. Jetzt muss er erst mal die Nacht überstehen. Wenn er das schafft, gibt es Hoffnung. Du darfst morgen zu ihm, Valerie. Sie haben gesagt, das täte ihm vielleicht gut.«

Valerie blieb stehen. »Ich muss *jetzt* zu ihm! Er wird spüren, dass ich da bin!«

Alles, was gestern noch selbstverständlich gewesen war, bekam eine Bruchkante. Sie spürte förmlich, wie ein Teil ihrer Welt abrutschte, so wie die Böschung am Teltowkanal manchmal mitsamt dem blühenden Löwenzahn an einer Stelle ins Wasser stürzte, sich auflöste und ein braunes, lehmiges Loch mit scharfen Kanten hinterließ.

»Das geht nicht. Ich habe mehrmals gefragt und gebeten. Sie erlauben es nicht. Er braucht absolute Ruhe. Du kannst an ihn denken. Das wird er auch spüren.« Sascha legte eine unbeholfen tröstende Hand auf ihre Schulter. »Geh etwas essen und schlafen, damit hilfst du ihm am meisten. Wenn du morgen Kraft für ihn hast.«

Valerie lief nach Hause wie im Traum. Sie holte sich eine Farbdose und irrte ziellos durch die Stadt. Wo auch immer sie eine Wand entdeckte, sprühte sie *Sven* darauf. In Grasgrün. Die Farbe der Hoffnung. Es war ihr völlig egal, ob sie jemand dabei sah oder nicht. Nach einer zitternden Ewigkeit schlich die Dämmerung über den dunstigen Stadthimmel. Valerie warf die leere Farbdose weg und ging sich zu Hause die Zähne putzen und das Gesicht waschen. Diese sonst alltäglichen Verrichtungen nahmen auf einmal eine ungeheure Wichtigkeit an. Sie klammerte sich daran fest, dass sie diese irgendwie bewältigte. So als könnte sie damit die Welt wieder in Ordnung bringen. Dann fuhr sie wieder in die Klinik.

Sven lag allein in einem engen Zimmer. Die Geräte um ihn herum tickten, piepsen, brummten und rauschten. Seltsamerweise machte das die Stille nur bodenloser.

Svens linker Arm lag in einem dicken Verband und einem Gestell, auch seine Brust und sein Kopf waren umwickelt. Sein Gesicht war frei, nur auf der Wange klebte ein Pflaster und am Hals auch. Um seine geschlossenen Augen lagen rot-blaue Ringe, als hätte er sich geprügelt.

»Er atmet wieder selbständig«, hatte der Arzt gesagt, als er Valerie hineinführte. »Jetzt müssen wir abwarten.«

Sie glaubte, unter der Sachlichkeit in seinem Ton einen Vorwurf zu hören. Sie ahnte, was er dachte, und konnte es ihm nicht einmal übelnehmen. Er hatte gewiss jede Menge Patienten, die unverschuldet in eine solche Situation gerieten. Sven dagegen trug selbst Schuld an seiner Lage.

Zum Glück gab es hier drin keine Uhr. Valerie saß einfach nur da und hielt Svens kalte Hand, wagte es, ihn zu küssen. Seine Lippen waren warm. Sie meinte, ein Lächeln wäre über sein Gesicht gehuscht. Sie sprach leise mit ihm, schwieg ein Weilchen mit ihm, sprach wieder. Irgendwann wurde er unruhig, drehte den Kopf hin und her, seine Hand zuckte. »Sven?«

Eine Schwester kam herein, maß den Blutdruck, las die Maschinen ab, maß Fieber. »Alles in Ordnung so weit.«

Valerie hörte ihre Schritte im Flur verhallen. *In Ordnung?*

Die Schatten, die die Zweige der Bäume durch das Fenster an die Wand warfen, wanderten langsam herum. Valerie wusste längst nicht mehr, wie spät es war. Es war ihr völlig egal. Irgendwann murmelte Sven etwas Unverständliches, dann öffnete er die Augen. Unruhig wanderte sein Blick von rechts nach links, dann zurück.

»Sven! Sven, ich bin hier, Liebster.« Valerie beugte sich über ihn, versuchte, seinen Blick zu halten. Er riss die Augen auf, Panik stand darin. Sein Blick wanderte weiter unaufhörlich von rechts nach links, dann von oben nach unten. Sie war sich nicht sicher, ob er sie sehen konnte. Er sah irgendetwas anderes. »Mach sie weg. Mach sie weg!«, sagte er schließlich heiser.

Unwillkürlich sah sich Valerie auch um. Im Zimmer herrschte Stille. Sie konnte nichts entdecken, was ihn stören könnte. Der Raum war so sauber, dass nicht einmal Staubkörnchen in der Luft unterwegs waren. Die Wand war kahl, es hing kein Bild daran, das ihn hätte beunruhigen können.

»Ich bin hier, Svenni. Was soll ich wegmachen?« Beruhigend drückte sie seine Hand. Strich ihm über die Stirn, über die Schläfen, versuchte, ihn sanft zu küssen. Er hatte doch kein Fieber. Die Schwester hatte es gerade kontrolliert. Warum halluzinierte er? Warum sah er sie nicht? Aber offenbar nahm er ihre Gegenwart doch wahr, denn jetzt warf er ihr einen kurzen Blick zu, nur um dann wieder über ihre Schulter hinwegzustarren. »Mach sie weg! Siehst du sie nicht? Schlangen! Überall! Da, und da!« Wieder dieser wilde Blick in die Ecken, dann an die Wand, dann an die Decke.

Schlangen! Schlangen waren das, was Sven am meisten fürchtete. Grund war die Begegnung mit einer Kreuzotter in seiner Kindheit. Sobald auch nur das Wort *Schlange* erwähnt wurde, wurde er kreidebleich, und wenn im Fernsehen einen Doku lief, in der eine Schlange auftauchte, schaltete Sven panisch weg. Ins Aquarium war er nie mit Valerie gegangen, weil es in dem Gebäude auch Schlangen gab. Die dicken Panzerglasscheiben, hinter denen diese sich befanden, beruhigten ihn kein bisschen. Er konnte den Anblick nicht ertragen.

Und jetzt sah er Schlangen, die es nicht gab? Es musste furchtbar für ihn sein! Kein Wunder, dass er so voller Entsetzen war. Wie sollte sie ihm helfen?

»Mach sie weg! Tu doch etwas!«

Schließlich nahm sie ihren Schuh, lief damit im Zimmer herum und schlug vor Svens Augen um sich, wedelte mit den Armen, als ob sie etwas aus dem Zimmer schob. »Habe ich sie erwischt?«, fragte sie und kann sich dabei unglaublich unzulänglich vor. »Sind sie fort?«

Erschöpft schloss er die Augen. »Mach sie doch weg!« Seine

Hand öffnete und schloss sich, und sein Kopf drehte sich verzweifelt hin und her.

»Ich komme gleich wieder.« Valerie verließ das Zimmer und suchte die Schwester. Erklärte ihr die Situation.

»Ich frage die Ärzte, ob er etwas zur Beruhigung bekommen kann.«

Es dauerte eine Ewigkeit, bis die Schwester wiederkam. An Svens Angst und Entsetzen hatte sich nichts geändert. Als Valerie wieder seine Hand nehmen wollte, zog er seine ärgerlich weg. Aber wie sollte sie ihn beschützen, wenn er in einer anderen Wirklichkeit unterwegs war als sie?

»Ach, Sven. Ich bin doch für dich da. Du musst keine Angst haben! Ich hab dich lieb. Ich hab dich doch so lieb!« Sie versuchte, die Tränen zu unterdrücken. Sie musste ihm Mut machen, ihm zur Seite stehen, ob er es bemerkte oder nicht.

Die Schwester kam, tropfte etwas auf einen Löffel und flößte es ihm ein. Er hustete und machte ein böses Gesicht.

»Es dauert leider etwa eine Stunde, bis das wirkt«, sagte die Schwester. »Es beruhigt und hilft gegen Halluzinationen.«

»Woher kommen denn die? Die Halluzinationen? Wenn er doch kein Fieber hat?«

»Das Gehirn wird nicht so versorgt wie sonst. Das ist eine Folge der schweren Verletzungen.«

»Wann wird es wieder besser?«

»Später kommt die Visite, das muss ein Arzt beurteilen.«

Dann waren sie wieder allein. Eigentlich zu zweit, und doch allein, jeder für sich. Egal, wie fest sie seine Hand hielt, da war etwas Unsichtbares zwischen ihnen. Es war wie in jenen merkwürdigen Filmen, in denen sich Leute lieben, die eigentlich in verschiedenen Jahrhunderten leben. Wo auch immer Sven war, sie konnte ihn nicht erreichen.

Er schimpfte noch eine Weile vor sich hin, schlug die Augen auf und blickte angstvoll um sich, doch irgendwann wurde er tatsächlich ruhiger. Valerie wusste nicht, ob er schlief oder sich in einem ganz anderen Zustand befand. Ein paarmal stand sie auf, holte sich auf dem Flur einen Tee, wie ihr es die Schwester gezeigt hatte, vertrat sich die Füße, dann setzte sie sich wieder zu ihm hin. Zog hilflos Svens Decke glatt, öffnete das Fenster, schloss es wieder. Mittags kam eine Frau herein, die sie anlächelte. »Ich habe das Essen für den Patienten.« Mitfühlend betrachtete sie Sven. »Er wird es wohl nicht essen können. Aber Sie. Wollen Sie es nicht essen? Sie müssen bei Kräften bleiben.«

Valerie kamen schon wieder die Tränen. Dieses kleine Zeichen von Mitgefühl erschien ihr nach der langen Zeit wie ein riesengroßes Geschenk. »Danke schön. Ich habe keinen Hunger.«

»Ich stelle Ihnen wenigstens einen Joghurt hin.« Bei dem Gedanken an Joghurt wurde ihr übel, aber für das Lächeln war sie unendlich dankbar.

Die Visite kam. Der Arzt studierte die Akte, las die Geräte ab, betrachtete Sven. An seinem Gesicht konnte Valerie nichts ablesen.

»Wir können nur warten«, sagte er schließlich. Valerie atmete tief durch und versuchte, ihre Stimme ruhig zu halten. »Bitte, Sie müssen doch irgendeine Prognose haben?«

»Sind Sie eine Angehörige?«

»Sie ist die Verlobte. Der Bruder hat uns die Erlaubnis gegeben, sie zu informieren«, erklärte die Schwester.

»Sie müssen tapfer sein«, sagte der Arzt und sah sie flüchtig an. »Wir werden sehen. Es sind wirklich schwere Verletzungen. Ich werde nie verstehen, wie jemand so leichtsinnig sein kann.«

Dann war sie wieder allein. Sascha konnte erst abends kommen. Von Cem war nichts zu sehen. Wahrscheinlich trieb er sich irgendwo herum und machte sich Vorwürfe. Grundlos. Es war Svens alleinige Schuld, dass er hier lag! In Valeries Erschöpfung und Verzweiflung mischte sich Wut, dann schämte sie sich darüber und weinte wieder, und schließlich fühlte sie sich nur noch erschöpft. Sie legte den Kopf an Svens Schulter. Sein vertrauter, geliebter Geruch stieg ihr in die Nase und verdrängte den von Putzmitteln und Medikamenten. Irgendwann musste sie eingedöst sein, denn sie wachte davon auf, dass Sven ihren Namen sagte. »Rimo.« Er sah sie an. Sein Blick war klar, aber nicht wie sonst. Es war noch immer Angst darin, aber eine andere. Kein blindes Entsetzen. Eher als läge ein Wissen darin und eine seltsame Ferne. »Du kannst nicht auf dem Stuhl sitzen!«

»Warum nicht?« Verdattert sprang sie auf.

»Da sitzt doch die alte Frau!«

»Welche alte Frau?« Offenbar waren die Schlangen weg, aber nun sah er andere Menschen. Valerie gruselte es. Sah er etwa Menschen, die in diesem Raum gestorben waren? Sie war so müde, dass ihr im Moment alles möglich schien.

Sie klemmte sich auf die Bettkante und schob den Stuhl etwas beiseite.

»Rimo, halt den Zug an. Halt den Zug an!«

»Du bist nicht mehr im Zug, Sven. Du bist in Sicherheit. In einem Bett. Im Krankenhaus.« Sie drückte seine Hand, legte die andere beruhigend auf seine Schulter.

Er warf den Kopf jetzt nicht mehr hin und her, sondern fixierte sie ärgerlich. »Halt den Zug an. Halt das Bett an. Halt mich an.«

»Svenni, nichts bewegt sich! Das kommt dir nur so vor, weil du noch so schwach bist. Es ist alles gut. Wir haben hier ein Zimmer für uns, im Krankenhaus. Du bist im Bett, und das Bett steht still, es bewegt sich nicht.« Valerie bemühte sich, ihre Stimme ruhig zu halten, aber sie hörte selbst die Tränen darin zittern.

»Halt mich doch fest! Halt meine Hand. Halt meine Hand fest.«

»Ich halte dich doch, Sven. Ich halte doch deine Hand, ganz fest. Siehst du?« Sie hob ihre Hand mit seiner kraftlosen darin unter der Bettdecke hervor, damit er sehen konnte, wie fest sie ihn hielt. Er glaubte es trotzdem nicht. Er konnte sie nicht spüren. Auch seinen Augen traute er wohl nicht, vielleicht nicht, seitdem er die Schlangen gesehen hatte.

»Alles bewegt sich so schnell! Halt mich an. *Halt mich fest. Halt meine Hand fest.*« Valerie hielt ihn, so fest sie konnte. Doch in diesem Augenblick erkannte sie, dass er unterwegs war, fort von ihr, und egal, wie fest sie sich an ihn klammerte, sie würde ihn nicht halten können. Sie hielt ihn und hielt ihn, bis ihre Hand einschlief und sie sich selbst nicht mehr spürte, bis er wieder wegdämmerte, und auch dann noch. Die Schwester kam herein, bemühte sich den Blutdruck zu messen, schüttelte den Kopf, pumpte noch mal und versuchte es wieder. Auch der Arzt kam, ein anderer nun, dann hörte Valerie Diskussionen auf dem Flur. Der Arzt kehrte zurück und legte ihr leicht die Hand auf die Schulter. »Es tut mir leid, Frau Mohagen. Die Verletzungen waren zu schwer. Wir können nichts mehr für ihn tun. Stellen Sie sich darauf ein, dass …«.

»Wie lange …?«, bekam sie irgendwie heraus.

Der Arzt zuckte mit den Schultern. »Nicht lange. Der Bruder Ihres Verlobten hat Herrn Bronners Patientenverfügung hinterlegt. Es werden vom Patienten keine lebenserhaltenden Maßnahmen gewünscht, wenn keinerlei Hoffnung mehr besteht. Darum werden wir den Prozess nicht unnötig verlängern. Wenn Sie etwas brauchen, melden Sie sich.«

Dann waren sie wieder allein. Sven und sie. Noch waren sie zusammen. Patientenverfügung? Valerie hatte nicht gewusst, dass Sven eine verfasst hatte. Wer tat das denn in seinem Alter? Hatte er geahnt, dass so etwas einmal passieren würde? Hatte er nie vorgehabt, sein Versprechen zu halten und sich nicht mehr in Gefahr zu bringen?

Am Ende dauerte es drei Tage. Etwas in Sven wollte nicht aufgeben. Sein Blutdruck war gar nicht mehr, sein Puls kaum noch messbar. Seine Füße wurden weiß und eiskalt, seine Hände auch, eine Körperfunktion nach der anderen stellte ihre Tätigkeit ein. Nur sein Herz schlug weiter, immer langsamer, aber es schlug hin und wieder. Auf einen flachen Atemzug folgte nach einer quälenden Pause ein weiterer. Valerie döste, trank Tee, lief den Flur auf und ab und hielt den Rest der Zeit Svens Hand, obwohl sie wusste, dass er längst nicht mehr hier war. Er befand sich in einer namenlosen Zwischenwelt, zu der sie keinen Zutritt hatte.

Pani kam zweimal, umarmte sie fest, wusste nicht, was er sagen sollte, blickte hilflos auf Sven und musste dann wieder zur Arbeit.

Einmal klopfte es leise an der Tür. Valerie blickte auf.

»Josef!« Sie konnte sich nicht erinnern, ihn jemals außerhalb seines Parks gesehen zu haben.

»Ach Kleene, meine Sonne. Cem hat mir gesagt, was passiert ist.« Er trat an Svens Bett und betrachtete ihn lange, dann legte er seinen Arm um Valerie.

»Josef, wie kann das sein? Es *kann* doch nicht sein. Das darf einfach nicht sein. Es macht keinen Sinn. Ich kann es nicht begreifen.«

»Ich weiß.« Josef sah ihr ernst in die Augen. »Wir suchen immer nach dem Sinn. So sind wir Menschen. Wir brauchen das Wissen um einen Sinn, um uns daran festzuhalten.« Er nahm ihre Hände in seine großen, warmen, rauen. »Es wird ein wenig leichter, wenn man sich klarmacht, dass Dinge geschehen, die eben keinen Sinn machen. Sie haben einfach keinen. Es gibt vielleicht Ursachen, warum sie geschehen, aber deshalb haben sie noch lange keinen Sinn. Nichts, woran wir uns festhalten können. Dann müssen wir loslassen, Valerie. Nur dann kannst du damit leben! Wenn du das annimmst, egal, wie weh es tut. Wenn du es schließlich annehmen kannst, tut es sehr weh, aber auf der anderen Seite, dahinter, wird es leichter.«

Josef blieb lange bei ihr sitzen, und es tat ihr gut.

Es gab nicht diesen einen Moment, in dem irgendjemand hätte erkennen können, dass Sven jetzt für immer gegangen war. Die Pausen zwischen den Herzschlägen wurden einfach immer länger, und niemand konnte genau sagen, wann der letzte gewesen war.

Sascha war ab und zu vorbeigekommen, doch er hielt es nicht aus. »Du bist ja da. Du bist es, die er um sich haben will«, sagte er und ging wieder. Valerie war allein mit Sven, und gleichzeitig ohne Sven. Sie spürte der allerletzten Wärme nach, die sie noch auf seiner Brust fand, und küsste seinen kalten Lippen behutsam zum Abschied, und irgendwann geleitete man sie aus dem Zimmer.

»Sie brauchen sich um nichts kümmern. Der Bruder hat alle nötigen Formalitäten erledigt, die anderen Angehörigen verständigt und Kontakt mit dem Beerdigungsinstitut aufgenommen«, sagte man ihr.

Sie war nutzlos. Jetzt erschien ihr selbst alles wie aus einer gläsernen, zerbrechlichen Ferne. Stumm verließ sie die Klinik. Die Welt draußen war ihr völlig fremd geworden. Die Luft war kalt, so kalt wie Svens Stirn, auf die sie noch einmal ihre Wange gelegt hatte.

Valerie setzte einen Fuß vor den anderen. Es kostete sie alle Kraft, die sie noch hatte. Wohin sie ging, wusste sie nicht.

Skem

Amrum

1932

12

Skems Entdeckung

Die Strömung wirbelte den Sand auf. Dadurch trübte sich abwechselnd das Wasser, wodurch Skem die Sicht genommen wurde, und klärte sich dann wieder, so dass er einen Blick erhaschen konnte. Auf das, was da unten lag und ihm erschien wie etwas aus einem Albtraum.

Er hatte schon halbverweste Robben gesehen. Das hier wirkte ähnlich, nur war dieses Tier sehr viel größer. Groß wie ein kleiner Wal! Es lag auf der Seite und bewegte sich leicht in der Strömung. Skem konnte die Rippen erkennen, einen Teil der Wirbelsäule und einen Rest der Schwanzflosse. Er paddelte vor und zurück, sah jetzt undeutlich einen langen, spitzen Kiefer im Sand liegen, der bereits halb versunken war. Die Augenhöhle war leer. Hier und da hing noch etwas Haut an den Knochen. Das Skelett schien mehr oder weniger vollständig zu sein, die Haltung natürlich, als wäre es sanft auf den Grund gesunken. Dieses Tier war wahrscheinlich nicht von Haien oder einer Harpune oder irgendetwas getötet worden. Es war gestorben, einfach so.

Oder eben nicht einfach so.

Skems eisiges Entsetzen wurde noch größer. Hatte er nicht selbst dem Töveree Übles an den Hals gewünscht? Er glaubte nicht daran, dass man jemanden verfluchen konnte. Und doch, manche Wünsche, von denen man es gar nicht wollte, erfüllten sich wie von selbst.

War er etwa schuld an dem Tod des Tieres?

Er hatte keinen Zweifel, dass es sich um den Töveree handelte. Dem matten Leuchten, das auf dem Sand schimmerte und die Knochen umgab, war eindeutig das einzigartige Blau des Schimmerns eigen, das Skem bereits einmal zuvor gesehen hatte und das seine Vorfahren beschrieben hatten. Auch die Form des Kadavers ließ keinen anderen Schluss zu.

War es möglich, dass er mit seinen niederträchtigen, rachsüchtigen Wünschen in der Trauer über seinen Vater dieses wunderbare Tier getötet hatte, als er seine Worte über das Meer schrie?

Skem war ein Kind der See. Er wusste, dass Tiere an Altersschwäche starben, an Krankheiten, an Unwettern, an Hunger oder eben gefressen wurden. Das gehörte zum Leben, so grausam das für die Menschen auch manchmal scheinen mochte. Dass es den Töveree wirklich gab, wusste er nun auch endgültig. Dieser hier stammte nicht nur aus einer alten Sage. Das Tier war aus Fleisch und Blut. Dass der Glücksfisch also sterben konnte wie jedes andere Wesen auch, war nur allzu deutlich.

Trotzdem spürte Skem Übelkeit. Das lag an seinen Schuldgefühlen und der Trauer in ihm. Auch wenn dieser Fisch kein Märchen mehr war, so war doch mit ihm auch eine Hoffnung gestorben, ein Traum. Obwohl er dem Töveree immer noch grollte, dass dieser seinem Vater nicht geholfen hatte, erfüllte ihn tiefe Traurigkeit.

Die Strömung nahm zu. Der Sand verschleierte endgültig den Anblick. Wie betäubt fing Skem wieder an zu rudern, kehrte zum Steg zurück und vertäute das Boot. Beinahe wäre das Tau aus seiner zitternden Hand gerutscht. Er blickte sich noch einmal um, aber das Schimmern war schon an Ort und Stelle zu matt gewesen. Klein und unzulänglich wie die Kerzen, die man an ein Totenbett stellt. Man konnte es von hier aus nicht einmal ahnen.

Wie an jenem anderen Abend stand die Tür der Wirtschaft offen. Davor lungerten wie immer die Männer mit ihren Pfeifen herum. Der eine stieß den anderen an. »Da ist doch der junge Skem schon wieder im Dunkeln unterwegs. Na, Bengel, hast du mal wieder den Töveree gesehen?« Spöttisches Lachen schallte in die Nacht. Skem blieb einen Augenblick stehen, doch ihm fiel keine passende Erwiderung ein. Es war ihm ohnehin egal. Schweigend ging er weiter. Hinter sich hörte er wie Jette Fuchs, die Kellnerin, die Gruppe anherrschte: »Müsst ihr euch über den Jungen auch noch lustig machen? Der hat es schwer genug. Er kümmert sich rührend um seine Mutter. Das ist mehr, als manch einer von euch zustande bringt! Wann wirst du deine Schulden bezahlen, Hinne Ernholm?«

Es interessierte Skem kaum noch, was die Männer von ihm dachten. Die Lebewesen des Watts bedeuteten ihm mehr. Sie lachten ihn niemals aus.

Als er fast zu Hause war, hörte er hinter sich Schritte. »Hallo, mein Junge, warte doch bitte einmal!«

Die Stimme war ihm fremd. Skem hatte sie noch nie gehört. Im Lichtkreis einer Laterne blieb er stehen. Das Gesicht war ihm auch unbekannt. Der Mann war gut gekleidet, sicher war er vom Festland.

»Junge, ich will dich nur etwas fragen. Die Fischer da in der Kneipe, die haben manchmal keine Ahnung von den Dingen, nicht wahr?« Er musterte Skem. Der schwieg und sah auf seine

Füße. Er wusste nicht, was er sagen sollte. Was wollte der Kerl von ihm?

»Du und ich, wir wissen es besser, nicht wahr? Man hat mir erzählt, du hättest den Töveree gesehen. Aber man glaubt dir nicht.« Der Mann schob seinen Hut höher und lächelte Skem an. »Aber ich! Ich glaube dir.«

Das Lächeln war freundlich, trotzdem mochte Skem den Mann nicht. »Was wollen Sie von mir?«, fragte er schließlich. Er sehnte sich nur noch danach, sich ins Bett zu verkriechen und zu vergessen, was er gesehen hatte.

»Ich möchte dir ein Geschäft vorschlagen. Von Mann zu Mann.« Der Fremde zog ein paar Münzen aus der Tasche und hielt sie Skem hin. »Das hier ist eine Anzahlung. Wenn wir uns einig werden und du meine Bitte erfüllt hast, folgen Scheine. Eine erkleckliche Summe, für die du sicherlich Verwendung hättest. Ich weiß, dass die Zeiten schwer sind hier auf der Insel.«

Skem starrte auf die Münzen, antwortete aber nicht. Sein Großvater hatte ihn gelehrt, sehr vorsichtig zu sein, was Geschäfte mit Fremden anging. Dennoch klopfte sein Herz schneller. Der Fremde ahnte wohl kaum, wie bitterlich sie das Geld nötig hatten. Der Winter war noch lang, und seine Mutter brauchte Medizin und vieles mehr. Eine Fensterscheibe war im Sturm zerbrochen und nur dürftig geflickt. Die Not meldete sich an allen Ecken und Enden, und Skem wusste nicht, wie er weiter für seine Mutter sorgen sollte, wenn er nicht bald etwas verdiente.

»Worum geht es denn?«, brachte er schließlich heraus.

»Hast du den Töveree tatsächlich gesehen? Oder war es nur dummes Geschwätz der Fischer?«

»Warum wollen Sie das wissen?«

Der Mann nahm den Hut ab und fuhr sich durch die grauen Haare. Er war älter, als Skem zuerst gedacht hatte. Eigentlich sah er doch recht nett aus. »Weißt du, ich bin ein Gelehrter. Ich arbeite an einer Universität. Lange verfolge ich bereits die Geschichten und Gerüchte um dieses wunderbare Wesen. Ich halte es für wahrscheinlich, dass dieses Tier existiert. Es könnte ein Verwandter des Segelfisches sein oder des Narwals. Die Wissenschaftswelt lacht mich jedoch aus, begreifst du das?«

Skem nickte. »O ja!« Das begriff er nur allzu gut.

»Siehst du. Ich wusste, wir würden uns verstehen. Ich bin in diesen Tagen wieder hier, weil mir die Matrosen eines Schiffes, das in dieser Gegend unterwegs war, erzählt haben, sie hätten den Fisch hier kürzlich gesehen. Sie waren sich nicht sicher, vielleicht wollten sie auch nur mein Geld. Doch etwas in ihren Augen erschien mir glaubwürdig. Ich muss jeder Spur nachgehen. Ich benötige Beweise, hörst du? Zeugen. Berichte. Was auch immer du mir erzählen kannst, würde weiterhelfen. Wo du ihn gesehen hast und wann und wie er ausgesehen hat. Am besten wäre natürlich ein lebendiges Tier, ich bezweifle nur, dass man es fangen könnte. Doch die See spült so viel an. Ein echter Beweis wären selbstverständlich auch Knochen des Tieres.« Den letzten Satz hatte er nur halblaut vor sich hin gesprochen, mehr zu sich selbst. Doch Skem zuckte bei dem Wort zusammen, und dies entging dem scharfen Blick des Fremden nicht. Er horchte auf und beugte sich rasch herab, um Skem besser in die Augen sehen zu können. »Was ist? Weißt du etwas darüber? Du treibst dich jeden Tag herum, nicht wahr? Du kennst alles Strandgut, das hier auftaucht.«

Skem schwieg.

»Lieber Junge – wie heißt du noch mal?«

»Skem«, murmelte er.

»Hör mal, Skem, du würdest der Wissenschaft einen großen Dienst erweisen, wenn du mir hilfst. Und auch deinem Töveree. Wäre es nicht schön, wenn die ganze Welt davon erfahren würde, dass er kein Seemannsgarn ist? Meinst du nicht, das hätte er verdient?«

Dieser Einwand war es, der Skem überzeugte. Nicht das Geld, obwohl er es verzweifelt benötigte. Für seine Mutter. Doch wenn er schon schuld am Tod des Töveree war, war er es dem Fisch dann nicht wenigstens auch schuldig, dass man von ihm erfuhr? Dass er kein Hirngespinst war, keine Lüge, keine Erfindung, sondern es sich um ein wahres Wunder handelte?

Der Fremde spürte sein Zögern. Er hielt Skem die Hand hin. »Niemand wird sich mehr über dich lustig machen. Schlag ein! Du zeigst mir, wo diese Knochen sind, bekommst dafür deinen Lohn, und dein Zauberfisch wird unsterblich, weil ich der Welt Beweise bringen kann.«

Unsterblich. Ja. Das wäre schön.

»Wir müssen uns beeilen«, sagte Skem auf einmal entschlossen. »Die Knochen sind noch ganz frisch. Das Meer wird sie bald forttragen oder begraben.«

»Aber du kennst die Stelle?«

Skem nickte. Er beherrschte die Kreuzpeilung wie kein anderer. Er wusste genau, wo die Stelle war. Sie war für immer in sein Gedächtnis eingebrannt. »Nicht am Strand. Weiter draußen. Im Wasser. Nicht sehr tief.«

»Umso besser. Verrate niemandem etwas davon. Kein Sterbenswörtchen. Morgen früh kommst du in den Hafen. Ich werde dort sein. Du fährst mit mir hinaus, zeigst mir die Stelle und bekommst deinen Lohn. Mehr musst du nicht tun. Ich werde den Fund dann mit meinen Männern bergen.«

»Das müssen Sie im Dunkeln tun. Nur dann können Sie sie sehen, weil die Knochen nämlich leuchten.«

Der Mann klopfte ihm auf die Schulter. »Danke für den Rat. Das ist gut. Dann sieht uns niemand, und so wird auch niemand Fragen stellen, nicht wahr?«

Skem war es recht. Er wusste nicht, ob es richtig war, was er hier tat.

»Wie werden Sie die Knochen transportieren?«

»Ich habe ein kleines Forschungsschiff. Es liegt im Hafen von Föhr, aber meine Männer bringen es morgen, um mich abzuholen. Wir haben Kisten aus Metall, in denen alle Funde meiner Expeditionen wasserdicht und stoßsicher gelagert werden können. Du musst dir keine Sorgen machen. Es sind alles Kenner ihres Faches. Der kostbare Fisch wird in allerbesten Händen sein.«

Ob er Urgroßvater Garrelf um Rat fragen sollte? Aber der war alt und vertrug keine Aufregung mehr. Skem wollte nicht auch noch an seinem Tod schuld sein.

Er schlief schlecht in dieser Nacht. Seiner Mutter ging es nicht gut, und auf einmal wollte er nur noch das Geld bekommen und ihre Medizin holen und eine warme Decke kaufen. Es würde den Töveree doch nicht wieder lebendig machen, wenn seine Knochen dort draußen verrotteten. Da war es besser, dieser erhielt seinen Platz in den Büchern der Wissenschaft und Skem das Geld, das sie so nötig brauchten.

So fand er sich am nächsten Morgen am Hafen ein und ruderte mit dem Forscher hinaus. Der hielt Wort und überreichte Skem eine Börse voller Scheine, und als der Mann ihn wieder am Hafen absetzte, hoffte Skem, dass er ihn nie wiedersehen würde.

In der Nacht kam gegen Mitternacht Sturm auf. Eigentlich hatte Skem beobachten wollen, ob er an der Fundstelle Lichter des Forschungsschiffs sah, doch alle Männer und Schiffe wurden zur Nachbarinsel Föhr gerufen, auf deren anderer Seite ein Dampfer in Seenot geraten war. Skem musste bei seiner Mutter bleiben, die jeder Sturm ängstigte und die schon um die Seeleute weinte, die doch vielleicht noch zu retten waren.

Zwei Tage lang blieb Skem danach dem Strand fern und trieb sich nur im Wald bei den Kaninchen herum. Er versuchte, nicht daran zu denken, wie man den toten Töveree für immer fortgebracht hatte. Nun würde er nie wiederkommen, nie würde man sein Leuchten sehen, und nie wieder würde er Schiffen zu Hilfe eilen.

Denn es war niemals die Rede davon gewesen, dass jemand einen zweiten Wunderfisch gesichtet hatte. Skem glaubte nicht daran, dass es noch irgendwo einen gab. Schon gar nicht hier.

Endlich kaufte er die Dinge, die seine Mutter benötigte, und sie lächelte ihn dankbar an. »Du bist so ein guter Junge«, sagte sie und umklammerte seine Hand. »Dein Vater wäre stolz auf dich.«

Schließlich ruderte Skem wieder bei Nacht hinaus. An der Fundstelle war noch immer ein Schimmern im Sand zu sehen. Sonst nichts. Der Forscher und seine Leute waren gründlich gewesen.

Im Boot lag ein Eimer, in dem er manchmal seine gefangenen Fische aufbewahrte. Er war mit einer Schnur am Bootsrand gesichert. Skem knüpfte mit klammen Fingern die Schnur los, beugte sich über den Rand und ließ den Eimer hinunter. Die Flut lief gerade ab. Eigentlich hätte er gar nicht mehr hinausfahren dürfen. Das Wasser war nicht tief. Mit etwas Manövrieren schaffte er es, den Eimer so über den Sand zu ziehen, dass er sich zur Hälfte damit füllte.

Zu Hause ging er mit dem Eimer in den Gartenschuppen und schloss die Tür hinter sich. Gedankenverloren blickte er darauf. Auch hier noch leuchtete der Sand in mattem Blau. Skem ließ den Sand, der oben schon zu trocknen begann, durch seine Finger rieseln. Die trockenen Körner leuchteten praktisch nicht, doch der feuchte Sand rann wie Licht durch seine Finger. Aufregung durchfuhr ihn. Wenn er für die Knochen so viel Geld bekommen hatte, wie war es mit diesem Sand? Wenn man ihn in ein Glas füllte, so dass er feucht blieb, leuchtete er dann vielleicht die ganze Nacht? Wie lange würde dieses Leuchten anhalten? Sicher würde es Menschen geben, die sich dafür interessierten. Kaufleute verkauften doch so ziemlich alles. Wenn er den Sand jetzt nicht barg, würde das Meer ihn in wenigen Tagen fortgetragen haben.

Sobald die nächste Flut wieder genug Wasser über den Fundort spülte, holte Skem mit Hilfe einer Schaufel und vieler Eimer so viel von dem leuchtenden Sand, wie er konnte. Es war nicht nur der Gedanke an das Geld, das er damit verdienen könnte. Er wünschte sich auch, dass die letzten Spuren des Töveree nicht einfach verschwanden. Er wollte etwas davon festhalten.

Es gab einen Augenblick, in dem ihm war, als ob ein Teil des

Lichts sich ohne den Sand im Wasser davonmachte und in der Ferne verschwand. Es sah aus wie ein Schwarm aus winzigen Lichtpunkten, die für einen Augenblick die Form des Töveree annahmen wie ein Schatten. Skem blinzelte. Das Licht war fort. Sicher hatte er sich das nur eingebildet. Schließlich war er völlig übermüdet.

Als sämtliche Eimer und Säcke, deren er habhaft werden konnte, randvoll mit Sand im Schuppen standen, schlich er sich ins Bett. Vorher sah er nach seiner Mutter, die schon lange schlief. Wie dünn sie geworden war! Und wie traurig ihr Ausdruck, selbst im Schlaf. Auf ihrem Nachttisch stand ein Topf mit einer Begonie, die er ihr mitgebracht hatte. Er hoffte, sie würde ein wenig Trost spenden. Doch in der Stube war zu wenig Licht, und die Blume sah kümmerlich aus.

Skem kehrte noch einmal zurück in den Schuppen und holte eine Handvoll Sand, den er auf die Erde streute. Dort würde er leuchten, wenn die Pflanze gegossen wurde, und vielleicht würde das seine Mutter bemerken und sich freuen. Ihre Augen waren nicht mehr gut, doch irgendwie hatte Skem das Gefühl, dass von diesem matten Licht ein Hoffnungsschimmer ausging. Vielleicht hatte auch dieser Fisch eine Seele, und vielleicht waren Spuren davon in dem Sand lebendig. Warum sonst sollte er leuchten?

»He, Junge!«, sprach ihn einer der Fischer am nächsten Tag an. »Was hast du da draußen immer zu schaffen? Sag bloß, du hast die Wahrheit gesagt und den Töveree doch gesehen? Triffst du ihn da draußen?«

»Uwe, lass den Jungen doch endlich in Ruhe«, sagte ein anderer. Doch Uwe bestand darauf. »Antworte gefälligst, Junge, wenn ich dich was frage.«

»Jetzt ist er jedenfalls nicht mehr dort«, sagte Skem wahrheitsgemäß.

Der Fischer packte Skem am Arm. »Was hattest du mit dem Fremden zu schaffen? Du zeigst mir jetzt die Stelle! Wir nehmen mein Boot. Ich möchte wissen, was dort ist.«

Skem zuckte mit den Schultern. Vorsichtshalber führte er Uwe zu einer Stelle, die ein wenig weiter nördlich von der richtigen lag. Natürlich war dort nichts zu sehen. Als sie dabei an der richtigen Stelle vorüberfuhren, sah Skem aus dem Augenwinkel, dass nicht das leiseste Schimmern mehr übrig war. Nicht weil er so gründlich gewesen war, sondern weil das Meer die letzten Spuren endgültig fortgespült hatte.

»Ich wusste ja schon immer, dass du nicht richtig im Kopf bist«, sagte Uwe kopfschüttelnd.

Doch was in dem geheimnisvollen Zauber der einen Nacht richtig erschienen war, erschien Skem am anderen Morgen auf einmal völlig falsch. Hatte er sich zum zweiten Mal schuldig gemacht? Wenn Spuren der Seele des Töveree in diesem Sand lebten, so stand es ihm niemals zu, sie zu verkaufen.

Er grübelte lange und fand schließlich eine Lösung, die sich besser anfühlte. Er grub tief in den Dünen ein Loch und füllte Eimer für Eimer den Sand hinein. Es war eine elende Schlepperei, aber mit jedem Eimer fühlte er sich leichter. Es war wie ein richtiges Begräbnis. Hier im Sand konnte die Seele des Töveree ihren Frieden finden. Die Stürme und die Jahreszeiten würden darüber hinweggehen, ohne dass ihm etwas geschehen würde.

Tage später stellte er fest, dass die Blume auf dem Nachttisch seiner Mutter neue Blätter getrieben hatte, dunkelgrün und kräftig. Und nicht nur das: Sie blühte auch! Sie blühte und verströmte einen frischen Duft nach Meeresluft und Honig. Seine Mutter lächelte ihn an. »Schau nur, Junge, wie schön. Was für ein lieber Gedanke von dir. Das bringt mir Trost und Leben in die Stube wie einen Gruß von deinem Vater.«

Skem wusste, dass er diesmal das Richtige getan hatte.

Er las alle Zeitungen, die in nächster Zeit die Insel erreichten, doch keine einzige Zeile stand darin von dem Töveree und den Knochen. Auch nicht auf den Seiten, in denen über Forschungen berichtet wurde.

Niemals hätte er die Knochen verkaufen dürfen! Er hatte den Glücksfisch vielleicht nicht getötet, aber er hatte ihn verraten.

Skem sorgte für seine Mutter, bis sie starb, doch das Wissen um seine Schuld saß tief in ihm wie eine dunkle Narbe, die ihn schmerzte. Oft überlegte er, was Marta Gössling wohl dazu gesagt hätte, wenn er sie hätte fragen können. Warum nur hatte er nicht an sie gedacht, als der Fremde ihm das Geschäft vorgeschlagen hatte? Dann hätte er sofort gewusst, dass er kein Wort hätte sagen dürfen. Marta hätte bestimmt keinen Augenblick gezögert und ihm deutlich gesagt, was sie davon hielt.

Es tut mir leid, Marta, flüsterte er.

Valerie

Berlin

2009

13

Schritt für Schritt

Draußen roch es süß nach Sommer. Nach Lindenblüten und Klee, frisch gemähtem Gras und den ersten warmen Nächten. Valerie mochte diese wunderbare Luft kaum einatmen, nun, da Sven es nie wieder konnte. Die Nachtigallen am Kanal sangen in dieser Zeit auch bei Tag leidenschaftlich, so beschäftigt waren sie mit Balzen und Nestbau. Jeder der melancholisch schönen Flötentöne schmerzte Valerie tief. Wie oft hatte sie, an Sven gelehnt, diesen eigenwilligen, zeitlosen Liedern gelauscht.

Als sie zu einer U-Bahn-Station kam, ging sie die Treppe herunter, mit steifen Beinen, als wäre sie uralt, und stieg in einen Wagen. Nur fort von dem blauen Himmel, dem Duft und den Geräuschen der frühlingsfröhlichen Stadt, die viel zu laut über sie hinwegrollten. Hier unten war es kühl und dunkel und neonhell zugleich. Das Rattern der Räder angenehm monoton. Es passte zu ihrem betäubten Zustand. Doch in einer Kurve quietschten die Räder, und das Quietschen fuhr messerscharf durch Valerie. Es war immer so in den Kurven. Sie kannte es nicht anders. Aber dasselbe Quietschen hatte das Bremsen des Zuges ausgelöst, als … Cem hatte es beschrieben. Valerie sprang auf und floh aus der U-Bahn, fand sich am Ku'damm wieder. Hier war es zu hell und zu laut. Sie trat ins Europa-Center. Bei dem guten Wetter bummelten nur wenige an den Geschäften vorbei, es war still und kühl und roch steril nach Klimaanlage, nicht so schmerzlich nach Leben.

An der Uhr der fließenden Zeit blieb sie stehen, umklammerte das Absperrgeländer mit beiden Händen, weil sich ihre Knie so kraftlos anfühlten, und sah zu ihr auf. Dreizehn Meter war diese Uhr hoch und hatte zum Glück kein Gesicht wie die im Krankenhaus. Nicht einmal ein Zifferblatt. Nur darum konnte Valerie den Anblick ertragen. Sie sah gar nicht aus wie eine Uhr, sondern wie ein Kunstwerk, und das war sie auch. Man hatte sie aus Glaskugeln und Röhren zusammengesetzt. Wie bei einem lebendigen Wesen floss etwas durch sie hindurch, nur war es statt Blut neongrüne Flüssigkeit. Auf der einen Seite gab es große Kugeln, auf der anderen kleine. Ein gewaltiges Pendel trieb alles an. Das grüne Wasser floss in eine kleine Kugel nach der anderen. Es dauerte genau zwei Minuten, um eine zu füllen. Nach einer Stunde waren alle dreißig kleinen Kugeln voll. Dann machte sich das Wasser auf den Weg nach der anderen Seite, wo es eine große Stundenkugel füllte. Sven hatte es geliebt, hier zu stehen und zuzusehen. Man fühlte sich klein vor diesem hohen Gebilde und doch seltsam geborgen beim Anblick des ewig pünktlichen Fließens. »Alles verändert sich ständig, und hier doch wieder nicht«, hatte Sven gesagt. »Mechanisch und dabei so wunderschön, wie alles ineinandergreift und zusammenpasst.«

So wie Sven und Valerie zusammengepasst und sich ergänzt hatten. Sven war der Boden unter ihren Füßen gewesen, die Glaskugel, die sie auffing, das Fundament ihrer Zukunft. Ohne ihn machte nichts mehr Sinn, nichts hielt mehr zusammen. Ihre eigene Zeit wusste nicht mehr, wo sie hinfließen sollte, die Glasröhren ihres Lebens waren zerbrochen.

Die Kugeln füllten sich trotzdem immer noch unbeirrt eine nach der anderen mit Farbe. Valerie konnte sich nicht rühren und blickte wie hypnotisiert darauf. Um dreizehn Uhr liefen alle Kugeln mit einem Mal leer, alles Wasser floss ab, und der Kreislauf begann von neuem.

Genauso fühlte sie sich. Als ob sie sich mit dem abfließenden Wasser auflöste.

Nur das Pendel blieb. Es schlug ungerührt weiter. Tick. Tack. Wie ihr eigenes Herz.

Wieso konnte ihre eigene Zeit nicht einfach aufhören, wenn sie doch nie wieder Svens Stimme hören, seine Haut riechen, seine warme Hand spüren würde, den Kopf in die Kuhle an seiner Schulter legen durfte und mit ihm über die Enten im Kanal lachen? Nie wieder würden die Töne aus seinem eigenwilligen Instrument um irgendeine staubige Straßenecke treiben und ein Lächeln in die Gesichter der Menschen zaubern und in Valeries Tag.

Nie. Nie. Nie, sagte das Pendel.

Später schrie sie Svens Namen unter der Brücke gegen die Wand, so dass er in dem Gewölbe widerhallte und dumpf über das Wasser flog. Sie schrie und hämmerte mit der Faust gegen den Stein, auf den sie vor kurzem noch seinen Namen gesprüht hatte, um ihn festzuhalten.

Irgendwann verkroch sie sich in ihr Bett. Pani klopfte an ihre Tür, aber sie öffnete nicht.

»Ich bin da, wenn du mich brauchst! Bitte melde dich nachher!«, rief er, stand eine lange Weile da, bevor sie seine Schritte auf der Treppe hörte. Da, wo sie Svens Schritte nie wieder hören würde. Als sie in unruhigen Schlaf fiel, träumte sie von dem hämischen Smiley und einer Wüste.

Morgens stand sie bei Josef im Park. Ohne Brötchen. Mit leeren Händen und leerem Kopf.

»Gut, dich zu sehen, Kleines.«

Mühsam fand sie die Worte für den Aufruhr in ihr, die es eigentlich gar nicht gab.

Sie wusste nicht, woher auf einmal die Wut kam. Wut auf Sven. Dass er sein Versprechen nicht gehalten hatte. Sie alleingelassen hatte. Wie ihre Mutter. War es Leichtsinn gewesen, Fahrlässigkeit, Verzweiflung? Absicht?

Josef breitete die Arme aus.

»Warum, Josef?« Sie drückte ihr Gesicht in seine kratzige Jacke, die mal wieder eine Wäsche gebraucht hätte und beruhigend nach ihm roch, nach der Currywurst von vorgestern, Sommerschweiß, Lebenserfahrung und seinen Lieblingszigaretten.

Josef schwieg und hielt sie nur fest, wiegte sie ein wenig wie ein kleines Kind. »Weine ruhig«, sagte er. »Weine, das muss sein. Der Schmerz muss fließen dürfen wie das Wasser, das du so liebst.« Aber sie konnte nicht weinen. Alles in ihr war fest, verkrampft, atemlos, als wäre sie einen hohen Berg hinaufgestiegen.

»Es gibt nicht immer einen besonderen Grund«, sagte Josef schließlich. »Aber du kannst sicher sein, dass Sven nicht dich treffen wollte, Kleines.« Immer, wenn es ernst wurde, sprach er Hochdeutsch. Sie hatte es lieber, wenn er sie »Kleene« nannte. Dann war die Welt in Ordnung.

Aber das würde sie wohl nie wieder sein.

Arbeiten war ihr nicht möglich. Jörn hatte schon gehört, was geschehen war. »Nimm dir Urlaub, solange du brauchst«, sagte er traurig. »Nur bezahlen kann ich dich in der Zeit nicht. Komm einfach wieder, wenn du kannst.«

Zu Hause packte sie die restlichen Farbdosen ein, die sie noch finden konnte, und fing wieder an, Svens Namen zu sprühen. Nicht mehr wahllos an irgendwelche Wände. Jetzt suchte sie alle Plätze auf, die ihnen gehört hatten, die für immer mit der Erinnerung an ihn verbunden sein würden und an das Leben, das sie nun verloren hatte. Das Häuschen oben an der Rutsche auf dem Spielplatz, in dem sie manche Sommernacht miteinander verbracht hatten. Das alte Floß am Kanal, das sie gelegentlich ausliehen. Der Verschlag eines Blumenladens, in dem sie manchmal zwischen Orchideen und Kakteen nächtigten. Die Schlüsselbrücke. Svens Worte standen noch immer dort, und immer mehr Schlüssel zierten das Geländer.

Eine Liebe soll keine Fessel sein. Das war sie offenbar auch nicht gewesen. Sie hatte Sven nicht halten können! Valerie suchte den Schlüssel heraus, der für sie und Sven und ihre Liebe stand, hielt ihn einen Augenblick fest, bis er warm von ihrer Hand war, und warf ihn dann in den Fluss. Er glänzte silbern in der Sonne auf, ehe er versank. Der Schmerz muss fließen dürfen, hatte Josef gesagt.

Vielleicht würde Sven den Schlüssel zu etwas anderem finden, wo auch immer er jetzt war. Sie sprühte seinen Namen auf ihre Lieblingswege, auf Wände, an denen sie manchmal gelehnt und die Vorübergehenden beobachtet hatten. Sie machte seinen Namen bunt und schön und verzierte ihn mit Blumen und Schwalben und Musiknoten. Und sie signierte mit Rimo. Wie früher war dabei das »I« ein ausdrucksvolles Strichmännchen. Früher war es fröhlich gewesen, jetzt sprach Trauer aus seiner Haltung.

Valerie achtete überhaupt nicht darauf, ob sie jemand erwischte oder nicht. Sie bemerkte nichts um sich herum, sah nur die Farben und die Buchstaben und die Orte. Alles andere war ihr egal.

Sie hatte gerade den zweiten Fuß an ein Strichmännchen gesetzt, als sie jemand am Arm packte und unsanft hinter einen Stapel Kisten zog. »Spinnst du?«, zischte ein Mädchen. »An der Kreuzung sind die Ampeln kaputt. Da stehen überall Bullen.«

»Das heißt Polizisten«, sagte Valerie. »Tine? Bist du das?«

»Genau. Die, der du beigebracht hast, dass man keinen Unsinn machen soll! Dass sich das nicht lohnt. Und was machst *du* jetzt hier? Du bekommst keine Jugendstrafe mehr wie ich.« Tine war fuchsteufelswild. Sie hatte entschieden mehr Temperament als vorher und war selbstsicherer geworden. Valerie verschloss die Farbdosen und steckte sie ein. »Hast völlig recht, Tine. Tut mir leid.« Sie rieb sich mit der Hand über die Stirn, um wieder in die Wirklichkeit zurückzufinden. »Es geht mir nicht so gut. Ich habe meinen Freund verloren.«

»Oh.« Tine machte große Augen. »Wie meinst du das, verloren? Habt ihr euch getrennt?«

»Nein. Er hat das gemacht, wovor ich dich gewarnt habe. S-Bahn-Surfen.«

Tine riss die Augen noch weiter auf »Und da ist er ...?«

»Ja. Verunglückt. Da war eine Brücke. Er ist tot. Er ist gestorben, und ich konnte ihn nicht festhalten.«

Und da passierte es. Ausgerechnet hier hinter einem Kistenstapel auf dem Parkplatz eines Supermarkts, im Gespräch mit einem Mädchen, das sie kaum kannte, musste Valerie weinen. Sie kniete sich hin, drückte sich an die Bretter und konnte nicht mehr aufhören. Tine nahm sie unbeholfen, aber herzlich in den Arm und weinte schließlich mit ihr.

Viel später stand Valerie neben einer Mülltonne und warf die leeren Farbdosen eine nach der anderen weg. Es fühlte sich an wie eine Beerdigung. In der letzten war noch ein Bodensatz. Die steckte sie wieder ein und kehrte zurück zu Josef in den Park. Dort sprühte sie mit dem Rest Farbe endlich den Namen *Josef* auf das Denkmal ohne Buchstaben. Wie sie es schon immer hatte tun wollen.

Josef sah ihr kopfschüttelnd zu.

»Und jetzt?«, fragte er.

Valerie setzte sich neben ihn auf die Bank. »Glaubst du, meine Mutter hätte mir erklären können, warum Sven das getan hat? Ich meine, weil sie sich doch anscheinend ein bisschen ähnlich waren mit ihren Problemen.«

Josef sah sie an und legte ihr eine Hand auf die Schulter. »Vielleicht ist es Zeit, das herauszufinden?«

Valerie

2009

Lüneburger Heide

14

Alte Bilder, neue Sonne

Wie still es hier war! Valerie war in Gedanken versunken, den Blick nach unten gerichtet, den sandigen Weg entlanggewandert und hatte kaum auf ihre Umgebung geachtet. Nun nahm sie den Rucksack von den Schultern, weil er auf der rechten Seite drückte, setzte sich auf einen warmen Findling am Wegesrand und sah sich um. Es roch nach Klee und nach dem Ginster, der hier und da so warm und fröhlich gelb blühte, als würde auf der Welt niemals etwas Trauriges passieren.

So still, wie sie gedacht hatte, war es aber doch nicht. Es war nur ungewohnt, dass kein Motorengeheule, kein Türenschlagen und Hupen und Rufen zu hören war. Kein Motorrad knatterte, keine Sirene ging, keine Durchsage hallte von irgendeinem Bahnhof herüber. Stattdessen drang Bienengesumm an ihr Ohr, mal lauter, mal leiser, wie Musik. Eine Libelle huschte heran, saß für einen Moment auf Valeries nacktem Knie und kostete den Schweiß auf ihrer Haut. Dann war das filigrane Wesen wieder fort. Selbst das Flirren dieser durchsichtigen Flügel war zu hören. Ein Vogel sang unsichtbar irgendwo über ihr, vielleicht eine Lerche. *Heidelerche.* Valerie blickte auf die Karte, die sie zu Hause ausgedruckt hatte. Das Haus Heidelerche war darauf eingezeichnet. Weit war es nicht mehr bis dahin.

Frau Joneleit hatte sehr nett am Telefon geklungen, als Valerie sie kurzentschlossen angerufen hatte.

Es war nicht nur, weil sie etwas über ihre Mutter erfahren wollte. Sie musste heraus aus Berlin, wo sie jede Ecke an Sven erinnerte. Es war zu laut, sie bekam keine Luft, die Grübeleien und die Trauer erstickten sie. Das Haus Heidelerche war das einzige Ziel, das ihr einfiel.

»Mach das, es ist eine gute Idee«, hatte Pani gesagt, erleichtert, dass sie sich überhaupt irgendetwas vorgenommen hatte. Er wusste nicht, wie er ihr helfen sollte. Sie sah es in seinen Augen. Hilflosigkeit war das, was er am meisten fürchtete. Es würde auch für ihn gut sein, wenn sie eine Weile aus seinem Umkreis verschwand. Monika würde für ihn da sein.

Die Zugfahrt war ihr seltsam vorgekommen, wie etwas aus einem Film. Etwas, das nicht zu ihr gehörte. Als würde sie nur eine Rolle spielen, die Rolle einer Fremden in ihrem eigenen Leben. Jetzt, hier draußen, war es besser. Der sonnenwarme Sand unter ihren Füßen, der Rhythmus des Vorwärtsgehens, Schritt für Schritt, das Gewicht des Rucksacks auf ihrem Rücken. Langsam spürte sie sich wieder, zum ersten Mal seit vielen Tagen.

Sie fühlte sich so einsam, dass sie es bedauerte, als die Libelle wieder abhob und sie allein ließ. Um das Gefühl zu verscheuchen stand sie auf, schulterte den Rucksack und lief weiter.

Das Haus Heidelerche war ein gemütliches, niedriges Gebäude aus rotem Backstein mit Fachwerk. Ein Obstbaum stand davor, dessen letzte Blütenblätter wie Schneeflocken um Valerie herumwirbelten, als sie durch die offenstehende Gartenpforte trat. Ein rundes Schild mit der verblichenen Aufschrift *Willkommen im Haus Heidelerche* schaukelte an rostigen Ketten unter einem Ast. In zwei Liegestühlen auf dem Rasen lag ein älteres Ehepaar. Wie schön musste es sein, wenn man gemeinsam alt werden durfte! Beide nickten ihr freundlich zu, ehe sie sich wieder in ihrer Zeitung vertieften. Auch die Haustür stand offen. Valerie nahm die zwei schrägen Steinstufen und klopfte trotzdem.

»Hallo?«, rief sie, als keine Antwort kam.

»Hier! Ich bin im Garten. Gehen Sie einfach durchs Haus und hinten wieder heraus«, drang eine Stimme aus der Ferne.

Valerie stellte ihren Rucksack auf einen Stuhl, folgte dem Flur und landete in einem hellen Esszimmer, von dem aus es auf eine Terrasse ging. Sie blieb vor einer Wand stehen, an der gerahmte Fotografien hingen. *Sommerfest* stand unter einem Bild. Und unter einem anderen *Team Heidelerche 2003*. Auf diesem waren vier Frauen zu sehen. Alle trugen eine hellgrüne Schürze und ein fröhliches Lächeln.

Valerie erkannte ihre Mutter sofort.

Sie hatte eine ganz andere Frisur und Haarfarbe. Der blonde schulterlange Bob war verschwunden, und die Haare waren kurz und dunkel, ganz ähnlich, wie Valerie sie trug. Und die Frau auf dem Bild war natürlich auch älter als das Bild ihrer Mutter in ihrer Erinnerung. Aber das Lächeln! Es war dasselbe Lächeln, mit dem ihre Mutter aufgeblickt hatte, wenn sie die Marmelade einkochten. »Gib mir doch bitte mal den Rührlöffel rüber, Valli. Und den Topf da darfst du jetzt auslecken.« Die Stimme klang so deutlich durch ihre Erinnerung, dass Valerie schon beinahe wieder die Tränen kamen.

»Ja, das ist Alessa. Und Sie müssen Valerie sein!«

Valerie drehte sich um. Vor ihr stand eine der anderen Frauen auf dem Foto. Weiße Locken, von einem schwarzen Haarreif zurückgehalten, in einem Nest aus Fältchen vergissmeinnichtblaue Augen, die sie heiter und mitfühlend anblickten. Die Frau war kleiner und rundlicher als sie und strahlte eine herzliche Gemütlichkeit aus.

»Ich bin Hanna Joneleit. Bitte kommen Sie doch mit hinaus in den Garten.«

Sie führte Valerie über die Terrasse, ein paar Stufen hinunter über einen Rasen voller Gänseblümchen in eine Sitzecke, die von einer runden Hecke umgeben war. Blau-weiße Kissen ruhten auf weißen Korbsesseln. Auf dem Tisch stand ein Fliederstrauß. Eine gefleckte Katze räkelte sich auf abgetretenen Steinen. »Setzen Sie sich doch bitte. Ich hole uns nur schnell etwas zu trinken. Mögen Sie Kaffee oder Tee?« Valerie ließ sich auf die weichen Kissen sinken »Am liebsten nur ein Wasser.«

»Ist gut. Bin gleich wieder da.«

Valerie sah sich um. Ein Stück weit entfernt stand ein Bienenstock, an dem Bienen emsig aus und ein flogen. Außer Gänseblümchen gedieh reichlich Löwenzahn auf der Wiese, und Rhododendronbüsche begannen gerade, ihre Knospen zu öffnen. In einem weiteren Obstbaum flötete eine Amsel. Die Katze stand auf und ließ sich neben Valerie wieder nieder. Sie bückte sich, um das zutrauliche Tier zu streicheln. Dann lehnte sie sich wieder zurück. Auf einmal fühlte sie sich völlig erschöpft. Ihre Anspannung der letzten Tage löste sich so plötzlich wie aus einem Bogen, dessen Sehne gerissen war.

Hanna Joneleit kehrte zurück. Sie stellte eine Karaffe und zwei Gläser auf den Tisch. In dem Wasser steckte ein Bündel Kräuter. Sie schimmerten grün leuchtend in der Sonne. Ein

Hauch von Basilikum und Zitronenmelisse trieb zu Valerie hinüber.

»Es ist erfrischender so, mit ein paar Kräutern darin«, sagte Frau Joneleit und goss ihnen beiden ein. »Gut fürs Gemüt. Ich habe noch Buchweizentorte im Ofen, die ist bald fertig.« Sie zog einen Stuhl heran und setzte sich zu Valerie. Sah sie prüfend an. »Ich freue mich wirklich sehr, dass Sie gekommen sind. Wie geht es Ihnen?«

Valerie nahm einen Schluck und sah Frau Joneleit hilflos an. Sie wusste nicht, wo sie anfangen sollte. Was sollte sie diese fremde Frau fragen, die ihre Mutter gekannt hatte?

Ihre Gastgeberin schien zu ahnen, wie sie sich fühlte. »Wollen wir nicht du sagen? Dann redet es sich besser. Ich bin Hanna.« Auf einmal war es leicht. Valerie wusste auf einmal, was sie sich jetzt wünschte. »Im Augenblick möchte ich einfach nur hier sitzen«, sagte sie. »Einfach nur hier sitzen und an gar nichts denken. Ist das in Ordnung?« Die Katze sprang in ihren Schoß.

Hanna lächelte Valerie an. »Das ist schön. Dafür ist der Garten gemacht. Und unsere ganze weite Heide. Ich sehe mal nach der Buchweizentorte. Spezialität des Hauses. Dazu gibt es Sahne und Preiselbeeren. Wir machen hier viel mit Buchweizen.«

Buchweizen, dachte Valerie, während sie das weiche Fell der Katze kraulte. Was für ein schönes Wort. Es klingt so normal. Bücher, die man liest. Weizen, ein Grundnahrungsmittel. Alltag. Den gibt es doch noch. Hier ist etwas, das sich wie Leben anfühlt.

Am liebsten würde sie für immer hier so sitzen. Den Bienen zuhören, die Blüten ansehen und die Katze streicheln. Sonst nichts.

Ob es ihrer Mutter auch so gegangen war?

Hannas Buchweizentorte

6 Eier
150 g Zucker
abgeriebene Schale einer Zitrone
1 Päckchen Vanillezucker
1 Prise Salz
150 g Buchweizenmehl
2 TL Backpulver
400 g Preiselbeeren
3 Becher süße Sahne (750 ml)
30 g Raspelschokolade

Eigelb mit Zucker, Vanillezucker und Zitronenschale schaumig rühren. Eiweiß mit Salz steif schlagen. Eigelbmasse, Buchweizenmehl und Backpulver vorsichtig unter die Eiweißmasse ziehen. Teig in eine Springform geben und etwa 30 Minuten auf 180 °C im vorgeheizten Backofen auf mittlerer Schiene backen.
Biskuitboden herausnehmen und am besten über Nacht auskühlen lassen. Mit einem Tortenbodenteiler oder Küchengarn zweimal durchschneiden (es reicht auch einmal). Sahne steif schlagen. Die Hälfte der Sahne mit 300 g Preiselbeeren mischen. Restliche Preiselbeeren auf dem untersten Boden verteilen, eine Schicht Preiselbeersahne darübergeben.

Dann den zweiten Boden aufsetzen, wieder eine Schicht Preiselbeersahne darüberstreichen. Letzten Tortenboden aufsetzen und alles mit der restlichen Sahne überziehen.
Mit Schokoladenraspeln dekorieren.
Vor dem Servieren mindestens eine Stunde kühlen.

15

Aus dem Nest gefallen

Valerie hatte lange nicht mehr so gut geschlafen wie in dem schlichten Zimmer. Durch das Fenster drang nur Stille, Bienensummen und Ginsterduft. Wenn sie aufwachte, wartete zusammen mit dem leichten, hellen Morgen auch die schwere Trauer um Sven auf sie, aber wenigstens fühlte sie sich ganz allmählich nicht mehr so bodenlos erschöpft. Am ersten Tag fragte sie nicht nach ihrer Mutter, sondern tat nur das, was sie sich gewünscht hatte. Sie saß im Garten, streichelte die Katze und aß Buchweizentorte.

»Wie heißt die Katze?«, fragte sie Hanna.

Diese lachte. »Heidi. Nicht sehr originell für eine Heidekatze, aber ein kleines Mädchen, das hier einmal Gast war, hat sie so getauft, und es ist hängengeblieben.«

»Ich finde, das passt zu ihr«, sagte Valerie. »Kann ich dir etwas helfen?«

»Du könntest das Unkraut aus dem Kräuterbeet zupfen, wenn du möchtest«, sagte Hanna. »Ich finde immer, es gibt nichts Beruhigenderes als ein bisschen Gartenarbeit, und der Schnittlauch droht zu ersticken.«

»Dann musst du mir aber bitte kurz zeigen, welches das Unkraut ist.«

Hanna hatte recht. Der Duft von Basilikum, Majoran, Thymian, Estragon und Rosmarin vermischte sich mit dem nach der warmen Erde, auf der Valerie kniete. Ein Zitronenfalter umflatterte ihren Kopf. Sie probierte Kerbel, Zitronenmelisse, Petersilie, Liebstöckel. Wie unterschiedlich sich die Blätter anfühlten! Bei all diesem Duft und Geschmack und den unterschiedlichen Texturen vergaß sie alles um sich herum. Sogar den Schmerz für eine Weile. Beinahe.

Valerie war Hanna dankbar, dass sie von sich aus nicht über Valeries Mutter sprach. Hanna war vollkommen unaufdringlich.

Auch am nächsten Tag fragte Valerie nicht.

»Brötchen mit diesem Honig könnte ich den ganzen Tag essen«, sagte sie beim Frühstück.

»Ja, unser Heidehonig ist wirklich etwas Besonderes«, sagte Hanna. »Übrigens, wenn du möchtest, könntest du für mich im Dorf einkaufen gehen. Hier sind ein Korb und die Einkaufsliste, und der Weg ist ganz einfach.«

Der Weg war wirklich einfach, und das Leben konnte es auch sein. Endlich wusste Valerie einmal ganz genau, was sie gerade tun musste. Im Laden arbeitete sie Stück für Stück die Liste ab und schlenderte dann mit dem vollen Korb zurück. Ein Stück entfernt sah sie einen Schäfer, einen richtigen Schäfer mit Hut und Stock und Hund und einer Herde Heidschnucken. Dass es so etwas noch gab!

»Die Heidschnucken sind lebensnotwendig für das Naturschutzgebiet Lüneburger Heide, denn sie halten die Heide kurz und sorgen dafür, dass keine Birken und Kiefern wuchern«, erklärte Hanna ihr später. »So bleiben die offenen Flächen erhalten. Dadurch können hier viele Tierarten leben, die es sonst kaum noch gibt. Auch helfen sie den Bienen. Sie zerreißen im Herbst die Spinnweben im Heidekraut mit ihren Hufen, so dass die Bienen an den Nektar kommen. Für die Heidschnucken ist das auch gut, weil die Bienen die Heide bestäuben und so für die Nahrung der Schnucken sorgen.«

»Und warum heißen sie Heidschnucken?«

»Schnucke kommt von Schnökern. Naschen. Heidschnucken lieben Abwechslung, Gras, Kräuter, Heide, alles, was sie finden. Apropos naschen, warte, bis ich dir meinen Heidschnuckenbraten vorsetze! Sie setzen kein Fett an und schmecken eher wie Wild. Zart und aromatisch.«

Hanna hatte recht. Abends im Speisesaal aß Valerie zum ersten Mal wieder etwas mit Appetit und dachte, dass sie sich an diesen Geschmack für immer erinnern würde. In diesen Tagen waren ihre Sinne seltsam geschärft. Alles klang, roch, schmeckte intensiver als sonst, fühlte sich anders an unter ihrer Berührung. Vielleicht weil sie leben durfte und Sven nicht. Weil sie auch für ihn leben musste. Weil es das Atemholen zwischen der Vergangenheit und der Zukunft war. Weil sie nicht wusste, was von jetzt an mit ihr passieren würde.

In den folgenden Tagen erforschte sie die Wanderwege rund um die *Heidelerche*. Weich und sandig waren diese Wege, Schmetterlinge gab es, wohin sie blickte. Immer wieder traf sie auf Schäfer mit Herden und alte Ställe, an deren warmer Holzwand man sich ausruhen konnte. Pferdekutschen und Familien auf Fahrrädern. Sie saß auf warmen Findlingen, legte sich rücklings ins warme Heidekraut und blickte in den Himmel. Hanna bot ihr ein Fahrrad an, doch das Laufen tat Valerie gut. Je weiter sie lief, desto erträglicher wurde für eine Weile der Schmerz. Sie konnte ihm nicht weglaufen, doch sie bewies sich, dass sie immer noch Kraft hatte. Dass sie Schritt für Schritt bewältigen konnte, auch wenn es nur Schritte auf sandigen Wegen waren.

Abends war sie müde genug, um zu schlafen, und spürte sich am nächsten Morgen wieder selbst, und wenn es nur wegen des Muskelkaters in ihren Oberschenkeln war. Sie half Hanna im Garten und in der Küche, las Romane, die die Gäste hatten liegenlassen, und unterhielt sich, wenn niemand zuhörte, mit Heidi.

»Ich vermisse Sven so schrecklich«, sagte sie zu der Katze, während sie sie kraulte. Die weiche Wärme in ihrem Schoß war tröstlich. »Ich glaube, es hätte ihm hier auch gefallen. Auf jeden Fall hätte ihm der Honig geschmeckt, und der Heidschnuckenbraten sowieso. Seine Musik hätte sich hier ganz anders angehört als in der Stadt. Ich würde so gern mit ihm im Heidekraut liegen. Es fühlt sich falsch an, weißt du, dass ich es hier so schön finde! Ohne ihn. Das macht mir ein schlechtes Gewissen.« Heidi drückte sich an sie und schnurrte, wie um sie aufzumuntern.

Eine Woche verflog. Einmal half sie Hanna hinten im Garten, die verblühten Blüten eines Walnussbaums zusammenzufegen. Zwischen den grüngrauen welken Rispen, die sich aufhäuften, lag etwas Braunes. Valerie bückte sich. »Oh!«, entfuhr es ihr.

»Was ist?« Hanna sah ihr über die Schulter.

Es war ein Vogel. Ein brauner Vogel, eine junge Drossel vielleicht, mit noch flauschigen Federn. Sie lag weich in Valeries Hand und sah aus, als schliefe sie, denn sie war unverletzt. Doch sie hatte die Augen nicht geschlossen, weil sie schlief, denn sie war kalt und leblos.

»Ach je. Sie ist sicher aus einem Nest gefallen. Das kommt leider vor«, sagte Hanna.

Valerie starrte entsetzt auf das kleine Wesen. Zu ihrer eigenen Überraschung fing sie an zu weinen. Es kam ganz tief aus ihrem Inneren. Auf einmal spürte sie nichts mehr außer diesem leichten Gewicht in ihrer Hand und dem Schmerz um Sven, der in ihr brannte und sie zu zerreißen drohte. Hanna kniete sich erschrocken hin und nahm sie in den Arm. »Aber Kind, was ist denn? Das ist doch ganz natürlich. Sicher hat dieser kleine Vogel sieben Geschwister gehabt, die alle schon fröhlich in den Himmel fortgeflogen sind. In ein paar Wochen werden sie uns die Kirschen aus dem Baum stehlen, quicklebendig.«

»Ich weiß«, schluchzte Valerie. »Das ist es nicht. Es ist wegen Sven. Es tut so weh!«

»Ist Sven auch gestorben?«, fragte Hanna sanft.

Valerie nickte.

Die Frau, die ihre Mutter gekannt hatte, hielt sie lange fest, und Heidi kam auch, um ihren Kopf an Valerie zu reiben. Schließlich wischte Hanna Valerie die Tränen ab und half ihr auf. »So, ich hole uns jetzt eine Zitronenlimonade mit Heidehonig. Wir setzen uns hin, und du erzählst mir alles über Sven.«

Es tat so gut, mit Hanna über Sven zu reden. Valerie erzählte das Traurige, aber auch das Schöne. Das Schöne war viel, denn sie hatten sich so lange gekannt. Es war, als ob Sven in ihren Worten wieder lebendig wurde, hier neben ihnen stand und zuhörte, manchmal den Kopf schüttelte und manchmal lachte. Hanna hörte aufmerksam zu, stellte hin und wieder eine Frage und lächelte.

»Er hat dir einen großen Schatz an Erinnerungen hinterlassen«, sagte sie schließlich. »Und ich glaube, er hat dich zu dem gemacht, was du bist. Du und er zusammen. Er hat dir so viel mitgegeben, dass du niemals ganz allein und ohne Rat sein wirst.«

Valerie kamen schon wieder die Tränen. »Ich bin gar nichts. Nichts! Ich bringe nichts zu Ende, und ich weiß nicht, was ich will, und ohne Sven hat überhaupt nichts mehr einen Sinn!«

»Das glaube ich ganz und gar nicht. Und dein Sven würde das auch sehr anders sehen.« Hanna reichte ihr ein weiteres Taschentuch. »So, nun werden wir diesem kleinen Vogel einen würdigen Ruheplatz suchen.«

Sie begruben ihn unter dem Baum, in dem er wahrscheinlich geboren war, und legten einen Stein darauf, damit Heidi nicht auf dumme Gedanken kam. »Und jetzt machst du einen Abendspaziergang«, verordnete Hanna.

In der Heide saß Valerie lange in der Dämmerung auf einem Baumstamm und fühlte sich seltsam gereinigt, während der Frühsommerabend orangeleuchtende Streifen an den Himmel malte und die Schwalben den Mücken nachjagten.

Am nächsten Morgen stand kein Honig auf dem Tisch, sondern Marmelade. Beim ersten Bissen war Valerie hellwach. Fast hätte sie das Brötchen fallen lassen, doch sie fing es gerade noch auf und schnupperte daran. Verblüfft sah sie Hanna an, die ihr mit einem kleinen Lächeln im Mundwinkel gegenübersaß.

»Den Geschmack kenne ich! Und den Duft auch«, sagte Valerie.

»Brombeeren und noch ein paar andere Zutaten«, erwiderte Hanna.

»Hat meine Mutter diese Marmelade gekocht?«

Valerie hätte diese Frage nicht stellen brauchen. Sie wusste es. Aber sie wollte es hören.

»Ja, Kind. Ich habe noch eine ganze Menge Gläser im Keller. Alessa liebte es einzukochen. Sie hat mir damit sehr geholfen. Die Gäste waren dankbar für den leckeren Aufstrich. Zeitweise haben wir sogar welche verkauft.«

Valerie fühlte sich wieder wie mit sechs. »Das sind meine schönsten Erinnerungen an meine Mutter.«

»Wie wunderbar.«

»Ja. Aber dann war sie tot. Dachte ich jedenfalls.«

»Ich weiß, das wird dir nicht helfen, aber sie hatte wohl ihre Gründe für das, was sie tat. Das haben wir alle«, sagte Hanna.

Valerie pickte die letzten Krümel vom Teller.

»Ich muss mich jetzt erst um die Gäste kümmern«, sagte Hanna. »Aber wenn du möchtest, können wir uns nach dem Mittagessen in den Garten setzen, und ich erzähle dir das von ihr, was ich weiß.«

»Gerne, Hanna. Ich kann ja nicht ewig davor weggelaufen.«

»Es gibt eine Zeit zu laufen und eine Zeit anzuhalten und den Dingen ins Gesicht zu sehen«, sagte Hanna und stand auf. »Du wirst schon wissen, wann was für dich das Richtige ist.«

Wieso war sich Hanna da so sicher? Valerie trug das Geschirr in die Küche und fragte sich, was man wohl alles erleben musste, um dermaßen in sich zu ruhen wie Hanna.

Es war ein windstiller Tag von der Sorte zwischen Frühling und Sommer. Am Zaun wuchsen Maiglöckchen. Valerie pflückte einen dicken Strauß für die Vase auf dem Gartentisch. Der Duft hüllte sie ein und beruhigte sie. Sie liebte diese kleinen, runden

Glocken an ihren hellgrünen Stielen. Man sah ihnen nicht an, dass sie giftig waren. Es war wie mit dem Leben. Es wirkte hell und glücklich, und im nächsten Augenblick wendete es sich gegen einen.

Doch dann schüttelte Valerie den Kopf über ihre Gedanken. Das war nicht fair dem Leben gegenüber. Sven hatte es herausgefordert!

Ob ihre Mutter hier auch einmal Maiglöckchen gepflückt hatte?

»Alessa liebte Blumen auch«, sagte Hanna, die mit einem Teller frisch gebackener Kekse und einer Flasche in die Sitzecke kam. »Aber das weißt du ja sicher.«

»Ja, sie hat immer bunte, verrückte Sträuße zusammengestellt.«

Alessa. Das klang so fremd. Aber es war ein schöner Name.

»Wie war das, Hanna? Als meine Mutter hierhergekommen ist?«

Hanna öffnete die Flasche und schenkte eine leuchtend rote Flüssigkeit ein. »Johannisbeersaft. Auch selbstgemacht.« Ihre Hand zitterte leicht. Der Flaschenhals klapperte am Glasrand. Valerie war das schon ein paarmal aufgefallen. Deshalb war Hannas Schrift auch so merkwürdig gewesen in dem Brief.

Hanna setzte sich. »Ich habe beginnenden Parkinson. Deswegen das Zittern. Mal ist es weniger, mal stärker.«

»Oh, das tut mir sehr leid«, sagte Valerie erschrocken.

»Ach, es gibt Schlimmeres. Ich bin schließlich nicht mehr die Jüngste«, sagte Hanna. »Aber ich bin froh, dass du mir so wunderbar hilfst, während meine Tochter weg ist.«

»Wo ist sie denn?«

»Sie ist mit einer Freundin in Schweden. Nächste Woche kommt sie wieder. Aber wir wollten nicht von mir und meiner Tochter reden, sondern von deiner Mutter.«

»Wird das mit der Pension nicht zu viel für dich? Wird deine Tochter sie bald übernehmen?«

»Ich denke, nicht. Sie hat andere Vorstellungen von ihrem Leben, und das ist gut so. Alles geht einmal zu Ende. So muss es sein. Leben ist Veränderung.«

Doch nicht so heil, die Bilderbuchwelt, dachte Valerie, traurig darüber, dass es diesen Ort bald nicht mehr geben würde, nicht so, wie er jetzt war.

Wenn sie doch nur lernen könnte, das mit den Veränderungen so zu akzeptieren, wie Hanna es tat.

»Ohne deine Mutter hätte ich die *Heidelerche* bereits damals verloren«, sagte Hanna. »Ich hatte hohe Schulden, nachdem mein Mann gestorben war. Linnea war noch zu klein, um zu helfen. Wir konnten uns nicht leisten, zu renovieren oder eine Hilfe einzustellen. Mir wuchs alles über den Kopf.«

Richtig, dachte Valerie schuldbewusst, Hanna hatte ja auch einmal ihren Mann verloren. Und sie heulte ihr hier wegen Sven die Ohren voll! Aber Hanna hatte es geschafft weiterzuleben. Das machte Valerie Mut.

»Und dann?«

»Tja, dann tauchte in der Gegend eine Fremde auf. Ich hielt sie für jemanden, der hier Ferien macht. Aber sie verhielt sich anders als normale Feriengäste, und sie war so allein. Immer hatte sie ihren Rucksack dabei, sonst nichts. Sie sah aus, als ob sie im Freien schlief. Heidekraut im Haar, immer denselben zerknüllten Rock. Eine Zeitlang hockte sie immer auf demselben Findling, wenn ich zum Einkaufen daran vorbeiging. Wie die kleine Meerjungfrau in Kopenhagen. Ernst und regungslos. Aber sie sah nicht traurig aus. Auch nicht glücklich. Sie war einfach nur da. Ich überlegte, ob ich sie ansprechen sollte. Aber ich dränge mich nicht gern auf. Irgendwann saß sie an einem anderen Platz, der näher bei uns war. Und dann noch ein wenig näher. Wie eine streunende Katze, die langsam Vertrauen fasst. Eines Morgens saß ich selbst auf dem Stein vor unserem Tor. Es war eine schlaflose Nacht gewesen vor lauter Sorgen. Ich hatte wohl das Gesicht in den Händen vergraben und wusste nicht weiter. Zu erschöpft und ratlos, um den Tag zu beginnen. Ich fühlte mich allein, wollte Linnea nicht belasten. Die war in der Schule. Ich hatte sie möglichst fröhlich verabschiedet, und nun saß ich da und war wütend auf die Lerchen, die über mir sangen, als gäbe es kein Unheil auf der Welt. Mir war, als würden sie mich verspotten – ausgerechnet die Heidelerchen, nach welchen ich mein Zuhause benannt hatte, das ich nun wohl aufgeben musste. Irgendwann hob ich wieder den Kopf. Und da saß die kleine Meerjungfrau nicht weit von mir. Unsere Blicke begegneten sich.«

16

Meeressteine

Valerie sah alles genau vor sich. Sie wusste ja nun, wie es sich anfühlte, hier in der Heide auf einem warmen Stein zu sitzen und zu grübeln, während die Bienen summten, der Himmel unverschämt blau war und die Lerchen unverschämt fröhlich. Gespannt beugte sie sich vor. Die Katze sprang von ihrem Schoß und trollte sich in die Glockenblumen. »Und dann?«

»Sie lächelte ein ganz kleines Lächeln, kaum sichtbar. Sanft wie eine laue Brise. Mir wurde merkwürdig zumute, so als würde der Sommertag in diesem Augenblick ein wenig heller. Die Welt wurde wieder klarer um mich. Ich nahm den Klee und den Ginsterduft auf einmal neu wahr. Und ich sagte ›Hallo.‹

›Hallo‹, antwortete sie. Sonst nichts. Sie saß weiter da und ich auch, und ich fragte mich, ob sie auf etwas wartete. Und schließlich sagte ich: ›Möchten Sie nicht auf einen Kaffee und ein Stück Kuchen hereinkommen? Oder ein Brötchen? Eigentlich ist ja noch Frühstückszeit ...‹ Ich war verlegen und wusste nicht warum, das passte gar nicht zu mir.

›Ja‹, sagte sie einfach und stand auf.

Sie aß ihr Brötchen und noch eines. Sie hatte eindeutig Hunger. Dabei fragte sie mich nach meinen Sorgen. Und weil sie selbst nichts erzählte, erzählte eben ich. Von den Schulden und dass weniger Gäste kamen.

›Ich könnte bessere Marmelade kochen als diese‹, schlug sie

vor, und auf einmal war ihr Lächeln nicht mehr klein, sondern weit wie die Heide. ›Und das Frühstückszimmer streichen, vielleicht in Gelb. Den Vorgarten herrichten und neue Kissen für die Liegestühle nähen. Das würde alles fast nichts kosten …‹

›Das ist lieb, aber ich kann niemanden bezahlen‹, sagte ich und wünschte mir gleichzeitig nichts mehr, als dass diese Frau bleiben würde und die Tage heller machen. Es ging mir besser, einfach weil sie da war.

›Ich will kein Geld. Ich würde einfach nur gern bleiben.‹

Ihr Wunsch und meiner passten perfekt zusammen. Ein kleines Wunder.

›Wie lange könnten Sie denn bleiben?‹

›Solange Sie möchten.‹

›Aber – Sie haben doch ein Leben, in das Sie zurückmüssen!‹, protestierte ich.

Sie roch kritisch an der Marmelade. ›Nein‹, sagte sie. ›Ich habe kein Leben.‹ Ihr Ton verriet, dass sie keine weiteren Nachfragen wünschte.

Später dachte ich, vielleicht war es auch das, was ihre Anwesenheit so angenehm machte. Sie sprach nie von ihren Sorgen, ihrer Vergangenheit, ihren Zweifeln. Sie war einfach nur da und veränderte jeden Tag. Öffnete ihn wie ein Geschenk und füllte ihn mit Farben. Weißt du was?« Hanna legte eine Hand auf Valeries Arm und sah sie mit einem warmen Lächeln an. »Du erinnerst mich sehr an sie!«

»Ich?« Valerie war völlig verblüfft. »Ich bin nicht so. Ich habe nichts zu geben. Ich mache höchstens alles dunkler.«

»Oh nein! Du warst jetzt auch einfach da. Hast geholfen, ohne Worte zu machen, hier Blumen hingestellt, dort ein Bild von

Spinnweben befreit, den Gästen freundlich einen guten Morgen gewünscht und ihnen den Stuhl in eine sonnigere Ecke getragen. Der Garten gedeiht unter deinen Händen. Oh doch, du hast viel Ähnlichkeit mit Alessa!«

Sie konnte es nicht glauben, aber es war ein schöner Gedanke. »Und Mama hat dir wirklich helfen können, das Haus nicht zu verlieren?«

»Sie wickelte sogar den Mann von der Bank um den Finger und handelte geringere Raten aus. Sie strich nicht nur das Frühstückszimmer in einem sonnigen Gelb, sondern schnitt dazu noch Blumenmotive aus Tapetenresten und dekorierte die Wand, so dass es wirkte wie eine Fortsetzung des Gartens. Ihre Marmelade schmeckte so gut, dass die Gäste sich immer schon auf das nächste Frühstück freuten und auch welche kaufen wollten. Sie organisierte Abendessen draußen mit Tanz oder Spielen. Sie nahm sich die Zimmer vor und gab jedem von ihnen mit wenigen Dingen eine luftigere, heimeligere Note. Sie war phantasievoll, kreativ, unkompliziert und konnte gut zuhören.

Und sie blieb. Es ist ihr Zimmer, das ich dir gegeben habe.«

Das alles wollte gar nicht zu der depressiven Frau mit Selbstmordneigung passen, von der Valerie gehört hatte. Dagegen sehr gut zu der Mutter, an die sie sich erinnerte.

»Es ist nun dreizehn Jahre her, seit sie auftauchte. Irgendwann gehörte sie zur Familie. Sie bekam nie Post und auch keinen Besuch. Jedenfalls nicht aus ihrer Vergangenheit. Sie war beliebt und wurde immer mal eingeladen, aber am liebsten war sie hier in der *Heidelerche* oder ging spazieren. Sie machte oft lange, einsame Wanderungen. Das schien ihr Kraft zu geben. Mit meiner Tochter freundete sie sich rasch an. Als Linnea in die Pubertät kam, war es Alessa, mit der sie am besten über ihre Probleme reden konnte. Sie lachten viel zusammen, wenn sie im Haus oder Garten etwas bastelten oder anstrichen oder wenn sie in der Küche zugange waren.«

Das tat weh. Valerie spürte einen scharfen Stich von Eifersucht. Warum nur hatte sie es nicht selbst sein dürfen, mit der ihre Mutter all diese Jahre gelacht hatte? So wie früher?

Hanna sah sie mitfühlend an. »Ich weiß, das ist nicht leicht für dich. Aber du bist hergekommen, um Antworten zu finden, und ich glaube nicht, dass es dir hilft, wenn ich dir etwas vorenthalte.«

Valerie schwieg eine Weile. Dann nickte sie und sah auf. »Wie ging es weiter?«

Hanna zuckte mit den Schultern. »Es war einfach gut. Es geschah nichts Großes, aber für mich war es groß. Ich konnte die Schulden mit Alessas und später mit Linneas Hilfe schließlich abarbeiten. Die *Heidelerche* ist schuldenfrei, auch wenn hier und da noch etwas am Haus getan werden müsste. Wir sind im Sommer meist ausgebucht.« Hanna lehnte sich zurück. »Alessa war, glaube ich, auch zufrieden. Ich hatte immer ein wenig Angst, sie könnte verschwinden, wie sie gekommen war. Obwohl sie blieb, hatte sie stets etwas Flüchtiges an sich, als ob sie keine Wurzeln schlagen könnte. Doch sie blieb, Tag für Tag, und die Jahre vergingen. Sie war nie krank, aber sie bekam regelmäßig ein Rezept von einem Arzt in Celle zugeschickt und holte sich etwas aus der Apotheke. Pillen für die Schilddrüse, sagte sie, die sie ihr Leben lang nehmen müsse. Erst als sie starb, fand ich heraus, dass es ein Medikament gegen Depressionen war. Ich fiel aus allen Wolken. Niemals hätte ich Alessa mit Depressionen in Verbindung gebracht. Offensichtlich haben die Pillen gewirkt, oder sie hatte hier einfach einen Ort gefunden, an dem es ihr gutging.«

Das kann ich verstehen, dachte Valerie. »Mir geht es hier auch gut«, sagte sie.

Hanna lächelte sie an. »Das freut mich, Kind. Ja, unsere Heide mit ihrem Duft und ihrer Ruhe hat schon mancher Seele Trost und Erholung geschenkt.«

»Wie ist sie gestorben?«, fragte Valerie leise.

Hanna blickte traurig. »Es war im vergangenen Herbst. Im September. Die letzte Heide blühte noch. Wir waren einkaufen gewesen, da brach Alessa auf dem Rückweg plötzlich zusammen. Nicht weit von dem Stein, auf dem ich sie zum allerersten Mal gesehen hatte. Es war ein Fahrradfahrer in der Nähe, der sich mit Erster Hilfe gut auskannte. Er hat sofort mit der Herzmassage begonnen. Und ich habe natürlich den Notarzt gerufen. Aber es half nichts. Sie sagten, sie wäre sofort tot gewesen. Später fanden sie heraus, dass Alessas Herz wohl durch die jahrelange, vielleicht übertriebene Einnahme der Medikamente geschädigt worden war. Sie hat die Dosierung ja nicht regelmäßig mit Ärzten besprochen, vor allem während ihrer Zeit in Italien.« Hanna reichte über den Tisch und nahm Valeries Hand für einen Augenblick in ihre. »Sie hat nicht gelitten, Valerie. Sie ist gestorben, wo es ihr gutging, an einem warmen Tag in der Heide. Und sie war nicht allein. Wir haben kurz vorher noch über eine junge Heidschnucke gelacht, die uns vor die Füße gelaufen war und die ulkigsten Sprünge vollführte.«

»Wo ist sie begraben?«

»Auf dem kleinen Friedhof an der Kirche. Ich gehe gern mit

dir hin, es ist nicht leicht zu finden. Wir wussten ja nicht, wo sie herkam. Also blieb uns nichts anderes übrig, als sie hier zu beerdigen, und ich fand das auch richtig so, denn das war der Ort, wo sie zuletzt glücklich war.«

Valerie nickte. »Ja, das war bestimmt richtig.« In Berlin hatte ihre Mutter nicht bleiben wollen, als sie noch gelebt hatte, also würde sie dort sicherlich auch nicht begraben sein wollen.

»Sie hatte keine persönlichen Dinge außer ihren wenigen Kleidungsstücken, dem Rucksack und einer Kette. Die trug sie schon, als sie hierherkam, und hat sie niemals abgelegt. Nun bekommst du sie natürlich. Und dann ist da noch etwas.« Hanna goss von dem Saft nach, der nach Sommer und Geheimnissen schmeckte. »Ein Tagebuch. Ich habe es nicht gelesen. Anderer Leute Tagebücher sollte man nicht lesen, wenn sie einen nicht darum gebeten haben. Eigentlich wollte ich es vernichten. Aber dann fand ich in dem Rucksack die Anzeige und dachte, vielleicht gibt es doch noch jemanden, für den es wichtig sein könnte. Ich habe keine Ahnung, was Alessa wollen würde. Ich denke, das musst du selbst entscheiden. Da sie aber entschieden hat, ihr Leben ohne dich zu führen, denke ich, du hast jedes Recht zu lesen, was sie geschrieben hat. Sie hat die Entscheidung getroffen, weil diese für sie wichtig war. Nun bist du an der Reihe zu entscheiden, was für *dich* wichtig ist. So sehe ich das.« Sie griff in die Tasche ihrer Strickjacke und holte ein kleines Buch mit einem schlichten blauen Einband heraus. »Es ist nur dieses eine. Sie kann also nicht viel geschrieben haben in all den Jahren. Und hier ist die Kette.« Hanna legte etwas Schweres in Valeries Hand. »Alessa hat mir erzählt, dass sie aus Ozeanachat ist.«

»Ozeanachat?« Das klang geheimnisvoll. Valerie hatte noch nie davon gehört.

»Ich kannte es auch nicht und habe sie danach gefragt. Es ist ein Halbedelstein, eine Form von Quarz, und stammt aus der Kreidezeit. Der Stein wird in einer Mine in Madagaskar abgebaut. In der Kreidezeit gab es dort wohl ein Meeresbecken, und durch die Sedimente und vulkanische Aktivitäten sind diese Muster im Stein entstanden. Die zum Teil augen- und blumenartigen Muster und die grünen und braunen, weißen und bläulichen Farben sollen für Aufbruch und Erneuerung stehen, für Lebensfreude, weil sie die Farben des Frühlings und des Sommers tragen. Alessa sagte, sie fände die Farben der Heide darin wieder, kurz bevor sie aufblüht. Und auch die des Himmels darüber und aller Himmel, die sie schon gesehen hätte. Ich bin mir sicher, sie würde wollen, dass du sie nun trägst. Sie meinte, diese Kette würde sie immer an das erinnern, was wichtig ist. Manchmal, wenn sie über etwas nachdachte, wenn man sie etwas fragte, dann schloss sie die Finger um diese Perlen, ehe sie antwortete. Es schien ihr beim Nachdenken zu helfen.«

Valerie nahm die Kette behutsam in die Hand. Die Perlen waren nicht kugel-, sondern walzenförmig, so dick wie ein Kugelschreiber. Sie waren auf einen Edelstahldraht gefädelt. Der Verschluss hatte die Form eines silbernen Fisches. Zwischen den Perlen, wahrscheinlich damit die Steine nicht aneinanderstießen und sich beschädigten, befanden sich schmale Plättchen aus Metall. Die Steine waren glatt und kühl, und jeder davon hatte eine etwas andere Farbe und ein anderes Muster. Einer war grünbraun gestreift, ein anderer weiß mit feinen rosa Schlieren, ein weiterer grau und blau mit Kreisen wie Augen. Wieder ein anderer trug ein grün-rötliches Muster, das an Blumen erinnerte. Zwei sahen aus wie ein Weg durch die Heide, und der dazwischen wirkte wie eine Welle in der Nordsee. Der daneben war schwarz mit hellen Pünktchen. Wie der Nachthimmel. »Wie wunderschön!«, flüsterte Valerie andächtig.

»Ja, das finde ich auch.«

Valerie sah auf. »Hanna, du solltest die Kette behalten. Oder deine Tochter, wenn sie doch so an Alessa gehangen hat.« So. Sie hatte es endlich geschafft den fremden Namen Alessa auszusprechen!

Hanna schüttelte entschieden den Kopf. »Nein, Kind. Wir hatten und haben so viel von Alessa. Sie hat uns die *Heidelerche* zurückgegeben und heitere, gute Jahre geschenkt. Ich bin mir ganz sicher, sie würde wollen, dass du die Kette bekommst und dass sie dir Glück bringt!« Sie schob ihren Stuhl zurück und erhob sich. »Jetzt werde ich dich allein lassen. Du hast genug, über das du nachdenken musst. Vielleicht möchtest du ja ein wenig in dem Tagebuch lesen. Ich sehe später nach dir und bringe dir ein Stück Kuchen, wenn du magst.« Sie drückte Valerie kurz an sich, bevor sie ins Haus ging. Die Katze blickte fragend auf und rollte sich dann wieder auf den warmen Fliesen zusammen.

Valerie blieb sitzen. Sie hielt die Kette in ihrer Hand, bis die kühlen Steine warm wurden. Nachdenklich strich sie über den Einband des Buches. Auf das schlichte blaue Leinen hatte Alessa zwei aus Papier geschnittene Bienen geklebt. Sicher hatte das immer gegenwärtige Bienensummen hier in der Heide dasselbe Gefühl von Frieden in ihrer Mutter ausgelöst wie jetzt in Valerie.

Sollte sie es lesen? Doch schon, als sie sich selbst diese Frage stellte, wusste sie die Antwort. Wenn sie es nicht tat, würde sie ewig darüber spekulieren, was wohl darinstand. Sie war hierhergekommen, um etwas herauszufinden.

Sie stand auf, lief durch den Garten. Roch am Jasmin, schnupperte am Klee, blies die Samen einer Pusteblume durch den Garten und setzte sich schließlich wieder hin. Endlich schlug sie das Buch auf.

Die Schrift ihrer Mutter sah noch genauso aus wie damals auf den Etiketten der Marmeladengläser. Es hätte den Gentest gar nicht gebraucht. Es gab keinen Zweifel, dass Alessa Mancini und Angelika Mohagen ein und dieselbe Person waren.

Tagebuch hatte Alexa einfach auf die erste Seite geschrieben.

Warum schreiben wir Tagebuch, fragte sich Valerie und dachte an ihr Rimolog. Tun wir es, um unsere Gedanken zu sortieren? Weil wir hoffen, dass hundert Jahre später jemand diese Worte findet und liest, wie es in Romanen geschieht oder wie wir sie im Museum in Vitrinen sehen? Weil wir uns einreden wollen, dass wir wichtig sind? Weil wir Angst haben, eines Tages alles zu vergessen und die Erinnerungen sichern wollen? Oder einfach, um uns davon zu überzeugen, dass wir wirklich existieren?

Skem

Amrum

1936 und danach

17

In der Weite

Ohne das »schlimme Geld«, wie Skem es bei sich nannte, hätte er es in den folgenden Jahren nicht geschafft, seine Mutter zu versorgen. Da er aber dieses Geld sehr sparsam verwaltete und dazu noch arbeitete, wo er konnte, kamen sie gerade so zurecht. Er schuftete am Hafen, eine Zeitlang beim Bäcker, fing weiterhin Kaninchen, angelte, sammelte Möweneier. Eine Weile hatten sie sogar eigene Eier, weil er für Reparaturen an einem Stall mit drei lebenden Hühnern bezahlt wurde. Manchmal half er bei Großvater Alrik im Hotel, doch Skem hasste das Gebäude. Es bedrückte ihn, und er nahm lieber jede andere Arbeit an. Alrik nahm es ihm nicht übel. Er steckte ebenso wie Urgroßvater Garrelf Skem gelegentlich etwas zu, doch viel hatten beide nicht zu entbehren, und Skem nahm es nur widerwillig an. Den Stolz und den Eigensinn der Rossmoniths hatte er zweifellos geerbt.

In all der Zeit bedrückte ihn der Gedanke, dass er doch irgendwie schuld am Tod des Töveree war. Dass dieser nun den Menschen nie wieder Glück bringen konnte, lag Skem auf der Seele. Wenn es doch so war, wie die Geschichten erzählten, und der Töveree oft Schiffen in Not geholfen hatte? Möglicherweise hatte es bei seinem Vater nur aus irgendeinem Grunde nicht funktioniert. Dann starben jetzt vielleicht noch mehr Menschen, die hätten gerettet werden können? Wann immer Skem draußen am Strand oder auf See war, hielt er verzweifelt Ausschau, ob er nicht doch das blaue Leuchten entdeckte oder einen großen Schatten im Wasser.

Urgroßvater Garrelf starb, als er vierzehn war, zwei Jahre später seine Mutter. Da war sie schon lange bettlägerig. Am Abend davor wurde ihr Blick noch einmal klar. Sie griff nach Skems Hand. »Du hast so gut für mich gesorgt, wie es dein Vater getan hätte«, sagte sie leise, aber deutlich. »Ich danke dir dafür! Für jeden Tag, den du so hart gearbeitet hast. Und für die Blumen an meinem Bett. Nun sorge genauso gut für dich selbst, mein lieber Junge.«

Er saß bei ihr, bis sie kurz nach Mitternacht ihren letzten Atemzug tat.

Im Morgengrauen lief er hinaus. Er lief und lief über den ganzen Kniepsand, bis er am offenen Meer war. Es war ein milder Tag im frühen Herbst. Skem ließ seine Kleidung auf dem Sand liegen und schwamm hinaus, ohne zu denken, einfach weil er das Gefühl hatte, in Bewegung bleiben zu müssen. Er wusste nicht, wie es jetzt weitergehen sollte und was er mit seinem Leben anfangen konnte. Er hatte nie darüber nachgedacht. Dafür gab es gar keine Zeit. Und nun?

Als er sich umwandte, erkannte er erschrocken, wie weit er geschwommen war. Das würde er niemals zurückschaffen!

Für einen Augenblick huschte ihm durch den Sinn, es wäre doch egal und eine Lösung für sein Problem. Niemand brauchte ihn mehr.

Dann fiel ihm ein, dass es ein kurzes Stück weiter draußen eine Sandbank gab, auf der manchmal Seehunde ruhten. Mit letzter Kraft und zitternden Armen quälte er sich bis dorthin und erschreckte zwei Robben, die ihn verblüfft ansahen, dann gemächlich ins Wasser glitten und sich davonmachten.

Zu Skems großer Erleichterung erkannte er im grauen Licht der Dämmerung, dass nicht weit von der Sandbank ein Schiff für die Nacht vor Anker gegangen war. Als Skem wieder zu Atem gekommen war, winkte er hinüber. Er war sich nicht sicher, ob man ihn von dort aus sah. Es kam keine Reaktion. Wie sollten sie ihn auch im Halbdunkel erkennen?

Er versuchte, sich mit seinen Armen zu wärmen, indem er seine Knie umschlang, und starrte hinaus zum Horizont. Jetzt wäre ein guter Zeitpunkt für einen Töveree, um aufzutauchen. Nur zu wissen, dass es einen gab, würde Skem die Kraft geben weiterzumachen. Doch das einzige Licht, was schließlich in der Ferne schimmerte, war das der Sonne, die sich erst über den Horizont und dann über einen Wolkenstreifen hob.

Auf dem Schiff erkannte er nun die Silhouetten einiger Männer, die ihren Aufgaben nachgingen. Verzweifelt fing er wieder an zu winken und sprang auf und ab. Sicher würden die Männer bald den Anker lichten, und dann war er verloren. Die Flut war weiter gestiegen. Er wusste, dass die Strömung zwischen der Sandbank und dem Kniepsand zu reißend sein würde, als dass er sie würde bewältigen können. Da sah er, wie endlich einer der Männer zurückwinkte und ein Boot ins Wasser gelassen wurde. Erleichtert setzte er sich wieder hin. Vor Kälte und Erschöpfung zitterte er am ganzen Körper. Seine Zunge klebte an seinem Gaumen, und sein Magen knurrte. Erst jetzt bemerkte er, wie erleichtert er war.

Das machte ihn nachdenklich. Wenn er so froh war, hier nicht sterben zu müssen, dann hing er also doch an seinem Leben! Er wollte noch lange dem vertrauten Meeresrauschen und dem Ruf der Austernfischer lauschen. Und darauf hoffen, dass eines Tages doch noch ein Töveree auftauchen würde. Irgendetwas in ihm hielt noch immer an diesem Glauben fest. Dass der Glücksfisch seinen Vater nicht hatte retten können, hatte Skem ihm verziehen, seit er das Skelett gefunden hatte. Der Fisch mochte krank gewesen sein oder verletzt von jemandem, der ein Fass oder gar eine Harpune nach ihm geschleudert hatte. Es stand einem Menschen nicht zu, über ein solches Wesen zu richten. In der Sage hieß es, früher hätte er in Harmonie mit den Menschen gelebt. Nun, da es keinen Zweifel mehr gab, dass das Tier existierte, lag es doch eigentlich nahe, dass es irgendwo noch mehr geben musste. Skem wollte lange genug leben, um das herauszufinden. Er wollte hier am Strand auf seiner Insel wachen und auf den Horizont schauen, bis er mit Sicherheit wusste, dass das Glück nicht ausgestorben war.

Es saß nur ein Mann in dem Ruderboot, der mit kräftigen Schlägen rasch vorwärtskam. Der Bug knirschte auf Sand, und der Mann sprang heraus, das Tau fest in der Hand. Er tippte an seine Mütze. »Na, Junge? Was ist dir denn geschehen? Eigentlich bin ich dir dankbar, so kam ich mal von dem Schiff herunter, auch wenn es nur kurz ist. Ich bin übrigens der Erste Offizier Flömer.« Er gab Skem die Hand. Sein Händedruck war warm und fest und sein Blick voller Verständnis.

»Vielen Dank«, sagte Skem verlegen. »Ich bin zu weit herausgeschwommen. Es war dumm von mir. Ich hätte es besser wissen müssen.«

»Ich bin mir sicher, du hattest einen triftigen Grund.« Der Mann war nicht alt. Skem schätzt ihn auf etwa zehn Jahre älter als er selbst. Aber er strahlte etwas Besonderes aus. Auf einmal war es ganz einfach, die Wahrheit zu sagen. »Meine Mutter ist heute Nacht gestorben.«

»Mein herzliches Beileid«, sagte Offizier Flömer. »Ich verstehe. So bist du losgeschwommen, auf der Suche nach einer Antwort.«

Erstaunt stellte Skem fest, dass es sich so beinahe logisch anhörte.

»Ja. Aber ich weiß nicht einmal genau, wie die Frage lautet.«

»Das ist nicht so wichtig.« Offizier Flömer sah zum Horizont, an seinem Schiff vorbei. »Weißt du, manchmal sind die Wunder so groß, dass man sie nicht erkennen kann, wenn man ihnen zu nahe ist. Doch wenn du aufhörst, nach ihnen zu suchen, siehst du sie auf einmal deutlich.«

Skem sah den Mann verwundert an. Er selbst hätte seine Gefühle von eben nie so in Worte fassen können. Er nickte. »So ungefähr ging es mir gerade, kurz bevor Sie kamen.«

Offizier Flömer lächelte. »Das ist gut. Es wird Momente geben, in denen du es wieder vergisst. Aber erinnere dich hin und wieder daran. Das Meer wird dir dabei zur Seite stehen, wenn du es richtig betrachtest.« Er reichte Skem eine Flasche. »Nimm einen Schluck und dann steig ein. Ich bringe dich an Land, bevor du hier erfrierst. Es wäre schade um deine Erkenntnisse, und auch eine Trauer muss richtig gelebt werden. Das schulden wir den Toten und uns selbst.«

Skem dachte noch oft an den jungen Offizier mit den freundlichen Augen, die weiser blickten, als es zu seinen Jahren passte, und in denen so viel Licht war wie auf dem Meer bei Sonnenaufgang.

Er wollte dem Meer näher sein. So beschloss er, mit Alriks Hilfe und Segen das kleine Haus an der Wandelbahn im Sommer an Feriengäste zu vermieten. Alrik bot ihm ein Zimmer im Hotel an, eine Kammer unter dem Dach, doch Skem schüttelte den Kopf. Er fühlte sich zu alt, um bei seiner Tante und seinem Großvater unterzukriechen. Außerdem mochte er das Gebäude nicht, und er war am liebsten allein. Vielmehr tat er das, wovon er schon oft geträumt hatte. Tagelang sammelte er Treibholz, stabile Balken, Bretter, Äste, alles was Wind und Strömung antrieben. Dann baute er sich weit draußen auf dem Kniepsand eine Hütte. Er verband die Balken mit Tauen und benötigte nur ganz wenige Nägel. Im Herbst würde er alles abbauen und im Sand vergraben, so dass er im Frühling das Holz wiederfinden und genauso wieder aufbauen konnte.

Er brauchte so wenig zum Leben hier draußen. Er musste nicht einmal arbeiten, wenn er nicht wollte. Die kleine Miete der Feriengäste reichte aus. Skem fühlte sich am wohlsten in der Stille, nur Sand, Wind und Meer um sich. Er begann, seine Beobachtungen der Vögel, Fische und Gezeiten zu notieren. Die Menschen fehlten ihm nicht. Nur zu Drees hatte er oft Kontakt. Drees war ein angenehmer Zeitgenosse, der niemals über einen anderen Menschen lachte oder ihm vorschrieb, wie er zu sein hätte. Drees interessierte sich ebenso sehr für die Natur wie Skem. Sie diskutierten oft bis in die Nacht hinein vor Skems Hütte, während der Mond die Priele im Watt silbern färbte, winzige Lebewesen im Sand wisperten und die Wellen Geschichten von der Ferne erzählten.

Auch die Zwillinge seiner Tante Beeke mochte er, Pinswin und Filine. »Du bist ihr Cousin«, hatte Beeke gesagt. »Sie sehen zu dir auf. Ich weiß, der Umgang mit Menschen fällt dir nicht leicht, aber das sind Kinder. Enttäusche sie nicht, ja? Ihr Vater ist im Krieg. Sie brauchen dich.« Spielen lag ihm nicht, aber er brachte ihnen bei, was er wusste. Besonders Pinswin war endlos neugierig und schien sich ebenso für alles, was draußen zu finden war, zu interessieren wie Skem. Er lernte früh lesen und lief von da an stets mit einem Lexikon in der Tasche herum.

Manchmal, wenn Skem sich doch einsam fühlte, sprach er mit Marta. Er meinte gelegentlich, ihre Seele zu spüren, die ebenso draußen unterwegs war wie er selbst. Er überlegte dabei immer wieder, ob der Töveree der Einzige, der Letzte seiner Art gewesen und ob er zu früh gestorben war, um Nachkommen zu zeugen. Möglicherweise wäre die Art sowieso ausgestorben wie so viele andere, die ihm geähnelt hatten. Oder gab es irgendwo in den Weltmeeren noch ein oder mehr Exemplare, die leuchtend durch das Wasser zogen? An Wunder glaubte Skem nicht mehr, wohl aber daran, dass der Töveree eine uralte, ungewöhnliche Art gewesen war, wie zum Beispiel der einst für ausgestorben gehaltene und dann wiederentdeckte Quastenflosser. Vielleicht hätte Marta ihm mehr darüber sagen können.

Hier jedenfalls gab es von einem Töveree keine Spur mehr. Nicht einmal die Ahnung eines blauen Schimmers, in all den Jahren nicht.

»Skem, gibt es den Töveree?«, fragte Filine ihn eines Tages unversehens.

Skem schwieg.

»Skem! Sag schon! Du weißt doch sonst alles!«

»Nein«, sagte er schließlich, schroffer als beabsichtigt. »Der Töveree ist tot.«

Filine blieb stehen. »Woher weißt du das?«

»Es ist spät. Höchste Zeit für euch. Ab nach Hause!«

»Aber wenn er tot ist, dann hat es ihn doch gegeben?«

Er blieb ihr die Antwort schuldig. Was hatte es für einen Sinn, den Kindern falsche Hoffnung zu machen? Sie sollten lernen, sich auf sich selbst zu verlassen, nicht auf Wunder.

Dabei hätten sie Hoffnung gut gebrauchen können, sie alle, nun, da Krieg war.

Dann fingen die Albträume an.

Es war immer derselbe Traum. Ein Matrose zeigte anklagend auf Skem. Der Matrose hatte kein Gesicht, aber Skem wusste, es war einer von jenen, die er als Junge leblos auf dem Sand gefunden hatte. Derjenige, der die vorwurfsvolle Nachricht in der Flaschenpost geschrieben hatte. Er sprach jedoch mit Filines Stimme. »Du bist schuld!«, sagte er anklagend und zeigte auf Skem. »Mit deinen bösen Worten hast du den Töveree tödlich getroffen, viel schlimmer noch, als mein elender Kamerad es mit dem Fass tat. Und damit nicht genug, du hast auch noch die Knochen des toten Tieres verhökert, so dass seine Seele keinen Frieden findet und seine Nachkommen niemals in diesen Gewässern auftauchen werden! Wenn Unbill über die Menschen hier kommt, so bist du allein dafür verantwortlich!« Dann sah Skem, dass Sturm herrschte. Ohne sich rühren zu können, musste er zusehen, wie der Matrose in einer dunklen Tiefe versank. Und auf einmal doch ein Gesicht hatte. Das Gesicht seines Vaters.

Erst kam der Traum gelegentlich, dann beinahe jede Nacht. Skem wagte bald kaum noch, sich schlafen zu legen.

Als ihn schließlich der Einberufungsbefehl erreichte, war er vor Erschöpfung beinahe froh, seine Insel und den Ort seines Verrates verlassen zu müssen.

Wenn er in den Krieg ziehen musste, würde es genug Gründe für Albträume geben. Aber gewiss trugen sie wenigstens ein anderes Gesicht und sprachen nicht vom Töveree.

Valerie

Lüneburger Heide

2009

18

Ange – Alessa

Die Bienen summten, trugen in einem gleichmäßigen Strom den Nektar in ihren Stock und brachen sofort wieder auf. So eifrig, wie wir damals die Johannisbeeren geerntet haben, dachte Valerie. Die Katze Heidi sonnte sich auf den warmen Fliesen und behielt dabei die Ameisen im Auge, die ihren Geschäften nachgingen. In den Büschen um den Sitzplatz herum hüpfte eine Meisenfamilie. Die Jungen waren gerade flügge geworden und bettelten lautstark um Futter. Die Sonne tat wie immer, als ob sie über den Himmel wanderte, dabei war es die Erde, die sich ungerührt weiterdrehte, während Valerie ihre Mutter ganz neu kennenlernte.

Die Einträge in dem Buch waren meist nicht lang. Große Abstände lagen dazwischen, manchmal eine ganze leere Seite. Wollte Ange dadurch zeigen, dass viel Zeit vergangen war? Dass es Dinge gab, über die sie nicht sprechen wollte? Die Schrift war groß und deutlich. Wie auf den Etiketten der Marmeladengläser. Vielleicht hatte Ange Etiketten für ihr Leben gesucht.

Seltsamerweise hatte sie keine Daten über die Einträge geschrieben, sondern nur diese Lücken gelassen. Vielleicht mochte sie Zahlen nicht, oder sie hatte den Überblick über die Zeit verloren, und dies waren nur aneinandergereihte Geschichten von beliebigen Augenblicken. Wie Perlen auf einer Kette … Valerie fasste ab und zu nach den Steinen an ihrem Hals, die warm waren von ihrer Haut und der Sommersonne und vielleicht auch davon, dass die Worte in dem Buch ihre Mutter wieder ein wenig lebendig machten.

Die Therapeutin hat mir dieses Buch gegeben. Sie sagt, es hilft, wenn man seine Gedanken und Gefühle aufschreibt. Jedenfalls hilft es vielen anderen Menschen. Ich bin mir nicht sicher, warum. Vielleicht weil man ein Leben auf die Seiten füllt wie Früchte in Marmeladengläser? Man macht haltbar, was war. Aber wie kann das sein, wenn es am nächsten Tag oft schon wieder ganz anders erscheint und sich anders anfühlt? Ich kann den Geschmack nicht bestimmen, nicht festhalten wie in der Marmelade. In der steckten für mich immer Erinnerungen an den Sommer, die darin unveränderlich erhalten blieben. Mit dem Lebensgefühl selbst funktioniert es nicht.

Die Ärztin hat gesagt, dass die Hirnhautentzündung Depressionen auslösen oder verstärken kann und dass vielleicht alles wieder besser wird, wenn ich wieder gesund bin. Sie versteht nicht, wie es vorher schon manchmal war. Besser wird das nach dieser Krankheit ganz sicher nicht.

Vielleicht ist diese Infektion einfach nur ein Schicksalswink, dass ich einen Schlussstrich unter alles machen soll. Die kleine schwarze Zecke könnte der Punkt am Ende meiner Existenz sein. So, wie es ist, ertrage ich es nicht mehr! Meine letzte Kraft hat mich verlassen. Diese Krankheit ist eine Tür nach draußen. Es ist die Gelegenheit, meine kleine Valli von mir zu befreien, ohne dass sie die Wahrheit erfährt. Wenn ich im Krankenhaus sterbe, dann ist das ein normaler Tod. Es ist schwer, eine Mutter zu verlieren, aber das geschieht auch anderen Kindern. Es ist besser, eine Mutter zu verlieren, als eine Mutter zu haben, die diese ganze überwältigende Dunkelheit in ihrer Seele an einen weitergibt und am Ende noch selbst krank macht. Eine Mutter, die nicht mehr weiß, wie es ist, glücklich zu sein. Meine geliebte Valerie und mein ebenso geliebter Kuni haben etwas anderes verdient. Ich wünsche ihnen eine Frau, die heiter ist und leicht macht, was im Alltag schwer wiegt. Eine Frau, die sie fliegen lässt und nicht in den Abgrund zieht. Wenn ich nicht mehr da bin, wird Kuni eine solche Frau finden, so liebenswert, wie er ist. Alle Frauen mögen ihn. Und ich weiß, dass er die Richtige aussuchen wird, für ihn und für Valli.

Wenn ich Glück habe, muss ich diese Entscheidung nicht treffen und dieser dumme kleine Zeckenbiss nimmt sie mir ab.

Tja, da hast du dich geirrt. Da kanntest du den Pani wohl doch nicht so gut. Er hat nie auch nur eine andere Frau angesehen, dachte Valerie zwischen Wut und Trauer und schlug heftig nach einer Mücke auf ihrem Schienbein, bevor sie eine leere Seite umblätterte.

Die Zecke hat nicht geholfen. Obwohl ich einen Teil der Medikamente weggekippt habe. Die Ärzte sind zu gut. Ich muss die Entscheidung allein treffen. Es zerreißt mich, meine Familie zu verlassen, aber ich kann nicht anders! Ich muss sie und mich von mir befreien. Ich will nicht behaupten, dass ich es nur aus Selbstlosigkeit tue. Ich mache das auch für mich. Das Tagebuchschreiben hilft nicht. Und auch sonst nichts. Heute Nacht mache ich mich auf den Weg. Ich weiß nicht, warum, aber ich muss immer an Italien denken. Da war ich mit meinen Eltern, als ich noch ziemlich klein war. Dort ist das Wasser warm, und die Menschen sind freundlich, und weil es meine erste Erinnerung ist, werde ich dort den Schlusspunkt setzen, dann schließt sich der Kreis ordentlich. Hier kann ich es nicht. Ich muss erst Abstand gewinnen, damit ich mich auf mich selbst konzentrieren kann.

Ich habe mich heute schon von meinem geliebten Kuni verabschiedet, er weiß es nur nicht. Valli darf ich hier nicht sehen, Kinder sind auf der Station nicht erlaubt. Das ist gut so, sonst würde ich es nie schaffen loszulassen. Ganz bestimmt ist es eine Sünde, aber ich bin fest überzeugt, dass es für alle das Beste ist. Ich fühle mich stark genug, um nach Italien zu trampen, und wenn ich dabei an den Falschen gerate, so habe ich ja nichts zu verlieren. Vielleicht begegne ich auf diese Weise doch noch jemandem, der die Sache für mich erledigt.

Man kann es einfach niemandem erklären. Es gibt hier eine Selbsthilfegruppe für Depressive. Ich sehe in den Augen der anderen, dass es ihnen geht wie mir. Der Gedanke an den Tod erscheint wie der an einen Freund. Den einzigen Freund. Es ist wie eine Liebe. Man hat eine schmerzliche, tiefe Sehnsucht nach ihm. Egal, was man tut, er kommt wieder und verführt einen. Je öfter er das tut, desto mehr verfällt man ihm, bis die Liebe größer wird als alles andere. Manche werden irgendwann mit dieser Liebe brechen, weil sie wieder eine andere, bessere finden. Das sind die Überlebenden. Aber es gibt die, die sich der Verführung nicht mehr entziehen können. Irgendwann können sie nicht anders, können nicht mehr kämpfen, folgen der Sehnsucht, geben sich hin und lassen sich fallen. Das kann lange geplant sein, mit Tabletten und Abschiedsbriefen, oder die letzte, spontane Entscheidung in einer Sekunde, in der jemand vor einen Zug springt oder von einem Dach. Ich kann sie alle verstehen.

Für mich soll es das Meer sein, an das ich nur gute Erinnerungen habe. Für mich hat der Tod ein sanftes Gesicht, wenn ich mich fallen lasse, in warmes Wasser und eine langsame Tiefe, aus der es kein Erwachen mehr gibt. Dass ich einen Ort wähle, der weit weg von meinen Lieben ist, erscheint mir leichter für sie. Auch bin ich zu müde, um noch zu grübeln. Ich habe nur gerade genug Kraft, um nach einem schier endlosen Kampf meiner Sehnsucht zu folgen. Wenn die Klinik schläft, werde ich sie verlassen, Richtung Süden.

Valerie ließ das Buch sinken und sah zu den Mauerseglern im Himmel auf, die dort unbekümmert ihre Schleifen flogen. War es für Sven auch so gewesen? Dass er verliebt war in den Tod? Eine Sehnsucht spürte, die immer wieder stärker wurde als die Liebe zum Leben und zu ihr? Wie bei Odysseus, dachte sie. Odysseus und der Gesang der Sirenen, der so verzaubernd war, dass das Lied jeden, der es hörte, ins Verderben lockte, wenn er nicht seine Ohren davor verschloss oder sich an den Mast fesselte. Diese alte Geschichte hatte sie früher gern gemocht, darum war ihr das Bild vertraut und gab ihr nun zumindest eine Vorstellung davon, wie es für ihre Mutter und Sven vielleicht gewesen war. Auch wenn sie es selbst nicht nachvollziehen konnte. Das Bild half, sie konnte sich daran festhalten, es gab dem Unfassbaren eine Gestalt und Valerie so etwas wie die Antwort, die sie so verzweifelt gesucht hatte.

Odysseus hatte eine Lösung gefunden. Sven und Ange nicht.

Das heißt, wohl eben doch – aber auf ihre Art.

Heidi erhob sich und strich schnurrend um ihre Beine. Valerie kraulte sie im Nacken. Die Berührung tat ihr gut. Sie fühlte sich ein wenig besser, auch wenn sie die Worte ihrer Mutter seltsam und erschreckend fand. Zumindest war es eine Art Erklärung. Die Sehnsucht nach dem Tod war also größer gewesen als die Kraft der Menschen, die davon befallen waren, auch größer als ihre Liebe zu anderen. Es hatte wohl nicht an Valerie gelegen und daran, dass sie etwas falsch gemacht hatte. Nicht bei Sven und nicht bei ihrer Mutter.

Doch wie war es ihrer Mutter gelungen, sich von der Verlockung der Sirenen zumindest so weit zu befreien, dass sie überlebt hatte?

Es ist verrückt. Nicht einmal das bekomme ich hin. Es schien alles so einfach. Eine nette Familie hat mich im Auto gleich bis Italien mitgenommen. Dann war ich in Pompeji. Da wollte ich schon immer einmal hin. Die versunkene Stadt sehen, die Reste der Gebäude, die ihre Bewohner so lange überlebt haben. Diese Stadt, die mitten im Leben ausradiert wurde und uns doch Zeugen von damals sein lässt. Die untergegangene Stadt erschien mir als ein sehr guter Ort, um Abschied vom Leben zu nehmen und selbst unterzugehen. Um meine Spur zu verwischen, vernichtete ich bis auf dieses Tagebuch alle Papiere, die ich noch bei mir hatte, und alle Kleidung, suchte mir etwas zum Anziehen aus einer Altkleidertonne und mietete schließlich an der Küste ein Ruderboot. Das Tagebuch band ich in eine aufgeblasene Plastiktüte. Ich fand den Gedanken schön, es als eine Art Flaschenpost auf das Meer hinaustreiben zu lassen. Mein Name stand nirgends darin, und wer Valli oder Kuno sind, konnte ohne Nachnamen wohl niemand herausfinden. Außerdem würde auch das bald untergehen, es würde nur eben näher an den Horizont gelangen als ich.

Es war ein sternenklarer Abend, an dem ich hinausruderte, so weit ich konnte. Ich trank wunderbar süßen Portwein und nahm Schlaftabletten, die ich aus der Klinik mitgenommen hatte. Es waren nicht sehr viele, aber zusammen mit dem Wein und dem tiefen Meer würde es wohl genügen. Dann schöpfte ich Wasser in das Boot, bis es zu sinken begann. Ich wollte einfach nur verschwinden, keine Spuren hinterlassen. Ich fühlte mich leicht. Es schien mir alles richtig. Ich ließ mich fallen, wie ich es mir erträumt hatte. Das Wasser war kühl, aber nicht zu kalt. Es war wie

Schweben. Meine Gedanken waren ganz ruhig. Ich sah die Sterne verlöschen und fühlte irgendwann einen Schmerz in der Brust und dann nichts mehr. Ich weiß nicht, warum ich das hier noch aufschreibe, denn die Angelika, die ich war, starb wirklich in jener Nacht. Vielleicht ist es nur der Vollständigkeit halber. Denn mein neues Leben muss einen Anfang haben, und dieses Ende war der Anfang.

Ich kam zu mir, weil ich husten musste und jemand auf mir herumdrückte. Neben mir lag etwas Weißes, Glänzendes. In meiner Benommenheit dachte ich im ersten Augenblick an Valli, die immer behauptete, es müsste unter Wasser so eine Art freundlichen Drachen geben, der Menschen rettet und ihnen Glück bringt. Ob sie recht gehabt und dieses Zauberwesen mich aus dem Wasser gezogen hat?

Als ich das Wasser aus meinen Augen blinzelte und sich mein Bewusstsein klärte, sah ich im Schein einer Laterne ein Gesicht über mir. Ich lag in einem größeren Boot, und das Gesicht gehörte einem Mann mit dunklen Locken, der mich anlachte, als hätten wir uns bei einem Spaziergang getroffen. Ich war wütend auf ihn. »Was fällt dir ein?«, schrie ich ihn an. »Hast du mich etwa aus dem Wasser gezogen? Was glaubst du wohl, was ich dort wollte?«

»Deine Leben aufhören«, sagte er seelenruhig. »Und jetzt ich dir schenke neues.«

Er sprach Deutsch, aber mit starkem Akzent.

»Ich wollte doch nicht mehr!« Jetzt brach ich in Tränen aus. Ich wusste nicht, ob ich noch einmal die Kraft haben würde zu tun, was ich tun wollte. Neben mir lag die Tüte mit dem Tagebuch. Die hatte er auch noch gerettet. Das war das Weiße, Glänzende, das ich für Vallis Glücksdrachen gehalten hatte.

»Wenn du deine alte Leben nicht mehr will, lass eben sein«, sagte er.

»Es deine Sache. Ich schenke dir nicht deine altes, sondern eine neues Leben.«

Ich setzte mich auf. Im Liegen streiten fühlte sich schlecht an. »Wie meinst du das?«

Er grinste mich an. »Neuer Name. Neue Papiere. Ich sie fälschen. Ich gut kann. Ich Lorenzo.«

»Angelika Mohagen«, sagte ich automatisch.

Lorenzo schüttelte den Kopf. »Nicht mehr.« Er sah mich prüfend an. »Du heißen jetzt, warten mal. Alessa Mancini. Wie gefallen dir?«

Er war viel zu schnell für mich. Neue Papiere, neues Leben, neuer Name. Ich war völlig verwirrt.

»Sieh du so«, sagte er. »Deine alte Leben zu Ende. Du gestorben, so wie wolltest. Von jetzt an träumst du Traum. All dein Pflichten mit dir gestorben. Ist nur noch Traum nach heute. Leicht und bunt.«

»Das geht doch nicht.«

»Warum?«

»Weil nichts so leicht ist. Ich kann doch nicht einfach fröhlich vor mich hin leben, wenn ich andere Menschen verlassen und traurig gemacht habe. Denkst du, ich habe kein Gewissen?«

Lorenzo wackelte mit dem erhobenen Zeigefinger. »Hast du in Traum schon einemal Gewissen gehabt?«

Ich dachte nach. Ein Traum, in dem mich mein Gewissen quälte? Nein. Daran konnte ich mich nicht erinnern. Was war das, was dieser Lorenzo mir hier vorschlug? In meinem alten Leben war ich zu nichts nutze, außer die anderen mit in die Traurigkeit zu ziehen. Aber was kümmerte es jemand anderen, wenn ich noch träumen würde? Es würde niemandem schaden. So wie Lorenzo es sagte, klang es machbar. Es fühlte sich ohnehin alles unwirklich wie ein Traum an. Dass ich noch da war und die Sterne sehen konnte. Und dass mir hier ein wildfremder Mann einen *neuen Namen gab. Alessa Mancini. Wider Willen gefiel er mir. Er klang heiter, leicht, sorglos. So wie ich ohne meine unselige Veranlagung hätte sein können. »Du hast meine Anfangsbuchstaben in dem Namen gelassen«, fiel mir auf.*

»Ja. Ich denken, Spur von alte Leben, von das wache Leben, bleiben auch in Traum an dir. Aber wenn dir nicht gefällt, suchen ich eine andere Name.«

»Nein. Nein, es gefällt mir.«

So also begann der Traum. Alessa Mancini bekam neue Papiere und arbeitete drei Jahre lang bei Lorenzos Schwiegermutter in einem winzigen Hafenrestaurant. Manchmal als Kellnerin, hauptsächlich in der Küche und manchmal auch im Garten. An Angelika dachte ich kaum noch, und wenn, schob ich sie rasch beiseite, weit in das Meer, in dem ich sie versenkt hatte.

Lorenzo also. Ohne diesen Lorenzo, der zur richtigen Zeit am richtigen Ort war, hätte ihre Mutter nicht überlebt. Sie wäre nie hier gelandet, und Hanna hätte vielleicht die *Heidelerche* verloren. Valerie wäre nie zu den Antworten gekommen, die sie so dringend benötigte, und würde jetzt nicht hier an diesem friedlichen, heilsamen Ort Trost finden, an dem Alessa zur Ruhe gekommen war. So seltsam, wie eines zum anderen führte! Wie sollte man das Leben je begreifen?

»Nie. Das menschliche Gehirn ist nicht fähig, alles zu begreifen. Über das, was er nicht begreift, sollte der Mensch staunen. Das kann er«, hatte Josef einmal gesagt. »Ich glaube sogar, dass das sein Sinn und seine Aufgabe ist.«

Einmal, als ich einen Eiskaffee an einen Tisch bringen wollte, kam mir der Gast von hinten so bekannt vor, dass ich erschrak. Er sah aus wie Vallis biologischer Vater! Auf einmal war jene Nacht an der Havel wieder ganz lebendig. Ich konnte ihn riechen, seine Stimme und sein Lachen hören, das Leuchten in seinen Augen sehen. Was wäre wohl geworden, wenn ich bei ihm geblieben wäre? Wenn ich am nächsten Tag zu dem Treffen gegangen wäre, zu dem wir uns verabredet hatten?

Ich bin nicht hingegangen, weil ich Angst hatte. Er war ein zu besonderer Mensch. Damals hatte ich eine sehr schlechte Phase, und ich wollte ihn nicht unglücklich machen. Als ich dann später feststellte, dass ich schwanger war, da hatte ich Kuno bereits kennengelernt. Kuni war auch ein besonderer Mensch. Bei ihm habe ich mich von Anfang an zu Hause und angekommen gefühlt. Ich konnte mich an ihn anlehnen. Er war viel ruhiger und solider als Vallis Vater. Und es ging mir gut in der Zeit. Vielleicht war es wegen der Schwangerschaft. Hormone und so. Ich dachte, ich hätte die Dunkelheit hinter mir gelassen. Sonst wäre ich damals sicher auch vor Kuni geflohen, um ihm nicht zu schaden. Nun habe ich es doch getan.

Wenn Vallis Vater damals unglücklich war, weil ich nicht zu dem Treffen kam, so ist er doch gut davongekommen, denke ich. Kuno wird es überstehen, schon um Vallis willen. Er ist stark. Doch dieser Mann aus der Nacht an der Havel war sensibel und zerbrechlich, und er wäre an mir kaputtgegangen. Natürlich habe ich oft gegrübelt, dass ich ihm seine Tochter vorenthalten habe. Doch ich hätte auch nicht gewusst, wo ich ihn suchen sollte. Und den richtigen Zeitpunkt hatte ich auf jeden Fall verpasst. Darum habe ich es gar nicht versucht.

Kuno habe ich erzählt, dass ich seinen Namen nicht kannte, nur seinen Spitznamen Dino. So nannten sie ihn, weil er die großen gelben Busse fuhr und sich gern vorstellte, es wären Dinosaurier. Das war so ein Kindheitstraum von ihm gewesen. Wie bei Valli der Wasserglücksdrache. Aber auch wenn ich seinen Nachnamen nicht kenne, so weiß ich doch seinen wirklichen Namen. Kalle! Er hieß Kalle. Ich werde ihn nie vergessen, denn die Stunden mit ihm waren seltsam hell, obwohl es Nacht war. Sie strahlen in meiner Erinnerung wie ein Komet, der einmalig durch meine Finsternis zog. Je mehr ich jetzt an ihn denke, desto deutlicher steht er vor mir. Er brachte alles zum Leuchten, alles war anders in seiner Gegenwart. Nicht weil ich so verliebt in ihn war, sondern weil er eine ganz besondere Art hatte, die Dinge zu sehen, und weil er mit so viel Leidenschaft lebendig war. Die Welt und das Leben waren für ihn ein unfassbares Wunder. Er stand davor wie ein Kind und bestaunte alles. Ich wollte ihn nicht zerstören. Die Welt braucht solche Menschen.

Die Erinnerung an Kalle ist eine warme, runde, schöne und zärtliche, deswegen habe ich sie hier aufgeschrieben. Sie hängt wie ein liebgewordenes Foto an den Wänden meiner Erinnerung. Eines ist sicher: Etwas von dieser Besonderheit hat er Valli vererbt. Ich hoffe, sie wird es nutzen können. Deswegen wollte ich ja, dass sie ohne mich aufwächst, damit dieser Teil von ihr, den sie von Kalle hat, die Oberhand gewinnt. Nur falls sie auch von dem Dunkel in mir etwas hat. Mit dem, was Kalle ihr mitgegeben hat und was Pani sie lehrt, wird die Welt auch für sie hell sein. Das hoffe ich so sehr!

Kalle! Ihr Vater hieß Kalle und war Busfahrer. Valerie versuchte, ihn sich vorzustellen. Aber dafür hatte ihre Mutter ihn zu wenig beschrieben. Trotzdem, es fühlte sich gut an, dass er eine so schöne Erinnerung für ihre Mutter war. Er musste wirklich etwas Besonderes gewesen sein. Sie brauchte ihn nicht, sie hatte Pani, aber trotzdem freute sie sich. Sie hatte nie daran gedacht, dass sich in diesem Buch ein Hinweis auf ihren Vater finden würde. Danach hatte sie nun wirklich nicht gesucht.

Valerie trank einen Schluck, streckte die steif gewordenen Arme zum Himmel und las weiter.

Italien wurde mir zu fremd und zu anstrengend. Zu viele Menschen. Zu viele grelle Farben. Zu viele laute Gespräche. Zu viel Hitze. Ich hatte Angst, dass die Sehnsucht wiederkommen würde, die nach dem Tod. Ich musste schneller sein als er. Ich wollte woanders träumen, in einer kühleren, schlichteren Landschaft, in der die Menschen meine Sprache sprachen. Ich wollte wieder nach Deutschland.

Lorenzo schmuggelte mich über die Grenze. Es war ein Spiel für ihn, er liebte solche Herausforderungen. Zum Abschied schenkte er mir eine Kette aus Ozeanachat. Sie sollte mich an meine Wiedergeburt erinnern, daran, dass man immer neu träumen kann.

Niemand würde bemerken, dass eine Alessa Mancini in Deutschland untergeschlüpft war, solange ich dort nichts mit den Behörden zu tun hatte. Ich fuhr wieder per Anhalter. Einfach irgendwohin. Und so landete ich in der Lüneburger Heide. Ohne Grund.

Aber als ich ausgestiegen war, sah ich mich um und wusste, dies war genau der Ort, den ich gesucht hatte. Er passte zu meinem Traum. Die Bienen summten, die Heide duftete, und der knorrige Wacholder am Wegrand war wie ein Freund. Die Steine fühlten sich warm und verlässlich an, aber nicht zu heiß. Ich schlief einige Nächte unter den Sternen im Heidekraut und fühlte mich wie im Paradies. Manchmal ging eine Frau vorbei, die ein Lächeln für mich hatte, und ich fühlte mich zu ihr hingezogen.

Als sie einmal sorgenvoll und bekümmert auf einem Stein saß, konnte ich nicht anders, als mich in ihre Nähe zu setzen. Die alte Angelika hatte nichts zu geben, aber vielleicht war es bei Alessa anders?

Und so begann eine neue Phase für mich. In der Heidelerche ist alles so einfach. Wenn es dunkel um mich wird, gehe ich hinaus in die Heide, bis die Wolken sich heben. In der nächsten Kleinstadt habe ich einen Arzt gefunden, der nicht viele Fragen stellt und mir Tabletten verschreibt, so viele ich möchte. Mit ein wenig Herumprobieren fand ich die richtige Dosis.

Hanna verlangt nie etwas von mir und erwartet nichts, sie ruht in sich selbst. So nahe sind wir uns nicht, darauf achte ich. Auch die kleine Linnea, die darauf bestand, meine Freundin zu werden, lasse ich nicht zu nahe an mich heran. Ich will nie wieder geliebt werden, um nie wieder enttäuschen zu müssen. Ich bin nicht stark genug für Liebe. Aber Linnea nimmt alles leicht. Wir sind nicht verwandt, sondern nur Freunde, und so kann ich es annehmen.

Ich werde hierbleiben, bis der Traum ausgeträumt ist und der Tod von selbst kommt. Wenn es so weit ist, dann ist er ein alter Freund, denn ich bin ihm ja schon einmal begegnet. Doch hier ist es hell und sanft, und morgen oder übermorgen wird er sich noch nicht an diesen Ort wagen. Bis dahin gibt es noch Tage voller Bienen und Honig und Heidschnucken.

Dieses Buch werde ich nicht mehr benutzen, denn ich brauche es nun nicht mehr. Ich werde nur noch Tag für Tag leben und den Gedanken keine Gelegenheit mehr geben, mich zu beschweren. Es ist alles nur ein Traum, und ein Traum ist flüchtig. Zu leicht, um ihn an Papier zu fesseln.

Valerie schloss das Buch, dessen weitere Seiten tatsächlich leer waren, und legte es behutsam auf den Tisch.

»Das ist Alessas Buch, nicht wahr?«, fragte eine Stimme, die sie nicht kannte. Valerie zuckte zusammen. Sie hatte nicht gehört, dass jemand gekommen war.

Die junge Frau setzte sich ihr gegenüber an den Tisch. Sie hatte blaue Augen und einen blonden Pferdeschwanz und lachte Valerie an. »Hallo, ich bin Linnea.«

Linnea. Hannas Tochter. Die an ihrer Stelle mit ihrer Mutter Marmelade gekocht hatte.

Alessas Sommerglückmarmelade

1000 g Brombeeren
500 g Himbeeren
500 g Holunderbeeren
Saft von einer unbehandelten Zitrone
2 kg Gelierzucker
6 Nelken
6 Zimtstangen

Beeren abbrausen und gut abtropfen lassen. Mit Zitronensaft und etwa $1/3$ des Gelierzuckers vermischen. 3 Stunden zugedeckt ziehen lassen.
Dann einmal aufkochen, Gewürze dazugeben und im Kochtopf mit dem restlichen Gelierzucker unter Rühren zum Kochen bringen.
7 Minuten sprudelnd kochen lassen, Gelierprobe machen. In mit heißem Wasser ausgekochte Gläser füllen und gut verschließen.
Zum Auskühlen die Gläser auf den Kopf stellen, damit sie sicher gut verschlossen sind.

19

Nur die halbe Wahrheit

Linnea hatte Sommersprossen auf der Nase und kleine Lachfältchen in den Augenwinkeln, obwohl sie nicht älter war als Valerie. Ihr Lächeln und ihr offener Blick waren entwaffnend.

Dieses Mädchen hatte die letzten Jahre ihrer Mutter schöner gemacht. Sollte Valerie ihr das vorwerfen?

Linnea lehnte sich zurück. Die Katze sprang auf ihren Schoß. »Ich habe Alessa bewundert. Manchmal ging sie tagelang spazieren und lehnte jede Gesellschaft ab. Sie sagte einfach, sie brauche das. Da gab es keine Diskussion.«

»Wie war sie denn sonst so, außer abweisend?«

»Sie war unglaublich kreativ. Sie hatte immer neue Ideen. Sie lachte viel, wenn sie in der Küche war. Wenn sie Marmelade einkochte oder irgendetwas anderes zauberte. Vielleicht war das Besondere an ihr, dass sie immer ganz in dem jeweiligen Moment war. So, als ob es gar kein Morgen mehr gäbe. Vielleicht machte das ihre Stärke und ihre Ausstrahlung aus. Ich habe mir vorgenommen, es auch so zu machen. Ich glaube, es ist eine gute Art zu leben.«

Valerie dachte darüber nach. »Meinst du, das ist so einfach? Kann man die Vergangenheit einfach so wegwerfen? Ist das richtig?«

Linnea beugte sich vor und schob die leere Flasche auf dem Tisch hin und her. »Ich weiß es auch nicht. Sicher gibt es wie immer einen goldenen Mittelweg. Wegwerfen soll man nichts. Aber sich nicht davon beschweren lassen, das wäre gut. Ich glaube auch nicht, dass mir das gelingen wird, genauso zu leben wie Alessa. Aber versuchen kann ich es doch wenigstens? Dir hat sie, wie ich höre, etwas anderes mitgegeben. Deine Kreativität! Ich hab ein bisschen im Internet recherchiert und einige deiner Fotos und Collagen gesehen. Gefällt mir riesig gut.«

»Oh. Danke.« Valerie fühlte sich ein wenig besser. Das war ihr noch gar nicht aufgefallen. Ihre Mutter hatte ihr doch etwas hinterlassen!

Hoffentlich hatte ihre Mutter mit ihrer verzweifelten Entscheidung, Angelika Mohagen sterben zu lassen, wenigstens ihr Ziel erreicht und Valerie davor bewahrt, auch eine Neigung zu Depressionen zu entwickeln. Nach Svens Tod war sie sich da überhaupt nicht sicher gewesen.

Aber hier in diesem Garten, mit den Antworten, die sie nun hatte, sah alles heller aus. Linnea strahlte sie so offen an, dass Valerie zurücklächeln musste. Sie war einer dieser Menschen, die man einfach mögen muss. »Was wirst du nun machen?«, fragte Linnea.

»Nach Berlin zurückkehren natürlich.« Besonders verlockend war dieser Gedanke gerade nicht, aber sie konnte ja nicht ewig hierbleiben. Sie musste ihr Leben in den Griff bekommen, wenn das Opfer ihrer Mutter nicht umsonst gewesen sein sollte. »Ich muss Geld verdienen. Vor allem muss ich meinem Vater erzählen, was aus meiner Mutter geworden ist. Wenn er es hören möchte.«

»Wenn ich mal in Berlin bin, kann ich dich dann besuchen?«

»Klar. Sag mal, was willst du eigentlich machen? Hanna sagte, du möchtest die Pension nicht übernehmen?«

»Nein. Auf gar keinen Fall! So schön es hier ist, es ist nicht mein Platz. Jedenfalls nicht im Moment. Außerdem glaube ich, dass Hanna das noch eine ganze Weile schaffen wird, und wenn nicht, wird sie wieder Hilfe finden. Sie schafft immer, was sie möchte. Weißt du, was ich gerne machen würde? Regie führen. Beim Fernsehen. Ich finde es faszinierend, über Dinge zu berichten, Geschichten aufzuspüren und dann so zu gestalten, dass sie für andere Leute spannend werden.«

»Also auch kreativ.«

»Ja, aber ganz dicht an der Realität. Ich bin so neugierig, weißt du. Damit muss man doch etwas anfangen können. Vielleicht gehe ich nach Hamburg dafür.«

»Warum Hamburg?«

Linnea zuckte mit den Schultern. »Ich mag Schiffe. Gibst du mir deine Nummer, bevor du gehst? Ich würde mich freuen, wenn wir in Kontakt blieben. Durch Alessa sind wir doch so was wie Geschwister, findest du nicht?«

Valerie musste wider Willen lachen. »Na ja. Ein bisschen vielleicht.«

Am nächsten Tag nahm sich Valerie ein leeres Marmeladenglas. Sie zeichnete eine Landschaft auf ein Blatt Papier, das sie so hineinlegte, dass es sich an die hintere Wand schmiegte, und sammelte auf der Heide Steine, Kraut und andere Dinge, um eine kunstvolle kleine Gegend in dem Glas zu fertigen. Das überreichte sie Hanna zum Abschied.

»Oh, wie schön! Sollte ich diesen Ort einmal verlassen, habe ich meine Heide immer bei mir. Ich habe auch etwas für dich.« Hanna gab Valerie ein gerahmtes Foto von Alessa, auf dem sie glücklich aussah. »Und du bist hier natürlich jederzeit willkommen, wenn du dich mal erholen willst. Dein Vater selbstverständlich auch. Ich würde mich immer sehr freuen!« Sie umarmte Valerie herzlich. »Pass auf dich auf, liebes Kind.«

Pani betrachtete das Bild lange. »Sie sieht gut aus«, sagte er leise. »Fremd, aber gut. Friedlich.«

Das Tagebuch hatte er nicht lesen wollen, aber Valerie hatte ihm in einer Kurzfassung alles erzählt.

Sie saßen im Wohnzimmer ihres Vaters. »Ich lass euch alleine«, hatte Monika gesagt, die bei Pani war, als Valerie nach ihrer Rückkehr klingelte. »Und danke für den Heidehonig, den du mitgebracht hast. Er schmeckt himmlisch.«

»Nein, Moni.« Pani fasste nach ihrer Hand. »Bleib hier. Die Dinge haben sich geändert. Valerie muss einen Neuanfang wagen, ohne Sven. Wenn sie so stark ist, dann bin ich das jetzt auch. Meine Ange ist ihren Weg gegangen, und sie hatte ihre Gründe. Jetzt gehe ich meinen.« Monika atmete durch und wischte sich eine Träne aus dem Auge. Valerie wusste, wie lange sie auf diesen Moment gewartet hatte.

Valerie nahm ihren Vater in den Arm. »Ich bin stolz auf dich, Pani«, sagte sie.

»Ich auf dich auch. Was wirst du jetzt machen? Ich bin hier, wenn ich etwas für dich tun kann.«

»Ich fange wieder an, im Laden zu arbeiten. Das hat mir Freude gemacht. Und dann sehen wir weiter.« Sie merkte selbst, wie lahm das klang. Aber irgendwo musste sie schließlich anfangen.

Björn freute sich, dass sie wieder an ihrem Schreibtisch saß. Die richtige Begeisterung wollte sich jedoch nicht einstellen. Es fiel Valerie schwer, sich zu konzentrieren.

»Gib dir Zeit«, sagte Josef am Nachmittag im Park. »Trauer braucht Kraft und sehr viel Zeit.«

»Ich habe Angst.«

»Wovor?«

»Eigentlich muss ich keine Angst mehr haben. Das Schlimmste, was passieren kann, ist mir schon geschehen. Sven ist tot. Mein Partner. Meine große Liebe. Einfach nicht mehr da. Wovor soll ich da noch Angst haben? Trotzdem …«

»Du befürchtest, die Neigung zur Depression von deiner Mutter geerbt zu haben?«, fragte Josef. »Ist das nicht nur, weil sie dir das in den Kopf gesetzt hat? Oder vielmehr ihr Tagebuch?«

Valerie schüttelte den Kopf. »Es ist, weil ich so traurig bin. Es fühlt sich an, als ob sogar das Sonnenlicht nicht mehr echt ist, sondern nur gelbe Tinte, die jemand über die Welt geschüttet hat. Kalt und falsch.«

»Ach, Kleene, meine Sonne. Das wird wieder. Das ist noch viel zu frisch! Du hast doch völlig recht, dir ist das Schlimmste passiert, was einem passieren kann. Da rennt man doch nicht von heute auf morgen singend und tanzend durch die Straßen. Was erwartest du denn von dir?«

Valerie zuckte mit den Schultern.

Josef beobachtete eine Taube, die in einer Pfütze badete. »Wenn du glaubst, dass du etwas von deiner Mutter geerbt haben könntest, wie sieht es dann mit deinem biologischen Vater aus?

Deine Mutter hielt ihn für etwas Besonderes und meinte, dass du ihm ähnlich bist. Sie schrieb von Lebensfreude, nicht wahr?«

»Ja.«

»Nun, dann ist die Wahrscheinlichkeit, dass du diese von ihm geerbt hast, mindestens ebenso groß. Meinst du nicht, du solltest der Sache auf den Grund gehen und ihn auch treffen? Es ist doch nur die halbe Wahrheit, die du jetzt kennst. Nur die halbe Antwort! Ist das nicht unbefriedigend?«

Valerie machte eine abwehrende Bewegung. »Nein! Im Prinzip hast du vielleicht recht, aber ich habe einen wunderbaren Vater, und das ist mir jetzt alles zu viel. Es ist so viel passiert. Ich glaube, ich brauche einfach nur Ruhe.«

»Kann sein«, sagte Josef. »Aber halbe Wahrheiten sind gefährlich! Meine Meinung.«

Dennoch ertappte sich Valerie in der nächsten Zeit dabei, dass sie nach der Arbeit, wenn sie freihatte, nichts mit sich anzufangen wusste. Das war ein ganz neues Gefühl für sie.

In ihrer Ratlosigkeit fuhr sie ziellos durch die Stadt. Es fing damit an, dass sie seit Svens Unfall nicht mehr in die S-Bahn steigen mochte. Nicht weil sie Angst davor hatte, sondern weil es nicht der richtige Ort für sie war. Es tat zu weh. Also fuhr sie Bus. Wahllos irgendwelche Strecken. Und jedes Mal, wenn sie einstieg, sah sie dem Busfahrer ins Gesicht. Fragte sich wider Willen, ob das vielleicht ihr Vater war.

Dass sie den Namen kannte, »Kalle«, und die Sache mit den Bussen, hatte ihren Erzeuger aus seiner Anonymität geholt. Die Sache machte sie immer nervöser. Sie träumte nachts davon, wenn sie überhaupt schlief. Schließlich ergriff sie eine Gelegenheit. Sie war so sehr in Gedanken gewesen, dass sie versehentlich bis zu einer Endstation gefahren war. »Bitte alle aussteigen!«, rief der Busfahrer ins Mikrophon. Valerie verließ den Bus als Letzte. Der Fahrer ließ die Türen offen stehen, lehnte sich in seinem Sitz zurück, holte eine Stulle aus seiner Tasche und eine Zeitung. Valerie blieb zögernd draußen stehen. Der Mann hatte seine wohlverdiente Pause. Bestimmt wollte er nicht angesprochen werden.

»Kann ich Ihnen helfen?«, fragte er schließlich durch die offene Tür. Er klang irritiert. Natürlich. Es machte keinen Spaß, eine Stulle zu essen und seine Zeitung zu lesen, wenn da jemand stand und einen anstarrte.

»Nein. Ja. Ich meine, kennen Sie vielleicht einen Kollegen, der Kalle heißt?«, brachte sie schließlich heraus.

»Kalle wer?«

»Ich weiß den Nachnamen nicht. Nur, dass er Kalle heißt und Bus fährt. Oder jedenfalls früher Bus gefahren ist.«

»Was heißt früher? Und wie alt ist denn dieser Kalle?«

Nicht einmal das wusste sie. Sicher war Kalle nicht jünger als ihre Mutter gewesen. »So zwischen fünfzig und sechzig. Und es könnte auch schon eine ganze Weile her sein.«

Der Busfahrer schüttelte den Kopf. »Viele Informationen sind das nicht gerade. Warum möchten Sie diesen Kalle finden?«

»Das ist eine Familienangelegenheit.«

Der Mann sah nicht unfreundlich aus, aber er schlug jetzt ungeduldig die Zeitung um. »Nein, ich kenne keinen Kalle. Aber wenn er so wichtig für Sie ist, kann ich mich mal umhören. Kommen Sie übermorgen wieder hierher, vielleicht habe ich dann was für Sie. Ich kann aber nichts versprechen!«

»Oh, vielen Dank!« Valerie nahm sich vor, ihm etwas mitzubringen, eine Schachtel Pralinen oder so. Womit machte man Busfahrern eine Freude? Wenn sie ihren Vater kennen würde, wüsste sie es.

Pani ist mein Vater! Was mache ich hier nur?, dachte sie beschämt.

20

Töne an der Straßenecke

»Weißt du«, sagte Pani eines Abends von selbst, »ich fände es sehr verständlich, wenn du deinen biologischen Vater suchen möchtest. Ich habe wirklich nichts dagegen. Wenn du ihn kennenlernst, ändert das nichts zwischen uns, das weiß ich.«

»Danke, aber im Augenblick habe ich mehr als genug herausgefunden. Mir reicht's erst mal.«

Mit einer Packung Pralinen war sie zwei Tage später an der vereinbarten Stelle gewesen, und der Busfahrer schien sich darüber zu freuen. Er überreichte Valerie einen Zettel. »Hier. Niemand kennt einen Kalle. Immerhin, sie haben mir eine Adresse gegeben von einer Frau, die früher in der Zentrale gearbeitet hat. Hat sich um alle Kollegen gekümmert, sich ihre Sorgen angehört und ihnen Stullen geschmiert. Sie ist jetzt auf Rente, aber hier ist ihre Adresse. Wenn einer den Aufenthaltsort Ihres Kalle kennt, dann ist das wohl diese Anneliese.«

»Vielen, vielen Dank für Ihre Mühe! Sie haben mir sehr geholfen.«

»Keine Ursache. Ist ja mal 'ne Abwechslung, Detektiv zu spielen.«

Die Frau wohnte wie viele hier in einem winzigen Haus, das eigentlich nur eine Gartenlaube war. Man sah die Laube kaum zwischen den Rhododendren. Auf dem Klingelschild stand wieder nur *Anneliese*. Die Frau schien nicht viel Wert auf ihren Nachnamen zu legen.

»Ich komme schon!«, antwortete eine freundliche Stimme auf ihr Klingeln. Kurze Zeit später flog die Tür auf. Eine rundliche ältere Frau mit schneeweißen Locken und einer engen Jeansweste mit großzügigem Dekolleté darunter strahlte Valerie an. »Tach! Wat kann ick für Sie tun?«

»Verzeihung, sind Sie die Anneliese, die früher einmal bei den Verkehrsbetrieben gearbeitet hat?«

Das Lächeln wurde noch breiter. »O ja. Det waren noch Zeiten! Ick vermiss alle meene Jungs. Aber paar davon kommen immer noch vorbei, 'ne Runde Karten kloppen.«

»Ich bin auf der Suche nach einem Busfahrer, der so zwischen fünfzig und sechzig sein müsste und mit Vornamen Kalle heißt.«

»Kalle?« Anneliese musterte sie aufmerksam. »Wat möchteste denn von Kalle, mein Mädchen?«

»Das ist eine Familienangelegenheit.«

»Ne jute oder eene nich so jute?«

»Es ist nichts Schlechtes. Ich will ihm nichts Böses«, sagte Valerie hastig.

»Det is ooch besser so. Der Kalle nämlich, weeßte, der hat nur Jutet verdient. Det is ein janz feiner Kerl, meen Kalle. Der is janz wat Besonderet.«

»Das habe ich schon mal gehört«, murmelte Valerie. »Dann kennen Sie ihn also?« Wider Willen hatte sie Herzklopfen. Wieso sagte diese Frau »mein Kalle«? War sie etwa mit ihm zusammen? Hatte man sie deshalb hierhergeschickt? Würde ihr Vater gleich hinter dieser Fremden auftauchen?

»Die Jungs sind alle meene jewesen, weeßte, allet meene

Jungs. Wennse Ärjer hatten uff de Arbeit, hab ick ihnen zujehört. Un denn habe se sich ooch oft 'n Rat jeholt bei der ollen Anneliese. Ja, allet meene Jungens, wie 'ne große Familje war det.«

Ach so. Valerie war erleichtert.

»Und der Kalle«, fuhr Anneliese fort, »der Kalle, der hat's nich leicht jehabt. Schlimm war det, als seine Frau starb. Da musste ick janz schön auf den aufpassen, und denn war der uff einmal weg, von een Tach uff den andern. Ohne een Wort. Wat hab ick mir da Sorgen jemacht! Un der Chef ooch. War doch sein bester Mann, der Kalle.«

»Er ist weggegangen?«

»Einfach abjehauen. Aber der hat det jebraucht. Er war so alleene ohne seine Frau. Kinder hattense ja nich. Der hatte keenen außer uns. Hat eben nich jereicht. Musste sich selbst finden oder so. Gott sei Dank hat er stattdessen sein Glück jefunden. War selber überrascht, unser Kalle. Aber wir haben ihn mächtig vermisst.«

»Aber wo ist er jetzt?«

Die Frau musterte Valerie noch einmal. »Soll ick ihm vielleicht wat ausrichten?«

Valerie schüttelte den Kopf. »Das muss ich ihm schon selbst sagen.«

Annelieses Blick war durchdringend. Valerie hatte das seltsame Gefühl, dass diese Anneliese mehr sah, als man ihr zutraute. »Du erinnerst mich ein wenig an ihn, Mädchen.« Auf einmal sprach sie Hochdeutsch. »Ich habe tatsächlich noch Kontakt zu ihm. Kalle ist keiner, der die alte Anneliese einfach vergessen würde. Nicht der Kalle. Wenn ich dir sage, wo er ist, schwörst du mir dann, dass du nett zu ihm bist, egal, worum es geht? Der Kalle ist einer, dem keiner weh tun soll! Das erlaube ich nicht, verstanden?«

»Versprochen«, sagte Valerie. Doch Anneliese war noch nicht zufrieden. »Gib mir die Hand darauf. Und dein Wort«, sagte sie. Ihr Händedruck war fest und dauerte eine Weile, und sie sah Valerie dabei prüfend in die Augen. »Na gut. Warte, ich schreibe es dir auf.« Sie verschwand in den Tiefen des Flures und kehrte mit einem Zettel zurück. »Hier. Und wenn ich höre, dass du Kalle traurig gemacht hast, dann ziehe ich dir persönlich die Löffel in die Länge. Und ich höre alles!«

»Danke, Frau Anneliese. Keine Sorge. Ich halte meine Versprechen.«

Sie faltete den Zettel auf. *Kalle Brennicke.* So hieß er also.

Und er wohnte auf Amrum.

Ausgerechnet Amrum. Das war die Nachbarinsel von Föhr, wo sie in jenem letzten Sommer mit ihrer Mutter so glücklich gewesen war.

Jedenfalls musste sie sich nun nicht mehr einbilden, dass er vorn am Steuer vom Bus saß. Die Nordsee war weit weg. Da wollte sie jetzt wirklich nicht hin und noch mehr alte Erinnerungen auffrischen. Die Sache hatte sich erledigt.

»Aber jetzt, wo du weißt, wo er lebt, könntest du doch hinfahren!«, sagte Pani. Er schien sich für sie zu freuen.

»Dafür habe ich kein Geld. Und Lust habe ich auch nicht.«

Pani ließ nicht locker. »Dann kann ich dir wenigstens mal was schenken! Denk dran, wie gut dir die Heide getan hat. Ein Bahnticket an die Nordsee kostet nicht die Welt.«

»Eine Unterkunft käme ja auch noch dazu.«

»Wie wär's denn mit Zelten?«, mischte sich Monika ein. »Das habe ich früher gern gemacht. Dafür gibt es überall Campingplätze. Das kostet nur wenig. Und macht einen Riesenspaß, wenn man jung ist. Ich könnte dir sogar ein Zelt leihen. Das liegt noch auf meinem Hängeboden.«

»Das ist doch eine tolle Idee«, fand Pani. »Überleg es dir noch mal.«

Valerie floh aus der Wohnung.

Als sie mit der üblichen Brötchentüte in der Hand in Josefs Park kam, wurde sie am Eingang fast von einer Gruppe Jugendlicher überrannt, die albern kicherten. Valerie ging jetzt immer ein wenig später zur Arbeit, weil Josef sich angewöhnt hatte, länger zu schlafen. »Ich werde eben älter, Kleene«, hatte er gesagt. »Da brauche ich meinen Schönheitsschlaf.«

»Aber geht es dir wirklich gut, Josef?«

»Ja, meine Sonne.«

»Der dreckige Alte wird sich ganz schön wundern«, hörte sie einen der jungen Männer schadenfroh zu einem anderen sagen.

»Genau, der ist jetzt wieder ein heißer Feger«, sagte der andere. Valerie beschleunigte ihren Schritt. Als sie die Rhododendren umrundet hatte, ließ sie die Brötchentüte fallen und rannte los. Die Bank, auf der Josef schlief, war in einer Qualmwolke gehüllt! Es roch nach verbrannten Haaren, oder Federn und Gummi und anderen schrecklichen Dingen. Valerie hustete. »Josef! Josef!« Josef lag eingehüllt in seinen Schlafsack auf der Bank wie immer. Doch das Fußende seines Schlafsacks brannte. »Josef, wach auf!« Schluchzend rüttelte Valerie Josef heftig an der Schulter, während sie gleichzeitig versuchte, den Reißverschluss zu öffnen und den Schlafsack von ihm abzuziehen. »Hilfe«, schrie sie. »Hilfe, ist da jemand?«

Josefs Augen waren geschlossen. Er sah aus, als ob er friedlich schliefe, nur sein Mund hing ein wenig offen. Valerie warf ihre Jacke über das Fußende und versuchte verzweifelt, die Flammen zu ersticken. Stück für Stück gelang es ihr, den Schlafsack von Josef abzuziehen. Sie konnte jedoch nicht verhindern, dass Josef mitsamt dem Schlafsack von der Bank rutschte. Er wachte immer noch nicht auf.

»Ich komme!« Ein Mann rannte vom anderen Eingang her herbei und half ihr. Zu zweit konnten sie den qualmenden Schlafsack endlich wegreißen. Der Mann warf ihn in den Teich, wo er zischend verlöschte und versank. Der Gestank nach verbrannten Federn war bestialisch. »Josef, Josef, wach auf!« Valerie strich über Josefs Stirn. Sie versuchte festzustellen, ob er atmete. Er fühlte sich warm an. Immerhin fand sie einen Puls. Dann wählte sie mit zitternden Fingern den Notruf und verständigte die Polizei.

»Ich glaube, es sind keine schlimmen Brandwunden«, sagte der Mann. »Zum Glück haben Sie ihn rechtzeitig gefunden. Höchstens die Fußsohlen haben ein wenig abbekommen.«

»Aber warum wacht er nicht auf?«

Valerie hielt Josef im Arm und versuchte immer wieder, ihn anzusprechen. Der Mann hob ein Feuerzeug auf. Er nahm es mit einem Taschentuch. »Damit müssen die ihn angezündet haben. Das können wir der Polizei übergeben.«

»Warum? Warum macht jemand so was!«

Der Mann schwieg. In der Ferne zerriss endlich die Sirene des Krankenwagens das alltägliche Frühsommergemurmel der Stadt.

Valerie wusste nicht, wie lange sie auf dem Flur gesessen hatte. Zum Glück war es eine andere Klinik, und es gab keine Bilder von Wüsten an den Wänden, sondern Kinderzeichnungen. Dennoch fühlte es sich an wie ein Déjà-vu, wie eine Endlosschleife, in der sie nun für immer gefangen sein würde. Der Rest ihres Lebens schien sich wie ein einziger endloser Krankenhausflur vor ihr auszudehnen. Die Polizei hatte sie bereits befragt, und Valerie hatte, so gut sie konnte, die Jugendlichen beschrieben.

Endlich kam eine Schwester. »Frau Mohagen?« Valerie sprang auf. »Sie können jetzt zu ihm. Wir konnten ihn auf normale Station legen. Ein paar Tage sollte er noch hierbleiben.«

»Was ist mit ihm?«

»Zimmer 110. Fragen Sie ihn am besten selbst.«

Josef sah ungewöhnlich klein aus in dem Bett. Man sah ihm an, dass er Schmerzen hatte, aber er lächelte Valerie entgegen.

»Hallo, meine Sonne.«

»Josef! Ich bin so froh, dass du wieder wach bist!« Sie weinte schon wieder. Josef klopfte auf seine Bettkante. »Setz dich, Kleene, und hör auf zu weinen.«

»Was ist mit dir, Josef? Warum bist du nicht aufgewacht?«

»Zuckerschock. Sie haben festgestellt, dass ich Diabetes habe. Ich war in einem Zuckerkoma. Deswegen war ich in letzter Zeit oft so müde. Sie haben mir was gespritzt, und bums war ich wieder wach.«

»Ach, Josef. Und was ist mit deinen Füßen? Es tut mir so leid, dass ich nicht früher da war!« Josefs Füße waren dick bandagiert.

»Es sind nur oberflächliche Brandwunden an den Sohlen. Nichts passiert. In ein paar Tagen springe ich wieder herum. Du hast mich gerettet, meine Sonne. Alles ist gut.«

Valerie umarmte ihn vorsichtig. »Ich bin so froh! Warum tun sie so was, Josef?«

»Ach, das sind dumme Jungs. Wahrscheinlich hat man ihnen selbst Schlimmes angetan, und nun müssen sie es weitergeben. Gräm dich nicht drüber, Kleene. Das sind Einzelfälle.«

Dann fiel ihr etwas ein. »Josef, bist du überhaupt krankenversichert?«

Josef lächelte. »Ob du es glaubst oder nicht, ja. Das habe ich immer beibehalten. Ich habe sogar ein Bankkonto. Ich habe dir doch gesagt, dass ich zurzeit freiwillig so lebe. Mehr oder weniger. Aber jetzt ist es wohl an der Zeit, dass ich mir ein kleines Zimmer suche. Die werden mir hier dabei helfen. Diese Sozialarbeiterin war schon bei mir. Hat sich für morgen angemeldet. Ich denke, es ist Zeit, mein Leben zu ändern. Ich bin zu alt geworden. Und du, meine Kleene«, er zeigte mit einem entschlossenen Finger auf sie, »du solltest das auch! Wenn du mir tatsächlich einen Gefallen tun möchtest, dann denk noch mal darüber nach, ob du nicht doch deinen Vater kennenlernen möchtest. Du hast Sven verloren. Und die Orientierung. Du brauchst ein neues Fundament für dein Leben, anstatt mit dem Bus von Pankow nach Lichtenrade zu fahren und zurück. Du weißt jetzt etwas über deine Mutter, aber das genügt nicht. Da ist eine Lücke in diesem Fundament, die dich immer zum Wanken bringen wird. Darauf kannst du nicht aufbauen. Du musst wieder Boden unter den Füßen bekommen, und das geht nicht, wenn die unteren Bausteine fehlen. Ich weiß, dass das Kraft kosten wird. Aber am Ende gibt es dir umso mehr Energie, glaub mir.« Er griff nach ihrem Handgelenk und hielt es mit überraschender Kraft fest. »Vergiss deine Farben nicht, Kleene! Bitte! Lass keine Fragen in deinem Leben offen und vor allem keine Wege grau.«

Sie versprach Josef, darüber nachzudenken.

Doch als sie unten auf die Straße trat, fühlte sie sich vollkommen leer.

In ihre Betäubung drangen Töne. Töne, mal melancholisch, mal heiter, die mit dem Wind um die Straßenecke drangen. Schmerz durchfuhr sie. So war es gewesen, wenn Sven gespielt hatte. Auch wenn das hier ein anderes Instrument war. Es war Straßenmusik, und Straßenmusik würde für immer von Sven erzählen. Sie folgte der Spur der Töne und sah einen schmalen Mann mit einem roten Halstuch, der eine Drehorgel spielte und dazu sang.

Und denn saß ick mit de Emma uff de Banke
Unter uns floss still die Krumme Lanke …

Krumme Lanke. Prompt fiel Valerie ein, wie oft sie dort mit Sven gewesen war. Am Ufer gesessen, die Füße im Wasser, die Hosenbeine nass und gedacht, sie hätten noch ein ganzes Leben zusammen vor sich. Den Sommer genossen, als gäbe es noch hundert davon. Nach Lindenblüten hatte es geduftet, so wie jetzt. Junikäfer schwirrten, so wie heute. Beides hatte sie geliebt, und beides tat nur noch weh.

Der Mann mit den dunkelblonden Haaren und den Lachfältchen begegnete ihrem Blick. Aufmerksam sah er sie an und lächelte ihr zu. Er mochte vielleicht Mitte dreißig sein. »Hallo. Ich bin Orje. Du siehst so traurig aus. Hast du vielleicht einen bestimmten Liederwunsch?« Valerie schüttelte stumm den Kopf. Sie wollte einfach nur hier stehen, den Tönen zuhören, die Sven für einen Augenblick lebendig machten, und in Ruhe gelassen werden.

Orje fummelte an seinem Instrument herum. »Vielleicht was Frisches. Wenn meine Frau traurig ist, spiele ich ihr immer Lieder vom Meer. Da kommt sie nämlich her, weißt du. Wir sind oft dort. Da wird der Kopf wieder klar.« Er fing wieder an, die Kurbel zu drehen. »*Wo die Nordseewellen trecken an den Strand*«, sang er leise.

Valerie kam einen Schritt näher. »Alle wollen, dass ich ans Meer fahre! Aus verschiedenen Gründen. Und jetzt fängst du auch noch damit an.«

»Vielleicht ist das eine gute Idee?«, sagte Orje. »Bis jetzt hat noch jeder von den Leuten, die ich kenne, der nicht mehr weiterwusste, dort irgendeine Antwort gefunden. Ich auch. Ist natürlich für jeden anders. Aber sieh es doch mal so, du hast dort nichts zu verlieren. Warum also nicht? Viel Glück jedenfalls!« Er drehte wieder die Kurbel.

»*Winde wehn, Schiffe gehn, weit in fremde Land …*«

Etwas in Orjes Blick und seiner warmen Stimme berührte sie. Doch es waren einige seiner Worte, die hängenblieben. *Du hast nichts zu verlieren.*

Die Stadt mit ihrem Lärm war ihr unerträglich geworden. Wind im Gesicht, Stille, ja, danach sehnte sie sich.

Orje wusste nicht, wie recht er hatte! Gerade sie hatte wahrhaftig nichts mehr zu verlieren.

Sie fasste nach der Kette an ihrem Hals, nach den Steinen, die vom Meer erzählten. Darunter hing noch der kleine Schlüssel, das Symbol ihrer Liebe. Einer der drei lag im Fluss, einer in Svens Grab. Aber von ihrem hatte sie sich nicht trennen können. Ob die Spuren von Svens Liebe darin ihr helfen konnten, eine Tür zu ihrer Zukunft zu öffnen?

21

Schritte im Sand

Sie stand mit anderen in der Schlange und wartete darauf, an Bord der Fähre gehen zu dürfen. Die Fähre sah anders aus, als sie sich ein Schiff vorgestellt hatte. Viereckig, wie ein aus einem Karton gebasteltes Kinderspielzeug. An die Wand einer Bretterbude neben der Menschenreihe hatte jemand mit Kaugummi ein Kalenderblatt geklebt. Das Datum war nicht mehr lesbar, aber darüber stand der alte Spruch *Heute ist der erste Tag vom Rest deines Lebens*. Er stand unter einem Bild von einem händchenhaltenden Pärchen, das am Strand in einen Sonnenuntergang lief.

Unwillkürlich schüttelte Valerie den Kopf. Gegen den Spruch konnte sie nicht viel einwenden. Der war ganz einfach wahr, half ihr aber trotzdem nicht weiter. Obwohl er gut an diese Stelle passte, wo die Welt zu Ende zu sein schien an diesem grauen Meer und dem grauen Himmel vor ihr. Das kitschige Bild hatte jedoch nichts mit ihr zu tun. Sie hatte nicht vor, sich im Rest ihres Lebens noch einmal zu verlieben. Auf gar keinen Fall! Jedenfalls niemals wieder so, wie sie Sven geliebt hatte. Das tat viel zu weh, wenn man jemandem so nahe war, dass man permanent auch Angst um ihn haben musste. Davon hatte sie genug. Das Einzige, was sie hier wollte, war, ihren biologischen Vater kennenzulernen, das Schreckliche zu vergessen und vor allem wieder durchatmen zu können

Als die Fähre ablegte, fühlte sich alles seltsam unwirklich an.

Das Festland wurde rasch klein und unbedeutend. Ihr war, als ob mit diesem Land auch alles andere verschwand, alles, was ihr Leben ausgemacht hatte. Valerie stieg aufs Oberdeck. Alles war so nebelgrau verschwommen, dass sie nur ahnen konnte, wo das Meer aufhörte und der Himmel begann. Es war, als ob sie ins Nichts fuhren.

Die anderen Menschen auf der Fähre um sie herum trugen alle ein glückliches Lächeln. Anscheinend waren sie voller Vorfreude. Valerie fühlte sich fehl am Platz. Das Gefühl, mit nichts als einem Rucksack unterwegs zu sein, gefiel ihr jedoch überraschend gut. Ob es Alessa damals auch so gegangen war, als sie von Italien in die Heide fuhr? Valeries Rucksack war allerdings groß und schwer, denn darin befand sich Monikas Zelt nebst Zubehör. Und natürlich die nötigsten Klamotten. Trotzdem, es gab nur den Himmel und das Meer, Valerie selbst und den Rucksack.

Und die Erinnerungen. Und die Fragen.

Sie setzte sich auf eine der Bänke, legte die Füße hoch, blickte in den Himmel und versuchte, sich zu entspannen. Irgendwann musste sie eingenickt sein. Als sie wieder aufwachte, war der graue Nebel fort. Eine warme Spätnachmittagssonne ließ das Meer silbern glitzern, so hell, dass sie kaum hinsehen konnte. Der Himmel war von einem durchsichtigen Blau, und auf dem Horizont lag Licht. Der Wind, der ihr vorhin noch kräftig ins Gesicht geblasen hatte, schwieg nun bis auf eine leichte Brise.

Verzaubert blickte Valerie in all dieses Glitzern und Blau und Silber und bemerkte zum ersten Mal, wie köstlich es roch. Sie atmete die salzige Frische so tief wie möglich ein und wollte diese Luft gar nicht mehr hergeben. Hatte es damals auf Föhr auch so gerochen? Sie konnte sich nicht erinnern. Sandburgen waren ihr wohl wichtiger gewesen.

Irgendwann sah sie die Inseln vor sich liegen. Auf Föhr legten sie zuerst an. Passagiere stiegen aus, stiegen zu.

Dann legte das Schiff wieder ab, und auf einmal war alles anders. Hatte der Kalenderspruch doch recht?

Valerie hatte noch nie etwas so Schönes gesehen wie die Insel mit dem Leuchtturm, die im Dunst hinter dem Meer aus Silberfunkeln auftauchte wie ein Versprechen. Die Fähre pflügte zielstrebig durch die Wellen. Valerie spürte die winzigen Tropfen, die über die Reling zu ihr hochgeweht wurden, salzig auf ihren Lippen und wie einen kühlen Segen auf ihrer Stirn.

Seltsam. Alles schien auf einmal leichter. Zum ersten Mal seit Svens Tod fühlte sie sich lebendig! In diesem Augenblick war kaum noch wichtig, ob sie ihren Erzeuger hier traf und was er von ihr hielt. Wichtig waren nur noch dieser Himmel mit den Farben darin, dem Licht und der Weite, das Meer und diese unbeschreibliche Luft.

Bei Hanna in der Heide war sie zur Ruhe gekommen und hatte trauern können. Dort hatte das Abschiednehmen begonnen. Hier aber fing der Neubeginn an. Heute! Sie verstand nicht, warum, aber von dem Moment an, da die Fähre den Hafen von Föhr verlassen hatte, fühlte sie sich neu, frei und angekommen. Der Schmerz war nicht weniger geworden, aber daneben gab es wieder Leben.

Was war das hier nur für ein Ort, diese Insel, die sie verzauberte, ehe sie überhaupt dort angekommen war? Woher kam die völlig fremde, prickelnde Vorfreude in ihr? War Kalle Brennicke darum hiergeblieben? Weil er Ähnliches empfunden hatte?

Im Hafen schulterte sie ihren Rucksack und folgte den Menschen, die mit ihr von Bord gingen, bis sie ein Schild entdeckte, das auf den Campingplatz hinwies. Sie hätte ihn auch so gefunden. Er befand sich ganz nah am Leuchtturm, daher konnte man ihn nicht verfehlen.

»Sie haben Glück«, sagte der Platzwart. »Eigentlich ist die Hochsaison schon angelaufen, und dann ist hier meistens alles ziemlich voll. Aber in den letzten Wochen hat es so viel geregnet, dass manche die Nerven verloren haben und abgereist sind. Sie können sich für Ihr Zelt eines von vielen schönen Plätzchen zwischen den Dünen aussuchen.«

Valerie zahlte die Gebühr, nahm die Broschüre entgegen und streunte auf dem Platz umher, bis sie eine kleine Kuhle ganz für sich allein entdeckte. Nur Sand, rundherum flache Dünen mit ein wenig Gras darauf und ein behelfsmäßig zusammengenagelter Holztisch mit einem wackeligen Stuhl standen dort. Allzu viel Zeit durfte sie sich nicht lassen, es wurde schon Abend. Trotzdem ließ sie zuerst den Rucksack fallen, dann sich selbst auf den Rücken in den Sand.

Wie himmlisch still es hier war, nicht einmal das Meer rauschte! Es war wohl Ebbe. Sie hörte ein paar Möwen rufen und in der Ferne das Lachen eines Kindes, sonst nichts. Am liebsten hätte sie stundenlang hier gelegen, die salzige Luft geatmet und an gar nichts gedacht. Doch schließlich rappelte sie sich auf, zog das Zelt aus ihrem Rucksack und breitete es aus. Es gelang ihr, die Stangen so ineinander und in das Zelt zu stecken, dass die Kuppel sich wölbte, wie sie sollte. Nur die Heringe, mit denen das Zelt befestigt wurde, wollten nicht halten, egal, wie fest sie mit einem Stein daraufklopfte. Der Sand war viel zu locker.

»So geht das nicht. Du brauchst Sandheringe«, sagte eine Stimme hinter ihr. Valerie ließ vor Schreck den Stein beinahe auf ihren großen Zeh fallen. Eine ältere Frau mit Kopftuch und buntem Kleid tauchte hinter einer Düne auf. Sie sah selbst ein wenig aus wie ein Zelt, denn der Wind fuhr unter ihre Kleidung und blähte sie auf. Ihre karamellbraunen Augen waren voller Temperament, und ihr Lächeln hatte etwas Fürsorgliches, das Valerie ein wenig an Anneliese erinnerte, deren Nachnamen sie noch immer nicht kannte.

»Hallo, ich bin Fahima«, sagte die Frau. »Deine Nachbarin sozusagen.« Sie hielt Valerie auf ihrer ausgestreckten Handfläche sechs Heringe entgegen, die wie kleine breite Schaufeln aussahen, ganz anders als die dünnen nagelartigen, die Valerie von Monika bekommen hatte. »Die kann ich dir gerne leihen. Die halten im Sand.«

»Das wäre toll. Vielen Dank. Ich bin Valerie.«

»Hallo, Valerie. Keine Ursache. Wenn du sonst noch Hilfe brauchst, ruf mich einfach.«

Mit einem freundlichen Winken zog sie sich zurück.

Jetzt hielt das Zelt. Als Valerie den sechsten Hering eingeklopft hatte, warf sie einen Blick über die Dünen, um sich bei Fahima noch einmal zu bedanken. Doch die kniete gerade mit gesenktem Kopf auf einem Gebetsteppich und murmelte etwas. Valerie zog sich rasch zurück, um nicht zu stören. Sie würde Fahima später etwas vom Bäcker mitbringen, wenn sie den gefunden hatte. Vielleicht aber auch erst morgen.

Auf einmal war sie hundemüde. Das lag wahrscheinlich an der Seeluft. Sie überlegte, ob sie noch zum Strand gehen sollte, aber als sie ihren Schlafsack auf der Matte ausgerollt hatte und sich probehalber darauflegte, fand sie nicht mehr die Energie, wieder aufzustehen.

Als sie aufwachte, war es stockdunkel. Sie konnte sich nicht erinnern, wo sie war, doch als sie nach dem Lichtschalter tastete, berührte sie die weiche Zeltwand, und es fiel ihr wieder ein. Draußen war es still, nur das Meer hörte sie jetzt leise am Strand flüstern. Valerie fand ihre Taschenlampe und betrachtete die grüne Kuppel über sich, die sich leicht im Wind bewegte. Wie gemütlich und geborgen sie sich hier drin fühlte!

Vielleicht würde sie ihren Vater gar nicht suchen. Sie war nicht dazu verpflichtet. Vielleicht würde sie hier einfach nur Urlaub machen. Sie hatte es nötig genug, sich zu erholen.

Valerie öffnete die Zeltklappe und steckte den Kopf hinaus. Der Himmel war voller Sterne. So viele Sterne hatte sie noch nie gesehen! Und einen so tiefschwarzen Himmel auch nicht. In Berlin war es immer hell, selbst in der Nacht. Doch sie war zu müde, um die Gegend jetzt zu erkunden, zog den Reißverschluss wieder zu, kuschelte sich diesmal richtig in ihren Schlafsack und fiel in den ersten tiefen, traumlosen Schlaf seit Wochen.

Als sie wieder aufwachte, weil irgendwo in der Nähe laut ein Vogel schrie, fühlte sie sich so ausgeruht wie schon lange nicht mehr. Sie klaubte ihre Zahnbürste und andere Utensilien zusammen und machte sich auf den Weg in den Waschraum, den ihr der Platzwart gezeigt hatte. Als sie zurückkam, lag eine Tüte mit zwei Brötchen vor ihrer Zeltklappe. Valerie spähte über die Düne. »Danke, Fahima!«, rief sie. Dabei hatte sie sich doch bei ihr bedanken wollen!

»Keine Ursache. Hab einen schönen Tag«, kam die Antwort von drüben.

»Danke. Du auch.«

Es versprach wirklich, ein schöner Tag zu werden. Über den silberblauen Himmel huschten nur wenige weiße Schäfchenwolken. Der Wind war sanft. Valerie machte sich auf Monikas winzigem Campingkocher eine Tasse Tee. Als sie die Tüte mit den Brötchen öffnete, musste sie an Josef denken. Die Sozialarbeiterin hatte versprochen, ihm dabei zu helfen, ein Handy zu bekommen. Wenn er es hatte, würde er sich melden. Da piepte ihr eigenes Handy. Eine WhatsApp von Linnea. *Vergiss nicht, es zu machen wie Alessa. Heute ist heute.*

Das klang so einfach. Aber Valerie beschloss, sich wenigstens an diesem Tag daran zu halten. Versuchen konnte sie es ja. Sie schrieb eine Antwort, schickte Linnea ein Foto von ihrem Zelt, räumte ihre Sachen zusammen und machte sich auf den Weg zum Strand.

Doch wie? Überall sah es gleich aus. Sie hörte zwar in der Ferne das Meer flüstern und wusste, in welche Richtung sie musste, aber alles schien ein Gewirr von Pfaden und Dünen zu sein, ohne dass man in eine bestimmte Richtung laufen konnte. Schließlich folgte sie einem schmalen Weg, auf dem schon viele Füße vorher gelaufen waren, was man nicht zuletzt an den weggeworfenen Zigarettenstummeln erkannte. Es war anstrengend, in dem lockeren Sand zu laufen. Schließlich zog sie die Schuhe aus und band sie an ihren Gürtel.

»Hallo, Sie!«

Valerie zuckte zusammen und sah sich um. Zwischen den Dünen stand ein Mann und winkte ihr gebieterisch zu. »Ja, Sie!

Kommen Sie umgehend zurück auf den Weg!« Valerie blickte verwirrt auf ihre Füße und dann zu ihm hin. Sie war doch auf einem Weg. »Bitte kommen Sie her. Ich erkläre es Ihnen«, sagte er freundlicher. Sie stapfte zu ihm hinüber und stellte fest, dass er auf einem Bohlenweg stand. Na, wunderbar. Da lief es sich sicherlich leichter darauf.

»Haben Sie die Schilder nicht gesehen?« Er zeigte auf ein Täfelchen. *Bitte beachten Sie den Küstenschutz. Verlassen Sie die Wege nicht. Das Betreten der Dünen ist verboten.*

»Ich bin dem einzigen Weg gefolgt, den ich gefunden habe«, sagte Valerie. »Tut mir leid, wenn das ein Fehler war. Ich bin zum ersten Mal hier.«

Der Mann wurde noch ein wenig freundlicher. Eigentlich sah er auf eine exotische Art ganz nett aus. Kaffeebraune Haut und dunkle Augen. Sportlich und wahrscheinlich gar nicht so viel älter als sie. Dafür klang er ganz schön autoritär.

»Das ist kein Weg. Das ist ein Trampelpfad«, sagte er. »Nur weil viele Menschen eine Dummheit begehen, müssen Sie das ja nicht nachmachen. Diese Trampelpfade sind schädlich. Sie eröffnen dem Wind Wege, sich tiefer in die Dünen einzuschneiden und ihnen den Halt zu nehmen. Jedes Büschel Strandhafer, das den Boden zusammenhält, ist kostbar. Er muss ständig neu angepflanzt werden. Was glauben Sie, wie man sich fühlt, wenn man sieht, dass er immer wieder niedergetrampelt wird? Von den Vögeln, die beim Brüten gestört werden, mal ganz abgesehen.«

»Aha. Tut mir leid. Ich werde mir Mühe geben«, sagte Valerie.

»Hier«, der Mann drückte ihr einen Flyer in die Hand. »Da sind alle Wege eingezeichnet. Ich wünsche einen schönen Aufenthalt.« Er nickte ihr zu und ging mit forschem Schritt in die entgegengesetzte Richtung weiter. Sicher hielt er sich auch woanders für unverzichtbar.

»Danke«, sagte Valerie zu seinem Rücken. Komischer Typ. Sie steckte den Flyer in die Hosentasche. Der konnte sicher nützlich sein. Dann folgte sie dem tatsächlich sehr viel bequemeren Bohlenweg und traf bald auf den Strand.

Zumindest nahm sie an, dass es der Strand war. Das Meer war nicht da. Stattdessen eine schier unendliche Fläche trockenen Sandes, der sich vor ihr ausbreitete. Damit hatte sie nicht gerechnet.

Es sah aus wie in der Wüste! Wie die Wüste, in die sie nie gewollt hatte, seit sie jene albtraumhaften Stunden vor dem Bild im Klinikflur verbracht hatte. Es fehlten nur noch die Antilopen.

Der Anblick traf sie unvorbereitet. Einen Augenblick war sie den Tränen nah. Dann biss sie die Zähne zusammen. Der Wind hatte aufgefrischt und strich ihr kühl um die Stirn. Einige weiße Muscheln pikten unter ihren Fußsohlen. Dies war *nicht* die Wüste. Sie musste üben, damit klarzukommen, dass sie immer wieder etwas an Sven erinnern würde. Sie zog den Flyer aus der Tasche. Da war eine Karte der Insel, wie sie sie auch schon im Internet gesehen hatte. Natürlich, das war der berühmte Kniepsand! Den hatten schon manche mit einer Wüste verglichen. Sie steckte den Flyer wieder ein und stapfte drauflos.

In der Ferne sah sie ameisengleich andere Menschen, Einzelgänger, Pärchen, ganze Familien, die sich kreuz und quer über die riesige Fläche bewegten. Das rhythmische Stapfen in dem warmen weichen Sand hatte etwas Beruhigendes. Sie hatte doch den Kopf freibekommen wollen. Was war dafür besser geeignet als eine grenzenlose Fläche Nichts? Tatsächlich vergaß Valerie nach einer Weile alles außer dem nächsten Schritt, den sie tat. Der Wind hatte Wellenmuster in den Sand gezeichnet, die einen Schatten warfen. Dazwischen lagen Muscheln, Steine und Treibholzstücke. Valerie wünschte sich, sie hätte ihre Kamera nicht im Zelt gelassen. Nicht nur weil es wahrscheinlich leichtsinnig war, dort Wertsachen zurückzulassen, auch wenn sie diese gut getarnt hatte, sondern weil sie begann, überall Bilder zu sehen. Das hier war mindestens so interessant wie die Spuren in der Stadt. Die Fußabdrücke der Menschen waren kaum sichtbar, selbst ihre eigenen wurden hinter ihr gleich wieder verwischt. Doch die Muster, die durch Wind und Wellen entstanden waren, sahen aus wie Kunstwerke.

Der Leuchtturm wurde hinter ihr immer kleiner, die Dünen wurden flacher. Das Meer würde sie auf diesem Weg wahrscheinlich nicht erreichen. Dafür war sie zu müde, zu hungrig und vor allem zu durstig. Das nächste Mal war es wohl schlauer, eine Wasserflasche mitzunehmen. Dass sie das nicht getan hatte, würde der unwirsche Schulmeister von vorhin wahrscheinlich für sehr dumm halten.

Sie machte also einen Bogen, der sie wieder zurück zum Strand führen würde. Auf einmal war der Sand nicht mehr so trocken. Jetzt war sie im Watt. Das war so, wie sie sich von Föhr erinnerte. Feucht und weich. Ihre Füße versanken bis zu den Knöcheln im Schlamm oder auch mal tiefer. Pfützen durchzogen den Sand, wurden zu Prielen. Die Wellenstruktur des Bodens war hier ausgeprägter, fein geriffelt. Das massierte angenehm die Fußsohlen und kühlte ihre müden Beine. In dem einen Priel bewegte sich etwas. Valerie bückte sich und betrachtete entzückt drei gläserne Garnelen, die über den sandigen Boden huschten. Vorsichtig watete sie hindurch, um sie nicht zu erschrecken, doch die zarten Wesen stoben in Panik davon.

Der nächste Priel war tiefer. Auf einmal stand sie bis über die Knie im Wasser. Sie blieb einen Augenblick stehen, weil die Kühle so guttat. Danach wurde es flacher, und sie erreichte wieder den Strand, wo Kinder spielten und Strandkörbe in weiten Abständen standen.

»Wo kommen Sie denn jetzt her?«

Sie sah in dunkle, vorwurfsvolle Augen. Schon wieder der! Hatte der Wichtigtuer nichts Besseres zu tun, als sie zu verfolgen?

»Was habe ich denn jetzt wieder falsch gemacht?«

»Nichts, was der Insel schadet. Aber ist das wirklich alles, was Sie bei sich haben?« Der Mann mit den dunklen Augen, den sie den Schulmeister getauft hatte, wies mit einem anklagenden Zeigefinger auf die Schuhe, die von ihrem Gürtel baumelten.

»Wollen Sie meinen Ausweis sehen? Die Kurtaxe habe ich bezahlt.«

Er ignorierte sie. »*So* waren sie im Watt?«

»Nur kurz. Nicht weit. Ist das auch verboten?«

»Sie sollten Schuhe anziehen. Die Sandklaffmuscheln sind messerscharf, wenn Sie darauftreten.«

»Ich fand den Sand schön weich. Laufen hier nicht alle barfuß?«

»Es gibt Dinge, ohne die man niemals ins Watt gehen sollte.«

»Was denn? Ohrenstöpsel? Erzählen Sie allen Fremden, dass Sie alles besser wissen?« Valerie war müde und wollte ihre Ruhe.

Wer hätte gedacht, dass so dunkle Augen solch erboste Blitze schießen konnten!

»Vielleicht sollte ich mich vorstellen«, sagte er. Der Priel vorhin war kühl gewesen, aber seine Stimme war noch wesentlich kälter.

22

Worte im Wind

»Ich bin Wattführer hier. Fenno Rossmonith Drewin.« Die Hand bot er ihr nicht, sie steckte in seiner Hosentasche. »Ich weiß also tatsächlich manches besser als Feriengäste, die auch noch soeben erst angekommen sind. Das ist kein Spaß! Im Watt kann es gefährlich werden.«

»Also gut, Herr Wattführer. Dann belehren Sie mich mal«, sagte Valerie müde. Ihre Suche nach Ruhe und Frieden schien gerade gründlich danebenzugehen. Wenn sie nicht so erschöpft gewesen wäre, hätte sie ihn gern gefragt, warum er solchen Wert auf seinen merkwürdigen zweiten Vornamen legte.

»Es ist nicht, weil ich Sie belehren will. Es ist zu Ihrem Schutz. Dasselbe gilt für den Küstenschutz. Der ist auch nicht zum Spaß da. Wenn mehr Feriengäste ihn ernst nehmen würden, wäre das der Natur eine große Hilfe. Sie kann nicht für sich selbst sprechen, also muss unter anderem ich es tun. Leider hören die meisten nicht zu. Haben Sie eine Ahnung, wie sehr die Dünen und die Tiere darunter leiden? Und wie oft die Lebensrettungsgesellschaft ausrücken muss, um naive Touristen aus dem Watt zu retten!« Immerhin zog er jetzt die Hände aus den Hosentaschen, aber nur, um ihr an den Fingern aufzuzählen, was sie alles mitzuschleppen hatte, wenn sie ins Watt ging. »Erstens sollten Sie, wie gesagt, Ihre Schuhe anziehen. Zweitens sollten Sie auffällige Kleidung tragen, damit man Sie im Watt sehen kann. Sie dürfen nie ohne ein aufgeladenes Handy gehen, das übrigens wasserdicht sein sollte. Sie sollten auch einen Kompass dabeihaben.«

»Mein Handy hat einen Kompass.«

Er schnaubte. »Der taugt nichts.«

»Ich sehe doch immer, wo der Leuchtturm ist.«

»Ja, das denken Sie! Aber selbst bei dem schönsten Sonnenschein kann urplötzlich Seenebel aufkommen. Wenn ich eine Wattführung mache, habe ich immer zusätzlich ein GPS mit, damit ich meine Position orten und weitergeben kann. Außerdem ein dreißig Meter langes Rettungsseil, an dem sich zum Beispiel die Gruppe anfassen kann, damit im Nebel keiner verlorengeht. Sie sollten sich aber vor allem merken, dass Sie niemals bei auflaufendem Wasser ins Watt gehen. Wenn die Priele sich füllen, können sie Ihnen rasch den Weg abschneiden. Vor allem auch nie bei Dunkelheit oder Unwettern.«

»Das hatte ich auch nicht vor.«

»Na, dann. Ich wünsche einen schönen und sicheren Aufenthalt. Und einen achtsamen. Bitte klettern Sie nicht mehr in den Dünen herum.«

Valerie sehnte sich nur noch nach ihrem Zelt. Das hatte einen Reißverschluss, den man schließen konnte. Von innen.

Sie kam an Fahima vorbei, die im Sand neben ihrem Zelt lag. »Na, Nachbarin, alles in Ordnung?«, fragte Fahima, die nur ein Auge öffnete.

»Ja, schon. Ist dir schon einmal ein aufdringlicher Typ namens Fenno irgendwas begegnet?«

Fatima lachte. »Ja. Er nimmt das mit den Vorschriften sehr genau. Mir war ein Papiertaschentuch davongeweht. Passiert schnell bei diesem Wind. Da hat er mich ganz schön zusammengefaltet. Aber er meint es gut.«

»Dann kommst du öfter hierher?«

Fahima setzte sich auf. »Ja. Im Winter helfe ich meiner Tochter. Sie hat einen Skiverleih in Bayern. Den Sommer verbringe ich hier. Ich brauch das. Du jetzt auch. Kostet nicht viel, und ich habe meine Ruhe.«

»Was meinst du damit, ich jetzt auch?«

»Oh«, sagte Fahima und legte sich wieder zurück in ihre Sandkuhle. »Wer einmal auf der Suche nach etwas hierhergekommen ist, der kommt immer wieder. Da kannst du nichts dagegen machen. Das ist das Amrumvirus.«

Ob hier alle so merkwürdig waren? Valerie kroch dankbar in die Stille ihres Zeltes, streckte sich aus und schloss die Augen. Herrlich, die Geborgenheit in der Kuppel! Es würde mir gefallen, wenn es wäre wie bei dem »Kleinen Prinzen«, dachte Valerie. Ein winzig kleiner Planet. Nur mein Zelt, ein Stück Strand und Meer und sonst nichts und niemand.

Einige Zeit später wachte sie auf und war überrascht, dass sie schon wieder geschlafen hatte. Es hatte gutgetan. Sie beschloss, ins Dorf zu gehen, wo sie am Vortag einen kleinen Supermarkt gesehen hatte. Sie brauchte dringend Proviant. Als sie die Zeltklappe öffnete, stellte sie fest, dass der Himmel sich bezogen hatte und es nieselte. Aber dafür hatte sie ja ihren Friesennerz von der Sorte, die dünn war und sich klein zusammenrollen ließ. So eingepackt, wanderte sie am Strand entlang Richtung Südspitze. Es war nun beinahe Flut, nur hier und da ragte noch eine Sandzunge aus dem Meer. Der Strand war verlassen bis auf zwei

Pärchen mit ihren Hunden in der Ferne. Die Feriengäste mochten wohl keinen Regen. Valerie fand ihn angenehm. Ihr Gesicht brannte noch von der Sonne am Vormittag.

Sie wusste nicht, ob es doch an dem Grau lag, an dem Regen oder an der Einsamkeit der leeren Fläche vor ihr, dass sie mit jedem Schritt trauriger wurde. Dann wurde ihr klar, wie sehr sie gerade jetzt Sven vermisste. Sie hätte so gerne ihre Freude über die Geborgenheit im Zelt, über ihre Füße im Sand, über die Ruhe hier und die ganz neuen Spuren und Geräusche mitgeteilt. Sven sollte bei ihr im Zelt sein, alles andere war falsch. Er sollte jetzt hier ihre Hand halten und neben ihr durch den Sand stapfen, und sie würde sehen, wie die Regentropfen sich in seinen Haaren verfingen und silbern funkelten, während er sie anlächelte.

In die Trauer mischten sich Wut und Verzweiflung. Sie lief ein paar Schritte auf eine Sandzunge hinaus und schrie das Meer an, schrie über die Weite hinaus zum Horizont. Vielleicht würde es Sven irgendwo irgendwie hören. »Sven? Wie konntest du mir das antun? Warum hast du mich alleingelassen? Warum hast du alles weggeworfen? Warum, warum? Warum antwortest du mir nicht? Wo bist du jetzt? Sven!«

Sie schrie es hinaus, weil sie nicht anders konnte, weil es unaufhaltsam war wie eine Sturmflut, und nahm dabei nichts um sich herum wahr, gefangen in ihrer Trauer und Ratlosigkeit. Der Wind nahm ihre Worte mit, trug sie hinaus.

Als sie alle fort waren, fühlte sich Valerie leer und etwas leichter und schon wieder völlig erschöpft. Sie wandte sich um, wollte zurück zum Strand, weil ihr nichts anderes übrigblieb, und fuhr zusammen. Jemand stand hinter ihr. Auf den zweiten Blick sah sie, dass es ein sehr alter Mann war, der sich schwer auf eine Krücke stützte. Er erinnerte sie ein wenig an Josef. Darum lächelte sie ihn trotz ihrer Verlegenheit unwillkürlich durch ihre Tränen hindurch an. »Tut mir leid. Ich wollte Sie nicht erschrecken.«

»Du hast mich keineswegs erschreckt«, sagte der Mann. Seine Stimme klang ein wenig rostig. »Du hast mich gerade achtzig Jahre in der Zeit zurückversetzt. Ich habe damals ganz wie du genau hier gestanden und meine Trauer und meine Wut auf das Meer hinausgeschrien. Ich hatte jemanden verloren und gab die Schuld … war wütend auf das Schicksal. Auf alles.«

Valerie starrte ihn an. Sie fühlte sich aus dem Konzept gebracht. Er schien es für völlig normal zu halten, dass sie sich gerade so hatte gehenlassen.

»Guten Tag«, sagte er. »Ich bin Skem Rossmonith.«

Rossmonith. Hieß nicht der Wichtigtuer so?

»Sind Sie mit diesem Pedanten verwandt?«, entfuhr es ihr.

»Welchem Pedanten?«, fragte er belustigt.

»Dieser Wattführer, der mir immer erklärt, was ich zu tun und zu lassen habe.«

Herr Rossmonith lachte. »Ach so. Fenno. Ja, er ist noch nicht so lange in dem Job und manchmal etwas übereifrig. Hat gerade seine Prüfung bestanden. Aber er meint es gut. Er hängt sehr an der Natur hier und verteidigt sie ständig. Leider ist das oft auch nötig. Er ist noch jung und voller Energie, was nicht schaden kann. Allerdings ist er kein Diplomat. Er ist übrigens mein Neffe, wenn auch zweiten Grades. Mag sein, dass er die Kratzbürstigkeit von mir geerbt hat.«

»Sie kommen mir gar nicht kratzbürstig vor«, sagte Valerie. Sie mochte diesen alten Mann. Er passte so gut hierher, als wäre er in dieser Landschaft gewachsen wie die krummen Kiefern oder die Einsiedlerkrebse.

Skem Rossmonith lächelte. »Ich bin neunundachtzig. Mein Herz ist nicht mehr immer wohlgelaunt, und mein Bein spielt oft nicht mehr mit. In letzter Zeit bin ich wohl etwas altersmilde geworden.«

»Um wen haben Sie damals getrauert?«

»Meinen Vater. Er hatte auf einem Schiff angeheuert, das gesunken ist. Übrigens hieß er auch Sven. Auch ich habe damals diesen Namen über das Meer geschrien in der Hoffnung, dass er mich irgendwo hört. Und weil es sich gut anfühlte, ihn auszusprechen.«

Valerie starrte ihn entgeistert an. »Er hieß auch Sven?«

»Nun ja, es ist kein seltener Name.«

»Nein. Aber trotzdem ein merkwürdiger Zufall. Derselbe Name, dieselbe Stelle!«

»Und ganze achtzig Jahre dazwischen. Vielleicht ist es einfach der richtige Ort für so etwas. Hier auf der Insel hat man viel Platz zum Trauern. Raum für alles, was man loswerden möchte oder klären.«

»Hat Ihnen das damals geholfen?«

»Einerseits ja. Andererseits hatte es Folgen. Zumindest eingebildete. Aber das ist eine lange Geschichte.«

»Ich höre gern Geschichten. Vielleicht würde es mich auch ablenken.«

»Die erzähle ich dir jedenfalls nicht hier im Stehen. Du könntest aber mit in meinen Garten kommen und mir etwas helfen, wenn du Zeit hast.«

»Sehr gerne.« Der Einkauf konnte warten. Es hatte aufgehört

zu nieseln. Die Gesellschaft dieses alten Mannes tat ihr gut. Sie fühlte sich weniger verloren, und man konnte sich beinahe so gut mit ihm unterhalten wie mit Josef.

»Ich rede manchmal mit Sven«, sagte sie. »Das ist verrückt, oder?« Sie passte ihre Schritte an. Skem Rossmonith ging sehr langsam und stützte sich schwer auf seine Krücke.

»Eine alte Kriegsverletzung im Knie«, sagte er erklärend. »An manchen Tagen kann ich gar nicht mehr meinen Garten verlassen. Ich wollte nie so alt werden. Manchmal weiß ich gar nicht, was ich hier noch soll.«

»Ich jetzt auch nicht mehr.«

»Dafür bist du zu jung«, sagte er streng. »Ich habe mein Leben gehabt. Es war lang und abwechslungsreich. Bei dir kommt Kneifen nicht in Frage. Übrigens rede auch ich mit Menschen, die nicht mehr da sind. Sehr oft mit einer Frau, die schon seit mehreren hundert Jahren tot ist.«

Valerie blieb erstaunt stehen. »Wirklich? Aber dann haben Sie sie doch gar nicht gekannt.«

»Nein. Aber sie hat einmal hier gelebt. Als Kind fühlte ich mich mit ihr seelenverwandt, und da ich sonst keine Freunde hatte, war sie sozusagen meine Phantasiefreundin. Auch in späteren Jahren ist sie irgendwie mein innerer Ratgeber geblieben. Nicht zuletzt, weil ...«

»Weil was?«

»Auch das ist eine lange und sehr persönliche Geschichte.«

»Erzählen Sie sie mir irgendwann?«

Er warf Valerie einen Blick zu. »Du lässt nicht so leicht locker, nicht wahr? Das Leben scheint dich doch noch zu interessieren. Und wenn ich dir Geschichten erzählen soll, dann sag bitte Skem zu mir. Und erzähle am besten niemandem, dass ich so freundlich zu dir bin. Das ruiniert meinen Ruf.«

»Ist der wirklich so schlecht?« Valerie musste lachen.

»Ich war schon immer als Einzelgänger bekannt. Und das soll auch so bleiben. Ich mag meine Ruhe.«

»Sagen Sie mir, wenn ich Sie störe, wenn ich dich störe, meine ich?«

»Abgemacht.« Skem öffnete eine Gartenpforte. »Geh schon voraus. Ich brauche länger auf der Treppe.«

Die schmale Treppe führte hinunter in einen tiefer gelegenen Garten im Schutz der Dünen. Unten an der Treppe drehte sich ein bizarres Windrad aus Treibholz, Segeltuch, Muscheln und allerhand anderen Dekorationen. Im Garten sah sich Valerie staunend um. Im Gegensatz zu der kargen Dünenlandschaft war hier der Rasen grün und saftig, Blumen aller Art blühten verschwenderisch, und Zitronenbäume, die große Früchte trugen, standen in Kübeln herum. »Alle Achtung«, sagte sie. »Sie scheinen ja ein begnadeter Gärtner zu sein.«

Skem lächelte nur. »Da gibt es den einen oder anderen Trick. Und viel Arbeit. Du solltest mal den Garten meiner Nichte Jessieanna sehen. Ich erkläre dir nachher, wie du dorthin kommst. Sag ihr einen schönen Gruß von mir, falls sie dort ist.« Skem war schwer atmend unten angekommen und ließ sich mühsam in einem Liegestuhl nieder.

»Ich sollte dir doch etwas helfen.«

»Ja. Dort auf dem Tisch steht eine Flasche. Ich habe sie nicht öffnen können. Meine Hände haben nicht mehr so viel Kraft. Vielleicht schaffst du es. Wenn nicht, kannst du eine Zange aus dem Geräteschuppen holen.«

Valerie gelang es, den Verschluss zu knacken. »Und jetzt?«

»Du könntest den Zitronenbaum dort damit gründlich einsprühen. Das geht nur an einem Tag ohne Sonne, sonst leidet die Pflanze Schaden. Das ist kein Gift, das ist nur Paraffinöl. Der Baum hat Schildläuse. Das Zeug hilft dagegen. Schön gründlich einsprühen, so dass jedes Blatt benetzt wird.«

»Mache ich gerne.« Das rhythmische Pumpen der Flasche war seltsam beruhigend. Die Blätter des Baumes fingen an zu glänzen. Der Geruch des Paraffins mischte sich mit dem bezaubernden Duft der Blüten. »Wie hieß diese Frau, die seit Hunderten von Jahren tot ist?«

»Marta. Marta Gössling.«

»Und hat es auch eine andere Frau in deinem Leben gegeben?«

»Neugierig bist du gar nicht, was?«

»Du wolltest doch, dass ich mich für das Leben interessiere.«

»Das ist Teil der zweiten langen Geschichte.«

»Gut, dann erzähl mir das ein andermal. Jetzt möchte ich die erste Geschichte hören. Was passierte, nachdem du damals über das Meer geschrien hast?«

Skem seufzte. »Bist du fertig mit dem Baum? Dann geh bitte in die Küche. Dort, die linke Tür. Im Kühlschrank ist Limonade. Bring uns ein Glas. Ich erzähle diese Geschichte nicht jedem, du kannst dir also etwas darauf einbilden. Jahrzehntelang habe ich sie ganz für mich behalten. Bis meine Nichte Jessieanna, die genauso hartnäckig ist wie du, sie aus mir herausbekommen hat. Und da du sie von ihr wahrscheinlich sowieso hören wirst, erzähle ich dir lieber selbst davon.«

Hummeln summten in den Zitronenbäumen, Grillen zirpten im Gras, in der Ferne flüsterten die Wellen, während Valerie im duftenden Gras saß und lauschte. Als Skem vom Töveree erzählte, setzte sie sich kerzengerade auf.

»Aber das ist doch genau das, was ich seit meiner Kindheit gesucht habe! Ich habe immer behauptet, es müsste ein freundliches Meereswesen geben, so wie der Glücksdrache in der unendlichen Geschichte, nur eben im Wasser. Es kann doch nicht sein, dass es in allen Märchen und Sagen an Land Elfen gibt und Feen und Glücksdrachen und im Wasser nur Seeungeheuer und Sirenen und Riesenkraken und Mördermuscheln und Haifische!«

Skem betrachtete sie erstaunt. »Wirklich? Interessant. Deswegen siehst du auf einmal so glücklich aus. Schön, dass ich dir eine Freude machen kann. Aber der Töveree ist mehr als ein Märchen. Es gibt ihn.«

»Im Ernst? Das ist nicht nur eine Geschichte?«

»Als mein Vater ertrank, zweifelte ich an seiner Exisstenz. Aber dann …«

Valerie lehnte sich wieder zurück und lauschte gebannt. Als Skem mit seiner Erzählung bei dem toten Töveree ankam, verschwand ihre Freude schlagartig. Sie schluckte. »Und er lag da wirklich tot auf dem Meeresboden? Was geschah mit seinen Knochen?«

Skem schwieg eine Weile. »Sie sind irgendwann verschwunden, wie alles im Meer.«

»Und hast du jemals wieder einen gesehen? War das wirklich der letzte? Das mag ich nicht glauben.«

»Ich habe viele Jahre Ausschau nach ihm gehalten, aber niemals einen erblickt. Doch ich kann dich trotzdem trösten. Mein jüngerer Cousin Pinswin, der Vater von Jessieanna, ist Paläontologe und Archäologe geworden und hat in Kalifornien ein Institut gegründet. Er hat im Laufe seines Lebens viele Fossilien ausgegraben und dabei auch Teile eines Skeletts gefunden, das er einem jungen Töveree zuordnen konnte. Es waren frische Knochen, keine Fossilien, ganz oben im Norden. Und es war ein Jungtier. Irgendwo muss es unseren Zauberfisch also noch geben.«

»Meinst du, er kommt jemals wieder nach Amrum?«

Skem blickte zu Boden. »Wer weiß.«

»Ich bin so froh, dass es ihn gibt.«

»Ja, es ist schön, wenn sich Kindheitsträume erfüllen. Für Pinswin war es auch so. Seit er klein war, wollte er einen Beweis für die Existenz des Töveree finden. Und wenn dich diese Geschichte jetzt ein wenig getröstet hat, dann hat der Zauberfisch auf Umwegen sogar dir Glück gebracht!«

»Ja.« Es war seltsam, aber zum ersten Mal seit Svens Tod spürte Valerie so etwas wie freudige Zuversicht. Sie stand auf. »Ich glaube, ich habe dich jetzt genug gestört. Du brauchst bestimmt deine Ruhe. Ich wollte sowieso noch einkaufen gehen. Die Läden schließen bestimmt gleich.«

»Würdest du mir Kartoffeln mitbringen?«

»Klar, gerne. Du liegst sowieso auf meinem Rückweg.«

Im Laden packte sie außer den Kartoffeln noch Büchsen mit Ravioli und Spaghetti in Tomatensauce ein, weil die sich so gut über dem Campingkocher warm machen ließen. Tee, Kakao, Schokolade. Schließlich war sie im Urlaub.

An der Kasse musste sie warten und betrachtete dabei einen Ständer mit Postkarten. Szenen vom Leuchtturm, von den Dünen, vom Sonnenuntergang. Das Übliche. Aber in der dritten Reihe blieb ihr Blick an etwas hängen, und sie hätte fast ihr Portemonnaie fallen lassen.

Diese Postkarten hatten einen schlichten weißen Hintergrund. Das Motiv war ursprünglich mit Kohle gezeichnet worden.

»Sapperlot«, murmelte sie leise. »Da hat jemand meine Strichmännchen geklaut!«

Das schlicht, aber schwung- und ausdrucksvoll gezeichnete Strichmännchen stand voller Freude an einem angedeuteten Strand, aber abgesehen davon ähnelte es dem Männchen aus ihrer eigenen Signatur aufs Haar.

Valerie beugte sich vor und las mit zusammengekniffenen Augen die bescheidene Signatur in der Ecke unten rechts.

Kalle Brennicke.

23

Spurensuche

Rimolog, Juni, Amrum

Ich sitze vor meinem Zelt. Ich fühle mich hier so geborgen, als hätte ich schon immer hier gelebt. Vielleicht weil der Gegensatz zu einem Berliner Mietshaus so gewaltig ist. Ich hatte noch nie dermaßen viel Raum für mich, obwohl das Zelt so klein ist. Alles ist so anders. Man kann einfach da sein ohne viel Drumherum. Ein bisschen wie in der Heidelerche, nur viel stärker. Natürlich gibt es noch andere Leute auf dem Campingplatz, aber sie stören sich nicht gegenseitig. Jeder macht sein Ding, man grüßt sich freundlich, hilft sich gegenseitig, aber man stört sich nicht.

Gut, dass ich hier Platz und Zeit zum Nachdenken habe. Es ist so gruselig, dass mein Vater, wenn er es wirklich ist, dieselben Strichmännchen malt wie ich! Das beweist wohl, dass er wirklich mein Vater ist. Und dass man auch Kreativität vererben kann. Oder eben Depressionen. Das ist wie Lotto. Ich hoffe, dass ich es trotzdem selbst in der Hand habe, was davon in meinem Leben gewinnt.

Josef ist davon überzeugt. Aber Sven konnte sich nicht wehren gegen seine Depressionen. Meine Mutter schon, nur anders. Doch meine Mutter habe ich gekannt. Dass ein Mann, den ich noch nie gesehen habe und er mich auch nicht, dieselben Dinge zeichnet wie ich, das ist unheimlich. Damit muss ich erst mal fertig werden. Auf einmal habe ich überhaupt keine Lust mehr, ihn kennenzulernen! Komisch. Eigentlich müsste mich das erst richtig neugierig machen.

Skem habe ich nicht erzählt, warum ich hier bin. Er hat mich auch nicht gefragt. Das ist sehr angenehm. Überhaupt mag ich ihn. Gut, dass nicht alle hier so sind wie sein pedantischer Neffe. Andererseits, wenn ich hier sehe, wie wunderbar die Natur ist, kann ich verstehen, dass der sie verteidigt.

Da ist noch etwas anderes, das ein bisschen unheimlich ist, aber es ist schön. Auch wenn es ihn hier nicht mehr gibt, ich habe doch endlich meinen Wasser-Glücksdrachen gefunden. Und das ist nicht einmal nur eine Geschichte davon, sondern es gibt ihn wirklich! Wissenschaftlich bewiesen. Ich freue mich darüber wie ein Kind. In jeder Buchhandlung habe ich Geschichten über gute Wasserwesen gesucht und nie die richtige gefunden. Und dann komme ich auf diese Insel, um meinen Vater zu suchen, und finde heraus, dass es meinen Glücksfisch gibt! Ist das nicht ein Zeichen, dass Hoffnungen und Träume manchmal dann erfüllt werden, wenn man es am wenigsten erwartet? Das ist jedenfalls das Beste, was mir bisher in diesem Jahr passiert ist.

Ich hätte Lust, ein Graffiti von ihm zu machen, aber ich habe natürlich keine Farben mit, und außerdem ist das auf dieser Insel bestimmt auch verboten. Es gibt noch nicht mal geeignete Wände dafür. Das kann ich ja machen, wenn ich wieder zu Hause bin.

Stattdessen werde ich jetzt mit meiner Kamera auf Pirsch gehen und diese interessanten Spuren im Sand aufnehmen. Damit lässt sich eine Menge anfangen. Ich hatte seit Svens Tod keine Lust mehr zum Fotografieren, aber jetzt gerade wieder. Es liegt an der Ruhe und der Weite und der Luft hier. Skem hatte wohl recht, als er in seiner bissigen Art feststellte, dass ich mich doch noch für das Leben interessiere. Er ist noch direkter als Josef. Er tut mir gut.

Der Wind blies Sand zwischen die Seiten, als sie ihr Tagebuch zuschlug. Sie schüttelte ihn nicht aus. Wenn er in Berlin herausrieselte, würde es wie ein Gruß von den Tagen im Zelt sein.

Später kniete Valerie mit ihrer Kamera im Watt und richtete das Objektiv auf einen Priel, in dem Rinnsale eine Zeichnung wie Adern oder Wurzeln hinterlassen hatten. Sie achtete nicht darauf, dass ihre Hose an den Beinen nass wurde, so fasziniert war sie von den Lichteffekten, die durch die Riffeln und Rinnsale entstanden. Selbst die kleinsten Muscheln warfen einen Schatten. Egal, worauf sie die Kamera richtete, es tat sich immer eine interessante Landschaft auf wie ein Gemälde.

»Achtung! Wenn Sie noch näher rangehen, tauchen Sie nicht nur Ihre Hosen, sondern auch das Objektiv ins Salzwasser.« Valerie richtete sich auf. Fenno Rossmonith! Natürlich. Aber warum klang seine Stimme so anders?

»Sie interessieren sich wohl wirklich für das Watt? Und Sie fotografieren?«, fragte er.

»Auch.«

Seine Stimme klang völlig verändert, warm und freundlich. Und das galt nicht nur für seinen Tonfall. Auch für seinen Blick. Tatsächlich lächelte er sogar beinahe. Auf einmal wirkte er jungenhaft.

»Habe ich wieder etwas falsch gemacht?« Valerie hatte extra ihr pinkfarbenes T-Shirt angezogen, damit er wenigstens nicht über ihre fehlende Sichtbarkeit meckerte. Und ihr Handy war auch aufgeladen, wenngleich nicht wasserdicht. Sie hatte allerdings nicht vor, sich einen Kompass zu besorgen. Wenn sie sich wirklich im Nebel verlief, würde er sie eben retten müssen. So, wie er von sich eingenommen war, würde ihm das sicher gelingen.

»Nein. Nicht dass ich wüsste.« Er musterte sie. »Glauben Sie wirklich, dass ich nur da bin, um den Feriengästen das Leben schwerzumachen?«

»Sind Sie nicht?«

»Eigentlich möchte ich ihnen zeigen, wie wundervoll diese Insel ist. Und alles, was hier lebt. Im Watt. In den Dünen. Und was da fliegt und schwimmt und gräbt.« In seiner Stimme war so viel Begeisterung, dass Valerie begann, sich für ihn zu erwärmen.

»Dann können Sie mir vielleicht sagen, was im Sand so flüstert. Es klingt die ganze Zeit wie eine kleine, feine, leise Musik. Als müsste ich gleich die Worte dazu verstehen können. Aber ich sehe nichts.«

Er lächelte. Tatsächlich, er lächelte. »Das hören Sie? Das nimmt kaum jemand wahr.«

»Ich habe sehr gute Ohren.«

»Das sind die Wattwürmer und die Sandklaffmuscheln und die Schnecken und die Sandflöhe. Die kleinen Seesterne, die herumkriechen. Die Einsiedlerkrebse, wenn sie fressen, die Sie aber nicht immer sehen, weil sie in ihren Muschelschalen hocken. Jede Menge Mikroorganismen. Der Sand ist voller Leben. Wenn es Sie wirklich interessiert, kann ich Ihnen Plankton unter dem Mikroskop zeigen. Sogar der Sand selbst ist interessant unter dem Mikroskop. Kieselalgen, Rädertierchen und vieles mehr. Ich kann Ihnen Lebewesen zeigen, von denen Sie noch nie gehört haben.«

»Ist das ein ernstgemeintes Angebot?«

»Sehe ich aus wie einer, der Scherze macht? Sie halten mich

doch für einen Pedanten. Pedanten haben keinen Humor. Für den Anfang leihe ich Ihnen ein Buch.« Er zog einen schmalen Band aus der Tasche. »Da steht drin, wie alles heißt, das Sie hier am Strand finden können. Was fotografieren Sie denn sonst so?«

»Spuren in der Stadt.«

»Stadt? Wie schrecklich.«

Schrecklich? In diesem Augenblick wurde ihr klar, wie sehr sie ihre Heimatstadt mochte und das verrückte bunte Leben dort mit Sven und mit ihren Farben und Bildern und der Musik. Mit Josef und der Currywurst von Schwupps. Mit dem Lärm und den Spuren. *Vergiss deine Farben nicht*, hatte Josef gesagt.

Hier gab es viel weniger Farben. Mehr in Pastell, dafür mit unglaublich vielen Schattierungen. Allein der Sand sah überall unterschiedlich aus, je nachdem, wie nass oder trocken er gerade war. Der Himmel hatte viel mehr Blautöne als in Berlin. Trotzdem überfiel Valerie in diesem Moment schmerzliches Heimweh.

»Ich wollte Sie nicht traurig machen«, sagte ihr unberechenbares Gegenüber plötzlich sanft. »Ich komme auch aus einer Stadt. New York.«

Verblüfft sah Valerie ihn an. »Wirklich? Damit hätte ich nicht gerechnet.«

»Gehen wir ein Stück?«

Sie steckte das Buch in ihre Tasche. »In Ordnung. Und vielen Dank für das Buch.«

»Wie heißen Sie eigentlich?«, fragte er, als sie nebeneinander am Strand entlangschlenderten.

»Valerie. Valerie Mohagen.«

Er blieb stehen und streckte ihr die Hand hin. »Lassen Sie uns noch einmal von vorn anfangen. Und das *Sie* lassen wir weg, einverstanden? Ich bin Fenno.«

»Was hat dich von New York hierher verschlagen? Und warum sprichst du so gut Deutsch ohne jeglichen Akzent?« Jetzt war sie doch neugierig geworden.

»Meine Großmutter Birke stammt von hier. Sie lebt auf den Bahamas. Ihr Sohn Max – mein Vater – ist zum Studieren nach New York gegangen. Er arbeitet dort in einem großen Verlag.«

Jetzt war es Valerie, die stehen blieb. »Moment mal. Etwa Birke Drewin? Ich habe einen Bildband von New York. Die Fotos sind von einem Jondris Drewin, und Birke Drewin hat die Texte dazu geschrieben. Mein Vater hat mir den Band geschenkt, weil ich mich so für Fotografie interessiere. Die Bilder haben mich inspiriert.«

Fenno hatte wirklich ein sehr sympathisches Lächeln. Verhalten und ein wenig schief, aber voller Wärme. »Ja, die beiden waren ein wunderbares, kreatives Team. Granny Birke war es auch, die mich mit ihrer Liebe zur Natur angesteckt hat. Ich habe oft meine Ferien bei ihr verbracht. Auf den Bahamas. Deswegen habe ich Biologie studiert, mit Schwerpunkt Meeresbiologie. Ach so, und Deutsch kann ich so gut, weil ich mit ihr immer deutsch gesprochen habe, mit ihr und Grandpa Jondris. Sie fand es wichtig, Sprachen zu lernen.«

»Und wie bist du jetzt hierhergekommen? Hat sie dich auch auf ihre alte Heimat neugierig gemacht?«

»Ja. Das hat sie wirklich. Und dann gibt es da noch ihren Neffen, Pinswin Jessen. Er ist Archäologe und Paläontologe und hat in Kalifornien ein Institut gegründet. Er ist übrigens auch hier aufgewachsen. Das Institut ist sehr erfolgreich und hat mehrere

Sponsoren. Pinswin hat einige erstaunliche Entdeckungen gemacht und auch viel darüber veröffentlicht. Er hat Geld beiseitegelegt für ein Projekt, mit dem er schon immer geliebäugelt hat. Als ich dann nach dem Studium überlegte, wo ich mich um einen Job bewerben sollte, hat er mir einen Vorschlag gemacht, den ich nicht ablehnen konnte.«

»Erzählst du mir Näheres darüber?«

Er blickte auf seine Uhr. »Sehr gerne, aber ein andermal. Ich muss jetzt zurück, ich habe einen Termin. Du sagtest, du wohnst auf dem Campingplatz? Dann lass uns doch morgen einfach um dieselbe Zeit am Leuchtturm treffen, einverstanden?«

»In Ordnung.«

Wie war das denn jetzt gekommen? Sie hatte eine Verabredung mit dem Pedanten. Valerie wunderte sich über sich selbst.

Sie holte sich beim Bäcker ein belegtes Brötchen und beschloss, Skem ein Stück Kuchen mitzubringen. Die Sache mit den Strichmännchen beschäftigte sie immer noch. Sie hatte das Bedürfnis, mit jemandem darüber zu reden. Nein, nicht mit irgendjemandem. Mit Skem.

»Störe ich?«, fragte sie über den Gartenzaun. Skem stand unten an der Treppe, auf seine Krücke gestützt, und wässerte seine Pflanzen mit einem Schlauch. »Ich habe Kuchen mitgebracht.«

»Und wahrscheinlich Fragen«, sagte Skem. »Alle kommen immer mit Fragen, auf die sie die Antwort eigentlich selbst wissen. Aber nein, du störst nicht. Kuchen ist keine schlechte Idee. Du kannst in die Küche gehen und uns eine Tasse Tee machen, während ich hier zu Ende gieße.«

»Skem«, begann Valerie, als sie inmitten der Zitronenbäume saßen und Rhabarberkuchen vertilgten, »ist es schlimm, wenn man Pläne ändert?«

»Warum sollte es? Es kommt darauf an, ob du selbst mit dem Grund einverstanden bist.«

»Ich weiß den Grund nicht.« Valerie dachte nach. »Vielleicht ist es einfach nur Angst.«

»Und? Überzeugt dich dieser Grund?«

»Nein«, gab sie zu. »Das ist unbefriedigend.«

»Willst du mir erzählen, was das für ein Plan ist? Hat er damit zu tun, dass du hier bist?«

»Ja.« Sie beschloss, sich Skem anzuvertrauen. Er würde es bestimmt nicht herumerzählen. »Ich bin hergekommen, weil ich meinen biologischen Vater kennenlernen wollte.«

»Aha.« Skem hob eine seiner eisengrauen, buschigen Augenbrauen. »Weiß er von deiner Existenz?«

»Nein.«

»Nun, dann sind deine Zweifel immerhin verständlich. Und er lebt hier auf Amrum?«

»Ja. Er heißt Kalle Brennicke. Kennst du ihn?«

Skem warf ihr einen merkwürdigen Blick zu und lehnte sich zurück, nachdem er den letzten Krümel vom Teller gepickt hatte. »Danke für den Kuchen. Eine schöne Abwechslung. Kalle Brennicke ist der Lebensgefährte meiner Nichte Rhea.«

Valerie ließ fast den Teller fallen. »Wirklich? Und wie ist er?«

»Das solltest du selbst herausfinden. Menschen lassen sich nicht mit ein paar Worten beschreiben. Ich bin nicht der Meinung, dass du Angst vor ihm haben müsstest. Was ich dir noch sagen kann: Er hat meine Nichte sehr glücklich gemacht. Und ich bin selbst sehr froh, Kalle Brennicke kennengelernt zu haben. Das sage ich nicht von vielen Menschen.«

Das klang beruhigend.

»Skem, findest du, dass ich zu ihm gehen sollte, oder lieber nicht?«

»Das kannst du nur selbst entscheiden, Mädchen! Nimm dir die Zeit dafür, die du brauchst. Wenn es etwas hier auf der Insel gibt, dann Zeit, Ruhe und Raum zum Nachdenken. Ich habe manchmal sehr lange über Dinge nachgedacht.«

»Ja. Ich glaube, ich brauche noch Zeit. Skem? Erzählst du mir die zweite Geschichte?«

»Welche Geschichte?«

»Die von der Frau, die seit Hunderten von Jahren tot ist. Und vor allem von der anderen Frau, die damit zusammenhängt.«

Skem betrachtete sie zweifelnd. »Die habe ich noch niemandem erzählt.«

»Warum nicht?«

»Weil sie zu persönlich ist. Und weil ich ein schweigsamer Mensch bin.«

»Aber du hast gesagt, du bist altersmilde geworden. Wird man da nicht offener? Außerdem, sieh es doch mal so: Wenn du von dieser anderen Frau niemandem erzählst, kann sich später keiner mehr an sie erinnern. Niemand wüsste etwas von ihr. Das wäre doch schade, wenn sie dir so wichtig ist.«

Skem lachte belustigt auf. »Du bist wirklich genauso hartnäckig wie ich. Ich glaube, du hättest Marie gefallen.«

Valerie rückte ihren Stuhl ein wenig näher an seinen. »Marie?«

Skem

1940

Pommern

24

Am Fluss

Die alte Bäuerin servierte den Soldaten in ihrer Küche großzügig von ihren Pommer'schen Schmandklopsen. Sie mochte die Männer, die derbe Witze rissen, und deren grölendes Gelächter, mit dem sie ihre Angst vor der Front verdrängten. So viele Menschen waren lange nicht auf dem Hof gewesen, nicht seit ihr Franz von seinem Pferd abgeworfen und tödlich von einem Huf getroffen worden war.

Sie würden das Vaterland verteidigen, das Reich groß machen, diese Männer. Sie sollten so viel Fleisch bekommen, wie sie wollten.

Skem war längst satt. Fisch wäre ihm lieber gewesen. Er lehnte sich auf seinem Stuhl zurück und dachte an das Meer. *Pommern* bedeutete *»entlang des Meeres«*. Er war hier nicht weit weg vom Meer, auch wenn es nicht sein Meer war, nicht die wilde Nordsee, nur die kleine, sanfte Ostsee. Immerhin. Er bildete sich ein, in der Ferne die Wellen rauschen zu hören, wenigstens ein Flüstern im Wind. Den groben Witzen der anderen lauschte er höchstens mit einem viertel Ohr. Die Bäuerin dagegen stimmte herzlich in das Gelächter der Männer ein und schenkte Bier nach.

Skem nickte ihr zu und verließ das Haus leise durch die Küchentür, von der aus wackelige Stufen in den Garten führten. Der Frühsommernachmittag lag warm im ungemähten Gras.

Zwei braune Hühner pickten neben einem Brunnen. Dahinter lehnte eine Leiter an einem Kirschbaum, dessen Zweige schwer an den reifen Früchten trugen. Skem bewunderte die dunkelrote Farbe. Ein Bild des Friedens. Hier in diesem Idyll kam er sich in seiner Uniform noch alberner vor als ohnehin schon.

Für ihn war es völlig fremd, so lange und so eng mit anderen Männern zusammen zu sein. Er, der immer der Außenseiter gewesen war, der bis auf Drees und die unsichtbare Marta seiner Phantasie kaum Freunde hatte. Es war eine neue Erfahrung für ihn, anstrengend, aber nicht immer unangenehm. Manchmal genoss Skem diese Kameradschaft. Aber dann wieder brauchte er einen Augenblick für sich, so wie jetzt. Er prägte sich das Bild ein: Die wildwuchernde Wiese, die Hühner, die Kirschen. An der Front würde es anders aussehen. Der Krieg war für ihn schwer vorstellbar, aber er machte sich keine Illusionen. Die Sache mit dem Vaterland interessierte ihn nicht. Amrum war schon immer eine Welt für sich gewesen. Mit dem Festland und der Politik hatte man da wenig am Hut. Auf Amrum war alles weit weg. Skem war nur hier, weil ihm nichts anderes übrigblieb. Nun galt es zu überleben, bis er zurückkehren konnte. Andererseits war er hier weit von dem Ort seiner Schuld, seines Verrats. Das tat sogar gut.

Hatte er es überhaupt verdient zurückzukehren?

Zwischen den tiefhängenden Ästen mit den dunklen Kirschen entdeckte er etwas, das dort nicht hingehörte. Zwei schlanke, braune Füße. Er trat näher und sah nach oben. »Nicht erschrecken! Kann ich Ihnen helfen?«

Augen, dunkel wie die Kirschen, erwiderten seinen Blick. »O

ja, danke! Sie könnten mir den Eimer abnehmen, bitte. Leeren Sie ihn dort in den Korb auf dem Leiterwagen und reichen Sie ihn mir wieder hinauf, ja?«

Er tat wie geheißen, und war erstaunt über sich selbst, als er behutsam die duftende Ernte in den Korb rollen ließ. Er hatte sich Marta Gössling so oft vorgestellt, dass er genau wusste, wie sie aussah. Nur bezüglich der Augenfarbe war er sich nie sicher gewesen. Je nach seiner Stimmung waren ihre Augen mal meerfarben, mal wie Brombeeren. Jetzt aber war er sich sicher. Dunkel waren sie, glänzend wie reife Kirschen.

»Vielen Dank, Herr … wie heißen Sie denn?«

»Oh, Verzeihung.« Zu spät fielen ihm seine Manieren ein. Er benutzte sie so selten, draußen in seiner Einsamkeit auf dem Kniepsand. Das Meer und die Möwen verlangten solchen Firlefanz nicht. Dort brauchte sich keiner vorstellen. Da war man einfach nur gegenwärtig. »Man nennt mich Skem. Skem Rossmonith.«

Seine Kameraden riefen ihn »Ross«. Fast hatte er in diesem anderen Leben vergessen, wer er eigentlich war.

»Man nennt Sie Skem? Und wie heißen Sie wirklich?«

»Das ist so lange her, das weiß ich beinahe nicht mehr.« Nach der Sache mit dem verkauften Töveree hatte er stets das Gefühl, das Recht an seinem Taufnamen verwirkt zu haben. Das Recht, er selbst zu sein. Außerdem, solange er den spöttischen Spitznamen »Skem«, »Schimmer«, trug, blieb etwas von dem Leuchten des verlorenen Glücksfisches wenigstens in diesem Wort lebendig.

»Ich bin Marie. Einen Eimer noch, dann komme ich herunter.«

Skem sammelte inzwischen die heruntergefallenen Früchte

auf. Er ließ nicht gern etwas verderben, dafür hatten sie zu oft Not gelitten in den Amrumer Wintern.

Er hielt ihr die Leiter, als sie so weit war, aber das hätte sie nicht gebraucht. Sie hatte ihren Rock hochgebunden und kletterte so behände herunter wie ein Eichhörnchen.

»Sind Sie auch vor der Gesellschaft geflüchtet?« Sie wies mit dem Daumen über ihre Schulter. »Meine Mutter mag die Männer. Die Einquartierung kommt ihr gerade recht. Mir sind sie zu laut.«

»Mir auch«, gab er zu. »Da, wo ich herkomme, rauschen nur die Wellen, und man kann sogar die winzigsten Lebewesen im Sand flüstern hören.«

»Wo kommen Sie denn her?« Marie blinzelte gegen die Sonne zu ihm auf. Sie stand im Licht und sah aus, wie er sich immer seine Marta vorgestellt hatte. Dunkle Haare, hochgesteckt zu einem flüchtigen Knoten, aus dem sich Strähnen lösten und um ihr schmales Gesicht lockten. Augenbrauen, ein wenig schräg, wie Flügel. Ein Lächeln, das sich ganz langsam ausbreitete wie die Flut und dann weit wurde wie der Horizont. Sie reichte ihm gerade bis zur Schulter. Skem spürte den Impuls, sie zu beschützen. Vor Leitern. Vor Lärm. Vor Krieg..

Er zog den schweren Leiterwagen unter das Dach neben der Küche und erzählte dabei von seiner Insel.

»Ich würde sehr gern einmal Ihre Nordsee sehen und diesen Strand, der endlos ist wie die Wüste«, sagte sie sehnsuchtsvoll. »Ich war noch nie woanders.«

»Vielleicht wenn der Krieg vorbei ist?«

»Ja. Mein Verlobter und ich wollen eine Reise nach Königsberg machen.«

»Wo ist denn Ihr Verlobter?«

»Er ist schon lange an der Front. Er hat sich gleich freiwillig gemeldet.« Warum flog kein Schatten über ihr Gesicht, als sie das sagte?

Er hätte wieder in die Küche gehen sollen, zu den Kameraden. Aber er blieb stehen.

»Ich müsste meiner Mutter zur Hand gehen«, sagte Marie, doch auch sie zögerte. Von drinnen tönte immer noch betrunkenes Gelächter.

Das Johlen schwappte die Stufen hinunter, zusammen mit dem Geruch nach Senf und Bier.

»Kann man hier irgendwo angeln?«, fragte Skem nach einer Weile.

»Ja. Kommen Sie mit!« Sie verschwand um die Hausecke, und Skem musste sich beeilen, um sie nicht aus den Augen zu verlieren. Sie liefen durch die stillen Straßen von Krössin, dann einen Feldweg entlang.

»Warten Sie.« Skem blieb an einem Haselnussstrauch stehen, zog sein Messer aus der Tasche und schnitt sich eine geeignete Rute. Zu seiner Überraschung suchte auch Marie ein Messer irgendwo zwischen den Falten ihres Kleides hervor und sägte sich selbst ein Stück ab. Anders als seines war es kurz und dick. Sie fing seinen erstaunten Blick auf und lachte. »Das ist nicht zum Angeln. Sie werden schon sehen.«

Hundert Schritte weiter gelangten sie an einen Fluss, der sanft durch grüne Wiesen mäanderte.

»Das ist die Persante«, sagte Marie mit einem Anflug von Stolz und Verlegenheit in der Stimme. »Ich bin mit ihr befreundet. Schon immer.«

Er konnte nicht aufhören, sie anzusehen. Nie hätte er es für möglich gehalten, dass jemand außer der Marta seines Wunschdenkens einmal so etwas zu ihm sagen würde.

»Lachen Sie mich jetzt aus?«

»Nein. Ich bin selbst mit der Nordsee befreundet. Und mit jedem Sandkorn auf dem Kniep.«

»Kniep. Wie nett das klingt«, sagte sie verträumt. »Sehen Sie, dort auf dem umgefallenen Baum über dem Wasser kann man gut sitzen.«

Der Baum lag schon lange dort, die Rinde fortgespült, das Holz glatt und warm und honigfarben.

Skem hatte immer eine Schnur und einen Haken bei sich. Nicht weil er glaubte, im Krieg oft angeln zu können. Aber in der Not war es gut, vorbereitet zu sein. Außerdem war es sein Talisman. Es gab ihm das Gefühl, die Dinge wenigstens noch ein wenig im Griff zu haben. Man konnte im Strom des Lebens nach mehr angeln als nur nach Fischen. Mut. Hoffnung. Zuversicht. Dem Blick für das Schöne, und sei es nur ein Huhn im Gras. Oder das Lächeln von Marie.

Während Skem einen Wurm aufspießte und geduldig die Schnur in das Wasser hielt, das unbeirrt seinen Weg nahm, zauberte Marie einen alten Eimer aus dem Gebüsch. »Manchmal sammle ich Sachen«, sagte sie auf seinen erstaunten Blick hin. »Steine, Holz. Blüten … Da können Sie die Fische hineintun.«

»Wenn ich welche fange.«

»Sie fangen welche.« Sie sagte es mit ruhiger Sicherheit.

Es dauerte tatsächlich nicht lange, bis die erste Meerforelle anbiss. Wenig später beherbergte der Eimer nicht nur Forellen, sondern auch Äschen und Lachse.

»Die Persante ist einer der besten Fischgründe«, sagte Marie. »Als ich klein war, hat mein Vater mich mit zum Angeln genommen. Als er starb, habe ich es manchmal allein getan, das machte ihn mir immer ein bisschen lebendig.«

»Wirklich?« Er sah sie verblüfft an. »Ich habe meinen Vater auch früh verloren und es genauso gemacht. Aber wir haben den Fisch ohnehin gebraucht.«

Marie baumelte mit den Füßen im Wasser und schnitzte an dem Stück Ast herum, das sie sich vorhin abgeschnitten hatte. Oben und unten jetzt sanft gerundet, wurde es ein Oval. Dann schnitzte sie in die Rinde ein unglaublich feines Muster, wenn man ihr grobes Werkzeug bedachte. Oben bohrte sie ein Loch hinein. Skem hatte Angst um ihre Finger, aber sie war geschickt mit dem Messer, als würde sie es jeden Tag so benutzen.

»Wann muss Ihre Kompanie weitermarschieren?«, fragte sie.

»Wann immer der Major den Befehl gibt. Ich weiß es nicht. Eine Woche, zwei Wochen oder nur ein paar Tage. Es hängt von der Situation ab.«

»Mein Verlobter kommt vielleicht bald auf Urlaub heim von der Front.«

»Das freut mich für Sie.«

Sie zog einen Faden aus dem Saum ihres Rocks und noch einige mehr, zwirbelte die blauen, grünen und gelben Fäden zusammen, bis eine bunte Schnur entstand. Die Farben Amrums, dachte er. Meer, Sand. Himmel. Derselbe Himmel wie hier, kaum zu glauben.

»Wohin fließt die Persante?«

»In die Ostsee. Bei Kolberg.«

Irgendwann würde das Wasser die Spuren dieser Momente

mit Marie hier am Fluss bis in die See tragen, dachte Skem. Dann mit den Strömungen eines Tages vielleicht bis Amrum. Wenn er jemals zurückkehrte, würde er nie wieder in die Wellen sehen können, ohne an Maries Lächeln zu denken und ihre sommergebräunten Finger, die so geschickt mit dem Messer und den Fäden umgingen.

»Hier. Für Sie. Für dich«, sagte sie und sah ihm in die Augen. Sie hängte ihm das Holz um. »Es soll dich da draußen an der Front beschützen. Und auch sonst. Es ist übrigens ein kleiner Hohlraum innen, der hinten mit einem Pfropf verschlossen ist. Falls du einmal etwas Kleines, Wertvolles aufbewahren möchtest.«

»Danke… Sie … du hättest deinen Rock nicht für mich beschädigen sollen.«

»Ich wollte schon immer Fransen am Rock. Das sieht fröhlicher aus, findest du nicht? Wir brauchen alle etwas Fröhlichkeit. Aber anders als die Witze deiner Kameraden.«

»Ja«, stimmte er zu. »Anders.« Er hätte sie so gern geküsst. Aber sie war verlobt. Und einen Kameraden an der Front hinterging man schon gar nicht.

»Es wird Abend«, sagte sie. »Meine Mutter wird mich schon suchen. Doch über die Fische wird sie sich freuen. Das spart Fleisch.«

»Und die Kameraden werden denken, ich sei desertiert. Aber ich nehme die Fische rasch noch hier aus. Das Mindeste, was ich tun kann, ist, deiner Mutter etwas Arbeit abzunehmen. Bleib noch einen Augenblick sitzen. Und noch mal vielen Dank für das hier!« Er legte die Hand um das Holz auf seiner Brust. »Ich bin mir sicher, es wird mir Glück bringen.«

»Sehr gern geschehen. Ich wünschte, ein Stück Holz besäße wirklich solche Macht.«

»Deine Gedanken, mit denen du es geformt hast, besitzen sie.« Verlegen beugte er sich über seine Arbeit. Er war solche Gespräche nicht gewohnt. Was war das mit Marie? Er hatte nie geahnt, dass es so etwas gab. Dass man sich traf und einander vom ersten Blick und Augenblick an verstand, als hätte man sich schon immer gekannt.

Er zerlegte die Fische säuberlich und warf die Innereien in den Fluss, wo sich die anderen Fische darüber hermachten. Er sah einen Hecht, groß, würdevoll in dem klaren Wasser vorbeigleiten, gesprenkelt von dem tiefstehenden Sonnenlicht, das bis auf den Grund fiel. Da er einmal dabei war und den Moment hinauszögern wollte, schuppte er die Fische gleich noch ab. Wie winzige silberne Blitze rieselten die Schuppen zu Boden und funkelten auch dort noch in den letzten Sonnenstrahlen. Er dachte an den Töveree. Marie mochte Fische.

»Magst du eine Geschichte aus meiner Heimat hören?«

Sie nickte eifrig. »Unbedingt.«

So erzählte er ihr von dem legendären großen Fisch, der Schutz und Hoffnung brachte und ein Leuchten in die kalte Dunkelheit des Winters und die Herzen der Menschen. Es war das einzige Geschenk, das er ihr machen konnte.

»Wie wunderbar«, sagte sie nach einem Moment des Schweigens, als er geendet hatte. Die Fische waren küchenfertig. Er bot Marie die Hand, um ihr vom Baumstamm zu helfen. »Wie gern würde ich dieses Wesen einmal sehen!«

Er hatte ihr nur die Legende erzählt, nicht seine eigenen Erlebnisse mit dem Töveree. Auch nichts von seinem Verrat. Davon, dass er sich an den sterblichen Überresten bereichert hatte. Gern hätte er es endlich jemandem gebeichtet. Fast wäre er bei Marie so weit gewesen. Doch er hatte keine Worte dafür. Außerdem war der Tag unwiderruflich zu Ende.

»Was ist das für ein Duft?«, fragte er, als er hinter ihr durch die Dämmerung ging, den schweren Eimer mit den Fischen in der Hand. Es musste irgendein Kraut sein, das in der taufeuchten Wiese blühte, aus der Abendnebel stieg. So etwas hatte er noch nie gerochen. Süß und frisch und dabei ein wenig herb. Wie ein Geruch aus einem Traum, fast unwirklich und doch so intensiv, dass Skem nicht genug davon bekommen konnte. So verlockend wie ein Versprechen und eine Hoffnung. Marie musste im Halbdunkel auf ihre Schritte achten und drehte sich nicht zu ihm um, aber sie fasste mit einer Hand nach dem lockeren Knoten, in den sie ihre Haare hochgesteckt hatte. »Du meinst sicher die Zitronenblüte.«

Jetzt erst sah er, dass eine unscheinbare Blütentraube in ihrer Haarspange steckte. Kleine weiße Blüten mit fünf Blütenblättern, die sich nach außen bogen, mit einer grünen Mitte. Marie blieb stehen. »Riech mal daran«, forderte sie ihn auf.

Sie hatte recht. Nicht zu glauben, dass diese kleinen unscheinbaren Blüten diesen überwältigenden Duft von sich gaben! Er passte hervorragend zu Marie.

»Wir sind gleich da. Ich zeige dir etwas. Sei leise, ehe meine Mutter uns hört. Die Schelte können wir uns nachher immer noch abholen.«

»Vielleicht können wir sie mit den Fischen ausreichend bestechen.«

Sie schlichen an der Küchentür vorbei. Marie bedeutete ihm, den Eimer daneben abzustellen. Marie spähte in das Fenster und lächelte. »Ein Hoch auf die Pommer'schen Schmandklopse«, sagte sie. »Deine Kameraden sind davon so gutgelaunt, dass sie mit meiner Mutter Karten spielen. Wenn sie Karten spielt, vergisst sie die Zeit. Und mich.« Sie winkte ihm, dass er folgen sollte. Hinter dem Hühnerstall zeigte sie ihm eine geschützte Ecke an einer alten Steinmauer. Die Wärme des Tages strahlte noch von den Ziegeln aus. Der Duft war hier so stark, dass er Skem zu Kopf stieg wie ein Rausch.

»Das ist mein Zitronenbaum«, sagte Marie stolz.

Der Baum stand in einem halben Fass und war so groß wie Marie. Er hatte glänzende grüne Blätter. Dazwischen leuchteten im Halbdunkel die weißen Blüten. Früchte aller Größen hingen daran, von fingernagelklein und grün bis apfelgroß und gelb.

»Ich wusste nicht, dass in Pommern Zitronen wachsen«, sagte Skem verwundert und fuhr mit einem Finger über die Blätter. Ein anderer Geruch stieg auf, einer, den er kannte. Nach reifen Zitronen, frisch und leicht. Der Duft der Blüten aber war ein ganz eigener.

»Ich muss gut auf ihn aufpassen, und im Winter kommt er in ein warmes Gebäude. Nicht zu warm, aber frostfrei. Er braucht guten Dünger. Und ich rede mit ihm«, gestand Marie. »Es ist mein Trostbaum. Als mein Vater starb und ich so traurig war, kam manchmal ein Herr vom Gut Podewils auf unseren Hof. Er kaufte Mutters Apfelmost. Er sah mich weinen und nahm mich in den Arm. Er besaß die gütigsten Augen, die ich jemals in einem Menschen gesehen habe. Als er das nächste Mal kam, auf seinem schwarzen Pferd, brachte er mir einen kleinen Baum in einem Topf mit. Er sagte zu mir, ›Marie, das ist ein Zitronenbaum. Er ist etwas ganz Besonderes. Im Winter erzählt er dir Geschichten vom Sommer, und seine Früchte lindern jede Erkältung. Im Sommer duftet er erfrischend, und das Getränk aus seinen Früchten kühlt und belebt. Wenn du immer auf ihn aufpasst, dann passt er auch auf dich auf. Es ist gut, etwas oder jemanden zu haben, ein Lebewesen, für das man sorgen kann. Du kannst mit ihm gemeinsam wachsen. Wenn du traurig bist und niemand anderen hast, dem du etwas erzählen kannst, dann wird er dir zuhören. Und wenn du deine Nase in seine Blüten steckst, dann wirst du stets wissen, dass es im Leben immer auch etwas Gutes gibt.‹« Marie strich zärtlich über die Blätter, wie er es eben selbst getan hatte. »Er hatte recht. Der Baum hat mir seitdem immer geholfen.«

»Diese Geschichte passt gut zu der vom Töveree«, sagte Skem leise. »Ich bin sehr froh, dass du diesen Baum hattest.«

Sie lächelte ihn an. »Ich wusste, du würdest das verstehen. Bernhard bezeichnet es als meine Marotte.« Sie ging hinüber zu einem Strohballen und zog etwas dahinter hervor. Zwei Gläser und ein Messer. »Pflück uns eine Zitrone, ja?«

»Wirklich? Darf ich?« Er wählte mit Bedacht eine reife Frucht. Marie schnitt sie auf und drückte in jedes Glas etwas von dem Saft. »Komm.« Sie zog ihn zum Brunnen, schöpfte Wasser und füllte die Gläser, gab ihm eines. Hinter einer Linde stieg unmerklich eine schmale Mondsichel hervor. »Auf das Leben«, sagte Marie und stieß mit Skem an.

»Auf das Leben und auf dich«, sagte er. Die Gläser waren aus grobem Glas und klangen nur stumpf aneinander, aber für Skem war es Musik. War er jemals so hungrig auf das Leben gewesen wie jetzt gerade?

Marie schüttelte drei Kerne aus den Zitronenhälften. »Gib mir noch mal deinen Anhänger«, bat sie. »Schau, hier ist der Hohlraum. Ich stecke die Kerne hinein, so.« Sie verschloss die kleine Öffnung fest und hängte ihm den Glücksbringer wieder um. »Nun hast du auch immer etwas Lebendiges bei dir. Vielleicht wird eines Tages ein Baum daraus, und wenn er blüht, denkst du an die Persante. An die Fische. An heute.«

In der Küche ging das Licht aus. Jetzt sah man das Mondlicht auf dem Gras. Dafür konnte er Maries Gesicht nicht mehr erkennen.

»Nicht an die Persante. An dich«, flüsterte Skem.

Der Wind trieb Duft um die Hausecke.

Die Blüten des Zitronenbaums mochten nach Dämmerung und Geheimnissen duften, die Blätter und Früchte aber rochen nach einem Sommermorgen. Nach einem neuen Tag.

Nach einem Beginn.

Pommer'sche Schmandklopse

Klopse:
750 g gemischtes Hack (Rind, Kalb, Schwein)
1 Salzhering
2 Eier
8 EL Schmand
50 g Semmelbrösel
Salz und Pfeffer

Salzhering von Gräten befreien und kleinschneiden. Mit den übrigen Zutaten zu einem geschmeidigen Fleischteig verkneten. 12 bis 15 Klopse daraus formen, am besten mit feuchten Händen.

Soße:
500 ml Fleischbrühe
1 Lorbeerblatt
1 EL Butter
abgeriebene Schale einer unbehandelten Zitrone
1 EL Pfefferkörner
1 EL Kapern
2 EL Senf
250 ml Schmand

Fleischbrühe mit Lorbeerblatt, Butter, Pfefferkörnern und Zitronenschale zum Kochen bringen. Klopse hineingeben und herunterschalten. Etwa 10 bis 12 Minuten ziehen lassen, herausnehmen und warm stellen.
Brühe auf etwa die Hälfte einkochen lassen, mit Schmand und Kapern mischen und kurz erhitzen. Mit Salz und Pfeffer abschmecken.
Von der Kochstelle nehmen, Senf und Klopse dazugeben und kurz erwärmen, nicht mehr kochen.
Mit Reis und Roter Bete servieren.

Valerie

Amrum

2009

25

Einblicke

»Komm schon! Oder sind dir hundertsiebenundneunzig Stufen zu viel?«, spöttelte Fenno. »Wenn du etwas über die Insel erfahren willst, musst du dir erst mal einen Überblick verschaffen.«

Valerie ärgerte sich, weil sie schon bei der fünfunddreißigsten Stufe des Leuchtturms ins Schnaufen kam. Fenno schien unverschämt fit zu sein, er wäre ohne sie mühelos schneller gewesen.

Oben vergaß sie alles. So viel Licht war hier und Himmel, und sie waren hoch wie eine Seeschwalbe im Flug. Der Mittelpunkt der Welt schien genau hier zu sein, denn um sie herum, weit unten, breitete sich ein Teppich aus Dünen aus. Die Häuser wirkten wie Spielzeug, die Zelte auf dem Campingplatz waren noch winziger. Das Meer glitzerte in allen Blau-, Grau- und Grüntönen. Es war seltsam, von oben auf die segelnden Möwen zu blicken. Segel gab es auch am Horizont, so leicht und winzig wie Motten.

Staunend sah Valerie sich um. Sie war Höhen gewohnt, von den Dächern mit Pani, von anderen Dächern mit Sven. Von Brücken mit Sven. Das letzte Mal, als sie so weit oben gestanden hatte, war sie mit Sven auf dem Funkturm gewesen.

Sven.

Ihr wurde schwindelig. Eine Bö erfasste sie, es wurde dunkel, und ihre Knie wurden weich. Wo war oben und wo unten? Ihr war übel.

»Hey.« Jemand hielt sie fest. Die Turmgalerie hörte auf zu schwanken. »Warum hast du mir nicht gesagt, dass du nicht schwindelfrei bist?« Besorgnis und Empörung hielten sich in Fennos Stimme säuberlich die Waage.

»Bisher hatte ich noch nie Probleme mit Höhe!«

»Das merke ich.«

Valerie machte sich wütend frei. Fenno hatte sie nicht im Arm zu halten! *Das durfte nur Sven.*

Mit Sven hatte sie stets gewusst, wo der Boden war.

Ihre Beine waren immer noch wie Gummi, und in ihrem Gehirn tobte ein Kreisel.

»Setz dich hin.« Fenno drückte sie behutsam auf den Boden, wo sie sich an die Wand lehnen konnte. Er fischte etwas aus den zahllosen Innentaschen seiner Outdoor-Weste. »Nimm zehn Tropfen davon. Das ist für den Kreislauf.« Fenno drückte ihr ein Fläschchen in die Hand. Sie starrte darauf, ohne es zu sehen. Schließlich nahm er ihr die Flasche wieder ab und schraubte sie auf. »Mund auf!« Zu kraftlos, um sich zu streiten, gehorchte sie. Die Tropfen schmeckten bitter, aber der Kreisel hörte auf, sich zu drehen.

Wie konnte ihr so was passieren, ausgerechnet in Gegenwart des Wattführers? Ihr, die auf den Dächern und Brücken Berlins zu Hause war. Würde sie ohne Sven jetzt immer so den Halt verlieren?

Fenno hockte sich vor sie hin und wischte ihr mit einem Finger eine Träne ab. So ein Mist! Hier oben konnte man nicht im Boden versinken, nicht wegrennen, und die sprichwörtlichen Mäuselöcher zum Hineinkriechen gab es auch nicht. Sie hatte gar nicht bemerkt, dass sie schon wieder heulte. Er blickte mitfühlend und besorgt. In dem dunklen Blau entdeckte sie warme braune Spuren von der Farbe des Sandes, wenn die Flut ablief.

Die Tränen rannen weiter. Valerie konnte einfach nicht aufhören. Dabei hätte sie so gern die Insel gründlich von oben bewundert. Aber als sie sich aufrappelte und hinuntersah, verschwamm alles zu einem nassen, undeutlichen Aquarell.

»Wir gehen erst mal runter. Ich helfe dir. Wir können ein andermal wiederkommen.«

»Ich schaffe die Treppe schon allein. Danke. Deine Tropfen haben geholfen.« Es half auch, sich auf die Stufen konzentrieren zu müssen. Eine nach der anderen. Abwärts schienen es gar nicht so viele zu sein. Schade. Wenn sie nie unten angekommen wären, hätte sie Fenno auch nichts erklären müssen.

Aber er verlangte gar keine Erklärung. Unten angekommen, wandte sich Fenno um. »Wenn du magst, können wir zu mir gehen. Ich wollte dir doch etwas unter dem Mikroskop zeigen.«

Auf dem Weg durch die sonnenwarmen Dünen wurde es ruhiger in ihr, und die Tränen versiegten endlich. Sie fühlte sich leer und seltsam still. Als würde nun, da sich nichts mehr um sie drehte, alles anhalten und sich gar nichts mehr bewegen, eingefroren für alle Zeit.

Sie folgte Fenno, der stets auf den Weg achtete und darauf, auf keine Pflanze zu treten.

»Eine Scheune? Du wohnst in einer Scheune?« Verblüfft blieb Valerie stehen, als hinter den Dünen und ein paar Kiefern ein großes, hölzernes Gebäude auftauchte und Fenno einen Schlüssel in das Schloss der riesigen Tür schob.

»Sie gehörte einmal zu einem Bauernhof. Von dem ist nur diese Scheune übriggeblieben. Elvar von Sommerreich hat sie später gekauft und ausgebaut. Das war der alte Herr, von dem ich vor einem halben Jahr sehr günstig die Scheune erworben habe, bevor er starb. Er hatte gerade seine Frau verloren und war selbst krank. Er wollte das Haus in guten Händen wissen.« Die Flügeltüren schwangen auf. »Ich fühlte mich sehr geehrt, dass er mich für den richtigen Nachfolger hielt. Aber er kannte meinen Onkel Pinswin und natürlich meine Tante Filine, und es ist ja deren Projekt, weswegen ich hier bin. Elvar war begeistert davon. Ich erzähle dir später Näheres, wenn du willst. Komm erst mal rein.«

Drinnen war es nicht so dunkel, wie sie erwartet hatte, weil ein Teil des alten Daches durch Glas ersetzt worden war. Es roch nach Holz, Sägespänen und Farben. In den Ecken gab es Bücherregale verschiedenster Art, unter ihrer Last gebeugt. Diverse Sessel und Tische verschiedener Größen standen in lockeren Grüppchen herum wie Gäste auf einer Cocktailparty. Offenbar waren die Sitzmöbel nicht nach Stil und Geschmack, sondern nach Gemütlichkeit zusammengesucht worden, und genauso wirkte auch alles. Behaglich. Eine Ecke war abgeteilt, wahrscheinlich das Schlafzimmer, vermutete Valerie. In einer anderen befand sich eine offene Küche mit einem Tresen. Der Rest war ein riesiger Raum, der dazu einlud, zu tun und lassen, was man wollte. Denn auf der einen Seite gab es keine Sessel, sondern Werkbänke und großzügige Arbeitstische. Und …

»Farben! Du hast jede Menge Farben!«, entfuhr es Valerie und steuerte sofort darauf zu. Der vertraute Geruch kam ihr entgegen.

»Das ist alles von Elvar. Zu ihm durften schon immer alle Kinder der Insel und der Feriengäste zum Basteln und Werken kommen, ebenso wie die Erwachsenen, wenn sie Werkzeug oder einen geselligen Platz zum Arbeiten suchten. Er stellte Material, den Platz, Getränke und ein hilfreiches Wort oder ein offenes Ohr. Für die halbe Insel gehören die Stunden in Elvars Scheune zu ihren schönsten Erinnerungen. Frag meine Cousine Jessieanna. Die hat hier angefangen, ihr Gewerbe zu gründen.«

»Was für ein Gewerbe?«

»Lass es dir von ihr selbst erklären. Sagtest du, du brauchst Farben? Bediene dich. Aber ich dachte, du fotografierst?«

»Nicht nur. Kann ich das Stück Pappe dort benutzen?«

»Was immer du möchtest. Wollen wir jetzt erst das Mikroskop …« Fennos Handy piepte. Er lauschte einen Augenblick angespannt. »Ich mach mich sofort auf den Weg.«

Als Fenno auflegte, waren die Wärme und Offenheit aus seinem Ausdruck verflogen. Nun trug er wieder sein offizielles Gesicht. »Wieder ahnungslose, leichtsinnige Feriengäste im Watt, die bei auflaufender Flut raus sind. Sitzen fest. Ich muss los. Fühl dich wie zu Hause! Zieh die Tür einfach hinter dir zu, wenn du gehst. Sie lässt sich dann von außen nicht öffnen.« Er zog eine rote Jacke an, wuchtete einen Rucksack auf die Schultern, der anscheinend immer fertig gepackt dastand. »Wir sehen uns.«

Allein gelassen in dem großen, stillen Raum, den eine seltsame Mischung aus Licht und Schatten erfüllte, atmete Valerie tief durch. Was für ein wunderbarer Ort! So ähnlich hatte sie sich einmal ihr Atelier erträumt. Nur nicht, dass es inmitten von Dünen und Meeresflüstern stünde.

Glücklich lehnte sie die Pappe an einen der Tische, breitete Zeitungen darunter aus und suchte sich Farbdosen zusammen. Die Sammlung des ihr unbekannten alten Herrn Elvar schien unermesslich. Farbeimer, Farbdosen, Farbtuben. Pinsel, Rollen, Schablonen, Paletten. Ein Paradies.

Ihre Vorstellung von dem Glücksfisch, die sie als Kind gehabt hatte, gemischt mit Skems Beschreibung des Töveree, brannte noch in ihr. Mit einem dicken Zimmermannsbleistift zeichnete sie einen Umriss, war unzufrieden, radierte, zeichnete neu. Dann schüttelte sie die erste Farbdose. Die Mischkugel tanzte unternehmungslustig klappernd auf und ab. Geliebtes, vertrautes Geräusch!

Leg los, Rimo! Deine Farben bleiben dir immer, hörte sie Sven irgendwo sagen. *Vergiss deine Farben nicht, Kleene.* Josefs Worte. Sie war nicht allein.

Schicht für Schicht legte sie Blau und Grün und Weiß übereinander, hier ein wenig Braun, dort einen Anflug von Dunkelrot. Farben, die zusammengehörten, sich ergänzten, ineinanderspielten, gegenseitig das Beste aus sich herauslockten. Wie die richtigen Menschen, wenn sie einander begegnen. Die sich zusammen lebendig machen und eine Geschichte erzählten. Wie Noten einer Musik.

Valerie vergaß die Zeit. Draußen erreichte die Flut ihren Höhepunkt. Die Wellen spülten weitere Muscheln an und zogen sich dann langsam erneut zurück, bis die Austernfischer und Strandläufer wieder Garnelen aus dem Sand picken konnten. Die Sonne wärmte die Dünen und ließ die Schatten wandern. Valerie dachte weder an Essen noch an Trinken. Schließlich war sie zufrieden. Sie setzte ihre Signatur in die Ecke wie immer, *Rimo*, zögerte einen Augenblick bei dem i und machte dann doch das gewohnte freudige Strichmännchen daraus.

Noch einmal trat sie einen Schritt zurück, betrachtete kritisch das fertige Ganze. Das Licht hatte sich geändert. Hier, an der Flanke des Tieres fehlte noch ein feiner Glanzstreifen, wo Morgensonne auf feuchte Haut fiel. Mit einem Pinsel setzte sie den Akzent.

»Jetzt hast du mich verblüfft«, sagte Fennos Stimme hinter ihr. Valerie wirbelte herum. Sie hatte ihn nicht kommen gehört und ließ vor Schreck den Pinsel fallen. Dabei verschwamm alles vor ihren Augen. Wie vorhin. Sie spürte eine Hand um ihren Oberarm. »Hui. Setz dich. Wann hast du das letzte Mal etwas getrunken? Auf dich muss man ja pausenlos aufpassen!« Er schob sie auf einen Stuhl, goss ein Glas Wasser ein und reichte es ihr.

»Keine Ahnung. Ich war beschäftigt.« Dankbar trank sie und fühlte sich sofort besser.

»Das sehe ich.« Konzentriert betrachtete er Valeries Werk. Der Töveree, der dicht unter der Oberfläche schwamm, so dass das gebrochene Sonnenlicht auf seinen gewaltigen Flossen spielte. Kleinere Fische, Garnelen und Krebse blickten von unten zu ihm auf.

»Respekt«, sagte Fenno. Er trat näher an das Bild und betrachtete die Details auf dem Meeresgrund, die Korallen und Anemonen, Muscheln und Seesterne. »Du kannst definitiv was. Ich bin gespannt, was passiert, wenn du durch das Mikroskop gesehen hast. Kannst du nur Geschichten malen oder auch wirklich existierende Dinge?«

»Glaubst du nicht an den Töveree?«

»Na ja. Es ist eine schöne Geschichte. Ohne Seemannsgarn läuft in Gegenden wie diesen nichts. Aber ich bin Wissenschaftler.«

»Das ist dein Onkel Pinswin doch auch. Skem hat mir von ihm erzählt. Und dieser Pinswin hat Beweise für den Töveree gefunden. Knochen.«

Überrascht drehte sich Fenno zu ihr um. »Skem? Skem hat dir etwas erzählt?«

Sie sah ihn herausfordernd an. »Ja. Hat er.«

»Erstaunlich. Der ist meist so wortkarg wie eine Auster.«

Fenno setzte sich neben sie, betrachtete aber weiterhin mit zusammengezogenen Brauen das Bild.

»Nur weil Pinswin ein paar Knochen gefunden hat, die aus irgendwelchen chemischen Gründen phosphoreszieren, heißt das noch lange nicht, dass ein Fisch existiert, der Schiffe rettet und Glück bringt. Es gibt viele erstaunliche Wesen im Ozean. Hast du mal ein Bild von einem Anglerfisch gesehen? Oder einem Mondfisch? Hier!« Er sprang auf und zog einen Bildband aus einem Regal, öffnete ihn und legte ihn ihr auf die Knie. Sie blätterte interessiert. O ja, das waren reichlich bizarre Wesen! Es juckte sie schon wieder in den Fingern. Sie würde diesem Herrn Elvar Blumen auf das Grab legen vor Dankbarkeit über seine Farbensammlung und diesen Ort.

»Ich habe eine Idee«, sagte Fenno. »Sag, wie lange wirst du hierbleiben?« Er sah sie auf einmal fast flehentlich an, und in seinen Augen leuchtete eine Begeisterung, die sie nicht einordnen konnte, die wohl aber einer Sache galt, die ihn sehr bewegte.

Valerie wurde nicht schlau aus ihm. Anscheinend gab es mehrere Fennos. Den etwas Hochmütigen, der alles besser wusste, pedantisch war und aufreizend gut auf jede Situation vorbereitet. Dann den leidenschaftlichen, der für die einzigartige Natur dieser Insel brannte und sie auf Kosten jeder Höflichkeit gegen Touristen verteidigte, die er für dumm und leichtsinnig hielt und das nicht verbarg. Dann den liebevoll Besorgten, der einen echten Beschützerinstinkt besaß, einfühlsam und mitfühlend war, ohne dabei aufdringliche Fragen zu stellen. Und dann noch den aus diesem Augenblick, der irgendeine undefinierbare innere Vision hatte, die in seinen Gedanken herumspukte wie ein Bild, das nicht herauswollte. Hatte er nicht ein Projekt erwähnt, dessentwegen er hier war?

Doch sie hatte ja selbst so ein Projekt. Kalle Brennicke! Davon hing die Antwort auf seine Frage ab.

»Ich weiß es wirklich nicht. Noch nicht«, sagte sie ehrlich.

»Wann wirst du es wissen?«

»Es hängt mit etwas zusammen, zu dem ich noch keinen Mut habe.« Seltsam. Warum sagte sie ihm das? Vielleicht weil er selbst meist ziemlich direkt war.

»Könntest du dir vorstellen, an etwas zu arbeiten, während du auf der Suche nach diesem Mut bist?«

Sie war ihm dankbar, dass er nicht weiterbohrte. Er wollte nur eine Antwort auf eine klare Frage.

»Worum geht es denn?« Es ging ihr ja immer am besten, wenn sie etwas zu tun hatte. Dann tauchten die Antworten von selbst auf. Wenn sie grübelte, brachte das meist gar nichts. Vor dem Grübeln hatte sie sowieso zunehmend Angst, seit sie von der Krankheit ihrer Mutter wusste. Und von Sven …

»Ja, das würde ich gern«, fügte sie hastig hinzu. Hauptsache, sie saß nicht herum, während sich dunkle Wolken in ihr breitmachten.

»Was malst du sonst noch so?«

Sie sah sich suchend um. »Darf ich mal an deinen Laptop?«

»Nur zu.«

Valerie öffnete ihre Website. Sie war stolz darauf. Kurz nachdem sie angefangen hatte, bei Björn im Laden zu arbeiten, und über Websitegestaltung einiges von ihm gelernt hatte, hatte sie ihre eigene Seite völlig umgekrempelt und modernisiert. »Bitte sehr.« Sie überließ ihm wieder den Schreibtischstuhl. Fenno blätterte aufmerksam durch die Galerie. Graffiti an Wänden, Graffiti auf Holz, Leinwand, Pappe. Auch die Fotografien der Spuren betrachtete er und ihre Collagen. Eine Diashow hatte sie mit einer Aufnahme von Svens Musik hinterlegt. »Was ist das für ein Instrument?«, fragte Fenno interessiert.

»Ach, nichts. Das müsste doch reichen. Jetzt hast du einen Eindruck.« Hastig drückte sie die Website weg. Fenno sah sie forschend an, sagte aber nichts dazu. »Deine Sachen gefallen mir.«

»Und was ist das für eine Arbeit, die du im Sinn hast?«

»Das erkläre ich dir vor Ort. Jetzt zeige ich dir erst mal was. Hol dir einen Stuhl.« Er zog einen Kasten heran, der auf dem Schreibtisch stand, und holte ein Mikroskop daraus hervor. Seinem Rucksack entnahm er ein Schraubglas mit Meerwasser. Tangfetzen schwebten darin herum. Mit einer Pipette tropfte Fenno etwas von der Flüssigkeit auf kleine Scheiben in einer Schachtel, auf der »Objektträger« stand. Mit Quadraten aus hauchdünnem Glas deckte er den ersten Tropfen ab und schob ihn unter das Okular.

Das Mikroskop gefiel Valerie, es hockte über den Tropfen gebeugt wie ein urzeitliches Tier. Oben war ein kleiner Monitor befestigt. Fenno hantierte mit Schrauben an der Seite des Apparates, stellte verschiedene Lichter heller und dunkler und drehte an einem Rad. Dann wurde das Display hell. Fenno justierte noch hier und da, dann lehnte er sich zurück. »Schau. Was siehst du?«

»Oh.« Verwundert starrte Valerie auf den Monitor, der jetzt wie ein Gemälde wirkte. Zarte, zauberhafte Formen waren dort zu sehen. »Was ist das?«

»Rädertierchen, Wimperntierchen und Kieselalgen. Sind sie nicht wunderschön?«

»Das sind Lebewesen? Sie sehen so präzise aus. Wie Teile aus einem Uhrwerk.«

»Ja. Und doch sind es Lebewesen. Sieh, das hier ist ein Polyp. Und das ein Ruderfußkrebs.«

»Ist das sein Auge?«

»Ja. Und das sind die Eier, aus denen bald weitere schlüpfen werden.« Mit einer Pinzette fischte Fenno einen Algenfaden aus dem Wasserglas und legte es an eine andere Stelle auf dem Objektträger. »Hier kannst du jede einzelne Zelle sehen. Zellwände, Zellkern.«

»Auch so toll aufgebaut. Wie eine Mauer. Stein für Stein. Zelle für Zelle.«

Fenno lächelte ihr zu. Sein Lächeln war so selten, dass es immer wie eine Überraschung war. Eine schöne Überraschung. »Ja, deswegen empfinde ich manche Gebäude auch wie Lebewesen. Aber erzähl das nicht weiter.«

Valerie lächelte zurück. Fenno sah selbst überrascht aus, und sie fragte sich, ob er sie auch für abweisend und unfreundlich gehalten hatte, als sie sich zum ersten Mal begegnet waren.

Er zeigte ihr noch verschiedene märchenhafte Geschöpfe mit vielen Beinen, mit einem Rüssel oder in der Gestalt winziger Quallen.

»Meinst du, du könntest so etwas auch malen?«, fragte er. »Auf deinen Bildern habe ich festgestellt, dass die Motive oft einen leicht verschmitzten, fast menschlichen Ausdruck tragen. Es erinnert mich an die Skulpturen einer Freundin der Familie, Carlotta Prevo. Ich habe nichts dagegen, es ist sogar genau das, was ich brauche. Aber anders als Carly müsstest du trotzdem unbedingt wissenschaftlich präzise bleiben. Ich könnte dir ein Buch mit genauen Vorlagen leihen.«

»Ja, Vorlagen wären schon gut, aber hätte ich eine gewisse künstlerische Freiheit in der Zusammenstellung, sofern ich die Spezies nicht verfälsche?«

»Ja, natürlich. Es soll nicht nur lehrreich sein, sondern auch attraktiv und unterhaltsam.«

»Auf was für einem Untergrund denn?«

»Das muss ich dir vor Ort zeigen. Es wäre was Großes. Aber nicht mehr heute. Können wir uns morgen wieder treffen, oder hast du anderes vor?«

Valerie dachte nach. Es war eine willkommene Ausrede, sich auch morgen nicht mit Kalle Brennicke befassen zu müssen.

»Ja, können wir.«

Fenno sah sie zweifelnd an. »Es ist nicht meine Art, jemanden dabei zu unterstützen, dass er vor etwas wegläuft. Du kannst mir gerne erzählen, wofür du deinen Mut suchst, wenn du so weit bist. Ich habe auch eine Weile dafür gebraucht, den Mut zu finden hierherzukommen. Ich wusste nicht, wie es hier sein würde, ob ich mit den Menschen zurechtkäme und vor allem, ob ich der Aufgabe gerecht würde, die Pinswin mir anvertraut hat.«

»Danke. Vielleicht ein andermal.«

»Und wenn du mir stattdessen erzählen möchtest, weshalb dir öfter schwindlig wird, warum du manchmal so traurig aussiehst und mir nicht verraten willst, wessen Musik auf deiner Website ist, dann höre ich dir zu.« Fenno sah sie nicht mehr an, als er das sagte, sondern spielte verlegen mit einem Radiergummi.

»Kann ich bei Gelegenheit etwas von diesem Gips da hinten benutzen?«, fragte sie.

»Selbstverständlich. Ich habe doch gesagt, fühl dich wie zu Hause. Elvar hat das immer so gewollt.«

»Danke.«

»Wollen wir uns morgen wieder …«, er brach ab. Am Leuchtturm treffen, hatte er wohl sagen wollen, wollte ihr das aber sicher nicht noch einmal zumuten. »… hier treffen?«, beendete er den Satz. »Sagen wir um vierzehn Uhr??«

»Klar, gerne. In Ordnung.«

Valerie freute sich schon auf ihr Zelt. Sie hatte mit so tiefer Konzentration an ihrem Bild gearbeitet, welches jetzt in der Scheune trocknete, dass sie nun fix und fertig war. Außerdem schwirrten ihr die zarten Wesen noch im Kopf herum, die sie durch das Mikroskop gesehen hatte. Unvorstellbar, dass das ganze Meer voller solcher Wunder war.

»Hallo, Fahima«, sagte sie, als sie an ihrer Nachbarin vorbei durch den Sand stapfte.

Fahima saß neben ihrem Zelt und rührte in einer Teetasse. »Hallo. Hast du schon die Sache in Angriff genommen, wegen der du hier bist?«

Valerie blieb verblüfft stehen. »Woher weißt du, dass ich wegen etwas hier bin?«

»Weil du das erste Mal hier bist. Alle kommen mit einem Grund hierher. Manchmal nur Neugier, manchmal Müdigkeit. Bei dir ist es etwas Größeres. Ich sehe dir an, dass dich etwas bewegt.«

»Nein, habe ich nicht. Ich habe noch Zeit. Manchmal ist es gut, auf den richtigen Moment zu warten.«

»Das behaupten viele. Ich halte es für Blödsinn«, sagte Fahima unverblümt. »Ein Moment zeichnet sich dadurch aus, dass er kurz ist. Sollte es tatsächlich den richtigen geben, ist er zwangsläufig längst vorbei, ehe du ihn als solchen erkannt hast. Nichts wird davon besser, dass man es vor sich herschiebt. Es ist wie mit dem Sand.« Fahima schob mit der Handkante den Sand ein Stück von rechts nach links. Der türmte sich dabei auf und begrub schließlich ihre Hand unter sich. »Siehst du. So! Genau so.« Sie lehnte sich wieder zurück, schloss die Augen und nahm mit Genuss einen Schluck Tee.

Valerie kroch in ihr Zelt und zog den Reißverschluss hinter sich zu.

26

Pinswins Plan und Fennos Frage

»Siehst du das Haus dort?« Sie waren eine Zeitlang durch die Dünen gewandert, natürlich streng auf den Wegen. Jetzt zeigte Fenno auf ein Haus, das, von hier auf dem Dünenkamm betrachtet, ein Stück entfernt in einer leichten Senke stand. Es war recht groß und wirkte ein wenig klobig. Ein Stück daneben stand ein Gartenhaus inmitten von bunten Blumenbeeten. Das Haupthaus schien uralt und sah aus, als ob man gelegentlich Teile angebaut hatte, die nicht recht zueinander passten. Die Farbe war undefinierbar, irgendwas zwischen Sandfarben und Graubraun, gefleckt vom Alter und von Reparaturen im Putz. Über der Haustür hing ein Schild, das sie von hier aus nicht lesen konnte.

»Das ist *Alriks Kwaas*«, sagte Fenno. »Gebaut 1902 von meinem Urgroßvater Alrik Rossmonith und seinen Leuten, die mehr Muskelkraft und Begeisterung besaßen als handwerkliche Fertigkeiten. Mein Urgroßvater wollte nicht zur See fahren wie sein Vater und alle davor. Er hatte Angst vor dem Wasser. Gegen den Widerstand seines Vaters baute er mit wenigen Mitteln und vielen Freunden dieses Haus und machte ein Hotel daraus. Eines der ersten auf der Insel. *Kwaas* ist ein friesisches Wort für eine bestimmte Art Schiff. Er nannte das Haus also trotzig *Alriks Schiff*, weil er sagte, es würde seine Familie durch das Leben tragen wie ein Schiff seine Vorfahren über das Wasser. Tatsächlich ernährte das Hotel seine Familie auch eine Zeitlang recht gut.«

»Eine Zeitlang? Und dann?« Etwas an dem Haus berührte Valerie. Es wirkte so verloren. Ungeliebt.

»Na ja, es kamen zwei Kriege. Da blieben die Feriengäste aus. Und dann war da noch etwas. Nach Alrik übernahm seine Tochter Beeke den Betrieb, später meine Cousine Rhea. Doch inzwischen gab es viele Hotels auf der Insel, und *Alriks Kwaas* konnte man eigentlich nur noch als Pension bezeichnen. Es gab wenige Stammgäste. Die meisten kamen nur einmal. Sie fühlten sich nicht wohl. Es ging das Gerücht, dass etwas in dem Haus nicht mit rechten Dingen zuging. Vor einigen Jahren entdeckte man, dass eine Frau namens Marta Gössling vor sehr langer Zeit einmal den Ort gewissermaßen verflucht hatte. Man munkelt, sie sei eine Hexe gewesen, auf jeden Fall eine Kräuterkundige. Offenbar war sie in dem Haus, das früher einmal dort stand, gefangen gehalten worden. Sie hatte eine Kiste vergraben, die Aufzeichnungen und Kräuter enthielt.«

»Marta Gössling? Skem hat mir von ihr erzählt. Kamen denn mehr Stammgäste, nachdem ihr die Kiste ausgegraben habt?«

»Die Atmosphäre im Haus soll sich nach einiger Zeit gebessert haben. Ich habe dort jedenfalls nichts Schlimmes festgestellt. Aber der Pächter, der es nach Rhea übernommen hatte, hat irgendwann den Vertrag nicht verlängert. Er wollte Amrum verlassen. Um wieder eine gutgehende Pension aus dem Haus zu machen, müsste man unvorstellbar viel investieren. Die Küche entspricht nicht mehr den Standards, die Badezimmer und die Haustechnik auch nicht. Zahlende Feriengäste haben heutzutage Ansprüche, die sich der alte Alrik nicht im Traum hätte vorstellen können. Und nun kommen Pinswin, seine Zwillingsschwester Filine und jetzt auch ich ins Spiel. Lass uns hinuntergehen.«

»Das Haus hat immer noch eine melancholische Ausstrahlung«, stellte Valerie fest, als sie sich näherten. »Glaubst du an die Sache mit dem Fluch?«

»Nein. Aber Pinswin zum Beispiel hat die Gabe, die Stimmung und die Gefühle von Menschen nachzuempfinden, die früher einmal an einem Ort gelebt haben. Mein Talent dafür ist nicht ganz so groß, aber ich kann mir durchaus vorstellen, dass eine Art unsichtbare Spuren der Menschen an einem Ort die Atmosphäre beeinflusst. Irgendwo bleibt etwas haften, das wir noch nicht wissenschaftlich benennen können.« Er zog ein Papier aus der Tasche. »Sieh mal! Das ist ein Prospekt, der einmal gedruckt wurde, als man noch versuchte, Gäste anzulocken.«

»Auf dem Bild sieht das Haus anders aus«, fand Valerie. »Heiterer, wärmer.«

»Ja. Es ist kein Foto, sondern wurde von einer befreundeten Künstlerin gemalt, Henny Badonin. Sie sagte damals, sie könne das Haus nicht malen, wie es tatsächlich aussieht, weil es für Werbezwecke zu finster wirke, sondern würde den hellen Charakter der Landschaft über das Haus legen. Es wäre zwar geschummelt, sagte sie, aber auch nicht gelogen, denn das Haus könnte so aussehen, wenn sich die Dinge änderten. Denn im Grunde sei es ja Teil dieser wundervollen Landschaft.«

Valerie studierte das Bild. »Es liegt an den Farben. Sie hat etwas mit den Farben gemacht.«

»Ja. Und genau deshalb brauche ich dich!«

»Ich soll das Haus streichen?«

»Nicht streichen. Bemalen. Komm, setzen wir uns. Ich erkläre es dir.« Von einer runden Bank unter einer Kiefer konnte man das Haus gut sehen. Es lag vor ihnen in der Sommersonne und schien darüber zu grübeln, was aus ihm werden sollte.

»Von den oberen Fenstern aus kann man über die Dünen das Meer und den ganzen Kniep sehen«, sagte Fenno. »Und an dem Baum dort direkt neben dem Haus sind Pinswin und Filine heruntergeklettert, als sie Kinder waren, und haben nachts im Watt heimlich nach den Schuppen des Töveree gesucht. Sie gelten als Glücksbringer. Skem wohnte damals schon in einer Hütte auf dem Kniep und hat die zwei zurückgeschickt, wann immer er sie erwischt hat. Er hatte zwar Verständnis für sie, aber Kinder haben nachts im Watt nichts zu suchen.«

»Ich mag den Töveree. Als ich klein war, habe ich mir immer ein Wasserwesen gewünscht, das Glück bringt.« Valerie konnte sich genau vorstellen, wie die Kinder aus dem Fenster geklettert waren. Für einen Augenblick glaubte sie, die Zwillinge vor sich zu sehen. Es war, als ob sich ein Bild vor das andere schob wie in Panis uraltem Diaprojektor. Einen Moment lang meinte sie sogar, Marta Gössling vorbeihuschen zu sehen. Sie nahm sich zusammen und wandte ihre Aufmerksamkeit wieder Fenno zu. »Gehört das Haus noch eurer Familie?«

»Ja. Damals als Pinswin und Filine hier Kinder waren, haben sie mit Hilfe ihres Vaters begonnen, im Gastraum eine Art Museumsregal, wie sie es nannten, einzurichten. Dort brachten sie alle ihre Funde unter, den Schädel eines Hornhechts zum Beispiel, außergewöhnliche Muscheln, versteinerte Seeigel, Tonscherben aus einem versunkenen Dorf. Pinswin, wie du schon gehört hast, hat dann als Erwachsener ja ein Institut in Amerika gegründet. Eben weil ihn alte Dinge so sehr fasziniert haben. Seitdem war es sein heimlicher Traum, für die Kinder Amrums und vor allem für die Kinder der Feriengäste ein Haus einzurichten, in dem sie nicht nur Dinge über die Gegend lernen können, sondern auch eigene Funde aus ihrem Aufenthalt unterbringen. Oder Dinge, die sie daraus basteln. Fotos, die sie machen. Es soll ein Haus werden, in dem sie übernachten können und geführte Ausflüge ins Watt machen, auch nachts. Vielleicht auch organisierte Schatzsuchen, Spiele, Ausflüge. Sie sollen die Scheu vor dem kalten Wasser verlieren – die meisten wissen nur, wie es ist, auf Mallorca zu baden. Sie können auch lernen, eine Hütte auf dem Kniepsand zu bauen, so eine wie Skem sie einst bewohnte. Kurzum, kein Hotel mehr, sondern eine Art Schullandheim oder Ferienhaus für Kinder. Jedoch gleichzeitig eine Bildungsstätte. Die Renovierungen sind nicht so aufwendig wie für ein Hotel. Wir sind schon recht weit damit. Natürlich müssen die Auflagen eingehalten werde, vor allem in der Küche, aber man braucht keine Minibars und keine Sauna. *Alriks Kwaas* soll für neues Glück einen neuen Namen bekommen: *Kniepsandhaus*. Kniepsand steht für Freiheit, Weite, Einfachheit.« Fenno schlang die Arme um die Knie. »Pinswin ging ja fort, als er sehr jung war, und so waren die Zwillinge den Großteil ihres Lebens getrennt. Nun wollen sie noch einmal etwas gemeinsam machen. Pinswin wird die Fäden von Kalifornien aus ziehen, und zur Eröffnung wird er hoffentlich nach Amrum kommen. Wie findest du den Plan?«

»Es ist eine wundervolle Idee.« Valerie dachte an Tine. An all die Kinder und Jugendlichen, die sie damals getroffen hatte, als sie von zu Hause weggelaufen war und Sven sie schließlich wieder von der Straße geholt hatte. Dachte daran, wie sie selbst jetzt gerade hier aufatmen konnte, auch als Erwachsene. »Und deswegen möchtest du, dass ich das Haus bunt anmale?«

»Ich würde mich freuen wie ein Itsch!«

Sie musste lachen. »Was um Himmels willen ist ein Itsch?«

»O Verzeihung. Das ist ein alter Familienausdruck für eine Freude, für die es keine anderen Worte gibt, weil sie so groß und fröhlich ist. Jeder von uns hat sich den Itsch als Kind anders vorgestellt. Jessieanna zum Beispiel stellte sich einen grasgrünen, breit lächelnden Seehund vor. Für mich war es eher eine blaue Schildkröte.«

»Hm. Und wie stellst du dir das fertige Haus vor, über das du dich so freuen würdest?«

»Ich dachte an solche Bilder, wie du sie gerade vom Töveree gemalt hast. Der Töveree dürfte ruhig auch vorkommen. Aber im Grunde wünsche ich mir Bilder, die die Lebewesen im Watt präzise darstellen. Egal wie groß. Die Vögel, die Muscheln, die Krebse, die Fische. Auch Seetang und Plankton. Darunter könntest du die korrekte deutsche Bezeichnung schreiben. Das würde nicht nur schöner und attraktiver aussehen, sondern gleichzeitig Wissen vermitteln. Das Haus wäre sozusagen ein einziges großes Graffiti, aber in Form eines Bilderlexikons. Was sagst du? Du sagst ja gar nichts! Valerie? Ist alles in Ordnung?«

Valerie hörte ihn schon gar nicht mehr. Sie starrte das Haus an. Von einem Augenblick auf den anderen sah sie alles vor sich. Es gab so viele verwinkelte Wände, Seiten, alle mit einem anderen Lichteinfall, der sich im Laufe des Tages ändern würde. Vor ihrem inneren Auge erschien es genau so, wie es aussehen würde, wenn sie damit fertig war. Hier der Töveree, dort unten das Plankton, da oben die Vögel. Im Hintergrund all die Schattierungen des Watts und des Himmels, unten die des Sandes.

Die Farben müssten so gewählt sein, dass sie diejenigen der umgebenden Dünen aufnahmen. Das Licht müsste sie so treffen, dass man die Sonne spürte, wenn man die Bilder betrachtete, und den Wind fühlte.

Fenno stupste sie leicht in die Seite. »Valerie?«

Sie zuckte zusammen und fand wieder in die Gegenwart zurück. »Fenno, das ist …«

»Deine Augen leuchten ja«, stellte er fest. »Sehe ich da so etwas wie Begeisterung?«

»Ich kann alles vor mir sehen. Aber Fenno, das würde den ganzen Sommer dauern oder noch länger!«

»Das macht nichts. Drinnen kann derweil die Renovierung weitergemacht werden, das dauert ohnehin einige Zeit. Du würdest ein Gehalt bekommen. Kein fürstliches, aber es würde dir sicherlich helfen. Ein Gerüst natürlich, damit du die oberen Teile der Wand erreichst, und auch Hilfe, wenn du sie brauchst. Und wenn du in Berlin noch jemanden kennst, der genauso gut Graffiti malt wie du und den du gern dabeihättest, dann können wir darüber reden …«

Sven. In der letzten Stunde hatte Valerie nicht einmal an ihn gedacht, aber jetzt war es, als stünde er neben ihr. Wie hätte ihm das hier gefallen! Die Gegend vielleicht nicht. Sven war Stadtmensch durch und durch. Aber ein ganzes Haus, das sie legal anmalen durften! Was hätten sie zusammen daraus machen können!

Sie saß sicher auf der Bank und hatte doch wie oben auf dem Leuchtturm das Gefühl, der Boden öffne sich unter ihr. Ihr war, als könne sie nichts Festes mehr um sich herum spüren und stürze in einen Abgrund.

»Valerie! Du bist weiß wie eine Muschel. Was ist nur immer mit dir los?« Er holte eine Wasserflasche aus seinem Rucksack. »Hier, trink. Habe ich was Falsches gesagt?«

Sie schluckte mühsam und schüttelte den Kopf.

»Valerie, was belastet dich so sehr? Was macht dich so traurig?«

Er sah besorgt und mitfühlend aus. Wie konnte jemand nur so verschiedene Gesichter haben? Wo war jetzt der steife, überhebliche Wattführer?

Er strich ihr eine feuchte Strähne aus der Stirn und sah sie einfach nur an.

Da lehnte sie sich einen Augenblick an seine Schulter. Sie wollte nicht schon wieder heulen. Wartete, bis die Worte kamen. Und dann erzählte sie von Sven.

Während sie nach Worten suchte, blies der Wind Sand um ihre Füße wie eine Berührung, die Möwen riefen vom Himmel, ein Kaninchen hoppelte gemächlich vorbei, und hinter den Dünen flüsterte die nahende Flut.

Als sie damit endete, wie sie Svens Urne eigenhändig mit Graffiti besprüht hatte, so wie es zu ihm passte, und dass es das Schwerste gewesen war, das sie je hatte tun müssen, schwiegen sie eine Weile. Das ging gut mit Fenno.

»Du bist nicht nur tieftraurig, du bist auch wütend auf ihn«, sagte Fenno schließlich.

»Er hat mich alleingelassen.«

»Hast du mal daran gedacht, dass er vielleicht nur deinetwegen überhaupt so lange durchgehalten hat? Für dich? Bis er wusste, dass du stark genug bist, um es ohne ihn zu schaffen? In was für einer Situation warst du, als er wieder seinem Bedürfnis nach dem Risiko nachgab?«

»Er hatte mir eine Arbeit vermittelt, in der ich erfolgreich und glücklich war.«

»Siehst du.«

»Aber er hatte es mir versprochen!«

»Du hast mir erzählt, wie er dich im Krankenhaus gebeten hat, ihn festzuhalten. Dass du es mit aller Kraft getan hast und es dir trotzdem nicht gelingen konnte.«

»Ja.« Sie wusste nur zu gut, wie hilflos sie sich gefühlt hatte. Wie sie Svens Hand umklammert und dabei doch gespürt hatte, wie er sich unaufhaltsam entfernte.

»Vielleicht ging es ihm ähnlich. Vielleicht konnte er dieses Versprechen schlichtweg nicht halten, weil das ebenso unmöglich war. Für ihn jedenfalls. Manchmal sind wir schwach. Das macht uns zu Menschen. Glaubst du, deine Kunst wäre so ausdrucksvoll, wenn du keine Schwächen hättest? Hast du nie jemanden enttäuscht?«

Valerie dachte an ihre wilden Jahre, an Pani und wie oft er sie von der Polizeistation abgeholt hatte.

»O doch.«

»Du hast Sven viel zu verdanken. Er war für dich da, als du ihn am meisten brauchtest. Er hat dir dich selbst geschenkt! Und glückliche, kostbare Erinnerungen. Verzeih ihm. Liebe ihn weiter. Verzeih dir auch selbst deine Wut, aber überlege, wie klein sie ist gegen alles Große, was zwischen euch war.« Fenno griff sich an die Stirn. »O nein, nun bin ich wieder der Besserwisser. Ausgerechnet jetzt. Das wollte ich nicht! Tut mir sehr leid, Valerie. Und danke für dein Vertrauen.«

»Fenno. Du musst dich nicht entschuldigen. Manchmal ist ein Besserwisser ganz gut.« Sie lächelte ihn mühsam an. Er war tatsächlich rot geworden. »Du hast recht, weißt du. Deine offenen Worte haben gutgetan. Ich werde noch eine Weile darüber nachdenken, aber ich … ich fühle mich gerade besser«, stellte sie erstaunt fest.

Sein Gesicht erhellte sich. »Wirklich? Dann komm.« Er stand auf. »Ich habe da was für dich.« Er zog eine Tüte aus seinem Rucksack.

»Eines Tages werde ich sehen, wie du weiße Kaninchen zutage förderst«, sagte Valerie. »Hattest du als Kind einen Zauberkasten?«

»Viel besser. Du brauchst keine weißen Kaninchen. Ich habe dir Farben mitgebracht. Ich dachte, ehe du auf meinen Vorschlag eingehst, lasse ich dich mit dem Haus allein und du versuchst dich probehalber an einem Stück Wand. Um zu sehen, wie es sich anfühlt, hier zu arbeiten. Dann schläfst du drüber, und danach teilst du mir deine Entscheidung mit. Du bist ganz allein hier und hast deine Ruhe. Im Haus ist heute niemand, und Tante Filine, die im Gartenhaus wohnt, ist zur Kur auf dem Festland. Was sagst du?«

»Woher wusstest du …« Sie brach ab. Er hatte es nicht gewusst, er hatte einfach nur praktisch gedacht.

»Dass es dir hilft, mit Farben umzugehen, wenn du traurig oder durcheinander bist? Das habe ich deinem Bild vom Töveree angesehen. Außerdem weiß ich, wie es ist, wenn einen diese Art Rausch packt. Mir geht es so, wenn ich ganz still in einem Priel hocke und die Welt darin betrachte. Glasklares flaches Wasser. Der Wind und die Strömung zeichnen Muster darauf, werfen

Schatten hindurch auf den Sand, dessen Körner in allen Farben das Licht auffangen. Garnelen wie aus Glas, winzige Seesterne, die Wimpern, mit denen die Seepocken und Muscheln nach Plankton fischen. Jungfische, Seeanemonen, Seenadeln, Krebse. Wattwürmer. Und das Wissen um die unzähligen Wesen, die man nur mit dem Mikroskop sieht. Ein ganzes Universum, und ich darf es schauen!«

»Die Musik ist von Sven«, sagte sie plötzlich.

»Die auf deiner Website? Darf ich sie mir später anhören?«

»Ja. Wenn er sie spielte, strahlten seine Augen so wie deine jetzt.«

»Dann kannte er den Rausch auch. Sicher hat ihn dieser oft gerettet. Über die Traurigkeit hinweggetragen«, sagte Fenno sanft. »Diese Klänge hatten etwas ganz Eigenes. Schon die ersten paar Töne haben mich berührt. Sie geben deiner Website und deinen Bildern eine besondere Kraft.«

Was für ein schöner Gedanke. Sven hatte ihr immer Kraft gegeben. Fenno hatte recht. Sven tat das immer noch, auf vielerlei Art. Und wenn sie mit Farben umging, war er immer bei ihr. Wie oft hatten sie gemeinsam ein Bild vollendet, hatten sich aufeinander zugesprüht, jeder von einer Seite, bis sie sich in der Mitte trafen! Und doch wurde das Graffiti am Ende ein Ganzes.

Fenno berührte die zarte grüne Ranke an ihrem Ohr mit einem Finger. »Wofür steht dein Tattoo?«

»Für alles, was wächst. Mut. Hoffnung. Vertrauen …«

»Das ist schön. Passt.«

Er hatte sie nur einen Wimpernschlag lang berührt, aber sie spürte es immer noch, während sie auf das Haus zugingen.

Valerie räusperte sich. »Da!« Sie zeigte auf eine kurze Wand in einem Winkel. »Das wäre eine gute Stelle für eine Probe.«

»Gut, dann lasse ich dich jetzt allein. Schick mir eine Nachricht, wenn du so weit bist. Mein Schreibtisch ruft. Termine«, sagte er wichtig und straffte dabei unwillkürlich die Schultern. Der offizielle Wattführer in ihm kehrte zurück.

Valerie verkniff sich ein Lächeln und bemerkte, dass sie in letzter Zeit viel zu wenig gelacht hatte. Selbst das Lächeln fühlte sich ungewohnt an. So ging das nicht weiter. Das hätte Sven nicht gewollt.

Darum machte sie es ähnlich wie schon Henny Badonin vor ihr. Sie legte die Heiterkeit der lichten, luftigen Landschaft über das melancholische Haus. Das Klappern der Mischkugel hallte voller Energie durch das Dünental und erschreckte die wilden Kaninchen. Valerie holte mit den Farben aus den Dosen das Blau vom Himmel und setzte es auf der Wand fort, wies mit einer ausholenden Armbewegung das Meer an, sein anderes, tieferes Blau bis über den Hauswinkel zu ziehen. Mit der weißen Dose lud sie die Wolken ein, auch unter der Dachrinne entlangzusegeln. Sie gab hellen Muscheln einen Platz auf der sandfarbenen Fläche, über die sichtbar der Wind fuhr, und ein Einsiedlerkrebs in einem Wellhornschneckengehäuse spazierte über die feinen Riffeln, die die letzte Flut hinterlassen hatte. Valerie mochte die Einsiedlerkrebse. Sie waren so verletzlich, aber sie suchten sich ein Gehäuse, das ihnen gefiel, und trugen es mit sich herum. So waren sie in ihrer Freiheit nicht eingeschränkt und dennoch nach Bedarf geschützt. Und wenn sie älter wurden und größer, suchten sie sich ein neues, das ihnen wieder passte.

So würde ich es auch gern machen, dachte Valerie.

Wie einfach es doch war, eine düstere Wand zu übertünchen, sie heiter und neu zu machen, anders und voller Möglichkeiten. Wenn es bei Menschen doch auch so leicht wäre!

Aber oft kam die alte Farbe darunter wieder durch. Das wusste sie aus Erfahrung. Man musste sorgfältig arbeiten und oft noch einmal nachbessern.

Verhielt es sich mit Trauer auch so? Nun, zu verlieren hatte sie ja nichts. Sie würde es versuchen.

Und ohne die alte, dunkle Wand unter der Farbe gäbe es nichts, an dem die neuen Bilder Halt fänden.

27

Im Windfindergarten

»Bin fertig. Kannst es dir irgendwann ansehen«, tippte Valerie in ihr Handy. Sie räumte die Farben zusammen und stellte sie unter ein Vordach.

»Ich bin sehr gespannt! Melde mich morgen Nachmittag!«, kam Fennos Antwort. »Pass auf dich auf!«

In dieser Nacht schlief sie in ihrer Zelthalbkugel, die wie ein Kokon auf der Haut der Erde klebte, tief und traumlos.

Der Morgen war von einem kühlen Silberblau. Der Wind wehte heftig und blies ihr Sand ins Gesicht, darum wanderte Valerie vom Strand fort in den Schutz eines Kiefernwäldchens. Eine Weile setzte sie sich auf eine Lichtung, auf der bald Heide blühen würde. Sie dachte an Hanna und die *Heidelerche* und an Linnea, die ab und zu eine SMS schrieb. »*Sag Bescheid, wenn du deinen Vater getroffen hast, ich möchte unbedingt wissen, in was für einen Typen sich Alessa damals verliebt hat!*«

Ich auch, dachte Valerie, aber nicht heute. Sie war zu unruhig. Was, wenn dem peniblen Wattführer ihr Wandbild nicht gefiel? Aber was kümmerte sie das eigentlich? Warum war ihr auf einmal so an Fennos Urteil gelegen? Sie warf mit einem Kiefernzapfen nach einem Baumstumpf, verfehlte ihn um Längen. Es war ihr wichtig, gerade weil er so penibel war, stellte sie fest. Ihr eigener Instinkt sagte ihr, dass ihr Werk gelungen war, aber was, wenn sie mit ihrer Selbsteinschätzung völlig danebenlag?

Früher hatte sie ihrem Instinkt vertraut, jetzt war sie unsicher. Warum nur?

Weil sie die Sache mit Sven nicht hatte kommen sehen. Die Tiefe seiner Probleme nicht wahrgenommen. Da hatte sie versagt.

Es würde lange dauern, bis sie wieder festen Boden unter ihrem Leben spürte. Gerade deshalb wäre die Arbeit gut. Fenno lag genau richtig mit seiner Annahme. Malen half! Das Klappern der Mischkugel würde Valerie nach und nach wieder in ihren Rhythmus bringen.

Bis zum Nachmittag, wenn Fenno seine Termine hinter sich hatte und ihr Bild beurteilen würde, musste sie sich ablenken. Valerie raffte sich auf und spazierte weiter. An einer Kreuzung zweier sandiger Pfade stieß sie auf einen Wegweiser. *Minigolf* zeigte ein hölzerner Pfeil an, *Windfindergarten* ein anderer.

Windfindergarten. Der gehörte doch Skems Nichte Jessieanna! Skem hatte ihr geraten, sich diesen Garten anzusehen. Jessieanna kannte die Geschichte von Skem und dem Töveree, und laut Skem könnte sie Valerie noch mehr darüber erzählen. Außerdem machte der Name des Gartens Valerie neugierig. Sie folgte dem Pfeil.

Der Name stand groß auf einem hölzernen Schild, das einen Torbogen überspannte. Er war zum Teil aus Findlingen und Backsteinen gemauert, zum Teil aus Holz gezimmert. Eine blaue Trichterwinde rankte üppig daran. »Windfindergarten« war hineingeschnitzt und darunter etwas, das wie eine kunstvolle Schaufel aussah.

Das ebenfalls blaue Tor stand offen. Eine Schiffsglocke hing an der Seite. Valerie ging an der niedrigen Feldsteinmauer entlang und spähte durch das Tor. Sie sah Windräder, groß und bunt und jedes ganz anders, unregelmäßig zwischen Beeten verteilt. Nicht solche, wie man sie in Souvenirläden erhielt. Diese waren kunstvoll, aus Stoff und Holz oder Metall, mit Muscheln und Steinen und anderen Fundstücken verziert. Sie drehten sich unterschiedlich schnell und belebten den Garten auf eine leichte, fröhliche Art. In den Beeten gediehen Kräuter und Blumen, dazwischen standen gewaltige Kübel mit Zitronenbäumen, ähnlich wie bei Skem. Vielleicht etwas kleiner, doch sie trugen dicke Früchte.

Herzlich willkommen!, las sie auf einem anderen Schild, das an eine Birke hinter dem Tor genagelt war. Valerie zögerte. Einfach so eintreten? Sie hätte zu gerne am Klöppel der Schiffsglocke gezogen, wagte es aber nicht. Da sah sie hinter einer Reihe Kübel ein Pärchen auftauchen, das stolz ein eingewickeltes Windrad trug. Eine Frau mit einem blonden Zopf begleitete die beiden zum Tor und verabschiedete sie herzlich. »Viel Freude mit dem Windrad!«, wünschte sie.

»Ich kann es schon in unserem Garten stehen sehen. Beinahe freue ich mich auf das Ende des Urlaubs!«, hörte Valerie den Mann sagen. »Unsere Kleine wird Augen machen, wenn wir sie bei Oma abholen.«

»Guten Tag! Kann ich Ihnen helfen?«, fragte die Frau mit dem Zopf jetzt Valerie. »Kommen Sie doch herein!«

»Ich … wollte mich nur umsehen. Skem hat gesagt …« Was hatte er eigentlich gesagt? Er hatte sie nur neugierig gemacht und in ihr den Wunsch geweckt, seine Nichte Jessieanna kennenzulernen, die die Erste gewesen war, der er seine Erlebnisse mit dem Töveree anvertraut hatte.

»Ach, bist du die Valerie aus Berlin?«, fragte Jessieanna interessiert. »Die als Kind schon überzeugt war, dass es ein freundliches Ozeanwesen geben müsste, das Pegasus, den Glücksdrachen, Feen und dergleichen Landwesen gewissermaßen das Wasser reichen kann? Skem hat mir dein Kommen schon angekündigt. Er sagte, ich soll dir noch erzählen, warum die Zitronen hier so gut gedeihen.«

»Ja, darauf wäre ich wirklich gespannt. Aber darf ich mir auch die Windräder ansehen?«

»Na sicher. Wenn du willst, kannst du auch eines bauen. Ich habe jede Menge Material hinten im Gewächshaus.«

In der Ferne sah Valerie den langgestreckten, durchsichtigen Bau. »Kommen da im Winter die Zitronen rein?«

»Ja. Immer, ehe mein Mann und ich nach Kalifornien fahren, um dort den Winter zu verbringen.«

»Weil es dir hier zu kalt ist?«

»Nein. Weil wir sonst Kalifornien und unsere Familien vermissen. Setz dich doch.« Sie wies auf eine Art Hollywoodschaukel. »Bin gleich wieder da.«

Valerie sog den Duft der Kräuter und Zitronen ein. Jessieanna kam mit zwei Gläsern zurück. »Skems Speziallimonade«, sagte sie augenzwinkernd.

Valerie kostete. Nahm noch einen Schluck. »Himmlisch!« Der Zitronengeschmack besaß eine besondere Note, herb, mit einem Anflug von Salz darin. Aber da war noch etwas anderes. Sie war sich nicht sicher, ob es an diesem ungewöhnlichen Garten lag, an Jessieannas warmherziger Gesellschaft – oder an einer Zutat der Limonade? Es war wie ein inneres Funkeln. Valerie fühlte sich auf einmal leichter, heller. Das Gewicht ihrer Trauer, das sie nun schon so lange in sich trug, lichtete sich ein wenig, wie Nebel unter Sonnenstrahlen.

»Fühlst du es?«, fragte Jessieanna.

»Hat das etwas mit Skem und dem Töveree zu tun?«

»Ja.«

»Bevor du es mir verrätst – erklärst du mir deine Familie?«, bat Valerie. »Ich blicke da noch nicht durch. Kalifornien, Amrum. Skem, Fenno. Die Zwillinge Pinswin und …«

»Filine.« Jessieanna lachte und versetzte die Schaukel sanft in Bewegung. »Pass auf, es ist längst nicht so kompliziert, wie es scheint. Die Amrumer waren schon immer ein reise- und auswanderfreudiges Völkchen. Also: Da war Alrik Rossmonith, der das Hotel erbaute, *Alriks Kwaas*.«

»Ja. Von ihm habe ich gehört.«

»Alrik hatte drei Kinder. Sven, Beeke und Birke.«

Sven … Sie musste lernen, bei diesem Namen nicht mehr zusammenzuzucken. »Okay. So weit kann ich folgen.«

»Sven bekam einen Sohn, Skem. Beeke bekam die Zwillinge Pinswin und Filine. Und Birke wanderte auf die Bahamas aus und bekam Max, der jetzt in New York lebt.«

»Also vier Enkel für Alrik.«

»Ja. Wir sind die Urenkel. Ich bin Pinswins Tochter. Meine Cousine Rhea ist Filines Tochter. Fenno ist der Sohn von Max.«

»Aha. Doch nicht so kompliziert.«

»Nein.«

Rhea war die, die mit Kalle Brennicke zusammenlebte, dachte Valerie und war froh, dass sie nun die Zusammenhänge begriffen hatte, ehe sie ihrem Vater begegnete. Wenn sie sich nicht dagegen entschied.

Aber war es nicht seltsam, dass sie ausgerechnet seiner Familie in die Arme gelaufen war?

Wie schade, dass sie nicht dazugehörte. Das wäre schön gewesen. Eine große Familie hatte sie sich immer gewünscht. Sie mochte Skem. Jessieanna war ihr auch sympathisch. Bei Fenno war sie sich noch immer nicht sicher.

»Danke für die Erklärung«, sagte sie. »Und was ist nun der Zusammenhang zwischen dem Töveree und den Zitronen? Oder stehle ich dir Zeit?«

Jessieanna lehnte sich zurück. »Nein, es sind ja gerade keine Kunden da. Ich ruhe mich gern mal aus. Die Gartenarbeit wächst mir langsam über den Kopf.« Aber sie lächelte dabei. Valerie sah ihr an, wie sehr sie ihre Arbeit liebte. »Ich züchte die Zitronen und Kräuter, weil ich außer Limonade auch Bonbons und Lotion daraus herstelle, weißt du. Die kannst du nachher gern probieren. Aber nun zu dem Geheimnis. Es war ein gewaltiges Stück Arbeit damals, es aus Skem herauszubekommen, das kann ich dir sagen! Damals war er noch ein gutes Stück sturer und schweigsamer als heute. Aber schließlich habe ich diese Veranlagung der Rossmoniths auch geerbt.«

Valerie schaukelte, genoss den Geschmack der Limonade, der ihre Lebensgeister so überraschend und angenehm weckte, und hörte zu. Die Windräder wurden langsamer und drehten sich in eine andere Richtung, als wollten auch sie lauschen.

»In Amerika habe ich in der Kosmetikfirma meiner Großmutter gearbeitet. In meinem ersten Sommer hier suchte ich eine letzte Zutat für meine neue Lotion, die nicht nur dem Körper, sondern auch der Seele guttun sollte. Als ich Skems Zitronen roch und seine Limonade trank, wusste ich, dass ich diese

Zutat gefunden hatte. Jedoch musste ich sehr hartnäckig sein, bevor mir Skem endlich sein Geheimnis verriet. Er hat dir erzählt, wie er das Skelett des Töveree fand?«

»Ja. Und dass die Knochen bald verschwunden waren, wie alles im Meer.«

»Ja. Raubfische und die Strömung trugen sie fort, der Rest versank im Sand. Aber Skem entdeckte, dass die Mikroorganismen, die die Schuppen des Töveree leuchten lassen, noch im Sand um die Fundstelle herum vorhanden waren. Er sammelte welchen ein. Später fand er heraus, dass dieser leuchtende Sand, den er in den Dünen versteckt hatte, sich hervorragend als Dünger eignete. Er ist es, der die Zitronen so wachsen lässt.«

»Wahnsinn! Und daher kommt auch diese Wirkung? Dass man sich besser fühlt, irgendwie leichter? Weil der Töveree ein Glücksfisch ist?«

»Ich weiß es nicht. Es muss wohl so sein. Für das Leuchten gibt es eine wissenschaftliche Erklärung. Es ist ein chemischer Vorgang, wie man ihn auch von Glühwürmchen kennt oder dem Meeresleuchten im Sommer. Aber diese wohltuende Wirkung – dahinter sind wir nicht gekommen. Es lässt sich wohl nicht alles wissenschaftlich erklären«, gab Jessieanna zu. »Aber bitte behalte das für dich, versprochen? Ich habe es dir nur erzählt, weil Skem dir vertraut. Wir wollen auf gar keinen Fall, dass die Welt Jagd auf den Töveree macht.«

»Bloß nicht!«, wehrte Valerie erschrocken ab. Nun, da sie ihr Wasserglückswesen gefunden hatte, mochte sie es bestimmt nicht durch gierige Jäger gefährdet wissen.

»Und jetzt produzierst du die Lotion beruflich?«, wollte sie wissen.

»Diese spezielle nur für Familie und Freunde. Mein Schwerpunkt liegt auf den Windrädern. Die Limonade verkaufe ich nur hier vor Ort, und meine Zitronenbonbons auch. Die sind besonders gut gegen Halsweh, aber auch gegen Niedergeschlagenheit.«

»Sie helfen gegen Niedergeschlagenheit?«

»Na ja.« Jessieanna lächelte. »Sie tun gut. Den Rest muss man schon allein schaffen.«

Dann hätten wohl diese Bonbons auch ihrer Mutter und Sven nicht helfen können. Für einen Moment war Valerie dieser Gedanke gekommen. Aber sie wusste selbst, dass das Unfug war. Doch wenn sie an die Wirkung der Limonade dachte, die sie immer noch spürte, hätte sie es fast für möglich gehalten.

»Hier«, Jessieanna fischte eine kleine Tüte aus ihrer Rocktasche. »Probier es selbst!«

»Danke schön!« Valerie steckte die Tüte sorgsam ein. »Was hat es denn mit dieser Schaufel auf sich – ist das dein Logo? Steht es dafür, dass man schwer arbeiten muss, um etwas zu erreichen?«

»Auch. Es stellt aber eine ganz bestimmte Schaufel dar. Sie ist in Familienbesitz. Hat Skem dir von Marta Gössling erzählt, die hier als Kräuterkundige vor langer Zeit gelebt hat?«

»Ja.«

»Sie hatte ihr Wissen von Willem Gössling, ihrem Vater. Dessen Garten war berühmt. Man sagte ihm einen ungewöhnlich grünen Daumen nach. Skem ist sich sicher, dass Willem das Geheimnis des Düngers kannte. Zu seiner und Martas Zeit wurde der Töveree noch mehrmals gesichtet. Zum Dank für seine Heilmittel bekam Willem einmal ein kostbares Geschenk von einem begüterten Handlungsreisenden. Es war eine Schaufel mit Bernstein und Elfenbein im Griff. Angeblich hat sie eine besondere Eigenschaft. Nur mit ihr soll man bestimmte Schätze heben können, die man mit keinem anderen Werkzeug fände. Ich habe sie bisher noch nicht ausprobiert. Aber da sie seine Initialen trägt, W. G., was auch zu Windfindergarten passt, und er ein so legendärer Gärtner war, fand ich, die Schaufel sei ein gutes Symbol für mein kleines Unternehmen.«

»Was für eine schöne Geschichte. Und ich finde, dein Garten ist kein bisschen weniger schön, als Willems gewesen sein kann!« Valerie sah sich um. Sie hätte für immer hier sitzen mögen. Eine besondere Stimmung lag über diesem Garten. Er war schlicht und doch so lebendig, so duftend, so kräftig. Nicht zu ordentlich, aber liebevoll gepflegt. Man hatte Raum darin und fühlte sich dennoch geborgen. Warmherzig, wie Jessieanna, dachte Valerie. »Ein warmherziger Ort.«

»Danke! Das hast du aber nett gesagt.«

»Jessieanna?«

»Ja?«

»Du hast doch eine Cousine, Rhea. Die Tochter von …«

»Von Filine. Ja. Sie ist um einiges älter als ich. Du wirst sie sicher auch noch kennenlernen. Wenn du magst, stelle ich euch mal vor.«

»Sie …« Valerie wusste nicht, wie sie die Frage stellen sollte. Direkt nach Kalle zu fragen wäre zu auffällig gewesen. »Hat Rhea auch Familie?«

»Sie lebt mit einem wunderbaren Mann zusammen. Rhea war zuvor lange Zeit mit einem anderen verlobt. Er hat sie sitzenlassen. Danach hat sie sich in sich selbst zurückgezogen.

Erst Kalle hat sie wieder glücklich gemacht. Er ist etwas Besonderes.«

»Wie, besonders? Inwiefern?« Langsam hatte Valerie es satt, das von allen zu hören. Ihre Mutter im Tagebuch. Diese Anneliese. Dann Skem. Jetzt auch noch Jessieanna. Ein perfekter Vater war nicht unbedingt, was sie suchte. Bestimmt wollte er keine Tochter wie Valerie haben, polizeibekannt und mit geschmissenem Studium, die nicht einmal wusste, was sie wollte.

Denn je länger sie hier war, desto sicherer war sich Valerie, dass sie auch in Björns Laden nicht bleiben wollte, sosehr ihr die Arbeit dort auch Freude gemacht hatte.

Jessieanna hob die Schultern. »Schwer zu beschreiben. Er ist jemand, mit dem man gern Zeit verbringt. Er hört gut zu. Ein gütiger und grundanständiger Charakter, würde ich sagen. Seine Gegenwart ist immer ein bisschen wie ... wie die Zitronenlimonade. Wie die Bonbons. So wohltuend wirkt er, auf mich jedenfalls.«

Eine junge Familie spazierte zum Tor herein. Das Kind läutete mit Begeisterung an der Schiffsglocke. Jessieanna stand auf. »Kundschaft. Bleib du ruhig hier sitzen.«

Valerie blieb und lauschte. Zum ersten Mal wurden ihr die Stimmen dieser Landschaft so richtig bewusst. Sie hatte immer schon auf die feinen Geräusche gehört mit ihren empfindlichen Ohren, die so viel mehr wahrnahmen als die der meisten Menschen. Doch in letzter Zeit war sie zu sehr in ihrer Trauer versunken. Es war still um sie geworden. Oder vielmehr in ihr. Jetzt, da allmählich etwas Licht durch diese Traurigkeit fiel, ob es nun die Wirkung der Töveree-Zitronen war oder auch nur der Ort, fanden auf einmal ganz neue Klänge den Weg in ihr Gehör. Das melodische Rauschen der Windräder. Das Rascheln der Zitronenbäume und der Gräser. Grillenzirpen und Bienensummen, vermischt mit den ständigen Rufen von Vögeln, deren Namen sie noch nicht kannte. Das Rieseln von Sand in den Dünen, und im Hintergrund der Rhythmus des Meeres. Die Stimmen der Insel waren vielfältig und fügten sich doch zu einem Ganzen. Es verbarg sich gewiss noch mehr darin. Sie wurde neugierig darauf, was es hier alles zu hören gab.

So eine Schaufel mit einer besonderen Eigenschaft hätte ich auch gern, dachte sie, um einen verborgenen Schatz in meinem Leben zu heben, das gerade aussieht wie ein vertrockneter Acker, wo nichts wachsen will.

Ihr Handy piepte. Eine Nachricht von Fenno.

»Wir können uns leider erst morgen treffen. Ich habe überraschend eine Gruppe Wattwanderer bekommen, muss eine Führung machen. Tut mir leid. Freue mich auf morgen. Fenno.«

So blieb sie noch eine Weile und half Jessieanna dabei, einige Kübel an einen anderen Platz zu tragen.

»Übrigens«, sagte Jessieanna, »auch wenn ich damals die Sache mit dem toten Töveree und dem leuchtenden Sand aus Skem herausbekommen habe – ich hatte immer den Eindruck, dass das noch nicht alles ist. Irgendein Geheimnis verschweigt er. Filine und mein Vater glauben, dass Skem schwer an einer Schuld trägt. Ob diese eingebildet oder wirklich ist, wissen wir nicht. Vielleicht bist du es ja, die eines Tages dahinterkommt. Er scheint dich zu mögen. Das ist bei ihm eher ungewöhnlich. Aber manchmal ist es leichter, sich Fremden gegenüber zu öffnen als der eigenen Familie, besonders wenn es um Gewissensdinge geht.«

Später wanderte Valerie hinunter zu einem anderen Strand, um den Sonnenuntergang über dem Watt zu betrachten. Das Licht ergoss sich über die Priele und ließ sie aufglühen. Der Anblick war unwirklich, unglaublich und so ergreifend, dass sie zum ersten Mal seit jenem verhängnisvollen Tag so etwas wie Glück erfüllte. Sie wusste nicht, ob sie dieses Glück genießen durfte. Ohne Sven! Aber es war da. Sie setzte sich auf einen Stein. In ihrer Hosentasche knisterte es. Die Bonbontüte! Valerie wickelte eines aus und steckte es sich in den Mund. Es schmeckte viel intensiver als die Limonade, salzig, süß, herb und irgendwie voller Licht wie der Abendhimmel. Licht, das sie tief in ihrem Inneren spürte.

Der Töveree, ihr erträumtes Wasserglückswesen. Sie würde ihn wahrscheinlich niemals sehen, aber sie wusste nun, dass es ihn gab, kannte seinen Namen. Er brachte ihr die Hoffnung zurück, wenn auch nur auf dem Umweg über ein Zitronenbonbon und die Erzählung eines alten Mannes.

Eine Zauberschaufel würde ihr niemand schenken. Es lag an ihr selbst, etwas aus ihrem Leben zu machen. Mit dem Job könnte es anfangen – wenn Fenno das Wandbild gefiel.

Sie würde einen Schritt nach dem anderen machen. Diese wunderbare Arbeit beginnen. Vielleicht ihren Vater treffen. Herausfinden, was sie wirklich wollte.

Irgendwann würden dieser Himmel und diese Insel mit ihrem Licht und ihrer Stimme und dem weiten Horizont ihr dabei helfen, endgültig zu begreifen, dass sie Sven nie wiedersehen würde. Und dass die Erinnerung an ihn in ihr dennoch warm und lebendig bleiben würde, für immer ein kostbarer Teil ihres Lebens.

Wie bei Skem. Valerie dachte an die Wärme, an die Zärtlichkeit und Dankbarkeit, die nach so vielen Jahrzehnten in seinem Blick gelegen hatte, als er von Marie erzählte.

Skem

Pommern

1940

28

Abschied von der Persante

»Wenn man doch die Zeit ebenso anhalten könnte«, sagte Skem. Er legte noch einen dicken Ast auf den halben kleinen Staudamm, den sie in einer Biegung gebaut hatten, aus Steinen und Moos, Rinde und Holz.

»Wir benehmen uns wie ein Biberpärchen«, sagte Marie und lachte.

»Ach ja«, sagte Skem. »Lass uns eine Biberburg daraus bauen und darin wohnen, wo uns niemand finden kann. Der Krieg nicht und auch sonst niemand.« Zum Beispiel Bernhard, dachte er. Marie sprach fast nie von ihrem Verlobten, und dennoch war der stets gegenwärtig, unsichtbar und vorwurfsvoll.

Dabei hatten sie sich nichts zuschulden kommen lassen. War es ein Verbrechen, wenn man gern Zeit zusammen verbrachte? Wenn es so vieles gab, worüber man gern miteinander sprach, wenn man den Tag gemeinsam kommen und gehen sah, weil er zusammen einfach heller war? Wann fing man an, schuldig zu sein? Skem gab dem Ast unwillkürlich einen zu heftigen Schubs. Würde ihn die Frage der Schuld sein Leben lang verfolgen? Erst der Töveree. Nun Marie. Der Ast rutschte auf der anderen Seite wieder vom Damm herunter und schwamm mit der Strömung davon.

Manches konnte man beim besten Willen nicht festhalten.

»Das würde mir gefallen«, sagte Marie. »Wir könnten darin

sitzen und uns Geschichten erzählen, während der Sommer vergeht. Im Herbst würden goldene Blätter auf unsere Burg fallen, und wir wären vor den Stürmen sicher. Niemand draußen würde auch nur ein Wort von dem erfahren, was wir miteinander sprechen. Und erst wenn der Krieg schon lange vorbei ist, kommen wir wieder hervor.«

»Wir müssten viele Fische fangen«, sagte Skem und flickte die Lücke. Der Damm war nur ein Spiel, aber sie hatten es fertiggebracht, dass sich seitlich ein kleiner Teich staute. Skem war gut im Dämme bauen, er hatte das als Kind im Watt oft genug gemacht. Marie, die an der Persante aufgewachsen war, stand ihm in nichts nach. Der Teich war glasklar. Die Forellen ruhten darin von der Strömung aus und betrachteten die vier nackten Menschenfüße, die sich von der Augusthitze abkühlten und auch von einer anderen. *Maries Meer* nannte Skem den Teich insgeheim und prägte sich ein, wie sich das Licht darin spiegelte. So glasklar war das Wasser nicht einmal zu Hause. Oder lag es daran, dass in Maries Gegenwart einfach alles glasklar zu sein schien?

Nun ja, nicht alles. Nicht, was jetzt geschehen würde, wenn er an die Front musste. Und obwohl mit Marie alles möglich schien, so würde auch sie nicht dafür sorgen können, dass der Töveree wieder lebendig wurde und Skems Gewissen erlöste. Er war ein Kind gewesen damals, ein Kind in Not, und doch konnte er sich selbst nicht verzeihen. Was war, wenn er nun diesem Krieg zum Opfer fiel und seine Schuld nie wiedergutmachen konnte?

»Setz dich zu mir, Skem.« Marie klopfte auf den Baumstamm neben sich. »Willst du mir nicht sagen, was dich quält? Du trägst an etwas schwer. Erzähl mir doch davon. Alles wird leichter, wenn es ein anderer mittragen darf!«

»Es ist nur, weil wir den Marschbefehl bekommen haben. Nun hat er sich wochenlang hinausgezögert. Fast hatte ich zu hoffen begonnen, er würde nie kommen! Doch in drei Tagen müssen wir fort.«

»Ich weiß, Skem. Aber das ist es nicht. Ich spreche von einer älteren Sorge. Ich sah sie schon am ersten Abend auf deiner Stirn.«

»Ach, Marie. Du kannst mir nicht helfen. Nicht noch mehr, als du es ohnehin schon getan hast.« Er fasste nach dem Holz um seinen Hals. »Wenn ich mit den Kameraden in eine ungewisse Zukunft marschiere, wird mich der Gedanke an dich aufrecht halten.«

»Skem …«

Er winkte ab. »Ich weiß, ich weiß. Ich habe deinen Verlobten nicht vergessen. Er ist ein glücklicher Mann. Ich wünschte trotzdem, sollte ich eines Tages zurückkehren, dass es zu dir wäre! Ich will dich nicht in Verlegenheit bringen, aber einmal muss ich es aussprechen.«

»Ich weiß es auch so. Doch die Dinge sind, wie sie sind, und wir können nicht aus unserer Haut.«

»Nein.« Skem seufzte. »Schade. Das habe ich mir schon als Junge ersehnt, dass ich das könnte! Meine Haut hat mir noch nie richtig gepasst.«

»Vielleicht wird der Marsch für dich ein wenig leichter, wenn du nicht mehr allein an deiner Sorge tragen musst. Ich wünschte, du würdest mir vertrauen.« In ihrer Stimme war ein Bruch, den er nicht ertragen konnte. Sie war immer so gefasst. Nun spürte er ihre Verletzlichkeit.

Hastig wandte er sich zu ihr. »Marie, wenn ich irgendjemandem auf dieser Welt vertrauen könnte, dann bist du es.«

»Wirklich? Warum gerade ich?«

Er lächelte. »Eben weil du nicht aus deiner Haut kannst. Weil du Marie bist.« Meine Marie, fügte er im Stillen hinzu. Doch sie war nicht seine Marie. Ihm gehörte nichts. Nicht einmal sein Leben. Das gehörte jetzt diesem lärmenden Mann, den sie Führer nannten, ob er wollte oder nicht. Das Einzige, was ihm blieb, war die Erinnerung an das einstige Leuchten des Töveree und an Marie. Wie sie dasaß und ihn abwartend ansah, erschien sie ihm schon jetzt wie ein liebgewordenes Bild aus der Vergangenheit. Aber noch waren sie hier. Er nahm ihre Hand, nur für einen Augenblick. »Marie, wenn alles anders wäre!«

Sie erwiderte den Druck seiner Hand leicht. »Ja, Skem, dann ja.«

Sie sahen sich an. Der Moment dehnte sich wie die weißen Wolken, die der Wind über den Erlen in die Länge zog, bis sie zu Fahnen wurden. Weiße Fahnen, dachte Skem. Ja. Ich kapituliere. »Ich liebe dich, Marie. Ich muss es ein einziges Mal sagen.«

Sie erwiderte nichts, aber sie strich mit einem zärtlichen Daumen das feuchte Haar von seiner Schläfe und legte für einen Augenblick die Hand an seine Wange. Dann stand sie auf, nahm den Eimer mit den Fischen für den Abend und stieg zwischen den Margeriten die Böschung hinauf.

»Morgen wieder hier?«, rief er ihr leise nach.

»Morgen wieder hier.«

Er blickte auf ihre Sandalen, die sie am Ufer vergessen hatte. Dann wandte er sich wieder dem Staudamm zu. Energisch hievte er noch einen Stein an eine gefährdete Stelle. Vielleicht konnte er den Fluss der Zeit noch ein wenig aufhalten, wenn er es sich nur stark genug wünschte.

Doch der Töveree, der ihm das nötige Glück hätte bringen können, lebte nicht in Flüssen. Er lebte gar nicht mehr. Er war tot, wie bald viele von Skems Kameraden und möglicherweise er selbst.

Aber dann hatte er wenigstens mit Marie an der Persante gesessen, die Füße in das kühle, klare Wasser gehalten, ihr Lächeln gesehen und ihre Berührung gespürt.

Er hatte zumindest gelebt. Wen kümmerte da die Zeit? Was machte es schon, ob sie kurz war oder lang? Es gab kleine Fische und große Fische, und sie alle glänzten silbern.

Der Damm hielt, aber er hielt nicht die Zeit auf, sondern nur das Wasser des Flusses in einer vergänglichen Bucht. Es kam der letzte Nachmittag, der ihnen blieb. Die Sommersonne legte sich nach einem warmen Regen ins Zeug, als wäre es nur für sie. Eintagsfliegen flirrten in einem stummen, eiligen Tanz über der Wasseroberfläche. »Sie sind wie wir«, sagte Skem. »Ein Tag. Mehr haben sie nicht.«

»Das Leben endet nicht morgen, Skem«, sagte Marie, doch auch sie klang traurig.

»Ich habe etwas mitgebracht«, sagte Skem. Er zog eine Flasche aus seinem Beutel. »Johannisbeerwein. Ich habe ihn gestern beim Kartenspiel von einem Kameraden gewonnen, der auf einem anderen Hof einquartiert ist. Dort ist der Keller voll davon. Die Bäuerin hat ihn mit Wein bezahlt dafür, dass er das Dach geflickt hat. Lass uns darauf trinken, dass diese Wochen ein Traum waren! Zu schön, um wahr zu sein, und doch wahrer als alles, was ich bisher erlebt habe. Ich habe keine Worte, um dir genug dafür zu danken, dass du mir diesen Traum geschenkt hast.«

Er zog den Korken mit seinem Messer heraus und fand, dass das »Plopp« wie ein Punkt hinter einem Kapitel seines Lebens klang. Es war zweifellos das beste Kapitel gewesen. Vielleicht auch das letzte, wer wusste das schon? Er reichte Marie die Flasche. Sie schüttelte den Kopf und legte die Hand auf seinen Arm. »Nicht aus der Flasche, Skem! Wer Alkohol aus der Flasche trinkt, tut es aus Verzweiflung, um hinunterzuspülen, was man nicht schlucken kann. Das ist unwürdig. Versprich mir, dass du niemals aus der Flasche trinken wirst, egal, was geschieht!« Sie legte auch die zweite Hand auf seinen Arm und sah ihn eindringlich an. Er konnte seinen Blick nicht von ihrem lösen. Schließlich nickte er. »Ja, Marie. Ich verspreche es dir.« Er hätte ihr noch so viel mehr versprochen.

Sie lief zu ihrem Versteck in einem hohlen Baumstamm, in dem sie den Fischeimer aufbewahrte sowie eine Decke und allerhand andere Dinge, und kam mit zwei leeren Marmeladengläsern wieder. »Hier!« Sie spülte die Gläser mit dem Wasser der Persante aus und hielt sie ihm hin, während er einschenkte.

»Auf dich, Marie! Du sollst glücklich werden.«

»Auf uns! Und auf die Hoffnung«, sagte Marie.

Der Johannisbeerwein schmeckte dunkel und süß, nach Sommern, die vergangen waren, und Sommern, die vielleicht nie kommen würden. Er glühte dunkelrot in der Nachmittagssonne. Skem atmete den Duft von Marie ein und wusste, dass er von nun an auch bei Johannisbeeren immer an sie denken würde. Bei Johannisbeeren und bei Kirschen und Bibern und Zitronen und

Fischen und an jedem Tag seines Lebens, wie lang oder kurz es noch sein mochte.

Er setzte das Glas ab. »Marie, ich erzähle dir, was mich bedrückt, denn ich möchte, dass du weißt, wie sehr ich dir vertraue. Ich möchte keine Geheimnisse vor dir haben. Nicht vor dir.«

Sie setzte sich ganz dicht neben ihn und lehnte sich ganz leicht an seine Schulter, so leicht, dass er es kaum spürte, und doch gab es ihm den Mut zu erzählen, was er noch niemandem erzählt hatte.

Marie lauschte und rückte dabei nicht von ihm ab, auch nicht als er ihr gestand, wie er die Knochen des Glücksfisches für schnödes Geld an einen Fremden verkauft hatte. »So konnte der Töveree nie seinen Frieden finden. Ich habe ihm seine Würde genommen. Von dem angeblichen Wissenschaftler habe ich nie wieder etwas gehört. Wer weiß, was er damit gemacht hat. Sie sind weder in einer biologischen Abhandlung noch in einem Museum wiederaufgetaucht, jedenfalls nicht, dass ich wüsste. Vielleicht hat er sie ins Ausland gebracht. Ich weiß es nicht. Es spielt auch keine Rolle. Die Schuld liegt allein bei mir. Ich habe den Töveree verraten, ausgerechnet ich, obwohl ich ihn und sein Licht gesehen habe. Ich habe ihn zweimal getötet, das erste Mal, als ich ihn wegen meines Vaters verfluchte und ihm den Tod wünschte, und das zweite Mal, als ich ihm sogar im Tod seine Würde nahm.«

»Skem, du warst ein Kind. Du wolltest deiner Mutter helfen und wusstest nicht, wie du es sonst anstellen solltest. Der Fremde allein trägt die Schuld. Er hat deine Notlage ausgenutzt. Warum belastet dich das so sehr? Du hast den Töveree nicht getötet. Du hast nur seine Knochen verkauft, nicht seine Seele. Weshalb machst du dir das so sehr zum Vorwurf?« Marie beugte sich vor und sah ihm eindringlich in die Augen. Von der Verachtung, die Skem befürchtet hatte, entdeckte er keine Spur in ihrem Blick. »Findest du nicht, es ist an der Zeit, dass du dir selbst verzeihst?«

Er sah sie hilflos an. »Ich kann es nicht, Marie. Mein Verstand sagt mir dasselbe wie du, doch mein Gefühl beharrt auf etwas anderem. Es gibt ein Gerücht, dass der Töveree nur in jene Gewässer zurückkehrt, in welchen die Knochen seiner Vorfahren zu finden sind. Er fühlt sich nur sicher, wenn er weiß, wo sie zuvor geschwommen sind. Es ist meine Schuld, wenn er nie wieder vor Amrum zu sehen ist, verstehst du? Ich habe meiner Heimat ein Stück ihrer Seele genommen und das Licht, das der Töveree den Menschen brachte.«

»An jenem Tag, da wir uns trafen, sagtest du, man nennt dich Skem. Wie heißt du wirklich?«

Skem schüttelte den Kopf. »Ich verdiene es nicht, meinen wahren Namen zu tragen. Der Junge, der ich einmal war, starb mit dem Töveree. Man nennt mich Skem, weil Skem *Schimmer* bedeutet. Sie nannten mich aus Spott so, weil ich erzählt habe, ich hätte das Licht des Töveree unter der Oberfläche schimmern sehen. Sie haben mir nicht geglaubt und lachten mich aus. Skem ist jetzt mein Name, dann bleibt wenigstens in diesem Wort das Licht des Töveree lebendig.«

»Wirst du mir jemals deinen wirklichen Namen verraten?«

Skem sah sie unverwandt an. »Wenn wir uns wiedersehen, Marie. Aber nur, wenn es dann für immer ist.«

Marie blickte zu Boden. »Wenn Bernhard zurückkehrt, werde ich ihn heiraten.«

»Ich weiß. Es ist richtig so. Du wirst immer das Richtige tun. Ich habe immer das Falsche getan.«

Marie beugte sich vor und legte ihm beide Hände auf die Schultern. »Skem. Bitte verzeihe dir! Der Töveree würde es auch tun. Ich weiß es.«

Er spürte ihre Lippen ein einziges sanftes Mal auf seinen.

In diesem Augenblick glaubte er ihr.

Zusammen saßen sie und sahen zu, wie die Sonne hinter den Erlen versank und ihre Blätter glänzen ließ. Sahen, wie ein Lachs über die Steine sprang. Heute angelten sie nicht. Die Fische sollten frei sein, da sie es nicht waren. Als es dämmerte, zog Skem die Äste aus dem Damm und schob die Steine beiseite. Die Persante floss jetzt wieder ohne Verweilen unbehelligt ihren Weg und trug die Erinnerungen hinunter bis in die Ostsee. Die Wochen mit Marie waren ein Glück gewesen, die sie beide der Zeit gestohlen hatten und nie wieder zurückgeben würden.

»Ich sehe das Meer in deinen Augen«, sagte Marie. »Es ist in ihrer Farbe. Immer, wenn ich am Meer bin, wirst du bei mir sein.«

Er dachte daran, wie er früher davon geträumt hatte, dass Marta Gössling in ihrer eigenen, lange vergangenen Zeit den Töveree gekannt hatte und dass er den lebendigen Glücksfisch gern mit ihr zusammen gesehen hätte.

Nun wollte er ihn mit Marie sehen, in seiner Zeit.

Doch er hätte sogar ohne das Meer leben können, wenn es nur mit Marie gewesen wäre.

»Wir wollen uns hier verabschieden«, sagte Marie. Sie hielten einander fest, für einen letzten Augenblick.

»Wenn der Krieg zu Ende ist und meine Kompanie auf dem Rückweg wieder hier in der Nähe durchmarschiert«, fragte Skem, »darf ich dann nach dir sehen?«

»Was geschieht, geschieht«, sagte Marie. »Pass auf dich auf, Skem Rossmonith, und bewahre dir das Licht in deinem Herzen. Der Töveree hat es dich nicht sehen lassen, damit du es vergisst! Bleib behütet.« Sie stieg die taufeuchte Böschung hinauf und verschwand in der Dämmerung.

Zurück blieben ihre Sandalen, die sie wieder einmal am Ufer vergessen hatte, und der Duft von Zitronenblüten in der Nacht.

Valerie

Amrum

2009

29

Suchen und Finden

»Guten Morgen!«, rief Fahima herüber, als Valerie von den Duschkabinen zurückkam, ihre Sachen im Zelt verstaute und sich die Haare in der Sonne bürstete, während sie überlegte, ob der vorhandene Rest Brot noch essbar war. »Komm doch herüber, mein Zeltnachbar ist wieder da und hat frische Brötchen mitgebracht. Sie reichen für uns alle.«

»Gerne.« Valerie warf die Bürste ins Zelt und stieg über die Düne. Fahima goss gerade Kaffee aus einer Thermoskanne in drei Blechtassen, während ein großer, schlanker Mann mit grauen Haaren Brötchen aus einer Tüte auf einen Teller packte.

»Valerie, darf ich dir meinen Lieblingsnachbarn vorstellen?«, sagte Fahima. »Er kam auch vor einigen Jahren hierher, weil er etwas suchte, und das macht er jeden Sommer wieder. Was er damals suchte, hat er längst gefunden, aber es gibt immer noch mehr zu finden. Das ist Kalle. Kalle Brennicke.«

Der Mann richtete sich auf und lächelte Valerie an. »Guten Tag, schön, Sie kennenzulernen. Willkommen an diesem wundervollen Ort! Er hält für beinahe jeden ein Geschenk bereit. Man muss es nur zu öffnen wissen. Bei mir hat es eine Weile gedauert.«

Valerie starrte ihn an. Ihr wurde eiskalt. Was, bitte, hatte Kalle Brennicke auf dem Campingplatz zu suchen? Warum saß er nicht bei seiner Rhea in der Küche und schmierte *ihr* die Brötchen? Es war nicht fair von ihm, hier aufzutauchen, wo Valerie am wenigsten mit ihm gerechnet hatte!

Allerdings konnte er ja nichts dafür, da er nichts von ihr wusste. Er sah sie so freundlich an, dass sie sich im nächsten Moment wie eine Betrügerin vorkam.

»Guten Tag«, stammelte sie. »Ich dachte, Sie leben mit Skems Nichte zusammen?«

»Du kennst Skem? Verzeihung, aber hier auf dem Zeltplatz duzen wir uns eigentlich alle. Ja, ich lebe mit Rhea zusammen, und ich kann mir nichts Schöneres auf der Welt vorstellen. Aber einmal im Jahr nehme ich mir ein paar Wochen Zeit, um in meinem Zelt darüber nachzudenken.«

Valerie schluckte. »Worüber?« Nun machte er sie doch neugierig, dieser Fremde, der angeblich schuld an ihrer Existenz war.

Kalle setzte sich wieder und winkte einladend in Richtung eines Holzklotzes. »Über alles. Das, was war, das, was ist, das, was kommen könnte, wenn man es richtig macht. Darüber, was für ein Wunder es ist, dass ich an Rhea und diese Insel geraten bin. Fahima hat das schon richtig gesagt. Es gibt immer etwas zu finden, selbst wenn man nicht weiß, was man sucht. Oder dass man überhaupt etwas sucht. Ich habe festgestellt, dass man nirgends so gut Fragen und Antworten finden kann wie allein in einem Zelt zwischen Sand und Sternen, mit dem Rauschen des Meeres im Ohr. Das gilt für mich. Das heißt natürlich nicht, dass es für jeden so ist. Aber du bist ja auch hier gelandet. Ich hoffe, du findest, was du suchst.« Wieder dieses Lächeln und ruhige Wärme in klaren Augen.

Sie hätte ihn mindestens so sympathisch gefunden wie Skem,

wäre da nicht die winzige Kleinigkeit, dass er ihre Mutter geschwängert hatte.

Was war damals wirklich passiert?

Anscheinend hatte Valerie ihn merkwürdig angesehen, denn er fuhr sich verwirrt mit beiden Händen durch die Haare. Valerie bemerkte, dass sie gerade dasselbe getan hatte. Das tat sie immer, wenn sie nervös war. Weil sie ihre Haare so kurz trug, standen die hinterher meistens auf beiden Seiten ab.

Genau wie Kalles grauweiße Locken.

Valerie setzte sich abrupt, weil ihre Knie plötzlich weich waren.

Fahima hatte nichts gemerkt. »Möchtest du uns nicht erzählen, warum du hergekommen bist? Vielleicht können wir dir bei der Suche helfen. Hier, dieser Sanddorn-Honig-Aufstrich schmeckt wunderbar auf frischen Brötchen. Probier mal.«

Valerie biss in ihr Brötchen, ohne etwas zu schmecken. Sie wollte Zeit gewinnen und dachte fieberhaft nach, aber in ihrem Gehirn waberte nur Nebel. Dann war ihr, als ob sie irgendwo dahinter Josefs Stimme hörte. *Sag die Wahrheit, Kleene. Alles andere ist nur Zeitverschwendung und sorgt für Verwirrung.* Noch mehr Verwirrung konnte sie wahrlich nicht gebrauchen.

»Ich suche meinen Vater«, sagte sie, als sie den Bissen endlich hinuntergewürgt hatte. »Meinen biologischen Vater«, setzte sie hastig hinzu, weil sie auf einmal heftig an Pani denken musste. Irgendwann musste sie ihm diese wunderschöne Insel zeigen. Sie vermisste ihn so!

Kalle und Fahima blickten interessiert. »Ach? Kennst du ihn gar nicht?«, fragte Fahima.

»Nein.«

»Weißt du denn, dass er auf Amrum ist?«, erkundigte sich Kalle.

»Ja. Ziemlich sicher.« Valerie holte tief Luft. Augen zu und durch, dachte sie. Josef hatte recht. Wenn sie jetzt nicht die Wahrheit sagte, würde sie alles viel schlimmer machen. Außerdem war der Schlamassel nicht ihre Schuld. Es gab keinen Grund, diesen Kalle mit Samthandschuhen anzufassen. Sie blickte ihn direkt an. »Ich weiß das von Anneliese. Sie hat es mir in Berlin verraten. Ich soll Sie … dich übrigens herzlich grüßen.«

»Anneliese?« Sein Gesicht hellte sich auf. »Wie nett! Danke.« Dann erst schien ihm die Bedeutung ihrer Worte bewusst zu werden. »*Anneliese* hat dir verraten, dass dein Vater auf Amrum lebt? Du willst damit aber nicht sagen, dass …« Er starrte sie entgeistert an. Die Stille dehnte sich. Selbst die Möwen waren verstummt.

»Das muss ein Missverständnis sein!« Kalle fand die Fassung wieder. »Es tut mir leid, Valerie. Ich habe keine Kinder. Leider!« Ein Schatten flog über sein Gesicht, dann sah er Valerie mitfühlend an. »Na so was. Was machen wir jetzt nur, um dir zu helfen? Rhea kennt jeden hier auf der Insel, vielleicht …« Er brach ab. »Ach nein, da ja ein Irrtum vorliegt, wird dein Vater gar nicht hier sein.«

»Erzähl uns doch deine Geschichte, Valerie«, schlug Fahima vor. »Vielleicht können wir ja doch irgendwie helfen. Kalle hat oft gute Ideen.«

»Fahima auch«, sagte Kalle.

Valerie stellte ihre Tasse ab.

»Du bist aber schon aus Berlin, oder?«

»Ja, ich war dort Busfahrer. Als meine Frau Kerstin an Krebs starb, geriet mein Leben aus den Fugen. Zwei Jahre später konnte ich nicht mehr und ging auf Reisen. Am Ende bin ich hier gelandet. Bei Rhea.« Er lächelte zärtlich.

Ja, Valerie konnte sich jetzt vorstellen, was ihre Mutter an ihm gefunden haben könnte. Wenn er es war.

»Hast du in Berlin einmal eine Angelika gekannt?«, bohrte sie.

Er runzelte die Stirn, dachte nach. »Angelika …«

»Vor dreiundzwanzig Jahren«, half Valerie nach. »Du hattest damals den Spitznamen Dino.«

»Dino …«, wiederholte er tonlos. »Das stimmt. Aber eine Angelika? Nein. Vor dreiundzwanzig Jahren, das war, bevor ich Kerstin kennenlernte. Da stand die Mauer noch. Kerstin war aus Ostberlin. Damals war ich allein. Meine erste Liebe Susanna hatte sich von mir getrennt, schon länger. Ich kam nicht so schnell darüber hinweg. Ich war allein, bis …« Er wurde blass und brach ab. »*Geli?*«, flüsterte er. »Sie nannte sich Geli. Natürlich! Das ist eine Abkürzung für Angelika! Ich habe nie darüber nachgedacht. Geli passte so gut zu ihr.«

Wieder fuhr er sich durch die Haare. Valerie griff rasch wieder nach ihrer Tasse und umklammerte sie mit beiden Händen, um nicht das Gleiche zu tun.

»Ich habe sie ewig gesucht!«, sagte Kalle erstickt. »Ich ging auf jede verflixte Party im Umkreis, obwohl ich Partys hasse. Ich habe sie nie wiedergesehen. Ich wusste nicht, wie sie hieß und wo sie wohnt. Wir haben uns nur dieses eine Mal getroffen, auf der Party, zu der mich ein Freund geschleppt hat. Sie mochte es dort auch nicht. Wir tanzten zusammen und kamen ins Gespräch. Alles passte. Wir sind zusammen weg. Es war eine warme

Spätsommernacht, wir sind an der Havel spazieren gegangen. Geli konnte unglaublich gut zuhören, und sie leuchtete irgendwie von innen heraus. Ich hatte das Gefühl, ich könnte ihre Lebensfreude beinahe berühren, so deutlich spürte ich sie. Und doch erzählte sie mir, dass sie manchmal traurig sei, sehr traurig, und nichts dagegen tun konnte. Dann wieder gab es Tage, da war sie glücklich. Das war so ein Tag. Sie sagte, ich wäre es, der sie glücklich machte. Aber ich fand, es war umgekehrt.« Kalles Blick ging in die Ferne. Er hatte seine Zuhörer vergessen.

Valerie und Fahima lauschten ihm beide gebannt. Eine Wespe setzte sich auf ein Marmeladenbrötchen. Niemand bemerkte es.

»Ich hätte sie so gerne für immer glücklich gemacht«, fuhr er leise fort. »Es war nur diese eine Nacht, aber ich war mir völlig sicher. Gegen Morgen wollte ich sie nach Hause bringen, aber sie lehnte ab. Sie hatte irgendeinen Termin und wollte allein gehen. Außerdem fing meine Schicht an. Wir verabredeten uns wieder für den Abend. Ich habe mich den ganzen Tag darauf gefreut, konnte mich auf nichts konzentrieren. Fast hätte ich den vollen Bus bei Rot über eine Kreuzung gefahren. Und dann kam sie nicht! Sie kam nicht, obwohl ich die ganze Nacht an der Havel gewartet hatte. Ich habe sie nie gefunden. Wenn ich Bus fuhr, habe ich nach ihr Ausschau gehalten, aber immer, wenn ich dachte, ich hätte sie unter jenen entdeckt, die vor meiner Windschutzscheibe die Straße überquerten oder in meinen Bus stiegen, war sie es doch nicht. Warum nur ist sie nicht gekommen?« Jetzt sah er Valerie wieder an, zurück in der Gegenwart.

»Sie wollte dich auch beschützen«, sagte Valerie sanft, erschüttert von der Heftigkeit seiner Worte und der verzweifelten Frage in seinem Blick. »Vor ihrer Traurigkeit. Sie war krank, hatte Depressionen. Sie war der Meinung, du seist etwas ganz Besonderes und hättest etwas Besseres verdient.«

»*Deswegen* kam sie nicht? Und *deswegen* hat sie mir nichts von dir erzählt? Das kann nicht sein! Das kann ich nicht glauben«, sagte Kalle und stand mit einem Ruck auf. Sein Pappteller rutschte in den Sand.

Valerie sprang auch auf und öffnete ein Bild auf ihrem Handy, mit einem Datum vom letzten Jahr. Sie hielt es ihm hin. »Hier. Ich zeichne genau dieselben Strichmännchen wie du. Zu der Zeit hatte ich deine noch nie gesehen.«

Sprachlos blickte er auf das Display, sah in ihr Gesicht, auf ihre Hände, dann wieder auf das Display.

»Du hast dasselbe Licht in dir wie sie …«, murmelte er. »Aber ich … Vater? Ich wollte immer … wir konnten nicht … Sie ist doch gestorben, ehe sie geboren wurde …« Er drehte sich um und stürmte auf langen Beinen an seinem Zelt vorbei über den nächsten Dünenkamm, wo sie ihn nicht mehr sehen konnten.

Valerie sah ihm nach, dann stolperte sie blind in die andere Richtung. Nur weg! Kalle wollte nichts von ihr wissen. Sie hörte Fahima noch murmeln »An den Brötchen lag es nicht«.

Valerie lief ziellos durch die Dünen, bis es anfing zu regnen. Sie war ohne Jacke losgegangen und fing an zu frieren. Erschöpft kehrte sie schließlich zurück.

Kalles Zelt war fort.

Valerie wickelte sich in ihren Schlafsack, fror aber trotzdem noch. Wenn doch nur Sven hier wäre, um sie fest in den Arm zu nehmen! Dann wäre ihr nicht kalt. Er würde alles wieder geraderücken. Er würde sie anlächeln, und sie würde wissen, dass sie beide immer füreinander da sein würden, egal, was geschah. So war es immer gewesen. Jetzt würde es nie wieder so sein.

Bei Hanna in der Heide hatte Valerie gedacht, es würde nun leichter werden. Dass sie damit würde leben können. Ohne Sven. Doch der Schmerz kam in Wellen zurück, wie die Nordsee. Es war wie draußen im Watt. Der Sand lag glatt und friedlich, doch plötzlich lief das Wasser auf. Reißende Ströme entstanden, die den Menschen, der so winzig darauf unterwegs war, umwerfen konnten oder ihm den Weg abschneiden, bis ihm das Wasser über dem Kopf zusammenschlug. Man musste nicht bei auflaufendem Wasser ins Watt hinausgehen. Die Trauer jedoch war eine andere Art Flut. Sie folgte einem bis oben auf die höchste Düne. Man konnte nicht ausweichen.

Und was hatte sie von Kalle erwartet? Dass *er* sie in den Arm nahm und ihr Sven ersetzte? Dass sie sich an ihn anlehnen konnte, an einen Unbekannten, der von ihrer Existenz nichts gewusst hatte? Wie dumm von ihr! Eigentlich konnte sie ihm seine Flucht nicht übelnehmen. Die Neuigkeiten mussten ein Schock für ihn gewesen sein. Und trotzdem war Valerie enttäuscht und verletzt.

Er ließ sie allein, genau wie ihre Mutter es getan hatte.

Dabei wusste sie doch, dass niemand ihr die Trauer abnehmen konnte. Das konnte jeder nur für sich bewältigen.

In Gedanken versunken, merkte sie nicht, wie die Stunden vergingen.

»Valerie? Bist du da?«

Sie zuckte zusammen. Fenno! Sie hatte ihre Verabredung mit ihm völlig vergessen.

»Valerie, ich habe mir Sorgen gemacht, als du nicht gekommen bist. Ist alles in Ordnung?« Es regnete nicht mehr. Seine lange Gestalt warf einen Schatten auf die Zeltwand.

»Oje. Entschuldige bitte.« Sie befreite sich hastig von dem Schlafsack und öffnete den Reißverschluss des Zelteingangs. »Es tut mir sehr leid, dass ich unser Treffen vergessen habe.«

Er hockte sich vor das Zelt und sah sie fragend an. »Ist etwas passiert? Kann ich dir helfen?«

Sie kletterte aus dem Zelt. »Danke. Nein! Es war nur eine merkwürdige Begegnung.«

»Ich war bei Alriks Kwaas. Ich glaube, ab heute können wir es Kniepsandhaus nennen.« Fenno lächelte sie anerkennend an. »Dein Wandbild ist großartig! Diese kleine Ecke nur, und schon hat das Haus eine ganz andere Ausstrahlung. Das wird wunderbar. Machst du mit? Du machst doch mit, ja?«

Wieder erstaunte sie, was für unterschiedliche Seiten dieser Mann hatte. Der strenge, pedantische Wattführer und Naturschützer war ein völlig anderer als der, der sie jetzt mit jungenhafter Begeisterung anstrahlte. Dennoch konnte sie sich über seine Begeisterung, die sie gestern noch glücklich gemacht hätte, nicht freuen. Sie fühlte sich wie betäubt. »Ja. Sicher. Wenn du möchtest«, sagte sie tonlos.

»Ja. Ich möchte! Ich möchte es unbedingt. Ich wünsche es mir sogar sehr. Du bist genau, was das Kniepsandhaus braucht. Valerie!« Er legte einen Finger unter ihr Kinn, hob sanft ihren Kopf und sah ihr einen langen Moment forschend in die Augen. »Trauer braucht viel Zeit. So viel Zeit.«

Überrascht erwiderte sie seinen Blick. Sie erkannte so viel Verständnis in seinen Augen und eine alte Traurigkeit. Ein Echo ihres eigenen Schmerzes.

»Wen hast *du* verloren?«, fragte sie leise.

»Meine Schwester. Sie war kaum zwei Jahre älter als ich, und wir waren uns sehr nahe. Sie hatte einen unerkannten Herzfehler. Eines Tages brach sie beim Volleyball zusammen und war tot. Einfach so. Von einem Augenblick auf den anderen. Ich kam überhaupt nicht damit klar.« Er setzte sich auf einen der als Bänke herumliegenden Baumstämme. Valerie hockte sich dazu. »Ich zog mich so in mich selbst zurück, dass meine damalige Freundin mich schließlich verlassen hat. Das alles war auch der Auslöser dafür, warum ich Pinswins Angebot, hierherzukommen, angenommen habe. Ich dachte, es könnte ein Neuanfang sein. Schon auf der Fähre zur Insel ging es mir besser. Ich konnte wieder atmen. Und dann habe ich auf dem Blog einer amerikanischen Dichterin einen Spruch gelesen. Victoria Erickson hieß sie. Ich habe das Zitat nicht genau im Kopf, aber es ging so ähnlich: *Lass es los. Lass den Himmel es dir abnehmen. Lass das Wasser es tragen. Lass die Erde es halten. Denn du musst es nicht mehr.*

»Das klingt gut. Schön.« Valerie ließ die Worte auf sich wirken und atmete unwillkürlich auf. Loslassen. Die Verantwortung, den Schmerz abgeben. An den Himmel, das Wasser, die Erde. Wo, wenn nicht hier? Es war ein verlockender Gedanke. Es müsste ihr nur gelingen.

»Mir hat es geholfen. Diese Worte, und dann Amrum«, fuhr Fenno fort. »Hier ist der Ort dafür. Es dauert. Es kommt und geht. Wie die Flut.«

Ja. Wie die Flut. Es gab doch jemanden, der da war. Der sie verstand. Der so ähnlich dachte wie sie selbst. Valerie fror nicht mehr.

»Mit der Zeit wurde es leichter«, sagte Fenno nach einer Pause. »Es fühlt sich nicht mehr falsch an, lebendig zu sein. Der Schmerz ist noch da, und er bleibt, aber er lähmt mich nicht mehr. Er ist ein Teil meines Lebens. Er macht es zerbrechlicher, kostbarer. Tiefer, weil es bewusster ist. Als ob alle Farben intensiver geworden sind.« Er legte ihr kurz die Hand auf die Schulter. Sie empfand es als tröstend, nicht als aufdringlich. »Du hast es im Grunde schon bemerkt. Du hast genau diese Farben in dir. Ich sehe es an deinem Bild. Sie sind von deiner Traurigkeit nicht trübe geworden, ganz im Gegenteil. Sie sind eine Liebeserklärung und ein Denkmal an Sven. Er gibt dir Kraft, wie mir der Gedanke an meine Schwester.«

»Aber es tut so weh. Immer und immer wieder!« Jetzt gerade ging es ihr jedoch besser.

Fenno stand auf. »Lass uns ein Stück am Strand gehen.«

In einträchtigem Schweigen liefen sie hinunter und wanderten den Flutsaum entlang. »Magst du mir mehr von ihm erzählen?«, fragte Fenno schließlich.

Auf einmal kamen die Worte leicht. Valerie berichtete, wie es mit Sven gewesen war, wie er gewesen war, wie sie zusammen waren. Von den guten und den schlechten Tagen, den Streichen und dem Lachen, ihrer Sorge um ihn, seiner Sorge um sie, von Musik und Sommerabenden, von der Schlüsselbrücke.

»Ich glaube wirklich nicht, dass er an jenem Tag sterben wollte. Er wollte dich nicht verlassen«, sagte Fenno schließlich. »Das hätte er nicht getan. Ich denke, es war, wie sein Freund gesagt hat. Sven brauchte den Adrenalinkick, um sich lebendig zu fühlen. Er hat gedacht, es würde gutgehen, wie es schon oft zuvor gutgegangen ist. Er war so verzweifelt, dass er das Risiko unterschätzt hat.«

Valerie blieb stehen. »Manchmal war ich wirklich wütend auf ihn in letzter Zeit. Aber ich glaube, du hast recht.«

»Er hat einen besonderen Menschen aus dir gemacht. Oder anders, er hat einem besonderen Menschen in einer schweren Zeit geholfen, erwachsen zu werden. Ich bin sehr froh darüber. Ich möchte dir auch helfen. Schaffst du es, morgens um halb drei aufzustehen?«

Verblüfft sah sie ihn an. »Ja. Sicher. Ich bin ein Morgenmensch. Warum?«

»Lass dich überraschen. Ich glaube, es ist wichtig.«

Valerie zuckte mit den Schultern. »Okay.«

»Wunderbar. Ich freue mich! Am besten, du gehst früh schlafen. Ich hole dich mit dem Auto ab, am Zeltplatzeingang. Bitte zieh dir kurze Hosen an.«

Die Tage hier waren endlos lange hell. Viel länger als in Berlin. Früh schlafen gehen wäre bestimmt vernünftig, wenn sie so früh aufstehen musste, schien ihr aber unmöglich. Valerie stand unschlüssig vor dem Zelt, dann machte sie kehrt.

Skem humpelte in seinem Garten herum und war mit einer Baumschere tätig, als Valerie sich über das Tor lehnte. »Hallo, Skem.«

Er sah auf. »Oh. Hallo.«

»Darf ich reinkommen?«

Er warf ihr unter buschigen Augenbrauen einen Blick zu.

»Sicher.«

»Störe ich? Kann ich dir etwas helfen?«

»Du kannst die welken Blüten, die ich abgeschnitten habe, einsammeln und dort auf den Kompost bringen.«

Als sie fertig waren, ließ Skem sich ächzend in seinen Stuhl sinken. »Hast du ein Anliegen?«, fragte er sie.

»Kann ich einfach nur hier ein wenig bei dir sitzen?«

Skem schloss die Augen und lehnte sich zurück. »Diese Sorte Besuch ist mir am liebsten. Menschen, die nicht immerzu reden und Fragen stellen.«

Valerie legte sich zwischen den Zitronenbäumen ins Gras und sah zu, wie Rosa über den Himmel schlich, dann die Dämmerung endlich in den Garten fiel, zwischen die Margeriten und den Lavendel und tanzende Mücken, die im letzten Licht bronzefarben aufleuchteten. Skem schnarchte leise vor sich hin. Der Duft von Heckenrosen und warmem Sand wurde dichter und legte sich um sie herum wie eine Berührung.

Wie die Berührung von Fennos Zeigefinger unter ihrem Kinn, als er ihren Kopf hob, damit sie sich ansehen konnten.

30

Dem Morgen entgegen

Der Wecker riss Valerie aus einem tiefen Schlaf, in den sie erst spät gefallen war. Draußen war es stockfinster. Der Wind zerrte an der Zeltplane. Sie schimpfte leise vor sich hin, während sie sich aus dem kuscheligen Schlafsack schälte. Zwei Uhr dreißig. Sie musste verrückt sein! Einen Augenblick dachte sie daran, Fenno eine Nachricht zu schicken und sich wieder in die warmen Decken zu wickeln. Aber kneifen galt nicht. Nicht vor Fenno.

Sie zog zwar die kurzen Hosen an, aber darüber Pullover, Jacke, Halstuch und Mütze. Der kalte Wind fuhr ihr bis ins Innerste. Vom Sommer war um diese Zeit nichts zu spüren. Mit Mühe kochte sie sich auf dem Campingkocher eine Tasse Tee und füllte den Rest in die Thermoskanne, die sie in ihren Rucksack steckte.

Vorn an der Straße wartete Fenno bereits in einem winzigen knallblauen Auto. Selbst in dem schwachen Licht ihrer Taschenlampe konnte sie es nicht verfehlen.

»Sagst du mir jetzt, was du vorhast?«, fragte sie, als sie sich auf den Sitz quetschte.

»Ich mache mit einer kleinen Gruppe eine Wattwanderung von Amrum nach Föhr. Es ist nicht oft der Fall, dass die dafür notwendige Ebbe um diese Uhrzeit ist. Wir treffen uns um drei an der Nordspitze. Dann ist es noch dunkel, aber wenn wir ins

Watt laufen, ist die sogenannte bürgerliche Dämmerung. Da kann man schon Zeitung lesen, so hell ist es. Wir laufen in den Sonnenaufgang. Ich würde mir sehr wünschen, dass du mitkommst. Vor allem dir wünsche ich es. Willst du? Jetzt kannst du noch aussteigen.« Er sah sie von der Seite her fragend an. »Ein Spaziergang wird das nicht. Es sind zehn anstrengende Kilometer.«

»Man kann von einer Insel bis zur anderen laufen?«

»Ja, wenn man den Weg kennt. Versuche es bitte niemals allein.«

»Bestimmt nicht.« Die Vorstellung, auf dem Meeresgrund zwischen zwei Inseln zu Fuß zu gehen, war merkwürdig und ein wenig gruselig. Valerie unterdrückte ein Gähnen, während sie noch darüber nachdachte.

Aussteigen kam nicht in Frage. Jetzt, da sie angezogen in seinem Auto saß, gab es kein Zurück mehr. Das hatte er natürlich genau gewusst. Er hatte sie ausgetrickst.

»Du wirst gleich wach«, sagte Fenno amüsiert. »Es dürfte da draußen noch recht frisch sein.«

»Schönen Dank auch!« Es war immer noch stockfinster. An die Sache mit der bürgerlichen Dämmerung wollte Valerie nicht recht glauben. Die Vorstellung, nicht zu sehen, in was sie trat, gefiel ihr gar nicht. Hatte er ihr nicht selbst eingeschärft, dass es gefährliche Schlicklöcher gab? Und was war mit toten Fischen und dergleichen unangenehmen Dingen?

Von dem Dutzend anderer Personen, die am Treffpunkt warteten, konnte sie kaum die Silhouetten ahnen. Nur ihre Stimmen drangen durch das Dunkel. Fenno begrüßte alle flüsternd. »Wir wollen die Anwohner nicht wecken. Draußen auf dem Deich können wir wieder normal sprechen.« Er erzählte die Sache mit der bürgerlichen Dämmerung und was sie vorhatten. »Vor der bürgerlichen Dämmerung kommt die nautische Dämmerung, das ist jetzt. Da kann man gerade den Horizont erkennen, aber noch die hellen Sterne und Planeten sehen. Dadurch konnten die Seefahrer mit dem Sextanten ihre Position bestimmen.« Durch seinen Flüsterton schien alles noch geheimnisvoller. »Wir laufen den Deich entlang bis zum Ende, dann kommt ein Schotterweg, und danach gehen wir ins Watt. Die Austernschalen sind scharf. Schaut ein wenig, wohin ihr tretet. Wer vernünftig sein will, kann die Schuhe anbehalten. Aber im Grunde ist es der Sinn einer solchen Wanderung, das Watt unter den Füßen zu spüren.«

Doch nicht so streng, wie sie anfangs gedacht hatte, der Herr Wattführer.

Eine Weile liefen sie schweigend. Die anderen, fast alles Pärchen, meist Hand in Hand. Valerie ging allein.

Ganz langsam stieg eine Ahnung von Blau über den Horizont, wurde kaum merkbar lichter. Jetzt konnte Valerie die anderen deutlicher erkennen. Aus den Dünen rechts und links roch es nach Schafen, duftete es überwältigend nach Heckenrosen und Grasnelken. Möwen und Motten flatterten Scherenschnitten gleich vor der beginnenden Helligkeit. Treibende Schäfchenwolken wirkten grau statt weiß, und die Rufe der vielen verschiedenen Seevögel klangen im Halbdunkel lauter als sonst. Alles schien seltsam verwandelt. Eine Mondsichel glitt silberhell hinter den Wolken hervor. Am Horizont blinkte es hier und da. Fenno erklärte die Leuchttürme der Halligen und Nachbarinseln. Auch der Amrumer Leuchtturm wies rhythmisch mit einem hellen Finger über die Dünen wie ein Herzschlag der Insel. Fenno richtete den Strahl seiner Lampe auf die Salzwiesen, die jetzt am Weg lagen. Violette Blüten leuchteten ihnen entgegen. »Halligflieder«, erklärte Fenno. »Darin lebt der Halligflieder-Spitzmaus-Rüsselkäfer. Wer ist schon so wach, dass er das wiederholen kann?«

»Den hast du doch erfunden«, rief jemand.

»Nein. Ihr könnt es nachschlagen. Er ist nur einer von vielen erstaunlichen Lebewesen dieses Biotops. So, weiter, sonst verpassen wir das Niedrigwasser noch.«

Aus Blau wurde Silber, wurde aprikosenfarbenes Leuchten, und schließlich glühte der Himmel über den Inseln in einem fernen Feuer. Valerie konnte nun Gesichter erkennen. Als sie am Ende des Weges anhielten und Fenno ihnen Gelegenheit gab, die Schuhe auszuziehen, stellte sie fest, dass das mit der bürgerlichen Dämmerung doch stimmte. Es war jetzt so hell, dass man sehen konnte, wohin man trat. Trotzdem erschien noch alles geheimnisvoll und unwirklich.

Müde war sie nicht mehr, im Gegenteil. Je länger sie liefen, desto mehr glaubte sie, noch nie so wach gewesen zu sein.

Das Wasser in den flachen Prielen war an den Füßen nicht kalt. Es war wärmer als die Luft. Der Sand war mal weicher, mal härter unter ihren Sohlen und von den verschwundenen Wellen in immer wieder anderen Mustern geriffelt. Manchmal sahen diese Riffel aus wie Adern unter Haut. Die Haut der Erde, dachte Valerie, so weich und empfindlich und lebendig wie unsere eigene.

Die Fußabdrücke von Möwen, Austernfischern und anderen Seevögeln liefen kreuz und quer durcheinander. Einmal blieb Fenno stehen und zeichnete mit einem Stock Erde, Sonne und Mond in den Sand, um das Phänomen von Ebbe und Flut zu erklären. Ein andermal stöberte er mit der Grabgabel, die er an seinem Rucksack befestigt hatte und die ihn wie Neptun aussehen ließ, einen Wattwurm auf. Er wollte zeigen, wer die vielen kleinen Häufchen auf den Meeresgrund stellte. Dann wieder bückte er sich, um von einer Pflanze, die mitten im Sand wuchs, ein paar Spitzen abzuknipsen. »Das ist Queller. Er ist sehr wichtig für die Landgewinnung. Man darf die Pflanze auf keinen Fall ausreißen. Haltet sie fest, wenn ihr etwas abpflückt. Hier.« Er hielt ihnen die kleinen grünen Spitzen hin. »Wer mag kosten? Er schmeckt wie grüne Salzstangen.« Die wenigsten trauten sich, aber Valerie griff zu. Der Geschmack explodierte förmlich auf ihrer Zunge. Frisch und salzig, leicht und würzig, zart und knackig und so aromatisch wie das Leben selbst. Sie konnte sich nicht erinnern, jemals etwas Vergleichbares gekostet zu haben. Es machte sie hungrig, aber nicht auf Essen.

Es war die Zukunft, das Leben, auf das sie mit jedem Schritt, den sie weitergingen, wieder Appetit bekam. Sie liefen und liefen in die sandige Ebene hinein, ließen die Insel weit hinter sich. Die andere lag noch fern vor ihnen. Priele plätscherten, und die nackten Füße schmatzten im Schlamm. Kein Mensch außer ihnen war irgendwo zu sehen. Sie liefen dem Morgen und dem Tag und dem Himmel entgegen, und irgendwann kam die Erschöpfung. Das Gehen auf dem ungewohnten Boden ließ die Muskeln schmerzen. Zweimal mussten sie durch reißende Priele waten, die ihnen bis weit über die Knie gingen und ihre Hosen durchnässten, so kurz sie auch waren. Hier konnte man sich nirgends hinsetzen, um sich auszuruhen.

Gelegentlich fiel Sprühregen, wurde heftiger, dann wieder brach die Sonne durch, warf Teppiche aus Licht auf die nassen

Sandflächen. Der Wind kam mal von vorn, mal von hinten, mal von der Seite. Manchmal konnte man sich an ihn lehnen, manchmal schob er, dann wieder warf er sie fast um. Nebelfetzen wehten vorüber, danach wurde die Luft glasklar. Valerie setzte einen Fuß vor den anderen, kämpfte sich Schritt für Schritt vorwärts.

Irgendwann lief sie durch die Erschöpfung hindurch und am anderen Ende wieder hinaus. Dabei ließ sie an einem unmerklichen Punkt zwischen den Inseln, mitten auf dem Meeresgrund, die Trauer und die Verzweiflung und das Ende ihres alten Lebens hinter sich und betrat ein neues.

Sie lief immer weiter durch dieses Wunderland, in dem Fenno zwischendurch auf Quallen hinwies, die durchsichtig zauberschön waren wie blaues Glas, auf Seeanemonen, die immer wieder überraschend im Sand saßen wie Sterne. Genau dieselben, die ihre Mutter ihr damals gezeigt hatte, als sie zusammen am Meer waren. Blumentiere! Bei Berührung zogen diese sich zusammen, um nicht verletzt zu werden. Wie die Menschen. Und öffneten sich dann wieder, auch wie die Menschen, wenn sie die Kraft dazu fanden. Valerie fand sie.

Irgendwo auf dem langen, beschwerlichen, aufregenden Weg fand sie diese Kraft wieder, und mit ihr die Neugier auf den nächsten Schritt und den danach, und auch auf das Land, das sie vorn auf der anderen Seite wiedergewinnen würden. Sie lief mit dem Tag ins Licht, mit dem Morgen aus der Nacht in die Freiheit und ihre Zukunft und wusste: Genau das hatte Fenno für sie gewollt.

Einmal blieb er stehen und zeigte auf ein Oval aus Holz. Eine Handbreit aus dem Boden ragten verwitterte Holzspanten wie ein Gebiss, verbunden durch Reste von Planken. »Ein Wrack«, erklärte er. »Dieses Schiff ist am 2. Februar 1825 untergegangen. Es fuhr von England nach Dänemark und hatte vermutlich Salpeter geladen. Drei Mann der Besatzung liegen auf Föhr begraben. Ein Sturm hatte es zwischen die Inseln gedrückt, wo es auf Grund lief.«

Der Wind war abgeflaut. Einen Augenblick standen sie schweigend und betrachteten, was einmal ein Schiff gewesen war, das Menschen über das Meer trug. Valerie kam es vor, als könnte sie es alles deutlich vor sich sehen, den Schrecken der Mannschaft spüren und ihre Rufe hören, als wäre sie dabei gewesen.

Fenno trieb die Gruppe weiter. Sie durften nicht trödeln, sonst würde das Meer sie einholen, wenn die Flut kam. Er ließ die anderen ein wenig vorausgehen. »Alles in Ordnung?«, fragte er Valerie.

»Alles sogar mehr als in Ordnung.«

Während sie gingen, entdeckte sie immer mehr Seeanemonen, und jede sah anders aus, wie wundersame Blumen. Dazwischen leuchtete in der Morgensonne hellgrüner Meersalat. Weiße Muschelschalen glänzten, und manchmal blickte eine Krabbe sie aus dunklen Knopfaugen an. Valeries Erschöpfung hatte sich aufgelöst. Sie war voller kribbelnder Energie, als sie schließlich auf den Deich kletterten.

»Wir haben eine Dreiviertelstunde Zeit, bevor uns ein Bus abholt und zur Fähre bringt«, erklärte Fenno. »Ihr könnt euch dort drüben ausruhen und erfrischen.« Er wies auf eine Bude in der Ferne. »Valerie, einen Moment noch. Ich möchte, dass du dich hier noch einen Moment ruhig hinsetzt.«

»O.k. Danke, Fenno.« Seine Hände berührten für einen

Augenblick ihre, als er ihr die Sachen reichte. Sie waren so warm wie das Gras unter ihren Füßen.

»Wir sind die Überlebenden, Valerie«, sagte er. »Für den Augenblick. Jetzt sind wir es, später sind es andere. Wir sind es diesem Moment schuldig zu leben: dem Moment und meiner Linda und deinem Sven und allen, die vor uns waren. So sehe ich es, und es hilft mir. Jeder von uns ist ein Grashalm in den Dünen. Jeder hilft, das Land zu festigen.« Er stieg den Deich hinunter und lief den anderen hinterher. Valerie suchte sich einen Platz auf der Deichkrone und trank einen Schluck aus ihrer Thermoskanne. Wohltuend rann der warme Tee ihre Kehle hinunter und breitete sich in ihrem Magen aus. Der Wind jagte Wolken über den Himmel. Die Flut kroch über das Watt, wo sie eben noch gelaufen waren. Die Gräser auf den Salzwiesen beugten sich im Wind und setzten die Bewegung der Wellen fort. Wie auch die Möwen, die an den Dünen auf dem Aufwind segelten. Alles fügte sich zu einem grandiosen Bild und einer großartigen, triumphalen Musik. Eine Musik, der sie schon seit ihrer Ankunft hier zu lauschen begonnen hatte, ohne dass es ihr bewusst geworden war, was sie ihr bedeutete.

Das Flüstern im Schilf, der Duft nach Heckenrosen und warmem Sand. Immer diese Musik der Landschaft – eine ständige Melodie: der Wind im Sand, im Strandhafer, im reifen Weizen und im Reet. Im Dünental und auf dem Dünenkamm wieder anders. Grillenzirpen, Seevögel aller Art. Wellenrauschen, das ablaufende Wasser im Watt, die Strömung in den Prielen. Alles eine Musik, nach der sie jetzt schon süchtig war.

Und Valerie war Teil davon! Eine wilde, sichere Freude stieg in ihr auf.

Auch die Trauer würde in Wellen wiederkehren, aber seit diesem magischen Morgen lebte Valerie wieder. Dies war es, was sie auf der Fähre bereits geahnt hatte, ohne es zu verstehen. Sie war bereit für das Kommende, voller Neugier und Dankbarkeit. Bereit für diese endlos langen Sommertage auf der Insel, die schon wieder begannen, kaum dass sie zu Ende waren, mit einer Dämmerung, in der man die Zeitung und sich selbst lesen konnte. Ihr wurde klar, dass sie genau hierher hatte kommen müssen. Dass alle verschlungenen Wege durch die schweren und die guten Jahre im lärmenden, übervollen Berlin sie über den Besuch bei Hanna hierhergeführt hatten und jeder einzelne Schritt auf diesem Weg wichtig gewesen war. Auch die Tage in der Heide, die so anders war, duftend, friedvoll still und honigsüß. Erst durch die Kenntnis dieser anderen Orte konnte sie nun die Besonderheit desjenigen empfinden, an dem sie jetzt war. Wie der Sand vom Wind auf den weiten Flächen glattgeschliffen wurde, so wurde hier auch das Schlimme der Vergangenheit geglättet und verwischt. Nur das Licht blieb und das Lächeln. Nicht alles hat einen Sinn, hatte Josef gesagt, aber nun hatte es doch einen, denn nur dadurch war sie ausgerechnet hierher geraten. Und das war gut und auch Svens Vermächtnis.

Auf der Fähre mochte Valerie sich nicht mit ins Bordrestaurant setzen. Sie bestand darauf, oben an Deck zu bleiben. Die Aussicht über das glitzernde Meer, auf dem Amrum in der Ferne lag wie ein Versprechen, war einfach zu schön. Diesmal wusste sie ja, was sie erwartete. Es war beinahe wie nach Hause kommen, dachte sie erschrocken.

»Aber Fenno, dein Auto steht doch noch am anderen Ende der Insel«, fiel ihr ein, als sie von Bord gingen.

»Das gehört einem Freund. Meins steht hier. Ein Wattführer muss gut organisiert sein.«

Sie waren gerade eingestiegen, als Fennos Handy ein Signal von sich gab. Er warf einen Blick auf das Display. »Entschuldige bitte, das könnte wichtig sein.«

31

Vom Verschwinden der Zeit

Fenno las einen Moment, dann sah er Valerie fragend an.

»Ich bin zum Frühstück bei Tante Filine eingeladen. Sie ist von ihrer Kur zurück und wohnt wieder im Gartenhaus von Alriks Kwaas. Es ist dringend. Sie hat einen wichtigen Auftrag für mich. Magst du mitkommen? Ich denke, Filine wird dir gefallen. Und du hast bestimmt Appetit.«

Das stimmte. Die lange Wanderung durch die salzige Luft und dann noch die Fahrt über das Wasser danach hatten ihr mehr als nur Appetit gemacht. So hungrig war sie schon lange nicht mehr gewesen. »Aber ich kann doch nicht einfach so dort aufkreuzen!«

»Doch. Kannst du. Filine freut sich immer, jemanden kennenzulernen. Außerdem hat sie dein Wandbild auf Alriks Kwaas gesehen und fragt begeistert, wer es gemacht hat.« Er ließ den Motor an.

»Oh. Okay. Überredet. Filine ist die Zwillingsschwester von Pinswin, richtig?«

»Ja. Filine hat eine Muskelkrankheit. Früher war sie sehr sportlich. Jetzt ist sie schon seit einiger Zeit auf einen Rollstuhl angewiesen. Sie kann nur noch den Kopf und ein wenig die Unterarme und Hände bewegen, und das Sprechen fällt ihr schwer. Aber sie hat nie aufgegeben.« Fenno bremste, weil eines der vielen Kaninchen gelassen über die Straße hoppelte. »Normalerweise unterstützt sie ihr Lebensgefährte Lucas. Aber er ist Autor und manchmal auf Lesereise. Jetzt gerade hilft ihr Lilani, eine alte Freundin der Familie.«

»Was für ein schöner Name.«

»Ja, sie wurde adoptiert. Lilani spricht nicht. Man nimmt an, dass sie in ihrer Kindheit etwas Schlimmes erlebt hat. Einen organischen Grund für ihre Stummheit scheint es nicht zu geben. Es ist wohl ihre Art, sich zu schützen. Aber sie kann phantastisch kochen und kommt auch sonst gut mit ihrem Leben klar.«

Sie hat sich zurückgezogen, dachte Valerie. Wie meine Mutter, nur anders. Wie verletzlich wir doch alle sind.

Filine war noch immer eine große, schöne Frau. Sie saß überraschend aufrecht, geschickt von Kissen gestützt. Fenno beugte sich zu ihr hinunter, um sie zu umarmen. »Hallo, Filine. Fein, dass du zurück bist! Darf ich dir Valerie vorstellen? Sie ist die Künstlerin, die ich für das Kniepsandhaus engagiert habe. Ich habe Pinswin schon ein Bild ihrer Arbeitsprobe geschickt, und er ist voll und ganz einverstanden.«

Valerie warf ihm einen überraschten Blick zu. Das war ihr neu. Aber es freute sie. Sehr. Pinswin kannte sie nicht. Trotzdem gefiel ihm ihre Arbeit.

»Na, hoffentlich«, sagte Filine. »Mir gefällt es auch außerordentlich gut.« Sie sprach langsam und mühsam und musste nach jedem zweiten Wort Luft holen. Trotzdem war ihre Stimme voller Lebendigkeit und Wärme. »Hallo, Valerie, es freut mich, dich kennenzulernen.«

Fenno zog einen Stuhl für Valerie zurück. Sie staunte. Er konnte also sogar Kavalier sein. Verlegen setzte sie sich.

»Wir waren heute früh schon auf Föhr. Zu Fuß«, erklärte Fenno.

»Alle Achtung.« Filine warf Valerie einen anerkennenden Blick zu. »Wie schön! Hat es dir gefallen?«

»Viel mehr als das«, sagte Valerie fast heftig.

Filine zog die Augenbrauen hoch. »Verstehe. Ja, unsere Insel hat demjenigen viel zu geben, der es gebrauchen kann und sich darauf einlässt. Oh, Lilani, das sieht aber gut aus!«

Eine exotisch wirkende Frau kam über den Rasen. Ein himmlischer Duft stieg in Valeries Nase.

»Für Frühstück ist es zu spät, darum dachten wir, wir machen eine Art Brunch daraus«, sagte Filine.

Lilani stellte eine gewaltige Platte auf den Tisch. Valerie entdeckte Häppchen verschiedener Brotsorten mit Krabben und geräuchertem Fisch darauf, Hering, Scholle, Aal. Nicht nur der Duft war himmlisch, alles war liebevoll dekoriert und für jeden Geschmack etwas dabei. Manche Häppchen waren mit Queller garniert, der den Geschmack wunderbar abrundete. »Der Queller wird aus den Niederlanden importiert, damit wir nicht bei uns im Naturschutzgebiet wildern müssen«, erzählte Fenno. Dazu gab es knusprige Süßkartoffelchips. Eine Weile aßen sie schweigend. Diesen Geschmack musste man genießen. Lilani steckte Filine die Häppchen behutsam in den Mund.

»Was ist das für ein Auftrag, den du für mich hast, Filine?«, fragte Fenno, als sie sich schließlich gesättigt zurücklehnten. Lilani servierte starken Friesentee mit Kandiszucker.

»Ich bitte dich, etwas gut für mich zu verpacken und zur Post zu bringen. So schnell wie möglich.« Filine ruhte sich von dem langen Satz aus, bevor sie fortfuhr. »Du erinnerst dich, wer Professor Westerberg ist?«

»Ja. Bei ihm hat Pinswin früher gelernt, und der Professor hat mit ihm das Institut gegründet. Jetzt lebt er, glaube ich, wieder in Hamburg, in einem Altersheim. Er ist sehr alt, weit über neunzig, nicht wahr?«

»So war es. Nun ist er gestorben. Er hat einen dicken Umschlag für Pinswin hinterlassen mit der Bitte, ihm diesen umgehend zukommen zu lassen. Er hat es selbst wohl nicht mehr geschafft. Irgendetwas sagt mir, dass es sehr wichtig ist.«

Lilani ging ins Haus und holte einen schweren Umschlag, der Pinswins Namen trug.

»Natürlich. Ich kümmere mich sofort darum«, versicherte Fenno.

»Erst bringst du dieses Mädchen nach Hause, das du so früh aus dem Schlaf gerissen hast. Ihr fallen die Augen beinahe zu«, sagte Filine und zwinkerte Valerie zu.

Fenno wog den Umschlag in der Hand und betastete das Papier. »Es scheint ein Buch zu sein. Ein sehr altes Buch, dem Geruch nach zu urteilen. Bestimmt hat es mit dem Töveree zu tun, wenn der Professor es für so wichtig hält.«

»Das glaube ich auch«, stimmte Filine zu.

Valerie dachte an Skem und seine Hoffnung, den Fisch doch noch einmal zu sehen. »Meint ihr, der Töveree könnte doch noch einmal hierherkommen? Pinswin hat doch bewiesen, dass es noch Exemplare geben muss, habe ich das richtig verstanden?«

Fenno nickte. »Ja, er ist auf Knochenfragmente gestoßen, die zu einem Jungtier gehörten. Nur wenige, aber es war eindeutig.«

»Hat er auch herausgefunden, warum der Fisch überhaupt bis Amrum geschwommen ist? Ich meine, da wo Pinswin die Knochen entdeckt hat, in Kanada, das ist doch sehr weit weg.«

»Nein, das wissen wir leider nicht«, sagte Filine.

»Es ist nicht ungewöhnlich«, erklärte Fenno. »Wale ziehen schließlich auch so weit, zum Beispiel, um ihre Kälber in bestimmten Gewässern zur Welt zu bringen.«

»Ich musste mich ziemlich beherrschen, um den Umschlag nicht zu öffnen«, gestand Filine. »Je älter ich werde, desto mehr fasziniert mich wieder die alte Geschichte von dem Zauberfisch. So wie früher als Kind, als ich mit Pinswin einen Pakt schloss, den Töveree oder wenigstens eine seiner Schuppen zu finden.«

»Haben Sie eine gefunden?«, fragte Valerie.

»Du kannst mich ruhig duzen, Valerie. Hier sind wir nicht so formell. Ja, auf Umwegen. Man sagte, sie bringen Glück, aber ich wollte sie hauptsächlich besitzen, weil sie so wunderschön sind. Frag Rhea oder Jessieanna. Sie haben mittlerweile beide eine und können sie dir zeigen.«

»Pinswin hätte sicher nichts dagegen, wenn du den Umschlag öffnest«, meinte Fenno.

Filine schüttelte den Kopf. »Der Inhalt ist ausdrücklich ein Vermächtnis für Pinswin. In solchen Dingen bin ich korrekt.« Sie seufzte. »Am einfachsten wäre es, wenn Pinswin hier wäre! Ich wünschte wirklich, er würde nach dieser langen Zeit endlich wieder einmal auf die Insel kommen. Internet und Videotelefonie hin oder her, ich möchte ihn zu gern wiedersehen, und reisen kann ich nicht mehr. Wollte ich auch nie. Es hat mich niemals von hier fortgezogen. Pinswin war da anders.«

»Pinswin liebt diese Insel genauso sehr wie du«, sagte Fenno.

»Genau deswegen ist er ja nie wieder hierhergekommen. Er wusste, dass er sich kein zweites Mal davon trennen könnte. Aber eines Tages kann er nicht mehr anders! Bestimmt.«

»Wir werden alt«, sagte Filine. »Er wird nicht ewig Zeit haben, und ich auch nicht.«

Skem würde es auch guttun, seinen jüngeren Cousin wiederzusehen, dachte Valerie. Ob sie mit Fenno zusammen etwas aushecken könnte, um Pinswin hierherzulocken? Der war doch die treibende Kraft hinter dem Kniepsandhaus. Wenn sie die Fassade schön genug gestaltete, vielleicht wollte er das Ergebnis dann persönlich in Augenschein nehmen? Schließlich würde er ihre Arbeit bezahlen. Es war sein Projekt.

Sie sollte sich besser beeilen, diese Arbeit zu schaffen. Skem hatte noch weniger Zeit als Filine.

Valerie schlief zwei Stunden im Zelt, doch dann war sie wieder hellwach. Sie hatte von Skem geträumt und spürte das Bedürfnis, zu ihm zu gehen. Wie war es wohl gewesen für ihn, nach dem Krieg hierher zurückzukehren? Seit ihrem Erlebnis heute früh ahnte sie, dass Amrum vielleicht auch für ihn die Rettung gewesen war.

Aber noch war es zu früh am Nachmittag. Skem würde seinen Mittagsschlaf noch nicht beendet haben. Darum machte sie auf dem Weg zu ihm halt, setzte sich auf den Rand eines Bohlenweges und träumte über die Dünen hinweg, sah zu, wie der Strandhafer Kreise in den Sand zeichnete, wenn der Wind mit ihm spielte. Sie beobachtete das Wasser dabei, wie es langsam die Priele füllte, alle Priele sich zu einer Fläche vereinigten und das Licht immer wieder neue helle Bilder darauf malte. Sie sah Schiffe am Horizont vorbeiziehen und die Wolken ihrer Wege treiben, die Möwen ihren Geschäften nachgehen. Als sie wieder auf die Uhr blickte, waren zu ihrer Überraschung zwei Stunden vergangen.

Seit sie hier war, ertappte sie sich immer öfter dabei, dass die Zeit auf diese seltsame Weise verschwand, als hätte jemand einen Stöpsel gezogen. Kein Blick auf das Handy, kein Radio, kein Stadtlärm, keine Bewegung. Sie interessierte sich nicht mehr für Nachrichten, kam sich vor wie in einer anderen Welt und war noch niemals so zufrieden gewesen wie nach diesen ungewohnten Stunden, die sie damit verbracht hatte, an einem Ort einfach nur zu sein. Sie fragte sich, ob es richtig sein konnte, sich so wenig für das zu interessieren, was woanders geschah, und nur mit dem Himmel und dem Sand allein zu sein.

»Was soll daran falsch sein?«, fragte Skem, als sie ihm später diese Frage stellte.

Valerie zuckte mit den Schultern. »Ich weiß nicht! Vielleicht weil wir alle dazu erzogen wurden, dass Faulsein schlecht ist.«

»Das hat nichts mit Faulsein zu tun«, sagte Skem. »Das nennt man Heilen.«

Valerie setzte sich erfreut auf. »Empfindest du das auch so?« Sie erzählte ihm von ihrem Erlebnis am Morgen, wie es draußen im Watt gewesen war, immer weiterzulaufen durch alle Empfindungen hindurch in das Morgenlicht hinein. »Je erschöpfter ich wurde, desto mehr Energie spürte ich in mir. Die Kraft, mit allem umzugehen.«

Skem nickte langsam. »Deine Liebe ist ebenso groß wie der Schmerz, daher kannst du ihn ertragen«, sagte er nach einer

Weile. »Beides bleibt in dir, beides verändert sich. Wenn du es annimmst und aushältst, macht es dein Leben größer und tiefer.« Er sah sie an. »Sie bleiben in uns, unsere verlorenen Menschen, und machen uns zu dem, was wir sind. Und stets wieder zu etwas Neuem. Von jedem, der dir nahe war, ist etwas für immer. Wir tragen so viele Schätze in uns, je mehr, je älter wir werden.«

»Und die Stille und die Stimmen der Landschaft«, sagte sie, mehr zu sich selbst.

Er schenkte ihr sein seltenes Lächeln. »So ist es. Ich glaube, du gehörst auf diese Insel.«

»Wie kann das sein?«, fragte sie verwundert, weil auch sie mehr und mehr dieses Gefühl beschlich und es ihr unheimlich war.

»Ist das wichtig?«

»War es für dich auch immer so, Skem? Du bist hier aufgewachsen, aber hast du nie daran gezweifelt, dass dies dein Ort ist?«

Skem lehnte sich zurück. »Nie mehr, seit ich aus dem Krieg heimkehrte.«

»Hat dich die Insel auch geheilt?«

»Ja. Ich wohnte weit draußen auf dem Kniepsand in einer Hütte, wie schon vor dem Krieg manchmal. Dahin, wo ich allein war mit dem Meer. Mit Ebbe und Flut, die mich wieder das Atmen lehrten und das Loslassen. Mit den Möwen, meinen treuen Kameraden, die ihren eigenen Bedürfnissen nachgehen und nichts von mir wollen. Mit der Hoffnung, den Töveree vielleicht doch noch einmal zu erblicken oder wenigstens sein Licht. Mit den Erinnerungen und den neuen Sonnenaufgängen. Du liebe Zeit, ich werde noch redselig auf meine alten Tage! Wie furchtbar.«

»Warst du nie einsam da draußen?«

»Nein. Nie.«

Valerie malte Strichmännchen in den Sand. »Ihr seid nicht zusammengekommen, Marie und du, nicht wahr?«

»Das reicht jetzt! Ich habe schon viel zu viel gefaselt«, knurrte Skem. »Schluss mit der sentimentalen Sabbelei!«

»Aber Skem, du hast mir den Anfang erzählt. Halbe Geschichten sind nicht fair!«

»Es ist eine Ewigkeit her. Es spielt keine Rolle mehr.«

«Du hast aber gerade das Gegenteil gesagt«, beharrte sie und versuchte es anders. »Deine Zitronenbäume. Sind sie aus den Samen gewachsen, die Marie dir geschenkt hat? Ist es vielleicht nicht nur der Dünger, der sie so gut gedeihen lässt?«

Skem

Pommern

1944

32

Dämmerung in Krössin

Skem war des Krieges so müde, dass er nicht einmal mehr wusste, ob er entsetzt oder froh darüber sein sollte, als die deutschen Truppen immer weiter zurückgedrängt wurden. Um zu überleben, hatte er lernen müssen, seine Gefühle auszuschalten. Bis auf eines, an dem er sich festgeklammert hatte. Und auch das konnte er sich nicht immer leisten. Er war für seine Männer verantwortlich. Er wurde nicht gefragt, was er für richtig oder für falsch hielt. Es ging nur darum, Tag für Tag irgendwie zu bewältigen und dabei schnelle und doch kluge Entscheidungen zu treffen, die ein Überleben zumindest in dem Bereich des Möglichen rückten.

Jetzt hatten sie eine Atempause. Erst, als sie in Beustrin angekommen waren, wo man sie hinbeordert hatte, und Skem noch einmal auf die Karte sah, wurde ihm bewusst, dass Beustrin nahe an Krössin lag. Krössin, wo Marie wohnte!

Ruhelos warf er sich in der Nacht auf seinem Lager hin und her. Marie! Anfangs hatte er sich verboten, an sie zu denken. Doch in den unzähligen dunklen Stunden der Angst, des Kampfes und Marschierens, Grübelns und Durchhaltens war die Erinnerung an Marie der einzige Trost, an den er sich halten konnte. Marie und der Gedanke an seine Heimat. An das Meer, das um Amrum herum ungerührt weiter auflief und ablief, egal, was die Menschen einander irgendwo antaten. Die Sehnsucht nach dem Geruch und der Stimme des Watts und nach der Einsamkeit auf dem Kniepsand schmerzte ihn körperlich. Er zweifelte, ob er auf Dauer an einem anderen Ort als Amrum würde überleben können, selbst im Frieden.

Es sei denn, es wäre mit Marie! Mit Marie könnte er überall leben, gestand er sich ein, wenn es ihren Verlobten und den Krieg nicht gäbe. Doch die Wirklichkeit sah anders aus. Nur wenn die Verzweiflung am größten war, erlaubte er sich, überhaupt an Marie zu denken, an ihre Stimme, an die Wärme in ihren Augen. Wie sie zuhörte, wie sie bei ihm saß, wie es völlig genügte, zusammen zu sein und in das klare Wasser der Persante zu blicken, die dahinfloss, verlässlich und unaufhaltsam wie die Zeit. In solchen Momenten umklammerte er das Holz an dem Band, das unter der Uniform auf seiner Brust lag. Manchmal schüttelte er es ein wenig und roch anschließend daran. Dann drang ein Hauch von Zitronenduft durch den Gestank der Baracken, der Angst, der Krankheiten. Der Trauer um die gefallenen Kameraden.

Sie würde es ja nicht erfahren, wie oft er sich bei ihr Kraft holte, und auch ihr Verlobter nicht. Skem schadete doch niemandem, indem er seine Erinnerungen an Marie wie Schätze betrachtete. Er wusste sich nicht anders zu helfen. Schließlich hatte sie ihm das Amulett genau in dieser Absicht geschenkt, dass es ihn beschützen möge. Darum durfte er daran glauben, sagte er sich.

Nun waren Jahre vergangen, sie hatten eine Menge Schlachten gewonnen und viele mehr verloren, und nun war er wieder hier.

In der Nähe von Marie.

Es ging nicht anders, er musste sie sehen! Er musste herausfinden, ob sie noch hier war. Nicht nur um seinetwillen. Skem musste sie warnen, damit sie sich in Sicherheit brachte. Jeder Tag zählte! Einerseits hoffte er, sie hätte es schon getan, anderseits wünschte er sich brennend, sie anzutreffen. Sie musste vor der heranrückenden Roten Armee fliehen, um jeden Preis. Er wäre selbst desertiert, wenn er seine Männer hätte im Stich lassen können. Doch das kam für ihn nicht in Frage.

Skem war Hauptmann. Für ihn war es leichter, das Lager zu verlassen, als für seine Männer. Am nächsten Abend raunte er dem Posten etwas von wichtigen Angelegenheiten zu. Dieser nickte nur, vertieft in das Gespräch mit seinem Kameraden.

Der Spätherbstnebel kam Skem entgegen. Niemand sah, wohin er verschwand. Es ging auch niemanden etwas an.

Ein Bauer nahm ihn ein Stück mit. Beide Männer wechselten so gut wie kein Wort. Was sollte man auch reden. Es gab ja keine Worte für die Lage, und die wenigen, die man hätte finden können, waren verboten.

Die Landschaft sah so anders aus als damals. Keine Spur vom Sommer. Braune Blätter zerbröselten im Schlamm zu Skems Füßen, als er ausstieg. An den Ästen schimmerten die übrigen rotgold, ihre Schönheit ein seltsam anmutender Kontrast zu der Situation. Einige jagte ihm der Wind um die Ohren. Es roch würzig, nach Pilzen und nach Verfall. Nur die Persante, als er endlich auf sie stieß, floss so klar wie damals. Doch auf ihrer Oberfläche trieben Blätter davon, die nie wieder den Wind spüren, sich nie mehr dem Sonnenlicht entgegenrecken würden. Skem folgte dem Lauf des Flusses stromaufwärts bis zu der Stelle, die ihm so vertraut war wie der Strand auf Amrum. Der umgefallene Baum, auf dem sie zusammengesessen hatten, lag noch dort. Nur verwitterter inzwischen, noch glatter geschliffen, wo das Wasser um ihn floss. Die Rinde war fort und das Holz weiß geworden wie ergrauende Haare, von denen er auch an sich bereits einige entdeckt hatte, in den wenigen trüben Spiegeln, die den Soldaten in manchen Unterkünften zur Verfügung standen.

Er setzte sich. Jetzt war ihm trotz der anderen Jahreszeit auch der Geruch wieder vertraut, der Duft bestimmter Kräuter, die hier wuchsen, der Geruch des Wassers und der Erde. Eine Weile atmete er nur, denn mit jedem Atemzug wurden die Erinnerungen lebendiger. Es fühlte sich an, als stünde Marie neben ihm, doch das Ufer lag verlassen. Was hatte er erwartet? Dass sie jahrelang gegen Abend hier auf ihn wartete? Gewiss nicht, aber er musste sie finden oder ihr wenigstens eine Nachricht auf dem Hof hinterlassen! Wenn sie noch dort war. Sie war in Gefahr. Er wollte sich gar nicht erst fragen, ob er sie nicht auch gesucht hätte, wenn das nicht der Fall wäre. Skem sprang wieder auf. Er musste den Hof finden.

Erst hatte er Bedenken gehabt, ob ihm das gelingen würde, doch er hätte den Weg wohl auch im Schlaf gewusst, so bekannt waren ihm der Pfad, jede Senke, jeder Hügel. Er hatte Blasen an den Füßen vom gestrigen Marschieren. Er trug die Stiefel eines toten Kameraden, seine eigenen hatten sich längst in Fetzen aufgelöst. Doch er musste nicht weit laufen. Bald kam ihm jemand entgegen. Sein Herz klopfte schneller. Er erkannte ihre Silhouette schon, als sie kaum mehr war als ein ferner Schatten im Nebel.

Auch sie musste ihnen gesehen haben, denn sie beschleunigte ihren Schritt, rannte fast. »Skem! Skem, bist du es wirklich?« Es sah aus, als wollte sie sich in seine Arme stürzen, doch dann blieb sie abrupt stehen.

Er schluckte heftig. Bei all dem Unaussprechlichen, was er in den letzten Jahren hatte sehen müssen, war ihm niemals eine Träne entwischt. Auch dies war nicht der richtige Augenblick dafür. Er musste stark sein. Für Marie.

Ganz dicht stand sie vor ihm, aber sie berührte ihn nicht. Ihre Arme hingen steif an ihren Seiten, als müsste sie sie dazu zwingen. »Skem! Ich habe so oft an dich gedacht. Jeden Tag. Ich war hier, so oft ich konnte. Geht es dir gut?«

»Ich bin unverletzt«, sagte er. »Dein Glücksbringer, weißt du noch? Er hat mich beschützt. Und du, Marie?«

»Alles so weit in Ordnung. Wir haben hier noch genug zu essen, wir haben ja den Hof. Sie haben viele Vorräte beschlagnahmt und die Pferde, aber wir haben noch Speisekammern, von denen niemand weiß.«

»Dem Himmel sei Dank.« Sie war noch schmaler geworden, und sie sah erschöpft aus, doch in ihren Augen waren der Glanz, den er so liebte, die Wärme, die Wachheit. Das Lächeln, das immer darin lag, selbst wenn sie ernst blickte wie jetzt.

Und dein Verlobter?, hätte er gern gefragt, wagte es jedoch nicht, fand es unpassend. Aber sie wusste auch so, was er dachte.

»Bernhard ist vor zwei Jahren auf Heimaturlaub gewesen«, sagte sie leise. »Da haben wir geheiratet. Er wünschte es sich so sehr. Er brauchte etwas, das ihn aufrecht hielt. Ganz gelegentlich bekomme ich Nachricht von ihm. Die letzte ist schon länger her.«

»Viele Briefe gehen jetzt verloren«, sagte Skem. »Alles bricht zusammen.« Er sah sich besorgt um, ob auch niemand lauschte.

»Wir verlieren den Krieg, nicht wahr?«, fragte Marie müde. »Mir ist es gleich. Hauptsache, es ist bald vorbei.«

»Sprich leise! Bitte!« Jetzt berührte er sie, nahm sie sanft am Arm und zog sie in den Schutz einer Hecke. »Marie, das darf dir nicht gleich sein. Ihr müsst hier fort! So rasch wie möglich!«

»Der Führer hat es verboten. Wir sollen bleiben. Es steht hohe Strafe darauf, zu flüchten.« Sie schüttelte den Kopf. »Skem, meine Mutter ist nicht mehr so stark. Sie kann nicht lange laufen. Sie wird das nicht aushalten. Und sie wird auch nicht gehen. Mutter glaubt noch an alles. Außerdem, ich muss hier sein, wenn Bernhard nach Hause kommt! Ich kann ihn jetzt nicht im Stich lassen.«

Er packte sie an den Schultern. »Du sollst ihn nicht im Stich lassen! Du kannst ihm eine Nachricht hinterlegen. Aber du sollst überleben, Marie! Das würde er auch wollen. Wenn er zurückkommt, wird es ihm nur darum gehen, dich wiederzusehen, lebendig und gesund. Da ist ihm egal, wo, glaube mir.«

Wenn er überhaupt zurückkommt. Keiner von ihnen sprach es aus.

»Wie war es mit ihm, als er hier war?« Skem konnte nicht anders. Er musste es fragen.

Marie schwieg, so lange, dass er dachte, sie würde nicht antworten.

»Ich war so froh, dass ich etwas für ihn tun konnte«, sagte sie schließlich. »Ich habe ihn kaum wiedererkannt. Es war herzzerreißend, ihn wieder gehen lassen zu müssen. Niemand hat es verdient, tun zu müssen, was ihr getan habt.« Jetzt sah sie ihn direkt an. »Skem, es tut so wohl, dass du hier bist. Ich war so oft an unserer alten Stelle und habe gehofft, dass …« Sie brach ab. »Dass nicht noch mehr Leben verlorengehen und es Frieden gibt«, beendete sie dann ihren Satz. Der Nebel hatte sich auf die Wiesen gesenkt, die Luft darüber war jetzt klarer und ließ einen rosa Streifen am Horizont erkennen, der sich wie ein warmer Schein auf Maries Gesicht legte. Die Luft aber wurde kühler, und Marie zog ihre Jacke enger um sich.

»Frierst du?«, fragte Skem.

Sie schüttelte den Kopf. »Lass uns noch einmal hinuntergehen zu unserer Stelle. Wie lange kannst du hier sein?«

Ihre Schritte passten immer noch so gut zusammen wie damals, in jenem Sommer aus einem anderen Leben. »Ein paar Tage vielleicht. Ich kann es nicht sagen.«

»Du hast gesagt, ich soll fliehen«, sagte sie, als sie auf dem Stamm saßen, zu zweit jetzt wieder. Er hatte es nie zu hoffen gewagt, in all den Jahren. »Wirst *du* es tun? Dich in Sicherheit bringen?«

»Ich kann nicht, Marie.« Er warf einen Kieselstein ins Wasser. Lauschte auf das Platschen, als er versank. »Ich kann meine Männer so wenig im Stich lassen wie du deinen Bernhard.«

Sie lehnte sich an ihn. Hier unten am Fluss, an ihrem Fluss, da galten keine Gesetze, keine Regeln, da gab es nur sie beide. »Aber Skem, du musst heimkehren! Ich habe so oft an deine Geschichte vom Töveree gedacht. Vom Glücksfisch. Ich bin sicher, dass es ihn noch gibt und dass er eines Tages vor eurer Insel aus dem Wasser springen und leuchten wird. Es *muss* so etwas geben. Wie soll man sonst leben, wenn nichts existiert, was die Hoffnung trägt und hell macht? Dir hat mein Amulett geholfen, mich aber hat deine Geschichte getröstet in all den langen, dunklen Tagen. Du musst heimkehren, zu ihm, Skem. Du hast es nicht verdient zu sterben. Du sollst den Töveree wiedersehen.«

»Niemand verdient es zu sterben, aber ich verdiene es auch nicht heimzukehren«, sagte er.

33

Maries Glauben

»Skem!« Empört wandte sie sich zu ihm, so rasch, dass sie fast vom Stamm fiel. Ungeachtet der Kälte hatte sie die Schuhe ausgezogen und die Füße ins Wasser hängen lassen. Vielleicht in einem Versuch, den Sommer für diese Stunde heraufzubeschwören. Jetzt zog sie sie hoch und verbarg sie unter ihrem Rock. »Wie kannst du so etwas sagen? Wie kommst du nur darauf?«

»Das weißt du doch. Ich habe den Töveree verraten und damit auch meine Heimat und die Hoffnung. Ein Grund mehr, warum ich meine Kameraden nicht auch noch verraten kann.«

Marie fasste nach seiner Hand. »Ich hatte es vergessen. Das sollte dich nach allem, was Schlimmeres geschehen ist, wirklich nicht mehr quälen, Skem.«

Wie gut es tat, dass er wenigstens mit ihr über die alte Sache, die er schon so lange mit sich herumtrug, sprechen konnte.

Wie gerne hätte er ihr geglaubt. Ihre Hand war so warm um seine. Endlich war er nicht mehr allein mit seinem Albtraum, der kein Traum war und ihn bis nach Russland verfolgt hatte. In den kalten, hungrigen Nächten im Lager, wenn die Wanzen stachen und die Geschütze donnerten, war ihm seine Verfehlung immer größer erschienen.

»Skem, sieh mich an!« Mit Mühe begegnete er ihrem Blick. Sie legte ihre Hände um sein Gesicht, zärtlich. Jetzt waren sie angenehm kühl, löschten das heimliche Fieber, das seit jenem Tag in ihm wütete, als er das Geld angenommen und den Unbekannten zum letzten Mal gesehen hatte.

»Du hast keine Schuld, Skem. Und ich spüre es sehr deutlich, dass das nicht der letzte Töveree war. Irgendwo auf dieser Welt schwimmt einer in dem riesigen, tiefen Ozean seiner Wege, und eines Tages wird ihn jemand sehen. Ich wünsche mir so sehr, dass auch du es sein wirst. Vielleicht taucht er erst wieder auf, wenn die Menschen zur Vernunft gekommen sind, aber er wird es tun. Er wartet auf seine Stunde. Er wird es wissen, wenn die richtige gekommen ist.«

»Ich möchte dir so gern glauben.« In ihm war es tatsächlich heller geworden.

»Versuche es noch mal«, sagte sie und lächelte in liebevollem Spott.

»Ich glaube dir«, korrigierte er sich mit mehr Überzeugung, als er sich zugetraut hatte. Er musste ihr einfach glauben. Weil sie Marie war, konnte er es. »Wenn es einmal so kommt, dann möchte ich ihn mit dir sehen.«

»Das wäre schön«, antwortete sie.

Eine Weile schwiegen sie, während der Himmel dunkler wurde. Feucht legte sich der Abend in das Flusstal, und doch zog auch Skem jetzt die Schuhe aus. Es tat den Blasen so gut. Zusammen blickten sie auf ihre Füße, die im Halbdunkel schimmerten wie flüchtige Fische in der Strömung.

»Du hast mir damals erzählt, dass Skem dein Spitzname ist. Dass er *Schimmer* bedeutet und man dich so genannt hat, als du behauptet hast, das Licht des Töveree gesehen zu haben«, sagte

Marie nach einer Weile. »Wie heißt du wirklich, lieber Skem? Wie nannte man dich, als du noch ein Kind warst, das an den Töveree glaubte, das im Einklang mit der Insel war und unberührt von Verantwortung, Trauer und Krieg? Sagst du es mir? Ich wüsste es so gern! Es ist dein wirklicher Name, es ist der, der du wirklich bist.«

»Ich trage den Namen Skem gern, weil er eine Art Denkmal für den Töveree ist«, sagte Skem. »Auch wenn er damals von den anderen verächtlich gemeint war, so erinnert er doch immer an das Licht, das ich gesehen habe, ob es jemand glaubt oder nicht.«

»Ja, das hast du mir erklärt. Das verstehe ich. Ich möchte es trotzdem wissen«, beharrte Marie.

Jetzt berührte er ihre Wange mit dem Rücken seiner Hand, ganz sanft. »Marie, ich sage es dir, wenn wir uns eines Tages wiedersehen, um zusammenzubleiben.«

»Das wird vielleicht nie geschehen. Ich werde Bernhard nicht verlassen.«

»Ich weiß«, sagte er. »Aber versprich mir, dass ihr euch morgen auf den Weg nach Westen macht.«

»Ja. Ich verspreche es«, sagte sie. »Denn ich weiß jetzt, dass du dir dein Leben lang Vorwürfe machen und an einer eingebildeten Schuld tragen würdest, wenn mir etwas passiert. Doch auch du musst mir etwas versprechen!«

»Alles, was du willst.« Er war so erleichtert, dass sie fliehen würde, dass nichts anderes zählte.

»Suche mich nicht. Suche mich niemals wieder.« Sie sprach langsam und deutlich, es hörte sich an wie ein Schwur. Die Worte klangen so gewichtig, dass Skem fast erwartete, er würde sie ins Wasser platschen hören wie den Kieselstein, der darin versunken war. Wahrscheinlich würden diese Worte für ewig auf dem Grund der Persante liegen, während das Wasser und die Zeit darüber hinwegflossen. »Ich wünsche mir sehr, aus ganzem Herzen, dass Bernhard bald wieder bei mir ist. Uns verbindet so viel. Auch Bernhard und ich gehören zusammen. Aber sollte Bernhard jemals irgendetwas geschehen, im Krieg oder danach, und wenn eine angemessene Trauerzeit verstrichen ist, dann werde ich zu dir kommen. Ich brauche dich nicht suchen. Ich werde dich auf Amrum finden.«

»Ja. Dort wirst du mich finden.« Sie hatte *auch* gesagt! *Auch* Bernhard und ich gehören zusammen.

Das genügte ihm. Es würde ihm genügen, um ihn durch die Zeit zu tragen, die ihm bevorstand. Und wenn er diese Zeit nicht überlebte, war es nicht schlimm. Die Stunden mit Marie an der Persante waren notfalls genug für ein ganzes Leben, und auch, den Töveree gesehen zu haben, ganz gleich, was danach geschehen war. Maries Frage nach dem Namen seiner Kindheit hatte ihn daran erinnert, an das Glück und das grenzenlose Staunen und den Zauber, als er damals am Strand gestanden und das blaue Licht gesehen hatte.

Der Tag war endgültig vorüber, die letzten Spuren der Dämmerung verschluckt von den alten Bäumen hinter der Wiese. »Ich muss gehen«, sagte Skem schweren Herzens. Es war ihm noch nie so schwergefallen, ein paar Worte auszusprechen. Wenn er dem Lager noch länger fernblieb, würde man denken, er sei tatsächlich desertiert.

»Warte noch«, sagte Marie und watete ans Ufer. Sie suchte

etwas unter einem Busch und kam mit einer Flasche Wein und zwei Gläsern zurück.

»Du hast nicht etwa …?«

»Doch. Ich habe hier immer eine Flasche Wein aufbewahrt in der Hoffnung, dass du zurückkehrst und wir noch einmal auf dieses völlig verrückte Leben anstoßen können. Ich bin auch nach allem, was geschehen ist, immer noch der Meinung, dass man besondere Momente feiern muss, egal, wie die Zukunft aussieht. Sie sind es wert.« Sie schenkte ihm ein Lächeln, obwohl er sah, wie viel Kraft es sie kostete. »Nach heißen Sommern habe ich die Flasche stets ausgewechselt. Diese ist noch ganz frisch. Erinnerst du dich daran, was du mir letztes Mal versprochen hast?«

»Nie aus der Flasche trinken. Ja, Marie. Ich habe mich immer daran gehalten. Auch wenn sich die Kameraden über mich lustig gemacht haben. Du hattest recht! Es hat mich stets daran erinnert, dass man die Würde bewahren muss, sich selbst und dem Leben zuliebe, egal, wie unwürdig die Situation ist.« Er köpfte die Flasche und schenkte ein.

»Dann ist es gut. Dann wirst du überleben.«

»Auf das, wofür man keine Worte braucht«, sagte er.

»Ja, Skem«, erwiderte sie. »Und ob ich jemals deinen Namen erfahren werde oder nicht: Ich kenne dich. Ich allein weiß, wie du wirklich bist.«

Die Gläser klangen aneinander. Der Ton, getragen vom Abendwind, flog über die nebligen Wiesen und die Oberfläche der Persante, auf der jetzt hell das Mondlicht lag.

Er hielt sich daran. Egal, was es ihn in den kommenden Jahren kostete und wie bitter ihn die anderen dafür verspotteten, er hielt sich ohne eine einzige Ausnahme daran. Wenn es noch nicht einmal eine Blechtasse gab, dann trank er nicht, auch nicht, als gestohlener, geschmuggelter oder erspielter Wodka oder Selbstgebrannter das Einzige war, was die anderen an ihren Lebenswillen erinnerte. Skem hatte etwas anderes, das ihn aufrecht hielt. Was ihn davor bewahrte, seine Würde völlig zu verlieren und sich unerträglich erniedrigt zu fühlen, ganz gleich, was mit ihm geschah. Der Gedanke an Marie, Maries Glaube an ihn und die Hoffnung, dass sie recht hatte und irgendwo durch die kühlen, klaren Meere ein leuchtender Fisch seiner Wege zog und die Hoffnung bewahrte, egal, wie fern sie jetzt schien.

So war es, als er zu Beginn des Winters in russische Kriegsgefangenschaft geriet. Als sie immer wieder verlegt wurden, von Lager zu Lager. Iwanowo, Krasnogarsk, Schuja. Wenn sie gezwungen wurden, mit ihrer Kleidung in einen eisigen See zu springen, nur um die Aufseher zu unterhalten. Wenn er keine Ruhe fand auf den harten Pritschen in den überfüllten Holzbaracken, wenn die Wanzen ihn so plagten, dass er nicht ein und aus wusste. Alle zehn Tage nur durften sie duschen, so nannte man es, wenn man in einer Schüssel stehen und mit einer zweiten Wasser über sich gießen durfte.

Auf dem Marsch in ein weiteres Lager schoss gelegentlich ein Russe über ihre Köpfe hinweg, zur Warnung oder zum Vergnügen. Einer dieser Schüsse traf Skem ins Knie. Der Russe behauptete hinterher, Skem habe versucht zu fliehen. Die Wunde wurde notdürftig versorgt. Als Skem wieder laufen konnte, folgte Verhör nach Verhör, einmal sechsunddreißig Stunden lang allein in einem Raum mit einer Dolmetscherin und wechselnden Personen, die immer wieder dieselben Fragen stellten. Skem wurde dabei pausenlos mit Scheinwerfern angestrahlt, bis er glaubte, blind zu werden. Nach weiteren Tagen in einer eiskalten fensterlosen Gefängniszelle wurde er zu Zwangsarbeit verurteilt.

Zusammengepfercht auf Lastwagen, wurden die Gefangenen täglich zur Arbeitsstelle gefahren, einem Erzbergwerk auf einem Höhenzug zwischen Asien und Europa. Das Gelände war von hohen Mauern, Stacheldraht und Wachtürmen umgeben. Die Zwangsarbeiter sollten ein Klubhaus für die Bergarbeiter bauen. Sie waren mit Mauern, Ausschachten und endlosem Betonieren beschäftigt. Schubkarren gab es kaum, sie mussten alles schleppen. Jetzt profitierte Skem davon, dass er schon als Kind gelernt hatte, Brennholz am Strandvogt vorbeizuschmuggeln. Er lernte auch, ein Streichholz, das sie gelegentlich von mitleidigen Russen geschenkt bekamen, der Länge nach in vier zu spalten, so dass er und die Mitgefangenen sich heimlich ein Feuer machen konnten und einen Vogel oder ein Kaninchen braten. Auch hier machte es sich bezahlt, dass er auf Amrum in schweren Zeiten das Kaninchenfangen mit bloßen Händen gelernt hatte. Ohne das wären sie verhungert.

Sie lernten es jetzt alle, Gegenstände an den ständigen Durchsuchungen vorbeizuschmuggeln, und so rettete er auch ein ums andere Mal Maries Anhänger.

Sieben Monate lag hier Schnee, dafür war der kurze Sommer heiß. Sie erlebten alles – von vierundvierzig Grad Frost bis vierundvierzig Grad Hitze. Wenn der Hunger nicht mehr auszuhalten war, verkaufte Skem Teile seiner Winterkleidung, die sie alle anfangs zugeteilt bekommen hatten. Er war von klein auf abgehärtet von den harten Amrumer Wintern, in denen er auch nicht immer Warmes zum Anziehen besessen hatte. Alle magerten ab, aber irgendwie gelang es Skem durchzuhalten. Die Arbeit half. Alles war besser als in der Gefängniszelle ohne Licht und Luft und Heizung.

Nach Jahren wurden die Konditionen ein wenig besser, es kam schließlich sogar gelegentlich ein Paket von seiner Tante Beeke zu Hause auf Amrum durch.

Immer wieder wurde ihnen Hoffnung gemacht, dass sie bald nach Hause durften, immer wieder wurden diese Hoffnungen zerschlagen. Am Ende waren zehn Jahre vergangen, bevor Skem endlich in einem Zug die deutsche Grenze passierte. Sie fuhren durch die sowjetische Besatzungszone, und auch dort hatte er noch kein Vertrauen und zuckte bei jedem Halt zusammen. Jetzt würden sie ihn zurück in die Gefangenschaft bringen, dachte er, so wie sie es jedes Mal zuvor getan hatten.

Es erschien ihm wie ein Traum, als er in Hamburg ausstieg. Völlig unwirklich. Er konnte nicht einmal lächeln.

»Soll ich dich kneifen?«, fragte Elvar von Sommerreich, der neben ihm ging und zu ahnen schien, was in Skem vorging. Sie kannten sich nach allem, was sie gemeinsam durchgemacht hatten, gut genug. Vor etwa fünf Jahren hatten sie einander im Lager kennengelernt. Vielleicht lag es daran, dass sie grundverschieden waren, dass sie sich so ausgezeichnet verstanden und gegenseitig halfen, so gut es ging. Elvars Heimat in Ostpreußen war verloren, er wusste nicht, wohin. Familie hatte er keine mehr.

»Komm doch mit auf meine Insel«, hatte Skem irgendwann vorgeschlagen. Elvar fand nichts, was dagegensprach, und wusste sich ohnehin keinen anderen Rat. Jetzt war Skem froh über dessen Gesellschaft. Zu zweit konnten sie ihn schaffen, den Schritt in die alte und doch neue Wirklichkeit. Es war sein Amrum, das da auf dem glitzernden Wasser lag wie ein Traum. Doch er war nicht mehr der, der es verlassen hatte.

Irgendwie würde es weitergehen. Skem zog Maries hölzernes Amulett unter seinem zerrissenen Hemd hervor. Hier würde es ihm niemand wegnehmen. Nun sollte es die Sonne sehen.

Ihm fiel ein, wie er in den letzten Tagen, als sie in Beustin stationiert waren, zwei kleine Jungen gehört hatte, die sich auf der Dorfstraße unterhielten. »Frieden ist, wenn man wieder die Butter so dick auf dem Brot haben kann, dass beim Abbeißen die Zähne einen Abdruck machen«, hatte einer der Jungen gesagt.

»Nee, wenn es wieder Schokoladenzigaretten zu kaufen gibt, dann ist Frieden«, widersprach der andere.

Ich weiß nicht, wie es in dieser neuen Wirklichkeit um die Schokoladenzigaretten bestellt ist, dachte Skem. Aber für mich ist Frieden, die Möwen zu sehen, Ebbe und Flut und den endlosen Flug von Sand im Wind, der aussieht wie ein heller Strom über dem Land.

Auf der Fähre endlich konnte er glauben, dass er zu Hause war. Mit dem ersten Atemzug an Deck, der ihm den vertrauten Geruch schenkte. Jod und Schlick. Salz und Seetang.

Amrum.

Valerie

Amrum

2009

34

Kein Kompass

»Ist sie jemals gekommen?«, fragte Valerie leise. Es war längst dunkel geworden. Am Himmel blinkte der Abendstern. Weder Skem noch Valerie mochten sich rühren, denn es war, als stünde Marie bei ihnen im Garten. Sie wollten diese stumme, unsichtbare Gegenwart nicht stören.

»Nein«, sagte Skem.

»Hast du sie jemals gesucht?«

»Nein. Ich habe es ihr versprochen. Wenn sie gekonnt hätte, wäre sie gekommen. Daran hatte ich nie den geringsten Zweifel.«

Sie konnten nicht ewig so sitzen bleiben. Valerie rappelte sich aus dem Gras auf, ging zu Skem hinüber und umarmte ihn stumm. Erst machte er sich steif vor Überraschung, doch dann legte auch er für einen Augenblick den Arm um sie. »Es tat gut, von ihr zu sprechen. Ich weiß wirklich nicht, warum gerade du alle meine Geheimnisse aus mir herausholst«, sagte er verwundert.

»Weil auch ich jemanden furchtbar vermisse«, sagte Valerie. »Skem, deine Zitronenbäume! Die sind aus Maries Samen gewachsen, nicht wahr? Die, die du die ganze Zeit in dem Amulett bei dir hattest?«

»Ja. Ich habe sie nach meiner Rückkehr eingepflanzt. Es war schwierig. Am Anfang habe ich immer wieder gedacht, sie keimen nie. Sie hatten so viel hinter sich. Lange Jahre. Tiefsten Frost. Trotzdem habe ich sie immer weiter feucht gehalten. Ich war überwältigt, als sich nach langer Zeit grüne Spitzen aus der Erde schoben. Dann dachte ich immer wieder, die Sämlinge sterben mir ab. Aber ich habe sie nicht aufgegeben. Ganz langsam begannen sie zu wachsen. Als ich dann entdeckte, wie gut der leuchtende Sand als Dünger funktioniert, waren sie über den Berg.«

»Hat eigentlich Pinswin eine Erklärung für die Wirkung dieses Düngers gefunden? Er ist doch Wissenschaftler.«

»Ja, er hat das in seinem Labor untersucht. Das Leuchten des Töveree rührt von einer Symbiose mit Mikroorganismen her. So ist es zum Beispiel auch bei phosphoreszierenden Korallen. Die Mikroorganismen, die in Symbiose mit dem Töveree leben, konnten in dessen Knochenfragmenten gefunden werden, ebenso in meinem Sand. Pinswin hat sie Miraxellen genannt. Sie brauchen ein bestimmtes Mineral, um zu gedeihen. Pinswin bezeichnet es als Töverit. Spuren davon sind im Amrumer Sand zu finden, deshalb haben sich die Miraxellen hier und da im Sand ausgebreitet, obwohl der Töveree nicht mehr da ist.«

»Aber dann könnte das doch der Grund sein, warum der Töveree bis hierher geschwommen ist. Vielleicht hat er das Töverit hier aufgenommen. Vielleicht kommt es nur hier vor, und er brauchte es, damit die Miraxellen leben und leuchten können. Aber wozu muss er überhaupt leuchten? Ich meine, wenn man jetzt mal nicht an den sagenhaften Teil der Geschichte denkt? Wenn man es rein wissenschaftlich betrachtet?«, überlegte Valerie.

»Ja, dass der Töveree bis hierher geschwommen sein könnte, weil er dieses Mineral braucht, ist auch Pinswins These. Aber sie ist nicht belegt. Viele Organismen im Meer leuchten, vor allem in der Tiefsee. Dafür gibt es verschiedenste Gründe. Es kann mit der Fortpflanzung zusammenhängen, um Partner anzulocken. Viele Fische benutzen das Leuchten als Köder für Beutetiere. Oder aber um Feinde abzulenken. Wir wissen einfach zu wenig über das Verhalten des Töveree! Man müsste einen lebendigen beobachten können oder wenigstens alte Aufzeichnungen aufspüren aus der Zeit, als man ihn noch öfter gesichtet hat. Nur wurde damals noch nicht so viel aufgeschrieben. Sagenhafte Geschichten werden mündlich nun einmal besser verbreitet als wissenschaftliche Fakten. Würdest du mir ins Haus helfen? Wenn ich so lange sitze, wird mein Knie steif.«

Sie aß mit Skem zu Abend und half ihm noch dabei, ins Bett zu gehen.

»Diese Miraxellen mögen eine Rolle spielen. Aber ich bin überzeugt, dass die Zitronenbäume so gut gedeihen und ein so besonderes Aroma haben, weil deine Liebe zu Marie immer noch lebendig ist«, sagte sie, als sie beim Hinausgehen das Licht gelöscht hatte.

Skem antwortete nicht. Er tat so, als ob er bereits schlief.

»Was um Himmels willen treibst du da?«, erkundigte sich Fenno zwei Wochen später.

Sie hatte ihn nicht kommen hören. »Das wirst du schon noch sehen.« Es war Ebbe. Valerie hockte dort, wo das Wasser auf ziemlich festem Sand ein schwungvolles Muster aus Riffeln hinterlassen hatte, und wartete darauf, dass ihr Werk trocknete. Fenno hockte sich neben sie. »Aha. Dafür wolltest du den Gips. Was wird das?«

Die Tüte Gips hatte sie nach langem Suchen in einem Schrank in seiner Scheune gefunden. Er war froh gewesen, das Zeug loszuwerden. Elvar hatte viele Dinge hinterlassen, die Fenno nicht gebrauchen konnte.

»Ich kann es nicht beschreiben. Ich zeige es dir, wenn es fertig ist. Das ist nur ein Experiment. Keine Sorge, ich vernachlässige meine Arbeit nicht. Ich kann bloß nicht die ganze Zeit auf dem Gerüst stehen und die Arme heben. Ich habe Muskelkater.«

»Meine Sorge war auch nicht, dass du deine Arbeit vernachlässigst!«

Valerie schwieg. Er wusste nicht, dass sie sich beeilen wollte, damit Pinswin nach Hause kam. Für Skem. Und auch für Filine. Valerie mochte Filine. Die Art und Weise, mit der diese immer mit allem fertig wurde, machte ihr Mut. Da Filine beim Kniepsandhaus wohnte, sah sie Valerie manchmal bei der Arbeit zu. Sie hatten oft gute Gespräche geführt.

Valerie besaß jetzt einen richtigen Arbeitsvertrag. Pinswin hatte darauf bestanden. Noch nie hatte Valerie einen solchen Vertrag mit so viel Zufriedenheit unterschrieben. Zum ersten Mal tat sie etwas, das sie zu hundert Prozent selbst wollte. Sven hätte sie verstanden und sich darüber gefreut. Ehe sie unterschrieb, rief sie in Berlin bei Pani an. Wenn er sie brauchte, würde sie sofort nach Hause fahren.

»Aber Valerie, das ist doch wunderbar! Du hast mir ja Bilder von dem Haus geschickt. Es wird großartig aussehen, wenn du fertig bist, und das ist ein sehr gutes Projekt. Ich freue mich so für dich!« Pani klang fröhlich und lebendig am Telefon. »Du musst dir wirklich keine Sorgen um mich machen, Valli. Monika hat einen Urlaub für uns gebucht. Wir fahren zu Hanna in die

Lüneburger Heide. Ich habe das Gefühl, das ist ein guter Ort. Ich bin jetzt auch bereit, mich mit dieser Hanna zu unterhalten. Und auf einen Urlaub mit Monika freue ich mich. Ich werde also nicht allein sein.«

»Oh, Pani, wie schön! Es wird dir in der Heide gefallen. Und nächstes Mal könnt ihr vielleicht hierherkommen, wenn ich dann noch da bin.«

»Na klar, auf jeden Fall. Wir sehen uns das fertige Haus an. Vielleicht kommen wir direkt aus der Heide. Übrigens, ich soll dich herzlich von Josef grüßen. Das mit dem Handy ist nichts für ihn, sagt er. Aber sie haben ihm ein Zimmer in einer betreuten Wohngemeinschaft vermittelt. Es geht ihm sehr gut. Er hat dort schon Freunde gewonnen. Du weißt ja, wie er ist.«

Ein Glück. Niemand würde Josef mehr etwas tun können, und frieren musste er auch nicht mehr. Wie froh sie darüber war!

»Ich passe schon auf deinen Vater auf«, schrieb Linnea kurz darauf in einer SMS. »Mach dir keine Sorgen. In diesem Sommer macht mir die Arbeit in der Pension richtig Spaß. Ich glaube, diese ganze Sache mit Alessa und deinem Besuch hat mir eine neue Perspektive gegeben. Die Menschen sind so spannend, egal, wo man ist und was man tut.«

Valerie war erleichtert. Nun war sie sicher, dass sie ohne Bedenken den Rest des Sommers hierbleiben und den Vertrag erfüllen konnte.

»Wir könnten dir ein Zimmer suchen«, schlug Fenno vor. »Das wird zwar äußerst schwierig zur Hochsaison auf Amrum, es ist alles an die Feriengäste vermietet. Aber ich könnte wenigstens mal herumfragen. Im Kniepsandhaus werden bis auf Pienes Wohnung die Zimmer gerade alle noch gestrichen, außerdem sollen sie ja für die Kinder sein, denen Pinswin mit seiner Stiftung einen Aufenthalt auf Amrum finanzieren möchte. Er will unbedingt, dass die ersten noch in diesem Jahr kommen. Das wäre also keine Lösung. Aber ich kenne einige Leute, die ich trotzdem mal fragen könnte.«

Piene war eine Frau von der Insel, die oben im Kniepsandhaus wohnte, um sich um die Handwerker zu kümmern. Später würde sie für die Kinder da sein, kochen und die nötige Hauswirtschaft bewältigen oder organisieren. Piene war der Fels in der Brandung und achtete stets darauf, dass Valerie ebenso wie die Maler im Haus über der Arbeit nicht das Essen vergaß.

»Auf gar keinen Fall!«, wehrte Valerie ab. Sie bemerkte selbst, dass ihr Ton zu schroff geklungen hatte. »Danke für das Angebot, Fenno. Tut mir leid, ich wollte dich nicht anfahren. Es ist nur so, ich liebe mein Zelt. Es ist wie …«

»Wie ein Kokon, in dem du dich sicher fühlst und zu dem Schmetterling entwickeln kannst, der in dir steckt«, ergänzte Fenno und lächelte sie an. »Schon in Ordnung.«

Kokon. Genau. Sie fühlte sich sicher und geborgen darin. Gerade die Schlichtheit dieser winzigen Behausung war das, was sie zur Zeit brauchte. Nicht nur ihre Sorgen und ihre Trauer wurden von der Erde und dem Wasser und dem Himmel getragen wie in Fennos Zitat. Auch sie selbst. Und das war im Zelt am besten spürbar.

Widerwillig gestand sie sich ein, dass sie dies wahrscheinlich mit Kalle gemeinsam hatte. Warum sonst sollte er jeden Sommer im Zelt übernachten, wenn er stattdessen bei Rhea bequem wohnen konnte? Fragen konnte sie ihn ja nicht. Er hatte es vorgezogen, sich aus dem Staub zu machen.

Kalles Flucht war das Einzige, was ihre Tage hier und die Aussicht auf die nächsten Wochen trübte.

Ein wenig beunruhigte Valerie auch die Tatsache, dass Fenno sie auf eine unheimliche Art und Weise verstand und manchmal wusste, was sie dachte, ehe es ihr selbst klarwurde. Zudem verging kaum ein Tag, an dem er nicht auftauchte. Sie brauchten sich gar nicht zu verabreden. Vielleicht lag es nur daran, dass die Insel eben eine Insel war und man sich zwangsläufig begegnete, besonders wenn man an demselben Projekt arbeitete.

Doch die bloße Begegnung war nicht, was Valerie störte. Fenno kam ihr einfach zu nahe. Sie wollte sich von ihren Gefühlen ausruhen, nicht in neue verstricken! Sie wollte nie wieder jemandem zu nahe sein. Auf gar keinen Fall. Es tat zu weh, wenn man solche Menschen dann verlor. Davon hatte sie genug.

»Ich muss los«, sagte er jetzt. »Ich muss einige Tage nach Hamburg. Pinswin hat dort einen Kontakt wegen der ersten Kinder, die ins Kniepsandhaus kommen sollen. Bin gespannt, was aus deiner Gipsangelegenheit wird. Viel Spaß!«

Während sie noch die fest gewordenen Gipsteile aus dem Sand schälte und sorgfältig auf einem Brett anordnete, das sie mitgebracht hatte, näherte sich eine Frau. Sie hatte widerspenstige dunkle Locken mit grauen Strähnen darin. Valerie nickte ihr abwesend zu und konzentrierte sich auf ihre Arbeit, doch die Frau blieb stehen. »Entschuldigung, aber sind Sie Valerie?«

Valerie stellte das Brett sorgfältig beiseite und stand auf. »Ja, warum?«

Die Frau streckte ihr die Hand hin. »Ich bin Rhea. Endlich treffe ich dich mal.«

»Guten Tag«, sagte Valerie zurückhaltend. Dies war also die Frau, die mit Kalle zusammenlebte.

»Wollen wir uns kurz setzen?« Rhea deutete auf einen leeren Strandkorb.

»Ich kann nicht. Ich muss mein Material verarbeiten, ehe es völlig trocknet.« Solange Kalle nichts von ihr wissen wollte, sah Valerie keinen Grund, sich mit seiner Lebensgefährtin zu befassen. Außerdem stimmte es. Sie hatte mit den Gipsteilen etwas vor, und das ging am besten jetzt gleich.

»Verstehe.« Die Frau sah Valerie aus ihren grauen Augen an. Valerie zögerte. Sie hatte unvermutet das Gefühl, dass es ruhig in ihr wurde. Selbst der Wind schien nachzulassen. Eigentlich machte sie einen sympathischen Eindruck, diese Rhea. Valerie tat es fast schon wieder leid, dass sie so ablehnend gewesen war.

»Gib ihm Zeit, Valerie«, sagte Rhea sanft. »Kalle ist ein wunderbarer Mensch. Aber es gibt Dinge, die sogar ihn aus dem Gleichgewicht bringen. Bitte gib ihm Zeit. Und eine Chance, wenn er zurückkommt.«

»Ich brauche ihn nicht. Ich habe einen Vater.« Valerie konnte nicht mehr hören, dass Kalle ein wunderbarer Mensch war. Schließlich war er vor seiner Tochter davongelaufen, ohne ein Wort, einfach so. Wiedergekommen war er auch nicht. Der erste Schreck musste schon lange vorbei sein.

»Es stimmt, dass wir letztendlich mit den Dingen allein fertig werden müssen, tief im Inneren«, sagte Rhea. »Gleichzeitig stimmt, dass wir uns gegenseitig brauchen. Wir brauchen uns alle. Aber wir benötigen unterschiedlich viel Zeit, bis es uns gelingt, uns darauf einzulassen. Besonders, wenn uns etwas sehr viel bedeutet.« Rhea legte ihr kurz eine warme Hand auf den

Arm und ging dann gemächlich weiter. »Du kannst jederzeit zu mir kommen, wenn du etwas brauchst, einen Rat möchtest oder dich allein fühlst. Ich wünsche dir eine gute Zeit hier, Valerie.«

Nein, ich brauche ihn nicht, wiederholte Valerie im Stillen, während sie das Brett vorsichtig in die Scheune trug.

Doch spürte sie gegen ihren Willen Neugier, ob sie wohl eines Tages herausbekommen würde, warum Kalle angeblich ein so besonderer Mensch war. Sie konnte jedenfalls verstehen, warum er Rhea mochte. Irgendwie wurden die Gedanken friedlicher, wenn sie neben einem stand und einen ansah. Als ob alle Stürme sich legten.

Sie erinnerte sich daran, wie Fenno ihr bei der ersten Begegnung eingeschärft hatte, möglichst nicht ohne Kompass ins Watt zu gehen. Auch den Teilnehmern der Gruppenwanderung hatte er das erklärt.

Warum gab es keinen Kompass für die Beziehungen zwischen Menschen? Das wäre doch mal praktisch.

Wahrscheinlich, weil es davon so unendlich viel mehr Arten gab als Himmelsrichtungen.

Fenno hatte ihr grünes Licht gegeben, in dem Arbeitsbereich der Scheune anzustellen, was sie wollte. Heute machte Valerie reichlich Gebrauch davon. Sie klebte die gipsernen Abdrücke der Sandriffeln genauso auf das Brett, wie das Meer die ursprünglichen Muster angeordnet hatte. Auf dem Gips haftete noch Sand. Dort, wo er abgefallen war, strich sie Kleber auf und streute neuen Sand darüber. Zwischen den sandigen Riffeln aber malte sie das Brett in ihren eigenen Farben an.

Sie versuchte, mit diesen Farben auszudrücken, was sie an jenem Morgen bei der Wattwanderung gefühlt hatte. Alle Farben des Lebens. Der Schmerz, die Freude und das Aufatmen, das Fließen, in dem sich alles befand, die Nacht und die Hoffnungen, der neue Tag: Alles bahnte sich seinen Weg zwischen den Riffeln, die aus diesem Fließen erst entstanden waren. Am Ende klebte sie noch hier eine Muschel, dort den Panzer eines Krebses und da die leere Eihülle eines Rochens auf. Am Ende war sie so zufrieden mit sich und ihrem Werk, dass sie leise vor sich hin pfiff. Als sie sich dabei ertappte, fragte sie sich, wann sie dies das letzte Mal getan hatte. Sie konnte sich nicht daran erinnern.

Einen Augenblick zögerte sie, dann signierte sie mit *Rimo*. Eine Zeitlang hatte sie gedacht, Rimo wäre mit Sven gestorben. Aber auch wenn sie nun Valerie war, würde »Rimo« doch immer ein Teil von ihr sein. Das »i« machte sie zu ihrem üblichen Strichmännchen.

So entspannt jedoch ihre Seele war, so verspannt waren von dieser langen, konzentrierten Arbeit ihre Schultern und ihr Rücken. Sie beschloss, schwimmen zu gehen. Viel zu selten war sie dazu gekommen. Irgendwie war das Meer immer weg, wenn sie Lust zum Schwimmen hatte, aber mittlerweile hatte sie den Tidenkalender ungefähr im Kopf und wusste, wann am nächsten Tag Ebbe und Flut war.

Tatsächlich war es entspannend, dass Fenno eine Weile fort war und Kalle ebenso. Pani und Josef ging es gut. Sie hatte ein Einkommen. Es gab nichts außer ihrer Arbeit, über das Valerie sich Gedanken machen brauchte.

Das Wasser war kühl und trug sie wie von selbst. Es war so

anders als im Wannsee, der Auftrieb war viel stärker. Sie fühlte sich leicht inmitten des Glitzerns, als ob sie in purem Licht und Himmel baden würde. Der Dunst in der Ferne ließ den Horizont dermaßen verschwimmen, dass es aussah, als gäbe es keine Grenze zwischen Himmel und Meer. Als könnte sie immer weiter schwimmen und würde den Unterschied nie bemerken.

Als eine Welle einen kleinen Schluck Wasser in ihren Mund spülte, erschien ihr der Geschmack bittersüß und salzig und würzig, so köstlich und kostbar, wie neulich der des Quellers, nur noch intensiver. Es schmeckte wie eine Antwort auf eine Frage, die sie sich noch gar nicht gestellt hatte.

Sie ließ sich tragen, bis ihre Haut aufzuweichen begann. Dann legte sie sich an den Strand und ließ sich trocknen. Dabei war sie wohl eingedöst, denn als sie sich wieder aufsetzte und aufs Wasser blickte, war der wolkenlose Himmel schon pfirsichfarben am Rand und die Sonne kurz davor, hinter dem jetzt klaren Horizont zu verschwinden.

Nicht weit von Valerie stand ein Mann am Flutsaum und hielt ein Schild hoch, in Richtung der Sonne. Sie hatte ihn schon einmal gesehen, als er einen merkwürdigen Tanz aufführte.

»Das ist der Dorftrottel«, hatte ein Feriengast dem anderen zugeraunt. »Nicht ganz richtig im Kopf.«

Valerie hatte sich gefragt, was das eigentlich bedeutete, richtig im Kopf zu sein. Sie glaubte nicht daran, dass es für den Kopf ein Richtig gab. In ihrer Zeit auf der Straße hatte sie viele gekannt, von denen Ähnliches behauptet wurde. Jeder von ihnen war auf seine eigene Art besonders gewesen.

Es war immer noch warm, trotzdem hatte sie eine Gänsehaut und sehnte sich nach einer Dusche und ihrem Schlafsack. Vorher aber lief sie zum Flutsaum hinunter. Sie wollte unbedingt wissen, was auf dem Schild stand. Der Mann lächelte sie freundlich an. Valerie beugte sich vor, um die Schrift zu lesen, die in Großbuchstaben daraufgemalt war.

NACHSPIELZEIT: 180 MINUTEN

Die Farben waren so gewählt, dass das Schild wirklich aussah wie die Tafel, die die Schiedsrichter im Fernsehen am Ende eines Fußballspiels hochhielten.

»Was für eine wunderbare Idee«, sagte Valerie, »an manchen Tagen wäre es ein Glück, wenn die Sonne darauf hören würde. Ob das irgendwann passiert?«

»Heute nicht«, sagte der Mann. »Vielleicht, wenn der richtige Tag gekommen ist. Man muss es versuchen. Das Spiel ist nie dann zu Ende, wenn man es denkt.«

»Stimmt«, sagte Valerie. »Das ist es nicht, und es ist gut, dass Sie es versuchen. Gute Nacht.«

Eigentlich war es viel zu früh, um zu schlafen, aber sie war von ihrer kreativen Arbeit und dem langen Schwimmen so hundemüde, dass sie sich nicht einmal mehr ein Abendbrot machte. Doch sie stellte sich den Wecker. Sie hatte Sehnsucht danach, wieder den Sonnenaufgang zu erleben, diesmal allein, ohne Stimmen und Pärchen um sich. Sie würde nicht ohne erfahrene Begleitung ins Watt gehen, aber sie würde am Strand sein, um zu sehen, wie ein neues Spiel begann.

35

Der kleine Bruder des Leuchtturms

Erst dachte sie, es würde ein grauer Tag. Der Himmel trug zwar eine Ahnung von Helligkeit an den Rändern, aber die Sonne schien nicht zum richtigen Zeitpunkt aufzugehen. Doch dann erkannte sie einen dicken Wolkenstreifen, der direkt auf dem Horizont lag. Es konnte nur noch eine Frage von wenigen Minuten sein, bevor die Sonne dahinter mit ein wenig Verspätung auftauchen würde. Inzwischen stand Valerie in der Dämmerung und lauschte. Je länger sie zuhörte, desto deutlicher wurde ein Summen und Flüstern, ein Rascheln und Wispern und Plätschern und Rauschen, ein Knistern und Knarren. Alles so leise, dass es außer ihr wahrscheinlich niemand gehört hätte.

Doch um diese Zeit war der Strand menschenleer. Valerie war allein mit den winzigen Wesen, die im Sand lebten und fraßen und gruben und krabbelten und durch die klaren Priele schwammen. Dieses ganze Leben, das hier zu einem großen Teil unsichtbar im Sand geschah, besaß eine Stimme, die sich zu einer einzigen zusammenfand, zu einem zarten Chor im Einklang mit dem Rhythmus von Ebbe und Flut, dem An- und Abschwellen der Priele und der Wellen. Die Stimme des Meeres und die Stimme der Insel, ein Lied von Werden, Vergehen und Wandel. Es war ihr schon mehrmals aufgefallen, aber nur im Vorübergehen und nie so deutlich wie jetzt in der einsamen Morgenstille. Valerie hätte ewig zuhören können.

Sie dachte zurück an einen Sommermorgen in Berlin, wie sie so viele erlebt hatte, oben auf dem Dach, unten auf den Straßen oder aus ihrem Fenster gelehnt. An die Geräusche der Stadt, wenn der Tag begann. Sie hatte das gehasst und geliebt, zugehört und manchmal kaum ausgehalten. Das waren die Töne, mit denen sie aufgewachsen war, und sie hatte gedacht, es wäre die dissonante, tapfere Melodie ihrer Heimat. Aber nun, da sie hier mit den Füßen im Schlick stand und diese ganz andere Komposition hörte, stellte sie fest, dass sie sich noch nie so im Einklang mit dem gefühlt hatte, was ihre Ohren wahrnahmen. Hier würde ihr empfindliches Gehör niemals überlastet werden. Hier war es pure Freude zu lauschen.

Doch dann gewahrte sie etwas, das sie alle Geräusche vergessen ließ. Den Weg zum Strand hatte sie mit der Taschenlampe gesucht, aber nun, da sie diese ausgeschaltet hatte, gewöhnten sich ihre Augen immer mehr an die Dunkelheit. Jetzt entdeckte sie kleine blaue Leuchtpunkte, die über das Watt verstreut waren, am dichtesten entlang des Flutsaums. Valerie stand regungslos und wagte nicht, sich zu rühren. War es Traum oder Wirklichkeit? Von einem ähnlichen Blau musste das Schimmern des Töveree unter der Wasseroberfläche gewesen sein, das Skem als Junge gesehen hatte.

Doch was war das hier?

Dann kam das Licht. Der obere Rand der Wolken wurde golden und gab endlich die Sonne frei, die schon hell und warm war. Ihr Schein rollte über das Watt wie eine Welle. Valerie vergaß beinahe zu atmen vor Staunen über den Anblick, der sich ihr bot.

Zuerst dachte sie, jemand hätte Glaskugeln auf dem Sand ausgeschüttet, wie große Murmeln. Vielleicht hatte ein Schiff Fracht verloren? Das hatte es ja schon mal gegeben. Irgendwo in Asien war ein Container mit Gummienten ins Meer gefallen. An denen hatte man dann weltweit die Strömungen erforschen können. Aber Glasmurmeln?

Sie glitzerten im tiefstehenden Morgenlicht und funkelten so unwirklich, dass Valerie für einen Augenblick ungläubig die Augen schloss. Als sie diese wieder öffnete, hatte sich an dem Bild nichts geändert. Überall im Watt waren die Kugeln verstreut, besonders dicht den ganzen Spülsaum entlang, auch zu Valeries Füßen. Zögernd bückte sie sich und berührte eine davon. Weich und kühl fühlte sich das an, wie eine Qualle. Bewegte es sich? Sie betrachtete es noch näher. Ihr war, als pulsierten im Inneren lauter Regenbögen.

Was war das nur? Valerie machte einige Bilder und schickte sie an Fenno. Der würde natürlich eine Antwort haben. Aber er war nicht online. Er hatte ja auch gerade anderes zu tun. Valerie sah sich um. Sie stöberte in einigen der angeschwemmten Tanghaufen und fand bald, was sie suchte. Leider war es auch hier so, dass man immer wieder auf Müll am Strand stieß. Hier war es ein achtlos weggeworfenes Gurkenglas, das ihr jetzt zupasskam. Sorgfältig spülte sie es aus, füllte es mit Wasser aus einem Priel und bugsierte vorsichtig ein paar der durchsichtigen Kugeln hinein. Dann hockte sie sich in den Schatten eines Strandkorbes, schob das Glas unter ihr T-Shirt, so dass es im Dunkeln war, und spähte von oben hinein. Ja, die kleinen Dinger bewegten sich! Sie sahen immer noch aus wie Glaskugeln.

Jetzt, da sie im Wasser schwebten, sah man, dass sie tatsächlich kugelrund waren. Doch sie hatten einen Saum aus feinen beweglichen Härchen, die in allen Regenbogenfarben irisierten. Und auch die Kugeln selbst leuchteten ganz leicht in einem sanften Blau, mal heller, mal dunkler. So wie vorhin in der Dämmerung.

Völlig bezaubert blickte Valerie darauf. Was für Wunder würde ihr diese Insel noch zeigen?

Das Piepen ihres Handys zeigte eine Nachricht an. Von Fenno.

Liebe Valerie, das sind sogenannte Seestachelbeeren. Es handelt sich um kleine Rippenquallen. Mit den Flimmerhärchen bewegen sie sich fort. Sie essen winziges Plankton, manchmal auch das, welches im Sommer das berühmte Meeresleuchten verursachen kann. Dann schimmern die Wellen so blau wie das Licht des Töveree im Winter. Wenn die Quallen dieses Plankton essen, nehmen sie das Leuchten in sich auf. Ich freue mich sehr, dass du das gesehen hast. Meistens treten die Seestachelbeeren im späten Frühjahr auf. Du hattest Glück. Sie gehören zu meinen Lieblingslebewesen im Meer.

Valerie brachte die Exemplare im Glas zurück in einen Priel, aber nicht bevor sie mit ihrem Handy ein Video aufgenommen hatte. Diese zarten Schönheiten konnte sie nicht bei einer Collage verarbeiten wie Muschelschalen. Aber sie hatte eine andere Idee. Sie nahm auch die Geräusche auf, die sich zwar nicht so aufnehmen ließen, wie sie sie hörte, aber es gab doch eine interessante Hintergrundkulisse für die Bilder, die sie filmte. Sie wollte ein kleines Video zusammenschneiden und auf YouTube hochladen.

Wenn es ihr so gelang, den Zauber dieser Landschaft zu vermitteln, dann wäre das vielleicht eine Idee für die Website des

Kniepsandhauses, die sie Fenno vorschlagen wollte. Wenn Sie Follower gewinnen konnte, wäre das eine gute Werbung. Sie stellte sich die Jugend von der Straße vor, die sie aus Berlin kannte, zum Beispiel Tine. Pinswin wollte, dass mehr solcher Kinder hierherkommen und sich erholen konnten. Da war es sinnvoll, in ihnen Vorfreude zu wecken, indem man ihnen nahebrachte, was sie erwartete.

Valerie sah die Website schon vor sich. Sie würde das natürlich ehrenamtlich machen, Pinswin bezahlte ihr genug für die Malereien. Im Übrigen war es Zeit, dass sie sich daranmachte, die nächste Wand zu gestalten. Valerie ließ die Seestachelbeeren frei und steckte ihr Handy ein.

»Sie war schwanger«, sagte eine Stimme hinter ihr, gerade als sie sich umdrehte. Valerie wäre fast in den Schlick gefallen, so sehr zuckte sie vor Schreck zusammen. Vor ihr stand Kalle und warf einen langen Schatten auf den Strand, wo vor kurzem noch das Glitzern gelegen hatte. Valerie starrte ihn an.

Kalle räusperte sich.

»Kerstin. Meine Frau«, sagte er. »Sie war schwanger, und wir haben uns so sehr gefreut. Wir haben uns beide Kinder gewünscht. Aber es war eine Eileiterschwangerschaft. Kerstin ist fast daran gestorben und konnte nie mehr Kinder bekommen. Später starb sie doch, an Krebs. Ich habe all die Jahre immer wieder überlegt, wie unser Kind gewesen wäre. Und jetzt tauchst du hier auf!« Er blickte zu Boden, dann hob er mühsam den Kopf und sah ihr in die Augen. »Es tut mir unendlich leid, dass ich neulich einfach gegangen bin, Valerie! Es war zu groß für mich. Die Erinnerung an Kerstin und die an Geli hat mich überwältigt und die Tatsache, dass ich eine Tochter haben könnte und sie auf einmal vor mir steht – das konnte ich einfach nicht so schnell begreifen. Das ist keine Entschuldigung, ich weiß. Es gibt keine. Können wir, ich meine, würdest du noch mit mir reden?«

Valerie fand ihre Stimme nicht. Jetzt ging es ihr wie zuvor ihm. Gerade war sie so erfüllt von ihrem Erlebnis und dem unmöglichen und doch wirklichen Zauber, der ihr begegnet war, dass sie sich nicht so schnell auf Kalle einstellen konnte. Erst das melodische Flüstern des Morgens, dann diese zerbrechlichen gläsernen Schönheiten, ein Leuchten wie vom Töveree.

Und dann plötzlich Kalle. Ihr Vater.

Er hatte auch getrauert. Darum also war er überfordert gewesen.

Schon wieder eine Gemeinsamkeit. Sie spürte förmlich, wie ihre Wut auf ihn im Sand versickerte.

Aber sie war nicht nur unfähig, ein Wort zu sagen, sie konnte sich auch nicht rühren und stand reglos, als wäre sie gestrandet wie eine der winzigen Quallen und genauso verletzlich.

Kalle ging einen Schritt auf sie zu und streckte die Hand aus. »Valerie. Ich wollte dich nicht erschrecken.«

»Ich habe dich ja neulich auch erschreckt«, brachte sie schließlich heraus.

Kalle hockte sich hin, nahm ein herumliegendes Stück Treibholz und zeichnete damit ein Strichmännchen in den Sand. Es sah ziemlich ratlos aus, das sah man deutlich an der Haltung. Dann reichte er Valerie das Holz. »Jetzt du.«

Zögernd griff sie zu, hockte sich neben ihn und zeichnete ein zweites Männchen daneben. So, wie sie es immer zeichnete. Es hatte den gleichen Schwung, denselben Ausdruck wie Kalles. Nach kurzem Zögern zeichnete Valerie den Arm so, dass die Hand des zweiten Strichmännchens die Hand des ersten berührte.

Valerie und Kalle blickten eine Weile auf die Zeichnung, dann standen sie auf und sahen sich an.

»Und jetzt?«, fragte Valerie.

»Jetzt würde ich dir sehr gern einen meiner Lieblingsplätze zeigen«, sagte Kalle vorsichtig.

»Okay.«

»Wir müssen ein paar Stationen mit dem Bus fahren, um dort hinzukommen.«

Valerie war dankbar für den kleinen Aufschub. Der Bus war so voll, dass sie nicht nebeneinandersitzen konnten. Es tat gut, dass sie und ihr unbekannter Vater sich für eine kleine Weile in dieselbe Richtung bewegten, ohne miteinander sprechen zu müssen. So konnten sie sich an die Nähe gewöhnen.

Nachdem sie ausgestiegen waren, führte Kalle sie einen langen Bohlenweg entlang durch ein weites Dünental, in dem sie mit Fenno noch nicht gewesen war. Hier gab es viel Heide, die kurz vor der Blüte stand und eine ähnliche Ruhe ausstrahlte wie die damals bei Hanna. Es gab Möwen, die über den Dünen regungslos auf einem Aufwind schwebten, ohne auch nur einen Flügelschlag tun zu müssen. Es gab ein niedriges Haus mit Reetdach, das ganz allein dastand.

»Das ist ein historischer Nachbau von einem Haus aus der Eisenzeit, dessen Fundamente man gefunden hat«, erklärte ihr Kalle. »Möchtest du es von innen ansehen?«

Sie duckten sich unter dem niedrigen Holzbalken hindurch

und betrachteten im Dämmerlicht die Feuerstelle mit den Lagerstätten drum herum und die Stehplätze für das Vieh auf der anderen Seite. Valerie stellte sich vor, wie es wohl gewesen war, damals hier im Winter. Die dampfenden Kühe, ihr Geruch und ihre Wärme in der Stille der Nacht, das Glühen in der Asche des verlöschenden Feuers, während sich die Menschen in den schlichten Betten aneinander wärmten und darauf warteten, dass es draußen wieder hell wurde.

Als sie weitergingen, kamen sie an einem Grab vorbei aus einer Zeit, als Amrum noch nicht einmal eine Insel gewesen war. Nur Steine markierten es, doch Valerie fand es schön, dass hier immer noch die Zeichen einer uralten Trauer zu finden waren und das Gedenken an einen Menschen, dessen Namen niemand mehr kannte, aber von dem auf diese Art noch immer Spuren geblieben waren.

Über einen weiteren Dünenkamm hinweg gelangten sie an eine steile Treppe. Oben entdeckte Valerie zu ihrer Überraschung einen kleinen rot-weißen Leuchtturm. Sie hatte nicht gewusst, dass es auf der Insel zwei Leuchttürme gab.

»Das ist das Quermarkenfeuer«, erklärte Kalle. Valerie stellte fest, dass ihr Vater eine Stimme hatte, der man gern zuhörte. Angenehm und unaufdringlich, mit so viel Wärme darin wie die Sommersonne. »Er gehört zu den Kleinsten unter den Leuchttürmen. Aber er ist wichtig. Er hilft den Seeleuten dabei, den Weg in den Hafen von Hörnum auf Sylt zu finden. Ich mag ihn, weil er mich daran erinnert, dass es nicht immer die großen Dinge sind, die uns den Weg weisen. Außerdem ist die Aussicht von hier einfach unglaublich. Oft ist man an diesem Ort ganz allein, da die meisten Feriengäste am Strand sind. Magst du dich setzen?«

Es gab eine Plattform vor dem Leuchtturm, umsäumt von einer Bank. Der Blick war tatsächlich unglaublich. Auf der einen Seite in die weiten Dünentäler, auf der anderen konnte man hinter weiteren Dünen das Meer sehen. Es war warm und windstill, und am Horizont zog eine Reihe von Wolken vorbei, die aussahen wie eine Familie von Walen. Neben der Plattform im Sand hockte eine Fasanenhenne mit zwei Küken und betrachtete die beiden Menschen nachdenklich, aber vertrauensvoll.

Kalle gab Valerie Zeit, sich umzusehen. Schließlich setzte sie sich neben ihn. Der kleine Leuchtturm, wie ein Wächter hinter ihnen, war eine beruhigende, stumme Anwesenheit.

»Ich würde dich so gern richtig kennenlernen«, sagte Kalle. »Aber nur, wenn du etwas erzählen möchtest. Oder willst du lieber zuerst etwas von mir wissen? Du kannst mich alles fragen!«

Valerie sah ihn von der Seite an. »Kann ich dich erst etwas ganz anderes fragen?« Sie konnte es nicht erklären, aber ihr biologischer Vater wirkte wie jemand, den man gut um Rat bitten konnte. Außerdem war es leichter, erst über Dinge zu sprechen, die einem nicht so nah waren. Es war ein Beginn. Sie kam sich vor wie jemand, der den Anfang eines Fadens aus einem dicken, unordentlich gewickelten Garnknäuel sucht. Das war schwierig, aber irgendwann fand man ihn immer. Dann galt es nur noch, die Knoten herauszumachen.

»Gerne. Worum geht es?«

»Ich kenne einen alten Mann, den ich sehr mag. Er hat mir

etwas erzählt. Vor sehr langer Zeit hatte er eine Frau kennengelernt, und sie haben sich verliebt. Aber die Umstände waren schwierig, und außerdem war sie nicht frei. Sie war verheiratet. Und ich glaube, sie liebte auch ihren Mann, auf eine andere Weise. Darum hat sie meinem Freund das Versprechen abgenommen, sie niemals zu suchen. Wenn sie jemals frei und in der Lage wäre, würde sie zu ihm kommen, sagte sie. Sie wusste, wo sie ihn finden würde. Aber sie ist nie aufgetaucht. Er hat nichts mehr von ihr gehört und weiß nicht, was aus ihr geworden ist.«

»Und jetzt überlegst du, ob du für ihn nach ihr suchen solltest?«

Dankbar nickte Valerie, froh, dass er so unkompliziert begriff, was sie beschäftigte. »Ja. Meinst du, das wäre gut? Ich würde das so gern für ihn tun, aber ich habe auch das Gefühl, dass es vielleicht nicht richtig wäre.«

Kalle sah sinnend in die Ferne. »Es ist immer schwer zu wissen, was richtig ist. Tatsächlich ist es meistens unmöglich. Wir müssen uns auf unsere Gefühle und unsere Vernunft verlassen. Wenn dir dein Gefühl sagt, es wäre nicht richtig, dann wird das einen Grund haben.«

»Was würdest du machen?«

»Ich glaube, ich würde es nicht tun«, sagte Kalle nachdenklich. »Das ist natürlich schwer zu sagen, wenn man die betreffenden Personen nicht kennt. Aber ich denke, wenn die Frau ihr Versprechen einfach nicht gehalten hat, weil sie es so wollte, dann hat es auch keinen Sinn, nach ihr zu suchen. Und wenn sie es nicht halten konnte, weil ihr etwas zugestoßen ist oder sie mit ihrem Mann glücklich geworden ist oder aus anderen Gründen, dann ist das für deinen Freund vielleicht besser, wenn er es nie erfährt. Dann bleiben ihm die unzerstörten Erinnerungen. Von manchen Geschichten erfährt man nie das Ende, und trotzdem sind es gute Geschichten, die einen Sinn haben.«

»Nicht alles hat einen Sinn, meint Josef«, sagte Valerie mehr zu sich selbst. Sie vermisste Josef. Ihn hätte sie in dieser Angelegenheit auch fragen können.

Aber jetzt saß sie neben ihrem Vater.

»Da hat er recht, dein Josef. Ich frage mich zum Beispiel die ganze Zeit, was für einen Sinn es hat, dass wir uns jetzt erst kennenlernen. Ich kann keinen erkennen«, sagte Kalle. Er klang traurig.

»Josef sagt, es ist besser, wenn man nicht in allem den Sinn sucht. Eben weil es oft keinen gibt. Manches ist einfach, wie es ist. Aber manchmal sind gerade dies die Dinge, an denen wir am meisten wachsen können, auch wenn es am schwersten ist. Sagt Josef.«

»Ich glaube, ich würde deinen Josef auch gern kennenlernen«, sagte Kalle. »Erzählst du mir mehr von ihm? Vielleicht ist es dadurch leichter, mir auch von dir zu erzählen.«

Und so erzählte Valerie. Sie erzählte von Josef und dem Park und von den Leuten, die ihn angezündet hatten, erzählte von der Stadt und von Kindern wie Tine und wie sie selbst eines gewesen war. Sie erzählte auch von ihren Begegnungen mit der Polizei und von ihrer Freude an den Farben und den Spuren und den Geräuschen der Straßen. Erzählte von Pani und ihrer Mutter, und der Reise in die Heide. Von der Uhr, in der die Zeit ähnlich flüssig war wie hier durch die Ebbe und Flut im Watt. Zuletzt erzählte sie auch von Sven. Sie lachte dabei und weinte und konnte gar nicht mehr aufhören zu erzählen, und irgendwann legte Kalle seine Hand auf Valeries, und sie drehte ihre um. So hielten sie sich bei der Hand, bis Valerie zu Ende gesprochen hatte. Erstaunt bemerkte sie, dass sie sich jetzt so leicht fühlte wie die Möwe, die gerade über den Dünen einen Aufwind nutzte. »Und sowenig ich weiß, was richtig ist wegen dem alten Mann und der Frau, so wusste ich auch nicht, ob es richtig war, zu kommen und dich zu suchen«, endete Valerie. Sie sah Kalle an, eine stumme Frage in ihren Augen, die sie nicht zu stellen wagte.

»Auch wenn du wegen meiner dummen Flucht am Anfang nicht diesen Eindruck haben konntest«, sagte Kalle, »für mich fühlt es sich vollkommen richtig und unfassbar und schön an. So zart und leuchtend wie die Seestachelbeeren, die wir heute früh sehen durften. Und du? Wie ist es für dich?«

»Ich glaube, jetzt fühlt es sich auch sehr gut an«, sagte Valerie.

Kalle drückte ihre Hand ein wenig fester. So saßen sie lange da und sahen den Möwen und Fasanen und Kaninchen zu, und der kleine Leuchtturm passte auf sie beide auf.

»Wo warst du in den letzten Tagen mit deinem Zelt?«, fragte Valerie schließlich.

»In Dänemark. Nicht weit von der Grenze. Vor einigen Jahren habe ich mich auch auf eine Reise gemacht, weißt du. Da war ich in Berlin noch Busfahrer. Von einem Tag auf den anderen konnte ich das nicht mehr tun. Das war zwei Jahre nachdem Kerstin gestorben ist. Mein Leben war nicht mehr das richtige Leben für mich. Ich glaube, ich hatte auch nicht richtig zu Ende getrauert.«

Kalle fuhr sich auf die Weise durch die Haare, die ihr so unheimlich vertraut war. »Jedenfalls machte ich mich auf den Weg ins Blaue. Ehe ich mich versah, fuhr ich mit einem Fahrrad rund um Dänemark. Am Ende meiner Reise war tiefer Winter, und ich blieb ein paar Wochen auf einem Campingplatz, nicht weit von Flensburg. Ich brachte dort einiges in Ordnung und durfte dafür umsonst in einer Holzhütte wohnen, als es kalt wurde und Schnee fiel. Die Pächter des Campingplatzes waren schon sehr alt. Wir wurden Freunde und haben manch gutes Gespräch geführt. Sie waren voller Lebenserfahrung, wie dein Josef. Der Mann ist inzwischen gestorben. Ich habe jetzt ein paar Nächte auf dem Campingplatz gezeltet und mit der Frau gesprochen. Zelten tut mir immer gut, weißt du. Nirgends kann ich so gut und in Geborgenheit nachdenken wie in dieser winzigen schlichten Behausung ganz dicht an der Erde und allein unter dem Himmel.«

Valerie nickte. Sie wusste nur zu gut, was er meinte.

»Sie hat sich gefreut, mich zu sehen, und sie hat mir zugehört. Ich fand wieder Boden unter den Füßen und den Mut, zurückzukehren und dich kennenzulernen. Ich hatte große Angst, du wärest nicht mehr da oder wolltest nicht mehr mit mir reden. Als ich endlich begriffen hatte, was passiert ist, war meine Freude so überwältigend, dass ich nicht wusste, ob ich überhaupt Worte dafür finden würde.«

»Diese Angst hatte ich auch. Was genau hast du damals auf deiner Reise gesucht?«

»Vielleicht solltest du besser fragen, was ich gefunden habe. Denn am Ende habe ich gefunden, was ich gar nicht gesucht habe, nämlich Rhea und eine neue Heimat. Ich war mir auf einmal so sicher, dass ich hier nie wieder fortwollte und alle Wege und Ereignisse mich genau hierher geführt hatten. Das habe ich aber erst ganz kurz vor meiner geplanten Abreise verstanden.« Kalle lächelte in sich hinein. »Jedoch um deine Frage zu beantworten: Gesucht habe ich, so wie jetzt auch, Worte. Worte für das, was ich *Die eine, große Geschichte* nannte. Worte für die Großartigkeit und Verrücktheit dieses Lebens. Für das, was uns überwältigt und Angst macht und glücklich und hungrig und neugierig auf dieses seltsame Geschehen, das man Leben nennt. Auf das, was in uns brennt, wovon wir träumen und was uns immer weitermachen lässt. Ich füllte ganze Notizbücher mit Worten.« Er hob die Schultern. »Dann stellte ich fest, dass Worte nicht ausreichten, und fing an, die Strichmännchen zu zeichnen. In den Sand. Dann auf Papier, mit Kohle aus dem Lagerfeuer.«

»Und? Hast du sie gefunden, die richtigen Worte und Bilder? Hast du die eine, große Geschichte jemals geschrieben?«

»Nein. Ich stellte fest, dass es diese Worte nicht gibt. *Wir* sind die eine, große Geschichte. Wir alle. Jeder von uns ist eine Silbe darin.«

Sie hörte an seinem Tonfall, dass er mit sich im Reinen war, obwohl sie ihn noch kaum kannte.

»Ich verstehe, was du meinst«, sagte sie leise. »Ich höre sie hier in den Geräuschen, diese eine, große Geschichte. Für mich ist es *die eine, große Stimme*. In der Stadt habe ich sie gekannt, und da klang sie anders, aber wirklich gehört habe ich sie erst hier, und ganz besonders heute Morgen, als ich diesem Flüstern zuhörte vom Wind und Sand, von Ebbe und Flut und von all den winzigen Wesen darin. Alles wurde zu einer großen Stimme, und für einen winzigen Augenblick habe ich genau verstanden, was sie sagt!«

Kalle nickte stumm. Ihre Blicke trafen sich. Und so fremd sie sich auch noch waren und so unbeholfen sie miteinander umgingen, so gab es da doch einen ebenso kurzen und großen Augenblick, in dem sich jeder von ihnen in dem anderen erkannte.

36

Familienangelegenheiten

Mit einem feinen Pinsel malte Valerie die zarten Tentakel der Seepocken, die an den Steinen der Küste hafteten und mit den filigranen, fächerförmigen Fühlern wie mit winzigen Händen Plankton fingen, wenn Flut war. Bei Ebbe zogen sie sich in ihre Gehäuse zurück, die wie winzige Vulkane aussahen, und dichteten diese ab. So hielten sie jeder Welle und auch Trockenheit und heißer Sonne stand.

Valerie war fasziniert von diesen Geschöpfen, die so zäh und vielseitig waren. Sie krönten das Bild, das die westliche Wand des Kniepsandhauses rechts unten abschloss.

Der Wind war vorhin heftig gewesen, als sie die Gischt malte. Er hatte die Farbe verweht, aber das verstärkte nur den natürlichen Effekt des spritzenden Salzwassers. Valerie war zufrieden mit ihrem Werk und Filine offensichtlich auch, denn diese nickte anerkennend, soweit ihr das bei ihrer Krankheit möglich war. Dadurch, dass sie so langsam und mühsam den Kopf bewegte, wirkte ihre Anerkennung noch gewichtiger. Valerie freute sich darüber. Filine stand wie schon oft mit ihrem Rollstuhl in einer geschützten sonnigen Ecke und sah Valerie bei der Arbeit zu.

Es herrschte heute ein Anflug von Herbststimmung, fand Valerie. Noch war es sommerlich warm, aber die Farbe des Lichts hatte sich verändert, war sanfter und ein bisschen wehmütig, und der Himmel nicht mehr so dunstig. Glasklar leuchtete er, und in der Luft lagen noch mehr Aromen als vorher schon.

Valerie legte gerade den Pinsel weg, da gab Filines Handy ein Signal.

»Valerie, könntest du mir mein Handy geben? Ich komme nicht dran.«

»Sehr gern.« Valerie wischte sich sorgfältig die Finger ab, ging zu ihr hinüber und gab Filine das Handy in die Hand. Sie sah zu, wie Filines Finger in mühsamer Zeitlupe über das Display kroch, bis sie die richtige Stelle erreicht hatte, um die angekommene Nachricht zu öffnen. Filine mochte es nicht, wenn man ihr mehr half als nötig.

Ein Lächeln flog über Filines Gesicht, als sie die Nachricht sah. »Von Pinswin!«

Valerie wartete, während Filine las. Hoffentlich war es eine gute Nachricht. Valerie mochte Jessieanna und Rhea, die sie inzwischen schon öfter bei geselligen Zusammenkünften näher kennengelernt hatte. Aber Filine war ihr besonders nahe, vielleicht weil sie manchmal auch ihren ganz eigenen Kopf hatte.

»Pinswin bittet uns heute Abend um neunzehn Uhr zu einer Skype-Sitzung. Er hat uns etwas mitzuteilen. Es sollen alle kommen. Würdest du mir helfen, seine Nachricht an Fenno, Jessieanna, Rhea, Kalle und Skem zu verschicken? Hier, nimm mein Handy.«

»Natürlich.« Valerie hockte sich neben Filine. »Was ist mit Jessieannas Mann?«

»Ryan ist für ein paar Wochen zu Hause in den Staaten. Er hatte bei Pinswin im Institut zu tun und weiß bestimmt schon alles. Du kommst doch auch?«, fragte Filine.

Überrascht sah Valerie auf. »Aber ich gehöre doch nicht zur Familie!«

»Wie bitte? Dummes Zeug! Kalle ist sozusagen mein Schwiegersohn, und du bist seine Tochter.«

Valerie starrte sie verdutzt an, dann musste sie lachen.

»Verzeih mir, wenn ich zu direkt bin«, sagte Filine. »Ich spare Kraft.«

»Ich vertrage das. Wir Berliner sind auch mächtig direkt. Ich danke dir.« Valerie gab Filine das Handy zurück. »Alles erledigt.«

»Du kommst also?« Filine warf ihr einen scharfen Blick zu. »Du hast mir doch erzählt, wie wichtig dir als Kind die Frage nach dem glücksbringenden Unterwasserwesen war. Behaupte jetzt also nicht, dass du dich nicht für die Sache interessierst! Ich habe gemerkt, wie sehr dir der Töveree am Herzen liegt. Als ihr den Brief an Pinswin zur Post gebracht habt, hat es dich genauso in den Fingern gejuckt herauszufinden, was über ihn darinsteht, wie Fenno und mich.«

»Erwischt«, gab Valerie zu. »Aber wir haben den Brief nicht angerührt und ihn ordnungsgemäß zur Post gebracht.«

»Ich habe auch nichts anderes erwartet. Pinswin wird uns heute sagen, was er erfahren hat. Ich bin genauso gespannt wie du. Nun schiebe mich bitte ins Haus, ich muss mich bis dahin ausruhen.«

Valerie leistete ihrem Wunsch Folge und übergab Filine den kundigen Händen von Lilani, die in der Küche hantierte und Valerie stumm, aber freundlich zunickte. Ob sie wohl jemals sprechen würde? Offensichtlich kam sie aber auch so gut zurecht. Sie schien völlig in sich zu ruhen. Vielleicht kam sie einfach sehr gut ohne Worte aus.

Dann machte sich Valerie draußen daran, die Farbeimer in den Keller zu bringen. Sie lächelte vor sich hin. Was Filine gesagt hatte, erfüllte sie mit ungeahnter Freude. *Du gehörst zur Familie.*

Mit Kalle hatte sie inzwischen darüber gesprochen, aber dass es für Filine und somit wahrscheinlich auch für die anderen so feststand, das hatte sie nicht erwartet. Wie sehr sie dies berührte und glücklich machte, überraschte sie.

Selbst wenn er nie wieder gesichtet würde – der Töveree hatte ihr auch so schon Glück gebracht.

Kalle hatte inzwischen sein Zelt in der Dünenkuhle neben Valeries aufgebaut. Oft saßen sie abends zusammen vor ihrem oder seinem Zelt. Einmal war sie sogar zu ihm hineingekrochen, und sie hatten miteinander geredet, bis sie einschliefen. Es war ein wunderbar geborgenes Gefühl gewesen, während sie sich in der Dunkelheit der kleinen Kuppel gegenseitig die Worte zugeworfen hatten. Sie erzählten sich voneinander, bis ihre Geschichten sich verflochten, als hätten sie sich schon immer gekannt. Dennoch blieb noch viel voneinander zu erfahren.

»Möchtest du denn keinen Gentest machen lassen?«, hatte Valerie einmal gefragt. »Hast du gar keine Zweifel, ob du wirklich mein Vater bist?«

Karl sah sie erstaunt an. »Nein. Ich denke, die Strichmännchen sprechen für sich, findest du nicht?«

»Schon. Aber viele Menschen zeichnen Strichmännchen.«

»Ja, aber nicht mit demselben Ausdruck. Du hast das doch selbst sofort bemerkt.« Kalle schüttelte den Kopf. »Wenn ich eines im Leben gelernt habe, dann ist es, keine unnötigen Zweifel an wichtigen Angelegenheiten zu haben. Das ist reine Zeitverschwendung. Außerdem würde ich niemals Gelis Worte anzweifeln.«

»Sie hat nicht immer die Wahrheit erzählt in ihrem Leben.«

»Das mag sein. Aber mir gegenüber hat sie es getan. Glaub mir, es mag nur eine Nacht gewesen sein, aber in dieser Nacht war mir klar, dass keiner von uns den anderen auf irgendeine Art belügen würde. Das gilt noch immer. In dieser Sache hätte sie nie etwas Falsches behauptet.«

Valerie beneidete ihn um seine Sicherheit und fragte sich, ob sie in seinem Alter auch so zu Hause in ihrem Leben sein würde.

»Hast du Zweifel, Valerie? Wenn du dir einen Gentest wünschst, bin ich sofort dabei«, sagte Kalle und warf ihr einen forschenden Blick zu. »Alles, was dir guttut, ist völlig in Ordnung für mich.«

Valerie betrachtete ihn. Seine offenen, gütigen Augen, seine Art, die eine Schulter etwas tiefer zu halten als die andere. Sie wusste nur allzu genau, dass sie es ebenso machte, denn alle ihre T-Shirts rutschten von der einen Schulter immer herunter, egal, wie gut sie ihr passten. Außer ihrer gemeinsamen Art, sich bei Erregung durch die Haare zu fahren, hatten sie zudem noch einige andere Gewohnheiten, die sie teilten. Und dann diese seltsame Vertrautheit! Die war nicht von heute auf morgen gekommen, aber jetzt war sie einfach da. Wie Ebbe und Flut, mal stärker, mal weniger stark, aber verlässlich.

Nein, sie brauchte keinen Gentest. Es hätte inzwischen noch nicht einmal eine große Rolle gespielt, wenn der Test negativ ausfiele, stellte sie fest. Kalle war in ihr Leben getreten, genau wie diese Insel und einige ihrer anderen Bewohner, und Valeries Leben war dadurch eindeutig besser geworden.

»Nein, ich brauche keinen Test«, sagte sie entschieden und schüttelte nachdrücklich den Kopf.

»Gut«, sagte Kalle und lächelte sie an. »Wollen wir uns noch eine Dose gebackene Bohnen auf dem Campingkocher warm machen? Heute Nacht wird es sich lohnen, lange aufzubleiben. Es ist die Stunde der Perseiden. Eine gute Chance, Sternschnuppen zu sehen.«

»Au ja. Das habe ich früher mit Pani auch immer gemacht. Manchmal haben wir die in Berlin auf dem Dach sehen können, als ich klein war. Inzwischen ist zu viel Lichtsmog über der Stadt.«

»Wie geht es deinem Vater?«, erkundigte sich Kalle, während er die Büchse öffnete.

»Er hat mir gestern geschrieben. Ihm und Monika gefällt es wahnsinnig gut in der Heide. Monika und Hanna verstehen sich anscheinend großartig.«

»Wunderbar. Ich bin sehr froh, dass es ihn nicht stört, dass wir uns kennengelernt haben.« Kalle sah erleichtert aus.

»O ja! Ich auch.« Pani hatte ihr in den letzten Tagen öfter eine SMS geschickt. Er hörte sich geradezu glücklich an.

Wenn ich nun bald ins Rentenalter komme, denke ich darüber nach, im Sommer bei Hanna in der Pension zu helfen. Monika würde gern mitmachen. Hanna hat gesagt, sie würde sich freuen. Die Hilfe hat sie auch wirklich nötig!

Du hattest recht, dies ist ein besonderer Ort, so friedlich. Wir fühlen uns rundum wohl. So wie Josef, der ja auch ein neues Leben begonnen hat. Er hat mir übrigens vor unserer Reise etwas für dich diktiert, das hatte ich ganz vergessen, tut mir leid. Also, hier ist es: »Liebe Valerie, das mit dem Handy ist nichts für mich, aber ich will dir unbedingt sagen, dass es mir in diesem Wohnheim sehr gutgeht. Ich hätte das nie für möglich gehalten. Sie lassen mich hier wider Erwarten so sein, wie ich bin. Es ist warm und trocken, und ich habe trotzdem meine Ruhe. Sicher, da ist lästiger Papierkram, aber sie helfen mir damit. Und aus irgendeinem Grund kommen die anderen Bewohner gerne und reden mit mir, so wie du früher. Ich lerne lauter nette Menschen kennen. Also mach dir keine Sorgen um mich. Zu meiner Freude habe ich von deinem Vater gehört, dass du auch auf einem guten Weg bist. Ich habe immer gewusst, dass du es schaffst! Glaub an dich! Ich tue es immer. Alles Liebe, dein Josef.«

Valerie fiel ein Stein vom Herzen, als sie das las. Es schien, dass Josef dauerhaft in Sicherheit war. Und anscheinend war er ganz der Alte. Man hörte ihm noch immer gerne zu und suchte seinen Rat.

Auch Linnea hatte wieder eine Nachricht geschickt. *Dein Pani ist ein Goldschatz. Noch nie ist hier so viel Arbeit so schnell erledigt worden, und es bleibt endlich wieder Zeit zum Lachen und zum Reden. Hier weht ein frischer Wind. Er ist beinahe, als ob Alessa wieder da wäre. Und du, wie geht es dir? Bist du glücklich? Es hört sich immer so an. Was ist mit diesem Fenno? Ist da mehr zwischen euch?*

Ja, was war mit Fenno? Valerie hatte das Handy eingesteckt, ohne Linnea gleich zu antworten.

Manchmal ging ihr Fennos Pedanterie auf die Nerven, obwohl sie meist den Grund dafür verstand. Sehr vieles an ihm aber mochte sie immer mehr. Die eigenartige Kameradschaft zwischen ihnen irritierte sie und dass er oft ihre Gedanken lesen konnte, ehe sie selbst davon wusste. Er war dabei aber nie aufdringlich. Valerie konnte es eigentlich nicht leiden, wenn jemand sie zu gut durchschaute, bei Fenno jedoch störte es sie nur wenig.

Genau das beunruhigte sie. Wenn er manchmal einige Tage auf dem Festland war, um Dinge zu erledigen, ertappte sie sich dabei, wie sehr sie ihn vermisste. Sie sagte sich dann, dass er einfach ins Watt gehörte wie die Möwen, der Wind und die Wellen.

Ins Watt oder auch in ihr Leben?

Sie wollte keine neue Beziehung, sie wollte sich nicht verlieben. Auf gar keinen Fall! Es war längst nicht genug Zeit seit Svens Tod vergangen. Sven fehlte ihr genauso sehr wie am Anfang. Manchmal noch mehr, nun, da so vieles geschah, das sie gern mit ihm geteilt hätte.

Die Wanderung zwischen den Inseln bei Sonnenaufgang war ein Wendepunkt gewesen. Sie hatte wieder Kraft und Energie und Lebensmut, lernte wieder zu lachen. Trotzdem dachte sie jeden Tag an Sven, auch wenn sie ihre Trauer bei der Arbeit und während der heiteren Stunden mit Kalle und den anderen manchmal für eine Weile vergaß.

Selbst wenn es eines Tages leichter werden würde, auf gar keinen Fall wollte sie das Risiko eingehen, so etwas noch einmal zu erleben. Valerie wollte um niemanden Angst haben müssen. Sie musste sich dringend mehr zurückziehen!

Das war allerdings nicht so einfach, solange sie beide am Kniepsandhaus arbeiteten. Je weiter sie mit den Wänden kam, desto mehr war auch im Haus zu tun. Fenno griff den Malern und Handwerkern unter die Arme, wann immer es ihm seine Tätigkeit als Wattführer erlaubte.

Heute Abend würden sie sich nun schon wieder sehen. Filine hatte völlig recht. Valerie platzte vor Neugier, was Pinswin zu berichten hatte. Nicht nur um Skems willen wünschte sie sich

Neuigkeiten über den Töveree. Nun, da sie ihren Glücksfisch, den Traum ihrer Kindheit, gefunden hatte, wollte sie unbedingt wissen, ob er seiner Tätigkeit als Glücksbringer auch nachgehen konnte. Sie schmunzelte über sich selbst, während sie den letzten Eimer verstaute und die Kellertür hinter sich schloss.

Weil das Gartenhaus, in dem Filine wohnte, zu klein war, trafen sie sich abends alle bei Rhea in deren altem Reetdachhaus. Dort gab es einen Raum mit wundervollen Glasfenstern. Sie ähnelten Kirchenfenstern, stellten aber Meerestiere dar, darunter auch den Töveree. Die tiefstehende Sonne warf bunte Reflexionen auf die Gesichter der versammelten Familie und verlieh der Szene die gebührende Feierlichkeit. Alle lauschten andächtig, als Pinswin auf dem Monitor von Rheas Laptop erschien und zu sprechen begann.

37

Vom Töveree

Pinswin sah sympathisch aus, fand Valerie. Auch wenn er Filine nur wenig ähnelte. Seine silbergrauen Haare standen wild in die Höhe. Er hatte breite Schultern und Lachfältchen um die Augen, und diese Augen sprühten vor Lebendigkeit und Begeisterung.

»Hallo, liebe Familie! Hallo, Valerie. Ich habe schon gehört, dass du jetzt dazugehörst. Herzlich willkommen! Also: Ihr wisst ja alle von dem Brief, den ich von meinem alten Mentor und Freund Professor Westerberg erhalten habe. Er wird mir übrigens sehr fehlen. Aber ein so erfülltes, aufregendes und neugieriges Leben, wie er es hatte, kann man wohl kaum übertreffen. Er hat mir nun eine letzte große Freude gemacht.«

Ein liebevolles Lächeln flog über Pinswins Gesicht. »Anscheinend hat er nie aufgehört, nach Aufzeichnungen über den Töveree zu suchen. Er tat es allein mir zuliebe, denn seine Interessen lagen eigentlich auf einem anderen Gebiet. Ungelöste Fragen jedoch ließen auch ihm keine Ruhe. Kurz vor seinem Tod hat er mit all seiner Erfahrung und seinem unschlagbaren Spürsinn in einem obskuren Archiv in Frankreich einen Hinweis auf eine winzige Bibliothek in Alaska aufgetrieben. In dieser wurden wohl alte Sagen und Überlieferungen der Inuit gesammelt, und zwar besonders solche, die mit hoher Wahrscheinlichkeit ihren Ursprung in realen Geschehnissen haben. Dort sollte ein Papier über einen sogenannten ›Hellen Fisch‹ existieren, bei dessen Erwähnung Professor Westermann aufhorchte.«

»Der Helle Fisch!«, unterbrach ihn Jessieanna aufgeregt. »So hat ihn Marta Gössling auch genannt, in dem alten Schreiben, das wir von ihr gefunden haben.«

»Genau. Das fiel ihm auch sofort auf. Näheres konnte Professor Westerberg dann leider nicht mehr herausfinden. Ich habe an meinen alten Freund Amaruq geschrieben, mit dem ich damals in Kanada die frischen Knochenfragmente unter dem Eis gefunden habe, die heute noch leuchten, wenn man sie ins Wasser legt. Ich konnte nie nachweisen, dass es wirklich Knochen des Töveree sind und es ihn somit noch gibt, obwohl ich davon überzeugt bin.

Amaruq hat diese kleine Bibliothek nach langem Suchen tatsächlich ausfindig gemacht. Sie existiert zwar in dieser Form nicht mehr, aber ihr Inhalt lagert zum Großteil bei einem Liebhaber alter Schriften. Er wollte meinem Freund zuerst keinen Zugang gewähren. Aber Amaruq glaubt, mir noch etwas schuldig zu sein, nachdem ich ihm damals seiner Meinung nach das Leben gerettet habe, und ließ nicht locker. Schließlich durfte er die Bestände sichten und hat sich tagelang durch Stapel uralter Bücher und Handschriften gewühlt.« Pinswin machte eine bedeutungsvolle Pause. »Ihr glaubt nicht, was er zutage gefördert hat! Es war nur ein kurzer Artikel, fast untergegangen in einer Sammlung ansonsten belangloser Geschichten über zur Genüge bekannte Lebewesen. Wale, Delphine und dergleichen. Amaruq benötigte weitere Tage, um die Handschrift zu entziffern und den Inhalt zu übersetzen. Er hat es natürlich ins Englische übersetzt, da er kein Deutsch kann. Daher fasse ich den Inhalt kurz für euch zusammen.« Pinswin räusperte sich und nahm einen Schluck aus einem Glas Wasser.

Er mag Wissenschaftler sein, aber er hat auch einen Sinn für Dramatik, dachte Valerie. Bestimmt war er ein sehr guter Dozent an seinem Institut und konnte seine Zuhörer für die Fossilien und Steinzeitfunde, die ihm so am Herzen lagen, begeistern.

Seit sie das Wrack im Watt gesehen hatte, verstand sie besser, was Fenno über Pinswin erzählt hatte. Es war so spannend, diese Spuren zu sehen, die von alten Abenteuern der Menschheit stammten. Und vom Leben selbst.

Fenno hatte ihr einen versteinerten Ammoniten geschenkt, den er einmal gefunden hatte. Valerie war mit dem Daumen vorsichtig über die gewundenen Rillen auf dem uralten schneckenähnlichen Gehäuse gefahren. Er stammte beinahe aus der Anfangszeit des Lebens selbst. Wie hatte Kalle gesagt? *Wir sind alle eine Silbe in der einen, großen Geschichte.*

»Die alte Schrift verrät uns Folgendes: Weit oben im Norden Kanadas gibt es in großer Tiefe einen riesigen unterirdischen See. Man könnte ihn auch ein Meer nennen. So erzählen die Inuit«, begann Pinswin. »Aus der Antarktis kennen wir mindestens vierhundert solcher unterirdischen Seen. Manche sind ein in sich geschlossenes System, andere stehen in Verbindung mit den bekannten Meeren. Sie füllen sich mit Schmelzwasser des Eises, zu kälteren Zeiten sinkt der Wasserspiegel wieder. So ist es auch mit diesem See. Die Inuit nennen ihn *Qutsinnerussaartup*, das bedeutet *geheimer Ort*. An manchen Stellen gibt es Löcher in der Erde beziehungsweise Kamine im Felsen. Einige davon sind den dort lebenden Inuit bekannt und werden als heilige Orte verehrt, aus denen gelegentlich die Geister der Tiefe heraufsteigen. Andere dieser Zugänge hat niemand jemals gesehen. Sie liegen verborgen in der nördlichsten Wildnis Kanadas, wahrscheinlich auch auf Inseln.« Pinswin nahm wieder einen Schluck. »Das Gerücht, dass Wassergeister oder andere mythische Wesen, die dem Volk der Inuit freundlich gesinnt sind und Gutes bringen, hin und wieder aus diesen Löchern emporsteigen, kommt nicht von ungefähr. Denn mit ziemlicher Sicherheit handelt es sich hier um unseren Töveree. Der Helle Fischgeist, so heißt es in der Schrift, lebt in diesem See. Doch um Junge gebären zu können und die Gesundheit seiner Art zu sichern, benötigt er eine bestimmte Nahrung und muss sich dazu auf den Weg in die großen Meere machen, nach Süden zu einer Gruppe Inseln, wo es diese Nahrung gibt. Er tut dies im Winter, wenn es dort zwar milder ist als in seiner Heimat, aber nicht wärmer, als er verträgt. In diesen wärmeren Gewässern gebiert er auch seine Nachkommen, ähnlich wie es die Wale tun. Ursprünglich, so ist überliefert, war das nicht nötig, da es diese Nahrung zur Genüge in dem unterirdischen See gab, denn sie war dort einmal vom Himmel gefallen. Doch nun ist sie aufgebraucht. Im Meer bei den Inseln, zu denen der Helle Fisch im Winter zieht, ist der gleiche Stoff vom Himmel gestürzt, und daher findet man ihn nun dort. Um diese lange, beschwerliche und gefährliche Reise antreten zu können, hat sich der Helle Fisch in Form und Fähigkeiten über die Jahre verändert.«

»Vom Himmel gefallen! Ein Meteorit!«, entfuhr es Fenno. »Pinswin, ihr hattet doch herausgefunden, dass die Miraxellen, die leuchtenden Mikroorganismen, mit denen der Töveree in Symbiose lebt, ein spezifisches Mineral benötigen. Ihr habt es Töverit genannt und herausgefunden, dass davon auch im Sand von Amrum Spuren vorkommen. Was, wenn dieses Mineral aus einem Meteoriten stammt, der ursprünglich einmal in Kanada eingeschlagen ist und vielleicht sogar diesen tiefen See verursacht hat? Und wenn ein Splitter desselben Meteoriten oder eines ähnlichen einst in unserer Gegend abgestürzt ist? Das würde das Vorkommen des Töverit hier erklären. Und auch, warum es nirgends sonst, oder vielleicht nur an ganz wenigen Orten, vorkommt.«

Pinswin nickte. »Richtig, Junge! An einen Meteoriten haben wir auch gleich gedacht. Die Geschichte beginnt, Sinn zu machen.«

»Inwiefern hat sich der Töveree verändert?«, fragte Filine gespannt.

»Erinnert ihr euch an die erwähnten Knochenfragmente, die ich damals in Kanada unter dem Eis fand? Ich glaube immer noch, dass sie Teil einer der gewaltigen Seitenflossen des Töveree sind. Ich habe mich damals über eine Art Greifhaken gewundert, der Teil davon war. Wie bei einer Fledermaus, die ja bekanntlich mit den Krallen an ihren Flügeln klettern und kriechen kann. Jetzt haben wir die Erklärung dafür. Ursprünglich wird der Töveree einem kleinen Wal oder eher einem Delphin geähnelt haben. Doch als sich die Notwendigkeit entwickelte, aus seinem unterirdischen See herauszukommen, musste er sich verändern. Es gibt viele Lebewesen, die in einem abgeschlossenen See oder einer Höhle leben – wir nennen das *endemisch* – und darum eine ganz eigene Entwicklung durchmachen. Der Körper des Töveree wurde flacher, damit er sich durch enge Fels- und Eisspalten zwängen konnte. Um ihm das Klettern und Vorwärtskommen zu ermöglichen, bildeten sich die Haken an den Flossen aus.

Dass er ein Lungenfisch ist, der auch Luft atmen kann, haben wir ja schon früher angenommen. So kann unser Töveree also auch kurze Strecken ohne Wasser zurücklegen, sofern es feucht genug ist. Die ringförmigen Schuppen, die, wie wir festgestellt haben, aus einer beinah knöchernen Masse bestehen, sind eine Art flexibles Exoskelett, das seine empfindliche Haut vor den rauen Oberflächen schützt.

Und nun kommt ein Umstand hinzu, der ein großes Glück für den Töveree war«, fuhr Pinswin fort und lehnte sich in seinem Stuhl zurück. »Die meisten unterirdischen Seen und Höhlen liegen völlig im Dunkeln. Die Fische und Molche, die dort leben, verlieren meist im Laufe der Evolution ihre Sehfähigkeit, da diese für sie überflüssig ist. Im Qutsinnerussaartup-See jedoch lagerte durch den Meteoriteneinschlag das Töverit und begünstigte die Entwicklung der phosphoreszierenden Miraxellen, die wahrscheinlich schon vor dem Töveree existierten und den See mit Licht erfüllten. Der Töveree konnte also ebenso sehen wie unsere Wale und Delfine. Er entwickelte eine Symbiose mit den Miraxellen, so dass er auch auf seinem Weg durch den Fels und das Eis nach oben etwas erkennen konnte. Er hatte sein Licht bei sich!«

»Und was hatten die Miraxellen davon?«, wollte Jessieanna wissen. »Eine Symbiose entsteht doch nur, wenn beide Parteien Vorteile daraus ziehen.«

»Auch wenn wir den Töveree aus Bequemlichkeit einen Fisch nennen, ist er ein Säugetier, genau wie die Wale und Delphine, mit denen er verwandt ist. Den Miraxellen gefiel seine Körperwärme. Und sich auf diesem Wege weiter in der Welt auszubreiten, kommt ihnen sicherlich auch zugute.«

»Das stand alles in der alten Geschichte?«, fragte Fenno. Pinswin lächelte. »Nein, natürlich nicht. Ich habe die Fakten aus der Geschichte aufgelistet und daraus die möglichen wissenschaftlichen Grundlagen gefolgert. Für mich ergibt das alles ein stimmiges Bild.«

»Der Töveree schafft es also, Eis- und Felsspalten zu erklimmen, einen Ausgang zu finden und sich ins Meer zu begeben. Er ist auf der Suche nach einem Ort, wo es auch Töverit gibt. Wir wissen, dass ein ähnlicher Meteorit oder ein Teil von ihm dort versunken sein müsste«, sagte Rhea. »Woher weiß er aber, wo er danach suchen soll?«

»Er mag kaltes Wasser, er schwimmt also nicht direkt nach Süden, sondern nach Südwesten. Irgendwann nimmt er eine Witterung auf«, erklärte Pinswin. »Er hatte einen ganz besonderen Rezeptor, eine Art zusätzliche empfindliche Nase, wie es vielen Tieren eigen ist. Damit kann er bestimmte Spurenelemente orten und mit welcher Strömung dieses Aroma sich nähert. Er folgt ihr. So erklärt sich auch eine weitere Tatsache, nämlich dass er seit jenem ersten Exemplar stets nur so weit nach Süden schwimmt, wie er noch Knochen seiner Vorfahren findet. Auf diese Weise weiß er, wo es zu warm für ihn würde. Das Töverit verändert sich, wenn es in den Knochen eingelagert wird, und darum kann er es auch wahrnehmen und orten.«

»Warum sind seine Schuppen so ungewöhnlich ringförmig?«, fragte Fenno.

»Ringe sind stabil und bieten einen guten Schutz. Aber es gibt noch einen Vorteil. Delphine zum Beispiel nutzen einen Vorhang aus Luftblasen, um Feinde und vor allem Futtertiere zu verwirren und ihnen die Orientierung zu nehmen. Wenn der Töveree auftaucht, ein Stück über das Wasser segelt und dann wieder eintaucht, bleiben in der Mitte der Ringe Luftblasen hängen. Durch eine absichtliche schnelle Bewegung lösen sie sich später unter Wasser ab. Während sein Verfolger, zum Beispiel ein Orca, dann nur noch ein Flimmern vor Augen hat, kann sich der Töveree davonmachen.«

»Das ist einleuchtend«, gab Fenno zu. Auch Valerie konnte sich an Naturfilme erinnern, in denen sie gesehen hatte, wie Delphine durch schnelles Tauchen einen Kreis aus Luftblasen um einen Schwarm Heringe zogen, die sich davon gefangen fühlten.

»Wie kam es zu dem Glauben, dass der Töveree Schiffe beschützt und den Menschen Glück bringt?«, fragte Fenno weiter. Valerie mochte seine Neugierde. Er wollte immer alles ganz genau verstehen. Das war geradezu ansteckend. Sven war da anders gewesen. Er nahm die Dinge, wie sie waren, erfreute sich an ihrem Anblick oder schob sie als unwichtig beiseite. Neugier hatte nicht zu seinen Eigenschaften gehört. Vielleicht weil er in seiner Melancholie gefangen war wie die Heringe in dem Kessel aus Luftblasen. Kann man überhaupt lange traurig sein, wenn man neugierig ist, neugierig und wissbegierig?, überlegte Valerie. Wohl eher nicht. Wissbegierigkeit ist ein Schutz, eine Lebensversicherung, so wie die Schuppen des Töveree.

»Nun, auch das ist einfach zu erklären«, sagte Pinswin. »Es liegt auf der Hand, dass in dem unterirdischen See das Licht eine Rolle bei Partnerwahl und Fortpflanzung gespielt hat. Das ist bei vielen Geschöpfen der Tiefsee so, die sich gegenseitig mit Licht anlocken und beeindrucken. In dem Lebensumfeld mit den

Miraxellen lag dies natürlich besonders nahe. Nun, da der Töveree auf dem Weg durch den weiten Ozean war und er diese Reise offensichtlich nur als Einzelgänger angetreten hat, fühlte er sich von den Lichtern der Schiffe angezogen. Ähnlich, wie spielende Delphine neben Schiffen schwimmen, weil ihnen das Kielwasser gefällt und sie neugierig sind, so begleitete der Töveree gelegentlich ein Schiff. Weil er sich dann weniger einsam fühlte und sehen wollte, ob es sich womöglich um einen Partner handeln könnte. Den Menschen half dieses Licht natürlich bei der nächtlichen Navigation und tröstete sie in den langen, dunklen, einsamen Nächten da draußen.« Er hob die Schultern. »Ob das wirklich so ist, werden wir wohl nie erfahren. Ich bin Wissenschaftler, aber ich habe nie angenommen, dass wir alles erklären können. Das ist auch gut so, sonst verlieren wir unsere Demut und die Ahnung von Wundern.«

»Und vor den Nordfriesischen Inseln fand er Töverit«, sagte Jessieanna.

»Nun ja, wenn eine Insel solches Glück verdient hat, dann Amrum«, bemerkte Filine zufrieden.

»Ach ja. Amrum! Da ist noch etwas. Das hat jetzt nichts mehr mit Wissenschaft zu tun, sondern ist Teil der Erzählung«, ergänzte Pinswin in einem verheißungsvollen Tonfall. Anscheinend hatte er sich dies für den Schluss aufgehoben. »Der Autor beendet seinen Bericht damit, dass es an dem fernen Ort, wo der Töveree fündig wurde, angeblich ein Mädchen gab. Ein Mädchen mit langen Haaren und einer Stimme, mit der sie Lieder über das Meer sang. Sie und ihr Vater lebten auf einer kleinen Insel, die beinahe nur aus feinem Sand bestand. Doch sie und ihr Vater besaßen die Gabe, auch auf diesem Sand Gärten anzulegen, die wundervolle Blüten hervorbrachten. Als das Mädchen zum ersten Mal den Hellen Fisch nicht weit von der Insel schwimmen sah, fing sie an zu singen und warf dem Fisch eine Sorte grünen Tang zu. Zuckertang. Der Fisch hatte Hunger. Er zog die langen, schmalen Blätter durch seine spitzen Kiefer und streifte die Kleinkrebse und anderes Plankton ab, das in den Pflanzen lebte. Er stellte fest, dass das Töverit in diesem Zuckertang und den kleinen Lebewesen enthalten war und er den Ort gefunden hatte, den er suchte. Auch schmeckte ihm gerade diese Sorte Plankton aus dem Zuckertang vorzüglich. Der enthielt neben dem Töverit noch andere gesunde Spurenelemente und Vitamine. Und wenn er durch den Zuckertang schwamm und seine Haut die Pflanzen streifte, konnten die Miraxellen direkt Töverit aus den Blättern aufnehmen. Es war eine Art Hautpflege für ihn.

So entstand eine geheime Freundschaft zwischen dem Fisch und dem Mädchen. Jeden Winter zog der Töveree in Richtung der Nordfriesischen Inseln, um sich im Tang satt zu fressen und in diesen wärmeren Gewässern sein Junges zur Welt zu bringen. Das Mädchen sorgte dafür, dass der Tang vor der Insel gut wuchs, und der Helle Fisch schenkte den Menschen auf der Insel in den langen, dunklen Wintern dafür Hoffnung und Zuversicht mit seinem Licht.«

»Marta Gössling«, flüsterte Valerie und sah, wie sich auf Skems Gesicht, der die ganze Zeit schweigend zugehört hatte, ein Lächeln ausbreitete. Valerie fasste unauffällig nach seiner Hand und drückte sie.

»Ich hätte Marie so gern erzählt, dass es den Töveree wirklich gibt«, sagte er leise in ihr Ohr.

»Sie hat es immer geglaubt«, flüsterte Valerie zurück.

Auch Jessieanna und Rhea tauschten einen Blick und ein Lächeln. »Marta Gössling.«

»Ja«, bestätigte Pinswin. »Marta Gössling.«

38

Am Ende des Tages

»Ich freue mich wie ein Itsch, dass wir jetzt diese Antworten gefunden haben. Dank sei dem guten alten Professor«, sagte Pinswin. »Natürlich ist dadurch noch immer nichts bewiesen, aber ich für meinen Teil bin damit vollauf zufrieden. Alles passt ins Bild, findet ihr nicht? Wir waren uns ja ohnehin einig, dass die Öffentlichkeit nichts von alldem erfahren sollte. Jetzt erst recht nicht! Sonst geht noch jemand auf die Jagd nach den Miraxellen und dem Töveree. Womöglich würden sie den unterirdischen See aufstöbern und alles zerstören. Wir waren es, die der alten Sage Glauben geschenkt haben und alles über den Töveree erfahren wollten, und nun wissen wir es.«

»Traurig ist nur, dass der Töveree nie wieder nach Amrum kommen wird, da hier wohl keine Knochen mehr lagern«, sagte Jessieanna.

»Pinswin, ich weiß, dass du dich ungern davon trennen würdest, aber was wäre, wenn wir die Fragmente, die du gefunden hast, hier vor Amrum versenken? An einer Stelle, an der sie nicht so schnell fortgespült oder von Sand bedeckt würden?«, fragte Fenno.

Pinswin schüttelte entschieden den Kopf. »Wenn auch nur die Spur einer Aussicht auf Erfolg bestünde, würde ich gern sämtliche Knochen dafür zur Verfügung stellen. Sowohl die fossilen als auch die frischen. Aber von der Menge her ist das völlig aussichtslos. Es sind viel zu wenige. Der Töveree könnte ihre Witterung niemals aufnehmen. Dafür bräuchte es den größten Teil eines ganzen Skeletts. Ich denke, wir müssen uns damit abfinden, dass unser sagenhafter Glücksfisch woanders nach Töverit sucht, an einem Ort, den wir nicht kennen. Wenn er nicht fündig wird, ist seine Art wohl dem Untergang geweiht, so wie viele andere Arten auch aussterben. Dafür entstehen neue. Jede Geschichte hat einmal ein Ende, auch in der Biologie. Das ist es, was die Erdgeschichte ausmacht. Aus alten Geschichten werden neue. Eine aussterbende Art macht Platz für eine andere oder verändert sich völlig, so wie aus den Dinosauriern unsere wesentlich besser angepassten Vögel wurden. Liebe Familie, meine Frau ruft. Ich wünsche euch jetzt noch einen schönen Abend und eine gute Nacht! Stoff genug für Träume habt ihr ja.«

»Pinswin …«, sagte Filine, doch da war der Bildschirm schon leer.

»Ich habe gekocht«, sagte Rhea schließlich in die Stille. »Da wir gerade alle so schön beisammen sind. Aber keinen Fisch. Ich fand, das passt nicht. Es gibt überbackenen Föhrer Schafskäse und Salat.«

Nachdenklich und mit all den Bildern im Kopf, die Pinswin mit seiner Erzählung ausgelöst hatte, begaben sie sich ins Esszimmer an den gewichtigen alten Kapitänstisch, um den herum über die Jahrhunderte schon unzählige Geschichten gesponnen worden waren.

»Valerie?«, fragte Fenno, als sie sich nicht rührte. »Kommst du? Ist etwas?«

Valerie schrak auf. »Nein. Nein, mir ist nur gerade etwas eingefallen.« Als Pinswin den *Itsch* erwähnt hatte, nach Fennos Erklärung ein alter Familienausdruck für große Freude, war ihr eine Idee gekommen. Ein plötzliches Bild in ihrem Kopf, so wie es ihr oft geschah. Fenno hatte damals gesagt, jeder stelle sich den Itsch anders vor. Bei Jessieanna war es ein breit lächelnder grüner Seehund gewesen, bei ihm eine blaue Schildkröte. Nun hatte Jessieanna auch eine deutliche Vorstellung davon, und sie konnte nicht abwarten, ihn zu zeichnen. Das war es doch! Der Itsch könnte das Maskottchen für das Kniepsandhaus werden, eine unverwechselbare Figur, mit der sich die Kinder identifizieren würden und die etwas über das Watt aussagte. Wenn diese Figur gleichzeitig dafür stand, dass jeder, der nach Amrum kam und im Kniepsandhaus Zeit verbringen durfte, Grund zur Freude hatte! Gleich nachher würde sie einen Entwurf zeichnen. »Ich komme schon.« Jetzt erst merkte sie, dass ihr Magen knurrte. Rheas Schafskäse duftete verführerisch.

Alle aßen mit Appetit, nur Skem stocherte in seinem Essen herum. Valerie nahm sich vor, ihn nach Hause zu begleiten und ihn auf dem Heimweg zu fragen, was ihn bedrückte. In Gesellschaft würde er es mit Sicherheit nicht sagen. Es war allerdings nicht schwer zu erraten.

»Ich glaube, Pinswin wird nie wieder nach Hause kommen«, sagte Filine. Ihr trauriger Tonfall war für sie so ungewöhnlich, dass sich aller Blicke auf sie richteten.

»Doch, Filine, ich denke, schon. Ich habe ihn gebeten, zur Eröffnung des Kniepsandhauses zu kommen, und er hat nicht nein gesagt«, meinte Fenno.

»Das wäre schön. Ich möchte ihn nach all den Jahren so gern noch einmal sehen. Aber ich kenne meinen Zwillingsbruder. Er hat immer noch Angst, sich nicht wieder von der Insel trennen zu können, wenn er einmal hier ist«, sagte Filine. »Das muss ich wohl akzeptieren. Ich kann es sogar verstehen.«

»Es ist Zeit, dass der Junge wieder hierbleibt«, brummte Skem.

»Sein ganzes Leben findet dort statt. Und seine Frau ist Amerikanerin«, gab Kalle zu bedenken.

»Ich werde ihn noch einmal bitten«, versprach Jessieanna und umarmte Filine. »Eigentlich kann mein Vater niemandem einen Wunsch abschlagen.«

»Ich bleibe auch dran«, sagte Fenno. »Er hat schon zugegeben, dass er das Kniepsandhaus mit Valeries Kunstwerken sehr gerne im Original begutachten würde.« Er lächelte Valerie zu.

Valerie war skeptisch. Nun, da sie Pinswin gesehen und gehört hatte, glaubte sie nicht, dass ihm dies als Motiv genügen würde. Er war genauso starrsinnig wie sein Cousin Skem.

Skem, der erschöpft wirkte, nahm dankbar Jessieannas Angebot an, ihn nach Hause zu fahren. So konnte Valerie ihn nicht mehr fragen, was ihn so bekümmerte. Aber es lag ohnehin auf der Hand. Sie würde ein andermal mit ihm reden. Jetzt brauchte er Ruhe.

»Ich bleibe heute bei Rhea«, erklärte Kalle.

»Darf ich dich dann zum Campingplatz begleiten?«, fragte Fenno Valerie. »Nach diesem reichhaltigen Essen benötige ich dringend Bewegung.«

»Eigentlich wollte ich noch an einem Entwurf arbeiten.«

»Das kannst du morgen auch noch.«

»In Ordnung, aber warte bitte kurz. Da ist noch was.« Valerie lief nach draußen, wo sie etwas an die Wand gelehnt hatte. Es war das Bild mit den Gipsabgüssen aus dem Watt, die sie farbig ergänzt hatte. Zögernd überreichte sie es Kalle. »Das wollte ich dir schenken – dir und Rhea, stellvertretend für die Familie.« Sie schluckte. »Weil ihr mich so nett aufgenommen habt.«

»Aber Valerie, das ist doch selbstverständlich.« Rhea legte herzlich den Arm um sie. Kalle wickelte das Bild aus seinem schützenden Papier. »Oh, Valerie! Wie ungewöhnlich und wunderschön!« Er betrachtet es eine lange Weile, dann sah er sie an. »Vielen lieben Dank für dieses wundervolle Geschenk. Es erinnert mich an genau den Augenblick, als ich wusste, dass ich hierbleiben werde, weil dies mein Ort ist. Du hast die Landschaft auf ganz besondere Weise tief verstanden.«

»O ja, das hat sie«, bekräftigte Fenno bewundernd, der neben Kalle getreten war. »Valerie, könntest du dir vorstellen, so etwas Ähnliches in größer zu machen? Es wäre perfekt für den Aufenthaltsraum im Kniepsandhaus!«

»Meinst du wirklich?«

»Ich meine nicht nur, ich weiß es! Jetzt komm! Es ist ein so schöner Abend.« Er zog sie hinaus.

Auch wenn die Tage bereits kürzer wurden und es schon spät war, lag die Sonne noch über dem Horizont, färbte die Wolken violett, golden und rot und ließ die Priele glühen. Valerie dachte zuerst, die Beleuchtung sei der Grund für das Funkeln in Fennos Augen. Aber dann merkte sie, wie voller Euphorie er war.

»Valerie, ist es nicht großartig, dass der Töveree jetzt eine Geschichte hat? Dass wir wissen, wo er herkommt und warum er ist, wie er ist? Ich wusste gar nicht, wie sehr mich diese Lücken beunruhigt haben. Ich mag es einfach nicht, wenn etwas unvollständig ist. Jetzt kann ich mir alles genau vorstellen.« Er blieb stehen. »Siehst du es nicht auch vor dir, du mit deinen Künstleraugen? Siehst du, wie er sich durch die Eisspalten zwängt, sich mühsam hochzieht und dabei das Eis bläulich leuchtet, wenn das Licht seiner Schuppen sich darin spiegelt? Siehst du seine Augen glänzen? Er spürt den Ruf des offenen Meeres, freut sich auf eine wärmere Strömung und auf den Geschmack des Planktons im Zuckertang. Vielleicht denkt er an das Mädchen, das singt und dafür sorgt, dass es von dem Tang dort genug gibt. Und vielleicht wird er ein Junges zur Welt bringen und ihm eines Tages den unterirdischen See zeigen …«

Verblüfft sah Valerie ihn an. »Ich hatte dich immer für so sachlich gehalten.«

»Ja, deswegen haben mir die fehlenden Fakten ja so zu schaffen gemacht. Aber ich bin nicht immer sachlich. Heute nicht. Außerdem geht es schließlich um einen Glücksfisch. Freust du dich denn nicht?«

»Doch. Schon.« Aber sie fühlte sich nicht so befreit wie Fenno. Skems Gewissensbisse waren von Pinswins Geschichte nicht besser geworden, ganz im Gegenteil. Er wusste nun endgültig, wie schwer der Verlust des verkauften Skeletts wog. Und niemand würde den Töveree je wieder vor Amrum sehen.

Fenno jedoch bemerkte ihre Bedrückung nicht. »Valerie, sieh mal!« Er bückte sich und legte etwas in ihre Hand. »Das ist das Gehäuse einer Wellhornschnecke. Fast so blau wie die Schuppen des Töveree. In dieser Größe, dieser Farbe und so perfekt findet man sie selten. Es muss daran liegen, dass es ein Glückstag ist. Vielleicht weil die Geschichte vom Glücksfisch nun vollständig ist. Valerie …« Er stellte sich dicht vor sie und strich ihr eine Strähne aus der Stirn, die der Wind ihr in das rechte Auge geweht hatte.

»Valerie, ich bin so froh, dass du hier bist! Ich finde nicht so leicht Freunde. Selten interessiert sich jemand für die Dinge, die ich spannend finde. Du tust das und ziehst trotzdem deine eigenen Dinge durch. Hast Ideen, machst alles bunter.«

»Es ist doch interessant, was du erzählst. Ich werde nie wieder vergessen, was eine Graudüne ist und dass dort Silbergras wächst. Dass Zwergsträucher auf Braundünen hinweisen, und Strandhafer, der auf Weißdünen gedeiht, früher genutzt wurde, um Schnüre für die Reetdächer herzustellen. Und dass es Vögel gibt, die in Kaninchenbauten brüten.«

Er steckte die Hände in die Tasche. »Siehst du, du hörst mir auch noch zu«, sagte er. »Du mit deinen erstaunlichen Ohren, die jeden Vogelruf schon hören, lange bevor ich ihn wahrnehme.«

»Warum klingt das, als wäre ich eine der biblischen Plagen?« Valerie wusste nicht, worauf er hinauswollte.

»Wir passen einfach zu gut zusammen!«, rief er mit einer Art komischen Verzweiflung.

»Tut mir leid, wenn dich das stört«, sagte sie verwirrt.

Er gab einem Kieselstein einen Tritt, dass er ins Watt flog. Das sah ihm gar nicht ähnlich. »Ich wünschte, es würde mich stören!«, rief er. »Ich bin gern allein. Ich möchte nicht mehr verletzt werden. Ich mag es, wie es ist. Wie es war. Aber jetzt bist du da, schleichst dich in meine Träume und lenkst mich von der Arbeit ab, weil ich am liebsten noch mehr Zeit mit dir verbringen würde. Weil ich immer mehr über dich wissen möchte. Weil ich nicht genug bekommen kann von dieser kleinen Zickzackfalte, die du auf der linken Stirnseite bekommst, wenn du über etwas nachdenkst, so wie jetzt. Ich will der Grund sein, warum sie da erscheint und warum sie wieder verschwindet. Und ich möchte dich jeden Tag lachen sehen!« Er legte ihr die Hände auf die Schultern und sah sie forschend an. »Dir geht es nicht wie mir, oder?«

Sie wich einen Schritt zurück. Sie hatte doch gerade beschlossen, keine Nähe zu ihm zu wollen. Und im Augenblick hatte sie alles andere im Sinn gehabt – den Töveree, Skem, Marta und Marie, das Kniepsandhaus und Pani und was sie machen sollte, wenn sie wieder in Berlin war. Heute früh hatte sie eine Nachricht von Björn aus dem Computerladen bekommen, wie gern er sie wieder bei der Arbeit sähe. Die Kunden fragten nach ihr. All das wirbelte so wirr in ihren Gedanken herum, dass sie gar nicht wusste, wo sie zuerst mit dem Sortieren anfangen sollte. Und nun das!

Wie konnte er nur? Er musste doch wissen, dass das für sie nicht in Frage kam. Jetzt schon gar nicht. Und danach auch nicht. Nie. Nie wieder!

»Wir passen überhaupt nicht zusammen«, sagte sie abwehrend. »Du bist pedantisch. Ich bin unordentlich. Du bist immer vorbereitet. Ich nie. Ich würde dich ständig auf die Palme bringen.«

Er ließ die Arme hängen und ließ ihr den Abstand, den sie zwischen sie beide gebracht hatte. »Das könnte sich doch gut ergänzen, meinst du nicht? Außerdem, für dich würde ich gern gelegentlich auf der Palme sitzen.«

»Fenno, ich kann nicht! Ich will auch nicht! Sven ist noch nicht mal ein halbes Jahr tot. Jeden Morgen wache ich auf und denke, gleich kommt er zurück …«

»Ach, Valerie. Es tut mir leid. Du hast natürlich recht. Ich hätte nichts sagen sollen. Es ist viel zu früh.«

»Doch«, flüsterte sie fast. »Ich will, dass du mir immer alles sagst. Als Freund bedeutest du mir so viel.« Jetzt liefen ihr doch die Tränen. Sie versuchte zu lächeln. »Obwohl du mich zur Heulsuse machst, seit ich hier bin. Aber ich kann das alles nicht noch einmal. Es tut zu weh. Ich habe keine Kraft dafür. Ich habe Angst. Kann nicht alles bleiben, wie es ist? Bitte!«

Er schüttelte den Kopf. »Ich verstehe dich. Mir geht es doch ähnlich. Meine Freundin ist nicht tot, aber sie hat mich auch verlassen, nur anders. Es ist länger her, und ich habe trotzdem dieselbe Angst wie du. Aber Valerie, machen wir uns nichts vor. Die Dinge bleiben nie, wie sie sind. Du gehst zurück nach Berlin, und wir werden uns immer seltener schreiben. Irgendwann kommst du Kalle mal wieder besuchen, und wir werden uns begrüßen wie flüchtige Freunde aus längst vergangenen Tagen. Das, was wir jetzt haben, bleibt nicht, wenn wir es nicht festhalten, noch kommt es ein andermal wieder. So läuft Leben nicht, egal, wie sehr wir es uns wünschen.« Er lächelte gequält. »Das ist wie mit der Evolution, die Pinswin vorhin beschrieb.«

»Du bist nicht nur pedantisch. Du bleibst immer Biologe.« Valerie bemühte sich um einen leichteren Tonfall.

Doch Fenno hörte nicht mehr zu. Er sah gedankenverloren ins

Watt hinaus. »Es ist der falsche Zeitpunkt. Die Insel wird uns den Weg zeigen. Wie sie ihn Kalle gewiesen hat. Sie hat immer eine Antwort, man muss ihr nur Zeit und eine Chance geben.« Jetzt wandte er sich Valerie wieder zu. »Und wer sollte diese Antwort hören, wenn nicht du mit deinen feinen Ohren?«

Rheas überbackener Föhrer Schafskäse mit Salat

500 g Föhrer Schafskäse
2 EL Olivenöl
500 g Tomaten
2 Bund Lauchzwiebeln, gehackt
Salz, Pfeffer
ein grüner Salat, ein kleiner Radicchio,
ein Bund Rucola (je nach Geschmack auch andere Sorten)
1–2 Äpfel
1 Kästchen Kresse
Gartenkräuter (was gerade da ist)

Für die Vinaigrette:
6 EL Olivenöl
3 EL Apfelessig
50 ml naturtrüber Apfelsaft
1 TL Senf
Salz, Pfeffer
etwas Zucker

In einer Auflaufform Olivenöl, in Scheiben geschnittene Tomaten und Lauchzwiebeln verteilen. Kräftig salzen und pfeffern. Schafskäse ebenfalls in Scheiben schneiden und auf der Toma-

ten-Lauchzwiebel-Mischung verteilen. Etwas Olivenöl darübergeben und im vorgeheizten Ofen bei 175 Grad (Umluft) ca. 20–25 Minuten überbacken.
Salat kleinzupfen, Radicchio in feine Streifen schneiden. Äpfel schälen, Gehäuse entfernen und in feine Scheiben schneiden. Mit Rucola, Kresse und Gartenkräutern vermischen.
Zutaten der Vinaigrette in einem geschlossenen Gefäß (Rhea nimmt ein leeres Senfglas) schütteln, bis das Dressing cremig ist. Über den Salat geben, mit dem Schafskäse und reichlich Baguette servieren.

39

Der Ruf im Watt

»Was ist das?« Valerie hielt Filine das Blatt mit ihrer Zeichnung vor die Nase.

Heute war der Himmel bedeckt, ein feiner Nebel lag in der Luft. Es war nicht einer von Filines besten Tagen. Sie war in ihrem Gartenhaus geblieben und blickte gedankenverloren aus dem Fenster. Über Valeries Besuch schien sie erfreut.

»Weißt du was, du tust mir irgendwie besonders gut«, sagte sie. »Vielleicht weil du auch so ein unangepasstes Kind bist, wie ich eines war. Verzeih mir, wenn ich dich Kind nenne. Aber ich fühle mich gerade so alt. Erzähl mir, wie es dir geht. Was sind deine Pläne?«

»Ich habe etwas entworfen. Was hältst du davon?«

Filine betrachtete das Blatt kritisch. Ihre Augen weiteten sich, dann fing sie an zu lachen. Laut konnte sie es nicht mehr, aber ihre ganz eigene, stille Art, es zu tun, war umso überzeugender. »Der Itsch! Du hast den Itsch gezeichnet. Ich erkenne ihn sofort. Endlich wissen wir, wie er aussieht! Nach all diesen Jahren, in denen wir ihn bemüht haben, hat er wahrlich ein eigenes Gesicht verdient. Da musstest erst du kommen, um es ihm zu geben. Wunderbar!«

»Du findest also, ich habe ihn getroffen?«

»Unbedingt. Auf den Punkt. Besser geht's nicht. Aber mir geht es jetzt besser! Danke, Valerie. Darf ich die Zeichnung behalten? Er hilft mir bestimmt, meine gute Laune wiederzufinden, wenn ich sie verloren habe.«

»Sehr gerne. Aber das ist nur eine kolorierte Bleistiftzeichnung. Es sollte eigentlich bloß ein Entwurf sein.«

»Brauchst du es als Vorlage?«

»Nein, ich habe es im Kopf. Du kannst das Bild natürlich sehr gern behalten. Ich fühle mich geehrt.«

Filine wies mit dem Kinn auf ein Regal. »Da drüben liegt Tesafilm. Hefte es doch bitte hier an die Wand, wo das Licht darauffällt und ich es immer sehen kann.«

Valerie folgte ihrer Bitte. Sie freute sich riesig, dass Filine ihre Figur sofort erkannt hatte. Filine war gewissermaßen die Expertin für den Itsch. Sie hatte den Ausdruck nicht nur von ihren Vorvätern gelernt, sondern auch an ihre Kinder weitergegeben.

»Da ist wirklich alles drin«, sagte Filine. »Etwas vom Seehund, etwas von der Scholle und etwas vom Einsiedlerkrebs. Vom Seestern und der Qualle. Alles ist dezent angedeutet, und trotzdem hat er einen ganz eigenen Charakter. Lebenslustig und herausfordernd; und vor allem hat er diese ansteckende Freude. Und einen hintergründigen Schuss Weisheit und Lebenserfahrung. Ich liebe Kalles Strichmännchen, aber das hier ist wirklich ein Tribut an unsere Landschaft. Ein witziges Denkmal sozusagen.«

»Glaubst du, er wird Fenno gefallen? Ich dachte, der Itsch könnte so eine Art Maskottchen für das Kniepsandhaus werden. Zum Beispiel auf der Website. Um die Kinder zu erreichen.«

Filine warf ihr einen scharfen Blick zu. »Die Hauptsache ist doch, es gefällt dir selbst. Ist es dir wichtig, ob Fenno es gut findet?«

»Er ist mein Arbeitgeber«, wich Valerie aus. »Ja, ich weiß, das ist eigentlich Pinswin, aber Fenno ist doch der Projektleiter, und er entscheidet.«

Filine lächelte in sich hinein. »Ich glaube bestimmt, dass es ihm gefällt. Allein würde er das nicht hinbekommen mit der Website und so. Dir ist vielleicht schon aufgefallen, dass er kein Diplomat ist. Wenn hier Kinder sind, braucht es jemanden, der ihm beibringt, wie man mit ihnen umgeht.« Filine benötigte einen Moment, um wieder zu Atem zu kommen. »Ich habe dich nicht nur meinetwillen gefragt, was deine Pläne sind. Es geht mich im Grunde nichts an. Ich vermute, du weißt es selbst noch nicht. Es liegt mir auch fern, dich zu drängen. Ich möchte nur, dass du weißt, dass du jederzeit mit mir darüber reden kannst, wenn du möchtest.«

»Vielen Dank, Filine. Das weiß ich sehr zu schätzen«, sagte Valerie und legte ihre Hand für einen Augenblick auf Filines. »Wenn meine Aufgabe hier zu Ende ist, werde ich nach Berlin zurückkehren, zu meinem Vater und zu meiner Arbeit. Aber ich würde sehr gern im nächsten Sommer hier aushelfen, wenn dann noch jemand gebraucht wird. Wenigstens in den Ferien.«

»Das wäre schön.«

»Wenn ich Fragen habe oder einen Rat brauche, bist du die Erste, mit der ich darüber rede«, versprach Valerie.

Das stimmte. Mit niemandem außer Josef war ihr das Reden über ernste Sachen je so leicht gefallen wie mit Filine. Diese Frau war wie das Watt und das Meer und der Himmel: unkompliziert, einfach da und offen, ohne dass man das Gefühl hatte, von ihr beurteilt zu werden.

Mit Kalle war es auch so. Beinahe. Valerie konnte mit Kalle über fast alles reden, aber dennoch blieb da ein Rest Verlegenheit. Ihr Verhältnis war einfach zu neu, zu erstaunlich. Immerhin wurde es von Tag zu Tag besser, und es war ein Abenteuer, sich gegenseitig kennenzulernen.

Jetzt aber musste sie mit jemand anderem sprechen.

»Valerie?«, rief Filine ihr nach, als sie schon fast an der Tür war. Valerie wandte sich um. »Ja?«

»Da ist noch etwas. Du kommst gut mit Skem aus. Ich habe das Gefühl, dass ihn etwas bedrückt. Etwas, das mit dem Töveree zusammenhängt. Genau genommen hatte ich das schon immer, seit meiner Jugendzeit. Er gibt sich die Schuld an etwas. Keine Sorge, falls er sich dir anvertraut hat, behalte es ruhig für dich. Ich möchte nur, falls er mit dir noch einmal darüber redet, dass du ihm etwas zu bedenken gibst.«

Neugierig geworden, setzte sich Valerie wieder.

»Ich weiß nicht, ob Rhea mit dir einmal über ihren Vater gesprochen hat«, fuhr Filine fort. »Meine Tochter redet selten darüber. Sie hat ihren Vater nie kennengelernt. Er kam damals nur für ein paar Tage auf die Insel, weil sein Schiff vor Amrum gesunken war. Er war schiffbrüchig, ich habe ihm geholfen, und wir kamen uns näher. Aber er war verheiratet. Nachdem ich ihn aufs Festland gebracht hatte, haben wir uns nie wiedergesehen. Was ich damit sagen will: Wenn damals der Töveree hier in der Gegend unterwegs gewesen wäre und sein Leuchten dieses Schiff vor dem Stranden bewahrt hätte, wäre Rhea nie geboren worden. Und ich bin sehr, sehr froh, dass es sie gibt! Dein Vater übrigens auch. Ich bin auch sehr froh darüber, dass er sie so glücklich macht.« Filine lächelte Valerie an.

»Ich werde es Skem sagen«, versprach Valerie.

Bevor sie Skems Gartentor erreichte, bemerkte sie, dass er unten am Strand unruhig auf und ab humpelte. Er hatte seinen Stock irritiert weggeworfen, da dieser im nassen Sand am Flutsaum einsank und ihn mehr behinderte als stützte. Jetzt schwankte Skem bedrohlich, während er unruhig auf und ab stapfte und sich schließlich in einen Strandkorb fallen ließ.

»Hallo, Skem. Darf ich?« Valerie wies auf den leeren Platz neben ihm. Skem brummte nur. Valerie zog die Fußstütze des Strandkorbs heraus und bettete Skems schlimmes Bein darauf. Dann setzte sie sich. »Was ist los, Skem?«

»Das kannst du dir doch denken. Pinswins Neuigkeiten haben alles wieder aufgewühlt.« Er sah müde aus. Sie hätte ihn gern in den Arm genommen, aber sie wusste, dass er solche Gefühlsausbrüche nicht mochte. »Ich habe ja schon immer geahnt, dass ich mit meinem Verkauf des Skeletts damals etwas Furchtbares angerichtet habe. Aber nun ist es bestätigt. Der Töveree kehrt nur zurück, wenn er die Knochen seiner Vorfahren wahrnehmen kann. Dass wir nun so viel mehr über ihn wissen, macht es noch schlimmer! Er ist nicht mehr nur eine Erinnerung aus meiner Kindheit, von der ich mir einreden kann, sie sei vielleicht Einbildung gewesen. Er ist keine Legende. Er ist Wirklichkeit. Eine wundersame, bedrohte Tierart, und ich habe womöglich zu seinem Aussterben beigetragen, auf jeden Fall aber dazu, dass er nicht mehr in unsere Gewässer kommen wird.« Valerie öffnete den Mund. Skem hob abwehrend die Hand. »Jetzt komm mir nicht damit, dass ich ein Kind war. Ein Kind in Bedrängnis. Das weiß ich selbst. Das macht es für mich trotzdem nicht besser! Ich erwarte nicht, dass du das verstehst.«

»Ich verstehe es aber. Deine Cousine Filine im Übrigen auch.

Und ich bin mir sicher, dass sie nicht die Einzige ist. Du unterschätzt deine Familie und deine Freunde!« Ihre Stimme war ein wenig lauter geworden als beabsichtigt, aber es brachte nichts, Skem mit Samthandschuhen anzufassen. So war er nicht. Deswegen mochte sie ihn ja so.

»Wieso Filine?«, fragte er barsch.

Valerie berichtete ihm, was Filine gesagt hatte. Ein bitteres Lächeln flog über sein Gesicht. »So kann man es auch sehen. Aber wenn du glaubst, das tröstet mich, so hast du dich geirrt.«

Sie wusste nicht, wie sie ihn sonst aufmuntern sollte, und leistete ihm einfach eine Weile Gesellschaft.

»Was ist eigentlich mit dir und diesem Burschen Fenno?«, fragte er plötzlich.

Überrumpelt sah sie ihn an. Von ihm hatte sie diese Frage am wenigsten erwartet. Selbst wenn er sich dafür interessierte, mischte er sich eigentlich nie in die Belange anderer ein oder stellte keine Fragen, wenn man nicht selbst davon anfing.

»Was soll sein?«

»Stell dich nicht dümmer, als du klug bist. Wenn sogar mir auffällt, wie …« Er brach ab.

Man konnte ihm nichts vormachen. »Ich will nicht! Und ich kann nicht.«

Skem lachte auf. »Sicher. Ich bin auch der Letzte, der dazu etwas sagen sollte. Aber ich tue es doch. Es liegt nicht nur an deiner verständlichen Trauer! Dich hat dein Sven enttäuscht. Mich der Töveree damals, auch wenn ich jünger war als du. Er hat meinen Vater nicht gerettet, und ich grollte ihm deswegen so sehr, dass ich eine falsche Entscheidung traf.« Unwirsch rückte er sein schmerzendes Bein zurecht. »Es liegt daran, dass wir Menschen gern etwas persönlich nehmen, das mit uns gar nichts zu tun hat. Da sind die Lebewesen im Watt schlauer. Die kümmern sich nur um ihre eigenen Angelegenheiten. Wir haben es schwerer. Wenn jemand unsere Erwartungen nicht erfüllt, dann ist es nicht ihre Schuld, weißt du. Es liegt vielmehr an ebendiesen Erwartungen. Da müssen wir uns an die eigene Nase fassen. Wir sollten keine Erwartungen an andere haben, sondern nur an uns selbst. Das ist anständiger. Auch macht es das Leben leichter, weil wir uns über niemanden ärgern müssen. Außer natürlich über uns selbst, und dagegen kann man immer etwas tun. Wenn es nicht zu spät ist, wie bei mir«, fügte er hinzu. »So, Mädchen, und wenn du glaubst, du hörst jemals wieder eine so lange Rede von mir, dann hast du dich geirrt. Und jetzt bring mich nach Hause.«

Nachdem sie es ihm bequem gemacht hatte, nickte er prompt ein. Er sah erschöpft aus, selbst im Schlaf. Valerie betrachtete ihn zärtlich und besorgt.

Auf dem Weg zurück zum Campingplatz wurde sie immer unzufriedener. Sie fühlte sich so hilflos. Um sich abzulenken, überlegte sie sich, wie sie den Itsch am besten am Kniepsandhaus unterbringen würde. Eine ganze Wand war zwar noch frei, aber die war eigentlich schon verplant. Trotzdem, wenn Fenno der Entwurf gefiel, wollte sie die Zeichnung unbedingt so platzieren, dass die ankommenden Kinder sich davon willkommen geheißen fühlten.

Doch ihr Gefühl des Unbehagens verstärkte sich. Sie hatte sich vergewissert, dass die Ebbe nicht ihren Höhepunkt erreicht hatte und das Wasser noch ablief. So schlug sie nicht den Weg zu ihrem Zelt ein, sondern lief hinaus ins Watt. Dank Fenno hatte sie dieses Verhalten inzwischen so verinnerlicht, als wäre sie auf der Insel geboren.

Unter dem grauen Himmel lag ein diffuses Silberlicht über dem Watt und dem fernen Meer. Es war seltsam windstill. Je weiter Valerie lief, desto unwirklicher kam ihr die Stimmung vor. Selbst ihre Füße brachten in den Prielen kaum die Oberfläche durcheinander, in der sich dieser silberne Himmel spiegelte. Da die Sonne hinter den Wolken nicht zu sehen war, merkte sie kaum, wie diese unterging. Manchmal blieb sie stehen, sah sich um und lauschte. Er war, als liefe sie durch einen Traum. Aus dem silbernen Licht wurde blaues, und schließlich wurde es dunkler. Nur ganz am Rande des Horizonts ahnte Valerie unter den Wolken einen rötlichen Schimmer. Sie sah auf die Uhr. Es war Zeit umzukehren.

Sie lief in einem Bogen auf den Strand zu, traf hier auf eine wunderschöne Seeanemone, dort auf einen Seestern, da auf eine Muschel mit einer warmen orangen Farbe, die sie vorher noch nie gesehen hatte. Überall verweilte sie ein wenig. Aus irgendeinem Grund wollte sie nicht zurück und diesen Tag beenden. Am liebsten wäre sie für immer hier draußen herumgewandert zwischen Tag und Nacht, zwischen Meer und Land, zwischen Vergangenheit und Zukunft. Wenn man die Zeit anhalten könnte, dann wäre es in einem Moment, ähnlich wie diesem, dachte sie. Sie fühlte sich merkwürdig frei, entbunden von allen Verpflichtungen, Wünschen und Fragen, als wäre sie eines dieser Wesen um sie herum, eine Muschel, eine Garnele, ein Sandfloh.

Weil es so ungewöhnlich windstill war, hörte Valerie nun wieder die Stimme der Landschaft, die Geräusche der Wesen im Sand. Das Flüstern der Würmer und Krebstiere und Muscheln, des Wassers in den Prielen, die sich ganz langsam wieder füllten, während die Flut über den Sand kroch. Valerie stand und lauschte, und dann bemerkte sie allmählich, dass auch dieses Flüstern wie ein Fließen war, dass es sich in einer Harmonie bewegte wie eine Strömung und dass sie die Hindernisse heraushören konnte, so wie Wasser in einem Fluss gegen die Steine plätschert. Dort, wo Klumpen von Muscheln oder Tang lagen, war das Flüstern lauter, denn dort fanden sich besonders viele Lebewesen zusammen, die sich von dem Tang ernährten und von den Algen auf den Muscheln. Oder die einfach dort Schutz suchten.

Und dann war ihr, als ob ein Klang in dieser Stimme sie rief. Nicht beim Namen. Nicht mit Worten. Es war eine Art drängender Energie, ein fast pulsierendes Geräusch, erst tiefer, dann höher, von dunkel hin zu heller. Aus dem Knistern und Krabbeln und Flüstern wurde ein Summen, wie ein Ton aus einem Lied. Ein Ton von der Sorte, die von der Flöte am Schluss so lange gehalten und ausgekostet wird, wie der Spielende Atem dafür hat, weil weder der Musiker noch das Publikum wollen, dass das Konzert endet.

Valerie lief eine Weile hin und her, bis sie heraushören konnte, aus welcher Richtung der Ton rührte. Er war so leise, dass ihn niemand gehört hätte, der nicht auch das gewöhnliche Knistern und Flüstern im Watt wahrnahm. Als sie sich sicher war, folgte sie Schritt für Schritt der Spur, die ihr ihre Ohren verrieten. Mal wurde der Klang noch leiser, verstummte sogar ganz, dann fand sie ihn wieder, immer wenn sie dachte, er wäre endgültig verstummt. Doch, er rief sie!, gerade sie, sie musste ihm folgen, den Ursprung suchen, konnte nicht anders, vergaß alles um sich herum. Einmal versank ihr Fuß bis zum Knie in einem Schlickloch. Es kümmerte sie nicht. Sie zog ihn mit einiger Mühe wieder heraus und lief weiter. Auch den Schnitt, den eine Austernschale ihrer Fußsohle zufügte, ignorierte sie. Es brannte nur ein wenig. Der Ton wurde jetzt lauter. Er wollte ihr etwas sagen, etwas zeigen, sie war sich sicher, wusste nicht, woher diese Sicherheit kam, aber es war ein gutes Gefühl.

Der Weg führte sie entlang der Insel. Nicht hin zum Strand, aber auch nicht weiter ins Watt hinaus. Das Meer kam näher, aber noch nicht gefährlich nahe, die Dunkelheit senkte sich, wurde dichter, aber noch nicht so dicht, dass Valerie nicht sehen konnte, wohin sie trat. Bürgerliche Dämmerung wieder, man hätte fast noch Zeitung lesen können. Es war, als ob alles langsamer lief: die Zeit, die Flut und die Dämmerung, nur um Valerie die Möglichkeit zu geben, ihr Ziel zu erreichen, von dem sie nicht einmal ahnte, was es war und wo es sich befand.

Sie lief geradewegs auf einen der tieferen Priele mit einer heftigen Strömung zu, die sich weit in den Sand fraßen und bizarre Bruchkanten verursachten, die Valerie schon oft fotografiert hatte. Der Ton wurde stetig lauter, war sogar über dem Plätschern des reißenden Priels zu hören. Die kleinen Wesen, die ihn verursachten, waren aufgeregt wegen etwas, als wäre hier ein besonderer Köder, der sie anlockte und an dem sie alle teilhaben wollten. Das Geräusch war jetzt so deutlich, dass Valerie sich nicht mehr in der Richtung irren konnte. Sie lief schneller, angesteckt von dem Wispern, das einem Geheimnis zu gelten schien, an dem auch sie endlich teilhaben wollte.

Und dann sah sie es, einige Meter vor sich.

War es das, was Skem damals geschehen war, an dem Tag, als er als Junge ins Watt lief und das blaue Schimmern sah, das ihm seinen Spitznamen eingebracht hatte?

Hatte er auch bei dem Anblick dieses atemlose Glück gespürt? Als ob alles leicht wurde und warm? War auch für ihn in diesem Augenblick alles, selbst Angst und Trauer, begreifbar, klar und ein Teil des Ganzen geworden, das auf einmal genau so war, wie es sein sollte? Ein Wunder, eine aufregende Herausforderung und ein Geschenk? War es auch für Jessieanna und Rhea so gewesen, als sie jede auf ihre Art eine gefunden hatten – eine Schuppe des Töveree?

Ganz langsam und vorsichtig ging Valerie darauf zu. Auf den Priel, dessen Oberfläche blau leuchtete, während alle anderen Flächen nun im Dunkel lagen und das einzig andere Licht der Finger des Leuchtturmes war, der über die Insel zu kreisen begann.

Sie ging auf die ringförmige, etwa münzgroße Scheibe zu, die im Wasser lag, den Sand um sich erhellte und die Garnelen, Krebse und zarten Quallen, die sie umschwärmten, in ihre blauglühende Farbe tauchte.

40

Im Auge des Vogels

Die Scheibe wog leicht, so leicht in ihrer Hand. Kühl und glatt lag sie darin. Valerie hatte es fast nicht gewagt, ihren Fund aus dem Wasser zu nehmen, doch sie konnte nicht anders. Es war verrückt, aber sie war sich sicher, dass die Schuppe sie gerufen hatte, dass sie von ihr gefunden werden wollte. Vielleicht war es ja doch ein Traum, so fühlte es sich jedenfalls an, aber die runde Form war fest und wirklich, als Valeries Finger sie berührten. Ihre Hand reflektierte das blaue Leuchten, als sie danach griff. Die kleinen Garnelen und Fische stoben erschrocken davon.

Valerie zweifelte nicht daran, dass es sich um eine Schuppe des Töveree handelte. Jessieanna und Rhea hatten ihr die ihrigen gezeigt, die sie an einem Band um den Hals trugen, verborgen unter ihrer Kleidung. Nie im Leben hätte Valerie gedacht, dass auch sie einmal eine finden würde! Sie war keine Rossmonith und auch kein Kind der Insel. Kaum zu glauben, dass dieses fast gewichtslose Stückchen knochenartiger Substanz einmal Teil eines lebendigen Töveree gewesen war.

Der Priel, in dem sie stand, füllte sich weiter mit Wasser. Die Strömung wurde heftiger. Valerie schrak aus ihren Gedanken auf, als ihre Füße beinahe unter ihr weggerissen wurden. Die Hand fest um ihre Entdeckung geschlossen, beeilte sie sich, aus dem Priel zu steigen und an Land zu waten. Gut, dass sie nicht weit vom Ufer war, denn nun kann die Flut mit Macht. Und doch war Valerie, als wäre ein Hauch des blauen Leuchtens noch eine Weile an der Stelle im Wasser zu ahnen, an der sie eben noch gestanden hatte.

Es war immer noch windstill. Valerie fror nicht, nur ihre Füße waren kalt. Sie lief zurück an die Stelle, wo sie ihre Schuhe gelassen hatte, zog sie an und setzte sich in einen Strandkorb.

Sie war zu aufgewühlt, um schlafen zu gehen. Sosehr sie ihr Zelt liebte, wollte sie jetzt nicht einmal dessen dünne Folie zwischen sich und dem Himmel wissen. Sie wollte die Wellen riechen und die Schaumkronen durch die Dunkelheit schimmern sehen, wollte das Flüstern hören, dem Meer nahe sein, das ihr diesen Schatz geschenkt hatte, gerade ihr.

Sie öffnete ihre Faust und betrachtete lange die kostbare Scheibe, die auf ihrer Handfläche lag, sah zu, wie das blaue Leuchten langsam schwächer wurde, als die Schuppe trocknete. Sie wusste ja zum Glück, dass die Schuppen und Knochen des Töveree nur dann Licht abgaben, wenn das Material feucht und somit das Phosphoreszieren der Miraxellen aktiviert wurde.

Warum hatte gerade sie die Schuppe gefunden, und warum heute? Heute, da sie so unzufrieden war, weil sie Skem nicht helfen konnte, weil sie Filines Frage nach ihren Zukunftsplänen nicht richtig hatte beantworten können und weil sie den Töveree, der genau das freundliche Unterwasserwesen war, von dem sie als Kind geträumt hatte, nie sehen würde.

Und nun spülte ihr das Meer dieses Zeichen vor die Füße. Was wollte es ihr damit sagen? Fenno hatte recht gehabt, sie mit ihren feinen Ohren hatte die Antwort gehört – nur wusste sie diese nicht zu deuten.

Sie saß und grübelte, bis das junge Licht des neuen Tages die Dünen heller werden ließ und der Horizont zu erahnen war. Nautische Dämmerung, hörte sie Fenno sagen.

Valerie fasste nach der Kette um ihren Hals. Lorenzo hatte sie ihrer Mutter geschenkt, um sie stets daran zu erinnern, dass man immer neu träumen kann.

Jetzt war es Valerie, die neu träumte. Sie wollte so gerne hierbleiben! Sie wollte nicht zurück nach Berlin, nicht, um dort zu leben. Jetzt endlich konnte sie es sich eingestehen.

Mit dem neuen Morgen und ihrem Fund in der Hand war die Gewissheit gekommen. Sie war sich noch nie so sicher wegen etwas gewesen. So ähnlich musste es Kalle damals gegangen sein. Sie wollte hierbleiben, genau hier auf dieser Insel.

Aber hatte sie ein Recht dazu? Musste sie sich das nicht erst verdienen? Es war eine besondere Insel und eine besondere Familie, die bereit war, Valerie hier willkommen zu heißen. Daran zweifelte sie nicht. Doch sie konnte nicht mit leeren Händen kommen. Sie wollte etwas tun. Sie wollte dafür sorgen, dass der Töveree zurückkehren würde! Sie wollte der Insel und ihren Menschen den Glücksfisch zurückgeben.

Vielleicht war es unmöglich, aber sie wollte es auf jeden Fall versuchen. Sie löste die Kette von ihrem Hals und fädelte die Schuppe darauf. Kühl lag sie jetzt unter ihrem Shirt und gab ihr Mut. Gleich nachher musste sie unbedingt mit Skem reden und ihn etwas fragen.

Ob es ihr gelingen würde, sich neu zu erfinden, so wie es ihre Mutter getan hatte? Hier ein völlig neues Leben zu beginnen? Aber anders als bei ihrer Mutter sollte es nicht heimlich und illegal sein. Sie würde es richtig machen. Zu wissen, dass das möglich war, war ein Geschenk ihrer Mutter, doch Valerie würde es auf ihre eigene Art tun. So wie es Kalle getan hatte.

Sie musste doch noch eingenickt sein. Als sie aufwachte, glitzerte das Meer golden im Morgenlicht, und die ersten Feriengäste besetzten die Strandkörbe um sie herum. Valerie beeilte sich fortzukommen, bevor der Mieter des Strandkorbs, in dem sie gesessen hatte, sie hier überraschte. Sie fasste nach der Kette an ihrem Hals und dem neuen Anhänger daran.

Es war kein Traum gewesen.

Kalle und Fahima waren nicht in ihren Zelten. Das war ihr recht, sie wollte erst mit Skem reden. Valerie machte sich frisch und holte sich ein Krabbenbrötchen. Sie war süchtig nach den frischen Nordseekrabben. Vielleicht etwas ungewöhnlich um diese Zeit, aber nach der aufregenden Nacht war sie unglaublich hungrig. Nach zwei Tassen starkem Friesentee fühlte sie sich wieder wach und machte sich auf den Weg.

Skem saß in seinem Garten im Liegestuhl. Er sah etwas besser aus als am Tag zuvor. Tatsächlich lag ein besonderes, ungewöhnliches Lächeln auf seinen Lippen. So, als hätte er einen schönen Traum gehabt oder eine gute Nachricht erhalten. »Dich wird man wohl nicht los, was?«, brummte er, als er Valerie sah, aber es klang erfreut.

»Ich habe dir Brötchen mitgebracht.« Sie setzte sich auf das Fußende seines Stuhls und zog die Kette unter ihrem Shirt hervor. »Sieh mal!«

Skems Augen weiteten sich. »Donnerwetter, sag bloß! Wie kommst du dazu, Mädchen?«

Valerie löste die Kette von ihrem Hals, nahm die Schuppe ab und legte sie in Skems Hand. »Sie ist echt, oder?« Sie tröpfelte ein wenig Wasser aus Skems Glas darüber und stellte sich in die Sonne, so dass die Schuppe im Schatten lag. Beide sahen zu, wie diese zu leuchten begann. Im Tageslicht war es zwar nur schwach sichtbar, aber doch unverkennbar.

»Natürlich ist sie echt. Wo hast du sie her?«

Valerie erzählte ihm genau, was in der Nacht geschehen war. »Ich möchte sie dir schenken«, endete sie.

Hastig gab Skem ihr die Schuppe zurück. »Kommt überhaupt nicht in Frage! Du hast sie gefunden. Dann soll es so sein.« Er merkte selbst, dass er etwas zu barsch geklungen hatte, und lächelte sie an. »Ist lieb von dir, aber ich brauche sie nicht. Ich habe den Töveree hier und hier«, er tippte sich an die Stirn und ans Herz. »Und andere Dinge«, setzte er nach einer kleinen Pause hinzu. Wieder war da dieses rätselhafte Lächeln.

»Wenn du meinst.« Valerie fädelte den Ring wieder auf und war insgeheim froh. Die Schuppe fühlte sich einfach zu richtig an ihrem Hals an und würde ihr sicher helfen, die Aufgabe zu lösen, die sie sich gestellt hatte.

Sie würde nur auf der Insel bleiben und ein neues Leben beginnen, wenn sie etwas dazu beitragen konnte, dass der Töveree zurückkehrte.

»Dass ich die Schuppe gefunden habe, bedeutet nicht, dass der Töveree in letzter Zeit in der Nähe gewesen ist, oder?«, fragte sie.

»Nein. Es bedeutet nur, dass der Sand mit Hilfe der Gezeiten wieder einmal etwas freigegeben hat, was lange darin verschüttet war. So war es immer, und so wird es immer sein.«

»Das dachte ich mir«, sagte sie. »Skem, bitte erinnere dich noch einmal ganz genau! Wann war das, als du die Knochen verkauft hast? Wie hieß der Fremde, und was hat er dir genau erzählt?«

Skem schüttelte den Kopf. »Nicht viel. Was ich weiß, habe ich dir berichtet. Es war 1932. Ein Gelehrter von einer Universität. Ich weiß nicht, von welcher. Hat er nicht verraten. Er hatte ein Forschungsschiff, nicht sehr groß, und ein paar Männer. Er sagte, er wolle die Existenz des Töveree beweisen, in die Welt tragen, den Menschen von dem Wunder erzählen und dafür sorgen, dass man den Töveree nicht vergisst und ihn für immer im Museum bewundern kann. Er sagte, sie würden die Knochen in dichten, stoßsicheren Metallkisten transportieren. Mehr weiß ich nicht, auch nicht den Namen seines Schiffes oder seinen eigenen. Er sagte ja, die ganze Heimlichtuerei sei, weil er nicht ausgelacht werden wollte wie ich.«

»Und du hast nie wieder etwas von ihm gehört? Oder was er mit den Knochen gemacht hat?«

»Nein. Ich habe später alle Universitäten und Museen angeschrieben. Zeitschriften gelesen. Nichts. Wer weiß, was er über die Knochen behauptet hat und unter welchem Namen sie irgendwo lagern oder ausgestellt sind. Vielleicht falsch zusammengesetzt als Dinosaurier. Oder sie blieben in irgendeinem Archiv, weil man ihm nicht glaubte, und wurden im Krieg zerstört. Gut möglich.«

»Wären sie nicht durch ihr Leuchten aufgefallen?«

»Nicht, wenn sie niemals nass geworden sind. Und warum sollten sie nass werden, wenn sie in einem Museum in einer Vitrine stehen oder in einem Keller verstauben?«

»Stimmt. Danke, Skem. Du hast mir trotzdem geholfen.« Valerie stand auf. »Ich habe zu tun. Ich wünsche dir einen schönen Tag, Skem.«

»Was hast du vor?«, fragte er misstrauisch.

»Ich muss weiter am Kniepsandhaus arbeiten. Fenno sagt, Pinswin will bald eröffnen. Dabei ist noch längst nicht alles fertig!«

Skem räusperte sich. »Valerie, wenn du Fenno siehst, würdest du ihm etwas von mir ausrichten?«

»Natürlich, was denn?«

Skem schien verlegen. Das sah ihm gar nicht ähnlich. »Na ja, ich dachte mir, wenn wir schon keine Knochen haben, könnten wir wieder den Zuckertang anpflanzen, wie Marta damals. Ich weiß, wo noch ein wenig von der Sorte wächst, die in Pinswins Geschichte erwähnt wurde. Ich bin vorgestern hinausgerudert und habe einige Büschel hochgeholt, mit der langen Harke. Hab die Wurzeln aufgeteilt und einzeln an Steine gebunden, so dass wir sie verteilen können und die Plantage wieder vergrößern. An einer tieferen Stelle, wo der Töveree gut herankann.« Skem blickte zu Boden. »Nur für den Fall, dass er noch einmal käme.«

»Skem, was für eine großartige Idee! Wie können wir dabei helfen?«

»Na ja, das mit dem Rudern«, gab Skem zu. »Das war keine gute Idee. Mein Knie tut höllisch weh. Ich dachte, vielleicht könnte Fenno mich hinausrudern, und dann können wir die kleinen Pflanzen verteilen. Die stehen jetzt hier am Haus in einer Wanne.«

Jetzt musste sie ihn doch umarmen, ob es ihm passte oder nicht. »Ich kümmere mich darum«, versprach sie.

Im Gehen wandte sie sich noch einmal um. Irgendetwas war heute anders an Skem. Er blickte schon wieder so verträumt. Sah ihr nach, als sähe er etwas anderes. Lag das nur an seinem Plan?

Auf dem Rückweg dachte sie fieberhaft nach. Wo nur waren die Knochen geblieben, die Skem verkauft hatte? Er hatte also schon nachgeforscht. Sämtliche Museen angeschrieben, hatte er gesagt. Aber Skem besaß keinen Zugang zum Internet. Valerie hatte ganz andere Möglichkeiten. Sie würde selbst eine ausführliche Liste erstellen und eine Rundmail verschicken. Allerdings war sie sich nicht schlüssig, wie sie den Inhalt formulieren sollte. Außerdem hatte sie das Gefühl, dass sie damit sowieso auf der falschen Fährte war. Irgendetwas stimmte nicht.

Sie zog die Schuhe aus und lief am Flutsaum entlang. Das kühle Wasser an den Füßen half ihr stets beim Denken. Aus dem Augenwinkel sah sie einen großen weißen Vogel im flachen Wasser landen. Es war keine Möwe, er war zu groß. Sie blieb stehen und betrachtete ihn. Was für ein würdevolles Geschöpf! Sie hatte so einen noch nie gesehen, aber von den neuen Schautafeln im Kniepsandhaus, die Fenno ihr gezeigt hatte, wusste sie, was es war. Ein Basstölpel! Ganz im Gegensatz zu seinem Namen war er hochelegant.

»Er kann bis zu zwei Meter Flügelspannweite haben«, hatte Fenno ihr erklärt. Doch dass dieser Vogel so wunderschön und würdevoll war, hatte sie nicht geahnt. Er war schneeweiß, nur die Flügel und die Schwanzspitzen waren schwarz. Das Besondere aber waren seine Augen, die hell waren und von leuchtendem Blau umrandet, mit einem feinen schwarzen Strich wie aus Tusche gemalt. Dazu der hellgraue, wuchtige Schnabel. Vor allem aber das dichte Gefieder hinten an Kopf und Hals, das von einem warmen Goldgelb war.

Er schwamm jetzt ruhig auf dem Wasser und erwiderte gelassen und ohne jede Scheu ihren Blick, als wüsste er, was sie dachte. Für einen langen Moment sahen sie sich an, und es war, als würden sie sich genau verstehen, von Wesen zu Wesen, die beide diesen Ort liebten. *Bleib doch, du gehörst ebenso hierher wie ich*, schien er zu sagen.

Während sie sich ansahen, wurde es ganz ruhig in Valerie. Sie blieb stehen, bis der Vogel wieder seine Schwingen ausbreitete und davonflog. Als sie weiterging, wusste sie auf einmal, wie sie suchen würde. Das mit den Museen und den Forschern war der falsche Ansatz! Skem war ein ehrlicher Mensch und war davon ausgegangen, dass der angebliche Gelehrte auch einer war. Doch dann wäre der Fisch längst in einem Museum und den einschlägigen Fachzeitschriften aufgetaucht.

Valerie hatte nicht umsonst Wochen auf der Straße verbracht und kannte die Szene in ihrem Berliner Kiez. Was, wenn dieser Gelehrter kein Gelehrter war, sondern ein undurchsichtiger Händler, der Kuriositäten vertickte? An zweifelhafte Sammler, reiche Kaufleute oder Quacksalber? So wie die Hörner der armen Rhinozerosse, die in manchen Ländern immer noch zermahlen und getrunken wurden, weil sie angeblich die Potenz steigerten. Oder Seepferdchen, mit denen das Gleiche geschah. Was für ein Vermögen hätte man in dieser illegalen Szene wohl mit leuchtenden Knochen verdienen können, vor allem damals, als die Quacksalberei gang und gäbe war und der Aberglaube noch mehr grassierte als heute?

Valerie konnte es kaum erwarten, zurück zu ihrem Laptop zu

kommen. Seit sie hier war, hatte sie diesen nur wenig benutzt, aber jetzt war es Zeit, das Internet nach einem Hinweis zu durchforsten. Gewiss, die Sache war sehr lange her, weit vor der Digitalisierung, aber es gab durchaus Leute, die sich für die Geschichte der betrügerischen Quacksalberei interessierten, auch um ihrer eigenen dunklen Zwecke willen. Wenn man richtig suchte, fand man im Netz zu fast allem etwas. Leicht würde es nicht. Aber da war noch Ralle, ein Bekannter in Berlin, der die seltsamsten Webseiten kannte. Er war ihr noch einen Gefallen schuldig, und außerdem liebte er die Jagd im Netz, egal, nach was.

Sie schickte die Mail an ihn rasch ab, bevor sie zum Kniepsandhaus ging. Das Internet musste warten, sie wollte das Tageslicht ausnutzen, um weiterzuarbeiten. Außerdem wollte sie Fenno unbedingt fragen, was er von ihrer Darstellung des Itsch hielt und ob sie den an die Wand sprühen durfte.

Fenno stand mit Filine vor dem Kniepsandhaus, als sie dort ankam.

»Valerie! Gut, dass du kommst. Filine hat mir deine Zeichnung gezeigt. Sie ist einfach großartig. Genau, was wir brauchen! Wann machst du die Website fertig? Und wann kannst du den Itsch malen? Hier vorne wäre ein guter Platz, meinst du nicht? Die Kinder sollen sich freuen wie der Itsch, wenn sie ankommen.«

Valerie fing an zu lachen. Fenno mochte oft sachlich und vernünftig sein, aber wenn er es nicht war, geriet er gleich außer Rand und Band. Sie mochte es, wenn er so war, obwohl sie inzwischen auch die andere Seite an ihm gernhatte. »Freut mich sehr, dass du ihn magst. Ja, ich dachte auch an diese Stelle.«

»Es ist gut, dass du schon eine Idee für die Website hast«, sagte Fenno. »Es ist nämlich so: Pinswin möchte, dass wir in zwei Wochen eröffnen.«

»Das ist sehr plötzlich«, bemerkte Filine.

»Aber bis dahin bin ich mit der letzten Wand nicht fertig«, wandte Valerie erschrocken ein. »Das ist zu früh!«

»Drinnen ist auch noch längst nicht alles bereit. Ich habe gerade mit Piene gesprochen«, stimmte Filine ihr zu. »Die Möbel sind zwar zum größten Teil geliefert worden, aber die Männer haben erst wenige Betten aufgebaut. Die Wäsche kommt auch erst nächste Woche. Vom Geschirr ist noch nichts ausgepackt und der Kühlschrank nicht angeschlossen. In der Küche fehlen Stromleitungen. Und außerdem hat Piene beschlossen, dass sie doch nicht auf Dauer im Kniepsandhaus wohnen bleiben möchte, wie sie erst gesagt hat. Das ist ihr zu viel Trubel. Sie wird weiter aushelfen, aber sie zieht wieder zu ihrer Schwester. Wir müssen jemand anderes suchen, der das übernimmt, einen, der vor Ort ist, egal, ob Gäste im Haus sind oder nicht. Es sei denn, du möchtest einziehen, Fenno.«

Fenno schüttelte entschieden den Kopf. »Nein, ich muss in der Scheune bleiben. Sie soll ja zum Kniepsandhaus gehören und ein Kreativzentrum für die Gäste werden. Ich habe da eine andere Idee. Und für die übrigen Probleme finden wir auch eine Lösung. Valerie, was hältst du davon, wenn du diese letzte Wand zusammen mit den ersten Kindern, die herkommen, zu Ende malst? Du könntest ihnen das Sprühen beibringen. Es wäre doch wunderbar, wenn sie einen Teil der Außenwand selbst gestalten könnten. Ich bin sicher, sie hätten eine Riesenfreude daran.«

Valerie dachte an Tine. »Klar! Das ist eine tolle Idee. Das würde mir auch Freude machen.«

Fenno wandte sich an Filine. »Du kannst doch bestimmt genug Leute mobilisieren, die das mit den Möbeln, dem Geschirr und der Wäsche in einer Nachbarschaftsaktion auf die Beine stellen, oder etwa nicht? Du bist gut in so was. Du weißt, wie man die richtigen Fäden zieht. Wer, wenn nicht du?«

Ein leichtes Lächeln in Filines Mundwinkeln war die Antwort. »Sicher. Ich liebe Herausforderungen. Und wenn ausgerechnet ich mich noch einmal nützlich machen kann, umso besser. Aber warum auf einmal diese Eile?«

»In Professor Westerbergs Unterlagen hat Pinswin auch eine Kontaktadresse zu einem Kinderheim gefunden. In Hamburg. Er hat mit den Leuten dort gesprochen, und sie sind sich einig geworden über eine kleine Gruppe von Kindern, die noch in diesem Herbst in den Genuss eines Aufenthalts kommen sollen. Als Generalprobe sozusagen. Es war wohl eine Bitte des Professors. Und«, Fenno machte eine bedeutungsvolle Pause, »stellt euch vor: Pinswin kommt tatsächlich zur Eröffnung!« Er blickte triumphierend.

Filine starrte ihn entgeistert an, dann stieß sie einen langen Seufzer aus. »Oh, Fenno! Dafür ziehe ich dir alle Fäden, die du dir nur wünschen kannst. Natürlich werden wir fertig sein! Jedenfalls so fertig wie nötig.« Sie sah aus, als hätte man ihr eine Last abgenommen, die sie lange getragen hatte. »Valerie, stell dir vor, ich werde meinen Zwillingsbruder wiedersehen! Nach Jahrzehnten! Wie ich mich freue. Und du hast dazu beigetragen.«

»Das stimmt«, bekräftigte Fenno. »Pinswin kann es kaum erwarten, das neue Gesicht des alten Hauses zu sehen.«

Wie schön. Skem würde sich auch so freuen. Ach ja – Skem! »Fenno, ich soll dir etwas von Skem ausrichten.« Sie erzählte ihm von Skems Plan.

»Sicher machen wir das«, sagte er erfreut. »Das ist eine gute Idee.«

»Apropos Idee«, sagte Filine. »Du sagtest vorhin, du hättest eine Idee in Bezug auf die Wohnung, die Piene nicht will? Ich glaube ja, es wird schwierig, jemanden zu finden. Die Wohnung ist winzig, und wer will schon in einem Haus wohnen und sich um lärmende Kinder kümmern? Wo wir Insulaner doch die Ruhe lieben. Ich würde es machen, wenn ich noch einmal jung wäre. Aber dafür ist es eindeutig zu spät. Pinswin und ich sind zusammen hundertachtundvierzig Jahre alt.«

»Meine Idee«, erklärte Fenno langsam, den Blick auf Valerie gerichtet, »meine Idee ist, dass Valerie bleibt und diese Stelle übernimmt, mitsamt der Wohnung. Es wäre sonst sehr schwierig geworden, eine Unterkunft für sie zu finden. Die ganze Insel sucht händeringend Unterkünfte für Angestellte, weil alle zu Ferienwohnungen geworden sind. Aber diese Gelegenheit ist einfach zu gut! Überlegst du es dir, Valerie? Du könntest den Kindern später Kurse geben. Wie man Bilder sprüht und Collagen macht, Spuren mit Gips ausgießt und all das. Und mit deinen Kontakten zur Berliner Szene könntest du uns helfen, die richtigen Kinder ausfindig zu machen, denen ein Aufenthalt im Kniepsandhaus guttun würde. Du könntest sie der Stiftung vorstellen, und Pinswin würde entscheiden. Dabei könntest du in Berlin regelmäßig deinen Vater besuchen. Aber ich brauche dich hier!«

»Eine ganz hervorragende Idee«, sagte Filine rasch, ehe Valerie ihre Überlegungen sortieren konnte, wofür und warum genau Fenno sie wohl sonst noch brauchte.

Beide sahen sie erwartungsvoll an.

Valerie holte tief Luft. »Ich habe auch schon darüber nachgedacht. Aber ich kann nur bleiben, wenn mir etwas Bestimmtes gelingt, was ich mir vorgenommen habe.«

Fenno ging einen vorsichtigen Schritt auf sie zu. »Ich bin schon unglaublich froh, dass du nicht gleich nein gesagt hast.«

»Es ist noch etwas geschehen«, sagte Valerie und zog die Kette aus ihrem Ausschnitt.

Fenno erstarrte. »Was …«, begann er ungläubig.

»Wenn ich könnte, würde ich jetzt aufspringen«, sagte Filine mit großen Augen. »Und da zweifelst du noch, dass du zur Familie gehörst, Kind?«

Fenno berührte die Schuppe andächtig mit einem Finger und schluckte. »Wenn das kein Zeichen ist! Was brauchst du noch, Valerie?«

Valeries Handy in ihrer Tasche gab einen Laut von sich. Sie sah nach. Das Display zeigte eine Nachricht an. Von Ralle aus Berlin.

41

Klares Wasser

Skem stand am Spülsaum und blickte über das Watt. Er hatte Valerie eigentlich erzählen wollen, was geschehen war, als sie bei ihm gewesen war. Doch dann hatte er es für sich behalten, das kostbare, goldene Geheimnis tief in seinem Inneren.

Er wusste ja selbst nicht einmal, wie viel Bedeutung sie hatte, diese eine Postkarte, die er kürzlich erhalten hatte. Sie war ein wenig schmutzig, wahrscheinlich weil irgendein Postamt zunächst Zweifel gehabt hatte, wohin damit. Die Adresse lautete schlicht »*Skem Rossmonith, Amrum*«. Auch der Stempel war verschmiert. Das Bild zeigte einen Fluss mit grünen Ufern.

Lieber Skem,
Bernhard ist nun gestorben.
In Liebe, Marie

Kein Absender. Er sollte also nichts unternehmen.

Aber sie hatte sofort an ihn geschrieben. Also musste auch sie in all den Jahren an ihn gedacht haben.

Wenn nichts weiter mehr geschah, war ihm das schon genug.

Trotzdem stieg Hoffnung in ihm auf. Vielleicht brauchte sie nur Zeit? Würde sie eines Tages zu ihm kommen? Er wäre überall hingefahren, um sie zu sehen, egal, wie sehr sein Knie schmerzte und sein Herz bei großer Anstrengung stolperte.

Doch es war schließlich hier, wo sie verabredet waren.

Such mich nicht. Wenn ich kann, finde ich dich auf Amrum, hatte sie damals gesagt.

Er würde warten. Und wenn er die Zeit nicht mehr hatte, so wusste er nun doch, dass sie ihn nicht vergessen hatte.

Die Flut lief gemächlich auf. Langsam wurde der Teppich aus den Mustern im Sand und den Prielen, deren Oberfläche den Himmel spiegelte, in der Ferne zu einer geschlossenen Fläche. Es war später Nachmittag, das Licht der herbstlichen Sonne warm und golden. Ein gelbes Blatt wehte vom Land her heran, wirbelte über Skem hinweg und landete nicht weit von ihm im Wasser, wo es wie ein krummes, winziges Boot trieb.

Wie ich, dachte Skem. Meine Tage gehen zur Neige. Ich werde es nicht mehr oft schaffen, so weit hinauszuwandern. Es war schon in den letzten Jahren selten, aber nun fällt es mir noch schwerer. Und es ist in Ordnung so. Manchmal habe ich mir Sorgen gemacht um diese geliebte Landschaft, um die kleinen Wesen, die von Fremden überrannt werden, deren Wasser verschmutzt wird, die mit dem Klimawandel zu kämpfen haben. Eine Zeitlang dachte ich, die Menschen kümmern sich überhaupt nicht mehr darum und es ist allen völlig egal. Inzwischen habe ich wieder Mut gefasst, auch ohne den Töveree. Es gibt eine neue Generation. Rhea ist auch nicht mehr die Jüngste, aber sie steht den anderen zur Seite. Jessieanna, Fenno, Valerie. Sie sind tüchtig! Sie lieben das alles hier ebenso wie ich. Sie werden es hüten und verteidigen, mit allen alten und neuen Fähigkeiten und Instrumenten, die zur Verfügung stehen. Sie haben den Kampfgeist der alten Rossmoniths: Brin, Garrelf und Alrik und wie sie alle hießen, unsere Vorfahren, die sich durch harte Zeiten geschlagen haben.

Ein Basstölpel segelte heran und landete nicht weit entfernt auf dem nassen Sand. Skem schrak aus seinen Gedanken auf. Einen solchen hatte er lange nicht gesehen. Was für ein wunderschönes Geschöpf! Der Vogel stand ruhig da, rührte sich nicht und sah Skem aus seinen hellen Augen mit dem blauen Rand unverwandt an.

»Was willst du mir sagen, Kamerad?«, fragte Skem leise. »Ich dachte gerade darüber nach, wie stolz ich auf das junge Gemüse bin. Sie stellen Dinge auf die Beine, wie ich sie nie für möglich gehalten hätte. Mit diesem Internet zum Beispiel. Was man da alles für Informationen herausfischen kann, wie Krabben aus dem Meer! Und wie viele Menschen man damit erreichen kann, um ihnen von hier zu erzählen, von Wesen wie dir.«

Valerie hatte ihm ein wenig von dem gezeigt, was alles möglich war, und Skem fand es gut. Er selbst wäre dafür viel zu unsozial gewesen. Es fiel ihm nicht leicht, mit Menschen umzugehen, er war immer lieber allein gewesen, allein mit den Gezeiten, der Weite, dem Himmel und jenen Geschöpfen darunter, die ihn nicht vollquasselten. So wie der Basstölpel, der die Schwingen ausbreitete und ein wenig näher zu Skem hüpfte, nur um diese wieder zusammenzufalten und ihn weiterhin zu fixieren.

Nur mit Marie war es anders gewesen. Mit Marie hätte er den ganzen Tag zusammen sein können, jeden Tag. Und jede Nacht. Nie wieder hatte er jemanden getroffen, mit dem es ihm so ging. Einige Wochen lang war da eine Frau gewesen, Ella, die sich zur

Kur hier aufhielt. Sie hatten sich gut unterhalten und auch zusammen gelacht, doch Ella war nicht Marie. Auch wenn er noch eine Zeitlang an sie dachte, so vermisste er sie nicht wirklich. Marie hingegen vermisste er noch immer. Dieses Gefühl gehörte zu seinem Leben wie der Sonnenauf- und -untergang, ebenso wie die Erinnerungen an ihr Lachen, ihre Stimme, ihren Duft und die Berührung ihrer Hand. Auch jetzt glaubte er, ihr Lachen zu hören, ganz in seiner Nähe. Es klang verblüffend wirklich, wenngleich ein wenig anders als damals. So, als wäre sie auch in seiner Erinnerung mit ihm zusammen alt geworden.

Skem schüttelte den Kopf über sich selbst. Hier stand er, sprach mit einem Vogel und lauschte seinen Geistern. Nun war er wohl wirklich alt, auch wenn er sich bis auf sein Knie und die Tatsache, dass er schnell erschöpft wurde, nie alt gefühlt hatte. Doch stand es ihm nicht zu, wunderlich zu sein? Irgendwelche Vorteile musste das Altwerden schließlich haben.

»Immerhin weiß ich jetzt, dass ich den Kindern unbesorgt mein Haus und meinen Garten vererben kann, auch wenn ich zu sonst nichts mehr nutze bin«, sagte er zu dem Vogel, der kurz seinen Schnabel öffnete, wie um Skem auszulachen. »Sie können Gäste darin unterbringen, wenn das Kniepsandhaus zu klein wird, oder eine Fortbildungsstätte daraus machen. Vielleicht ein kleines Naturkundemuseum. Oder ein Strandcafé. Ihnen wird bestimmt etwas einfallen. Sie werden sich um meinen Garten kümmern und um die Zitronen. Es wird ein glücklicher Ort sein, wahrscheinlich glücklicher, als er es je gewesen ist. Jetzt gehe ich nach Hause, mich ausruhen. Bis bald, Kamerad.« Er salutierte dem Basstölpel. Warum er gerade so sehr an seine Zeit bei Militär denken musste, wusste Skem selbst nicht. »Ein paarmal wirst du mich hier draußen wohl noch antreffen, bevor ich meinen letzten Kampf kämpfen muss«, sagte er und wandte sich zum Gehen.

Es waren längst nicht mehr so viele Feriengäste auf der Insel wie noch vor ein paar Wochen. Die meisten Strandkörbe standen um diese Tageszeit leer. Skem war froh, dass wieder mehr Ruhe eingekehrt war. Nur an einem Korb, fast im Schatten verborgen, lehnte eine zierliche alte Dame. Über die Entfernung hinweg begegnete sie Skems Blick, jedenfalls war ihm so. Sie stand zu fern, als dass er es genau erkennen konnte. Seine Augen waren nicht mehr so gut, dass er eine Vogelart am Horizont von der anderen unterscheiden konnte wie früher.

Als er aber etwas weitergegangen war, erkannte er doch, dass sie leise lachte. Es war das Lachen, das er vorhin schon gehört hatte, und in seinen Träumen so oft, wie es Seesterne im Meer gab. Der Wind trieb es zu ihm hin wie ein Geschenk. Er blieb stehen, unfähig, einen Schritt weiterzugehen. War es jetzt schon so weit? Konnte er die Wirklichkeit nicht mehr vom Traum unterscheiden, die Gegenwart nicht von den Erinnerungen?

Aber dies war keine Erinnerung. Dies war …

Sie löste sich von dem Strandkorb und kam auf ihn zu. Sie ging anders als früher, langsamer, vorsichtiger, so wie man geht, wenn man alt ist. Und doch erkannte er sie an ihrem Gang, daran, wie sie die Schultern hielt, und an ihrem Blick, der inmitten des Kranzes feiner Fältchen in ihren Augenwinkeln jung war. Sie stand jetzt so nah vor ihm, dass er das alles genau erkennen konnte. Der Basstölpel flog auf, segelte ohne einen einzigen Flügelschlag dicht über ihren Köpfen eine Runde und verschwand dann Richtung Meer. Skem hätte schwören können, dass er ihm zugezwinkert hatte.

»Ein Freund von dir?«, fragte Marie; und er erkannte auch ihre Stimme wieder, o ja, erkannte sie mitsamt den Jahren darin, die sie verändert hatten.

»Einer von vielen«, antwortete Skem heiser.

Sie lächelte zärtlich, trotzdem bemerkte er jetzt, dass sie Tränen in den Augen hatte.

Er wusste nicht, wann er das letzte Mal geweint hatte, vielleicht, als sein Vater starb. Oder um den Töveree. Aber jetzt tat er es, denn vor Marie musste er sich nicht schämen. Nie.

»Ich hätte wissen müssen, dass ich dich mit den Füßen im Wasser antreffe«, sagte sie. »Genauso habe ich in all den Jahren an dich gedacht. Du und ich, die Füße im Wasser und die Köpfe voller Hoffnung. Weißt du, dass mich in den dunkelsten Stunden stets deine Geschichte von dem Glücksfisch, dem Töveree, aufrechterhalten hat? Das und deine Stimme, wie du sie erzählst?«

Sie standen dicht voreinander, und trotzdem wagte es keiner, den anderen zu berühren, als wäre es auf einmal trotz all der vergangenen Zeit zu früh dafür. Sie wollten es noch auskosten, die Vorfreude, noch einen Augenblick länger.

»Ist diese Geschichte und die Erinnerung an mich nicht davon zerstört worden, dass ich das Glück verraten und den Töveree verkauft habe?«

Jetzt streckte sie die Hand aus und fuhr ihm mit dem Finger über die Wange, zeichnete die Kontur nach, wie um sich zu vergewissern, dass er es wirklich war. Er schloss die Augen. Marie! Seine Marie. Da stand sie vor ihm, und der warme Sandboden ließ ihren Duft in seine Nase steigen. Die Jahrzehnte, die vergangen waren, hatten von Sekunde zu Sekunde weniger Bedeutung, wurden durchsichtig wie klares Wasser. »Hast du dir noch immer nicht selbst verziehen, Skem? Dann wird es Zeit.«

»Für mich waren es deine Zitronen«, sagte er. »Im Krieg und danach. Immer wenn ich verzweifelt war und die Hoffnung aufgeben wollte, habe ich an deine Zitronen gedacht, an die Kerne in meinem Amulett, und wenn es ganz schlimm war, habe ich daran gerochen, und das hat mir über alles Elend hinweggeholfen. Hast du den Zitronenbaum noch?« Nach der langen Zeit schien es ihm eine ausgesprochen dumme Frage, sobald er sie ausgesprochen hatte. Wie es Sandkörner am Strand gab, so unzählige andere Fragen hatte er an sie. Wie Fische im Meer schwammen, so viele Dinge, die wichtiger gewesen wären.

Doch sie lächelte. »Nein. Ich konnte ihn nicht retten, wir mussten doch fliehen. Jemand hatte alle Früchte gestohlen, so dass ich keine Kerne mitnehmen konnte. Aber dafür habe ich etwas anderes.« Sie zog eine Kette unter ihrer Jacke hervor, an der ein winziger Glasflakon mit einem silbernen Verschluss hing. »Erkennst du es?«

Skem kniff die Augen zusammen. Ja. Diese Farbe kannte er. Er dachte an das Wasser von einer warmen braunen Farbe, an eine Strömung unter einem gefallenen Baum, an Forellen, die über runde Kieselsteine huschten, und an kostbare, gestohlene Tage. »Sand vom Ufer der Persante.«

»Ja. So warst du immer bei mir.«

»Marie, müssen wir die Tage immer noch stehlen?« Er wagte nicht zu atmen, während er auf ihre Antwort wartete.

Sie hatten keine Zeit mehr zu verlieren. Damals hatten sie nicht gewusst, ob sie überhaupt welche haben würden.

Doch jetzt waren sie beide hier, nach allem, was geschehen war.

Sie hielt seinem Blick stand, ohne Zögern, ohne Zweifel in ihren Augen. »Nein, Skem«, sagte sie fest. »Alle Tage, die da sind, gehören nun uns.«

»Komm mit«, sagte er und griff nach ihrer Hand. »Ich möchte dir etwas zeigen.« Er führte sie zur Treppe auf die untere Wandelbahn und dann auf die obere. Er musste sich auf das Geländer stützen, und sie hielt sich an seinem Arm fest. Sie brauchten eine ganze Weile, bis sie oben waren. Aber was machte das schon, jetzt, da sie nicht mehr auf die Uhr blicken und sich vor dem Ende des Tages fürchten mussten!

Oben öffnete Skem das Tor zu seinem Garten und half Marie die andere Treppe wieder hinab, vorbei an dem bizarren Windrad, das sich dort drehte. Er führte sie vorbei an den Herbstastern, die wie ein Echo das violette Blau des Abendhimmels wiederholten, über das Gras hin zu den Zitronenbäumen, die aufrecht und ungebeugt von der Zeit in ihren Töpfen standen. Rund und reif und strahlend gelb hingen die Zitronen daran, und dazwischen dufteten neue Blüten, weiß und zart wie aus Porzellan.

Marie stand wie erstarrt. Dann berührte sie eine der Früchte, beugte sich vor und roch an einer Blüte. »*Meine* Zitronen?«, flüsterte sie.

»Ja. Deine Zitronen! Aus den Kernen, die ich im Krieg und während aller Jahre der Gefangenschaft um den Hals getragen habe und vor allen Durchsuchungen retten konnte«, bestätigte Skem. »Am Anfang hatten sie schwer zu kämpfen, aber ich habe sie nicht sterben lassen. Sie haben sich an das raue Klima gewöhnt und einen ganz besonderen Dünger bekommen, von dem ich dir noch erzählen werde. Allerdings gibt es jemanden, der behauptet, sie wären vor allem aus Liebe gediehen.« Er legte den Arm um Marie. »Pflück dir eine«, sagte er und küsste eine Träne von ihrer Wange. Sie war warm und schmeckte salzig wie das Meer.

»Wann bist du angekommen? Hast du eine Unterkunft?«, fragte Skem, als er ihnen aus der von Marie andächtig geernteten Frucht eine Limonade gemacht hatte und sie zusammen in der Dämmerung saßen.

»Ich bin direkt von der Fähre gekommen. Ich habe mich in einem kleinen Buchladen nach dir erkundigt Als du dann nicht geöffnet hast, dachte ich mir, dass ich dich am Strand finden würde. Ich habe meine Tasche vorn über den Zaun fallen lassen und bin hinten herumgegangen. Du kannst mir bestimmt eine Unterkunft empfehlen, dachte ich. Ich kenne mich doch hier nicht aus. Ich hätte die Dame aus dem Buchladen später nach einer Pension gefragt, wenn du …« Sie brach ab und biss sich auf die Lippen. »… wenn du nicht mehr da gewesen wärst.«

Skem nahm wieder ihre Hand. »Du musst nicht traurig sein. Ich bin doch hier.«

Sie blickte lächelnd zu ihm auf. »Ich hatte immer das Gefühl, dass du lebst. Aber ich war mir nicht sicher, ob es nur meinem Wunsch entsprang. Ich habe keinen Absender auf die Karte geschrieben, weil ich Angst vor der Antwort hatte. So oder so wollte ich mein Versprechen erfüllen und nach Amrum kommen, auch wenn es zu spät gewesen wäre.«

»Ich habe dir doch gesagt, dass ich hier auf dich warte.«

»Ja. Ich habe nie daran gezweifelt. Aber wir wissen beide, dass Dinge geschehen, die wir nicht ändern können.«

»Wir müssen sie nicht mehr ändern«, sagte Skem. »Jetzt kann alles so sein, wie es ist.«

»Ja. Das ist besser«, sagte Marie und schnupperte an ihrer Zitronenlimonade.

»Du kannst bei mir wohnen. Ich habe zwei freie Zimmer«, sagte Skem. »Wenn du das nicht möchtest, kann ich meinen Großneffen Fenno fragen, der gerade ein Haus fertig renoviert hat. Es soll ein Ferienheim hauptsächlich für Kinder werden, aber noch steht es leer, und du könntest mit Sicherheit dort eine Weile bleiben.«

Marie schüttelte den Kopf. »Ich bin gekommen, um bei dir zu sein. Wenn du wirklich ein Zimmer übrig hast, dann sehr gern. Mit Treppen habe ich allerdings manchmal noch größere Schwierigkeiten als heute.«

»Ich auch. Wir lassen einen Treppenlift einbauen«, versprach er. »Fenno drängt mich schon lange dazu. Marie, ich kann es kaum glauben, dass du hier bist! Gleichzeitig fühlt es sich an, als wäre es schon immer so gewesen. Nur mit einer Pause dazwischen, die wir nicht vermeiden konnten.«

»Eine sehr lange Pause. Mir geht es genauso. Wie zauberhaft deine Insel ist, Skem! Nach deinen Erzählungen konnte ich sie mir immer ganz genau vorstellen, und vieles stimmt, aber es ist noch schöner, als ich ahnen konnte.«

»Sie hat mit mir auf dich gewartet. Ich werde sie dir zeigen. Möchtest du mir erzählen, was alles geschehen ist?«

»Ja. Nur nicht mehr heute. Ich bin sehr müde. Können wir bitte einfach hier sitzen?«

»Sehr gerne. Mit dir ist das genug. Es gibt nichts Schöneres für mich.« Er legte fest den Arm um ihre Schultern, und sie lehnte ihren Kopf an ihn. Zusammen saßen sie still in der Abenddämmerung und beobachteten die Motten, die oben auf der Wandelbahn um die Laternen schwirrten, lauschten den Grillen im taufeuchten Gras und kosteten die Luft aus, die nach Seetang und Herbst roch. Skem lauschte auf Maries Atem und dachte sich, selbst wenn der Töveree jetzt draußen auf dem Meer auftauchen würde, könnte er nicht glücklicher sein.

Es war so unendlich kostbar, einen neuen Tag gemeinsam begrüßen zu können. Noch vor dem Frühstück nahm Skem Marie bei der Hand, und sie liefen mit dem Licht hinaus an den Strand. Früher wären sie gerannt, nun ging es nur langsam und ein wenig mühsam, aber das kümmerte sie nicht. Sie hielten sich aneinander fest, während sie die Schuhe auszogen, die sie früher einfach abgestreift hätten. Zeit spielte keine Rolle mehr. Dann gingen sie am Flutsaum entlang, in die ersten Priele hinein, welche die Ebbe freigab, in die leuchtenden Spiegel, in denen ihre Füße kleine Wellen hinterließen und die gläsernen Garnelen aufscheuchten, die an ihren nackten Sohlen kitzelten.

»Schau, eine Seeanemone für dich«, sagte Skem und wies auf den blaugrauen Kreis im Sand, der wie eine Blume aussah, nur glänzend und zerbrechlich.

»Wie schön«, flüsterte Marie. Skem führte sie zu einer Stelle, wo die letzte Flut einen dicken Ast hinterlassen hatte, von irgendeiner Küste hierhergetragen.

So saßen sie wieder wie damals nebeneinander auf sonnenwarmem Holz und planschten mit den Füßen im Wasser, auch wenn es eine andere Farbe hatte und statt der Forellen Einsiedlerkrebse über den Sand huschten, geborgen in ihren Schneckenhäusern. Das Wasser hatte dieselbe Klarheit, und diese Klarheit herrschte nun auch in ihren Seelen. Kein Sturm mehr wie damals, keine Angst, keine Ungewissheit.

»Wie war es, Marie?«, fragte Skem schließlich. »Geht es dir gut?«

»Ja. Es geht mir gut«, sagte Marie. Sie lehnte sich an ihn, während sie sprach. Sie hatten so viel nachzuholen. Jetzt, da sie zusammen waren, wollten sie sich spüren, mochten keine Nähe mehr verschwenden. Es fühlte sich so richtig und selbstverständlich an, dass keinerlei Verlegenheit aufkam. Es spielte keine Rolle, dass sie weiße Haare hatten und Falten und schwerfällig waren. Innerlich fühlten sie sich so jung wie damals, nur reicher. An Erfahrungen, an Erinnerungen und einem Wissen um das Leben und sich selbst. Jetzt hatten sie sich Neues zu geben. Doch das Alte war auch noch da, lag unter allem anderen wie ein glänzender Kern, eine Kastanie in der offenen Schale.

»Wir sind geflohen, damals, wie ich es dir versprochen hatte, und es war keinen Tag zu früh.« Marie bückte sich nach einer weißen Muschel und betrachtete sie gedankenverloren. »Wir sind schließlich in Stuttgart gelandet und haben dort lange in einer winzigen Dachwohnung gelebt, meine Mutter und ich. Ich habe uns mit Näharbeiten notdürftig über Wasser gehalten. Es war eine harte Zeit, wir haben gerade so Tag für Tag geschafft. Dann starb meine Mutter. Kurz darauf kam Bernhard aus der Kriegsgefangenschaft.« Sie schwieg eine Weile.

»War er verletzt?«

»Gab es jemanden, der nicht verletzt war?«, fragte sie zurück. »Äußerlich war er abgemagert, kam jedoch bald wieder zu Kräften. Bis auf ein geplatztes Trommelfell war so weit alles in Ordnung. Nur …« Sie zuckte mit den Schultern. »Er war vorher schon ein praktischer Mensch gewesen. Effektiv. Fleißig. Wir hatten ja früher bereits Weinbau auf den Höfen betrieben. Er fand eine Anstellung im Weinbaugebiet an der Lahn. Bald ging es uns recht gut, und es war schön dort. Aber Bernhard war auf eine andere Art hilflos. War er vorher schon sachlich gewesen, so war er jetzt überhaupt nicht mehr in der Lage, Gefühle zuzulassen. Er wagte es nicht mehr zu lieben. Außerdem schien es, dass er auch die Emotionen der anderen nicht mehr ertragen konnte. Jeder Umgang mit Fremden fiel ihm schwer, ließ ihn ratlos und verstört zurück. Er war so dankbar, dass ich bei ihm war. Er konnte nicht lieben, aber er hat mich gut behandelt, hat sich immer wieder bedankt, dass ich da war. Ich konnte ihn nicht verlassen, Skem. Und wir hatten trotz allem ein gutes Leben.« Marie warf die Muschel zurück ins Wasser. Der leise Platsch schreckte eine Möwe auf, die davonflog, fern in den Dunst am Horizont. »Bernhard ist vor acht Wochen gestorben. Er sah so friedlich aus. Nach der Beerdigung habe ich die Wohnung geräumt und ein paar Sachen untergestellt, und dann bin ich hierhergekommen. Ich dachte mir, wenn du nicht mehr da bist, will ich meine letzten Tage auf der Insel verbringen, an die ich immer gedacht habe, und dir wenigstens auf diese Art nahe sein.« Sie wandte sich ihm zu. »Aber du bist da!«

»Ich habe seit meiner Rückkehr auf diesen Horizont geblickt und davon geträumt, wie es wäre, wenn dich die Fähre eines Tages zu mir bringen würde. Und ich habe mich um die Zitronen gekümmert, damit sie für dich reif sind, wenn du kommst. Hast du Kinder, Marie?«

Ihre Augen leuchteten auf. »Ja, eine Tochter, und eine Enkelin. Helena und Emily leben in London. Und du?«

Er schüttelte den Kopf.

»Du hast tatsächlich die ganze Zeit auf mich gewartet?«

»Gewartet ist vielleicht zu viel gesagt. Mir war natürlich klar, dass du vielleicht nie kommen könntest. Ich habe mein Leben gelebt. Aber es gab keine andere Frau für mich. Eine neue Generation ist durch meine Nichten und Neffen trotzdem entstanden. Ich bin mächtig stolz auf sie. Die Nachfahren der Rossmoniths und Jessens gehören nach wie vor zu dieser Insel und sind auf einem guten Weg.« Er nahm ihre Hand. »Und seit deiner Postkarte war auch für mich der Himmel wieder so hell wie zu der Zeit, als meine Augen noch jung waren.«

»Deine schönen Worte sind immer noch jung«, sagte Marie und spritzte mit ihren Zehen silberne Tropfen in den Himmel, genau wie sie es früher getan hatte. »Wenn du mit der Zukunft zufrieden bist, können wir beide uns wohl getrost zurücklehnen.«

»Ja«, sagte Skem, »und alle möglichen anderen Dinge tun. Komm her.« Er legte einen Finger unter ihr Kinn und küsste sie, und es schmeckte nach allem, was im Leben gut ist.

»Da kommt jemand, der dir aufgeregt winkt«, sagte Marie nach einer Weile.

Skem blickte auf.

»Das ist Valerie, die Freundin meines Großneffen Fenno, von dem ich dir erzählt habe. Sie scheint es eilig zu haben.«

»Sind die beiden schon lange zusammen?«

»Sie sind noch gar nicht zusammen. Aber bis es so weit ist, wird nicht so lange dauern wie bei uns.«

»Hallo, Skem«, sagte Valerie atemlos, als sie vor ihnen zum Stehen kam. Erstaunt blickte sie von Skem zu Marie.

»Ja, Valerie«, sagte Skem belustigt, als er die stumme Frage in ihrer Miene sah. »Stell dir vor, das ist Marie.« Er hörte selbst, wie stolz und glücklich er klang.

Valerie riss die Augen auf. »*Deine* Marie?«

Marie lächelte und kuschelte sich an Skem. »Ja. *Seine* Marie.«

»Oh, wie wundervoll! Das freut mich so sehr für euch! Darf ich Sie mal umarmen? Willkommen auf Amrum!«

Marie musste lachen. »Sehr gerne.«

Skem schmunzelte in sich hinein. Valerie klang schon wie eine Einheimische und merkte es nicht einmal.

»Was wolltest du mir eigentlich sagen, Valerie?«, erkundigte er sich, nachdem Marie ihre Brille wieder geradegerückt hatte.

»Nun hat euch der Töveree schon Glück gebracht, obwohl wir ihn noch gar nicht gefunden haben«, sagte Valerie, immer noch überwältigt von dieser Überraschung.

»Was heißt hier *noch* nicht?«, fragte Skem stirnrunzelnd.

»Ich habe etwas herausgefunden!«, sagte Valerie.

42

Erkenntnisse

»Was meinst du, hätte Marie nicht in all den Jahren wenigstens einmal an Skem schreiben sollen, um ihn wissen zu lassen, dass es ihr gutgeht?«, fragte Valerie. Sie saß mit Jessieanna im Windfindergarten und sortierte Zierkürbisse, die sie geerntet hatten.

»Im Zeitalter der ständigen Kommunikation erscheint uns beiden das vielleicht so, aber ich glaube, nicht. So, wie ich Skem kenne, hätte er sich schuldig gefühlt, wenn sie einander geschrieben hätten, während Marie mit ihrem Mann zusammen war. Es wäre sicher nicht bei dem einen Brief geblieben. So hätten sie sich die ganze Zeit gequält. Stattdessen hatten sie die schönen Erinnerungen, ein Gefühl der Nähe und zumindest lange Zeit eine vage Hoffnung, dass sie vielleicht doch noch irgendwann zusammenkommen könnten«, meinte Jessieanna.

»Ja. Wahrscheinlich hast du recht. Ich freue mich so für die beiden. Marie sagt, sie wären zwar jetzt beide alt und hätten ihre Eigenarten, aber das Zusammensein würde trotzdem funktionieren. Weil sie beide aus dem Krieg gelernt haben, wie nebensächlich solche Eigenarten sind.«

»Das glaube ich. Wenn jemand so was schafft, dann diese beiden. Was war es, was du mir erzählen wolltest?«, fragte Jessieanna. »Du hast mich neugierig gemacht. Was ist das für eine Sache, die Skem so skeptisch sieht?«

»Ich glaube, er möchte sich einfach keine falschen Hoffnungen machen. Aber er hat gesagt, dass ich dir jetzt alles erzählen darf. Er meint, keiner versteht ihn so gut wie du.«

»Kann sein.« Jessieanna lächelte. »Aber ich glaube, bei dir ist es genauso. Ihr zwei seid euch irgendwie ähnlich.«

Valerie berichtete Jessieanna davon, wie Skem als Kind das Skelett des Töveree gefunden und verkauft hatte und wie sehr ihn das bis jetzt belastet.

Jessieanna stellte den Korb mit den Kürbissen beiseite. »Oh, der arme Skem!«, sagte sie entsetzt. »Ich habe immer vermutet, dass er mir nicht die ganze Geschichte erzählt hat. Auch Filine und Rhea haben schon lange geahnt, dass er eine Last mit sich herumschleppt und dass es womöglich mit dem Töveree zu tun hat. Wie schrecklich muss das für ihn damals gewesen sein! Die Trauer um seinen Vater – kein Wunder, dass er vom Töveree enttäuscht war und voller Wut. Und dann musste er sich um seine Mutter kümmern und wusste nicht ein noch aus …« Sie schüttelte den Kopf, hing noch einen Moment ihren Gedanken nach und wandte sich dann entschlossen Valerie zu. »Was ist es nun, das du herausgefunden hast? Können wir ihm irgendwie helfen?«

Valerie griff nach ihrem Handy. »Ich leite dir mal eine Nachricht weiter. Mit den wenigen Informationen, die ich von Skem habe, habe ich einen Bekannten in Berlin gebeten, bestimmte Nachforschungen anzustellen. Er hat Kontakte. Du willst nicht wissen, was für welche!« Valerie zog eine Grimasse. »Aber jetzt waren sie nützlich.«

Mit gerunzelter Stirn las Jessieanna die Mail, die sich nun auf ihrem eigenen Handy öffnete.

Hey, Rimo, schön, von dir zu hören. Klar kann ich dir helfen, weißte doch, wenn es um Infos gibt, an die sonst keiner rankommt, gibt es keinen, der so genial ist wie Ralle. War aber gut, dass du das genaue Jahr wusstest, um das es geht. Macht den Search easier. Ist ja schon 'ne irre Geschichte, dass du einen suchst, der Knochen gekauft hat. Ich dachte immer, mit so was willste nix zu tun haben. Na, geht mich nichts an. Weißt ja, solche Sachen, Knochen von irren Viechern und alles, was damit zu tun hat, wird im Netz gesucht wie crazy. Wer so was findet und verkauft, wird total verehrt von all diesen Typen, die dunkle Kulte und so 'n Zeug cool finden. Pulverisierte Nashörner und geschredderte Seepferdchen sind da echt noch harmlos. Hast ganz recht gehabt, das gab es auch schon zu der Zeit, für die du dich interessierst, und ewig davor. Ist natürlich nicht so easy, darüber was im Netz zu finden, das gab's ja da noch nicht, keine Ahnung, wie die Leute ohne klargekommen sind. Aber Ralle kennt sich natürlich im Darknet aus. Diese Typen, die da echt drauf stehen, die interessieren sich auch für die Geschichte solcher Sachen.

Da habe ich einen Händler in Hamburg gefunden, der genau in dem Jahr eine Lieferung groß angekündigt und angeboten hat, einen Wunderheiler, der sich Dr. nannte. Ich fress nen Besen, wenn das ein echter war. Bei dem konnte man Knochen vorbestellen von einem magischen Tier, von dem angeblich die Gebeine blaues Licht abgeben. Man könne einen leuchtenden Trunk daraus zubereiten, der gegen Erschöpfung, Tuberkulose, Geschwüre und Liebeskummer hilft. Abgefahren, was? Na, es gab immer Doofe, die so was geglaubt haben. Jedenfalls hat dieser Typ Ärger bekommen. Der hat Vorbestellungen entgegengenommen, gegen Vorkasse natürlich, und dann kam die Lieferung nicht. Er hat sich damit verteidigt, dass das Schiff des Lieferanten in einem Sturm untergegangen sei. Dafür könne er nichts. Sein Lieferant sei sonst immer zuverlässig gewesen, es sei ein renommierter Gelehrter. Der Name dieses angeblichen Gelehrten, der garantiert ein cooler Spitzengauner war, wird nicht genannt. Aber den Namen des Schiffes, den hat der verraten, weil er beweisen wollte, dass es untergegangen ist. Hat ihm aber nix genützt. Keiner wollte von diesem Schiff was gewusst haben. Es hieß Iocus. Und der Händler wurde übrigens kurz darauf abgemurkst, den kannste also nicht mehr fragen. Hoffe, das hilft dir trotzdem weiter. Und wir zwei sind jetzt quitt. Ich wünsch dir ein schönes Leben. Ralle.

Jessieanna warf Valerie einen belustigten Blick zu.

»Wenigstens hat er sich noch mal nützlich gemacht«, verteidigte sich Valerie. »Er hat mich mal auf der Straße aus einer brenzligen Situation rausgehauen. Dafür musste ich ihm eine Website erstellen. Das war aber sehr aufwendig. Darum war er mir noch was schuldig.«

»Ja, er hat sich wirklich nützlich gemacht. Die Informationen passen. *Iocus*, das ist das lateinische Wort für Witz«, sagte Jessieanna nachdenklich. »Wie durchtrieben. Wenn dieser Gelehrte, der keiner war, sondern lieber die Leute veräppelte, die Lieferung nie abgeben konnte und das Schiff gesunken ist, dann müsste dies doch in der Nähe geschehen sein? Er wollte ja nur nach Hamburg.«

»Genau das will ich herausfinden«, sagte Valerie. »In den gängigen Verzeichnissen taucht das Schiff nicht auf. Aber ich habe noch einige andere Quellen angeschrieben.«

»In einem Punkt hat dein komischer Ralle recht«, meinte Jessieanna. »Das Internet kann wirklich sehr hilfreich sein.«

»Es hat eine Weile gedauert. Aber jetzt habe ich jemanden gefunden. Eine junge Frau, die Journalistin werden will. Im Augenblick ist sie Volontärin bei einer örtlichen Zeitung an der Ostsee, auf dem Festland. Sie ist erst neunzehn, aber ein Ass darin, Informationen über Dinge zusammenzutragen, die sich in der Nord- und der Ostsee ereignet haben. Je schräger, desto besser. Anscheinend hat sie Zugang zu Quellen, die sonst niemand kennt, denn sie hat sich bereits einen Namen gemacht.«

»Eine Journalistin? Wir wollen die Sache doch nicht öffentlich machen«, gab Jessieanna zu bedenken.

»Sie ist ja noch keine Journalistin. Sie hat sehr nett geantwortet, als ich ihr geschrieben habe, und mir Diskretion versprochen. Sie versichert, alles, was mit dem Meer zu tun hat, sei eine Leidenschaft von ihr. Ich kann es dir nicht erklären, aber mein Instinkt sagt mir, dass sie in Ordnung ist.«

»Gut. Ich vertraue deinem Instinkt«, sagte Jessieanna.

»Danke«, sagte Valerie gerührt. »Dann bist du einverstanden, dass ich ihr das Nötigste erzähle? Es geht eigentlich nur darum, dass sie herausfinden soll, wo die *Iocus* untergegangen ist. Ich habe gesucht, aber es gibt keine ausführliche Liste von Schiffswracks. Nur von größeren Katastrophen und berühmten Schiffen. Wenn es aber irgendwo eine Spur gibt, dann wird diese Remona Kreyhenibbe sie finden. Jedenfalls ist es einen Versuch wert!«

»Ja. Mach das«, sagte Jessieanna entschlossen. »Wenn es eine Möglichkeit gibt, Skem zu helfen, dann müssen wir sie nutzen.«

Valerie stand auf. »Dann schreibe ich ihr gleich.«

»Was ist eigentlich mit dir und Fenno?«, erkundigte sich Jessieanna.

Valerie klopfte sich unnötig gründlich den Sand von der Hose. »Was soll sein? Wir sind gute Freunde.«

»Wie schön«, sagte Jessieanna. »Gute Freunde kann man nie

genug haben.« Sie sah todernst aus, aber Valerie hatte trotzdem das Gefühl, dass sie sich über sie lustig machte.

Anscheinend hatte es nicht nur Vorteile, Teil einer neuen Familie zu sein. Man musste auch mit so was leben.

Trotzdem wollte sie es nie wieder anders haben.

Ein paar Tage später, als die Flut günstig war, fuhren sie früh hinaus, so früh, dass noch niemand unterwegs war. In der nautischen Dämmerung. Skem hätte auch mit verbundenen Augen gewusst, wo sich die Stelle befand, die er suchte. Seine Beine warm in eine Decke gepackt, saß er hinten im Boot, bewachte die Wanne mit den Tangsetzlingen und gab Fenno Anweisungen, wohin er zu rudern hatte. Valerie saß zwischen ihnen und genoss die merkwürdige Stimmung. Es fühlte sich an, als wären sie eine eingeschworene Bande von Schmugglern. Oder Seeräuber, unterwegs zu einem Beutezug.

Je weiter sie hinausfuhren, desto besser fühlte sich Valerie. Die Stimmen von Fenno und Skem, die sich leise unterhielten, das Gurgeln des Wassers unter dem Boot, der erste Anflug von Tageslicht am Horizont, der Geruch nach Salz, Tang und Jod, der Wind in ihren Haaren, die nun schon vertraute Musik, die sich aus alldem ergab, untermalt von den Rufen der Möwen und Austernfischer, die langsam erwachten – sie wollte nie wieder ohne das alles sein! Sie wollte das Watt auch im Winter kennenlernen, wenn der Frost unter den Füßen knirschte. Im Frühling, wenn die Bäume auf der Insel den ersten Hauch von Grün zeigten und die Seevögel zu nisten begannen.

Die Trauer um Sven war nicht weniger geworden, aber sie

hatte eine andere Form angenommen, seit sie hier war. Sie war jetzt Teil ihres Lebens, neben vielen anderen. Die Erinnerung an ihn war ein runder, warmer Schatz in ihrem Inneren. Wind und Wellen hatten die scharfen Kanten des Schmerzes abgeschliffen, obwohl sie ihn auch immer wieder an die Oberfläche trieben.

Hier war der Ort, an den sie gehörte. Der zu ihr passte wie ein Bild, das sie um sich herum gesprüht hatte. Es war egal, wo sie geboren und aufgewachsen war und wer ihre Eltern waren. Es war unverrückbar, dass sie zusammengehörten, diese Insel, dieses Meer und sie. Vielleicht war es Zufall, dass es ihr genau wie Kalle ging, vielleicht auch nicht. Es spielte keine Rolle, weil es ganz einfach war.

Amrum war ihr Ort.

Als sie die Stelle erreicht hatten, mit der Skem zufrieden war, ruderte Fenno mit langsamen, gleichmäßigen Schlägen hin und her, während Valerie und Skem in Abständen die Setzlinge über Bord fallen ließen, wo sie mit einem leisen Platsch verschwanden und in die Tiefe sanken, in der sie wachsen konnten.

»Mehr können wir nicht tun«, sagte Skem zufrieden, als sie sich auf den Rückweg machten.

»Ich glaube, da wartet jemand auf uns«, sagte Valerie, als sie sich dem Strand näherten. Inzwischen war es hell geworden. Die Sonne war heute hinter den Wolken geblieben, aber alles war in ein weiches Licht getaucht.

»Ich wüsste nicht, wer …«, begann Fenno und warf einen mäßig interessierten Blick über die Schulter. »Oh!«, rief er und ließ dabei versehentlich das Ruder fahren. Hastig griff er wieder danach und verdoppelte sein Tempo. »Das ist Pinswin! Ich dachte, er kommt erst in zwei Tagen. Na, das ist eine Überraschung!«

Skem lehnte sich gefährlich weit hinaus und kniff die Augen zusammen. »*Pinswin?* Bist du sicher? Dann ist er aber alt geworden!«

»Das habe ich gehört, lieber Cousin«, sagte Pinswin lachend, griff nach dem Bug und zog das Boot an den Strand. »Schau dich selbst an! Mann, tut das gut, dich wiederzusehen!« Er half Skem heraus, und die beiden Männer umarmten sich lange.

»Und du bist Valerie?« Sein Händedruck war warm und fest. »Ich habe mir schon deine Veredelung des alten Hauses angesehen. Großes Kompliment! Es ist noch viel schöner, als ich mir erträumt habe. So lebendig. Du hast sofort erfasst und umgesetzt, was ich den Besuchern sagen möchte. Ich danke dir dafür!« Seine erstaunlich blauen Augen sprühten vor Lebendigkeit. Valerie mochte ihn auf Anhieb. »Na und du, Fenno? Ich sehe schon, die Sache hier bekommt dir gut.« Auch Fenno bekam eine kräftige Umarmung.

»Wie kommst du hierher, es ist doch heute noch gar keine Fähre gekommen?«, wollte Fenno wissen.

»Mein alter Freund Nathan hat mich mit seinem neuen Solarboot gebracht. Er wollte es ausprobieren und Filine sehen. Wir haben bei ihr gefrühstückt. Es war unglaublich, wieder mit ihr zusammen zu sein! Sie hat sich gefreut wie ein Itsch. Aber was habt ihr hier draußen am frühen Morgen für einen Unfug getrieben?« Unauffällig zog er Skems Arm durch seinen, um ihn zu stützen. Skem erzählte Pinswin seinen Plan, während sie zu Skems Haus hinaufgingen.

»Ich bringe das Boot zurück an den Steg«, sagte Fenno und sah den beiden nach. »Kommst du mit zum Hafen, Valerie?«

»Ich habe noch was Wichtiges zu erledigen. Wir sehen uns später.«

Valerie war mit Jessieanna verabredet, diesmal nicht im Windfindergarten, sondern in deren Wohnung, wo es eine vernünftige Internetverbindung gab. Valerie hatte eine Mail von Remona Kreyhenibbe bekommen.

Liebe Valerie, es tut mir leid, dass es so lange gedauert hat. Aber ich habe bestimmte Quellen, die nicht immer verfügbar sind. Jetzt aber hatte ich Kontakt. Können wir skypen? Ich weiß gerne, mit wem ich es zu tun habe, wenn ich solche Informationen weitergebe. Vielleicht morgen Vormittag?

»Ich möchte, dass du dabei bist«, hatte Valerie zu Jessieanna gesagt. »Es ist besser, wenn zwei zuhören, damit uns keine Information durch die Lappen geht.«

Nun saßen sie erwartungsvoll vor dem Monitor.

»Hallo«, sagte die junge Frau, die darauf erschien. Sie hatte ein schmales Gesicht und trug einen kurzen schwarzen Haarschnitt mit einer weißen Strähne an der Schläfe, die durch eine Muschel gezogen war. Ihre Augen waren ungewöhnlich hell, blickten aber trotzdem warm und freundlich.

»Hallo«, sagte Valerie. »Das ist Jessieanna.«

»Schön, euch zu sehen. Bevor ich euch sage, was ich herausgefunden habe, möchte ich gern wissen, wozu ihr diese Informationen benötigt. Ihr wisst, dass die *Iocus* ein zweifelhaftes Schiff war? Das heißt, das Schiff konnte natürlich nichts dafür, aber ihre Mannschaft und vor allem ihr Kapitän. Ein gewisser Leif Böttcher, ein übler Schmuggler und Betrüger, der landauf, landab mit Wunderheilern und Quacksalbern niederträchtige Geschäfte machte.«

»Ja, das wissen wir«, sagte Valerie. »Wir kannten zwar nicht seinen Namen, wussten aber, worum es ging. Keine Sorge. Wir wollen das Schiff nicht aufspüren, um an Böttchers Stelle betrügerische Ware zu verticken, sondern um ein altes Unrecht wiedergutzumachen.«

Remonas Blick ruhte kritisch auf ihnen.

»Es gibt hier einen alten Mann, meinen Onkel Skem«, sagte Jessieanna. »Er leidet sehr an einer alten Schuld, die er sich vorwirft, obwohl er sich nichts vorzuwerfen hat. Er konnte damals nicht anders handeln. Wir möchten ihm unbedingt helfen. Nicht mehr und nicht weniger.«

Remonas Blick wurde weich. Sie lächelte plötzlich. »Ich vertraue euch«, sagte sie. »Ihr könnt mich Remy nennen.«

»Danke,« sagte Valerie erleichtert. Kam sie ihrem Ziel endlich näher? »Was hast du für uns, Remy?«

43

Spurensuche

Remy lehnte sich zurück, so dass man ihre braungebrannten Arme sah. Sie wirkte, als ob sie den ganzen Tag in Wind und Wetter draußen wäre. »Die *Iocus* ging Ende November zwischen Amrum und Sylt unter. Sie war ein kleines Schiff, völlig überladen, und sank schnell. Mitsamt der Mannschaft. Nur einer der Matrosen wurde mehr tot als lebendig auf Sylt angetrieben. Er hatte völlig die Orientierung verloren und wusste nicht genau, wo das Schiff untergegangen war. Er schwor, es sei verflucht gewesen. Er gab sich eine Zeitlang als der Kapitän Leif Böttcher aus, aber er bekam Ärger mit Leuten, die sich von ihm um ihre Ware geprellt fühlten. Er gab dann zu, dass Leif Böttcher ertrunken war. Man brachte ihn dennoch um, wahrscheinlich, weil man ihm nicht glaubte. Niemand hat sich je die Mühe gemacht, nach dem Schiff zu suchen. Es war ja keine offizielle Fahrt gewesen, und das kaum seetaugliche Schiff hatte offensichtlich diesem Gauner Böttcher selbst gehört. Ich schicke dir eine Mail mit den Angaben, wo genau die *Iocus* gesunken sein soll, Valerie.«

»Sagtest du nicht gerade, der Matrose wusste es nicht?«

»Richtig. Wie ich jedoch bereits erwähnte, habe ich meine Quellen. Sagen wir so, meine Vorfahren haben einiges überliefert.« Remy schmunzelte in sich hinein, mit einem merkwürdig zärtlichen Ausdruck in den Augen. Valerie hätte gern gewusst, an wen sie in diesem Augenblick dachte. Wahrscheinlich waren ihre Vorfahren ebenso liebenswerte und kauzige Menschen gewesen wie Skem.

»Vielen Dank, Remy.«

»Keine Ursache! Ich hoffe sehr, ihr könnt eurem Onkel helfen. Alles Gute.«

Die versprochenen Angaben landeten zwei Minuten später im Posteingang.

»Hast du einen Drucker?«, fragte Valerie Jessieanna. »Ich möchte die Mail ausdrucken und sie Skem zeigen. Wenn jemand weiß, wo das genau ist, dann Skem.«

Wenig später saßen sie an Skems Küchentisch. Pinswin und Fenno waren auch noch da. Skem rückte seine Brille zurecht und starrte auf das Datum und die Koordinaten. »Das gibt es doch nicht!« Seine Stimme zitterte.

Marie, die Tee gemacht hatte, setzte sich dicht neben ihn.

»Was?«, fragten die anderen gleichzeitig.

»Der 4. Dezember 1932. Das war der Tag, nachdem ich die Knochen verkauft habe. Ich habe dir doch erzählt, Valerie, dass in der Nacht ein Sturm war. Er war nicht besonders heftig, aber ein Schiff geriet vor Föhr in Seenot. Alle Männer waren dort, um zu helfen. Wenn an einer anderen Stelle noch ein anderes Schiff gesunken wäre, hätte es niemand bemerkt. Und die Koordinaten ...«

»Ich weiß, wo das ist«, sagte Fenno, der ihm über die Schulter sah. »Ich würde dort nie mit meinen Gruppen hinwandern. Da ist ein viel zu tiefer Priel dazwischen. Aber ohne Gruppe wäre es möglich! Das ist gar nicht so weit entfernt von dem Wrack, das ich dir gezeigt habe, Valerie.«

»Ich kann es nicht glauben. Mein Töveree war also die ganze Zeit in der Nähe«, sagte Skem und blickte von einem zum anderen.

»Unglaublich!«, sagte Pinswin, stand auf und lief aufgeregt um den Tisch. »Warte, bis Filine es erfährt! Schade, dass Professor Westerberg das nicht mehr erleben kann. Und der gute alte Drees, der mir in meiner Kindheit so viel über das Finden von Dingen im Watt beigebracht hat. Wir müssen das Wrack sofort suchen!«

»Aber wenn die Knochen hier in der Gegend gelegen haben, warum hat kein Exemplar des Töveree sie wahrgenommen? Warum ist dann keiner mehr hierhergekommen?«, überlegte Fenno verwirrt.

»Weil sie in der Metallkiste liegen!«, sagte Valerie. »Der Forscher, nein, der Gauner hat doch erzählt, dass er sie in wasserdichten stoßsicheren Metallkisten transportieren würde, nicht wahr, Skem?«

»Ja. Das hat er versprochen.«

»Da wird er ausnahmsweise die Wahrheit gesagt haben«, sagte Pinswin. »Die Ware war viel zu wertvoll. Die hätte er nicht riskiert.«

»Müssten die nicht längst verrostet sein?«, fragte Jessieanna.

Pinswin schüttelte den Kopf. »So schnell nicht. Wahrscheinlich waren sie sogar rostfrei. Solche Kisten sind von hoher Qualität. Wahrscheinlich hatte er sie gestohlen.«

»Aber es ist lange her, seit das Schiff untergegangen ist. Müsste es nicht mit der Strömung und dem Sand längst woanders hingeschoben worden sein?«, Fragte Fenno.

»Remona meinte, ihre Koordinaten seien aktuell, das wäre schon mit einberechnet«, sagte Valerie.

»Trotzdem. Ich vermute, dass es etwas weiter südlich ist, ungefähr hier«, sagte Skem und legte den Finger auf die Karte, die Fenno im Bücherregal aufgestöbert hatte.

»Gut«, sagte Pinswin, »ich besorge uns so ein Metallsuchgerät. Ich glaube, Nathan hat eins an Bord. Der sucht ständig irgendwo auf der Welt Dinge. Sobald morgen Ebbe ist, gehen wir ins Watt. Du und ich, Fenno.«

»Schade, dass ich nicht mitkann, aber das schaffe ich nicht mehr«, sagte Skem leise.

»Ich bin ja bei dir. Wir warten hier gemeinsam«, sagte Marie.

»Ich lasse euch mein Handy da, dann können wir euch ein Bild von der Stelle schicken«, sagte Jessieanna. »Ich gehe nämlich auch mit.«

»Ich auch«, erklärte Valerie.

Pinswin fing an zu lachen. »Ich mag meine Familie. Hoffentlich kann ich wenigstens Filine davon abhalten, mit ihrem Rollstuhl hinterherzukommen«, sagte er.

Noch nie hatten sie so ungeduldig auf die Ebbe gewartet wie am nächsten Tag. Ungünstig, dass diese erst am späten Nachmittag war. Rhea war bei Filine geblieben, aber aus irgendwelchen Gründen hatte sich Lilani ihnen angeschlossen. Wie ein Schatten war sie aufgetaucht, als sie sich von der Nordspitze aus auf den Weg gemacht hatten. Auf Fennos Anweisung hin trugen sie alle Badezeug unter ihren Sachen. »Wir müssen durch einen sehr tiefen Priel, vielleicht sogar schwimmen«, hatte er gesagt. Er führte eine Art aufblasbare Insel mit sich, in die sie alle ihr Werkzeug und ihre Kleidung legen konnten und die er hinter sich herzog, während sie sich durch das Wasser kämpften, das ihnen bis zu den Schultern ging. Auch die Sicherungsleine vergaß er nicht. Auf der anderen Seite bestand Fenno darauf, dass sie sich erst einmal kräftig trockenrubbelten und wieder anzogen. Auch wenn das Wasser noch recht warm war, spürte man doch den Herbst in der Luft.

Fenno konsultierte immer wieder seinen Kompass. »Hier! Lasst es uns hier versuchen«, sagte er schließlich. Während Jessieanna eine Thermoskanne mit heißem Tee herumgehen ließ, lief Fenno mit dem Metalldetektor auf und ab. Endlich schlug dieser an. Pinswin rammte einen Spaten in den Sand. Es dauerte nicht lange, bis der gegen etwas Hartes stieß. Pinswin bückte sich und stieß ein verächtliches Schnauben aus. »Eine Konservenbüchse! *Mildes Sauerkraut.*«

Sie hätten gelacht, wenn sie nicht so enttäuscht gewesen wären. Dasselbe widerfuhr ihnen noch an einigen anderen Stellen. Mal war es ein Fahrradschutzblech, mal eine verbogene Gabel. Während Fenno mit dem Metalldetektor herumlief, stießen Pinswin und Jessieanna und Valerie hier und dort aufs Geratewohl Schaufeln in den Sand. »Nichts! Nichts, was auf ein Wrack hindeutet. Nicht einmal ein Stück Holz«, sagte Pinswin. Jessieanna dachte an das andere Wrack, das Fenno ihr gezeigt hatte, und an das Holz, das dort wie eine Reihe Zähne aus dem Sand ragte. Nein. Hier war nichts.

»Wir haben nicht ewig Zeit, ehe die Flut wiederkommt«, sagte Fenno schließlich. »Lasst uns zurückgehen und zu Hause neue Berechnungen anstellen. Es hat keinen Sinn, ohne jeden Hinweis hier weiterzusuchen. Valerie, ist alles in Ordnung?«

Valerie stand und lauschte. Der Wind hatte abgeflaut. Das

leise Wellenrauschen war sehr weit weg, und wenn sie sich konzentrierte, konnte sie es herausfiltern. »Seid bitte mal alle ganz still! Sagt nichts und bewegt euch nicht.«

»Was …?«, begann Pinswin.

Fenno hob einen Finger. »Schhh. Valerie hat phänomenale Ohren. Sie kann einen Wurm im Sand kriechen hören.«

Valerie schloss die Augen. Sie horchte, lauschte auf das Flüstern und Gurgeln und Krabbeln unter dem Sand. Vernahm, wie es hier leiser, dort lauter war. Dort hinten, ein Stück nach Westen auf den Horizont zu, schwoll es an, da waren mehr Stimmen, die sich zu einer zusammenfügten, die aufgeregt wisperten und sich um etwas Stilles herum versammelten oder bewegten. Eine ganz geringfügige Veränderung in dem unterirdischen Chor. Sie lief einen Schritt in diese Richtung, noch einen, dann mehrere. »Hier!«, sagte sie. »Versuch es hier!«

»Kann das sein?«, wollte Jessieanna wissen. »Kann es sein, dass dort etwas anders klingt?«

»Schon«, sagte Pinswin. »Du weißt doch, dass ein Schiffswrack auf dem Meeresboden meist zu einem künstlichen Riff wird. Fische suchen darin Schutz, Korallen, Algen, Seesterne und Seeigel wachsen darauf oder halten sich daran fest, finden Weidegründe. So ein Wrack zieht jede Menge Lebewesen an. Das ist genauso, wenn es unter dem Sand begraben liegt. Auch die Mikroorganismen finden dort Schutz und Halt und vor allem mehr Nährstoffe in dem verrotteten Holz. Darum gibt es sie dort in größerer Dichte.«

»Seht mal!« Jessieanna kniete sich aufgeregt in den nassen Sand und grub etwas mit ihren bloßen Händen aus. »Holz! Und da. Und hier. Eine Reihe! Dort auf der anderen Seite ist auch was.

Das muss der Bug sein. Fenno, versuch es dort mit dem Metalldetektor! Da in der Mitte ungefähr, da hinten, da könnte der Frachtraum gewesen sein.«

»So ein kleines Schiff hat keinen Frachtraum«, sagte Pinswin. »Sie werden die Kiste auf Deck festgeschnallt haben. Sie werden das Skelett auch nicht als Ganzes hineingebettet haben, sondern die einzelnen Knochen auseinandergenommen und dicht bei dicht gepackt, sonst hätten sie das gar nicht in eine Kiste bekommen. Ihnen ging es ja auch nicht um die Erhaltung wissenschaftlicher Fakten, sondern nur um das Material. Für unsere Zwecke macht das nichts. Uns geht es nur darum, dass der Töveree die Witterung aufnehmen kann. Wenn das hier wirklich die *Iocus* ist, dann kann die Kiste nicht sehr tief unter dem Sand liegen. Wenn sie nicht längst verlorenging.«

Alle schwiegen, während Fenno die Stelle abschritt.

Erst hörten sie nichts. Dann piepte das Gerät. Laut.

Schweigend griffen sie zu den Schaufeln und gruben gemeinsam. Das Loch wurde rasch tiefer. Sie stießen auf ein fast gänzlich vermodertes Stück Seil und auf einige Haken, sogar auf eine Tasse ohne Henkel.

Sonst nichts.

Schließlich hielten sie inne, außer Atem. »Länger können wir nicht bleiben«, sagte Fenno. »Es ist höchste Zeit. Nicht nur die Flut kommt. Es wird bald dunkel.«

In der Tat näherte sich die Sonne zwischen einer Herde grauer Wolken mit orangeglühenden Rändern unerbittlich dem Horizont.

Lilani machte sich mit einem leisen Lächeln an dem Rucksack

zu schaffen, den sie mitgeschleppt hatte. Niemand hatte sie gefragt, was darin war.

Ihre stumme Gegenwart war auch in diesem angespannten Augenblick seltsam beruhigend. Jetzt zog Lilani ein längliches Bündel heraus, wickelte ein Tuch ab und hielt Fenno etwas hin.

»Willem Gösslings Schaufel!«, sagte Pinswin. »Natürlich! Du bist genial, Lilani. Danke! Darauf hätte ich selbst kommen müssen. Ich habe sie schließlich gefunden. Und Drees hat mir oft genug ihre Geschichte erzählt. Mit dieser Schaufel, so geht die Sage, soll man Schätze heben können, die man mit keinem anderen Werkzeug finden kann. Nun ist wohl der Moment gekommen, in dem sie sich beweisen könnte. Vielen Dank, Lilani!«

Fenno blickte unschlüssig vom Meer zur Insel, dann zum Himmel, dann auf seine Uhr.

Valerie trat zu ihm hin und legte ihm die Hand auf die Schulter. »Los, Fenno. Alles wird gut. Jetzt oder nie!« Einen langen Augenblick sah er ihr in die Augen. Dann nickte er und fing verbissen an zu graben.

Wenige Minuten später hörten sie es alle. Das kühle Klirren von Metall auf Metall. Fenno grub noch hastiger und legte nach und nach etwas frei, das wie ein flacher Deckel aussah.

Jetzt griffen sie alle zu den Schaufeln und halfen. Die Dämmerung wurde rasch dichter. Als alle vier Ecken freigelegt waren, setzte Fenno den Spaten an und stemmte mit aller Kraft und heftigem Krachen und Knirschen den Deckel auf. Dann trat er zurück. »Pinswin, du solltest es sein, der nachsieht«, sagte er heiser.

Alle machten Platz. Pinswin bückte sich mühsam und klappte den Deckel zurück. Eine Schicht vergammeltes Stroh kam zum

Vorschein. Pinswin fegte es ungeduldig beiseite. Fenno richtete den Strahl einer starken Taschenlampe auf das, was darunter zum Vorschein kam.

Knochen. Rippen, Wirbel, ein langer spitzer Kiefer.

Jessieanna lief mit der zerbrochenen Tasse zu einem Priel, schöpfte Wasser und goss es darüber. Fenno schaltete die Lampe wieder aus. Zusammen sahen sie zu, wie die Knochen ganz langsam blau zu leuchten begannen.

Jessieanna wischte sich eine Träne aus den Augen. Selbst Pinswin zwinkerte heftig. Valerie machte rasch ein Bild und schickte es an Marie, die anders als Skem mit einem Handy umgehen konnte. Und eines an Filine, die im Gartenhaus mit Rhea wartete.

»Die Kiste kriegen wir aber nicht bewegt«, sagte Jessieanna schließlich.

»Vergiss die Kiste!« Pinswin sah sich um. »Lilani, dein Rucksack! Beeilt euch.« Hastig befreiten sie die Knochen aus ihrem metallenen Sarg, schichteten sie in den Rucksack und verteilten einige übrige auf das restliche Gepäck. »Jetzt nichts wie weg! Wir müssen einen weiten Umweg nehmen. Durch den Priel kommen wir niemals wieder zurück. Aber ich kenne einen Weg«, sagte Fenno. »Schaffst du es noch, Pinswin? Du siehst völlig erschöpft aus. Ich kann auch die Küstenwache rufen.«

Pinswin wehrte ab. »Junge, nach diesem Fund könnte ich Bäume ausreißen. Wir wollen nicht, dass jemand erfährt, was wir hier getrieben haben. Lass das Meer die Spuren verwischen.«

Sie waren alle erschöpft und doch wie beflügelt. Fenno verteilte Taschenlampen und führte sie auf einer verschlungenen, aber sicheren Route auf die Insel zu, auf der der Leuchtturm nun hell blinkte, als wollte er sie mit seinem langen, zuverlässigen Lichtfinger zu sich rufen.

Aus dem schweren Rucksack, den jetzt Fenno trug, drang ein blaues Schimmern in die Nacht. Und Valerie war, als ob in das Wispern um sie herum nun ein anderer Ton gekommen war, ein Klang, in dem eine freudige Erwartung lag. Vielleicht erschien es ihr auch nur so, weil sie diese Freude in sich selbst spürte, als sie der Insel näher kamen.

Sie waren auf dem Weg nach Hause.

Drei Tage später hatte Pinswin sämtliche Fundstücke vermessen, fotografiert und Proben davon genommen. Dann legte er alles behutsam in einen kompostierbaren Korb, der den Geruch der Mineralien ungehindert ins Meer entlassen würde. Hoffentlich in Richtung der Nachkommen des Töveree, die möglicherweise irgendwo auf der Suche nach Töverit und den Spuren ihrer Vorfahren waren.

Diesmal war es nicht Morgen, sondern tief in der Nacht. Heimlich, wie vor langer Zeit der angebliche Gelehrte, fuhr diesmal ein echter Wissenschaftler hinaus. Heute blies ihnen ein launiger Wind entgegen, der nicht nur von Herbst, sondern sogar von einer Ahnung von Winter erzählte.

»Der Töveree kommt am liebsten bei Kälte, nicht wahr?«, fragte Marie, die darauf bestanden hatte, bei Skem zu sein, wenn sein großer Moment kam.

»Ja«, erklärte Pinswin. »Im späten Herbst und bis zum Beginn des Frühjahrs, in der kalten, dunklen Zeit, wenn die Menschen Mut und Hoffnung am nötigsten brauchen und die Schiffe am häufigsten in Gefahr geraten. Das ist so, weil er aus dem Norden kommt und sich dann am wohlsten fühlt. Es erklärt, wie die Legende entstanden ist.«

Nach einer langen Weile hörte Fenno auf zu rudern. »Das ist die Stelle, oder, Pinswin? Wo wir den Zuckertang gepflanzt haben?«

»Ja. Hier sind wir richtig.«

Fenno reichte Pinswin den Korb nach hinten ins Heck. »Schaffst du das, oder ist er zu schwer?«

»Ich helfe ihm«, sagte Marie.

Fenno schaltete seine Lampe aus.

Valerie hielt unwillkürlich den Atem an, als Skem und Marie den Korb über die Bordwand hievten.

»Jetzt!«, sagte Skem.

Sanft ließen sie los.

Zusammen sahen sie, wie ein blaues Leuchten stetig stärker wurde, während die so lange verlorengeglaubten Knochen versanken. Als der Korb den Tang erreichte, schimmerte dieser für einen Augenblick grün, so hell wurde das Licht, ehe es in der Tiefe versank, der Tang sich darüber schloss und alles wieder in Dunkelheit lag.

Nur am Himmel erschienen Sterne zwischen den Wolken und eine feine Mondsichel nicht weit von der Milchstraße.

Sie konnten alle Skems tiefes Aufatmen hören.

»Skem, du hast einmal versprochen, mir zu sagen, wie du wirklich geheißen hast, ehe man dich auslachte und dir deinen Spitznamen gab«, sagte Marie. »Du hast den Namen damals trotzig angenommen, als Mahnung und Denkmal für den Töveree. Aber nun ist das nicht mehr nötig.«

Er sah sie mit einem leisen Lächeln an. »Bist du mir sehr böse, wenn ich dieses Versprechen nicht halte? Es ist so viel Zeit vergangen. Ich habe mein Leben als Skem gelebt. Es war nicht mein Name, aber er ist zu meinem geworden. Er verbindet mich für alle Zeit mit dem Töveree. Das bin ich.«

»Das hatte ich gehofft, denn das bist du auch für mich. Ich liebe dich, Skem Rossmonith!«, sagte Marie und küsste ihn genau in dem Moment, als Fenno die Lampe wieder anknipste.

Pinswin räusperte sich. »Lass mich jetzt rudern und rück du nach vorn zu Valerie«, sagte er. »Ich bin noch nicht zu alt. Ich muss trainieren, weil ich jetzt wieder öfter herkommen werde. Das nächste Mal bringe ich meine Frau mit und zeige ihr endlich meine Insel!«

Fenno setzte sich neben Valerie in den Bug, der jetzt wieder auf den Leuchtturm zeigte. Er legte fest den Arm um sie, und sie kuschelte sich dicht an seine Wärme. Worte waren nicht nötig. Sie spürten beide, dass sich etwas geändert hatte. Ihrer beider Angst war mit dem Wind dieses besonderen Tages verflogen, vielleicht auch mit in der Strömung versunken.

Pinswin zog kräftig an den Riemen. Der helle Streifen des Ufers näherte sich schnell.

Denn nun hatten sie Rückenwind.

Epilog

In all den Monaten, in denen ich dieses Buch geschrieben habe, hat es in meinem Garten in Berlin genau zweimal geregnet. Die Erde war staubtrocken, und die Bäume warfen ihre müden Blätter im August ab, als wäre es Oktober.

Ich beschloss, in diesem Jahr noch einmal auf die Insel zu fahren, dorthin, wo ein frischer Wind bläst und man mit den Füßen im kalten, klaren Wasser zwischen weißen Muscheln und jungen Seesternen waten kann.

Außerdem wollte ich unbedingt nachsehen, ob ich die Nachkommen des alten Garrelf Rossmonith, mit deren Geschichten ich drei Jahre verbracht habe, beruhigt ihren Angelegenheiten überlassen konnte.

Die meisten Strandkörbe waren inzwischen bereits eingewintert worden, und der Strand lag menschenleer. Doch am Fuß einer Düne hatte man einige Körbe für erschöpfte Wanderer stehenlassen, die sich im Windschutz ausruhen wollten.

Dort fand ich an einem klaren Abend Skem und Marie, Valerie, Rhea und Kalle, Jessieanna und Pinswin, die miteinander redeten und lachten. Ich wollte still hinten durch die Dünen vorübergehen, wo die Kaninchen spielten, doch Valerie sah mich, oder vielleicht hörte sie meine Schritte.

»Hallo! Setz dich doch zu uns«, rief sie. »Wir haben Tee übrig.

Pinswin fährt morgen nach Hause und wollte noch einmal mit uns den Sonnenuntergang genießen.«

»Ich will nicht stören«, sagte ich. »Ich gehöre nicht in die Geschichte.«

Pinswin lachte schallend. Ich mochte sein Lachen. Es begann tief in seinem Bauch mit einem leisen Grollen und kam derart ansteckend heraus, dass alle einstimmten und es sich anfühlte, als ob dieses Lachen allein alles geraderücken könnte, was in der Welt nicht in Ordnung war.

»Liebe Patricia, das entspricht nicht ganz den Fakten«, sagte er.

Skem schüttelte den Kopf. »Unser Pinswin! Immer der Wissenschaftler«, sagte er. »Wir freuen uns, dass du da bist. Es ist schließlich nicht nur Pinswins Abschied, sondern auch deiner.«

Der Tee, den Rhea mir reichte, schmeckte nach der Erinnerung an Sommer, nach Mut und Trauer und Freundschaft und Durchhaltevermögen. Und auch ein wenig nach einem fernen Frühling.

Im Sand unter meinen Füßen lag noch ein Hauch von Wärme, aber wir kuschelten uns alle enger in unsere Jacken, als die frostklare Linie des Horizonts die tiefrote Sonne langsam löschte. An den Halmen des Strandhafers glänzte ein Anflug von Raureif. Die Brandung rollte schäumend gegen den Strand. Noch war es nicht dunkel; wie immer färbten sich die Wolken jetzt noch intensiver rot, orange und violett mit einem Unterton von Grün darin.

Und dann sahen wir es alle.

Weit draußen erhob sich etwas in einem gewaltigen Sprung aus dem Wasser.

Ein Fisch, groß wie ein kleiner Wal, mit einem spitzen Kiefer und mächtigen Seitenflossen wie ein Rochen, auf denen er scheinbar mühelos ein kurzes Stück auf dem Wind segelte, bevor er wieder eintauchte. Auf seiner Haut sah man das blaue Leuchten runder Schuppen.

Nur wenig dahinter, beinahe noch an seiner Seite, folgte ein zweites, viel kleineres Geschöpf, das ihm glich. Nur der Kopf war noch kindlich runder und das Leuchten sanfter.

Es dauerte nur einen Augenblick, dann lag das Meer wieder still bis auf die Schaumkronen, die um die Stelle herum noch einen Atemzug lang bläulich schimmerten.

Wir saßen lange regungslos, dann sahen wir uns an.

»Warst du das?«, fragte Valerie mich schließlich. »Hast du das gemacht?«

»Ich dachte, es war ein Bild aus eurer Hoffnung«, sagte ich.

»Oder waren es die Gedanken der Leser?«, überlegte Jessieanna.

»Oder aus einer anderen Geschichte?«, fragte Rhea.

Ich schüttelte entschieden den Kopf. »Nein! Das ist eure Geschichte.«

Kalle lächelte still in sich hinein.

»Spielt das eine Rolle?«, fragte Pinswin. »Wir haben ihn alle gesehen. Wenn es nicht nur der Wind und der Nebel waren, die Gischt und die Spiegelungen und das Licht über dem Watt. Doch auch das würde nichts ausmachen. Wir haben ihn gesehen! Und berührt und bereichert hat er uns ohnehin schon lange, *ehe* wir ihn gesehen haben.«

Ein Schatten flog über uns hinweg und landete nicht weit von uns.

Der Basstölpel. In der Dämmerung wirkte er noch würdevoller. Das Goldgelb des Gefieders an seinem Kopf wurde durch das letzte rötliche Abendlicht noch intensiver. Sinnend sah er uns an.

»Der Töveree ist wohl nicht das einzige Wunderwesen bei euch«, sagte Marie, die Skems Hand während der ganzen Zeit nicht losgelassen hatte.

»Nein«, sagte Pinswin. »Es sind viele. Und je mehr die Wissenschaft über sie in Erfahrung bringt, desto größer wird das Wunder.«

Danksagung

Mein Mann, der immer mein erster Leser, Kritiker und Unterstützer war, ist nicht mehr da. Er hat den Kampf gegen seine Krankheit verloren. Trotzdem ist er mir so nahe, dass er mir weiterhin beim Schreiben Mut macht. Ich danke ihm für die Liebe, die er mir gegeben hat und die für ein ganzes Leben reicht.

Und umso mehr danke ich jenen, die mich aufgefangen und mir das Weiterschreiben möglich gemacht haben. Zum Beispiel Frau Barbara Kossmann vom Hotel Hüttmann auf Amrum, die mich zu der frühmorgendlichen Wattwanderung überredete.

Dies gilt ebenso für alle anderen, die mir in dieser schweren Situation in gewohnter unerschütterlicher Weise durch diesen Schreibprozess geholfen haben.

Wie auch bei den ersten beiden Bänden der Nordsee-Trilogie möchte ich mich bei den Amrumern Ingeline Kanzler, geb. Quedens, und ihrem Mann Karl-Heinz bedanken, die unsere Familie ursprünglich nach Amrum lockten. Ich danke meinen Eltern, dass sie diesem Ruf folgten und mir viele Kindheitsferien auf der Insel schenkten, voller Staunen, Glück und Weite. Ich danke meiner Freundin Irina Taurit für die Tage, die wir dort im Zelt verbrachten, glücklich und frei zwischen Himmel und Erde.

Danke auch, liebe Ingeline Kanzler, für die interessanten Gespräche und die vielen hilfreichen Informationen, die mir beim

Schreiben der Geschichte geholfen haben. Wie schön, dass wir uns in diesem Jahr wiedersehen konnten.

Ich danke Herrn Dr. Ronald Henss für seine schnellen und stetigen Korrekturen und Verbesserungsvorschläge und für alles andere.

Ich danke der »Patentante« dieser Trilogie, Heike Dewald, dafür, dass sie mir auch diesmal immer wieder neuen Mut gemacht und mich mit ihrem lebendigen und ausdauernden Interesse angespornt hat, und für ihre kreativen und äußerst hilfreichen Ideen, Fragen und Anmerkungen.

Ich danke meiner wunderbaren Lektorin Susanne Kiesow für ihre Unterstützung, ihren Optimismus und die leckeren Rezepte im Buch. Und für das schöne Treffen, bei dem wir neue Ideen für neue Bücher ausgeheckt haben.

Ich danke der Insel selbst, »meinem« Amrum, das mir in diesem schweren Sommer so viel Kraft gegeben hat.

Vor allem danke ich allen Lesern, die ihre Freude über die anderen Bücher geäußert haben und meinen Geschichten ihre Zeit schenken, denn Zeit ist das Kostbarste, was wir haben.

Patricia Koelle
Wo die Dünen schimmern
Roman

Jessieanna arbeitet in der Firma ihrer Großmutter. Ihr großes Ziel ist es, eine Lotion herzustellen, die nicht nur auf die Haut, sondern auch auf die Seele wirkt. Doch der perfekte Duft dafür will ihr nicht gelingen. Als sie sich nach einer Krankheit auf Amrum, der alten Heimat ihres Vaters, auskurieren soll, ist sie alles andere als begeistert. Was soll sie auf der kalten, windigen Nordseeinsel? Dafür müsste sie ihre Hochzeit mit Ryan verschieben! Doch auf der Insel gibt es jemanden, der ihr zu der fehlenden Komponente für ihre Lotion verhelfen könnte. Und jemanden, der sie völlig unerwartet in Verwirrung stürzt.

528 Seiten, broschiert

Patricia Koelle

Der Horizont in deinen Augen

Roman

Band 03298

Sehnsucht nach mehr Meer!

Die junge Architektin Ylvi erfährt beim Tod ihrer Mutter ein lange gehütetes Geheimnis. Sie will sich ihrer Herkunft stellen, doch dazu muss sie zurück in das Land ihrer gescheiterten Ehe und ihrer verlorenen Liebe, nach der sie sich immer noch sehnt. Auf den Spuren ihrer Vergangenheit reist sie nach Ahrenshoop an der Ostsee. Ein kleines Bernsteinschiff weist ihr den Weg …

Der krönende Abschlussband der Ostsee-Trilogie:
nach ›Das Meer in deinem Namen‹ und
›Das Licht in deiner Stimme‹

fi 03298 / 1

Patricia Koelle

Die eine, große Geschichte

Roman

Band 29601

Wenn nicht jetzt, wann dann?

Er fährt einen gelben Berliner Doppeldeckerbus. Er ist Busfahrer mit Leib und Seele. Doch eines Tages stellt Kalle seinen Bus ab und lässt sein bisheriges Leben hinter sich. Auf seiner Reise in Richtung Meer, in der er den Wolken folgt, sucht er die eine, große Geschichte, die alle schönen Dinge der Welt beschreibt. Doch er entdeckt nicht nur Worte, sondern trifft auch besondere Menschen – darunter eine Frau, deren Lächeln sich in seinen Gedanken festsetzt. Wird Kalle in den Wassern und Stränden des Nordens seine *eine, große Geschichte* finden?

fi 29601 / 1